ONGETEMD VERLANGEN

BERTRICE SMALL

Ongetemd Verlangen

VAN REEMST
UITGEVERIJ

HOUTEN

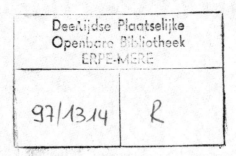
Oorspronkelijke titel
The Love Slave
Uitgave
Ballantine Books, New York
Copyright © 1995 by Bertrice Small

Vertaling
Gerda Wolfswinkel
Omslagontwerp
Julie Bergen
Omslagillustratie
Pino Daeni

ISBN 90 410 0532 3   NUGI 342

Voor mijn vriendin Janelle Williams Taylor,
in grote genegenheid en bewondering,
van haar yankee-'nicht', Bertrice Williams Small.

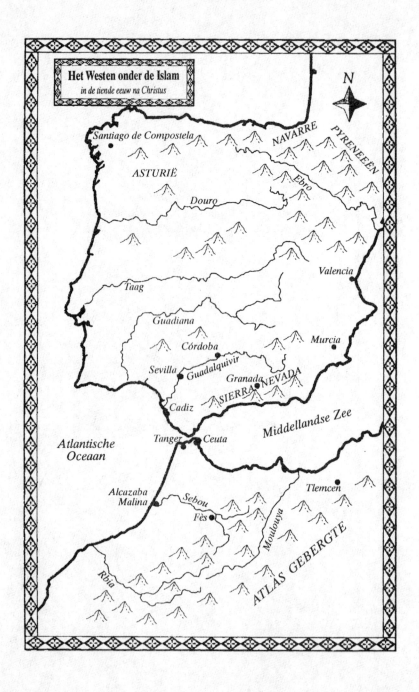

PROLOOG

Schotland

---

929 n. Chr.

Sorcha MacDuff kreunde. Om de grauwe burchttoren klaagde de decemberwind, alsof die deelhad aan haar pijn. Er kwam een grimas, bijna een grimmige lachkramp om haar lippen, toen de volgende wee door haar lichaam joeg. Het was koud in het torenvertrek, zó koud dat de stenen muren overdekt waren met een dun laagje rijp, ondanks het vuur dat in de haard brandde. De vlammetjes deden hun uiterste best om zich te handhaven en zonden sproeiende vonkjes door de smalle schoorsteen omhoog, maar tevergeefs, alle warmte ging verloren in dit koude vertrek.

De vrouw, die spiernaakt in barensweeën lag, voelde de ijzige kou niet, die tussen de stenen en onder de deur door naar binnen woei. Dit zou haar eerste en ook haar laatste kind zijn, tenzij ze hertrouwde, en dat was ze niet van plan. Haar echtgenoot, Torcull MacDuff, de landheer van Ben MacDui, was nu drie maanden dood. Hij was omgekomen in een gevecht om zijn landgoed met Alasdair Ferguson, de landheer van Killieloch. Haar kind, haar kínderen, verbeterde ze zichzelf in stilte, want de vroedvrouw had gezegd dat ze een tweeling zou baren, zouden hun vader wreken op MacFhearguis en alle Fergusons van Killieloch uitroeien, zodat er in de geschiedenis van deze omgeving geen spoor van hen zou overblijven. Zij jubelde bij het vooruitzicht van haar wraak. 'Je bent niet tevergeefs gestorven, mijn geliefde,' fluisterde ze bij zichzelf.

De vroedvrouw bracht haar terug in het heden. 'Persen, vrouwe!' drong de oude vrouw aan. Sorcha MacDuff perste uit alle macht, terwijl de vroedvrouw goedkeurend mompelend tussen haar uitgestrekte benen voelde. 'En nog eens!'

Sorcha perste verwoed. Toen voelde ze tot haar verbazing iets groots en glibberigs uit haar bezwete lichaam glijden. Ze werkte zich een beetje overeind om te kunnen kijken. De vroedvrouw greep de bebloede boreling bij de enkels, hield het kind omhoog en sloeg het op de billen. Onmiddellijk begon het kind luidkeels te brullen.

'Geef me mijn zoon!' gromde Sorcha MacDuff woest, 'geef hem onmiddellijk hier!' Gretig strekte ze haar armen uit.

'U hebt een meisje gebaard, vrouwe,' zei de vroedvrouw, nadat ze snel het geboortebloed van het huilende kind had weggeveegd. Toen wikkelde ze de baby in een sjaal en overhandigde haar aan de moeder.

Een dóchter? Ze had geen moment overwogen dat het een dochter zou kunnen zijn, maar omdat het tweede kind zeker een zoon zou zijn, vond Sorcha dat ze best blij mocht zijn met een dochter. Twee zoons zouden problemen geven. Die zouden waarschijnlijk het grootste deel van de tijd met elkaar aan het knokken zijn in plaats van tegen de Fergusons van Killieloch. Nee, een dochter was wel goed. Die kon ingezet worden om een bondgenootschap te smeden. Sorcha keek naar de baby in haar armen. 'Gruoch,' zei ze zachtjes, 'Gruoch zul je heten. Dat is een familienaam.'

De baby keek met prachtige blauwe ogen naar haar moeder op. Het was een heel mooi kindje, met een dot goudkleurig dons op haar hoofd.

'Vrouwe, de andere moet ook nog geboren worden,' onderbrak de vroedvrouw haar dagdroom, 'hebt u geen weeën meer?'

'Jawel,' zei Sorcha MacDuff botweg, 'ik heb weeën, maar dat geeft niet, want ik word zo in beslag genomen door mijn kleine meisje.'

'U moet nu wel aan die andere denken, vrouwe,' zei de vroedvrouw nuchter. 'Een jongetje is belangrijker voor de MacDuffs dan het meisje dat u nu in uw armen hebt. Geef haar maar aan mij, dan leg ik haar in het wiegje waar ze hoort.' De vroedvrouw griste het kind bijna bij de moeder vandaan en stopte het in de houten wieg bij het vuur, dat zo zijn best deed om warmte te geven. Nu kon Sorcha MacDuff haar aandacht richten op het baren van de zoon, die zich uit haar schoot losworstelde.

Het tweede kind kwam veel sneller, nu de eerste de weg had gebaand. Deze werkte zich ongeduldig naar buiten en zette het onmiddellijk op een schreeuwen.

'Geef me mijn jongen!' riep Sorcha MacDuff opgewonden.

De vroedvrouw wiste het bloed van de tweeling af en onderzocht het kind aandachtig. Toen schudde ze treurig haar hoofd. 'Weer een meisje,' meldde ze de bleek geworden vrouw. 'De MacDuffs van Ben MacDui zijn gestorven zonder mannelijke erfgenaam.' Met een diepbedroefde zucht wikkelde ze ook het tweede schreeuwende kind in een sjaal. Toen bracht ze het naar de moeder, maar Sorcha MacDuff weerde haar woedend af.

'Ik wil haar niet,' siste ze, 'wat heb ik aan een tweede dochter? Ik had een zóón nodig!'

'Betwist u de wil van God, vrouwe?' vroeg de vroedvrouw boos. Het waren twee meisjes, daar was niets aan te doen. 'Het heeft God behaagd u twee dochters te geven, vrouwe. Het zijn allebei gezonde kinderen. U kunt ze toch niet verstoten. Dank God dat u zo fortuinlijk bent. Menige kinderloze vrouw zou u benijden.'

'Ik verstoot mijn kleine Gruoch niet,' zei Sorcha MacDuff, 'maar die andere is me alleen maar tot last. Gruoch is de erfgename van Ben MacDui, maar wat heb ik aan die andere? Ik moest een zóón hebben!'

'We leven in een harde tijd in een ruw land, vrouwe,' sprak de vroedvrouw. 'De kinderen zijn nu nog allebei sterk, maar als er één ziek wordt en sterft, wat dan? Zonder de ander zou er helemaal geen erfgenaam voor MacDuff meer zijn. De tweede heeft ook een plaats, dunkt me. Het is beter als u haar ook een naam geeft.'

'Noem haar dan maar Regan,' zei de teleurgestelde vrouw.

'Maar dat is een jongensnaam,' zei de geschokte vroedvrouw.

'Dat had ze ook moeten zijn,' antwoordde Sorcha MacDuff keihard, 'die prijs moet ze dan maar betalen voor de teleurstelling die ze me bezorgd heeft.' Toen kreunde ze door de laatste wee, waarbij de nageboorte naar buiten kwam.

Hoofdschuddend legde de vroedvrouw Regan MacDuff in het tweede wiegje bij het vuur. Toen wendde ze zich tot haar meesteres om haar te verzorgen. Daar was ze nog mee bezig, toen de deur van het vertrek met een klap opengegooid werd. Er drong een aantal gewapende mannen brutaalweg naar binnen, nadat ze zich eerst een weg gebaand hadden tussen de zwakke, bange mannen van de clan van MacDuff door, die buiten op wacht hadden gestaan. De vroedvrouw gaf een gil toen ze de groene plaids van de Fergusons zag. Ze zocht toevlucht bij haar meesteres.

Een lange man met harde ogen greep de doodsbange vrouw bij de arm en zei dreigend: 'Waar zijn de kinderen?' De vroedvrouw was verlamd van schrik, maar Alasdair Ferguson volgde haar blik naar de twee wiegjes bij het vuur. 'Dood hen!' beval hij zijn mannen, 'geen MacDuff zal mij mijn land betwisten.'

Naakt en nog altijd bebloed, kwam de moeder overeind van de baartafel en greep naar de dolk van MacFhearguis. Zonder zelfs maar te kijken sloeg hij haar handen weg. 'Ellendeling!' gilde ze.

'Het zijn meisjes, heer!' bracht de vroedvrouw ter verdediging van de hulpeloze baby's hijgend uit. 'Meisjes kunnen u toch geen schade berokkenen!'

'Meisjes? Alletwee?' zei hij met een ongelovige blik. Toen dwaalden zijn ogen naar de naakte vrouw op de baartafel. 'Zozo, dus Torcull MacDuff kon alleen maar meisjes bij je verwekken, Sorcha,' zei hij honend. 'Ik zou je zonen hebben geschonken en dat zal ik alsnog doen, hitsige teef van me. Je had met míj moeten trouwen, in plaats van met MacDuff.'

'Heb je niet genoeg aan die drie wijven van je, MacFhearguis?' zei ze smadelijk. 'Ik ben getrouwd met de man van mijn hart. En dat

11

zou ik weer doen, ook al heb je hem vermoord.' Ze deed geen poging om zich voor zijn ogen of die van zijn mannen te bedekken, hoewel de laatsten verstandig genoeg waren niet naar haar te staren.

'Ik zou je kinderen kunnen doden, Sorcha MacDuff,' zei hij kil, terwijl hij met samengeknepen ogen naar haar keek. Zelfs naakt en bebloed van het baren was ze een knappe en begeerlijke vrouw – en dat hij haar begeerde was een feit. Deze maand, bijna twee jaar geleden, had ze hem afgewezen en was in plaats daarvan met zijn vijand, Torcull MacDuff de Blonde, gehuwd. Dat was een lange, goedlachse jongeman geweest, met glanzende, goudkleurige lokken. Maar, dacht MacFhearguis, nu de maden zich aan hem tegoed deden zou hij zo mooi niet meer zijn. Zijn weduwe zou haar vroegere afwijzing van de heer van Killieloch berouwen. Om haar kinderen te beschermen zou ze precies doen wat hij wilde. Haar moederinstinct zou zwaar opwegen tegen haar trots en woede, wanneer hij haar tot zijn maîtresse maakte. Ooit had hij haar gezworen dat ze spijt zou krijgen van haar weigering en haar keuze voor MacDuff. Nu zou hij haar krijgen en hij zou haar laten vallen als het hem zo uitkwam.

Alasdair Ferguson bevrijdde de arm van de vroedvrouw uit zijn ijzeren greep en duwde haar naar de wiegjes. 'Wikkel beide kinderen uit,' zei hij. 'Ik wil met mijn eigen ogen zien of jullie de waarheid spreken. Leg ze bloot op de buik van hun moeder zodat ik ze samen kan bekijken. Haast je, oud wijf! Ik heb weinig tijd vandaag.'

De vroedvrouw volgde zijn bevel ijlings op en ontdeed de beide baby's van hun beschermende sjaals, waarna ze hen op het lichaam van hun moeder legde, die inmiddels van de kou lag te bibberen. 'Daar zijn ze, heer,' sprak ze met trillende stem, 'twee kleine meisjes, zoals u duidelijk kunt zien.'

De landheer van Killieloch staarde op de baby's neer. Met één vinger bevoelde hij voorzichtig de genitaliën van elk van hen, op zoek naar een teken van mannelijkheid, maar dat vond hij niet. Allebei meisjes, zonder twijfel. Hij grinnikte tevreden en toen kwam er een idee bij hem op. 'Wie van de twee is het eerst geboren?'

'Deze,' zei de vroedvrouw, wijzend, 'haar naam is Gruoch.'

'Hoe weet je dat?' vroeg hij, 'ze zien er precies eender uit. Hoe hou je ze uit elkaar, oude vrouw?'

'De eerstgeborene heeft helderblauwe ogen, heer,' zei de vroedvrouw, 'kijk maar. De tweede heeft ook blauwe ogen, maar er zit een zweem in van een mogelijke andere kleur die mettertijd naar voren komt. De eerste heeft dat niet. Haar ogen zijn ongetwijfeld blauw. Kunt u het niet zien?'

Hij tuurde naar de kinderen. 'Ja hoor, het zal wel,' zei hij ongeduldig; hij zag werkelijk geen verschil. 'Wikkel ze maar weer in en leg ze in hun wiegjes.' Hij wendde zich tot de vrouw op de baartafel. Ze zag bleek, maar had een koppige blik. 'Ik zal je kinderen sparen, Sorcha MacDuff. De oude vrouw heeft gelijk. Meisjes vormen geen bedreiging voor mij en mijn nageslacht. Maar ik neem je eerstgeborene, Gruoch, voor mijn erfgenaam Ian. De vete tussen onze clans is voorbij, want het land waarover we gestreden hebben wordt door het huwelijk met een Ferguson mijn land.'

Sorcha keek hem woedend aan. Ze wist dat ze wat dit betrof geen enkele keus had. Hij zou haar dierbare Gruoch nemen voor die pummel van een zoon van hem, wat ze ook zei. Op dat moment haatte Sorcha MacDuff Alasdair Ferguson tot in het diepst van haar wezen, maar ze zou aan zijn eisen moeten voldoen. Ze was echter een schrandere vrouw en ondanks haar woede kon ze ook de goede kant van de situatie inzien. De sterkere Fergusons zouden het land van Ben MacDui als het hunne beschouwen zodra de verloving officieel overeengekomen en bezegeld was. Zij zouden de zwakkere mannen van de clan van MacDuff helpen in het verdedigen van dat land. Gruoch zou veilig en in vrede opgroeien. Intussen kan ik op mijn gemak nadenken over mijn wraak op de Fergusons van Killieloch, dacht ze geslepen. Ze hadden haar Torcull vermoord en annexeerden nu zijn land. Voor dit verraad zouden zij op een dag heel duur betalen.

'En als Gruoch sterft? Kinderen zijn kwetsbaar,' zei ze nuchter.

'Je hebt twee dochters, en als Ian sterft aan een of andere kinderziekte dan heb ik nog een stuk of zes zoons om zijn plaats in te nemen. Als de meisjes allebei sterven, valt het land mij en mijn erfgenamen toe. Maar maak je daar geen zorgen over, Sorcha MacDuff, je meisjes hebben van mij geen gevaar te duchten. Het is beter om bloedbanden te smeden, dunkt mij, dan een vete uit te vechten. Zo stellen we een werkelijke vrede zeker tussen onze volken. Daarna kan ik mijn aandacht schenken aan je banden met de Robertsons,' spotte hij.

'Maar wat gebeurt er met mijn andere dochter?' vroeg Sorcha. 'Zij moet een aanzienlijke bruidsschat hebben, want ze zal op een dag een man willen hebben.'

'Zij gaat naar de kerk,' antwoordde MacFhearguis gedecideerd. 'Ik wil niet dat een andere clan dit land opeist via de andere kleine meid. Maar ze gaat niet eerder dan wanneer Gruoch en Ian getrouwd zijn en met elkaar geslapen hebben, Sorcha MacDuff. Mochten we de eerstgeborene verliezen, wat God verhoede, dan hebben we de tweede achter de hand.' Toen kreeg Alasdair Ferguson in de gaten dat ze lag te bibberen en hij legde zijn eigen plaid over haar heen. 'Ik zal de priester halen, zodat hij alles kan regelen. Je hoort het wel wanneer het zover is. Jij en je dochters staan nu onder mijn hoede, Sorcha MacDuff. Je hoeft niets meer te vrezen.'

13

Met deze woorden draaide hij zich om en gebaarde naar zijn mannen dat ze hem moesten volgen. MacFhearguis was vertrokken.

Terwijl de deur achter hem dichtsloeg, probeerde Sorcha van de baartafel te komen. Op wankele benen liep ze door het vertrek, rukte de donkere groenblauwe plaid met smalle rode en witte strepen van haar lichaam en wierp hem in het vuur. 'Haal water, oude vrouw!' snauwde ze de vroedvrouw toe, 'ik wil de stank van de Fergusons van me afwassen!'

De vroedvrouw ging op een holletje doen wat haar gevraagd werd en kwam snel terug met een kom met warm water uit de ketel boven het vuur, tezamen met een schone doek. 'Alstublieft,' zei ze, nogal geschrokken van de trek op het gezicht van de vrouwe.

Sorcha begon haar lichaam bijna met geweld schoon te boenen. Duistere gedachten tolden in haar hoofd. Ze wist nog niet precies hoe ze zich op Ferguson en zijn geslacht zou wreken, maar dat ze het zou doen stond vast! Die MacFhearguis was zo stom haar alle tijd te geven om een plan uit te werken, wat het ook mocht zijn. In zijn grenzeloze arrogantie meende hij dat het nu allemaal geregeld was, maar het zou niet goedkomen tot de dood van Torcull en de roof van zijn landgoed gewroken was. Er zouden geen Fergusons regeren over het land van Ben MacDui. Ze zou zichzelf en haar kinderen door hem laten beschermen, maar ten langen leste zou ze een manier hebben gevonden om te zegevieren over Alasdair Ferguson en zijn clan. Opeens kwam er een vlaag van duizeligheid over haar en wankelde ze.

'Vrouwe, u hoort in bed te liggen,' zei de vroedvrouw, die haar te hulp schoot. 'U zult al uw krachten nodig hebben als u die twee lieve dochtertjes wilt voeden. Ze zullen weldra honger hebben, denk ik zo.'

'Ik kan ze niet allebei voeden,' zei Sorcha. 'Zoek iemand die Regan kan voeden. Laat ze het kind zo gauw mogelijk meenemen naar haar eigen huis.' De jonge moeder klom in haar bed. Een bed dat leeg was zonder man, dacht ze verbitterd, terwijl ze de mantel van vossenhuiden over zich heen trok.

De vroedvrouw trok haar lippen in afkeuring samen. 'Er is geen enkele reden waarom u beide meisjes niet kunt voeden, vrouwe,' sprak ze streng. 'U bent sterk en ik kan zien dat de melk al in de borsten vloeit. Er is meer dan genoeg voor twee.'

'Mijn melk is alleen voor Gruoch, ouwe heks,' snauwde Sorcha kwaad, 'zoek een voedster voor de andere.' Daarna wendde ze zich met haar gelaat naar de muur.

Hoofdschuddend liep de vroedvrouw naar de wiegjes om naar de twee baby's te kijken die inmiddels vredig lagen te sluimeren, nog volkomen onwetend van het lot dat hen boven het hoofd hing: de ene een bruid voor de Fergusons, bittere vijanden van de MacDuffs

14

van Ben MacDui, de andere kleine meid bezit van de kerk, of ze wilde of niet. De erfgename en de non, dacht de vroedvrouw met een wrang lachje. Toen glipte ze stilletjes de deur uit en deed hem zacht achter zich dicht.

DEEL I

Schotland

943 n. Chr.

Hoofdstuk een

De kleine burchtzaal van Ben MacDui stond vol blauwe rook, omdat de schoorsteen niet wilde trekken. Sorcha MacDuff zat op een verhoging bij de grote tafel naar haar talrijke nakomelingen te kijken, die door het vertrek krioelden. Zes kleine bastaarden en een zevende op komst. Vijf van hen waren jongens. Het vierde kind dat ze ter wereld had gebracht, was een meisje. Zij gaf niets om hen; het waren immers Fergusons. Haar moederliefde, zo ze die al bezat, ging uit naar de eerstgeborene, Gruoch MacDuff. Voor het tweelingzusje van Gruoch, Regan, voelde ze een beetje affectie. Regan was veel op haar vader Torcull gaan lijken, aan wie ze dierbare herinneringen had. Het meisje had zijn durf en was moedig, tot roekeloosheid toe. Sorcha kon niet anders dan haar laatstgeboren tweelingdochter bewonderen.

In het voorjaar nadat haar dochters van MacDuff waren geboren, was Alasdair Ferguson teruggekeerd naar Ben MacDui. De verlovingscontracten, opgesteld door de Fergusons, waren ondertekend in aanwezigheid van een priester. Zij hadden wel van alles kunnen opschrijven, maar Sorcha zou het niet geweten hebben, want ze kon lezen noch schrijven. De priester deelde haar mee dat Gruoch de vrouw van Ian Ferguson zou worden zodra haar maandelijkse bloedingen begonnen. Vervolgens zou Regan naar een klooster aan de westkust van Schotland gaan, om haar leven aan God te wijden. Na aldus de kwestie geregeld te hebben, stuurde MacFhearguis de geestelijke weg en verkrachtte de weduwe MacDuff. Hij sloot zich drie dagen met haar op in haar slaapkamer, waar hij zijn gang met haar ging. Negen maanden later baarde ze hem een zoon.

In de daaropvolgende jaren bezocht Alasdair Ferguson zijn maîtresse regelmatig, wat ook bleek uit haar groeiende kinderschaar, maar hij wilde niet met haar trouwen. Zij zou hem trouwens ook niet tot man hebben genomen, indien hij haar had gevraagd. Sorcha MacDuff was drie keer in het geheim naar de wijze vrouw in het dal gegaan, aan wie ze een exorbitante prijs had betaald voor het bereiden van een brouwsel, om de nakomelingen van haar verkrachter af te drijven. Toen Ferguson dat ontdekte, spoorde hij de heks op, hing haar op aan een boom en stak haar huis in brand. Vervolgens keerde hij terug naar Ben MacDui, waar hij Sorcha MacDuff dusdanig aftuigde, dat ze een week lang niet van haar bed kon opstaan. Daarna baarde ze hem zonder klagen de ene bastaard na de andere, maar liefhebben kon ze hen niet, het waren immers Fergusons.

Buiten hoorde ze een jachthoorn en even later werd de deur met een klap opengegooid door Alasdair Ferguson, in gezelschap van zijn twee oudste zoons, Ian en Cellach. Sorcha MacDuff kwam langzaam overeind. Haar tijd was bijna gekomen. 'Mijn heer,' groette ze hem vermoeid en gebaarde naar de bedienden om voedsel voor de mannen te halen.

'Ik heb een hertenbok meegebracht,' zei Alasdair Ferguson bij wijze van groet. Na een kus op haar mond, als bewijs dat ze zijn bezit was, ging hij aan de tafel zitten.

De bedienden haastten zich om hem van wijn, brood en vlees te voorzien. Zij wisten dat hij een man van weinig geduld was.

Ian en Cellach Ferguson gingen naast hun vader zitten en begonnen hun knappe gezichten vol te proppen met eten. Zij hadden niet de moeite genomen om Sorcha MacDuff te groeten. Alasdair gaf de dichtstbijzijnde een lel om zijn oren.

'Wees zo fatsoenlijk om vrouwe Sorcha netjes te groeten voordat je van haar voedsel begint te schransen, stelletje ongelikte beren,' beet Alasdair hen toe. 'Jullie zitten in haar huis en aan haar tafel.'

'Het is allemaal eigendom van de Fergusons,' sprak Cellach aanmatigend, terwijl hij de plek wreef waar zijn vaders hand op zijn gezicht was neergekomen.

Brullend sprong MacFhearguis overeind en sloeg zijn tweede zoon tegen de grond. 'Dit land is van de Fergusons, omdat ík daarvoor gezorgd heb,' zei hij, 'maar voordat het land van Ferguson was, was het land van MacDuff en Ferguson of MacDuff maakt niet uit, je bent in het huis van deze dame. Je gedraagt je behoorlijk in haar aanwezigheid, of ik erbij ben of niet.' Hij gaf de jongeman een schop. 'Sta op en ga de rest maar in de stallen opvreten, waar je hoort.'

Cellach krabbelde overeind. 'Ik begrijp niet waarom je Gruoch aan Ian geeft en niet aan mij. Dan zou ik ook mijn eigen land hebben,' zei hij.

'Jaja,' diende zijn vader hem van repliek, 'en daarna zou je je oog op mijn land laten vallen, hebzuchtige kleine rotzak!' Hij wilde de jongen een nieuwe klap geven, maar die dook op tijd weg en rende de zaal uit. Toen draaide hij zich om naar de oudste, maar Ian stond vlug op, maakte een buiging voor Sorcha MacDuff en bedankte haar voor de gastvrijheid.

Toen hij weer was gaan zitten zei Ian: 'En hoe gaat het met de kinderen, vrouwe? Ze zien er allemaal gezond uit. Mijn zuster Sine wordt met de dag mooier, vind ik. Het is leuk om zo'n lief zusje te hebben.' Hij pakte een stuk vlees en beet erin.

'Je vaders bastaarden groeien inderdaad voorspoedig,' antwoordde Sorcha MacDuff opgewekt. 'Al mijn kinderen, trouwens, godzijdank.'

'Wat mijn dochter betreft,' zei Alasdair Ferguson, 'ik wil haar mee naar huis nemen. Ik heb geen enkele vrouw in huis, afgezien van de bedienden. Sine is een Ferguson, mijn enige dochter. Het wordt tijd dat ze haar plaats inneemt. Op geen van onze kinderen rust een smet, want ik heb ze allemaal erkend.'

'Neem haar maar mee,' zei Sorcha MacDuff, 'en neem al die andere bastaarden van je ook maar mee, heer. Zij betekenen niets voor mij. Ik heb mijn Gruoch.'

Hij schudde zijn hoofd na deze woorden. 'Je bent een harde vrouw, Sorcha MacDuff,' zei hij, 'maar goed. Ik neem Donald, Aed en Giric ook mee. Die zijn allemaal oud genoeg om van je gescheiden te worden. Jij houdt Indulf, Culen en het nieuwe kind voorlopig bij je.' Hij dronk zijn beker wijn in één teug leeg en de bediende aan zijn zijde vulde hem onmiddellijk bij. 'Ik ben gekomen vanwege Gruoch. Ze zal toch zeker haar bloedingen nu wel hebben. Afgelopen december heeft ze haar dertiende verjaardag gevierd en nu is het al april. Er moet een huwelijk gesloten worden. Ian is drieëntwintig en allang zover dat hij een vrouw moet hebben. Hij bevolkt het hele district met zijn bastaarden. Hij heeft een echtgenote nodig!'

'Neem je me al zo gauw mijn meisje af?' Sorcha begon te huilen in een oprechte aanval van gevoel. 'Neem haar nog niet mee, heer, nu nog niet.'

'Bij alle heiligen, mens,' sprak hij kwaad, want hij had een hekel aan huilende vrouwen, 'ze gaat niet bij je weg! Voorlopig blijven zij en Ian hier op Ben MacDui wonen, dan ben je bij haar wanneer ze negen maanden na het huwelijk haar eerste kind ter wereld brengt. Ik heb dan misschien geen ervaring met dochters, maar ik weet wel dat een meisje op zulke momenten haar moeder nodig heeft. Hou eens op met janken, Sorcha, en geef antwoord. Heeft Gruoch al gevloeid of niet?'

'Deze maand pas,' zei ze langzaam, hoewel Gruoch en haar zuster in de herfst van het vorig jaar hun eerste maandelijkse bloeding al hadden. Zij had het geheim gehouden om tijd te winnen, maar nu maakte het niet meer uit, bedacht Sorcha. Eindelijk zou ze, na al die jaren, wraak nemen.

'Laten we dan de bruiloft vieren!' antwoordde MacFhearguis geestdriftig. 'Daar heb ik al die jaren op zitten wachten, vrouw!'

'Je kunt niet zomaar een bruiloft houden, gewoon omdat je een bruiloft wilt houden,' zei Sorcha zogenaamd bedeesd. 'Wij moeten voorbereidingen treffen, heer.'

'Je hebt dertien jaar de tijd gehad om je voor te bereiden, Sorcha MacDuff,' was zijn antwoord. 'Vandaag is het de twintigste dag van de maand april. Onze kinderen trouwen over zeven dagen.' Hij keek naar zijn zoon. 'Ian, wat vind jij ervan? Nog een paar dagen en je bent een getrouwd man. Zij is een mooie meid geworden en jij bent een gelukkige kerel!'

'Jazeker, pa,' was het plichtmatige antwoord van Ian Ferguson. Hij was een aantrekkelijke man met roodbruin haar en blauwe ogen.

'Waar is Gruoch?' wilde Alasdair Ferguson weten. Hij tuurde door het vertrek, maar alleen zíjn kinderen liepen daar rond.

Sorcha zei schouderophalend, bij wijze van uitleg: 'Het is voorjaar.'

'Donald Ferguson!' riep MacFhearguis naar de oudste zoon die hij bij Sorcha MacDuff had, 'hierkomen, jongen!'

De knaap, die aan het stoeien was met zijn jongere broertjes Aed en Giric, kwam overeind en holde naar zijn vader. Zoals alle zonen van Alasdair Ferguson had hij roodbruin haar. 'Ja, papa?'

'Jij en Sine en de andere twee gaan vandaag met mij mee naar huis,' zei de man. 'Wil je dat wel, kereltje?'

Het gezicht van de jongen verbreedde zich tot een lach. 'Zeker papa!'

'Weet je ook waar je zuster Gruoch is?' vervolgde MacFhearguis, 'ik wil haar spreken.'

'Ja, papa, ik weet waar Gruoch is,' antwoordde Donald met een zijdelingse blik naar zijn moeder, maar die keek zó dreigend dat hij het niet zou wagen iets te zeggen. 'Zal ik haar snel gaan halen, papa?'

'Ja, jongen, doe dat maar,' zei zijn vader. Terwijl Donald wegrende, zei hij tegen Sorcha MacDuff: 'Een goede knaap, vrouw. Je hebt je goed van je taak gekweten, ook met de anderen, ook al voel je geen moederliefde voor mijn kinderen. Dat is dom van je, vind ik.'

'Je mag vinden wat je wilt, heer,' antwoordde ze rustig, 'maar vanaf het eerste moment dat ik haar zag, was Gruoch de enige reden voor mij om te leven. Ik heb geen ander nodig en ik wil geen ander.'

Hij schudde zijn hoofd om haar. Hij wist van zichzelf dat hij een harde kerel was, maar hij hield zielsveel van zijn kinderen. Hoe kon het anders? Ze waren zijn eigen vlees en bloed. Maar goed, van nu af aan zouden alle kinderen die Sorcha MacDuff hem baarde in zijn huis komen wonen zodra ze gespeend werden. Indulf, van tweeënhalf en Culen, die één jaar was, waren nog aan de borst, maar hij zou ze meenemen zodra dat niet meer het geval was. Hij bedacht dat hij de oudere kinderen drie jaar geleden al had moeten ophalen. Hun moeder was een kille vrouw. Een kort moment dwaalden zijn gedachten naar Regan MacDuff. Zij had niemand, dat arme wicht. Haar moeders liefde was alleen voor Gruoch. Regan zou beter af zijn in het klooster waar hij haar naartoe stuurde. Zijn nicht Una was daar moeder-overste. Tussen de muren van het klooster van St.-Maire zou Regan vriendelijkheid en gezelschap vinden.

De kleine Donald Ferguson rende de zaal van de torenburcht uit, tegen de heuvel op, waar schapen graasden. Daar trof hij beide tweelingzusjes aan en ook Jamie MacDuff, die Donald daar ook wel verwacht had. 'Gruoch!' riep hij, 'MacFhearguis zit in de burchtzaal en hij wil je spreken! Ik ben gekomen om je te halen. Je gaat volgende week trouwen, grote zus! Mijn broer Ian heeft wel zin in zijn bruid,' grinnikte Donald.

Gruoch MacDuff wendde zich af van de jongeman met wie ze had staan praten. 'Spreek me niet zo brutaal aan, kwajongen,' berispte ze Donald. Toen vroeg ze: 'Wanneer hebben ze de trouwdag vastgesteld?'

'Nu net,' zei hij. 'Vader vroeg aan die wolvin, die onze moeder is, of je nu eindelijk niet een keer bent gaan vloeien. Ze zei dat het pas deze maand begonnen is, maar ik weet dat dat niet waar is.' Hij grijnsde opnieuw naar haar.

Gruoch werd bleek. 'Dat kun je niet bewijzen,' zei ze zachtjes.

'En als je dat aan je vader vertelt,' kwam Regan ertussen, 'dan leef je niet lang genoeg om mee te gaan naar je vaders burcht, Donald.' Ze schonk hem een suikerzoete glimlach, ondertussen met haar hand over de dolk tussen haar tailleband wrijvend. 'Denk goed na, vlegel, voor je beslist wat je doet.'

'Jij bent net zo gemeen als moeder,' zei hij kwaad en keerde terug naar de toren.

'Ze zeggen dat ik op mijn vader, Torcull MacDuff, lijk,' riep Regan hem lachend na.

'Ben jij dan nergens bang voor?' vroeg Gruoch aan haar tweelingzus. 'Ik denk niet dat jij een beste non zult zijn, Regan van me.'

'Het was niet mijn wens om non te worden, maar het is nu eenmaal zo,' antwoordde haar zuster, 'ik heb geen keus.'

'Je zou een man kunnen nemen en een kind krijgen,' sprak Jamie MacDuff.

'En opgejaagd en samen met mijn kind vermoord worden, omdat ik in rechte lijn van Ben MacDui afstam? Dank je voor de suggestie, Jamie MacDuff, maar het is geen goed voorstel, vrees ik. MacFhearguis is een woesteling en een wrede vijand, daar is vader wel achtergekomen.'

'Als je nu eens met Gruoch van rol verwisselt en net doet alsof je haar bent, dan word jij de bruid van Ian Ferguson. En als je dat doet, kunnen Gruoch en ik vluchten naar een ander deel van Alba, naar Daldriada of Strathclyde, om daar in vrede te leven, zonder de Fergusons. Aan zijn bruine ogen was te zien dat hij het serieus meende. Gruoch hield haar adem in. 'Je had het ten minste aan mij kunnen vragen, voor je besloot mijn leven te regelen,' zei ze scherp en Regan glimlachte bij zichzelf. 'Ik ben trouwens de erfgename van Ben MacDui, niet Regan.'

'Wil je dan niet met me trouwen, Gruoch?' sprak hij met een gekwetste blik.

'Ik ben met een ander verloofd, Jamie MacDuff. En hoe zou je mij en de kinderen die we krijgen willen onderhouden? Jij bent geen landheer.'

'MacFhearguis zal zich afvragen waar we blijven,' hielp Regan haar zus herinneren. 'Vooruit, we moeten gaan.' Ze keek de beteuterde jongeman aan. 'Je bent een dwaas, Jamie MacDuff,' zei ze tegen hem. Toen nam ze Gruoch bij de hand en liep met haar naar de toren.

'Waarom houd je hem aan het lijntje?' wilde Regan weten, terwijl ze zich voorthaastten.

Gruoch haalde haar schouders op en Regan wist dat ze niets meer uit haar zuster kon lospeuteren dan ze zelf wilde vertellen. Gruoch was een jongere uitgave van hun moeder, die haar aanbad. Ze hield haar gedachten voornamelijk voor zich en was rancuneus jegens personen van wie ze dacht dat ze haar iets hadden misdaan. Toch bestond er een bijzondere band tussen de tweeling. Regan bespeurde een zekere kwetsbaarheid onder dat harde vernis van Gruoch. Misschien kwam het daardoor dat ze altijd voor haar zuster in de bres sprong, haar beschermde en bewaakte. Wie beschermt Gruoch tegen zichzelf als ik weg ben? vroeg Regan zich af.

'Hoe zie ik eruit?' vroeg Gruoch, toen ze bij de deur van de toren aankwamen. Ze veegde ingebeelde stofjes van haar wollen jurk en streek haar blonde haren glad.

'Net zo goed als ik,' zei Regan giechelend en Gruoch lachte met haar mee. Dat was een grapje dat ze al sinds hun jeugd maakten.

Zij waren, net als bij de geboorte, identiek van gelaat en lichaamsvormen. Toch was er één verschil: de ogen van Gruoch waren helder azuurblauw, die van Regan hadden echter de kleur van aquamarijn met kleine gouden vlekjes. Het kwam zelden voor dat mensen konden zien wie wie was, want ze waren zó verbaasd over de schoonheid van de meisjes, dat ze niet naar hun ogen keken. Ze zagen alleen de fijne gezichtjes en het zijdezachte haar dat wel gesponnen goud leek. Niemand kon zich herinneren ooit zulk prachtig blond haar gezien te hebben.

Ze stapten samen de burchtzaal binnen en begroetten beleefd

hun moeder en haar gasten. Daarna bleven ze keurig voor de verhoging staan.

'Ik ken ze nu toch al hun hele leven en nog kan ik ze niet uit elkaar houden,' bromde MacFhearguis. 'Gruoch, kom eens hier!' Het meisje stapte bevallig op de verhoging en liep naar de landheer toe, die ze een kus op zijn ruwe wang gaf. 'Mijn heer.' Hij trok haar op zijn schoot en kneep haar in de wang. 'Je bent een knappe meid. Zul je me sterke kleinzonen schenken om mijn landen te beërven, Gruoch?' Gruoch giechelde blozend. 'Donald zegt dat u de trouwdag hebt vastgesteld, heer, is dat zo?'

'Jazeker,' bevestigde hij, 'over zeven dagen ga je met mijn Ian trouwen en dan word je zijn echtgenote. Het werd hoog tijd.'

'Stuur Regan alstublieft niet naar het klooster, heer,' zei Gruoch opeens. 'Wij zijn nooit zonder elkaar geweest. Ik vind het helemaal niet leuk om het zonder haar te moeten stellen.'

'Je zult geen tijd hebben voor Regan,' zei Alasdair Ferguson tegen het meisje. 'Jij moet aandacht schenken aan de volgende generatie Fergusons; je krijgt zonen en dochters en dan mis je je zuster niet meer.'

'Jawel,' zei Gruoch koppig. Haar blauwe ogen stonden boos en verdrietig tegelijk. Ze wilde dolgraag tegen hem ingaan, maar ze was zo jong en ze wist niet hoe ze dat moest aanpakken.

Regan stond nog onderaan de verhoging, waar ze ontroerd de smeekbede van haar tweelingzuster aanhoorde. Ondanks de duidelijke voorkeur van hun moeder voor Gruoch, waren de meisjes sterk aan elkaar gehecht. Maar Gruoch was er nooit in geslaagd de sfeer van verwaarlozing, waarin de laatstgeboren tweeling was opgegroeid, goed te maken. Gruoch was gekoesterd en had altijd de aandacht gekregen. Aan Regan werd pas in laatste instantie gedacht. Zelfs op dit moment werd ze genegeerd. Het was alsof ze niet bestond. Met een korte zucht glipte Regan de zaal uit. Zij zou niet gemist worden, wist ze. Gruoch was het middelpunt van alle aandacht, zoals altijd.

MacFhearguis zette Gruoch van zijn schoot. 'Ga je aanstaande eens een kusje geven, meisje,' beval hij.

'Ooo, nee!' zei ze, terwijl ze toevlucht bij haar moeder zocht. 'Dat is toch niet netjes voordat we getrouwd zijn. Dat heeft mijn moeder mij altijd voorgehouden, heer. Een man heeft geen respect voor een vrouw van losse zeden of iemand die vrijgevig is met haar genegenheid.'

Ian Ferguson grijnsde. Ze was natuurlijk nog maagd en hij vond het heel prettig om een meisje te ontmaagden. Elk meisje was anders. Sommigen waren begerig naar een felle haan. Anderen waren schuchter, maar konden wel gepaaid worden met wat geduld. Hij

25

had een voorkeur voor meisjes die terugvochten. Hij kon het zelf niet verklaren, maar hij hield ervan een meisje zijn wil op te leggen. Uiteindelijk hadden ze het allemaal nog prettig gevonden ook. Hij bekeek Gruoch eens goed. Hij kon niet uitmaken of zij verleid kon worden, of dat ze zich zou verzetten. Hoe dan ook, hij zou haar maagdelijkheid binnen zeven dagen genomen hebben. Als zijn vrouw kon ze het hem niet weigeren.

Later die dag, toen de Fergusons van Ben MacDui vertrokken waren en Gruoch met haar moeder alleen was, zei Sorcha tegen haar oudste dochter: 'Dat heb je goed gedaan, lieverd. Ik kan zien dat MacFhearguis tevreden over je is. Jezus!' riep ze vervolgens, terwijl ze over haar opgezette buik wreef, 'ik kan alleen maar bidden dat dit de laatste bastaard is die ik moet uitdragen.'

'Heb je gezien hoe Ian naar me keek?' zei Gruoch zachtjes. 'Ik heb gehoord dat hij het prettig vindt wanneer een vrouw zich verzet. Hij heeft dan wel lichte gelaatstrekken, maar een duister hart, vrees ik.'

'Jij bent een meisje van mijn slag, Gruoch, je temt hem wel,' verzekerde Sorcha haar. 'Zodra hij hoort dat hij vader wordt, zal hij je adoreren, net als zijn vader.' Ze schoof ongemakkelijk op haar stoel heen en weer en uitte een verwensing. 'Jezus, Maria! Het water is gebroken. Het is weer zover.'

'Ik zal je helpen, moeder,' zei Gruoch en samen met een bediende hielp ze Sorcha MacDuff naar haar kamer en op de zo langzamerhand versleten baartafel. 'Haal de oude Bridie en ga mijn zus zoeken,' droeg Gruoch de vrouwelijke bediende op.

Sorcha kreunde toen de eerste weeën door haar lichaam trokken.

'Hoe ga je deze noemen?' vroeg Gruoch aan haar moeder om haar aandacht van de barensweeën af te leiden.

'Malcolm, naar de nieuwe koning,' zei Sorcha tussen haar opeengeklemde kaken door. 'En als het een meisje wordt, noem ik haar Maire. O, Jezus! De pijn is verschrikkelijk.'

Bridie, de oude vroedvrouw, kwam en zei scherp: 'Hou op met klagen, Sorcha MacDuff. Dit is de achtste keer al dat je bevalt en het is je negende kind. Je bent geen jong meisje meer dat haar eerste kind baart.'

'Jij bent een akelig oud wijf,' zei Sorcha kwaad. 'Je herinnert je zeker je eigen pijn niet meer toen je je kinderen op de wereld zette. Ooo! Naar de hel en weer terug met die vervloekte, hitsige Alasdair Ferguson!' brulde ze. Op dat moment kwam Regan binnen.

'Ik snap niet waarom MacFhearguis nog steeds met haar naar bed gaat,' zei de vroedvrouw tegen niemand in het bijzonder. 'Hij kan toch zeker wel een jongere en mooiere meid vinden dan jullie moeder. Achtentwintig is te oud om nog kinderen te krijgen!'

Gruoch en Regan keken elkaar zachtjes giechelend aan. Ze waren het met de oude Bridie eens. Maar MacFhearguis scheen Sorcha MacDuff niet te kunnen weerstaan, ondanks haar verbittering en haar gemene tong. En ook al zou de tweeling het nooit toegeven, ze hadden hun moeder van lust horen schreeuwen en haar minnaar, die haar vijand was, horen aanmoedigen, wanneer hij bij haar in bed kwam. Met die kreten waren ze hun leven lang, van begin af aan, vertrouwd geweest.

Sorcha MacDuff had altijd betrekkelijk gemakkelijke bevallingen gehad, maar deze keer was het anders. De uren verstreken en nog was het kind er niet. Pas bij het aanbreken van de tweede dag baarde ze een gezonde zoon, een enorm kind, de grootste baby die ze ooit hadden gezien. Hij vocht zich een weg naar buiten toe, met een hoogrode kop, schreeuwend en woedend met zijn vuistjes zwaaiend. Boven op zijn hoofd zat een dikke dot knalrood haar.

De oude Bridie legde het bebloede kind op de buik van de moeder, bond de navelstreng af en knipte hem door. 'Een flink ventje, vrouwe. Uw weeën zijn beloond.'

Sorcha keek neer op het huilende kind. Nog een Ferguson, dacht ze uitgeput. Alweer zo'n verdomde Ferguson! Jezus, wat was ze moe. Veel vermoeider dan ze zich ooit had gevoeld. Ze sloot haar ogen met een zucht van verlichting en voelde de weeën, waarmee de nageboorte naar buiten kwam, nauwelijks meer.

De vroedvrouw begon aan de verzorging en werd ongerust. Toen Sorcha verschoond was en in bed lag – en de kleine lawaaimaker, die al snel de naam Malcolm had gekregen, gesust en in zijn wiegje was gelegd – wenkte ze de tweelingzusjes. Ze liep de kamer van de vrouwe uit naar de overloop bij de trap.

'Het gaat niet goed met jullie moeder,' zei ze, zonder er doekjes om te winden. 'Dit heb ik vaker gezien. Ik denk dat ze zal sterven. Ze is te oud voor zo'n zware bevalling. Jullie kunnen het maar het beste aan MacFhearguis gaan melden.'

'Maar ik ga over vijf dagen trouwen,' protesteerde Gruoch.

'Zo lang leeft ze nog wel,' zei Bridie, 'maar misschien ook niet. Als ik jou was en wilde dat mijn moeder erbij was als ik mijn jawoord gaf, dan zou ik binnen twee dagen trouwen.' De vroedvrouw schuifelde de trap af, haar taak zat erop.

'Maar ze kan toch niet dóódgaan!' fluisterde Gruoch, meer in zichzelf dan tegen haar zus, 'niet nú! Niet nu we zo dicht bij de voltrekking van onze wraak op de Fergusons zijn!'

'Wat zeg je nu?' vroeg Regan verbaasd. Ze had Gruoch nog nooit zo intens en vastbesloten gezien, precies als Sorcha.

'Dat kan ik je niet vertellen,' antwoordde Gruoch, 'dat kan alleen moeder je vertellen. Die stomme ouwe Bridie liegt! Ze komt niet bij mij als ik mijn kinderen krijg.'

'Bridie heeft geen reden om tegen ons te liegen,' zei Regan kalm. Gruoch pakte haar tweelingzus bij de hand en trok haar mee de slaapkamer weer in. 'Moeder moet eerst rusten. Daarna zal ze je het vertellen. We moeten wachten tot ze weer wakker wordt. Je hebt gelijk zuster, Bridie heeft geen reden om tegen ons te liegen. Wij moeten hier zijn wanneer moeder uit haar sluimer ontwaakt; voordat iemand anders bij haar komt.'

'Maar moeten we MacFhearguis niet gaan waarschuwen, zoals Bridie heeft gezegd?' vroeg Regan. 'Hij zal kwaad op ons zijn als er iets gebeurt en hij nergens van weet. Laat mij naar beneden gaan en iemand naar hem toesturen.'

'Néé!' zei Gruoch, veel heftiger dan Regan van haar kende. 'Als je hem laat halen,' vervolgde ze, 'dan komt hij meteen en hebben we geen tijd meer om alleen met moeder te spreken, en dat is noodzakelijk!'

De zusters trokken een bankje bij het bed van hun moeder en gingen in stilte zitten wachten. Er kwamen geen geluiden uit de burchtzaal beneden. Donald en de drie opvolgende kinderen die Ferguson bij hun moeder had, waren met hun vader en halfbroers meegegaan naar de burcht van MacFhearguis. De twee jongsten zouden wel bij hun verzorgsters zijn. Af en toe maakte de nieuwe baby kleine snuffelgeluidjes in zijn wieg, de moeder was doodsbleek. De tweeling zat de tijd uit, tot Sorcha MacDuff opeens haar blauwe ogen opsloeg en haar dochters recht aankeek.

'Ik lig op sterven,' zei ze nuchter.

'Ja,' zei Gruoch, 'dat zei die ouwe feeks van een vroedvrouw ook.'

'Je moet morgen met Ian Ferguson trouwen,' sprak Sorcha traag.

'Ja, en Regan moet nu ook weten wat haar rol is in het plan om vader te wreken. We hebben geen tijd te verliezen, mama. Hoe voel je je nu?'

'Zwak, maar ik zal net zo lang blijven leven om je te zien trouwen en mijn Torcull te wreken,' antwoordde Sorcha heftig. Toen glimlachte ze naar Gruoch en zei: 'Vertel het Regan maar.'

'Wat moet je me vertellen?' vroeg Regan.

'Ik ben in verwachting,' zei Gruoch kalm.

'Jezus! Ik wist niet dat jij en Ian... nou ja, je leek zo bedeesd met hem. Wat ben jij sluw, Gruoch. Ik zou het niet geweten hebben! Weet hij het al?'

'Dit is niet door Ian Ferguson verwekt, lieve Regan,' zei haar tweelingzus op scherpe toon, 'het kind van Jamie MacDuff groeit in mijn buik.'

'Ooo, Gruoch!' Regan sperde haar ogen wijdopen van schrik.

'Had je soms gedacht dat ik een Ferguson het land van MacDuff zou laten erven?' gromde Sorcha zacht, 'had je dat werkelijk gedacht, Regan MacDuff? Nooit van mijn leven! Het zal een Mac-

Duff zijn die erft en niet alleen het land van MacDuff, maar ook het land van Ferguson! En het leukste van alles is dat de Fergusons het nooit zullen weten. Zij zullen denken dat het kind dat Gruoch over een paar maanden ter wereld brengt één van hen is. Wanneer die duivel van een Alasdair Ferguson sterft, zal Gruoch hem het geheim in zijn oor fluisteren, op het exacte moment van zijn dood. Hij gaat met deze wetenschap de hel in en zal er niets meer aan kunnen veranderen!' Ze begon te lachen, maar haar gelach ging over in een hoestbui.

Gruoch rende weg om voor haar moeder een beker sterke wijn te halen, maar Regan zat een ogenblik lang stokstijf op de bank, volkomen in de war over wat ze gehoord had. Dit was een verbijsterende wraak die hun moeder had uitgedacht, heel subtiel, maar het klopte volkomen. Daar was veel geduld voor nodig geweest. Regan besefte dat haar moeder het wel verschrikkelijk moest vinden, dat ze geen getuige kon zijn van de uiteindelijke voltooiing van haar goed afgewerkte wraakplan. Toen schoot er een gedachte door haar heen.

'Zou Ian Ferguson dan niet merken dat Gruoch geen maagd meer is als hij het voor het eerst met haar doet?' vroeg ze. Sorcha had haar dochters al lang geleden uitgelegd wat zich tussen mannen en vrouwen afspeelt, ofschoon Regan zich steeds had afgevraagd waarom ze in haar geval de moeite nam, aangezien ze toch non zou worden.

Gruoch sloeg haar arm om haar moeder heen om haar te helpen drinken. Toen Sorcha's dorst gelest en de hoestbui over was, zei ze: 'Ian Ferguson krijgt in de huwelijksnacht een maagd in zijn bed, Regan. Jij neemt de plaats van je zuster in; Ian zal het niet merken.'

'Dat kun je niet van me verlangen!' riep Regan. 'Ik moet non worden. Ik moet kuis in het klooster van St.-Maire aankomen. Hoe kan ik kuisheid zweren voor God, wanneer ik niet kuis ben, vrouwe! Het is wel waar dat ik zo'n leven niet wens, maar ik heb geen keus. Wil je mij mijn eer afnemen voordat ik Ben MacDui verlaat?'

'Je éér? Jouw éér?' hoonde Sorcha MacDuff haar dochter. 'De Fergusons namen de eer van MacDuff voordat jij geboren werd. Ze slachtten je vader en vele andere goede mannen af, in hun roofzuchtige begeerte naar ons land. Ik heb jullie nooit precies verteld hoe je vader stierf. Wat maakte het uit? Hij was dood en kon nooit meer terugkeren. Maar ik vind dat je het maar moet weten, Regan MacDuff, jij die zoveel op hem lijkt. De mannen van MacFhearguis vielen je vader en zijn mannen aan vanuit een hinderlaag, toen ze terugkeerden van een veemarkt. Je vader was de laatste die nog overeind stond, is me verteld, de laatste die verslagen werd. MacFhearguis en zijn bandieten brachten mij het lijk van Torcull als een laatste belediging. Ze hadden de letter F in zijn wangen en op zijn voorhoofd gekerfd. En nog was hij de mooiste man die ooit heeft geleefd! Toen gaf Alasdair Ferguson mij een doosje. Daarin zaten drie bloederige stukken, die, zoals hij zei, je vaders mannelijkheid waren. Die smerige schoft heeft persoonlijk mijn Torcull gecastreerd! Het is een wonder dat ik jullie op dat moment niet verloor, maar ik vond het mijn plicht om de erfgenaam van MacDuff te baren en mijn Torcull te wreken.

Ik heb geduld moeten oefenen,' vervolgde Sorcha. 'Dertien jaar lang ben ik gedwongen geweest om Alasdair Ferguson in mijn bed en tussen mijn benen te dulden. Ik heb hem zeven bastaarden moeten baren en deze laatste wordt mijn dood! En nu ik op mijn sterfbed lig, met het uur van mijn wraak nabij, wil jij mij trotseren met je kinderachtige gebazel over je eer? Nou, Regan MacDuff, er zit meer aan vast dan de eer van onze clan alleen. Het leven van je zuster en dat van haar kind staan op het spel. Hoe denk je dat MacFhearguis zal reageren als hij hoort dat Gruoch niet de zuivere maagd is die hij denkt? Hij zal Gruoch zonder omhaal doden. Jij bent de enige hoop voor je zuster, Regan MacDuff. Als jij haar plaats niet inneemt in het huwelijksbed...' Haar stem werd zwak en ze viel achterover in de kussens.

'En als zijn zaad aanslaat in mijn buik?' wilde Regan weten. 'Hoe moet ik dat aan de moeder-overste in St.-Maire uitleggen?'

'Moeder heeft MacFhearguis overgehaald om je ten minste nog één maand bij haar en mij te laten blijven,' zei Gruoch tegen haar zus. 'Zodra je tekenen van zwangerschap vertoont, bestaat er een drankje dat je bloeding weer op gang brengt.' Ze pakte de handen van haar tweelingzusje en zag zichzelf weerspiegeld. 'Alsjeblieft, Regan,' smeekte ze, 'niemand zal het weten dan alleen jij en ik. Het is maar voor één keer. Ik weet dat je dit niet wilt, dus God zal je zeker vergeven. Bovendien, door dit te doen red je mijn leven en dat van het kind dat ik verwacht, èn de MacDuffs zullen gewroken zijn. Alsjeblieft, Regan, alsjeblieft!'

Regan keek kil naar haar moeder. 'Mijn hele leven heb je mij genegeerd en nu eis je dit van mij. Als ik niet van Gruoch hield, zou ik het weigeren,' sprak ze bitter. 'Maar haar bloed wil ik niet op mijn geweten hebben. En dat wist je, vrouwe. Ik vervloek je erom!' Toen stond Regan op en liep trots de kamer uit.

Gruoch voelde de opluchting door haar leden gaan. 'Ik wist wel dat ze ons niet in de steek zou laten, moeder. Regan is een echte MacDuff. Zij offert zich op om vader te wreken.'

'Ze geeft geen zier om Torcull,' zei Sorcha zwakjes, 'ze doet het uit liefde voor jou, Gruoch. Ik ben blij dat je haar hebt als ik ben heengegaan. Laat MacFhearguis haar niet wegsturen voor je zeker weet dat ze geen kind van Ian Ferguson draagt. Ik vrees dat ik het eind van de week niet haal. Doe wat je moet doen, maar houd Regan lang genoeg bij je, zodat je zeker weet dat ze niet zwanger is van Ian Ferguson. Niemand mag van onze wraak weten. Dat wij het weten is voldoende.' Toen sloot ze haar ogen en viel weer in slaap. Gruoch MacDuff keek op haar moeder neer. Zij was versleten door het baren van kinderen. Dat zal mij niet overkomen, dacht Gruoch bij zichzelf. Laat Ian het hele district maar volstrooien met bastaarden, dat kan mij niet schelen, want ik ben toch zijn vrouw. Mijn zoon van MacDuff zal alles erven wat ze van ons geroofd hebben en daarnaast alles wat van de Fergusons is. Ik zal gedwee en meegaand zijn, maar ik baar alleen de kinderen die ik wil. Ik houd Jamie MacDuff als minnaar. Als dit kind dat ik draag sterft, neem ik een ander bij Jamie. Als een kind van Ferguson hem in de weg staat, zal ik zorgen dat het ziek wordt en sterft. Niets en niemand zal de MacDuffs in de weg staan hun eigendommen terug te krijgen en nog meer!

Gruochs tweelingzus zou erg verbaasd zijn geweest over de trek op haar anders zo lieflijke gelaat. Sorcha MacDuff had haar geliefde dochter goed geïnstrueerd. Zij zou een van de volgende dagen sterven, maar Gruoch zou niet falen. Ze zou de wraak op de Fergusons uitvoeren, omdat ze er heilig in geloofde.

Regan was de toren ontvlucht en naar het meer gelopen. Het water werkte altijd kalmerend, maar vandaag kon zelfs dat haar niet de rust geven die ze zo nodig had. Dat ze opgegroeid was zonder wrok te koesteren was een wonder en een bewijs van de kracht van de menselijke geest. Zij wist niets van liefde of oprechte vriendelijkheid en had het daarom ook niet gemist.

Vanaf het moment dat haar begripsvermogen zich ontwikkelde, had Regan begrepen dat Gruoch de erfgename was, de begunstigde, en dat zij non zou worden. Maar sinds haar vijfde jaar was er geen priester meer op Ben MacDuff geweest. Ze wist niets van het geloof, ze wist niet eens of ze wel geloofde. Ze had allerlei dingen horen zeggen over het leven dat ze zou gaan leiden en erg aantrekkelijk had het niet geklonken.

Zij zou ergens met andere vrouwen gaan samenwonen. Die vrouwen deden veel aan gebed en verrichtten goede werken. Mannen waren taboe. Zodra ze daartoe gereed werd bevonden, zou ze ten overstaan van het hoofd van het klooster en alle andere nonnen zweren voor een God van wie ze niet wist of ze in hem geloofde, dat ze een leven in armoe, kuisheid en gehoorzaamheid zou leiden. Regan zuchtte diep. Liegen was haar vreemd, maar om haar zuster Gruoch te beschermen zou ze met een levenslange leugen moeten leven. Van nonnen werd verwacht dat ze maagd waren en dat zou ze niet meer zijn als ze Gruochs plaats innam in het huwelijksbed. Deed ze dat niet, dan zou Ian Ferguson merken dat zijn bruid niet ongeschonden was. MacFhearguis zou, zoals haar moeder had gezegd, Gruoch zonder omwegen doden. Regan kende het verhaal over hun geboorte heel goed en hoe de oude Bridie hen had gered door de Fergusons ervan te overtuigen dat de kleine meisjes hen geen schade konden berokkenen.

Regan zuchtte opnieuw, bukte zich en pakte een plat steentje, dat ze deskundig over het rimpelige wateroppervlak liet stuiteren. Langzaam liep ze langs de oever en overdacht haar toekomst. Zij was nog nooit verder dan een kilometer of drie van Ben MacDui weg geweest, maar de plaats waar ze nu heen zou gaan, was helemaal aan de andere kant van haar vaderland Alba, aan de uiterste kust van Strathclyde. Ze zou Ben MacDui of haar tweelingzusje nooit meer zien. Haar ogen vulden zich met tranen. Ondanks hun verschil in status was Gruoch altijd lief voor haar geweest. Wat de anderen betrof, alleen Sorcha had de tweeling uit elkaar kunnen houden. Iedereen was dus aardig voor haar geweest, omdat ze nooit precies wisten wie ze voor zich hadden, Gruoch de erfgename of Regan de onbelangrijke. Vanaf nu zou ze niets anders hebben dan vervagende herinneringen. Had het leven eigenlijk wel iets meer te bieden, en zou ze daar ooit achterkomen?

Er viel een regendruppel op haar wang. Opkijkend zag Regan dat zich regenwolken boven de heuvels rond het meer samenpakten, die de voorbode waren van een voorjaarsstorm. Ze haastte zich terug naar huis, waar ze Gruoch bij het vuur aantrof. 'Heb je Mac-Fhearguis al bericht gestuurd?' vroeg Regan aan haar zus. 'Hij wil weten of Malcolm geboren is en hoe het met moeder is.'

'Nee, ik heb nog niemand gestuurd,' antwoordde Gruoch. 'Ik heb hier zitten nadenken hoe vreemd het zal zijn als ik moeder niet meer bij me heb. Als jij weg bent, ben ik helemaal alleen, lieve Regan. Ik moet er niet aan denken.'

'Dan heb je een man en je kinderen om je dagen mee te vullen, Gruoch,' antwoordde Regan. 'Ik ben degene die niets meer heeft. Ik kijk bepaald niet uit naar dat klooster, maar welke andere keus hebben wij, dan het lot te aanvaarden, dat bij onze geboorte door MacFhearguis is gedicteerd? Wij zullen voedsel en onderdak hebben, maar ik vraag me af of dat wel genoeg is.'

'Er is ook nog liefde,' antwoorde Gruoch zacht.

'Ik weet niet wat liefde is,' bekende Regan. 'Niemand heeft ooit van mij gehouden, Gruoch, behalve jij misschien. Moeder hield niet van mij. De jongens durven niet eens naar mij te glimlachen, uit vrees dat ik jou ben, of uit vrees dat ik mij ben, een kuise non.' Ze lachte een beetje treurig. 'Wat is liefde? Dat betekent niets voor mij, Gruoch, maar als het iets goeds is, dan wens ik het voor je, zusje. Ik hoop dat je het in overvloed mag hebben!'

'Als MacFhearguis hier is, krijg ik misschien de kans niet meer om het tegen je te zeggen, maar ik wil je bedanken voor het offer dat je brengt, Regan MacDuff,' zei Gruoch.

'Als het niet voor jou was deed ik het niet,' antwoordde Regan ernstig. 'Maar je bent een deel van mij, Gruoch, dat kan ik niet ontkennen. Er bestaat een band tussen ons en als het in mijn macht ligt wil ik voorkomen dat jou iets overkomt. Ik vind het verkeerd van moeder dat ze jou heeft ingeprent dat je dit moet doen. Het brengt onze vader toch niet terug. Jouw huwelijk zal de MacDuffs van Ben MacDui verbinden met de Fergusons van Killieloch. Heb je er nooit aan gedacht dat vader, als hij nog had geleefd, de vete tussen onze families misschien met een dergelijk huwelijk had willen verzoenen?'

'Maar hij leeft niet meer. Hij werd door de Fergusons vermoord,' zei Gruoch heftig. 'Ik zal hem en onze arme moeder, die nu op sterven ligt vanwege die Fergusons, wreken. En jijzelf dan, Regan Mac-Duff? De Fergusons hebben je veroordeeld tot een dor leven zonder liefde. Moet ik dát dan niet wreken?'

Hoofdstuk twee

Er werd ten slotte iemand naar MacFhearguis gezonden, die onmiddellijk kwam. Hij bewonderde zijn jongste zoon, de blèrende Malcolm, nam de verslechterende toestand van Sorcha MacDuff in ogenschouw en gelastte het huwelijk nog diezelfde avond.

'Ze mag dan wel een sterke vrouw zijn, maar ik weet niet of ze morgenochtend nog leeft,' zei hij tegen de tweeling. 'Ik wil dat ze het nog meemaakt dat jij met mijn jongen trouwt, Gruoch Mac-Duff.' Zijn blik dwaalde naar Regan. 'Ga je zuster voorbereiden, kind, want je mama kan het niet meer. Ik zal zelf de priester gaan halen.'

'Ga water halen voor het bad,' beval Regan de bedienden, en zodra die haar hadden gehoorzaamd stuurde ze hen weg, met de woorden: 'Ik zal mijn zuster alleen bijstaan. Kom ons maar halen zodra MacFhearguis terug is met de priester en de bruidegom, maar stoor ons niet voor die tijd.'

'Waarom heb je hen weggestuurd?' vroeg Gruoch nieuwsgierig toen ze alleen waren.

'Ik wil niet dat iemand je naakt ziet. Hoe klein je buik misschien ook is, ze mogen geen argwaan krijgen,' zei Regan. Toen hield ze Gruoch glimlachend een stukje zeep voor. 'Kijk,' zei ze, 'ik heb zeep met lavendelgeur voor je huwelijksdag gemaakt.'

De twee meisjes trokken hun kleren uit en baadden om de beurt, eerst Gruoch en dan Regan. Zij wasten niet alleen hun lichamen, maar ook hun lange goudkleurige haren, en lieten die bij het vuur drogen. Regan liep naar de kledingkast en pakte schone kleren: hemdjes van fijn zacht linnen en hooggesloten tunieken met ronde halsjes, één als onderkleding en één als bovenkleding. De bruid droeg een ondertuniek van geweven lichtgroene wol, een boventuniek van rijke purperen zijde, en daar omheen een vergulde leren riem met geëmailleerde gesp. Haar zuster droeg dezelfde kleuren, maar dan omgekeerd. Geen van beiden droeg schoenen, omdat ze toch binnen waren.

Gruoch bevestigde een smalle gouden band met kleine schitterende stenen om haar voorhoofd, om haar haren bijeen te houden. Noch zij, noch Regan wist wat voor juwelen het waren, maar Sorcha had gezegd dat deze diadeem gedragen werd door de bruid op haar huwelijksdag – hij had tot haar eigen bruidsschat behoord. Gruochs haar hing los, zoals het een bruid betaamt en Regan droeg haar haar in een enkele vlecht, vastgemaakt met een stuk doorzichtige stof, waar een zilveren band omheen zat. Beide meisjes droegen een takje van de blauwe bosbes op de schouder, het embleem van de clan MacDuff.

'Hoe verwisselen we straks van plaats?' vroeg Regan aan haar zus.

'Jij bereidt in plaats van mama mijn huwelijksbed,' antwoordde Gruoch, 'op dat moment verwisselen we van identiteit.'

'En daarna?' drong Regan aan.

'Dat weet ik niet. Misschien moet je wel de hele nacht bij Ian blijven, maar als hij slaapt kun je misschien de kamer uitglippen. Dan sta ik daar te wachten om mijn eigen plaats in te nemen. Als het 's nachts niet kan, dan gebeurt het morgenochtend,' zei Gruoch, die haar zuster troostend op de hand tikte. 'Ik kan je niet genoeg bedanken, lieve Regan. Maar onthoud dat je geen vrees moet tonen, ook al ben je bang. Hij is wreed voor zwakke vrouwen, heb ik gehoord. Je moet sterk zijn. Doe gewoon wat hij zegt en probeer niet te huilen.'

Toen ze eindelijk naar de grote zaal werden geroepen, zagen ze dat Sorcha door twee zoons van MacFhearguis uit een vorig huwelijk, met bed en al naar beneden was gedragen. Iedereen was er: de Fergusons van Killieloch en de mannen van hun clan, de overlevenden van de clan van MacDuff van Ben MacDui en de priester.

'Treed naar voren! Treed naar voren!' gebaarde MacFhearguis met zijn benige wijsvinger. Terwijl zij aan kwamen lopen, greep hij Gruoch bij de arm en trok haar naast zijn zoon Ian.

Hij keek niet eens naar haar, dacht Regan. Als hij het niet aan de gouden band met de juwelen had gezien, zou hij werkelijk niet geweten hebben wie het was. Geen van hen zou het weten... Om een reden die ze zelf niet goed begreep, maakte dit het bedrog jegens de Fergusons acceptabel. Regans ogen ontmoetten die van haar moeder in een eerste rechtstreekse blikwisseling die ze ooit hadden gehad. Heel kort kwam er een goedkeurende glimlach op de lippen van Sorcha. Daarna werd haar aandacht weer geheel in beslag genomen door Gruoch.

O, kreng dat je bent, dacht Regan bij zichzelf. Je hebt ons beiden opgeofferd aan je wraak en nu knijp je ertussenuit en laat ons afzonderlijk aan ons lot over, terwijl we altijd elkaar hadden. Ik vraag me af hoe vader werkelijk denkt over wat jij nu doet, Sorcha Mac-Duff.

Regan werd zo door haar eigen gedachten in beslag genomen, dat ze nauwelijks aandacht schonk aan wat er om haar heen gebeurde. Plotseling zag ze dat haar moeder opgelucht ademhaalde. MacFhearguis sloeg zijn oudste zoon op de rug. Gruoch speelde de blozende bruid. De huwelijksplechtigheid was voorbij en de doedelzakken begonnen te spelen. Terwijl de bedienden wijn inschonken voor de verzamelde gasten, liepen de zusters naar hun zeer verzwakte moeder en MacFhearguis. De bruidegom en zijn broers dansten voor hen.

Hoe Sorcha MacDuff ook over de Fergusons dacht, Regan moest toegeven dat het knappe kerels waren, met hun roodbruine haar en helderblauwe ogen. Ze waren allemaal hetzelfde gekleed, met grote omslagdoeken in de kleuren van de clan, donkerblauw, groen, wit en rood, om het middel samengehouden door brede leren riemen. Witte linnen hemden, die openstonden aan de hals, zodat iedereen het dikke borsthaar kon zien dat elk van hen, behalve de jongsten, bezat. Hun schoeisel volgde de vorm van hun voeten en was tot halverwege hun goedgevormde benen met veters dichtgestrikt. De bruidegom droeg leren schoenen, zijn broers hadden schoenen van zwaar, waterdicht vilt. Zij hieven luidruchtig het ene glas na het andere op hun broer en zijn vrouw, terwijl ze bleven dansen voor de gasten.

Sorcha kreeg opnieuw een hoestbui en nadat haar dochter de pijn een beetje had verzacht, bracht ze hijgend uit: 'Het huwelijksbed. Ik moet zeker weten of Gruoch op gepaste wijze naar bed is gebracht, voordat ik doodga! Neem je zuster mee, Regan, en maak haar gereed voor haar man, want ik kan het niet meer.'

De twee jonge vrouwen glipten, onopgemerkt door MacFhearguis en de andere gasten, van de verhoging; die hadden het te druk met de bruidegom en zijn broers, want er werd een bijzonder schuin feestlied gemaakt. De tweelingzusjes renden zo snel ze konden de torentrappen op naar de slaapkamer, die gedurende de plechtigheid was klaargemaakt voor de pasgehuwden. Haastig trok Gruoch haar bruidskleding uit en de kleren van Regan aan en vlocht haar haren.

'Moet ik naakt zijn?' vroeg Regan aan haar zus, toen ze in haar linnen hemdje stond en met vlugge vingers door haar eigen gouden lokken kamde.

'Ja,' zei haar zuster, 'dat scheelt kleren, Regan. Hij scheurt ze toch maar van je af als je ze aanhoudt, ben ik bang.'

'Grúoch,' verbeterde haar zuster haar. 'Ik ben nu Gruoch en jij Regan,' waarschuwde ze.

'Ga in bed liggen,' zei de namaak-Regan, 'ik kan ze de trap al op horen komen. Mama heeft ons niet veel tijd gelaten, hè? Ze gaat dood voordat de nacht om is, denk ik.'

De verwisselde bruid lag nog niet in bed, of de deur naar de kleine kamer werd opengegooid, zodat hij bijna uit zijn hengsels viel. Er werd een naakte Ian Ferguson naar binnen geduwd. 'Doe je plicht met die meid, Ian,' sprak zijn vader luid. Toen trok hij de verkeerde zus de kamer uit. 'Jij hebt hier niets meer te zoeken, nonnetje,' zei hij. Gruoch was verbijsterd. Ze had nooit gedacht dat Ian Ferguson zo... zo góéd geproportioneerd zou zijn. Jamie MacDuff was een prettige minnaar, maar de omvangrijke mannelijkheid van Ian Ferguson beloofde vele uren van lust. Misschien had Regan gelijk. Hun moeder zou weldra sterven en de vete was voorbij. Haar kind van MacDuff zou erven, zodat de wraak van MacDuff zeker was, maar zij, Gruoch, zou de vrede laten groeien tussen de clans, zoals MacFhearguis aldoor had gewild. Wat haar tweelingzus betreft, zodra Gruoch eenmaal zeker wist dat de attenties van Ian jegens Regan in deze nacht geen gevolgen hadden gehad, zou ze in allerijl naar St.-Maire gestuurd worden om daar haar leven te slijten.

'Blijf bij je moeder, Regan MacDuff,' droeg MacFhearguis haar op. 'Ik blijf buiten de bruidskamer staan wachten om me ervan te overtuigen dat mijn zoon doet wat hij behoort te doen, èn dat je zuster de maagd is die ze beweert te zijn. Als ik merk dat de MacDuffs ons bedriegen...' Hij maakte met zijn wijsvinger een veelzeggend gebaar langs zijn keel.

'Mijn heer,' vroeg ze, 'waarom denkt u dat Gruoch u bedriegt en geen maagd meer is?' Wie had hem dit in zijn hoofd gepraat?

'Jullie broer Donald zegt dat ze wel erg vrijpostig met de jonge Jamie MacDuff omging,' antwoordde de oudere man.

'U moet oppassen voor onze broer Donald,' zei ze, 'die strooit de meest verschrikkelijke leugens rond en schijnt er plezier in te hebben ons tegen elkaar op te zetten. Moeder heeft hem er verscheidene keren een pak slaag om gegeven, heer. Gruoch en ik zijn dol op onze neef Jamie, maar wij hebben nooit ondeugende spelletjes met hem gespeeld, ik zweer het u. Ik was er altijd bij, want moeder stond erop dat wij ons fatsoen hielden.'

'Je bent een goeie meid, Regan MacDuff,' zei hij. 'Ga maar naar je moeder toe, om haar laatste ogenblikken op aarde te verlichten.'

'Gaat u niet meer naar haar toe, heer?' drong ze aan.

'Je moeder en ik hebben al afscheid genomen,' zei hij, terwijl hij haar zachtjes in de richting van de trap duwde en vervolgens zijn volledige aandacht richtte op de bruidskamer en zijn bewoners.

Daarbinnen brandde een enkele kaars. Ian Ferguson paradeerde voor het meisje in het bed heen en weer. 'Nou?' wilde hij van haar weten.

'Nou, wat?' antwoordde ze. Regans hart bonsde heftig, maar de man die voor haar stond, merkte niets van haar angst.

'Vind je niet dat ik een prachtige lans bezit, Gruoch? Hij is nog niet eens volledig opgericht, maar de ogen van het nonnetje werden zo groot als schoteltjes toen ze me zag. Zoiets krijgt ze niet meer te zien, die arme meid. Jammer dat ik jullie niet, net als de moslims, allebei tot vrouw kan nemen. Onze voorouders hadden meer dan één vrouw, heb ik gehoord, en de heidense Saksen nog steeds. Zou je me met een ander willen delen, vrouwtje van me?'

'Ik heb gehoord dat je die al hebt,' zei Regan geamuseerd. 'Ze zeggen dat je meer dan tien bastaarden hebt verwekt, verspreid over het hele grondgebied, Ian Ferguson. Maar de kinderen die je bij mij verwekt zijn wettig en luiden het einde van een vete in, man van me.'

'Je bent een vrijpostige meid,' zei hij, onzeker of hij haar zou moeten slaan om haar onbeschaamdheid of het erbij moest laten. Die onbevreesdheid van haar stond hem wel aan. 'Donald zegt dat je me hebt bedrogen met Jamie MacDuff, Gruoch. Als dat zo is, zal ik je doden en wordt het nonnetje mijn vrouw.'

'Donald is een leugenaar,' antwoordde ze hem rustig. 'Kom, mijn heer, ontdek zelf of ik maagd ben of niet.' Donald zal boeten voor zijn rotstreek, besloot Regan, terwijl ze haar armen naar Ian uitstrekte.

Hij sloeg de deken terug die haar jonge lichaam aan zijn blik had onttrokken. Ze had mooie kleine borstjes en een lang bovenlijf. Haar huid leek wel roomkleurig. Hij stak zijn hand uit om haar aan te raken, ze was heel zacht en heel glad. Hij bevoelde een lok van haar goudkleurige haar. Het leek wel distelpluis. Vooroverbuigend kuste hij haar voor de tweede keer deze dag op de mond en zijn lust was onmiddellijk gewekt. Hij stapte bij haar in bed en sloeg zijn armen stevig om haar heen.

Regan trok haar neus op: Ian stonk naar paarden en zweet. Hij had blijkbaar al geruime tijd geen bad meer gezien. Hoewel ze benieuwd was naar de dingen die tussen man en vrouw plaatsvonden, benijdde ze haar zuster niet. Hij duwde zijn hand tussen haar dijen op zoek naar iets, en raakte haar aan op een manier waarvan ze nooit had gedacht dat ze zou worden aangeraakt. Hij drukte haar neer met zijn lichaam en begon met zijn vrije hand aan haar borsten te voelen. Regan beet op haar lip om het niet uit te schreeuwen, want ze begon bang te worden van zijn ruwe manieren. Ze dacht aan de waarschuwing van Gruoch: Niet laten merken dat je bang bent.

Ze wurmde zich onder hem vandaan, wat hem ergerde, want hij gromde. 'Wat moet ik doen, Ian?' vroeg ze. Zij moest toch zeker ook iets doen.

Hij keek haar verbaasd aan. 'Ach, meisje, jij hoeft helemaal niets te doen. Zometeen ga ik je neuken. Wees een brave meid en blijf gewoon liggen. In de liefde doet de man het werk.' Hij drukte zijn mond opnieuw op de hare en dwong haar haar mond open te doen. Toen duwde hij zijn tong helemaal tot in haar keel.

Regan dacht dat ze stikte, terwijl hij de verkrachting voortzette. Als stilliggen het enige was dat een vrouw deed, begreep ze niet dat zoveel vrouwen dat, wat ze de liefde noemden, zo prettig vonden. Misschien zou het gemakkelijker gaan als hij zou gaan neuken; dit vond ze bepaald niet opwindend. Het ging er ruw en zweterig aan toe en helemaal niet lekker. 'Doe je benen wijd, meisje,' beval hij, terwijl hij ertussen plaatsnam. Uit die verwarring van haar blijkt duidelijk dat ze nog een maagd is, dacht Ian. Donald zou er pittig van langs krijgen als hij had gelogen. Ian Ferguson bracht zichzelf in positie en duwde hard, waarna hij op een hindernis stuitte. Haar maagdenvlies, juichte hij stilletjes. Hij trok zich even terug en dreef zichzelf nog harder naar binnen.

Regan slaakte een gil van verbijstering, toen de pijn van zijn penetratie door haar hele bovenlichaam uitstraalde. Ze vergat de raad van Gruoch en verzette zich uit alle macht. Ze begon met haar kleine vuisten op zijn harige borst te timmeren. Maar hij negeerde haar volkomen en ging door met zijn bestorming. 'Je doet me pijn, Ian!' snikte ze. 'Hou ermee op! Hou ermee óp!'

Het leek wel alsof hij haar niet hoorde. Hij pompte maar door, met toenemende snelheid, terwijl haar ingang steeds wijder werd, en hij kreunde en zweette tot hij uiteindelijk met een triomfantelijke kreet boven op haar in elkaar zakte. 'Jezus, wat was jij nauw, meisje, maar daar hebben we iets aan gedaan, die flinke jongen en ik,' sprak hij met zijn hete adem in haar oor. Toen klom hij van haar af, pakte de kaars, hield hem omhoog en grinnikte tevreden bij het zien van het bloed van haar maagdelijkheid, dat aan haar dijbenen, het beddengoed en zijn inmiddels slap geworden lid kleefde. Toen liep hij naar de deur, maakte die open en zei: 'Kom eens kijken, pa. Mijn kleine wijffie was inderdaad nog maagd, nietwaar, Gruoch?'

Regan bedacht dat het minder pijn was gaan doen naarmate hij langer doorging. Toch had ze de paringsdaad helemaal niet prettig gevonden. MacFhearguis staarde op haar neer en knikte voldaan. Ze voelde geen schaamte, alleen een enorme verkilling, die door haar hele lichaam trok. Als dit de liefdesdaad was, dan mocht haar tweelingzus dat graag van haar overnemen. Dit stond haar totaal niet aan.

'Geef Donald een goed pak slaag van mij,' zei Ian tegen zijn vader. 'Die rotzak heeft tegen ons gelogen.'

'Dat zei het nonnetje ook al toen ik haar daarnet ondervroeg,' antwoordde Alasdair Ferguson. 'Nou, dan ben ik blij dat het meisje puur was. Ik laat je nu maar weer aan je genot over, jongen. Goedenacht.'

Regan dacht dat Ian nooit zou ophouden. Nog twee keer drong hij haar zere lichaam binnen. Eindelijk viel hij tot haar eeuwige opluchting zwaar snurkend in slaap. Toen ze zich ervan had vergewist dat hij niet wakker zou worden, glipte ze het bed uit en kroop naar de deur, even de tijd nemend om haar hemdje te pakken. Nadat ze het aangetrokken had, schoof ze behoedzaam de grendel van de deur en vluchtte de kamer uit. Haastig liep ze de trap af en betrad de kamer waar haar tweelingzus bij haar moeder zat te waken.

Gruoch kwam snel overeind toen haar zuster de kamer binnenglipte. 'Ben je in orde?' fluisterde ze.

'Nauwelijks,' antwoordde Regan. 'Hij heeft me verschrikkelijk pijn gedaan,' vertelde ze Gruoch, en deed snel verslag van de afgelopen twee uur in het huwelijksbed met Ian Ferguson. 'Ga maar gauw naar boven, voordat hij wakker wordt. Ik twijfel er niet aan of hij wil direct opnieuw met zijn "kleine wijffie" bronsten. Hij is zo geil als een dekhengst, zusje.'

De meisjes verwisselden snel opnieuw van kleren. Gruoch smeerde kippenbloed aan de binnenkant van haar dijbenen, voordat ze haar hemdje er overheen trok. 'Dank je,' zei ze eenvoudig, en verdween toen haastig.

Regan waste stil het bewijs van haar verloren maagdelijkheid weg en trok haar eigen kleren weer aan. Ze ging zitten en kreunde, toen haar smalle achterwerk op de harde houten bank neerkwam. Wat deed dat zeer.

'Regan.' Haar moeders stem drong door haar gedachten heen. Regan boog zich voorover en keek Sorcha aan. 'Ja?'

Haar moeder pakte de hand van het meisje in de hare. 'Je bent een goed kind,' zei ze. Toen stierf Sorcha MacDuff.

Regan stond versteld, maar waarom wist ze eigenlijk niet. Haar moeders dood was zo eenvoudig, maar haar laatste woorden niet. Zij had haar leven lang naar een vriendelijk woord van Sorcha verlangd, maar alle gedachten, dromen en vriendelijke woorden waren altijd voor Gruoch geweest. Nu waren haar laatste woorden voor haar.

'Ach, moeder,' was alles dat ze kon zeggen, 'moge God je arme ziel behouden naar huis leiden.'

Toen maakte Regan MacDuff zich los uit de knellende doodsgreep van haar moeder en liep naar beneden naar de burchtzaal, om MacFhearguis te zeggen dat haar moeder dood was. Hij knikte en ze meende een traan in zijn oog te zien glinsteren.

'Ik zal de oude Bridie laten komen om me te helpen bij het afleggen van moeder, heer,' zei Regan. 'Laat Gruoch en haar bruidegom vannacht maar vredig slapen.'

'Ja goed,' zei hij. Dat was alles.

Ze begroeven Sorcha MacDuff de volgende dag naast haar man op de helling van de heuvel die uitzag op het meer. Het was een sombere, regenachtige dag. De doedelzakken speelden klaaglijk de weeklacht van de MacDuffs, toen het lichaam in de lijkwade in het graf werd gelaten. Na de dood van Torcull MacDuff was Sorcha het hart van de clan geworden. Nu klopte ook dat hart niet meer. De erfgename van Ben MacDui was met een Ferguson getrouwd en over een maand zou haar zuster naar het zuidwesten van Schotland worden gezonden, om in een klooster in te treden, waarna ze nooit meer zou worden gezien. De weeklachten van de MacDuffs waren lang en oprecht.

Jamie MacDuff zocht Regan op. 'En hoe trof Ian Ferguson zijn bruid aan?' vroeg hij sluw.

'Als maagd,' antwoordde ze zachtjes, 'en mocht iemand iets anders beweren, nééf, dan vraagt hij om een dolk in zijn hart,' waarschuwde ze.

'Trouw met mij,' zei hij tot haar verrassing.

'Waarom? Zodat jij net kunt doen alsof ik Gruoch ben, Jamie? Nee, ik vind dat je me beledigt. Doe niet zo dwaas, jongen. Houd erover op.'

'Jij bent de dochter van Torcull MacDuff,' zei hij, 'en er zijn er heel wat die een clanhoofd van MacDuff voor Ben MacDui willen, geen Ferguson.'

'Dan zijn ook zij dwazen, Jamie MacDuff,' antwoordde Regan. 'Ik heb mijn vader nooit gekend, want hij werd gedood in de strijd voordat wij geboren werden. Al die jaren hebben wij vrede gekend. De Fergusons zijn met veel meer dan wij, wat ook de reden is dat zij hebben gewonnen. Met welk doel wil je opnieuw oorlogvoeren? Om al onze jonge mannen voor de eer van Ben MacDui op te offeren? Zoiets wil ik niet op mijn geweten hebben.'

'Je moeder zou de strijd niet uit de weg zijn gegaan,' zei hij.

'Onze moeder is dood,' zei ze bars tegen hem. 'Als je niet tevreden bent met de zaken zoals ze zijn, Jamie MacDuff, pak dan je biezen en vertrek van Ben MacDui! Ik zal niet toestaan dat je het geluk van mijn zuster verstoort.'

'Geluk? Met Ian Ferguson?' zei hij ongelovig.

'Zij heeft mij vanochtend verteld dat Ian een goede minnaar is,' zei Regan. En om nog wat zout in de wond te strooien, voegde ze eraan toe: 'De beste die ze ooit heeft gehad.'

Hij draaide zich met een gekwelde blik vol ongeloof om en liep snel weg. Dat was de laatste keer dat ze hem zag. Tot haar grote opluchting vernam ze een aantal dagen later dat Jamie MacDuff was vertrokken en dienst had genomen in een leger, ergens op een plek die Byzantium heette. Regan was verbaasd te horen dat Gruoch net zo blij was, van haar voormalige minnaar bevrijd te zijn. De manier

41

waarop haar echtgenoot de liefde bedreef beviel haar wel, ze was dus erg tevreden.

Regan bleef op Ben MacDui, maar merkte tot haar verbazing dat haar thuis, nu haar moeder er niet meer was, haar vreemd voorkwam. Gruoch werd al gauw jaloers op iedere vorm van aandacht die ze van Ian kreeg, en het begon er op te lijken dat ze haar zus liever kwijt dan rijk was. Met grote opluchting begroette ze dan ook Regans mededeling dat haar maandelijkse bloeding gewoon gekomen was.

'Dus je vertrekt,' zei ze botweg.

'Ja,' antwoordde Regan, 'maar ik mag toch nog wel even blijven tot het over is, zuster? Je weet hoe zwaar het me valt om tijdens mijn periode veel in beweging te zijn.'

'Ja hoor,' stond Gruoch haar schoorvoetend toe, 'die reis is toch al geen pretje voor je. Ik wil het je niet nog moeilijker maken.'

'Wij zullen elkaar nooit meer zien als ik eenmaal weg ben,' zei Regan, 'maar toch zal ik altijd van je blijven houden, Gruoch.'

'En ik van jou,' zei Gruoch, nu iets zachter van toon. 'Ik wil echt niet dat je gaat, maar die oude man staat erop. Hij zegt dat je een verleiding voor de mannen van de clan van MacDuff vormt, Regan.'

'Hij heeft gelijk,' zei haar zus. 'Ik heb Jamie MacDuff weggestuurd toen hij me voorstelde met hem te trouwen en tegen de Fergusons op te staan. Ik heb gezegd dat jij me verteld hebt dat Ian een betere minnaar was.'

'Dat is ook zo,' giechelde Gruoch. 'Je had gelijk toen je zei dat hij een dekhengst is, lieve Regan. Ik vind het bijna jammer dat ik al een kind verwacht, want ik zal niet meer in staat zijn hem te bevredigen wanneer mijn buik te groot wordt. Ik vrees dat hij dan een van zijn maîtresses gaat opzoeken.'

'Heb je het hem al gezegd, Gruoch?'

'Nee, dat doe ik binnenkort,' zei Gruoch met een glimlach. 'Hij gaat het natuurlijk als een trotse haan rondvertellen. De oude man zal ook wel blij zijn,' besloot ze.

Ze is gelukkig, dacht Regan. De wraak die moeder had willen nemen zal weldra voltrokken zijn, maar ik geloof niet dat Gruoch dat nog zo belangrijk vindt. Ze is gewoon gelukkig als echtgenote van Ian Ferguson, hoewel ik me niet kan voorstellen waarom. Hij ziet er niet onaardig uit, maar hij is een pummel van jewelste. Hij zal met het jaar meer op zijn vader gaan lijken. Ik vraag me af hoe hun kinderen eruit zullen zien, maar dat zal ik nooit weten. Binnenkort ben ik vertrokken van Ben MacDui. Ik heb ooit gedacht dat ik dat erg zou vinden, maar nu niet meer. Gruoch heeft haar eigen plaats in de wereld gevonden, maar voor mij schijnt geen plaats te zijn.

Op een vroege zomermorgen verliet Regan MacDuff het enige tehuis dat ze ooit had gekend. De reis, die minstens twee weken in beslag zou nemen, zou haar van de heuvels van oostelijk Alba in Schotland naar een plaats voeren die Strathclyde heette, in de zuidwesthoek van het land. Onderweg zou ze geëscorteerd worden door een groep mannen die zowel uit Fergusons als MacDuffs bestond. De oude MacFhearguis toonde haar een kleine, maar zware zak, die hij vervolgens aan de hoofdman van het escorte gaf.

'Dit is je bruidsschat, meisje,' zei hij, 'Andrew zal hem aan moeder Una geven.' Hij scheen haar vrees aan te voelen, want hij vervolgde: 'St.-Maire ligt aan de Mull of Galloway, aan de Ierse Zee. Ik weet dat je de zee nog nooit hebt gezien, meisje. Die kan prachtig zijn, maar ook heel woest. Op een heldere dag kun je Ierland zien liggen, het land van de Kelten, aan de andere kant van het water. Mijn verwante Una is er de moeder-overste, althans, dat was ze toen jij geboren werd. Zoals ik me haar herinner is ze een goede vrouw, Regan. Maar ook als ze er niet meer is, dan sta je toch ingeschreven in het register van degenen die zullen komen om de sluier aan te nemen. Je zult er een thuis vinden en een plaats voor jezelf.'

'Hier ben ik niet meer welkom, nietwaar, heer?' vroeg Regan stoutmoedig.

Met een zucht zei hij: 'Je zult geen goede non zijn, vrees ik, maar waar moet ik anders met je naartoe, meisje? Er kan maar één erfgename van Ben MacDui zijn, en die is nu met mijn zoon getrouwd. Er is een kind op komst. Je bent een gevaar voor ons allemaal, Regan MacDuff. Je hoeft maar met je vingers te knippen of je kunt de MacDuffs weer tegen de Fergusons opzetten en dat zal ik niet toestaan! Je bent niet achterlijk, dus je begrijpt wat ik bedoel.'

Regan knikte. 'Ja, maar ik hoef het toch niet leuk te vinden. Kan ik niet gewoon weggaan? Ik zou niemand van Ben Macdui lastigvallen! Ik kan het idee niet verdragen dat ik opgesloten wordt!'

'Ik zal je het geheim vertellen hoe je moet overleven, meisje,' zei Alasdair Ferguson. 'Eerst moet je geduld leren. Ik weet dat dat moeilijk is voor jonge mensen. Daarna ga je macht zoeken in je eigen wereldje. Wees er niet tevreden mee alleen maar non te zijn. Als je macht hebt, vind je ook een zekere rust. Kom, zeg je zuster maar vaarwel.'

Gruoch had gemengde gevoelens bij het vertrek van haar zuster. Een deel van haar was opgelucht dat Regan wegging. Ian vond het heerlijk om haar ermee te plagen dat hij hen niet uit elkaar kon houden. Misschien zou het ooit gebeuren dat hij per ongeluk met het nonnetje, zoals hij de andere helft van de tweeling noemde, naar bed ging in plaats van met haar? Dat idee lag akelig dicht bij de waarheid. Daarnaast was het ook nog zo, dat Regan haar geheim deelde. Nu zij en haar moeder weg waren, kon Gruoch zichzelf wijs-

43

maken dat het kind dat ze droeg inderdaad van Ian was. Zodra Regan weg was, zou er niemand meer zijn die de ware toedracht kende. Toch was Regan net zoiets als haar rechterhand. Ze waren nooit van hun leven gescheiden geweest en deze scheiding was definitief. Het was hoogst onwaarschijnlijk dat ze elkaar ooit nog zouden zien. De zusters omhelsden elkaar vertwijfeld. Daarna werd Regan op haar kleine telganger geholpen. Ze draaide zich slechts eenmaal om toen ze over de weg reden die langs het meer voerde, maar Gruoch stond tegen de schouder van haar man te snikken. Zij zag het niet toen haar zuster voor de laatste keer wuifde.

Ze reisden iets sneller dan Regan had verwacht. Het weer was goed en haar escorte wilde deze taak zo snel mogelijk achter de rug hebben, zodat ze naar huis terug konden keren. De mannen van de clans voelden zich onbehaaglijk op vreemd grondgebied. Ze reden eerst naar het westen en sloegen daarna naar het zuiden af. Als de reis een andere reden had gehad, zou Regan er misschien van genoten hebben. Ze verwonderde zich over de schoonheid van het landschap. 's Nachts kampeerden ze meestal langs de weg, maar soms waren ze zo fortuinlijk ergens in een herberg of bij een afgelegen klooster onderdak te vinden. Geen van de mannen die haar escorteerden, MacDuff noch Ferguson, gedroeg zich anders dan respectvol jegens haar. Ze was blij dat er geen ontevreden clanlid was dat een poging ondernam oude tijden te laten herleven.

Eindelijk bereikten ze de kustweg en Regans eerste blik op de zee was er een van verbazing: die scheen zich tot de einder uit te strekken. 'Komt er geen eind aan?' vroeg ze zich hardop af.

'Misschien staat er aan de andere kant een meisje met dezelfde vraag,' zei de hoofdman van het escorte met een wrang glimlachje. Hij was een MacDuff, maar hoezeer het hem speet voor Regan, hij zat er bepaald niet op te wachten de vijandigheden tussen de MacDuffs en de Fergusons te heropenen. Vrede was een groot goed voor een man met een gezin.

Het weer sloeg om. Sombere regenwolken kwamen van zee binnendrijven, waardoor het klooster van St.-Maire er bepaald niet uitnodigend uitzag toen ze er op een late middag aan de poort klopten. Het was een gebouw van grijze steen met hoge muren, aan de rand van de zee. De non die de poort opende en Regan en de hoofdman binnenliet, was een kleine nerveuze vrouw.

'Wacht u hier, alstublieft,' zei ze met een zachte, bijna angstige stem, 'ik zal moeder Eubh gaan zeggen dat we bezoek hebben.'

'Heeft moeder Una hier de leiding niet meer?' vroeg Regan aan de non. 'Misschien word ik helemaal niet verwacht,' zei ze hoopvol.

'Moeder Una is erg oud en leeft teruggetrokken binnen het klooster,' verklaarde het nonnetje. 'Ze kon de verantwoordelijkheid van het leiden van een kloosterorde niet meer aan.' De zuster-portier ijlde weg.

'Het schijnt mij toe dat je in zo'n kleine wereld weinig verant-woordelijkheden hebt,' zei de hoofdman, maar toen hij rondkeek, merkte hij dat het klooster blijkbaar rijk was. Er stonden elegante gouden en zilveren kandelaars op een eikenhouten buffetkast, met daarboven een prachtig wandkleed. Het vertrek waarin ze zaten te wachten had een beschutte open haard die goed trok, waardoor er geen rook in de kamer kwam. 'Hier is het veilig en behaaglijk, vrouwe,' zei de hoofdman, in een poging het mistroostige jonge meisje op te beuren.

'Er zijn muren,' zei Regan, 'en om Ben MacDui stonden geen muren. Ik was vrij om te gaan en te staan waar ik wilde. Ik houd niet van muren.' Ik loop weg, dacht ze. Als mijn escorte vertrokken is, zodat niemand het kan vertellen, loop ik weg. Geen mens die erom maalt.

'Als er muren om Ben MacDui hadden gestaan, had je vader mis-schien nog geleefd en was jij een gewone bruid geweest, vrouwe,' zei de hoofdman.

De deur van de kamer ging open en er trad een aantrekkelijke lange vrouw binnen. Ze ging geheel in het zwart gekleed, maar er hing een prachtig kruis met juwelen op haar borst. De hand die ze naar hen uitstrekte, was zwaar beringd. 'Ik ben moeder Eubh,' zei ze met een hese, sensuele stem. Ze nam de hoofdman van de Mac-Duffs goedkeurend op.

'Dit is vrouwe Regan MacDuff,' zei de hoofdman, die meende dat hij zich vergist moest hebben in de blikken van de non. 'Zij wordt door de landheer van Killieloch gestuurd om in dit klooster in te treden. De regelingen waren jaren geleden al getroffen met moeder Una, de verwante van de landheer. Hier hebt u haar bruids-schat, heilige vrouwe.'

Regans ogen ontmoetten de blik van de non en zag daar tot haar verwondering pretlichtjes. Spotte deze vrouw met haar?'

'Ze heeft geen roeping tot een dergelijk leven, is het wel?' zei moeder Eubh. 'Waarom is ze hier dan?' Ze woog het zakje in haar hand. Het was niet het zwaarste zakje dat ze ooit had ontvangen, maar licht was het ook niet. Het meisje was blijkbaar wel het een en ander waard.

'Zij is één van de twee erfgenamen van Ben MacDui,' legde de hoofdman uit. 'Tweelingzusjes, geboren uit wijlen de landheer Tor-cull MacDuff en zijn vrouw. Zij hadden geen zoons. De landheer van Killieloch, de verwant van moeder Una, gaf het oudste meisje ten huwelijk aan zijn eigen erfgenaam. Dit is de jongste. Hij staat geen twee erfgenamen voor Ben MacDui toe. Haar zuster, de bruid, is inmiddels in verwachting. Vanaf de geboorte van dit meisje was

45

besloten dat ze hier zou komen, heilige vrouwe,' besloot de hoofdman.

'En waar ligt Ben MacDui?' vroeg moeder Eubh.

'In de heuvels van Alba, bijna aan de kust van de andere zee, heilige vrouwe. Wij zijn vijftien dagen onderweg geweest.'

'Ik begrijp het,' sprak moeder Eubh nadenkend. Dus in werkelijkheid was het meisje naar de andere kant van de wereld gestuurd, opdat de leden van haar clan niet in de verleiding zouden komen tegen deze landheer van Killieloch op te staan. Hij had haar erfenis klaarblijkelijk ingepikt via het huwelijk van zijn zoon met haar oudere zus. 'Hoe is de naam van uw heer, goede man?' vroeg ze.

'Alasdair Ferguson, heilige vrouwe,' zei de hoofdman.

'Zegt u aan Alasdair Ferguson dat hij zich geen zorgen hoeft te maken over vrouwe Regan. Hij heeft mijn woord dat noch hij, noch iemand op Ben MacDui dit meisje ooit nog zal zien. Zij is nu onder mijn hoede.' Moeder Eubh zond hem met een glimlach weg: 'U kunt gaan, hoofdman.'

Tot Regans grote verbazing knielde de hoofdman voor haar neer en kuste haar hand. 'Moge God je behoeden, vrouwe,' sprak hij, stond op en vertrok. De zuster-portier haastte zich achter hem aan om hem uit te laten.

'Kom mee,' zei moeder Eubh abrupt, en haar zwarte rokken wervelden om haar enkels, toen ze de kleine kamer verliet.

Regan volgde de lange non en moest bijna rennen om haar bij te houden. Het gebouw, merkte ze, was om een vierkante binnenplaats gebouwd. Ze staken deze over en ze zag dat er een kleine rozentuin was geplant. Het was erg stil, maar Regan kon andere vrouwen zien bidden, elk in hun eigen cel op de begane grond. Aan de andere kant van het vierkant ging moeder Eubh een deur binnen en liep een smalle trap op. Regan volgde haar op de hielen. Boven aan de trap was een deur die uitkwam op een grote lichte kamer.

De non stak haar hand op en trok haar nonnenkap af. Zwart lang haar viel los op haar rug. Ze draaide zich om en beval het meisje: 'Trek je mantel uit, kind, ik wil je beter kunnen bekijken.'

Stomverbaasd gehoorzaamde Regan langzaam. Onder haar donkere mantel droeg ze een donkerblauwe tuniekjurk.

Moeder Eubh trok de sluier van Regans hoofd. 'Jezus!' riep ze zachtjes, 'wat heb jij een schitterend haar!' Ze draaide zich om naar een man, die Regan nog helemaal niet had opgemerkt, met de woorden: 'Wat zeg jij daarvan, Gunnar? Niet van dat graanblonde haar als die Deense deernen van jou, maar vol zilverachtig goud!' Ze wendde zich weer tot Regan. 'Trek je kleren uit, meisje.'

'Maar vrouwe!' zei Regan geschokt.

Moeder Eubh sloeg Regan licht op haar wang. 'Niet ongehoorzaam zijn, kind. Nu ben je in mijn macht. Ik ben de baas hier in St.-Maire.'

'Welke fatsoenlijke non houdt er een man op na en verlangt van de meisjes dat ze zich voor haar uitkleden?' wilde Regan weten. 'Waar is moeder Una? Ik geloof niet dat zij het goedkeurt wat u doet. Ik blijf hier niet!'

De man kwam overeind. Hij was van gemiddelde lengte, had een zwaar lichaam en een harde blik. Zijn schedel was rond en hij droeg zijn donkerblonde haar in een paardenstaart, met een leren bandje met koper vastgebonden op het midden van zijn hoofd. Hij liep naar Regan toe en keek haar recht in de ogen, maar zij jammerde niet, zoals zovele anderen. Hij glimlachte koud. Toen greep hij haar bij haar haren en met zijn andere hand in de hals van haar tuniek, die hij met één snelle beweging van haar afscheurde. Haar omdraaiend trok hij de rest van haar kleren weg en deed een stapje terug.

'Een blonde maagd,' sprak hij goedkeurend. Hij had een barse stem. 'Ze zal een aardige duit opbrengen. Donal Righ zegt dat de moren een fortuin neertellen voor een blonde maagd. Ze is nog jong ook.'

'Ik ben geen maagd,' beet Regan hem toe. Zo! Dat bedierf zijn plannen, wat voor plannen het ook mochten zijn.

'Geen maagd en toch hier naartoe komen?' krijste moeder Eubh. 'Wat ben jij voor een achterbaks mormel, dat je hier komt zonder dat je maagd bent?'

De man barstte in lachen uit. 'Kalm aan, Eubh,' zei hij tussen zijn gegrinnik door. 'Die meid liegt waarschijnlijk om zichzelf te beschermen, nietwaar, schoonheid?'

'Ik lieg het niet!' zei Regan kwaad.

'Ik kan er achterkomen of je liegt,' zei hij, terwijl hij haar opnieuw bij de haren greep.

'Ik lieg niet,' herhaalde Regan koppig.

'Heb je een minnaar?' vroeg hij.

'De man van mijn zuster,' vertelde ze hem.

'O, daarom hebben ze je hierheen gestuurd,' zei moeder Eubh verontwaardigd, 'je bent een brutaal kreng!'

'En wat bent ú, vrouwe?' vroeg Regan boos. 'Ik weet niet wat u allemaal uitvoert, maar het is niet het werk van een non. U moest zich schamen!' Ze was niet bang, hoewel ze vermoedde dat ze dat eigenlijk wel behoorde te zijn. Ze kon het gevaar bijna ruiken.

De man die Gunnar genoemd werd, hield haar nog steeds stevig bij haar haren vast, draaide haar rond en duwde haar naar een tafel voor het raam. Hij verlegde zijn greep naar haar nek en dwong haar voorover te gaan staan. 'Blijf zo staan,' snauwde hij, 'of ik vermoord je, meid.' Toen voelde ze zijn handen op haar heupen. Hij duwde met zijn harde lichaam tegen haar aan. Vlak voordat ze zich volkomen afsloot, merkte ze dat hij haar lichaam binnendrong.

'Schoft!' siste moeder Eubh, 'je bent een walgelijke man, Gunnar Bloedbijl, dat je die meid neemt voor mijn ogen! Ik haat je!'

'Ze heeft niet gelogen,' sprak hij in antwoord op haar boosheid, 'ze is geen maagd meer, maar ze is wel nauw, dus niet vaak gebruikt. Haar zusters echtgenoot is waarschijnlijk de enige geweest.' Hij spande zijn billen bij de pogingen zich in haar te boren. 'Donal Righ krijgt haar, Eubh, en hij zal er goed voor betalen. Afgezien van het feit dat al die andere meiden niet de kwaliteit bezitten die deze heeft, zal het transport door haar de moeite waard zijn.' Hij sloot zijn ogen een moment, kreunde en ontspande zich toen hij zijn inmiddels slap geworden lid uit Regans lichaam trok. 'Ze is niet bang en dat is maar goed ook.' Toen hij Regan had losgelaten zei hij: 'Trek je jurk weer aan, meisje.'

Regan pakte haar gescheurde kleren op. 'U hebt ze kapot gemaakt,' zei ze kalm, terwijl ze weigerde tot zich door te laten dringen wat er zojuist met haar gebeurd was. Hij was gewoon net zo'n man als Ian. Deze gebeurtenis had helemaal geen betekenis. 'Of ik moet ze repareren, of ik moet iets anders hebben, vrouwe,' zei ze tegen moeder Eubh.

Haar kalmte boezemde de non vrees in. Die meid was zo-even op een bijzonder grove manier verkracht en zou hysterisch en buiten zichzelf moeten zijn, maar dat was ze niet. 'Je hebt geen tijd om iets te repareren,' zei moeder Eubh nerveus. 'Ik zal je een jurk geven om aan te trekken.' Ze liep naar een kast bij de muur en haalde daar een donkere tuniekjurk uit en een versleten hemdje van ruw vlas. 'Hier kind,' zei ze met tegenzin.

Regan nam de aangereikte kleren aan. Die haalden het niet bij de kwaliteit van de kleren die nu kapot waren. Wat vreemd, dacht ze, dat ik zoiets op een moment als dit opmerk. Terwijl ze de kleren aantrok zei ze tegen de non: 'Geeft u mij naald en draad, vrouwe. Ik zal mijn eigen kleding maken, dan krijgt u deze later van me terug. Ik houd niet verspilling.' Ze pakte haar mantel op en sloeg die om zich heen. De bekende geur van haar eigen kleren was vertroostend.

Gunnar Bloedbijl knikte. 'Dat houdt haar bezig gedurende de reis,' zei hij tegen moeder Eubh.

Regan keek op, terwijl ze haar kleren bij elkaar zocht. 'Waar brengt u mij heen?' vroeg ze.

'Dublin,' zei hij.

'Waar is dat?' wilde Regan weten.

'Jij vraagt mij te veel,' snauwde moeder Eubh, alweer kwaad.

'Het ligt aan de andere kant van de zee, in Ierland,' antwoordde Gunnar Bloedbijl.

'En als MacFhearguis me komt zoeken?' zei Regan.

'Hij komt je niet zoeken, meid,' zei de verraderlijke non. 'Jij bent ver weg gezonden, omdat hij je niet meer wil zien. Maar mocht er iemand naar je komen vragen, dan zeg ik wel dat je dood bent.'

Gunnar Bloedbijl lachte. 'Je bent een vals kreng, Eubh,' zei hij tegen haar. Hij vervolgde: 'Wij varen uit met het middagtij. Zorg ervoor dat de rest van de lading klaarstaat om onverwijld aan boord te gaan.'

'Wanneer kom je weer bij me terug?' vroeg Eubh met tegenzin.

'Jij hebt pas over een aantal maanden weer lading voor me Eubh,' zei Gunnar Bloedbijl. 'Ik ga naar huis, naar Denemarken, wanneer ik mijn zaken in Dublin heb afgehandeld. Misschien zie je me het volgend voorjaar weer.'

'En hoe zit het met mijn aandeel in de winst?' zei moeder Eubh met een harde stem. 'Denk je dat ik erop vertrouw dat je er volgend voorjaar aan denkt? Of je betaalt me mijn deel nu, voordat je deze lading inscheept, of je komt terug om te betalen wat je me schuldig bent, voordat je naar huis terugvaart, Gunnar Bloedbijl.'

Hij keek haar kwaad aan, maar zei: 'Ik zal je je zilver komen brengen, inhalig kreng, voordat ik naar het noorden zeil. En ga nu die meiden bij elkaar zoeken, anders mis ik het tij. Ik heb geen zin om nog eens twaalf uur te verdoen.' Hij stak zijn hand uit en greep Regan stevig vast. 'Deze waar neem ik zelf onder mijn hoede.'

'Eerst naald en draad,' zei Regan vastbesloten. De non gaf haar kwaad waar ze om vroeg, alvorens de kamer uit te stormen.

'Jij bent keihard, meisje,' zei Gunnar Bloedbijl. 'Als het niet zo was dat je in Dublin erg veel zult opbrengen, dan hield ik je voor mezelf als vrouw. Hoe heet je?'

'Regan,' zei ze.

'Dat is een jongensnaam,' zei hij.

'Mijn moeder wenste een zoon,' antwoordde Regan. 'De eerstgeborene was een dochter, mijn tweelingzuster Gruoch.'

'Bestaat er nóg zo een als jij?' zei hij, zachtjes fluitend. 'Als ik jullie allebei had zou ik mijn fortuin kunnen verdrievoudigen.' Toen leidde hij haar weg zonder nog iets te zeggen.

Ze liepen terug langs dezelfde weg als ze gekomen was, maar onderaan de trap naar de privé-verblijven van moeder Eubh, staken ze de binnenplaats niet over, maar leidde hij haar naar een kleine deur in de muur. Daar slingerde een smal pad tussen de rotsen door, naar het strand beneden. Regan kende alleen de kleine bootjes waarmee over het meer bij Ben MacDui heen en weer gevaren werd, maar ze begreep onmiddellijk dat dit schip ver uit het zicht van de kust op zee kon varen.

'Waar is het van gebouwd?' vroeg ze aan Gunnar Bloedbijl.

'Eikenhout,' antwoordde hij. 'De mast is van pijnbomenhout. Wij maken gebruik van de wind als dat kan, maar er is plaats voor tweeëndertig riemen, hoewel ik op deze reis een bemanning van twintig koppen bij me heb. In de zomer is de zee gemakkelijker te bevaren.'

'Blijft het dan drijven op dit water?'

'Jazeker.'

'Hoelang? Hoelang duurt het voor we in Dublin zijn?'

'Drie of vier dagen, afhankelijk van de wind,' antwoordde Gunnar, die vervolgens vroeg: 'Ben je niet nieuwsgierig naar wat ik met je van plan ben, Regan? Ben je dan helemaal nergens bang voor?'

Ze keek hem aan met haar aquamarijnkleurige ogen en zei: 'Verandert nieuwsgierigheid iets aan mijn lot, Gunnar Bloedbijl? En waarom zou ik bang voor u zijn? U bent blijkbaar niet van plan me te doden. Ik heb er zelf niet voor gekozen om naar St.-Maire te komen en verlangde er ook niet naar om een non te worden. Wat u met me van plan bent kan niet veel erger zijn dan de dingen die daarvoor al beschikt waren.'

'Ik heb nog niet eerder een vrouw meegemaakt die zo goed kan redeneren,' zei hij bewonderend. 'Jij zit niet vast aan dwaze emoties, Regan, en dat is maar goed ook. Maar ik zal je zeggen wat ik met je van plan ben. Ik ga je verkopen aan een slavenhandelaar in Dublin, die Donal Righ heet. Jij bent erg mooi en Donal Righ handelt alleen in de allerbeste slaven. In het land van de Arabieren is een markt voor vrouwen zoals jij. Je zult uiteindelijk een heel wat schitterender leven gaan leiden dan je zuster, want je wordt het dierbare bezit van een rijk man. Indien je hem kinderen schenkt, zonen vooral, dan is je fortuin gemaakt.'

Regan knikte. 'Dat klinkt heel wat beter dan wat ik verwacht had,' zei ze tegen hem.

Wat was ze kalm en gelaten! Hij vroeg: 'Laat je niemand achter van wie je houdt, Regan?' Haar minnaar, de man van haar zuster bijvoorbeeld, dacht hij bij zichzelf.

'Niemand,' zei ze, maar de vraag in zijn ogen lezend, legde ze uit hoe het zat met Ian Ferguson. 'Mijn maagdelijkheid is opgeofferd om mijn zuster Gruoch te beschermen en om mijn moeders wraak op de Fergusons te voltrekken,' besloot ze, 'meer was het niet.'

'Heb je nooit een man bemind?' vroeg hij haar.

'Ik heb nog nooit iemand bemind, behalve Gruoch misschien,' zei ze oprecht. 'Ik weet zelfs niet of ik begrijp wat het woord betekent. Wat is liefde? Mijn moeders liefde voor mijn vader schijnt uitgegroeid te zijn tot een honger naar wraak, maar wat was het daarvoor? Zij hield alleen maar van Gruoch, omdat ze een middel tot wraak was. Zij vertroetelde haar en gebruikte grote woorden, om haar te laten geloven in wat zij wilde bereiken. Ik betekende niets voor mijn moeder. Pas op het laatst, op haar sterfbed, toen ze me had gebruikt, sprak ze vriendelijke woorden tot mij. Tot dat moment deed ik er niet veel toe. Ze heeft me nooit de borst gegeven, ze heeft me nooit getroost en verzorgd toen ik nog klein was. Gruoch was de enige die ik had en dan ook alleen maar, wanneer mijn moeder haar niet bij zich hoefde te hebben. Liefde? Ik weet niet wat het betekent en ook niet of het wel bestaat, Gunnar Bloedbijl.' Nu snapte hij hoe het kwam dat ze niet geschreeuwd had toen hij haar had verkracht. Zij was als de ijzige maagd uit de verhalen. Hij benijdde haast de man die uiteindelijk haar geest, haar hartstocht en haar liefde zou wekken. Zij was de mooiste vrouw die hij ooit gezien had en die, ondanks alles wat ze had meegemaakt, een onaantastbare, vlekkeloze volmaaktheid bezat. Ze was schrander en ze zou leren buigen, maar geen man zou haar ooit kunnen breken. Zoals zij was er geen tweede.

Zijn mannen begonnen de heuvel af te dalen met een groepje huilende vrouwen voor hen uit. Toen ze het strand hadden bereikt, duwden de mannen het schip van het zand het ondiepe water in, terwijl anderen aan boord klommen. Eén voor één werden de vrouwen in de boot getild en op het achterschip onder een afdak van zeildoek bijeengedreven. Daar moesten ze op het dek gaan zitten. De achtergebleven zeelieden kwamen aan boord, het zeil werd gehesen en het schip dreef naar zee. Bijna direct hieven de vrouwen een groot geweeklaag aan, sommigen trokken zich zelfs de haren uit het hoofd.

'Waarom huilen jullie,' wilde Regan weten van een jong meisje dat naast haar zat. Zij was een broodmager schepseltje met sproeten en grote bruine ogen.

'Omdat wij voor altijd ons vaderland verlaten, vrouwe,' snikte het meisje, dat meteen in de gaten had wat voor iemand ze voor zich had.

'Wat hadden jullie hier dan, dat zo prachtig was dat je het niet wilt achterlaten?' vroeg Regan in het algemeen.

'Ze gaan ons als slavin verkopen, vrouwe,' zei een van de vrouwen.

'Waren jullie dan iets anders voor degenen die jullie hebben grootgebracht, of voor degenen die jullie naar moeder Eubh, in het klooster van St.-Maire stuurden?' vroeg ze verder. 'Een vrouw is maar een slavin voor haar familie. Jullie verruilen gewoon de ene meester voor de andere,' zei Regan nuchter.

'Maar ze zeggen dat de Kelten heidenen zijn!' huilde een vrouw.

Regan haalde haar schouders op. 'Alle mannen zijn hetzelfde,' zei ze. Toen sloeg ze haar mantel om zich heen en deed haar ogen dicht.

Om haar heen kwebbelden de vrouwen verbaasd, maar opeens sprak een stemmetje: 'U bent erg wijs, vrouwe. Nu ben ik niet zo bang meer.'

Regan opende haar ogen. 'Hoe heet je?' vroeg ze aan het sproetige meisje, 'ikzelf heet Regan MacDuff van Ben MacDui.'

'Ik heet Morag,' zei het meisje. 'Ik heb mijn ouders niet gekend. Ik ben elf jaar geleden door de Kennedy's naar moeder Una gezonden. Toen was ik nog maar een klein kind.'

'Wat is er met moeder Una gebeurd?' vroeg Regan nieuwsgierig. 'Ze kreeg op een dag een beroerte en raakte bewusteloos,' zei Morag. 'Toen ze wakker werd, kon ze niet meer praten. In het begin wisten de nonnen niet wat ze moesten doen, want moeder Una was zo sterk en deed alles zelf. Toen zei zuster Eubh dat zij het van moeder Una over zou nemen, omdat niemand wist wat er moest gebeuren. Geen van de anderen durfde haar tegen te spreken. In het begin was alles zoals het geweest was. Toen begon Gunnar Bloedbijl te komen. Moeder Eubh zei dat hij een verwant van haar was. Sommige jonge nonnen begonnen te verdwijnen, daarna ook de novices.

'Eerst wisten wij niet wat er gebeurde. Toen hoorde ik op een dag hoe moeder Eubh en Gunnar Bloedbijl bespraken wie de volgenden zouden zijn die van St.-Maire zouden verdwijnen. Ik bleef luisteren en vernam dat zij de vrouwen voor winst verkochten. En ik hoorde ook dat Gunnar Bloedbijl de minnaar was van moeder Eubh! Ik rende naar moeder Una, om haar te vertellen wat ik gehoord had, maar moeder Eubh luisterde me af en toen was mijn eigen lot bezegeld,' besloot Morag.

'Hoe kwam je erbij te denken dat een vrouw die niet kan praten je nog had kunnen helpen, dwaas kind,' zei Regan verbaasd.

'Ja, daar hebt u gelijk in,' was Morag het volmondig met haar eens, 'maar ik wist niet wat ik anders moest doen. Het klooster beviel me toch al niet.'

'Mij ook niet,' lachte Regan.

Tijdens de reis naar Ierland gebeurde er niets bijzonders. Terwijl de andere vrouwen de tijd doorbrachten met afwisselend weeklagen en bidden, sloten Regan en Morag vriendschap. Beiden vonden het dwaas van hun lotgenotes, dat ze jammerden om een lot dat toch niet te veranderen was.

Het schip waarmee ze reisden was robuust. Omdat de zwakke zomerwind de zeilen niet bol kon blazen, moesten de twintig mannen aan de riemen. De vrouwen kregen brood en gedroogde gerookte vis te eten en water uit een vat, dat bij de grote mast stond. Overdag kropen ze zenuwachtig fluisterend bij elkaar op het achterdek en 's nachts sliepen ze onrustig onder het afdak van zeildoek. Er stond maar één emmer voor hun behoeften, die na ieder gebruik in zee werd leeggekieperd.

Regan had haar leven op Ben MacDui zeker niet als luxe beschouwd, maar bij haar huidige omstandigheden vergeleken leek het een weelde. De andere vrouwen kwamen van het land en wisten niet beter. Wat zou Gruoch hiervan denken? vroeg Regan zich af.

Zou Gruoch er eigenlijk nog over nadenken hoe het haar tweeling-zus verging, of was een leven naast Ian Ferguson het enige dat ze nog verlangde of nodig had? Ze zou het nooit weten.

Op de middag van de vierde dag nadat ze uit Strathclyde waren vertrokken, zeilden ze baai van Dublin en de monding van de rivier de Liffey binnen. Daar gingen ze voor anker om op het kerende tij te wachten. Regan had nog nooit een stad gezien, maar de romme-lige, vervallen opeenhoping van houten gebouwen, waaruit de ne-derzetting die Dublin heette was opgebouwd, maakte geen grootse indruk op haar. Gunnar Bloedbijl liep naar het achterschip, waar de bange vrouwen opnieuw jammerend bij elkaar kropen, behalve Re-gan en Morag.

'Ik wil dat je nu meegaat,' zei hij bars tegen haar.

'Morag ook,' zei ze onverschrokken.

'Ik kan haar niet aan Donal Righ verkopen,' zei hij ongeduldig. Waarom ging hij eigenlijk met haar in discussie? 'Jij bent het prijs-dier van allemaal, meid,' zei Gunnar Bloedbijl heftig gesticulerend. 'Dacht u dat alleen mijn schoonheid belangrijk is voor die Donal Righ?' vroeg ze hem. 'Ik denk dat hij meer onder de indruk komt als ik een bediende bij me heb. Per slot van rekening ben ik wel de dochter van een landheer, Gunnar Bloedbijl.'

Hij overwoog in stilte datgene wat ze had gezegd en vond dat ze volkomen gelijk had. De dochter van een edelman en haar dienst-maagd. Voor zoiets zou Donal Righ goed betalen èn hij zou ingeno-men zijn met deze verfijndheid; Donal Righ hield van stijl. 'Goed dan,' stemde Gunnar Bloedbijl in, 'je dienstmaagd gaat met je mee.' Hij draaide zich om en glimlachte tevreden toen hij de gehoorzame voetstappen achter zich hoorde.

Regan grijnsde samenzweerderig naar Morag. Dit hadden ze sa-men de voorgaande nacht uit zitten broeden, toen de andere vrou-wen lagen te slapen. Geen van beiden had ooit een vriendin gehad en ze wilden elkaar niet kwijtraken.

Eindelijk werd het anker ingehaald. De boot werd langzaam de rivier opgeroeid, naar een lange houten kade, waar werd afge-meerd. De vrouwen op het achterdek begonnen weer te jammeren.

Gunnar Bloedbijl trok een gezicht vol weerzin. Hij wendde zich tot de eerste stuurman, Thor Krachtboog, met de woorden: 'Zorg dat je ze op de gebruikelijke manier aan de man brengt, terwijl ik deze kostbare lading en haar dienstmaagd naar Donal Righ breng. Laat je niet door Lars de Zilversmid afzetten. Je hebt tien vrouwen, allemaal in hun beste jaren en geen van hen is ziek of zwak. Het zijn prima slavinnen en ik verwacht een flink gewicht aan zilverstukken voor hen.' Toen keek hij Regan en Morag aan, die vlak naast hem stonden en zei: 'Kom mee.' Hij haastte zich van het schip met de twee jonge vrouwen achter zich aan.

Zij liepen langs de houten kade, nieuwsgierig kijkend naar de andere schepen die afgemeerd lagen. Een paar waren kleiner dan het schip waarmee ze gekomen waren, andere veel groter, en rijker versierd. Ook de mannen op de dekken vormden een bron van verbazing voor de meisjes. Sommigen waren blond, anderen hadden een donkere huidskleur en tot hun verbazing waren er ook een paar die werkelijk zwart waren. Fascinerend vonden ze het, hoewel ze ook een beetje bevreesd waren. Ze haastten zich achter Gunnar Bloedbijl aan.

Dublin was de eerste viking-nederzetting van enige importantie in Ierland. Hij was honderd jaar daarvoor gesticht op de plaats waar vroeger twee Keltische nederzettingen hadden gestaan. De vikingen hadden hun stad Dubh linn genoemd, wat 'donkere poel' betekent, naar de plaats waar de Liffey en een kleinere rivier, de Poodle, zich samenvoegden. De Noren en de Denen hadden de afgelopen eeuw gevochten om de suprematie in het stadje. Het was een keer door Keltische stammen verwoest, maar binnen twintig jaar bloeide het alweer. Hier in Dublin hadden de vikingen een bloeiende slavenhandel met de Ieren opgezet. Daarnaast bloeide ook de handel in andere goederen. Tot voor kort had de ruilwaarde uit vee bestaan, maar de laatste tijd waren de noormannen van Dublin overgestapt op gouden en zilveren munten, waardoor het handeldrijven veel gemakkelijker en interessanter werd.

In een hogergelegen deel van het stadje stopten ze voor een gebouw dat was opgetrokken uit steen en hout. Gunnar Bloedbijl tikte met het gevest van zijn zwaard vinnig op de grote eikenhouten deuren van het gebouw. Na enige ogenblikken keek een klein donker hoofd nieuwsgierig om de hoek van de deur. Toen de bezoeker herkend was, ging de deur wijder open, om hem en de twee meisjes binnen te laten.

'Gegroet, Aboe!' baste Gunnar Bloedbijl met zijn rauwe stemgeluid. 'Ik zie dat de goden je toestaan nog steeds in het huis van Donal Righ te leven.'

'Ik overleef, Gunnar Bloedbijl,' kwam het hoge, fluitende stemmetje.

'Ik heb nog nooit zo'n klein mens gezien,' fluisterde Morag tegen Regan.

'Wat voor man is hij?' vroeg Regan aan Gunnar.

'Hij is een pigmee,' was het antwoord.

Regan begreep er niets van en haalde haar schouders op tegen Morag, die net zo verbaasd was. Zij stonden op een ommuurde binnenplaats. Daar stond het vol met goederen en balen van allerlei soorten en vormen. Gunnar draaide zich om en wenkte hen, om te zeggen dat ze hem moesten bijhouden, terwijl hij Aboe naar een apart gedeelte van het gebouw volgde.

'Wacht hier,' gelastte Aboe hen. Daarna haastte hij zich op zijn korte benen door een deur. Even later stond hij alweer buiten en riep: 'Kom! Mijn meester wil u spreken, Gunnar Bloedbijl.' Zij betraden het vertrek. Beide meisjes stonden versteld over wat ze zagen. De wanden waren van gepolijst hout en behangen met zijden wandtapijten. De vloer bestond uit gladgepolijste steen. Er waren geen ramen in de kamer, maar er brandde een aardig vuurtje met appelhout, dat de lucht een zachte geur verleende en de kilte van deze dag wegnam. Lampen zoals ze nog nooit hadden gezien – op hoge metalen standaarden – verlichtten de kamer. Er was een verhoging, waarop een leunstoel met een leren zitting stond. Er zat een man in met een lichtbruine huid. Hij was een zeer ronde man, zowel wat zijn romp als zijn hoofd betrof. Zijn baardloze gezicht leek wel een goedaardige volle maan. Hij was wel het meest buitenlandse schepsel dat ze ooit hadden gezien, maar toen hij begon te spreken was zijn accent vertrouwd.

'Wat heb je voor me meegebracht, Gunnar Bloedbijl?' wilde hij weten, geen tijd verspillend aan plichtplegingen. Hij droeg een prachtig zijden gewaad, met purperen, rode, blauwe en gele strepen. Aan zijn worstvingertjes zaten vele ringen.

'De dochter van een edelman, Donal Righ, uit een klooster geplukt bij Strathclyde, aan de kust van Schotland,' antwoordde Gunnar Bloedbijl. Hij stak zijn hand uit en trok de mantel van Regan af, waardoor haar gelaat en loshangende gouden haren werden onthuld. 'Dit meisje is een fortuin waard. Het andere meisje is haar dienstmaagd.'

'Is ze maagd?' wilde Donal Righ weten.

'Helaas, heer, dat niet,' antwoordde Gunnar. 'Ze is naar het klooster gestuurd omdat ze de echtgenoot van haar zuster als minnaar had.'

'En jij hebt je er natuurlijk van vergewist óf ze inderdaad geen maagd meer was,' sprak Donal Righ droogjes. Hij schudde zijn hoofd. 'Haar waarde is erdoor gehalveerd, Gunnar Bloedbijl. Dat weet je zelf ook.'

'Misschien wel, als ze een ander meisje was geweest,' sprak Gunnar hem tegen. Hij gebaarde naar Regan dat ze haar tuniek moest uittrekken en trok eraan, om haar te haasten. 'Kijk eens goed naar haar, Donal Righ!'

Regan stond inmiddels naakt voor de man, met als enige bedekking haar lange goudkleurige haar. Ze had een platte buik, haar borsten waren, hoewel klein, heuveltjes van sneeuwwit vlees, de tepels als dieproze bessen. Tengere benen, uitlopend in smalle enkels en smalle voeten met een hoge wreef. Op het ongeduldige gepor van Gunnar Bloedbijls dikke vinger draaide ze zich langzaam om, en toonde haar gracieuze ruglijn, die overging in de stevige, ronde welvingen van haar billen.

'Hmmm,' meende Donal Righ, die zijn blik zorgvuldig oordelend over de vrouw voor hem liet gaan. Ze was dan wel geen maagd, maar ze bezat een heerlijke ongereptheid.

'Zij is een juweel die iedere prijs te boven gaat,' klonk het geestdriftige commentaar van Gunnar Bloedbijl.

'Hoe heet je, meisje?' vroeg Donal Righ.

'Regan MacDuff, mijn heer,' zei ze.

'Hoeveel mannen heb je gehad, Regan MacDuff?' zei hij.

'Ik heb één keer bij Ian Ferguson gelegen, mijn heer; Gunnar Bloedbijl heeft mij één keer genomen, omdat ik zei dat ik geen maagd was,' legde ze uit.

'Waarom ben jij niet bang, meisje?' vroeg hij met een borende blik.

'Ik ben wel bang, mijn heer, maar kan ik iets aan mijn omstandigheden veranderen door te huilen en te jammeren? Dat heeft toch geen zin?' antwoordde ze.

Hij knikte. Zij had buitengewone mogelijkheden. Haar schoonheid zou voor de meeste mannen al voldoende zijn, maar voor dit meisje had hij een speciale man in gedachten. Een man die evenzeer geïntrigeerd zou zijn door haar intellect als door haar schoonheid. 'Zij is bijzonder ferm,' klaagde hij desondanks tegen Gunnar Bloedbijl, 'een slavin hoort nederig te zijn.'

'Die brutaliteit kan eruit geslagen worden, Donal Righ,' antwoordde Gunnar Bloedbijl. 'Er bestaan mannen die het zelfs prettig vinden om op die wijze discipline op te leggen,' stelde hij met een zelfgenoegzaam lachje vast.

'Geef het meisje haar kleding terug,' zei Donal Righ tegen de Deen, 'ik heb genoeg gezien. Ze is mooi, maar geen maagd. Ze is té openhartig, maar misschien kan ik een kleine winst boeken met de juiste opleiding. *Misschien.*' Hij scheen een moment na te moeten denken en sprak toen: 'Hoeveel wil je voor dit meisje hebben, Gunnar Bloedbijl, met in gedachten uiteraard dat haar schoonheid niet opweegt tegen haar tekortkomingen?'

Gunnar Bloedbijl noemde zijn prijs en Donal Righ jammerde licht. Hij deed een tegenbod met de woorden: 'De dienstmaagd moet in de prijs inbegrepen zijn. Ik kan het meisje niet van haar bediende scheiden, opdat ze niet ziek wordt van bedroefdheid en sterft. Dat gebeurt veel te vaak, weet je, en dan gaat de hele investering verloren.'

'Indien u de bediende erbij wilt hebben, Donal Righ, moet u het bod verhogen,' zei Gunnar Bloedbijl. Hij was niet achterlijk. Deze slavenhandelaar wilde zijn blonde gevangene graag hebben, zoals hij van tevoren had geweten.

Donal Righ trok met zijn korte vingertjes aan zijn mouw. Als ze goed werd opgeleid, – en hij meende te weten waartoe ze in staat was – was dit meisje precies degene die hij in gedachten had. Deze noorman was een grillige en koppige kerel en heel goed in staat om haar als hoer aan de eerste de beste Keltische bordeelhouder te verkopen, alleen maar om een prijs te krijgen die hij als voordelig beschouwde. Donal Righ verhoogde zijn bod met de helft en Gunnar Bloedbijl, die een dergelijk hoge prijs niet had verwacht, stond versteld. Hij knikte zwijgend.

'Aboe, breng de vrouwen naar de baden en zorg ervoor dat ze op hun gemak worden gesteld,' instrueerde Donal Righ zijn bediende, voordat de Deen zich kon bedenken. 'Breng daarna mijn geldkist en laat Gerda wijn brengen, zodat Gunnar Bloedbijl en ik de koop kunnen beklinken.'

'Dit is een goede prijs,' zei de noorman langzaam, nog altijd verbaasd over zijn buitengewoon goede fortuin. Eubh zou beslist opkijken... althans, zo hij het haar vertelde. Hij keek op en zag dat de twee meisjes door de kleine Aboe de kamer uit werden geloodst. 'Wat gaat u met haar doen?' vroeg hij aan Donal Righ. 'U hebt vast al een bestemming in gedachten.'

'Ik sta in het krijt bij een zekere heer in mijn moeders vaderland,' antwoordde Donal Righ. 'Ik zal het meisje naar hem zenden, als dank voor zijn protectie. Blanke, blonde vrouwen worden door de moren zeer op prijs gesteld. Hij is een man die van uiteenlopende soorten vrouwen houdt. Zij zal hem ongetwijfeld behagen, waardoor de heer mij weer dankbaar zal zijn.' Hij glimlachte breed naar Gunnar Bloedbijl. 'Ik heb te veel voor het meisje betaald, goede vriend, maar ik doe het graag, in de wetenschap dat mijn heer mij zal begunstigen als ik hem dit meisje ten geschenke geef.'

'U bent een sluwe oude vos,' grinnikte de Deen, die een flinke borst opzette, nu hij het gevoel had over Donal Righ gezegevierd te hebben.

'Komt u voor het eind van het jaar nog terug naar Dublin?' vroeg Donal Righ aan Gunnar Bloedbijl.

'Ik vermoed van niet. Ik wil thuiszijn vóór de midzomerfeesten. Dan neem ik een nieuwe vrouw en mijn twee oudste zoons kunnen niet zonder mij de oogst binnenhalen. Trouwens, mijn nicht de moeder-overste, heeft voor het volgende voorjaar geen nieuwe lading slavinnen voor me klaarstaan. Ik heb deze schoonheid in haar klooster gevonden. Meestal zijn het boerenmeisjes, die met een kleine bruidsschat naar de nonnen worden gestuurd. Hun families verwachten hen nimmer terug. Dat maakt het gemakkelijk voor ons. Mocht ik er ooit nog zo één vinden als deze, die ik u zojuist heb verkocht, dan breng ik haar bij u, Donal Righ,' grinnikte hij welgemoed.

Aboe kwam terug. Zijn beentjes knikten bijna door, onder het gewicht van zijn meesters schatkist. Er liep een lange, magere vrouw naast hem, die een blad met wijn en bekers droeg. Gunnar Bloedbijl keek met stijgende verbazing toe, terwijl Donal Righ kleine staven zilver uit de tot de rand gevulde kist haalde. De Deen was maar een simpel man met één enkel schip, een boerenhoeve in Denemarken en twee vrouwen. Hij had in zijn hele leven niet zoveel rijkdom bij elkaar gezien. Hij vroeg zich af of er een mogelijkheid was om de geldkist te stelen, maar bedacht dat het niet zou gaan. Het huis van Donal Righ was te zeer versterkt.

Donal Righ duwde de zilverstaven over de tafel naar Gunnar Bloedbijl toe. 'De afgesproken prijs,' sprak hij, terwijl hij de kist afsloot. Hij gebaarde naar Aboe om hem weer mee te nemen.

De vrouwelijke bediende had de bekers inmiddels vol wijn geschonken en bleef eerbiedig staan wachten of haar meester nog meer van haar verlangde.

Donal Righ hief zijn beker, gebaarde naar zijn gast hetzelfde te doen en zei: 'Skol!' Hij dronk de beker in één teug leeg.

'Skol!' stemde Gunnar Bloedbijl in en volgde zijn voorbeeld, terwijl hij met zijn andere hand het zilver opstak.

'Een behouden thuisvaart,' zei Donal Righ, daarmee te kennen gevend dat de viking kon vertrekken. Deze begreep dat er verder niets meer te bespreken viel en dankte zijn gastheer. Op weg naar de haven dwaalden zijn gedachten nog even terug naar de prachtige Regan MacDuff. Maar toen hij Thor Krachtboog op zich toe zag komen, riep hij zijn stuurman en samen vervolgden zij hun weg naar het schip.

Hoofdstuk drie

'Waar zijn we hier?' vroeg Regan aan een oude vrouw, die Erda heette.
'Dit is een badhuis, kind,' antwoordde deze. 'Heb je nog nooit een badhuis gezien? Dit is mijn domein. Het is mijn taak erop toe te zien dat de dure slavinnen van Donal Righ gewassen en vertroeteld worden, opdat zij er op hun voordeligst uitzien.'
'Thuis wasten wij ons in het meer,' antwoordde Regan.
'Dit zul je prettig vinden,' beloofde Erda. Ze wendde zich tot Morag. 'Jij gaat je ook wassen, meisje, maar let goed op wat ik doe, want in de toekomst is het jouw taak je meesteres te baden. Slavinnen als vrouwe Regan worden naar oosterse landen verkocht, waar het baden tot een kunst is verheven.'

Aboe had hen uit het vertrek van Donal Righ naar dit vierkante stenen gebouw gebracht en achtergelaten onder de hoede van de gezette oude dame, die hen zou verzorgen. Op haar aanwijzing trokken zij hun kleding uit en tot hun verbazing zagen zij dat Erda ook haar kleren uittrok. Ze schrokken, toen bleek dat ze geen lichaamsbeharing had.

Toen ze de blikken van verstandhouding zag, grinnikte ze. 'De Arabieren geven de voorkeur aan dames, zowel oud als jong, die zo glad zijn als zij,' legde ze uit. 'De moeder van de meester was een Arabische; ik heb haar als meisje bediend. Inzake reinheid geeft Donal Righ de voorkeur aan de oosterse manieren. Hij zegt dat het gezonder is.'

'Waarom is de titel *Righ* toegevoegd aan zijn naam?' vroeg Regan. 'Hij is toch geen echte koning?' De ruimte waarin ze zich bevonden was heet en stond vol stoom. Ze had het nog nooit zo warm gehad.

'Hij was helaas het enige kind dat mijn meesteres haar heer schonk. Toen hij nog maar een kleine jongen was, noemde ze hem de koning van haar hart, en na verloop van tijd ging iedereen hem Donal Righ noemen.' Erda schepte wat water uit een emmer over een kuil met hete stenen, waardoor met veel gesis een grote wolk stoom opsteeg.

'Ik ga nog dood in deze hitte,' klaagde Morag.

'Daar wen je wel aan, meisje,' zei Erda grinnikend.

'Waarom doen we dit eigenlijk?' vroeg Regan.

'Door de hete stoom gaat je lichaam zweten, waardoor vuil en vergif van je huid worden verwijderd, vrouwe,' legde Erda uit. Toen de meisjes eindelijk begonnen te zweten, pakte ze een zilveren schraper en maakte er lichte, gestage bewegingen mee over hun lichamen. 'Kijk eens,' zei ze ten slotte, 'het vuil wordt zo weggehaald. Als jullie me maar willen volgen, we gaan naar de eigenlijke badkamer.'

In de kamer ernaast zagen ze een vierkant bad, gevuld met geurend water. Erda bracht hen naar een plaats in de hoek, waar water uit een kleine fontein stroomde. Op een plank stonden verscheidene albasten kruiken. De oude dame schepte een handvol zeep uit één ervan en begon er stevig mee over Regans lichaam te wrijven. De zachte, schuimende zeep geurde naar lavendel. Vervolgens begon ze Regans haren te wassen en spoorde Morag aan zich op dezelfde manier te wassen. Toen beide meisjes helemaal ingezeept waren, vulde ze een kom met water uit de fontein en goot die over hen uit tot alle reinigende substanties weggespoeld waren.

'Nu is het tijd om je van al dat onaantrekkelijke haar op jullie mooie lichamen te ontdoen.' Ze pakte een andere kruik van de plank en stak haar hand erin. Daarna smeerde ze een rozekleurige pasta op Regans benen en schaamdelen. 'Vooruit maar, meisje,' zei ze tegen Morag, terwijl ze haar de kruik toestak, 'ook al evenaar je de schoonheid van je meesteres niet, je bent toch een knap meisje; ooit zul je de aandacht van een of andere lijfwacht trekken, dat weet ik zeker.'

Giechelend deed Morag wat de oude dame haar opdroeg en smeerde de roze pasta over haar eigen behaarde lichaamsdelen uit.

Na een paar minuten pakte Erda een doek en begon de pasta weg te wrijven. Met de pasta verdwenen de haren, waardoor Regans onberispelijk lichte huid zacht en glad te voorschijn kwam. Erda knikte tevreden. Ze zeepte het meisje opnieuw in en spoelde haar weer schoon. Morag volgde haar voorbeeld. Toen beide meisjes voor de tweede keer gewassen waren, ging Erda hen voor naar het zwembad en zei hun erin af te dalen.

'Waarom?' vroeg Regan opnieuw, terwijl ze in het warme geurige water van het bad stapte.

'Omdat het aangenaam en ontspannend is, vrouwe,' legde Erda uit. Toen begon ze zich aan haar eigen toilet te wijden.

'Hier kan ik wel aan wennen,' bekende Morag aan Regan, terwijl ze door het bad gleden. 'Ik wist niet dat er zulke prettige dingen bestonden.'

'Ja,' was Regan het met haar eens, 'het is inderdaad heel prettig.'

60

Erda hoorde hen praten en lachte, terwijl ze zelf in het bad stapte. 'Dit is nog maar het begin, meisjes,' zei ze, rondpeddelend. 'Jullie hebben geen voorstelling van de wereld die jullie gaan betreden.'
'Hoe weet u dat?' zei Regan.
'Heb ik je niet verteld dat ik de dienstmaagd was van de moeder van de meester? Ik ben twee keer met haar naar haar vaderland gereisd, naar een stad die Cordoba heet, in het land dat de moren al-Andalus noemen. Ik heb nog nooit zo'n prachtige stad gezien! En ook nooit zo'n schitterend paleis!'
'Hoe komt het dat u weet dat wij daar naartoe gaan?' wilde Regan weten.
Erda lachte breed, waardoor haar tandeloze mond zichtbaar werd. 'Ik weet alles wat hier in het huishouden voorvalt en alles wat er gaat gebeuren,' schepte ze op. 'Mijn meester is al langer dan een jaar op zoek naar een bijzonder mooi exemplaar van een slavin, die hij naar de heerser van Cordoba wil sturen. Hij staat bij de kalief in het krijt, snap je.' Ze verliet langzaam via het trapje het zwembad, terwijl ze het water van zich afschudde.
'Wat is een kalief?' wilde Regan weten.
'Kalief is de titel van de heerser van Cordoba,' legde Erda uit, 'en jij, schoonheid, bent degene op wie Donal Righ heeft gewacht. Voor het jaar om is, zul jij Cordoba zien, let op mijn woorden. Kom, laten we overgaan tot het laatste onderdeel van je verzorging.'
Zij ging de twee jonge vrouwen voor naar een ander vertrek, waar marmeren banken stonden. Daar instrueerde ze Morag in de kunst van het masseren en liet haar de daarvoor bestemde oliën zien. Ze leerde het meisje hoe ze de vinger- en teennagels van Regan zorgvuldig moest bijknippen en vijlen. Als laatste droogden ze Regans lange gouden haren en kamden er een heel klein beetje geurige olie doorheen. Daarna werd het haar met een zuiver zijden doek gewreven tot het oplichtte bij de flakkerende lampen. Terwijl Morag haar eigen haren droogde, liep Erda naar een kist, waar zij nieuwe, schone kleren voor de meisjes uithaalde. Voor Morag had zij een zacht katoenen hemdje, een marineblauwe ondertuniek en een scharlakenrode overtuniek van fijn linnen. Voor Regan pakte zij een zijden hemdje, dat behoorde bij een naturelkleurige ondertuniek, waar een tuniek van bleekblauw satijn, geborduurd met anemonen in gouddraad, overheen werd gedragen.
Regan bevoelde het borduurwerk op het satijn. 'Zoiets moois heb ik nog nooit gezien,' zei ze zachtjes.
'Dit is maar het begin, meisje,' vertelde Erda. 'Je bent een mooie jonge vrouw. Als je eenmaal goed opgeleid bent, zul je de kalief zeer behagen. Hij zal beslist verliefd op je worden en als je hem zonen baart, is je kostje gekocht. Je moet natuurlijk wel uitkijken voor de andere vrouwen die in zijn gunst zijn. Dat kunnen echte krengen

zijn, die allemaal proberen de aandacht, gunst en toewijding van de kalief vast te houden. Een harem is een harde wereld. Mijn meesteres heeft het verscheidene keren tegen mij gezegd en ze was blij dat ze trouwde met mijn heer Fergus. Ze hield niet van het klimaat hier, maar dat wilde ze best verdragen, als ze maar uit die harem weg was. Toch is en blijft een harem een geweldig oord voor zo'n beeldschoon jong ding als jij,' vervolgde Erda. Toen bracht ze de sprakeloze meisjes terug naar het vertrek van Donal Righ.

Hij zat te eten, maar toen hij hen zag, wenkte hij hen met een glimlach naderbij. 'Ach,' zei hij, met grote voldoening op zijn ronde gezicht, 'Erda heeft haar werk goed gedaan, zie ik. Je bent goud waard, nietwaar, oude vrouw? Zo niet, dan had ik lang geleden een man voor je gezocht, een of andere geile zeeman, die je de hele nacht bezig zou houden, ja toch?' zei hij bulderend van de lach.

Kakelend met haar tandeloze mond, sprak Erda: 'U komt niet van me af, meester, ik houd te veel van u.'

Hij grijnsde tevreden. Zij was een overblijfsel uit zijn jeugd, maar hij had haar bij zich gehouden, uit respect voor zijn overleden moeder. 'Neem de dienstmaagd mee, eh, hoe heet je, meisje?' Ze zei hem haar naam en hij knikte. 'Neem Morag mee naar de keuken en zie erop toe dat ze goed te eten krijgt, Erda. Ik zal jullie beiden roepen zodra ik jullie nodig heb. Ga zitten, Regan, en eet mee. Schenk jezelf wat wijn in, meisje!' Hij reikte haar een schotel met gebraden konijnenvlees aan.

Regan pakte een schijf vers brood, een poot van het konijn en een zilveren beker wijn. Ze at netjes, wanhopig in haar herinnering gravend naar wat men haar ooit aan tafelmanieren had geleerd. Maar de wijn, daar dronk ze gulzig van. Die was zoet en koppig en scheen haar aderen met nieuw leven te vullen.

'Kaas?' hij bood haar een stuk aan, op de rand van zijn mes.

'Dank u, heer,' antwoordde ze en pakte het, waarna ze erin beet en iets langzamer begon te kauwen. Toen ze klaar was schrok ze hevig, omdat ze opeens Aboe naast zich zag staan. Ze had niet eens gemerkt dat hij in de kamer was. Hij hield haar een kom warm, geparfumeerd water voor en ze keek Donal Righ aan.

'Was je handen erin,' legde hij uit, 'je wilt die aardige tuniek van je toch niet vies maken? Dit is een gewoonte van de Arabieren.'

'Dat vind ik dan een prettige gewoonte,' antwoordde ze, terwijl ze haar handen schoonspoelde van het vet van het konijn en de kaaskruimels.

'Ik neem aan dat Erda je heeft verteld van mijn plan om je naar mijn vriend de kalief van Cordoba te zenden, ontken het maar niet. Die oude vrouw heeft weet van de dingen in dit huis, nog voor ik ze zelf weet. Bovendien is ze bereid haar inlichtingen te delen met eenieder die ze horen wil.'

Regan lachte. 'Ik vind de oude vrouw aardig. Zij is vriendelijk, heer, in een wereld waar weinig vriendelijkheid heerst. Ja, ze heeft het me gezegd en ook uitgelegd wat een kalief is. Ik heb alleen niet begrepen wat een harem is en waarom ik de 'juiste opleiding' moet krijgen. Wat is er niet goed aan mij?'

'Een harem,' zei hij, 'is een plaats waar een moor al zijn vrouwen houdt – zijn echtgenotes, zijn dochters, zijn vrouwelijke kennissen, zijn concubines.'

'Echtgenotes, dochters en vrouwelijke kennissen kan ik begrijpen, maar het woord "concubine" ken ik niet. Wat is dat voor iemand, heer?' ze was oprecht onwetend op dat punt.

'Een concubine,' sprak hij, zorgvuldig zijn woorden kiezend, 'is een vrouw die haar meester zowel lichamelijk als op vele andere manieren behaagt, Regan. Misschien houdt hij van haar muziek of dans, of wil hij zelfs dingen met haar bespreken waar hij zich zorgen over maakt. Zij kan zijn vriendin worden en als zij hem kinderen baart, verhoogt dat haar waarde in zijn ogen.'

'Ik snap het,' zei ze, nu het tot haar doordrong.

'De kalief van Cordoba is een machtig man,' vervolgde Donal Righ. 'Zijn hofhouding is groot. Ten einde zijn belangstelling te wekken èn te behouden, Regan, moet je opgeleid worden om zowel genot te verschaffen èn te ontvangen, zoals geen andere vrouw dat kan. Ik wil Abd al-Rahman niet zomaar een mooie vrouw voor zijn harem zenden, maar een liefdesslavin. Om een liefdesslavin te worden, moet je de kunsten der erotiek en verleiding bestuderen bij een man die een meester is in deze kunst.

Er is maar één man aan wie ik je kan toevertrouwen. Hij is de jongste zoon van een vriend van mij en kapitein op een schip dat heen en weer vaart tussen Ierland, al-Andalus en zijn eigen vaderland, de stad al-Malina aan de kust van Noord-Afrika. Binnenkort arriveert hij in Dublin voor zijn zomerbezoek. Ik wil dat je met hem meegaat als hij weer uitvaart. Zodra hij vindt dat je het hoogste niveau hebt bereikt dat een liefdesslavin kán bereiken, zal hij je uit mijn naam aan de kalief presenteren. Ik stel voor dat je, tot hij komt, rust neemt en krachten verzamelt. Je hebt geen gemakkelijke tijd achter de rug, Regan MacDuff, maar besef vanaf nu, dat jouw waarde die van alle andere vrouwen overstijgt,' besloot hij met een glimlach, waarbij zijn ogen meelachten.

'Ik weet niet of ik wel kan worden wat u wenst, mijn heer,' sprak ze peinzend. 'Ik weet niet hoe ik moet geven, en of het mij wel mogelijk is om dat genot te ontvangen, waar u met zoveel zekerheid over spreekt. Ik heb nooit genot ondervonden bij het samenzijn met een man. Toch zegt u dat ik het prettig moet vinden en moet zorgen dat de man er ook van geniet. Ik begrijp niet hoe ik dat tot stand moet brengen, mijn heer Donal Righ. U kunt me misschien beter als dienstmeid verkopen aan een Keltisch stamhoofd. Ik kan hard werken, dat verzeker ik u, mijn Morag trouwens ook. Zou ik u teleurstellen, dan is dat een smet op uw naam, en u bent goed voor mij geweest.'

Donal Righ klopte met zijn hand zachtjes op de hare, in de hoop dat hij haar gerust kon stellen. 'Ik wil niet dat je je daar zorgen over maakt, Regan MacDuff,' zei hij. 'Jouw ervaring met de fysieke aspecten van de hartstocht is erg beperkt en van het slechtste soort. De man van je zuster weet klaarblijkelijk niet hoe hij een vrouw hoort te beminnen. Hij stelt slechts belang in zijn eigen genot. Een wijs man weet echter dat hoe meer een vrouw geniet, des te groter zijn genot zal zijn. Om die reden streeft hij ernaar haar dat genot te schenken. Wat Gunnar Bloedbijl betreft, die zocht alleen zijn eigen genot en wilde zeker weten of je niet gelogen had. Het kon hem niet schelen hoe jij je voelde. Maar geen man heeft in jouw hart en ziel geraakt. Je hebt geen idee hoe zoet de liefde kan zijn, maar geloof me schoonheid, dat moment zal weldra komen.'

Natuurlijk geloofde ze hem niet. Zij begreep dat hij slechts probeerde haar vreselijke angst te sussen. Ze was verrast door zijn vriendelijkheid. Nooit eerder was iemand zo geduldig en goed voor haar geweest. Ze kon slechts hopen dat het zou voortduren, ten minste tot het moment dat hij besefte dat ze er echt niet toe gebracht kon worden de liefdesdaad prettig te vinden. Ze zuchtte droevig. Voor de eerste keer in haar leven voelde ze zich werkelijk bedrukt. Wat moest er van haar worden en van de kleine Morag?

Maar haar neerslachtigheid kon niet blijven: Ze was schoon, warm en kreeg beter te eten dan ooit in haar bestaan. In Morag had ze een echte vriendin, die voor altijd dankbaar zou zijn dat Regan haar had gered van de openbare slavenmarkt. Morag had door de gesprekken van de andere vrouwen op het schip begrepen, dat de slavenmarkt in Dublin op zijn best kon leiden tot werk in de huishouding en op zijn ergst tot de bordelen aan de haven, waar de meeste vrouwen binnen een jaar of twee stierven.

Donal Righ was zo vriendelijk hun een zekere mate van vrijheid in zijn huis te gunnen. Hij sloot hen niet op. Zij mochten in zijn omsloten tuin wandelen, een zorgvuldig onderhouden binnenplaats met twee keurig aangeharkte paden in de vorm van een kruis, met hier en daar een kleine marmeren bank. Er stond een prachtige Damascener roos in volle bloei, die met zijn zware bloemengeur de lucht bezwangerde. De oude rozenstruik klom tegen de stenen muur en groeide er zelfs overheen naar de straat aan de andere kant. In het midden van het kruis stond een fontein die opwelde uit een kleine, ronde stenen vijver.

De meisjes liepen boven op de muren van het huis en keken naar het verkeer in de haven, waar vele verschillende schepen binnenliepen en weer uitvoeren. Ze zagen kleine kustvaarders, grotere vrachtschepen van uiteenlopende soort, passagiersschepen en vissersboten, kleine sloepen die gevaarlijk op de Liffey lagen te deinen. Iedere dag ging Erda met hen naar haar domein om te baden. Regan had nooit geweten dat haar huid zo schoon en zacht kon zijn. Af en toe dacht ze aan Gruoch, met de wens dat haar zuster ook zo'n heerlijk, luxe leven mocht hebben, maar ze voelde dat Gruoch niet meer aan haar dacht. Gruoch was voor altijd uit haar leven verdwenen.

Op een dag, toen zij op de muren van Donal Righs huis liepen en naar de zee keken, zagen zij een prachtig groot schip de haven van Dublin binnenvaren. Het was een gracieus vaartuig, van zeker zeventig meter lang en met latijnzeil getuigd. Het zeil was van gestreept goudlaken en heldergroene zijde. De boot kwam de rivier opvaren en legde aan bij de houten pier aan de grote kade. Beide meisjes keken hun ogen uit toen de verweerde touwen werden vastgemaakt.

'Zoiets prachtigs heb ik nog nooit gezien,' zei Regan.

Morag viel haar bij: 'Dat is een goed schip, reken maar.'

De oude Erda kwam bij hen staan en zag waar zij naar stonden te kijken. 'Dat is de *I'timad*, het schip van Karim al Malina, een goede vriend van de meester. Wij hebben al vernomen dat hij zou komen.'

'Wat betekent *I'timad*?' vroeg Regan aan Erda.

'Vertrouwen,' was het antwoord en ze vervolgde: 'Ik moet gaan zorgen dat mijn baden klaarstaan voor de heer. Hij stelt een goed bad zeer op prijs, een echte Saraceen dus. Hij is wekenlang op zee geweest en verlangt nu naar zoet water en geurige oliën. Blijf maar op de muur staan, kinderen, dan kunnen jullie Karim al Malina zien wanneer hij de straat inkomt. Hoogstwaarschijnlijk is zijn eerste stuurman en allerbeste vriend Aladdin bij hem.' Ze grinnikte. 'Dat is nog eens een charmante deugniet, die Aladdin!' Daarna ijlde ze weg om zich van haar taken te kwijten, want Erda was trots op haar werk.

Ze gingen op de muur zitten om naar de straat onder zich te kijken en babbelden wat over koetjes en kalfjes, genietend van de heerlijke zomerdag. Toen kwamen de twee mannen, gekleed in witte gewaden, uit de richting van de haven aanlopen. Toen ze bij het huis van Donal Righ aankwamen, keek een van hen op en grijnsde vrijpostig naar de twee meisjes. Regan wendde zich verlegen af, maar Morag grijnsde terug naar de man met de zwarte baard en de twinkelende donkere ogen. Toen giechelde ze, want hij wierp een kushandje naar haar op.

'Oóó, dat is een brutale aap,' zei ze tegen Regan, 'en ook heel ondeugend met de dames, dat zie ik zo.'

'Hoe weet je dat?' zei Regan, 'je hebt je hele leven achter kloostermuren doorgebracht. Wat weet jij van mannen?'

'Moeder Una zei dat ze me geschikter vond voor het huwelijk dan voor het klooster,' sprak Morag. 'Zij wilde me uithuwelijken aan een van de zoons van de plaatselijke schaapherder. Ik zou voor elke drie jaar van mijn leven een zilveren munt meekrijgen en linnen, voor mijn uitzet. Moeder Una zei dat vijftien een goede leeftijd was om te trouwen, maar toen werd ze ziek en moeder Eubh, dat akelige kreng, wilde er niet van horen. Ze zei dat het geld beter gebruikt kon worden.'

'Heeft moeder Una met je gesproken over de dingen die tussen man en vrouw gebeuren?' peilde Regan.

'Ja. Ze zei dat het geen geheim was, want als God het zo gemaakt had, kon er geen kwaad in schuilen,' verklaarde Morag. 'Op zonnige dagen liet ze me buiten de muren van het klooster rondzwerven. Daar ontmoette ik verscheidene jonge knapen die mijn blik trokken, maar ik ben niet van het rechte pad afgeweken, hoewel ik toegeef dat ik één of twee keer in de verleiding ben geweest,' eindigde ze grinnikend.

Regan stond verbaasd. Morag kon niet ouder zijn dan dertien jaar, maar toch was ze niet bevreesd voor het samenzijn met een man. Natuurlijk was ze nog maagd. Zij kon niets weten van de vernedering en de pijn waarmee een vrouw de wellust van een man onderging, of van de gevoelens van totale machteloosheid die een vrouw ervoer. Regan vroeg zich af of ze het haar moest vertellen. Maar nee, waarom zou ze het meisje afschrikken? Het was niet waarschijnlijk dat ze zich ooit zou behoeven te onderwerpen aan een man die haar vernederde met zijn perverse verlangens. Als dienstmaagd van een slavin van hoge rang zou ze beschermd zijn tegen een dergelijke wellustige wreedheid. Ze hoeft het niet te weten, besloot Regan.

Zij werden laat in de middag naar de baden geroepen en het scheen Regan toe dat Erda zich drukker dan anders met haar bezighield. Op haar knieën liggend inspecteerde de oude vrouw Regan zorgvuldig op overtollig lichaamshaar. Toen ze overeind gekrabbeld was, keurde ze het meisje, draaide haar in het rond en gaf haar ten slotte een schoteltje met peterselie en muntblaadjes.

'Langzaam en goed kauwen,' instrueerde ze Regan, 'dat maakt je adem zoet, mijn kind. Je hebt goede tanden en ik zie geen enkel teken van rotting. Daar mag je blij om zijn. Veel meisjes hebben mooie gezichtjes maar slechte tanden.'

'Wat is er allemaal aan de hand?' wilde Regan van haar weten.

'Je staat op het punt om aan Karim al Malina getoond te worden. De meester heeft bevolen dat je voor hem wordt gebracht. Hij heeft Karim al Malina uitgekozen om je te oefenen in de erotische kunsten.'

Regan sloeg de kilte om het hart. De afgelopen dagen waren zó heerlijk geweest, dat ze heel even was vergeten wat haar voorland was. Maar om eerlijk te zijn, Donal Righ had haar gewaarschuwd. 'Kom meisjes, vooruit,' spoorde Erda de meisjes aan. Ze bracht hen naar een grote rechthoekige kamer die volstond met kisten. 'Dit is de voorraadkamer van de meester zelf, kinderen. Hij heeft me gezegd dat ik jullie mag kleden zoals het mij goeddunkt en ik weet precies wat ik zoek. Morag, kindje, maak die kist eens open,' wees ze.

Morag tilde het deksel van de kist en hield haar adem in van verrukking. Daar lag een verscheidenheid aan stoffen, de ene nog prachtiger dan de andere. Erda bukte zich, haalde een lang stuk witte zijde te voorschijn en overhandigde dat aan Morag.

'Dat is een tuniek,' zei ze. 'Trek je kleren uit, alles, en trek het aan, Morag. Schrik niet, want er zitten geen mouwen in.' Ze hielp het meisje het gewaad over haar hoofd te trekken. Het viel in sierlijke plooien tot op Morags enkels, de hals onthulde de sleutelbeenderen van het meisje. Erda opende een kleinere kist en pakte verscheidene, met juwelen bezette haarspelden. Ze legde de donkere vlechten van Morag in lussen aan weerskanten van haar hoofd en zette ze stevig vast. Daarna pakte ze een zilveren koord uit de kist en bevestigde dat om het smalle middel van het meisje. 'Kijk eens aan!' zei ze tevreden, 'je ziet eruit als een volmaakte dienstmaagd, kind.'

Morags gezicht was één en al glimlach. 'Och, vrouwe,' zei ze tegen Regan, 'is het niet prachtig?'

'Zeker,' zei Regan, die meelachte, 'het is beeldschoon. Je ziet er heel mooi uit, Morag. Wat jammer dat je niet met je schaapherder kunt trouwen.'

'Schaapherder, jaja,' snoof Erda, 'zij kan wel iets beters krijgen, vrouwe. Kom, laten we eens kijken wat ik voor jou heb.' Ze greep opnieuw in de kist en haalde een effen, glanzende stof met smalle plissé te voorschijn. De kleur was geen goud en geen zilver, maar een mengeling van de twee en de stof was heel dun en doorschijnend. Erda hielp Regan in het gewaad. Het had lange, vloeiende mouwen tot op de polsen en was open vanaf de ronde hals tot aan de enkels. Erda sloot het gewaad met een gouden speld aan de rechterschouder. Ze deed een stap achteruit en bekeek haar werk kritisch, waarbij ze goedkeurend mompelde. Ze ging achter Regan staan en begon haar lange haren naar achteren vast te maken met een smal stuk zijde, bezet met juwelen. 'Wanneer de meester het zegt,' instrueerde ze Morag, 'moet je hier trekken, dan waaieren haar haren uit.' Daarna bond ze een zijden band met opgenaaide parels om Regans voorhoofd.

'Je kunt door de stof heen zien dat ik naakt ben,' zei Regan.

'Dat klopt,' was Erda het met haar eens, 'maar niet helemaal. De jurk is gemaakt om de begeerte op te wekken. Dit is precies wat de meester zou hebben gewenst.' Ze wendde zich weer tot Morag. 'Welnu, kind, wanneer Donal Righ je opdracht geeft, moet je de speld van de schouder losmaken en je meesteres uit haar jurk helpen. Doe het sierlijk en niet onhandig! De speld gaat eenvoudig open. Kom hier en probeer het eens. Juist, zo moet het! Je leert snel, meisje, je zult van grote waarde zijn voor de vrouwe. Ga nu achter haar staan en trek het gewaad van haar af. Vrouwe, strek beide armen boven je hoofd zodra je naakt bent en breng ze achter je hoofd, daardoor worden je borsten opgetild en zijn ze beter te zien.'

Regan gehoorzaamde tandenknarsend. Dit was Erda's schuld niet, die deed gewoon haar taak. Dit was het werk van Donal Righ en hij zou er spijt van krijgen. Wanneer hij probeerde haar ten toon te stellen als een koe op de veemarkt, zou ze dat niet pikken en dan kon die Karim al Malina zien dat ze helemaal niet geschikt was voor liefdesslavin. Donal Righ zou haar moeten verkopen aan een stamhoofd, dan kon ze tenminste waardig leven, al moest ze zich doodwerken.

'Heel mooi, mijn kind,' zoemde Erda goedkeurend. 'Je hebt talent voor dit soort dingen en je zult het nog ver brengen. De meester zal vanavond zeer tevreden over je zijn. Nu kunnnen jullie gaan rusten, tot het tijd is om je opnieuw aan te kleden en gepresenteerd te worden. Kom, we gaan naar je kamer. Morag, kind, draag het gewaad van je meesteres.'

Er klonk geroezemoes in het vertrek waar Donal Righ altijd zijn maaltijden gebruikte. Binnen brandde een vrolijk vuurtje. Rond de tafel op de verhoging zaten drie mannen. De man in het midden was Donal Righ. Links van hem zat de eerste stuurman van de I'-timad, Aladdin ben Omar, een beer van een kerel, met een baard zo zwart als de nacht en even zwarte ogen. Personen die abusievelijk meenden dat zijn goedhartige opgewektheid gelijkstond aan domheid, konden kennismaken met de scherpe punt van zijn kromzwaard. Hij was een trouwe vriend en een geduchte krijger. Aan de rechterhand van Donal Righ zat Karim, de zoon van zijn oude vriend Habib al Malik.

De drie mannen hadden goed gegeten en gedronken. Ze zouden een andere keer over zaken praten, de I'timad was namelijk een koopvaardijschip. Ze vervoerde luxegoederen naar Ierland vanuit al-Andalus en andere havens, en bracht ruwe wol, huiden, Keltische bewerkte metalen voorwerpen en juwelen en slaven mee terug. Donal Righ had de zoon van zijn vriend laten weten dat er een andere reden was voor het feit dat hij hem deze avond, zijn eerste avond aan land sinds weken, had uitgenodigd. De oudere man ging achterover zitten en nam het woord.

'Je weet dat ik de kalief in Cordoba iets verschuldigd ben, Karim. Ik sta allang bij hem in het krijt. Zonder zijn steun zou jij mij die goederen niet kunnen leveren die mij tot een rijk man hebben gemaakt. Ik zal nooit in staat zijn onze grote heer Abd-al Rahman volledig terug te betalen, maar ik wil hem een teken van mijn eerbied en dankbaarheid zenden. Ik ben al maanden aan het zoeken naar het volmaakte geschenk. Daar ik op de hoogte ben van de kaliefs voorliefde voor mooie vrouwen, besloot ik naar een vrouw uit te kijken die tot een liefdesslavin zou kunnen worden opgeleid. Zomaar een slavinnetje is gewoon niet voldoende om mijn dank te betuigen aan onze gebieder. Verscheidene dagen geleden is er, bij puur toeval, een prachtig schepseltje in mijn bezit gekomen. Zij is jong, een Schotse, de dochter van een edelman.'

'Een maagd die huilend en krijsend haar God aanroept om te mogen sterven, aleer ze zich overgeeft aan de omhelzing van een heiden,' sprak Karim al Malina nuchter.

'Ze is geen maagd,' zei Donal Righ, tot verbazing van beide mannen. Toen vertelde hij hun de geschiedenis van Regan en besloot met de woorden: 'Ik wil haar onder jouw hoede plaatsen, Karim, zoon van mijn oude vriend. Het is mij bekend dat je in Samarkand aan de School van de Passiemeesters bent ingewijd in de geheimen van de erotische kunsten. Jij kunt van dit meisje een perfecte liefdesslavin voor de kalief maken. Mijn dankbaarheid zal geen grenzen kennen.'

Karim al Malina dacht na en sprak: 'Ik weiger niet graag, Donal Righ, maar ik denk vaak terug aan het laatste meisje dat ik heb opgeleid. Dat dwaze kind werd verliefd op me en pleegde liever zelfmoord dan naar haar ware meester te gaan. Het heeft mij zeer in verlegenheid gebracht en ik heb de man dubbel moeten vergoeden wat hij verloren had. Geen enkele passiemeester is ooit zoiets overkomen. Ik heb mijn werk blijkbaar niet goed gedaan en neem niet graag opnieuw een meisje onder mijn hoede.'

'Jonge vriend, dat ongelukkige voorval heeft vijf jaar geleden plaatsgevonden. Dat meisje was onevenwichtig, maar deze niet; zij is trots en fel. Ze zal buigen, maar niet breken onder jouw begeleiding. Regan is een sterk meisje, Karim. Als ze er in wil slagen Abd al-Rahman te behagen heeft ze jou nodig. Zelfs een liefdesslavin is niet voldoende. Ze moet hem betoveren en hem kinderen baren.'

Karim zei met een zucht: 'Ik weet het niet.'

'Ik zal je het meisje tonen,' stelde Donal Righ slim voor. 'Zeg niet nee voor je haar gezien hebt en haar karakter hebt getoetst. Aboe! Ga vlug vrouwe Regan en haar dienstmaagd halen.'

Zijn twee gasten moesten lachen om de gretigheid van Donal Righ.

'U moet wel erg zeker van uw zaak zijn, Donal Righ,' meende Aladdin ben Omar, 'is het meisje zó mooi?'

'Zij is als zon en maan,' antwoordde de oudere man.

'Nu spreek je als een Saraceen,' vond Karim geamuseerd. 'Ik beloof je niets, vriend van mijn vader.'

'Wacht maar tot je haar zelf gezien hebt,' adviseerde Donal Righ. 'Je zou me teleurstellen in mijn opinie over jou, als je niet verrukt van haar bent.'

Aladdin ben Omars bulderende lach kwam uit het diepst van zijn borst, die als een klankkast leek te werken. Die ouwe boef had Karim al Malina een handschoen voor geworpen die hij niet kon laten liggen. Hij had de jonge kapitein diep in zijn trots geraakt.

De deur ging open. Aboe verscheen, gevolgd door twee vrouwen. De ogen van de eerste stuurman begonnen te glimmen toen hij Morag zag. Hij had haar vanmiddag al een aantrekkelijk schepseltje gevonden. Het andere meisje hield haar gelaat in de schaduw, klaarblijkelijk had ze daar opdracht toe gekregen. Geen van beide mannen kon haar gelaatstrekken direct onderscheiden, maar toen ze haar gezicht ophief en hen recht aankeek, floot Aladdin ben Omar zachtjes tussen zijn tanden. Donal Righ had geen woord te veel gezegd. Dit meisje was waarschijnlijk het mooiste vrouwspersoontje dat hij ooit had gezien. Hij keek Karim aan, maar zoals altijd verried het gelaat van zijn kapitein niets.

Regan keek ogenschijnlijk naar beide vreemdelingen op de verhoging, maar in werkelijkheid staarde ze naar Karim al Malina. Zij had niet eerder zo'n knappe man gezien: een ovaal gelaat, met een hoog voorhoofd en fijngevormde jukbeenderen, maar een sterke hoekige kin en een lange scherpe neus, met sensueel opengesperde neusvleugels. Zijn mond was breed, maar de lippen waren eerder smal dan vol. In tegenstelling tot zijn metgezel was hij gladgeschoren. Zijn donkere wenkbrauwen waren fraai gebogen en zijn ogen azuurblauw. De kleur van zijn haar was donkerbruin, bijna zwart en van het voorhoofd weggetrokken. Ze kon niet zien hoe lang het was.

'Verwijder haar gewaad, Morag,' verbrak Donal Righ haar dromerij.

'Nee,' sprak Karim al Malina, 'laat mij het doen.' Hij stond op, stapte van de verhoging af en ging voor Regan staan. Zijn ogen hielden de hare gevangen, terwijl hij zijn grote hand ophief om de speld los te maken die haar gewaad bij elkaar hield. Zijn nagels, zag ze, waren rond. Zijn knappe gelaat onthulde absoluut niets van wat hij dacht. Hij knikte naar Morag, die het gewaad langzaam van Regans lichaam wegtrok, precies zoals het haar was gezegd. Slechts een flauw glimlachje speelde om Karims mondhoeken. Dat deed ze bevallig. Hij wendde zich tot Donal Righ. 'Wie is dit meisje?' vroeg hij.

'Morag is de dienstmaagd van de vrouwe Regan,' antwoordde de man.

'Ze is vaardig,' merkte de kapitein op, waarna zijn aandacht terugkeerde naar Regan. Met zachte stem sprak hij: 'Ik zie rebellie in je aquamarijnkleurige ogen, Zaynab. En je moet gehoorzamen, anders breng je Donal Righ in verlegenheid. Leg nu je armen achter je hoofd, ik wil je borsten beter kunnen bekijken.'

'Nee,' zei ze even zacht, 'ik zal Donal Righ dwingen om mij als slavin voor de huishouding te verkopen aan een Keltische hoofdman.'

'Hij zal je verkopen aan het meest beruchte bordeel in Dublin, waar ze een veel betere prijs voor je betalen,' zei Karim. 'Je zult een of andere zeeman tussen je benen hebben, voordat Donal Righ het etablissement verlaten heeft. Je zult er binnen het jaar gestorven zijn aan overwerktheid en ziekte. Verkies je zo'n leven?'

Zowel zij als Morag keek geschokt bij deze woorden. 'Dat zou Donal Righ me niet aandoen,' protesteerde Regan zenuwachtig, 'hij is een vriendelijk mens.'

'Dat is hij alleen maar omdat je van waarde voor hem bent, Zaynab,' verklaarde hij. 'Til nu je armen op en leg ze achter je hoofd zoals ik je bevolen heb.'

Enkele ogenblikken schermden ze zwijgend met hun blikken, maar toen gehoorzaamde Regan, al was het schoorvoetend. Morag slaakte een zucht van verlichting en Karim grinnikte. Hij deed een stap achteruit en liet zijn ogen op hun gemak over Regans lichaam dwalen. Zijn blik was beoordelend, nooit wellustig. Hij strekte zijn handen uit en bevoelde haar borsten, waardoor er een blos op haar wangen kwam. Ze beet op haar onderlip toen hij haar aanraakte, maar opnieuw lag er niets wellustigs in zijn aanraking.

'Wilt u straks ook nog dat ik mijn mond opendoe, zodat u mijn tanden kunt inspecteren?' mompelde ze nors.

'Dadelijk,' zei hij rustig, 'nu wil ik graag dat je je omdraait. Laat je armen maar zakken. Langzaam, Zaynab, je moet de kunst van het uitstel oefenen, merk ik.'

Regan draaide zich om, zoals hij bevolen had. 'Hoe noemt u mij, heer? Zaynab?'

'In de taal van de Saracenen betekent dat "de Schone",' legde hij uit. 'Je moet een Arabische naam hebben en dit is de naam die ik je gegeven heb.' Zijn ogen gleden van haar mooie schouders langs de fijne lijn van haar ruggengraat naar haar billen, die, vond hij, de vorm hadden van de helften van een stevige perzik. Zij was lang voor een vrouw, maar ook weer niet al te lang en de lengte zat in haar bovenlichaam, niet in haar benen, met hun sierlijke kuiten. Knielend tilde hij één voet op. Die was smal, met een hoge welving. Ze had fijngevormde beenderen. Donal Righ had niet gelogen, ze was als zon en maan.

Karim ging staan en maakte de klem van haar haren los. De zilvergouden lokken spreidden zich vanzelf als een waaier over haar schouders en reikten helemaal tot aan haar staartbeen. Hij pakte een lok tussen zijn vingers en voelde dat die was als de fijnste zijde. 'Draai je maar om en kijk me aan,' zei hij. Toen ze dat gedaan had beval hij haar haar mond open te doen.

Regan werd woest. Zij dacht dat hij een grapje had gemaakt toen ze zojuist tegen hem had gesnauwd. Ze dacht erover het niet te doen, maar toen ze de smekende ogen van Morag zag, gehoorzaamde ze.

Hij keek naar binnen en merkte op: 'Ze heeft al haar tanden nog en ze zijn vrij van rot. Haar adem is zoet, dat is een goed teken.' Hij pakte Regans kin tussen duim en wijsvinger en draaide haar hoofd naar beide zijden. Hij tuurde ditmaal naar haar huid en zei: 'De huid is doorschijnend en gezond. Een mooie neus, een verleidelijke mond en de ogen hebben een mooie kleur, als een eersteklas aquamarijn.' Hij liet Regan los, keerde zich abrupt om en voegde zich weer bij de mannen op de verhoging. 'Zij heeft zeker mogelijkheden, daar hebt u gelijk in Donal Righ, en ze heeft inderdaad een krachtige wil.'

'Neem je haar dan mee en train je haar voor me, Karim? Ik zou haar aan niemand anders durven toevertrouwen. Ik ken twee heren in al-Andalus die een door jou opgeleide liefdesslavin bezitten. Deze meisjes hebben hun meesters zoveel geluk geschonken, dat ze hen boven alle vrouwen prijzen. De meisjes heten Aysha en Soebh. Je hebt hen ongeveer zeven jaar geleden opgeleid.'

'Ik herinner me de meisjes.' zei Karim. 'Aysha is naar een rijke heer in Sevilla gegaan en Soebh naar de koning van Granada. Van beiden heb ik schitterende dankgeschenken ontvangen. Het arme meisje dat zelfmoord pleegde kwam na die twee successen. Sindsdien heb ik geen ander meisje meer opgeleid, Donal Righ.'

'Maar déze toch wel, Karim?' zei de oudere man met een sluwe grijns.

De jongere man lachte terughoudend. 'Jawel, oude vriend van mijn vader, ik zal Zaynab voor u opleiden. Zodra ze gereed is zal ik haar zelf naar het hof van de kalief brengen en haar in uw naam aan Abd al-Rahman presenteren. Maar wees gewaarschuwd, zij is niet gemakkelijk. Zij heeft een sterk gevoel van onafhankelijkheid zoals ik maar zelden ben tegengekomen bij vrouwen, zelfs niet bij mannen.'

'Je hebt haar een naam gegeven!' verkneukelde Donal Righ zich hardop. '*Zaynab*. Dat vind ik mooi! Die naam past je, Regan Mac-Duff, en dit was de laatste keer dat ik je bij de naam noem die je moeder je gegeven heeft. Morag, kleed je meesteres aan en breng haar naar de speciale kamer die voor haar is gereedgemaakt. Erda zal hem je tonen, meisje.' Hij wendde zich tot Karim. 'Dit meisje is nu onder je hoede. Jullie blijven logeren, Aladdin ook.'

'Morgen pas, Donal Righ,' zei de kapitein. 'Ik ben verscheidene weken op zee geweest en heb behoefte aan het gezelschap van een goede courtisane. Aladdin en ik hebben vanavond andere plannen, maar morgen begin ik met de opleiding van Zaynab, dat beloof ik u, oude vriend van mijn vader. Is dat afgesproken?' Hij stak zijn hand uit en Donal Righ greep hem dankbaar.

'Afgesproken, Karim al Malina,' stemde hij in. 'Aboe, breng de vrouwen terug naar Erda.'

Regan en Morag werden naar buiten geleid en toen ze weg waren, vroeg Aladdin aan Donal Righ: 'Heeft u bezwaar als ik het meisje met de vlechten het hof maak? Mijn hart begint sneller te kloppen. Hoe oud is ze?'

'Oud genoeg,' antwoordde Donal Righ grinnikend. 'Erda zegt dat ze haar maandelijkse vloeiingen al heeft, maar u moet wel weten dat ze nog maagd is.'

'Ik zou graag de eerste zijn,' sprak Aladdin ben Omar.

'U zult haar nog zó verwennen dat ze geen andere mannen meer wil.' Donal Righ bleef maar vergenoegd grinniken. Zijn gasten lachten met hem mee.

Regan en Morag konden het gelach van de mannen horen toen ze Aboe volgden op hun weg terug naar de vrouwenverblijven, waar Erda de scepter zwaaide. Toen hij hen bij haar had afgeleverd en weer vertrokken was, barstte Regan in woede uit.

'Je zou gaan denken dat ik een koe of een merrie ben die te koop wordt aangeboden,' brieste ze. 'Ik haat die man! Hij is walgelijk, afschuwelijk! Hij waagde het zelfs in mijn mond te kijken. Hij snuffelde aan mijn adem, Morag!'

'Ik vond hem tamelijk zachtaardig,' waagde Morag te zeggen.

'Aárdig?' siste Regan.

'Hij was niet ruw, meesteres,' zei het meisje kalm, en hij heeft niet één keer op een wellustige manier naar u gekeken.'

'En hoe weet jij dat, wicht? Jij had het veel te druk met het verleiden van die zwarte maat van hem,' snauwde Regan.

Morag gaf het giechelend toe. 'Hij is erg knap, meesteres en hij flirtte terug.'

'Heeft hij zijn handen tussen je benen gestoken?' wilde Erda weten.

'Wàt!' gilde Regan, gruwelend.

'Heeft hij zijn handen tussen je benen gestoken?' herhaalde Erda, 'heeft hij je intieme delen onderzocht?'

'Néé!' antwoordde ze, razend bij het idee al.

'Waar wind je je dan zo over op, kindje?' vroeg de oude vrouw. 'Die man heeft alleen maar naar je gekeken. Het is geen misdaad om een mooie vrouw te bewonderen.'

'Hij heeft mijn borsten bevoeld!' zei Regan.

'Om de aard van je vlees te kunnen beoordelen,' antwoordde ze kalm.

'Ik ben niet iemands bezit,' riep Regan woedend uit.

'Jawel, meisje, dat ben je wel,' zei Erda rustig. 'Toen Gunnar Bloedbijl je aan Donal Righ verkocht, werd je het bezit van mijn meester.'

'Maar die verdomde viking had het recht niet om me aan wie dan ook te verkopen!' protesteerde Regan. 'Ik ben door mijn familie naar het klooster van St.-Maire gestuurd.'

'Waar je onder bevel van moeder Eubh, de moeder-overste kwam te staan, die je aan Gunnar Bloedbijl verkocht, die je weer bij Donal Righ bracht. Hij heeft je onder de hoede van Karim al Malina gesteld en wanneer die vindt dat je voldoende bent opgeleid, zal hij je uit naam van Donal Righ aan de kalief van Cordoba presenteren. Je wordt het bezit van de kalief, kind. Aanvaard je lot maar liever. Je bent gelukkiger wanneer je dat doet. Het is niet zo'n slechte toekomst, Zaynab. Ik wou dat ik op jouw leeftijd zo mooi was geweest. Ik zou een koningin geworden zijn!'

'Mijn naam is Regan MacDuff,' zei ze koppig.

'Je hebt een nieuwe naam gekregen, mijn kind, en vanaf nu moet je luisteren naar de naam Zaynab,' zei Erda.

'Nooit van mijn leven!' zwoer Regan. Als ze die naam accepteerde, zou ze haar zelfgevoel kwijtraken. Zij was Regan MacDuff van Ben MacDui en niemand zou daar iets aan veranderen. Niets en niemand! Zaynab, bah! Dat was een naam voor een heidin en ze zou er nooit naar luisteren. Nóóit!

De volgende dag ging ze met iedereen in haar buurt een machtsstrijd aan. Wat ze ook probeerden, ze weigerde te luisteren naar haar nieuwe naam.

'Wat moeten we met haar beginnen, meester?' klaagde Erda bij Donal Righ. 'Morag heeft gewillig haar nieuwe naam Oma aanvaard, maar die koppige Zaynab luistert nergens naar, behalve naar haar eigen naam van geboorte. Zelfs Oma kan haar niet vermurwen, en die is meestal goed met haar meesteres. Moet ik haar slaan, meester? Ik zou niets anders weten.'

'Sla haar niet,' zei Donal Righ edelmoedig, 'het zou haar fijne witte huid alleen maar beschadigen. Karim handelt die kwestie wel af als hij vanavond terugkomt. Neem Zaynab mee naar de speciale kamer die voor haar in gereedheid is gebracht. Karim heeft de suggestie gedaan de geur van gardenia aan haar badwater toe te voegen. Hij denkt dat die geur goed bij haar past.' De slavenhandelaar was in een uitstekende stemming. Alles verliep volkomen naar wens.

Regan werd die dag gebaad volgens de instructies van Donal Righ. Ze snoof argwanend de zwoele geur op. 'Wat is dat?' wilde ze weten. 'Het is geen roos en het is geen lavendel. Ik weet niet of ik dit wel lekker vind.'

'Het is gardenia,' vertelde Erda haar.

'Die bloem ken ik niet,' was het antwoord.

'Natuurlijk ken je die niet,' zei Erda. 'Het is een prachtige roomkleurige bloem, die bloeit in de potten en tuinen van al-Andalus.'

Regan hield haar mond verder. In feite vond ze die nieuwe geur wel lekker, maar ze wilde hun niet het plezier gunnen door het toe te geven. Het was een exotische geur en de zwaarte ervan paste bij haar stemming. 'Waar breng je me heen?' vroeg ze nors aan Erda, toen ze de baden verlieten. Ze gingen niet in de richting van de vrouwenverblijven van het huis.

'Je hebt een kamer voor jezelf gekregen, Zaynab,' zei de oude dame. 'Oma heeft haar eigen kamertje ernaast. Ze zit op je te wachten, kindje. Kom, houd toch eens op met mokken.'

De kamer waar ze naartoe werd gebracht was niet groot, maar licht en luchtig en bevond zich boven in het huis, op een hoek. Er zaten twee ramen in met zware luiken, waarvan één uitkeek over de rivier en de andere op de tuin van Donal Righ. De muren waren witgepleisterd en de meubels eenvoudig. Er stonden een koperen komfoor dat gebruikt kon worden om de kamer te verwarmen, een opbergkist, een enkele stoel met een hangende leren zitting en een kleine eikenhouten tafel. Op een bijna vierkante verhoging lag een matras, bedekt met lichtblauw satijn en gevuld met dons en verse kruiden. Op de matras lagen verscheidene grote kussens in gestreepte stoffen en goudlaken. Regan had nog nooit zo'n mooie kamer gezien en terwijl ze rondliep, klaarde haar stemming een beetje op. 'Waar is Morag?' vroeg ze.

'Oma heeft een kamertje naast deze. Er zit een verbindingsdeur tussen, je hoeft haar maar te roepen,' zei Erda. 'Ik ga nu weg, dan kun je gaan rusten. Karim al Malina komt spoedig terug om met je opleiding te beginnen.' Toen trok de oude dame zich terug met een snelheid waartoe Regan haar niet in staat had geacht, daarna hoorde ze hoe het slot luidruchtig achter haar werd dichtgedraaid.

Eerst was Regan woedend, maar toen moest ze lachen. Waar dachten ze dat ze heen zou gaan? vroeg ze zich af. 'Morag!' riep ze.

De verbindingsdeur ging open en het meisje kwam binnen. Ze snoof fijntjes. 'Wat is dat voor een heerlijke geur, meesteres?'

'De nieuwe geur die ze voor me uitgezocht hebben,' vertelde Regan haar. 'Het heet gardenia. Erda zegt dat het witte bloemen zijn die in al-Andalus groeien. Ik moet toegeven dat ik het lekker vind, maar ik heb het ze niet gezegd.'

'Dit is een mooie kamer,' zei Oma, 'kom de mijne eens bekijken.'

75

Regan stapte door de deur in een kleine, smalle kamer met één raam. Er waren een opbergkist en een goed gevulde stromatras. 'Je hebt een komfoor nodig om het hier warm te hebben,' merkte ze op. 'Is jouw deur ook op slot?'

Oma knikte. 'Ja. Ik veronderstel dat we nergens heen mogen, zelfs niet naar de tuin beneden. Nou ja, het schemert al bijna. Ik ben dol op deze lange zomerdagen!'

Erda kwam hun een avondmaal brengen met brood, hardgekookte eieren, kaas en twee ronde, groenige vruchten. 'Dit zijn sinaasappelen,' vertelde ze. 'Je pelt de schil er af en eet het zoete vruchtvlees eronder op. Ze worden in al-Andalus gekweekt. De kapitein heeft ze voor Donal Righ meegebracht.' Ze zette een kleine karaf met aangelengde wijn op de tafel en vertrok, de deur weer achter zich afsluitend.

De twee meisjes gingen op de verhoging zitten eten. Ze bewaarden de sinaasappelen voor het laatst en giechelden toen het sap van de pittige vrucht langs hun kinnen en over hun handen stroomde. Ze waren het erover eens dat sinaasappelen erg lekker waren, hoewel een beetje kleverig. Toen ze klaar waren goot Oma wat water in de waskom, zodat ze handen en gezicht konden wassen. De bediende pakte de borden en bekers en zette ze op een dienblad. Ze hadden alles opgegeten en alleen de sinaasappelschillen achtergelaten.

Buiten kleurde de hemel roze en lavendelblauw in de lange zomeravondschemering. De lucht was koel maar zacht en Regan besloot de luiken nog open te laten. Beneden in de tuin begon een merel zijn lied te zingen. De maansikkel stond helder aan de hemel en daar vlakbij schitterde een blauwe ster.

Beide meisjes wendden zich naar de deur toen deze werd opengedraaid en Karim al Malina binnenkwam. Hij sloot hem opnieuw achter zich af.

Hij keek naar Oma. 'Jij mag naar je kamer gaan, Oma. Je meesteres heeft je tot morgenochtend niet meer nodig.'

'Ja, mijn heer,' zei Oma zachtjes met een buiging en ging door de verbindingsdeur naar haar eigen kamer.

'Hoe durft u mijn dienstmaagd bevelen te geven!' zei Regan met gespannen stem.

'Als ik je beledigd heb, Zaynab, dan vraag ik je om vergeving, maar de tijd is gekomen om aan je lessen te beginnen. Als je het prettig vindt dat Oma terugkomt om te kijken, dan roep ik haar terug,' zei hij kalm.

'Ik ben Regan MacDuff van Ben MacDui,' zei ze ijzig. 'Ik luister niet naar zo'n rare buitenlandse naam als Zaynab.' Ze sloeg haar armen over elkaar en keek hem strak aan met fonkelende, strijdlustige ogen.

Zij is geweldig, dacht hij. Wat een pit! Hij liet echter niets van zijn

bewondering blijken. 'Regan MacDuff van Ben MacDui klinkt mij buitenlands in de oren,' zei Karim al Malina. 'Wat betekent Regan? MacDuff, begrijp ik, is je familienaam.'
'Het betekent *koning*,' antwoordde het meisje trots.
'Maar je bent geen koning, schoonheid, je bent een lieflijke jonge vrouw, die ik ga leren fantastisch te zijn. Jij mag van jezelf vinden wat je wilt, Zaynab, maar je bevindt je niet langer in je eigen wereld. Je bevindt je in mijn wereld en zult spoedig naar je nieuwe naam luisteren, zo niet vandaag, dan toch morgen of overmorgen.'
Hij begon zijn kleren uit te trekken: Eerst zijn lange witte mantel, daarna de brede riem om zijn smalle taille en zijn witte hemd. Hij ging zitten en trok zijn laarzen uit. Vervolgens stond hij weer op en trok zijn witte broek uit.
Regan hield geschrokken haar adem in. 'Wat doet u?' zei ze schril.
'Dat zie je toch?' zei hij met een twinkeling in zijn blauwe ogen, ofschoon zijn gelaatstrekken ernstig bleven. 'Heb je nooit het naakte lichaam van een man gezien, Zaynab?'
'Ik ben geen maagd meer,' mompelde ze, wanhopig pogend niet rechtstreeks naar hem te kijken, wat echter te verleidelijk was. Hij had een brede borst, licht behaard van boven met een smalle strook donker haar die recht naar het midden van zijn navel liep en vandaar naar zijn kruis. Ze staarde naar zijn mannelijkheid. Die hing er volkomen slap bij. Zijn benen waren lang en evenals zijn borst bedekt met donkerbruin haar.
'Trek je hemdje voor me uit, Zaynab,' zei hij.
'Néé!' snauwde ze fel.
Snel de kleine afstand tussen hen overbruggend, greep hij het ronde halsje van het hemdje en scheurde het tot aan de zoom open. 'Wanneer ik je beveel iets te doen, Zaynab, dan moet je mij gehoorzamen,' zei hij, terwijl hij het gescheurde kledingstuk van haar aftrok en opzij gooide. Toen pakte hij haar bij de hand en trok haar naar de verhoging, waar hij haar op de matras trok. Toen hij haar gezicht naar het zijne draaide, schrok hij, want haar ogen waren leeg en volkomen uitdrukkingsloos geworden. Het was alsof haar geest haar lichaam had verlaten en alleen het lege omhulsel had laten liggen. 'Waarom ben je bang voor me?' vroeg hij zacht, nog altijd haar hand vasthoudend. 'Je hoeft voor mij niet bang te zijn, Zaynab.'
Ze worstelde met zichzelf om de juiste woorden te vinden en zei ten slotte: 'U gaat me pijn doen. Ik wil niet dat u me pijn doet!' Ze stond op van het bed en bleef er zenuwachtig naast staan.
'Ik zal je geen pijn doen, Zaynab. Vertel me over de twee die je pijn hebben gedaan, mijn schoonheid. Soms kan het de pijn verzachten als je erover praat,' zei hij.
'Ian Ferguson heeft me pijn gedaan,' fluisterde Regan, zo zacht-

jes dat hij zijn hoofd naar haar toe moest buigen om het te kunnen verstaan. 'Hij stonk naar paarden en liep voor me heen en weer te paraderen en te pochen op zijn mannelijkheid. Hij kneep in mijn borsten en duwde zijn hand tussen mijn benen en lag de hele tijd tegen me aan te rijden en rare geluiden te maken. Toen commandeerde hij me dat ik mijn benen wijd moest doen en klom boven op me. O, hij was zo groot en het deed zoveel pijn. En het kon hem niets schelen. Het kon hem helemaal niets schelen! Hij bleef maar in en uit me bonken en zweette en gromde erbij. Ik heb nog nooit zoveel pijn gehad. En daarna deed hij het die nacht nog twee keer. Ik vond het verschrikkelijk! Ik haatte hem!' Toen begon ze te huilen.

'En Gunnar Bloedbijl?' vroeg hij haar, 'heeft hij je pijn gedaan?'

'Het deed geen pijn toen hij in me kwam,' zei ze zachtjes, 'maar ik vond het evengoed afschuwelijk. Hij boog me voorover tegen een tafel en dwong me hem in me te laten komen, grommend als een zwijn, tot hij zijn zaad kwijt was.'

'Ik zal je nooit dwingen,' beloofde Karim al Malina.

'Dan zul je me nooit krijgen, heer, want ik ben niet meer bereid mijn lichaam vrijwillig aan een man te geven,' zei Regan tegen hem.

'Je zult je aan me overgeven, Zaynab,' zei hij vriendelijk. 'Niet vanavond en misschien wel een hele tijd niet, maar ten slotte zul je jezelf met hart en ziel overgeven. Ik zal je niet hoeven dwingen.' Teder streek hij de tranen van haar wangen. 'Huil maar niet meer. Wat gebeurd is, kan niet veranderd worden, maar ik zal je helpen een mooie toekomst op te bouwen, dat beloof ik je. Je hoeft me alleen maar te vertrouwen.'

'Ik vertrouw geen enkele man,' antwoordde ze en dat kon hij begrijpen. Toen keek ze hem aan en het leven scheen weer terug te komen in haar ogen. 'Wat is dat wat u mij moet leren, waardoor ik geschikt word voor die kalief?'

'Ik ga je de kunst van de erotiek leren,' zei hij, met een flauwe glimlach, 'maar wat dat inhoudt besef je niet echt, hè?'

Regan schudde haar hoofd.

'De liefde is een kunst, Zaynab. Die twee mannen, die jou zo wreed hebben misbruikt, weten niets van het werkelijke genot dat een man en een vrouw kunnen beleven. Zij waren ruw, zelfzuchtig en dom. Ze paren met vrouwen zoals de honden met hun teven. Zij doen het als de beesten en nauwelijks beter. Zo hoeft het niet te gaan, mijn dierbare.' Hij liet een arm om haar heen glijden en drukte een kus op haar voorhoofd. 'Mettertijd zal ik je alles vertellen wat ik weet. Je zult naar je nieuwe meester gaan, de kalief, die verrukt zal zijn van je schoonheid en je bekwaamheden.'

Ze keek hem ongelovig aan. Paren plezierig? Ze kon werkelijk niet begrijpen hoe dat mogelijk was, maar hij had wel haar nieuwsgierigheid gewekt. 'Waar hebt u die kunsten van u geleerd, mijn heer?' vroeg ze.

'In een stad die Samarkand heet,' vertelde hij.

'Waarom hebt u dat geleerd?'

'Ik ben de jongste zoon van mijn vader,' begon hij, 'en zoals vaak met jongste zonen het geval is, was ik in mijn jeugd nogal een wilde jongen. Nadat ik drie van mijn vaders slavinnetjes zwanger had gemaakt, verloor hij zijn geduld met mij. Mijn broer Ja'far deed voorspraak voor mij bij mijn vader. Hij zei tegen hem dat mijn talent blijkbaar op het amoureuze vlak lag en dat het misschien goed was mij naar de School van de Passiemeesters in Samarkand te sturen. Op die manier zouden mijn lusten in ieder geval een praktisch doel dienen. Er waren niet veel mannen die bij de Passiemeesters studeerden, want zij namen er maar weinig aan, maar er is veel vraag naar de mannen die het geluk hebben gehad daar hun kennis te mogen ontvangen, in verband met de opleiding van liefdesslavinnen. Ik werd door hen ontvangen, getoetst op mijn bekwaamheid en moed en pas daarna op hun school aangenomen. Toen ik mijn studie had doorlopen, begon ik mijn kennis te gebruiken om in mijn levensonderhoud te voorzien. Op die manier heb ik mijn schip, de *I'timad*, kunnen kopen.' Karim al Malina glimlachte naar Regan. 'Ik ben erg goed in mijn vak,' deelde hij ondeugend mee. 'Ik heb je nu onder mijn hoede genomen als een gunst aan Donal Righ, maar wanneer ik met jou klaar ben, Zaynab, dan ben jij mijn mooiste schepping, dat beloof ik je.'

'Waarom moet ik een liefdesslavin worden? Waarom kan Donal Righ er niet tevreden mee zijn me als bediende te verkopen? Ik wil mijzelf niet aan een man weggeven.'

'Jij bent veel te mooi om een bediende te zijn,' zei hij, 'dat weet je zelf ook wel, Zaynab. Doe niet zo gespeeld bescheiden, want dat past niet bij je. Je moet oprecht blijven. Het is waar dat ik je zal leren hoe je je aan een man moet overgeven, maar ik zal je daarnaast ook leren hoe je een man zover krijgt dat hij zich aan jou overgeeft.'

'Dat is onmogelijk!' verklaarde ze. 'Mannen geven zich niet over aan vrouwen. Ik geloof er helemaal niets van, heer.'

Hij lachte. 'Toch is het zo, Zaynab. Een mooie vrouw heeft een enorme macht, zelfs over de allersterkste man en in de strijd van de liefde kan zij hem overwinnen.'

'Ik heb het koud,' huiverde ze.

Hij stond op van de verhoging, liep de kamer door en sloot de luiken. Daarna liep hij naar de opbergkist en haalde een lichte wollen deken te voorschijn. Hij gaf hem aan haar met de woorden: 'Ga er maar onder liggen, dicht tegen mij aan, dan word je weer warm. Kom laten we gaan liggen.' Hij ging liggen, trok de deken over zich heen en strekte zijn hand naar haar uit.

'Bent u van plan om met mij het bed te delen?' vroeg Regan met ogen vol angst, hoewel haar stem niet trilde.

'Dit is onze kamer,' zei hij rustig. 'Kom maar onder de deken, Zaynab. Ik heb je al gezegd dat ik je niet zou dwingen. Ik lieg niet.'

Zij kon niet anders dan terugdenken aan Ian Ferguson, met zijn opgeblazen gepoch. Ian, die op wrede wijze haar onschuldige lichaam had verscheurd, zijn pleziertje nam en haar geest verwondde. Gunnar Bloedbijl was niet beter geweest, hoewel ze niet naar zijn wellustige kop had hoeven kijken toen hij haar verkrachtte. Ze draaide zich om en staarde Karim al Malina aan. Hij lag op zijn rug, met zijn ogen gesloten, maar ze voelde dat hij niet sliep. Kon ze hem wel vertrouwen? Dúrfde ze hem te vertrouwen? Met trillende handen greep ze de deken, tilde hem op en glipte in de zachte warmte.

Bijna onmiddellijk sloeg hij een arm om haar heen en Regan schrok zich dood. 'Wat doet u?' wilde ze met een doodsbange stem weten.

'Je wordt sneller warm,' zei hij rustig, 'als je dicht tegen me aan komt liggen. Maar als je dat niet wilt, dan kan ik dat begrijpen.'

Ze voelde de arm om haar schouders en de lengte van zijn lichaam. Zijn aanwezigheid was tot haar verbazing erg troostrijk. 'Meer niet,' waarschuwde ze hem met een schelle stem.

Ze zag zijn glimlach niet in de avondschemering. 'Vannacht niet,' zei hij. 'Goedenacht, mijn lieve Zaynab. Slaap zacht.'

Hoofdstuk vier

'En?' vroeg Donal Righ de volgende ochtend aan Karim al Malina. 'Denk je dat Zaynab het zilver dat ik voor haar heb uitgegeven waard zal zijn?' 'Mettertijd, oude vriend,' was het antwoord. 'Het meisje is danig afgeschrikt door twee buitengewoon lompe mannen. Het zal tijd kosten om haar vertrouwen te winnen, maar dat lukt wel. Ik heb nooit eerder een dergelijke vrouw moeten opleiden. Ze is tegelijkertijd onschuldig en toch heel wijs voor haar leeftijd. Maar ze is absoluut onwetend op het gebied van liefde of hartstocht. Het zal minstens een jaar duren voordat ze aangeboden kan worden, misschien zelfs langer.' Hij dronk van een mengsel van warme wijn en kruiden uit een zilveren beker die bezet was met onyx. 'Bent u bereid me die tijd te geven, of geeft u er de voorkeur aan haar te verkopen op een goede slavenmarkt in al-Andalus, zodat u meteen uw winst kunt opstrijken en niet te veel hebt uitgegeven aan haar opleiding?'

'Nee, nee! Dit meisje is de moeite waard. Ik zag het meteen toen ze binnenkwam met die lomperik van een Gunnar Bloedbijl. Ze was hem meteen al te slim af geweest. Erda vertelde dat Zaynab en Oma aan boord van het schip van Gunnar Bloedbijl bevriend waren geraakt. Daarna heeft Zaynab tegen de viking gezegd dat ik veel meer onder de indruk zou raken van een vrouw met een dienstmaagd, dan van een vrouw alleen. Haha!' lachte hij luidruchtig, 'ze is een pientere meid, Karim, want dat was zo! Hahaha!' Toen werd hij weer serieus. 'Hoelang ben je van plan hier in Dublin te blijven? En waar ga je van hieruit naartoe?'

'Mijn schip is al uitgeladen, Donal Righ,' vertelde Karim. 'Nog één week om de ruimen te vullen en dan gaan we weer terug naar al-Malina. We zijn al halverwege de zomer en ik bespeur een vroege herfst in aantocht. Ik wil graag uit die noordelijke wateren van jullie weg zijn, voordat het seizoen om is. Bovendien denk ik dat de opleiding van Zaynab beter zal vlotten als ze eenmaal uit haar omgeving en haar vroegere leven vertrokken is.'

Donal Righ knikte. 'Dat is verstandig van je,' zei hij. 'Waar breng je haar naartoe?'

'Ik bezit een villa buiten al-Malina. Daar breng ik haar heen. Ik heb er alle meisjes die bij me gebracht zijn opgeleid. Het is een elegante, sensuele plaats en mijn bedienden zijn volkomen ingespeeld op mijn manier van werken. In het Paradijs zal Zaynab minder schichtig worden.'

'Het Paradijs?' Donal Righ keek verwonderd.

Karim lachte. 'Zo heb ik mijn huis genoemd, oude man, want voor mij is het een paradijs. Het huis ligt aan zee en is omringd door tuinen en fonteinen. Het is een vredige plek.'

'En je vader?' vroeg Donal Righ.

'Die houdt van de stad en laat mij mijn eigen gang gaan. In zekere zin ben ik precies geworden wat hij wilde. Ik ben trouw aan mijn familie, onafhankelijk rijk, en niet alleen respectabel, maar inderdaad ook gerespecteerd. Ik mishaag hem slechts op één manier: Ik heb geen vrouw en geen zonen. Die plichten laat ik aan mijn oudere broers, Ja'far en Ayyub, over. Maar mijn familie is erg teleurgesteld.'

'Je bent het hem verplicht te trouwen, mijn jongen. Een hartstochtelijk man als jij zou ongetwijfeld alleen mannelijke kinderen verwekken. De jongste zoon van Habib al Malik zou een bijzonder goede partij zijn,' eindigde Donal Righ glimlachend.

'Ik ben nog niet gereed om te trouwen,' antwoordde Karim. 'Ik geniet van mijn leven zoals het is. Misschien neem ik, als mijn werk met Zaynab succesvol is afgerond, opnieuw meisjes aan om te trainen.'

'Hoe groot is je harem?' vroeg Donal Righ.

'Ik heb er geen,' antwoordde Karim. 'Ik ben niet vaak genoeg thuis en vrouwen worden rusteloos en verraderlijk als ze aan hun lot worden overgelaten. Er moet voortdurend een sterke mannenhand zijn om hen te leiden. Zodra ik trouw zal ik een harem opzetten.'

'Waarschijnlijk heb je gelijk,' vond Donal Righ. Hij grinnikte. 'Jij denkt te oud voor zo'n jonge kerel, Karim.'

'Laat Zaynab en Oma in de beslotenheid van je tuin wandelen, Donal Righ,' verzocht Karim. 'De thuisreis naar al-Malina neemt verscheidene weken in beslag en op mijn schip hebben ze maar een beperkte bewegingsvrijheid. Ik kan hen niet op de dekken laten rondlopen, want dan zetten ze mijn mannen in vuur en vlam.'

Donal Righ knikte. 'Ja, het zal een zware reis worden voor de meisjes. Ze zijn aan het land gewend. De reis vanuit Strathclyde heeft maar een paar dagen geduurd en eigenlijk hebben ze nooit werkelijk open zee gezien.'

'Straks zullen ze dagenlang niet anders zien,' zei Karim.

Regan en Morag kregen van Erda te horen dat ze weer in de kleine tuin van Donal Righ mochten wandelen. Opgetogen haastten ze zich naar beneden om de dag op een van de marmeren bankjes in de zon door te brengen en te babbelen en te mijmeren over het geheimzinnige al-Andalus, waar ze weldra heen zouden gaan.

Halverwege de middag verscheen Aladdin ben Omar, die tot Regan sprak: 'Vrouwe Zaynab, Karim al Malina verzoekt u te komen. Hij wacht boven op u.' De zeeman met zijn zwarte baard boog beleefd.

Regan bedankte hem en verliet de tuin.

Aladdin ben Omar grijnsde naar Morag. Hij stak zijn hand uit en trok aan een van haar vlechten. Ze giechelde. Hij pakte haar hand in de zijne en begon met haar door de tuin te wandelen. 'Jij bent een knap meisje,' zei hij.

'En u bent een brutale vlegel,' antwoordde ze bijdehand. 'Ik mag dan wel in een klooster zijn opgevoed, maar ik herken een deugniet onmiddellijk.'

Hij grinnikte, wat klonk als een warm gerommel, en op dat moment verloor Morag haar hart aan hem. 'Jaja, Oma, ik ben inderdaad een schelm, maar wel één met een warm hart. Je schijnt het gestolen te hebben, mooi meisje. Maar ik denk ook dat ik het niet weer terug wil hebben.'

'Je hebt een radde tong, Aladdin ben Omar,' zei ze met een uitnodigende glimlach. Daarna boog ze zich voorover om aan een roos te ruiken.

Toen ze weer overeind kwam, stond hij vlak voor haar. 'Weet je wel, mooi meisje, dat jouw naam Oma de vrouwelijke vorm is van Omar?' Hij streek met zijn hand over haar wang en Morag sperde haar ogen wijdopen.

Zenuwachtig deed ze een stapje achteruit. Zijn aanraking was teder geweest, maar het had haar een schok gegeven. Haar hart begon sneller te kloppen toen ze in zijn diepzwarte ogen keek. Hij stak opnieuw zijn hand uit, maar nu om haar in de omhulling van zijn arm te trekken. Morag kwam gevaarlijk dicht op het randje van bezwijmen. De herdersjongens op de heuvels buiten het klooster waren nooit zo gedurfd met haar omgegaan. 'Oó,' riep ze uit, toen zijn mond de hare raakte in een onderzoekende kus, maar ze stribbelde niet tegen, noch trok ze zich van hem terug. Ze was nieuwsgierig naar wat er ging gebeuren en ze voelde zich veilig bij deze grote man.

Vanuit de ramen boven de tuin zag Karim al Malina hoe zijn eerste stuurman het jonge meisje begon te verleiden. Hij had Aladdin nog nooit zo zacht en geduldig gezien met een vrouw. Hij vermoedde dat zijn oude vriend mogelijk meer hooi op zijn vork nam dan goed was. De aanbiddende blik op het knappe gezichtje van Oma beloofde meer dan een voorbijgaande passie.

Het geluid van de deur die achter hem openging, maakte dat hij zich omdraaide. Er gleed een glimlach over zijn knappe gelaat. 'Zaynab,' zei hij, 'heb je goed geslapen?'

'Jazeker,' zei ze. De waarheid was dat ze zich nog niet zo uitgerust had gevoeld als deze ochtend, toen ze wakker werd en zag dat hij van haar zijde was vertrokken. Ze glimlachte flauwtjes.

'Zullen we onze lessen dan voortzetten?' zei hij. 'Trek je kleren voor me uit. Ik wil beginnen met je de kunst van de aanraking te leren. De huid is een uiterst gevoelig instrument in de liefdeskunst, Zaynab. Het is belangrijk te leren hoe je op de juiste manier moet strelen. Je moet leren jezelf en je meester op zodanige wijze aan te raken, dat de andere zintuigen ook geprikkeld worden.'

Regan was enigszins verbluft. Hij sprak op een alledaagse toon. Er zat helemaal niets suggestiefs in zijn stem. Langzaam trok ze haar kleren uit. Het zou belachelijk zijn als ze weigerde, besefte ze. Hij had haar gisteravond laten merken dat hij onmiddellijke gehoorzaamheid van haar verlangde. Ze was een deel van de ochtend bezig geweest met de reparatie van het hemdje dat hij van haar af had gescheurd, maar het was geruïneerd en ze schaamde zich om de verspilling. Terwijl ze haar ondertuniek uitdeed, tuurde ze even zijdelings naar hem vanonder haar dikke gouden wimpers. Hij droeg alleen een witte broek en bij het daglicht was zijn lichaam erg mooi. Ze bloosde bij die gedachte. Kon je een man wel mooi noemen?

Hij sloeg haar met emotieloze ogen gade terwijl ze zich uitkleedde. Ze was absoluut schitterend, maar nu hij had besloten de taak op zich te nemen het meisje in de kunst der erotiek in te wijden, geloofde hij dat alle oude regels van zijn eigen opleiding weer bij hem naar boven kwamen. De eerste regel die hij van de passiemeesters in Samarkand had geleerd, was nooit en te nimmer emotioneel verbonden te raken met een leerling. De vrouw die in opleiding was, moest volkomen onderworpen worden, maar met tederheid, nooit ruw. Wat de man betrof die haar trainde, die moest altijd geduldig en vriendelijk blijven, stevig in zijn schoenen staan en hij mocht nooit persoonlijk betrokken raken.

'Mijn heer?' Ze was nu geheel naakt.

Hij richtte zijn aandacht weer op haar. 'Het bedrijven van de liefde,' begon hij, 'kan op ieder tijdstip van de dag of de nacht plaatsvinden. Mensen die al te preuts zijn, denken dat hartstocht alleen in het donker plaatsvindt. Omdat jij het angstig vindt, heb ik besloten met je lessen te beginnen terwijl het nog volledig dag is, zodat je kunt zien wat er gebeurt. Daarmee raak je je vrees al voor de helft kwijt. Begrijp je dat?'

Regan knikte.

'Mooi,' zei hij. 'Voordat je ervaring gaat opdoen met het aanraken, moet je de naam aanvaarden die je gegeven is. Je kunt geen naam blijven dragen die voor ons buitenlands klinkt.'
'Als u mij mijn geboortenaam afneemt,' zei ze wanhopig, 'dan verlies ik mijzelf. Ik wil mijzelf niet verliezen, heer!'
'Jij bent veel meer dan alleen maar een naam,' zei hij kalm. 'Je naam maakt je niet tot wat je bent, Zaynab. Je zult nooit meer naar je vaderland terugkeren. Je draagt je herinneringen altijd met je mee, maar een mens kan niet leven op herinneringen. Je moet dat leven achter je laten en daarmee ook de naam die je moeder je bij je geboorte heeft gegeven. Je nieuwe naam duidt op een nieuw leven, een beter leven zelfs, denk ik, dan het leven dat je tot nog toe hebt geleid. Zeg nu je naam, mijn schoonheid. Zeg, mijn naam is Zaynab. Zèg het!'
Op dat moment vulden haar prachtige blauwgroene ogen zich met tranen die dreigden over haar wangen te gaan rollen. Haar mond bleef stom en haar blik was vol verzet. Maar ten slotte slikte ze moeizaam en zei: 'Mijn naam is Zaynab, dat betekent de *schone*.'
'Nog eens,' moedigde hij haar aan.
'Ik ben Zaynab!' Haar stem klonk iets sterker.
'Goed zo!' sprak hij goedkeurend. Hij was blij dat ze hem zonder verder gedoe had gehoorzaamd. Hij begreep de moeite die ze had met het terzijde schuiven van haar verleden, maar gelukkig bezat ze voldoende gezond verstand om in te zien dat ze, alleen door zich aan zijn handen toe te vertrouwen, mocht hopen te overleven in die nieuwe wereld waar ze naartoe gestuurd werd. 'Kom nu bij me,' beval hij. 'Onthoud dat ik je niet zal dwingen, maar ik ga je aanraken. Je hoeft niet bang te zijn, Zaynab. Begrijp je dat?'
'Ja, mijn heer.' Ze zou niet bang zijn en als ze dat wel was, dan nog zou hij het niet merken, in blik noch gebaar. Ik ben Zaynab, dacht ze, terwijl ze een nieuwe identiteit voor zichzelf begon te smeden. Ik ben een persoon die gekoesterd en bewonderd moet worden. Mijn overleving hangt af van wat deze man mij kan leren. Ik heb geen spijt van het leven dat ik achterlaat. Ik zou geen man willen hebben als Ian Ferguson. Ook wens ik mijn leven niet door te brengen in een klooster, biddend tot een God die ik niet ken en ook niet begrijp. *Ik ben Zaynab, de schone*. Ze beheerste de huivering die over haar heenging toen hij een arm om haar heen sloeg en haar tegen zich aan trok.
Hij voelde dat ze haar weerzin onderdrukte en was er in stilte blij om. Hij tilde haar hoofd naar het zijne op en gleed met de rug van zijn hand over haar kaak en jukbeenderen. Eén enkele vinger streek over haar rechte neusje, ging toen speels over haar lippen, plagend, tot ze ze een beetje van elkaar deed. Hij keek haar lachend aan en Zaynab voelde dat haar adem stokte. 'Voel je de kracht van de aanraking?' zei hij nuchter.

'Ja,' knikte ze, 'het is erg sterk, heer.'

'Als het goed gebeurd,' corrigeerde hij haar. 'Vervolgens...' zei hij, terwijl hij met de rug van zijn hand haar hoofd opzijduwde en zijn lippen het tere plekje net onder haar oor zochten, 'mogen de mond en de tong eveneens gebruikt worden bij de aanraking,' legde hij uit, en hij likte met één lange, sensuele haal haar naar gardenia geu= rende hals.

Ondanks zichzelf huiverde Zaynab.

'Je begint opwinding te ervaren,' vertelde hij.

'Is dat zo?' Ze begreep niet helemaal wat hij bedoelde.

'Waardoor moest je huiveren?'

'Dat weet ik niet precies,' antwoordde ze eerlijk.

'Kijk eens naar je tepels.'

Ze was verbaasd te zien dat die klein en hard waren geworden als bevroren bloemknoppen.

'Wat voelde je toen mijn mond je raakte?'

'Een tinteling, denk ik?' Ze moest haar best doen het zich te her- inneren.

'Waar?' zei hij, zijn blauwe ogen in de hare borend.

'Overal,' gaf ze toe.

'Opwinding,' zei hij op neutrale toon. Toen tilde hij haar tot haar verrassing op en droeg haar de kamer door naar het bed, waar hij haar zachtjes neerlegde. 'Wij vervolgen onze lessen hier,' zei hij. 'Ik wil dat je gewend raakt aan een intiemer soort van aanraking en dat zal gemakkelijker gaan als we hier liggen en niet staan.'

Hij zal me geen pijn doen, dwong ze zichzelf te onthouden.

'Ik ga je borsten aanraken,' waarschuwde hij, waarna hij onmid- dellijk de kleine ronding met zijn lange vingers begon te strelen. Hij sloot zijn hand er omheen en masseerde het zachte vlees. Ze pro- testeerde met een zacht, zenuwachtig geluidje. Hij liet haar los en begon haar boezem te strelen met lichte, bijna kietelende aanrakin- gen. Hij stak een vinger in zijn mond, zonder zijn ogen van haar af te houden, en zoog erop. Toen begon hij een tepel met zijn natte vin- ger te omcirkelen, tot uiteindelijk de tepel helemaal nat was van zijn speeksel. Toen boog hij zijn hoofd en blies er zachtjes op.

Dit is werkelijk heel aangenaam, dacht Zaynab bij zichzelf en ze vroeg hem: 'Mag ik hetzelfde bij u doen? Zou u dat prettig vinden?'

'Vond je het prettig, Zaynab?' vroeg hij.

'Ik geloof het wel.'

'Binnenkort mag je vrijelijk over mijn lichaam beschikken, maar nu nog niet, mijn bloempje. Wij zullen vandaag de lessen echter nog een heel klein beetje voortzetten.' Hij boog zijn hoofd en sloot zijn mond nu over haar tepel. De adem stokte hoorbaar in haar keel.

Dit was inderdaad heerlijk! dacht ze verschrikt. Die mond die zo aanhoudend aan haar borst trok, riep gevoelens op, waarvan ze niet

had geweten dat ze bestonden, laat staan gedacht dat zij ze bezat.
'Oo!' ontsnapte de kreet haar voordat ze zich kon inhouden.
Hij herkende haar toon als een van genot en niet van angst. Direct verplaatste hij zijn handelingen naar de andere borst en binnen enkele ogenblikken kromde ze zich tegen hem aan, tegen zijn mond. Hij was tevreden. Haar angst begon al op de achtergrond te raken. De schade was niet zo groot als hij aanvankelijk had gedacht. Ten slotte, toen hij besloot dat ze voldoende geplaagd was, hief hij zijn hoofd op en kuste haar licht op de mond. 'Ik ben zeer tevreden over je, Zaynab,' zei hij met een warme glimlach. 'Je hebt vanmiddag erg je best gedaan. Als je je aan wilt kleden en je weer bij Oma in de tuin wilt voegen, dan mag dat.'
'Wilt u niet doorgaan?' Uit haar hele gedrag sprak een zekere teleurstelling.
'Vanavond gaan we weer oefenen,' sprak hij kalm.
'O.' Ze stond op en kleedde zich snel aan. Toen ging ze weg.
Karim al Malina grinnikte. Het was lang geleden dat hij een meisje had getraind. Hij had werkelijk geloofd dat hij zichzelf onder controle had. En dat was ook zo, tot ze gevoelens van genot aan de dag legde, naar aanleiding van zijn eerbetoon aan haar charmante borsten en zich tegen hem aandrukte. Zijn mannelijkheid was in een fractie van een seconde van goed gedrag tot een hongerig dier uitgegroeid. Hij had alle zeilen moeten bijzetten om haar op dat moment niet te nemen. Zij realiseerde het zich weliswaar niet, maar ze zou bereid zijn geweest.
In plaats daarvan was hij doorgegaan met zuigen op haar geurige vlees, om zichzelf als het ware te disciplineren. Daarna zond hij haar weg, zoals haar meester haar op een dag zou wegzenden wanneer hij genoten had van haar lieflijke lichaam. Het was niet eenvoudig. Nu zag hij in dat het dwaas was geweest op te houden met het trainen van liefdesslavinnen, alleen maar omdat Leila zelfmoord om hem had gepleegd. Dat had hem weliswaar uit zijn evenwicht gebracht, maar hij had onmiddellijk een nieuw meisje moeten aannemen.
Zijn opleiding bij de passiemeesters in Samarkand was een waardevolle bron van inkomsten geweest, die hem in staat had gesteld de *I'timad*, zijn vrachtschip, te kopen en ermee weg te zeilen, wanneer en waarheen hij maar wilde. Het stelde hem in staat zijn bemanning te betalen gedurende de perioden waarin hij het verkoos aan land te blijven, zodat zij niet op een ander schip zouden aanmonsteren. In de jaren na de aankoop van zijn boot had hij een groep zeelieden aangetrokken, wier temperament bij het zijne paste en bij elkaar. Zonder die andere bron van inkomsten had hij de laatste jaren meer tijd op zee moeten doorbrengen. Donal Righ had niet met hem afgesproken wat hij hem zou betalen voor de oplei-

ding van Zaynab, maar hij wist dat de vriend van zijn vader zeer royaal zou zijn.

Toen Zaynab de kleine tuin betrad, stond Aladdin ben Omar juist op het punt om te gaan. Zij knikte hem toe, maar zei niets. Ze trof haar dienstmaagd helemaal rozig en ademloos op een marmeren bankje aan. 'Hij probeert je te verleiden,' zei ze bij wijze van vermaning.

'Jazeker, dat doet hij,' gaf het andere meisje toe, 'maar dat zal hem niet lukken, vrouwe Regan, tot ik zelf verleid wens te worden.'

'Ik heb de naam Zaynab aanvaard,' zei haar meesteres toen. 'Het is stom om je tegen die moren te verzetten. We gaan toch naar al-Andalus om daar ons leven te slijten. Ik zal je geen Morag meer noemen, mijn lieve Oma. Beschouw me niet als een lafaard, omdat ik gezwicht ben.'

'Ik vind je helemaal niet laf, vrouwe Zaynab. Ik vind je erg verstandig,' zei Oma. 'Aladdin zegt dat we na verloop van tijd ook hun taal moeten leren spreken. Het heet Romaans.'

'Ik zal aan Karim al Malina vragen of we samen les kunnen krijgen,' antwoordde Zaynab, 'maar af en toe spreken we met elkaar in onze eigen taal, opdat we die niet vergeten. Het is bovendien erg onwaarschijnlijk dat anderen die kennen, dus kunnen we in het geheim met elkaar overleggen als dat nodig is, Oma.'

Vroeg in de avond gingen de twee meisjes naar de baden waar Erda hen stond op te wachten. 'Hebben jullie het al gehoord?' zei ze, 'jullie vertrekken over zeven dagen al naar al-Andalus. Ik heb de meester vanmiddag horen praten met de knappe moorse kapitein.' Ze tuurde van opzij naar Zaynab. 'Is hij de geweldige minnaar die ze zeggen dat hij is? Dat moet jij inmiddels weten, meisje.' Ze grinnikte.

'Mijn heer Karim heeft niet met mij de liefde bedreven, nieuwsgierig oud mens,' zei ze tegen Erda. 'Er komt meer kijken bij de verleidingskunsten van een man, dan zich alleen maar in de geheime tuin van een vrouw te nestelen. Dat is het allerlaatste stadium. En je moet bij het begin beginnen,' besloot ze uit de hoogte.

Oma's mond zakte open van verbazing bij deze woorden van Zaynab.

Erda rolde daarentegen met haar verbleekte bruine ogen. 'Moet je dat horen,' zei ze op verontwaardigde toon. 'Drie weken geleden wist ze nog niet wat een bad was, nu denkt ze al dat ze een hoeri is! Nou, jij hebt nog heel wat te leren, meisje! En een beetje minder hoog van de toren blazen mag ook wel.'

'Ach, Erda,' bond Zaynab in, 'het was niet mijn bedoeling je te kwetsen. Vergeef me alsjeblieft, oude vrouw!'

'Nou, misschien wel,' was het verzoenende antwoord van Erda.

Toen zei ze opgewekt: 'Wanhoop maar niet, meisje, hij zal spoedig genoeg de liefde met je bedrijven.'

Oma barstte in lachen uit toen ze de uitdrukking op Zaynabs gezicht zag en zelfs deze moest lachen, of ze wilde of niet.

'Je bent vreselijk, Erda,' zei ze vinnig tegen de opperbadslavin, die kakelend lachte met haar tandeloze mond.

Zij baadden en gebruikten samen met Erda in de vrouwenverblijven een eenvoudige avondmaaltijd. Toen ze terugkeerden naar de kamer boven in het huis, zei Oma: 'Ik heb opdracht gekregen u te helpen bij het uitkleden, zodat u naar bed kunt gaan. Erda zegt dat zij die opdracht voor u had gekregen.'

'Zou heer Karim vanavond komen?' vroeg Zaynab zich hardop af.

'Dat weet ik niet,' antwoordde Oma, die haar meesteres uit haar kleren hielp en naar bed bracht. 'Slaap lekker, vrouwe.' De deur tussen hun kamers ging dicht.

Zaynab lag stil. Het leek vanavond erg rustig in huis. Ze kon het zachte gezoem en getsjirp van de insecten in de tuin beneden horen. Als ze haar ogen sloot, kon ze teruggaan naar Ben MacDui. Voor het eerst in weken voelde ze zich niet treurig bij de herinnering. Haar bestemming lag niet in haar vaderland, dat besefte ze nu duidelijk. 'Vaarwel, lieve Gruoch,' fluisterde ze, 'ik hoop dat je een gelukkig leven zult hebben, zusje.' Toen sloot ze opnieuw haar ogen en zakte weg in een lichte sluimering.

Hij stond op de verhoging, over het bed gebogen, op haar neer te kijken. Hij had al veel mooie vrouwen in zijn leven gezien, ook gedurende zijn reizen, maar dit meisje was waarschijnlijk de mooiste van allemaal. Hij vroeg zich af of alle vrouwen van Alba zo blond waren als zij, want hij had nog nooit eerder een meisje uit dat land gezien.

Zij had Donal Righ haar levensverhaal verteld en Donal Righ had het op zijn beurt aan hem doorverteld. Het was een wonder dat haar geest nog intact was, dacht hij. Haar vrees voor mannen en haar onvermogen lief te hebben verbaasden hem niet. Ze had helemaal nooit liefde gekend. Nu zou hij haar alle vaardigheden der hartstocht bijbrengen, opdat ze de gunst van de kalief van Cordoba zou verwerven. Hij vroeg zich af of Abd al-Rahman Zaynab zou weten te waarderen. Hij was een gerespecteerd heerser, een beschermer der kunsten, maar nu, in zijn nadagen, begonnen er geruchten te gaan dat hij van een vrouw meer verlangde dan slechts mooi te zijn. Hij begreep dat dit de reden was waarom Donal Righ hem had verzocht Zaynab op te leiden tot liefdesslavin.

Karim trok zachtjes zijn kleren uit en ging op zijn zij liggen met zijn gezicht naar het meisje toe. Ze bewoog zich onrustig. Hij liet één vinger vanaf de kloppende ader in haar hals naar beneden glijden tot aan haar zoete gleufje. Ze mompelde iets en hij trok de vinger weer omhoog over haar lichaam. Haar ogen gingen open en ze herkende hem. Voorovergebogen begon hij haar tepels te kussen, elk op zijn beurt. Daarna begon hij haar met zijn tong te baden, vanaf haar borsten naar boven; zachtjes dwong hij haar hoofd achterover, terwijl zijn tong in lange trage halen over haar smalle hals ging en teruggleed naar haar borsten.

Zaynab huiverde, maar ze besefte al gauw dat dit een gevoel van genot was, niet van angst. Geen van beiden sprak, toen hij haar bovenlichaam en haar buik likte. Arme Gruoch, dacht ze verwonderd. Het enige dat zij ooit zal meemaken is het gegrom en gezweet van Ian Ferguson, nooit dit wonderlijke genieten van alleen maar aanraken. Hij duwde zijn tong in haar navel en draaide hem rond. 'Oóó!' zuchtte ze, toen een heerlijke tinteling haar onderlichaam doorstroomde. Ze verstijfde heel even, toen hij in de buurt van haar venusheuvel kwam, maar zijn aandacht scheen uit te gaan naar haar welgevormde dijbenen. Hij kuste haar smalle voetjes en begon toen, tot haar verbazing, aan elk van haar tenen te sabbelen, voordat hij haar op haar buik draaide.

Hij ging op haar billen zitten, met zijn grote handen en soepele vingers over haar schouders en rug glijdend. Het scheelde niet veel of ze begon te spinnen. Hij boog zich en likte met zijn hele tong rustig langs haar schouders en vervolgens, nadat hij van haar af was gegaan, langs de sierlijke welving van haar ruggengraat. Hij kneedde de volmaakte helften van haar achterste, maar toen hij zijn vingers tussen die twee helften duwde, verstijfde ze.

'Vrees niet,' verbrak hij het zwijgen, 'je zult leren het lid van een man op verschillende manieren in je op te nemen, Zaynab. Ben je hier nooit aangeraakt?' Hij voelde zachtjes met zijn vinger, maar duwde niet.

'Nee,' zei ze kortaf.

Die akelige vingers trokken zich terug en hij vervolgde zijn langzame weg langs haar huid, knabbelend op haar kuiten tot ze moest giechelen. Plotseling bedekte hij haar hele lichaam met het zijne en voelde ze een ogenblik paniek, maar het enige dat hij deed was in haar nek snuffelen en er zachtjes in bijten. Toen was het gewicht weer van haar af en draaide hij haar op haar rug.

'Waarom kust u mij niet?' vroeg ze.

'Kussen wekt hartstocht op, Zaynab. Ik denk niet dat je al gereed bent voor kussen èn aanraken,' zei hij.

'Kunt u mij niet gewoon alleen maar kussen?' vroeg ze.

'Als ik je kus, mijn bloem, dan wil ik je ook aanraken,' waarschuwde hij.

Ze trok een rimpel in haar voorhoofd en zei toen: 'Goed dan,

mijn heer, ik geef u mijn toestemming. Ik vertrouw u en ik geloof dat u de kracht bezit op te houden wanneer ik u dat vraag.'
'De aanraking wordt anders, hartstochtelijker,' zei hij.
'Ik ben er klaar voor,' drong ze aan, waarna ze aanbiddelijk haar lippen tuitte. 'Ik wil dat u mij kust!'
'Zaynab,' zei hij streng tegen haar, 'je moet accepteren dat ik weet wat het beste voor je is. Gisteren was je nog doodsbang voor hartstocht en na drie korte lessen denk je plotseling dat je tot alles in staat bent.'
'Dat is ook zo! Ik wil meer weten van deze hartstocht. Het is heerlijk, mijn heer. Dit is helemaal niet zoals met Ian en Gunnar Bloedbijl,' smeekte ze.
'De les is voorbij,' zei hij streng, 'het wordt nu tijd om te gaan slapen.' Hij ging op zijn rug liggen en deed zijn ogen dicht.
Zaynab was woest. Nu had hij haar opnieuw opgewonden, nog sterker dan die twee keren daarvoor en hij wilde gaan slapen? Ze wilde zijn mond op de hare voelen. Ondanks haar gebrek aan ervaring met al die hartstocht, voelde ze een dringend verlangen om zijn lippen op de hare te voelen. Ze ging stilletjes op één elleboog liggen en liet haar hoofd heel snel zakken voor een ferme kus. Ze gaf een gil van verrassing toen hij zijn armen vast om haar heensloeg en zijn ogen woedend in de hare keken. Hij rolde haar onder zich en duwde zijn mond hard op de hare, daarmee het gehijg tot zwijgen brengend, waar ze toch al nauwelijks toe in staat was, omdat zijn greep en de druk van zijn lippen zo sterk waren en overgingen in haar eigen hitte.
Dit was helemaal niet wat ze bedoeld had toen ze hem vroeg haar te kussen. Zij had gedacht dat zijn kus warm en teder zou zijn. Maar in plaats daarvan was hij wild en heftig. Ze probeerde zich uit zijn greep te bevrijden, maar toen ze haar hoofd achterover wierp, trok zijn mond een verschroeiend spoor langs haar gespannen keel. En opeens wilde ze zich niet meer losmaken. Ze kreunde zachtjes en haar handen grepen zich vast in zijn schouderlange haar. Met een instinct waarvan ze niet had geweten dat ze het in zich had, kuste ze hem terug. Ze kon zijn handen met uitgespreide vingers op haar rug voelen branden. Ze voegde haar lichaam naar het zijne en fluisterde hongerig in zijn oor:
'Néém me! Ik ben niet bang. Néém me!'
Hij begon de controle over de situatie te verliezen. Als hij die niet snel herwon, zou het onmogelijk worden Zaynab te trainen. Hij wilde haar. Hij wilde haar opeens tot zich nemen zoals hij nog niet eerder een vrouw had willen nemen, maar wel op zijn tijd en niet de hare.
Een liefdesslavin moet op volmaakte wijze en direct aan haar meester gehoorzamen. Hij liet zijn omhelzing verslappen en trok

91

haar over zijn schoot, terwijl hij haar een paar flinke klappen op haar billen gaf. 'Je bent ongehoorzaam, Zaynab!' berispte hij haar. 'Als je aan mij toebehoorde, zou ik je aan de strafpilaren in mijn villa vastbinden en je met de zweep geven. Je slaapt vannacht niet naast me. Ga onmiddellijk aan het voeteneinde van het bed liggen, hitsige feeks!'

'Je hebt mij teruggekust!' siste ze woedend. Hij had haar pijn gedaan met dat pak slaag, maar ze zou niet gaan huilen als een dom kind.

'Gehoorzaam mij, Zaynab,' klonk zijn stem dreigend.

'Ik ga op de grond slapen,' zei ze kwaad.

'Jij slaapt waar ik je gezegd heb! Aan mijn voeten! Er is in dit huis een strafkamer, dat weet ik zeker. En de punt van de zweep kan zo aangepast worden dat hij je huid niet beschadigt. Ben je ooit tussen twee palen gebonden en met de zweep geslagen, Zaynab? Ik heb gehoord dat de pijn van een dergelijke straf bijzonder gemeen is. Als jij nog eenmaal tegen mij in opstand komt, zal ik Donal Righ verzoeken je te laten slaan. Twintig zweepslagen lijken me een goed begin. Jij moet leren gehoorzamen. Onmiddellijke gehoorzaamheid is het waarmerk van een goed opgeleide liefdesslavin, en ik lever geen slecht opgeleide liefdesslavinnen af, Zaynab. En nu ga je aan het voeteneinde liggen.'

Als ze op dat moment een mes in de buurt had gehad, zou ze het tegen hem gebruikt hebben. Maar nu, met die dreigementen nog naklinkend in haar oren, kroop ze naar het voeteneinde van het bed. De harde blik in zijn ogen overtuigden haar ervan dat hij niet blufte. Hij zou haar inderdaad laten slaan als ze niet gehoorzaamde. 'Ik haat je!' grauwde ze, terwijl de gefrustreerde woede uit haar ogen spatte.

'Geeft niet,' zei hij, 'ik wil je liefde niet, Zaynab. Spaar je liefde voor de man die je meester zal zijn, maar houd niet van mij. Je zult respect krijgen voor hetgeen ik je kan leren. Leer je lessen goed en je zult de liefde winnen van een machtig man. Als je dat tot stand brengt, mijn bloem, zal je leven volmaakt worden. Dan zul je met dankbaarheid aan me terugdenken. Ga nu slapen. Je bent snel over je aanvankelijke vrees heengegroeid. Morgenochtend beginnen we serieus aan je lessen.'

Binnen enkele minuten lag hij zachtjes te snurken, maar Zaynab lag aan het voeteneinde van het bed te koken van woede. Bang? Nee, ze was niet bang voor hem. Hij had haar laten zien dat passie inderdaad bestond en dat een man helemaal niet wreed hoefde te zijn als hij de liefde met een vrouw bedreef. Daar was ze dankbaar voor, maar hij had haar diep in haar trots gekrenkt met dat pak slaag. Zij was gaan denken dat hij haar mocht. Maar blijkbaar was ze niet meer dan een speciale opdracht van Donal Righ. Nou, Karim al Malina zou het weten. Zij zou de geweldigste liefdesslavin worden die hij ooit had afgeleverd en zodra ze dat was, zou ze wraak op hem nemen! Zij zou zorgen dat hij verliefd op haar werd! En daarna zou ze hem vrolijk en opgewekt verlaten om naar de kalief van Cordoba te gaan. Zij zou het hart van de passiemeester breken, zo hij er al een had! Zij zou nooit meer aan hem denken, behalve dan als iemand die moest leven met de kwellende wetenschap dat hij haar met zijn bekwaamheid tot de favoriete van de kalief had gemaakt. Zaynab glimlachte grimmig in het duister. Klaarblijkelijk school in haar toch iets van Sorcha MacDuff... Dit was wraak, een Keltische waardig!

Toen het ochtend was geworden, deed Zaynab alsof er niets vervelends tussen hen was voorgevallen. 'Goedemorgen, mijn heer,' begroette ze hem liefjes.

Hij antwoordde even vriendelijk. 'Vandaag ga je via je handen het lichaam van een man leren kennen,' zei hij. 'Laten we naar de baden gaan, daar zullen Erda en ik je leren hoe je je meester moet baden.'

'Zoals mijn heer beveelt,' antwoordde ze.

Hij keek haar scherp aan. 'Je bent verbazend gedwee.'

'Ik heb niet goed geslapen aan het voeteneinde,' zei ze, 'daardoor heb ik kunnen nadenken over wat u mij gezegd hebt. Ik wil succes hebben bij de kalief, heer. Donal Righ is goed voor mij geweest. Ik wil dat hij eer inlegt met zijn geschenk. Als ik me slecht gedraag, zal dat een smet op hem werpen.'

Dat klonk allemaal zeer redelijk en toch voelde hij argwaan. Dit gedrag verschilde te zeer van dat van gisteravond. Maar hij liet het rusten. Hij wist dat ze intelligent was. Ze miste gewoon ervaring en ze had blijkbaar weinig gestrengheid gekend tijdens haar kinderjaren. Ze was gewend haar zin door te drijven, maar misschien hadden zijn harde maatregelen van gisteravond haar doen beseffen dat ze niet door kon gaan met haar halsstarrigheid.

Zij gingen naar de baden, waar Erda hen opwachtte. De oude vrouw was een expert in de badrituelen en Zaynab een uitstekende leerlinge. Ze deed alle handelingen van Erda perfect na; ze schraapte het zweet van Karim al Malina's lichaam en spoelde hem af met warm water. Haar vingers deden precies wat die van Erda ook deden: indopen in de albasten zeepkruik, de zachte substantie uitsmeren over zijn borst tot het begon te schuimen. Haar handen gleden over zijn bovenlichaam en rug.

'Mijn botten doen zeer vandaag, Zaynab,' zei Erda. 'Kniel jij voor me en was de benen van Karim al Malina, daarna zijn voeten, waarbij je oplet dat je iedere teen apart doet, mijn kind.'

Toen Zaynab hiermee klaar was, verraste hij haar door zich opeens om te draaien en haar te confronteren met zijn mannelijkheid. Geschrokken keek ze vragend naar hem op.

'Zachtjes doen,' waren zijn enige woorden, uitgesproken op vlakke toon, maar in zijn blauwe ogen danste een ondeugend lichtje.

'Jazeker, mijn heer,' antwoordde ze gedwee, 'met zo'n klein karweitje ben ik zo klaar.'

Erda kakelde vrolijk bij dit grapje. Er was iets gaande tussen die twee, hoewel ze niet helemaal kon ontdekken wat het was.

Zaynab zeepte de mannelijkheid en de buidel des levens van Karim al Malina met tedere vingers in. Heel zacht wreef ze hem in en keek gefascineerd toe, hoe hij in lengte en breedte toenam. Dit was werkelijk heel wonderlijk, maar ze toonde bewondering noch vrees. Toen hij helemaal hard was en recht naar voren drong, stond Zaynab op en, met haar hand naar de dichtstbijzijnde kom met schoon water reikend, zei ze: 'Ik zal u afspoelen, mijn heer, anders brandt de zeep misschien.'

'Zaynab!' klonk de dringende kreet van Erda, op het moment dat het meisje het water over Karim al Malina heen plensde, 'het is koud...' Erda's stem stierf weg. Een ogenblik lang waren alleen het gedruppel van het water in de hoek en het stromen van het water in het zwembad te horen.

'O, lieve help,' zei Zaynab met een onschuldig stemmetje. Deze koude douche had zijn prachtige vertoning van mannelijkheid volkomen doen verschrompelen.

Had zij dit met opzet gedaan? vroeg hij zich af. Natuurlijk had ze dat! Dit was de wraak voor het pak slaag van gisteravond.

'Vergeef mij, mijn heer,' zei Zaynab. 'Ik meende dat deze kom gevuld was met warm water. Erda voegt altijd een kan met warm water toe aan het koude water. Ik meende dat ze dat al gedaan had.'

'Kindje, ik had jóú gevraagd dat te doen,' zei Erda, wijzend op de volle kan die naast de kom stond. 'Ik ben bang dat je het vergeten bent.'

'Mijn aandacht ging geheel uit naar het vertoon van mannelijkheid van mijn heer. U moet niet vergeten dat ik maar een onwetend wicht ben met weinig ervaring.' En zonder verder een woord te zeggen spoelde ze de rest van zijn grote lichaam af, maar nu met lauwwarm water uit een andere kom.

O, jazeker! Dit had ze met opzet gedaan. Zij zou hem nog eens dwingen te zweep te gebruiken, vreesde hij, maar wanneer hij klaar was met haar, zou ze de meest volmaakte liefdesslavin zijn die hij ooit had opgeleid.

Met een lieve glimlach nam ze hem bij de hand en leidde hem naar het zwembad. 'Gaat het weer een beetje, mijn heer?' informeerde ze bezorgd.

'Je bent een kreng,' zei hij zachtjes.

'Jazeker, mijn heer,' was haar even zachte antwoord.

'Je leert snel,' zei hij. 'Je hebt me goed gebaad, afgezien van die ene vergissing. Maak dergelijke fouten niet weer, Zaynab, of je zult inderdaad de zweep voelen. Ik waarschuw je niet nog eens, bloempje van me.'

'Zoals mijn heer beveelt,' mompelde ze nederig, maar in al dat bescheiden gedrag van haar kon hij geen greintje werkelijke nederigheid ontdekken.

Het was dus oorlog tussen hen. Op dat moment realiseerde hij het zich duidelijk. Uiterlijk zou ze gehoorzaam zijn, maar nooit in werkelijkheid. Wat een uitdaging, dacht hij. Zijn enthousiasme groeide bij het idee dat hij haar moest temmen, maar zonder haar geestelijk te breken. Zonder die geest zou ze niet meer zijn dan een mooi schepseltje en zou ze werkelijk niet overleven in de harem van de kalief. Zij moest sterk zijn, maar ook leren wanner ze moest buigen. Was dat mogelijk?

Zij keerden naar hun kamer terug om zich aan te kleden. 'Ik moet naar de haven, om te zien of de *I'timad* op de juiste manier en volgens schema geladen wordt. Laat Oma je iets te eten halen en ga dan rusten, want ik kom halverwege de middag terug om je lessen te hervatten.'

Toen was hij weg. Zaynab opende de kist om nieuwe kleding te pakken, maar de kist was leeg. 'Oma!' riep ze.

Het meisje kwam de deur door in een vreemd uitziend gewaad en eenzelfde gewaad over de arm. 'Donal Righ heeft zijn naaister een paar van zijn moeders gewaden laten vermaken. Dit heet een kaftan en wordt gedragen door de vrouwen in al-Andalus. Hij zegt dat we moeten wennen aan moorse kleding. Hier is die van jou. Is hij niet prachtig?'

De kaftan had de lichte kleur blauw van een hemel in midzomer. Hij was gemaakt van zijde. De hals was hoog, maar er zat een strikje aan, dat paste bij het zilveren borduurwerk aan de randen van de lange wijde mouwen. Zaynab liet hem over haar hoofd glijden en was verrukt over de zachtheid van de stof. 'Hij is heel mooi,' zei ze, meer in zichzelf.

'Laat ik nu wat eten voor je gaan halen,' antwoordde Oma kordaat.

'Laten we in de tuin gaan eten,' stelde Zaynab voor en haar dienstmeisje was het met haar eens.

Terwijl de twee meisjes hun maaltijd tot zich namen, zat Karim al Malina in zijn hut aan boord van de *I'timad* over zijn volgende zet na te denken, tot grote hilariteit van Aladdin ben Omar.

'Ik heb je nog nooit zo in de war gezien over een vrouw,' zei de eerste stuurman grinnikend. 'Ik geef toe dat die noordelijke meisjes anders zijn. Die kleine Oma is dan misschien nog maagd, maar achterlijk is ze niet.'

'Ze zijn te onafhankelijk,' sprak Karim langzaam. 'Ik vraag me af of je van een dergelijke vrouw wel een goede liefdesslavin kunt maken. Ik heb nog nooit met zo'n vrouw te maken gehad. Wat moet ik doen als ze niet op de juiste manier op te leiden valt?'

'Komt ze in opstand?' vroeg Aladdin nieuwsgierig.

'Ja, en ook weer nee,' was het antwoord. 'Ze is over haar eerste angst voor de seks heen, maar het kost haar erg veel moeite, het is haar bijna onmogelijk om gehoorzaam te zijn. Ik weet niet zeker wat ik met haar aan moet, mijn goede vriend. Als het een ander meisje was zou ik haar slaan. Daarmee heb ik haar inderdaad gedreigd, maar ze onderwerpt zich niet.'

'Wat wil ze van je?' vroeg de eerste stuurman intuïtief.

Karim schrok even van die vraag maar zei toen: 'Ze wil dat ik alles met haar doe, maar daar is ze nog niet aan toe.'

'Hoezo?' vroeg Aladdin. 'Ze is toch geen maagd meer, Karim, ze is een meisje dat wreed behandeld is. Nu heb je haar laten zien dat een man niet wreed hoeft te zijn; dat een man genot kan geven en tegelijk teder kan zijn. Dat windt haar op en ze is nieuwsgierig geworden. Je kunt haar niet behandelen als een kinderlijk onschuldige maagd die je traint voor een of andere rijke heer. Met zo'n maagd ben je weken bezig om haar heel behoedzaam naar het moment toe te leiden waarop je haar maagdelijkheid neemt en haar voor een komende meester inwijdt in de geneugten van de liefde. Dit meisje kent en begrijpt de liefde niet. Ze is al eens wreed misbruikt. Ze weet alleen dat seks met een man haar pijn en schaamte brengt.

Nu heb je door je handelingen laten merken dat het niet zo hoeft te zijn. Voordat je verder met haar kunt gaan, moet je haar de verzekering geven die je haar alleen door je volledige passie kunt geven. Je moet die wreedheden die haar zijn aangedaan uit haar geest wissen, als je haar volledige medewerking wilt hebben. Ik wed dat als jij tot in de finesses de liefde met haar bedrijft, zij zo gehoorzaam zal worden als iedere vrouw die onderworpen is aan een liefdevolle en bekwame man.' Hij grinnikte opnieuw. 'De passiemeesters hebben je toch zeker niet geleerd zo rigide te zijn in je methoden, Karim? Jij weet nog beter dan ik, dat geen vrouw gelijk is aan de andere. Iedere vrouw is uniek op haar eigen wijze, mijn vriend, en moet daarom op een andere wijze benaderd worden.'

'Ik ben misschien wel bang,' zei Karim tegen zijn vriend.

'Jij bang? Nooit!' was diens zekere antwoord.

'Ik kan het niet helpen, maar ik moet steeds aan Leila denken.'

'Ik herinner me Leila ook,' zei Aladdin ben Omar. 'Ze was een mooi meisje, maar zo nerveus en gespannen als een fokmerrie van een berberhoofdman, die op het punt staat gedekt te worden door een wilde woestijnhengst. Een beetje verstandig man had kunnen zien dat zij niet geschikt was om opgeleid te worden tot liefdesslavin. Ieder ander, behalve de gek die haar, gedreven door wellust, kocht. En toen was haar buitengewone schoonheid ook nog niet genoeg. Hij moest zo nodig een liefdesslavin hebben. Was hij geen vriend van je vader? Er staat me zoiets bij.

Je zou dat meisje nooit onder je hoede hebben genomen als dat niet het geval was geweest. Misschien herinner jij het je niet meer, maar ik wel. Op dat moment vond jij haar niet geschikt, maar je vader drong er bij je op aan om het toch te doen, voor die oude vriend van hem. Je deed het en natuurlijk werd het kind verliefd op je. Haar andere optie was naar die bejaarde ouwe gek te gaan die haar eigenaar was. Het is nooit jouw schuld geweest, Karim. Dit meisje is niet hetzelfde. Ze heeft een helder verstand en een sterk karakter. Laat haar van de ware hartstocht proeven en ze wordt zo mak als een lam, ik garandeer het je.'

'Misschien heb je gelijk,' zei de kapitein nadenkend. 'Misschien wordt ze, wanneer het geheim er voor haar af is en ze zich zekerder voelt, rustig en wil ze naar haar instructies luisteren. Haar succes bij de kalief brengt niet alleen eer aan Donal Righ maar ook aan mij. Dat zou mijn vader bijzonder op prijs stellen.'

Aladdin ben Omar grijnsde ondeugend. 'Waarom zit je hier nog, kapitein? Ga naar het huis terug en geef die koppige meid wat ze verlangt. Ik let wel op je schip.'

'En hoe zit het met jou, Aladdin? Ga jij door met de kleine Oma te verleiden? Ze is een aantrekkelijk vrouwtje,' merkte Karim op.

'Zij zal mijn lans in haar maagdelijke schede voelen voor we vertrekken, kapitein,' pochte de eerste stuurman. 'Ik wil de eerste bij haar zijn en ik zal het haar goed leren, dat beloof ik je.'

Karim al Malina pakte zijn mantel en sloeg hem om zijn brede schouders. 'Wees zacht met het meisje,' adviseerde hij, 'ik wil niet dat ze ongelukkig wordt, opdat ze Zaynab niet van streek maakt. Die twee zijn erg aan elkaar gehecht en ik wil hen beiden tevredenstellen. Onthoud dat je een man van ruime ervaring bent, maar ik herinner me niet dat je ooit een maagd hebt gehad. Die moeten heel voorzichtig benaderd worden, absoluut niet ruw.'

'Ik zal de kleine meid geen haar krenken,' beloofde Aladdin. 'Ik wil slechts haar horizon verbreden door haar liefdespoort te openen,' besloot hij met een grijns. 'Ik zal haar niet dwingen, kapitein.'

'Mooi!' De kapitein verliet samen met zijn stuurman de hut. 'Vergewis je ervan dat de huiden vandaag aan boord zijn en let erop dat ze allemaal heel zijn. Controleer ze stuk voor stuk. Accepteer geen gescheurde of anderszins verknoeide huiden. Ik denk niet dat ik voor morgen terug ben.'

De eerste stuurman knikte. 'Ik wens je alle geluk met je overwinning,' zei hij, met glinsterende ogen.

'We zullen zien,' was het antwoord. 'De meisjes van Alba zijn op zijn best onvoorspelbaar en op zijn ergst volslagen wild. We zullen zien.' Toen liep hij de loopplank af naar de kade en sloeg de straat naar het huis van Donal Righ in, waar Regan MacDuff, die nu Zaynab heette, zijn komst afwachtte.

Hoofdstuk vijf

Bij zijn terugkeer van de haven trof Karim al Malina de meisjes in de tuin van Donal Righ aan. Oma boog en poogde onopvallend te verdwijnen, zodat haar meesteres privacy had, maar Karim hield haar tegen door haar zachtjes bij de arm te pakken. Hoezeer hij gesteld was op zijn eerste stuurman, hij wilde voorkomen dat Oma zou denken dat ze iedereen mishaagde, als ze zich niet onderwierp aan de grillen van Aladdin.

'Aladdin ben Omar maakt je het hof, Oma,' begon hij. 'Als hij je op wat voor wijze dan ook mishaagt of vrees inboezemt, hoef je het hem maar te zeggen en dan houdt hij ermee op. Hij zal dat zeker doen, want hij is geen barbaar. Ook zal niemand het je kwalijk nemen als je niet van hem of van zijn attenties gediend bent.'

'Dank u, heer,' antwoordde Oma, 'maar ik ben niet bang van die grote beer van een stuurman. Hij heeft een klein hartje, ondanks al zijn drukte.' Toen boog ze opnieuw, met een ondeugend glimlachje, en verliet de tuin om hen alleen te laten.

'Dat was aardig van je, Karim al Malina,' zei Zaynab zacht, blij dat haar vriendin niet voor een onaangename situatie geplaatst zou worden.

Hij lachte. 'Ik vreesde even voor die kleine meid, maar inmiddels denk ik dat ik moet vrezen voor mijn oude vriend, Aladdin ben Omar.'

Zaynab moest ook lachen. 'Oma heeft een sterk karakter, maar ze is ook heel lief. Ik denk dat ze ernaar verlangt en dat je stuurman ten slotte succes bij haar zal hebben, omdat ze het wil – hoewel, misschien niet op zijn tijd maar op de hare.'

'De passie behoort ook te ontstaan als de vrouw dat wil, en niet als de man dat wil,' was hij het met haar eens, haar diep in de ogen kijkend. Toen nam hij haar hand in de hare, hief die op naar zijn lippen om eerst de binnenkant van haar hand te kussen en daarna de tere binnenkant van haar pols. 'De vorige avond beweerde je heftig dat je klaar was voor een diepgaander soort hartstocht dan ik bereid was te geven. Weet je zeker of je die passie nog steeds wilt, of ben je van gedachten veranderd, bloempje?'

'Ik weet het niet,' zei ze. 'Vorige avond wekte u mijn hartstocht door uw aanrakingen en wenste ik meer te leren. Maar nu ben ik er niet meer zo zeker van. Ik voel nu niet hetzelfde als toen.' Ze probeerde haar hand uit de zijne te trekken, maar hij liet haar niet los. 'Kom,' zei hij beslist, terwijl hij haar de tuin uit leidde. 'Laten we eens kijken of je het wilt als ik je hartstocht opnieuw wek.'

'Misschien wekt u die niet meer,' antwoordde ze koeltjes, nog altijd een beetje boos.

Hij onderdrukte een glimlach bij dit vinnige antwoord. 'Ik heb vandaag nagedacht over je geschiedenis, mijn prachtige Zaynab,' zei hij, terwijl hij haar naar hun kamer leidde. 'Misschien kun je niet goed leren wat ik je kan leren, indien je je nog ongerust maakt over de liefdesdaad. De meisjes die bij mij zijn gebracht om opgeleid te worden tot liefdesslavin, waren meestal nog maagd. Hun kennis was beperkt of ze wisten helemaal niets af van wat zich tussen man en vrouw afspeelt. Maar met jou is het anders. Jij hebt erg te lijden gehad van twee mannen en je weet niet hoe heerlijk de vereniging van geliefden kan zijn.

Wanneer je het uiteindelijk wilt, mijn bloempje, dan zal ik je tonen dat de liefdesdaad heerlijk en ook vol extase is. Als je dat begrijpt, Zaynab, komen we misschien sneller vooruit in je opleiding.'

'Dat zou kunnen, mijn heer,' gaf ze toe.

'Doe nu je kleren voor me uit,' zei hij, toen ze in de kamer waren. 'Je kaftan is prachtig. Waar heb je hem vandaan?'

'Van Donal Righ,' zei ze, terwijl ze het zijden gewaad langzaam uittrok. 'Hij vertelde dat het een moors gewaad is en dat we eraan moesten wennen. Ik vind het mooi. De zijde voelt heel aangenaam op de huid, veel prettiger dan het linnen en de wol waaraan ik gewend was.'

Hij knikte instemmend en sprak: 'Kleed nu mij uit, Zaynab.'

'Ja, heer,' zei ze, in een poging te gehoorzamen. Ze nam de donkere mantel van zijn schouders en legde die zorgvuldig over de stoel. Daarna knoopte ze het witte zijden hemd open en trok het uit. Ze kreeg een opwelling om haar handen over zijn gespierde borst te laten glijden, maar onderdrukte dat en legde het hemd over de mantel. Daarna draaide ze zich weer naar hem om. Onbeholpen klungelde ze met de grote gesp van zijn brede leren riem.

'Laat mij dat maar doen,' zei hij, met zijn handen een kort moment op de hare, waardoor er een hete golf over haar heen spoelde. Hij trok de riem af en legde hem eveneens op de stoel. 'Raak me aan,' beval hij. Haar ogen keken angstig naar hem op. 'Als mijn aanraking jou gisteravond heeft opgewonden, dan kan jouw aanraking dat ook bij mij doen. Een man vindt het heerlijk de handen van een vrouw op zijn lichaam te voelen, Zaynab,' zei hij. Toen pakte hij haar beide handen in de zijne en trok ze tegen zijn borst.

Aarzelend begon ze met haar vingers rondjes over de volle breedte van zijn borst te maken, luchtig over het zwarte dons op zijn huid glijdend. Tot haar verbazing voelde het niet draderig als het droog was, maar zacht. Een beetje vrijmoediger legde zij haar handen over zijn brede schouders en liet ze naar beneden en naar boven glijden en daarna langs zijn lange rug. 'U bent erg sterk, nietwaar?' vroeg ze, terwijl ze de spieren onder haar vingers bevoelde. Zijn lichaam was hard en wekte de indruk van grote kracht. Ze legde haar handen om zijn smalle middel en zonder erom gevraagd te zijn begon ze zijn broek uit te trekken, behoedzaam het koord losmakend waarmee de tailleband was aangetrokken, maar die gaf om een of andere reden niet mee.

'Het gaat gemakkelijker als je knielt,' zei hij.

Ze gehoorzaamde en liet zich op haar knieën vallen en probeerde niet naar zijn mannelijkheid te kijken. Ze geloofde niet dat ze er al aan toe was er oog in oog mee te staan. Ze liet haar blik ergens anders heendwalen. Hij had mooie, sterke dijen, welgevormd en gespierd onder haar aanraking, merkte ze, toen ze het laatste kledingstuk eindelijk van hem afgetrokken had. Toen hij wegstapte stond ze snel op, pakte de broek, streek hem netjes glad en legde hem bij de andere kledingstukken.

'Dat was niet zo moeilijk, hè?' zei hij met een vluchtige glimlach. Toen trok hij haar in zijn armen en liet zijn lippen over haar lichte haar glijden.

Zaynabs hart begon te bonken. Wat was er toch in de aanraking van die man, dat ze er zo van in de war raakte? 'Moet een liefdesslavin haar meester altijd uitkleden?' vroeg ze, om de beheersing over haar emoties te herwinnen.

'Als hij dat wil. Ze baadt hem, zoals je mij vandaag gebaad hebt en ze kleedt hem aan en uit. Alles wat ze voor hem doet is bedoeld om hem op een of andere wijze te behagen. Zij is meer dan alleen een concubine. Ze moet leren haar eigen hartstocht te laten gaan, zodat zelfs indien haar meester nu niet bepaald de beste minnaar ter wereld is, hij toch denkt dat hij dat is. Alleen al zijn aanraking moet haar doen bezwijmen van genot.' Hij tilde haar gelaat naar het zijne op. 'En tegelijk verliest een liefdesslavin nóóit de controle over de situatie, zelfs niet wanneer ze in extase is. Zij is te allen tijde zichzelf meester, Zaynab. Begrijp je dat?'

'Dat weet ik niet,' zei Zaynab nadenkend.

'Dat komt nog wel,' zei hij.

'Ik moet leren mijn gedachten en gevoelens te scheiden,' zei ze peinzend, 'is dat het geheim, Karim al Malina?' Ze keek hem vragend aan. Ze wilde het werkelijk leren. Ze wilde nooit meer het slachtoffer van een man zijn, ook niet van iemand die zichzelf haar heer en gebieder noemde. Zij moest de controle over haar eigen bestemming zo goed als ze kon vasthouden. Dat was duidelijk de sleutel tot overleving en succes.

Hij knikte in antwoord op haar vraag, blij dat ze de subtiele betekenis van zijn woorden begrepen had, maar toen zei hij, terwijl hij haar aankeek: 'Heb jij enig idee hoe ontzettend mooi je bent, Zaynab?'

'Ik weet hoe ik er uitzie,' zei ze, 'want ze zeiden dat mijn zus Gruoch als twee druppels water op mij lijkt. Alleen onze ogen hadden een andere kleur blauw, maar daar letten de meesten nooit op. Ik heb mijn gezicht ook gezien in het water van het meer als het windstil was. Gruoch beklaagde zich er vaak over dat wij geen spiegel hadden. Wij hadden er weliswaar nooit één gezien, maar wij hoorden dat het heldere, gladde oppervlakten waren, waarin je jezelf kon zien. Ik weet wel dat ik knapper ben dan de meesten, maar zo móói?'

'Ja, heel erg mooi,' verzekerde hij haar, terwijl hij haar wang met één vinger aanraakte. 'Er bestaan vele soorten schoonheid, Zaynab, maar die van jou stijgt daarboven uit. Ik denk niet dat er één vrouw is als jij, in die hele harem van Abd al-Rahman niet.' Hij trok haar hard tegen zich aan en liet zijn handen omlaag glijden om haar billen heen, waar hij haar dijen tegen de zijne voelde meegeven.

Ze legde haar handen tegen zijn borstkas om stevig te blijven staan en deed haar best om nog adem te halen. Toen glimlachte hij in haar ogen, en zijn blik omgaf haar met warmte. Zaynab kon niet meer op de been blijven. Hij tilde het meisje op en legde haar op het bed. Toen knielde hij naast haar neer, keek haar aan en sprak: 'Een man zonder hersens beroofde je van de maagdelijkheid en een ander heeft je verkracht. Maar met je hart en je ziel ben je nog maagd, Zaynab. Vannacht zal ik je de liefde doen proeven alsof je maagdelijkheid nog ongeschonden was.'

Zijn lippen raakten de hare met een tederheid waartoe ze een man niet in staat had geacht. Haar hart bonsde wild. Zowel zijn woorden als zijn handelingen wonden haar op. Toen ging hij naast haar liggen, waarbij de veren matras onder hem meegaf, en alleen al de aanraking van zijn naakte lichaam tegen het hare, deed haar duizelen. Karim nam haar hand in de zijne, terwijl zij bevend lag te wachten op zijn volgende handeling. Zijn woorden brandden in haar geest: Je bent nog maagd naar hart en ziel. Ja, dat was zo! Hoe wist hij dat? Hoe kon hij haar pijn voelen, terwijl zij het zelf ontkende en weigerde te voelen en het diep in zichzelf had begraven? Als je aan een zwakheid toegeeft, bedacht Zaynab bitter, geef je anderen macht over je. Die les had ze al vroeg in haar leven geleerd, toen ze nog Regan MacDuff, het ongewenste kind was.

'Een maagd,' zei hij zachtjes, 'moet met tederheid, nooit overijld, benaderd worden.' Hij hief haar hand naar zijn mond en drukte een lange hete kus op de binnenkant, die haar huid leek te schroeien. Daarna kuste hij beurtelings elke vinger.

Die vingers treuzelden tegen zijn lippen en langzaam, moed vattend, onderzocht Zaynab zijn brede mond, en voelde hoe de zachte, smalle lippen licht meegaven. Ze trok haar hand geschrokken terug, toen hij plagerig op die nieuwsgierige vingers begon te bijten. Zacht lachend rolde hij zich op zijn zij en keek haar aan. 'Het is goed dat je onderzoekend bent, Zaynab. Dat is een maagd altijd. Het is de beste manier om te leren behagen en behaagd te worden.' Zijn lippen zochten opnieuw de hare en zijn kus was traag en zacht. Zaynab ontspande zich een moment, maar toen zijn kus intenser werd, kwam de spanning terug. Zij voelde zijn verlangen groeien, al had ze dat nooit eerder ervaren. Haar lippen gingen vaneen, waardoor hij zijn tong naar binnen kon laten glijden. Ze voelde hem zoeken en raakte verlegen zijn tastende tong met de hare aan. Deze sensuele aanraking deed haar over haar hele lichaam huiveren en alles begon te tollen en te wervelen. Ze wilde dat het niet ophield. Toen hij de kus beëindigde, was ze volkomen buiten adem. Hij keek haar lachend aan.

'Vond je het prettig?' vroeg hij, haar antwoord al kennende.

Zaynab knikte met wijdopen ogen.

Hij boog zich opnieuw over haar heen en kuste haar op het puntje van haar neus, haar kin, voorhoofd en haar knipperende oogleden. 'Doe jij nu hetzelfde,' zei hij, een les combinerend met haar verlangen om met hem te vrijen. Hij ging achterover liggen.

Ze ging op één elleboog liggen en leunde naar voren om zijn gezicht aan te raken met haar lippen; eerst de hoge jukbeenderen, zijn mondhoeken en toen, niet in staat zich in te houden, zijn lippen. Ze voelde een bonkende hitte door haar lichaam stromen. Haar hart sloeg over toen hij zijn armen stevig om haar heen sloeg en haar bovenop zich trok zodat haar kleine ronde borsten tegen zijn borst drukten.

'Je gaat te snel, mijn lief. Je hebt absoluut geen zelfbeheersing,' vermaande hij haar zacht.

'Helemaal niet,' gaf ze toe. 'Er is iets dat mij drijft, maar ik weet niet wat het is, mijn heer. Ben ik erg slecht?'

'O ja, onverbeterlijk,' grinnikte hij. 'Je moet geduld leren. Je wilt te veel en je wilt het te snel. De liefde is een verfijnde kunst. Dat moet langzaam gebeuren om er het meeste genot uit te peuren.' Hij rolde haar op haar rug en liet zijn hoofd zakken om haar borsten te kussen. 'Wat een heerlijke sappige borstjes,' zei hij, 'die smeken om gekust te worden.'

'O, zeker,' antwoordde ze moedig.

Hij liefkoosde haar en voelde haar zachte lichaam meegeven. Hij legde één hand over een borst en kneep heel zachtjes in een tepel.

Ze bewoog onrustig onder zijn aanraking. Hij verplaatste zijn aandacht naar de andere borst, boog zijn hoofd en zoog op haar tepel. Met een platte tong gleed hij over het dal tussen haar borsten. Toen begon hij ermee over de al hard geworden tepels te plagen, snel heen en weer schietend tot ze kreunde van genot. Heel zachtjes beet hij erin en ze gaf een kreet. Daarna kuste hij haar om de tedere pijn die hij had veroorzaakt te verzachten.

Zaynab kon niet meer denken van vervoering. Zijn grote handen liefkoosden haar en veroorzaakten de meest heerlijke sensaties. Toen hij haar in zijn armen nam, trok hij haar overeind en begon haar lichaam met hete kussen te overdekken. Slap van genot bleef ze in zijn armen hangen, terwijl hij haar geurige huid likte. 'O ja, heer!' klonk haar ademloze kreet, waaruit hij opmaakte dat ze ervan genoot.

Hij legde haar achterover en duwde een kussen onder haar heupen. Hij spreidde haar benen en gleed ertussen, waarna hij ze over zijn schouders trok. 'Nu,' fluisterde hij, 'zal ik je een heel prettig en geheim gevoel geven, mijn mooie Zaynab.' Vooroverbuigend opende hij behoedzaam haar zachtroze vlees, dat al parelig was van liefdessappen, hoewel ze zich daar helemaal niet van bewust was. Hij staarde betoverd naar haar, want ze was volmaakt gevormd. Toen ging zijn tong op zoek naar haar lustknopje en begon het enthousiast te strelen.

Even begreep Zaynab niet wat hij aan het doen was, maar toen ging er een wereld voor haar open. Ze wilde naar adem happen van de schok, maar er kwam geen geluid uit haar mond, ze kon zelfs geen adem halen. Ze wilde protesteren tegen deze ongelooflijke inbezitneming van haar lichaam, maar... de tong ging door en de lichte hitte die ze eerder had gevoeld vlamde nu op in een allesverschroeiend vuur. Een hees geluid kwam uit haar keel en het echode door de kamer. Ze hijgde, in haar hoofd ontploften sterren en ze riep naar hem.

Als antwoord haalde hij haar benen van zijn schouders en begon, nadat hij zijn mannelijkheid in zijn hand had genomen, ermee tegen haar liefdesknopje te wrijven. Hij was hard en vol begeren. Dat zag ze in zijn ogen toen ze in staat was de hare te openen en hem verbijsterd aan te kijken. 'Neem me,' smeekte ze, 'neem me nu!'

'Een man behoort een maagd langzaam en heel voorzichtig binnen te gaan,' zei hij tussen zijn opeengeklemde kaken door, toen hij bij haar binnengleed. Ze voelde hoe hij haar vulde met zijn warmte, lengte en omvang. Instinctief sloot Zaynab haar fraaie benen om zijn bovenlichaam, om hem nog dieper in haar te laten. Ze verlangde ernaar hem diep in zich te voelen. Hij kreunde bij die handeling, toen hij zich in volle lengte in haar voelde glijden als iemand die in drijfzand wegzakt. Ze huiverde toen hij eindelijk helemaal in haar was. Ze kon hem zelfs in zich voelen kloppen. Op dat ogenblik voelde ze dat hij even machteloos was als zijzelf en dat besef gaf haar een nieuw zelfvertrouwen.

Hij begon op haar te bewegen, eerst langzaam, daarna met toenemende snelheid. Zijn knappe gezicht stond gespannen van hartstocht. Zij kon niet langer kijken! Haar aquamarijnkleurige ogen sloten zich toen het genot ook haar overspoelde. De sterren die daarnet waren geëxplodeerd keerden terug, vergezeld door nog een andere melkweg. Geen van de twee mannen die haar daarvoor hadden genomen hadden haar voorbereid op dit verbijsterende gevoel. Ze werd meegesleept door een vloedgolf zó hoog, dat ze dacht te zullen sterven. De extase bereikte een reusachtig crescendo en Zaynab verdwaalde in de schittering van haar sterrenexplosies.

Haar bewustzijn keerde terug doordat hij haar natte wangen kuste. Zaynab merkte dat ze huilde. Langzaam deed ze haar ogen open en keek verbaasd in die van hem. Geen woord behoefde gezegd te worden. Hij was van haar af gegaan en hield haar nu in zijn armen, terwijl hij maar één ding zei: 'Slaap nu maar.' Ze gehoorzaamde graag, want toen opeens voelde ze haar uitputting.

Hij keek toe terwijl zij weggleed in bewusteloosheid. Hij had met zijn achtentwintig jaar al zoveel vrouwen gehad. Elk van hen was op haar eigen manier uniek geweest. Elk van hen was een uitdaging geweest. De liefdesdaad was niet alleen maar een fysieke handeling. Je moest de behoeften van je partners aanvoelen, hun kwetsbaarheid peilen en hen vervullen zolang je bij hen was. Geen van de vrouwen die hij had gehad of in de erotische kunsten had opgeleid had hem persoonlijk ontroerd of in zijn hart geraakt, het was onaantastbaar gebleven. Tot nu toe. Waarom deed die barbaarse heidense uit dat koude, natte, noordelijke land hem iets? Niet simpelweg door haar schoonheid. Hij kon eigenlijk niet zeggen wat het was in dat meisje dat hem zo ontroerde.

Hij tilde een lok van haar zilvergouden haar naar zijn lippen, snoof de weelderige gardenialucht op en kuste teder de zijdezachte lokken tussen zijn vingers. Dit was pure waanzin! Alleen al door zulke gedachten toe te laten brak hij de belangrijkste regel van een passiemeester. Je werd niet verliefd op je leerlingen èn je zorgde ervoor dat de leerlingen niet verliefd op jou werden. Had hij dan niets geleerd van die vorige ramp? Dit was niet zomaar een slavinnetje. Dit meisje was het bezit van zijn vaders vriend. Ze was bestemd voor de harem van de kalief van Cordoba. Pure waanzin!

Wat was ze schoon in alle aspecten van haar persoonlijkheid. Die gedachte schoot door hem heen voordat hij hem kon stoppen. Hij liet zijn ogen over haar weelderige jonge lichaam glijden. Hij had haar beslist de juiste naam gegeven. Abd al-Rahman zou verrukt zijn van dit meisje en hem zeer verplicht zijn, dat hij voor hem een vrouw had gecreëerd die de beste liefdesslavin aller tijden genoemd mocht worden. De kalief zou zijn trouwe vriend, Donal Righ uit Ierland, minstens even dankbaar zijn, die op zijn beurt bij hem, Karim al Malina, een niet te schatten schuld had opgebouwd. Het was niet verkeerd dat een man als Donal Righ bij je in het krijt stond. Maar eigenlijk had hij Zaynab veel liever voor zichzelf gehad.

'Mijn dagen als passiemeester zijn voorbij,' sprak hij zachtjes voor zich uit. 'Ik mag dit soort dingen niet laten gebeuren. Ik word zeker oud, want ik ben mijn emoties niet meer de baas.'

Hij stak zijn hand uit en streelde Zaynabs satijnen huid. Hij moest haar meer bijbrengen dan alleen de erotische kunsten. Hij zou haar moeten leren te overleven in de harem van Abd al-Rahman. Diens favoriete echtgenote, Zahra, was een machtige vrouw, die bekendstond als een rancuneus iemand en in staat was vergif te gebruiken. Haar inmiddels volwassen zoon was de erfgenaam van zijn vader. Zij bewaakte de bestemming van haar zoon als een harpij. Zahra zou deze jonge, beeldschone rivale niet verwelkomen. Nee, zij zou alles doen wat in haar macht lag om Zaynab uit de weg te ruimen indien deze de kalief te zeer behaagde; maar Karim al Malina zou er op zijn beurt alles aan doen dát ze de kalief behaagde, dat was immers zijn werk.

'Heerlijk was het!'

De ademloze woorden van het meisje haalden hem uit zijn overpeinzingen. Toen hij in haar ogen keek, kwam er een glimlach op zijn gezicht. 'Ben je niet meer bang? Begrijp je nu hoe heerlijk vrijen kan zijn?' vroeg hij.

'O ja! Ik wil het weer doen, heer, alstublieft!'

Zijn hartelijke lach spoelde over haar heen. 'Jij bent gewoon veel te ongeduldig, mijn lieve bloem,' vermaande hij haar vriendelijk. 'Heb ik je niet de raad gegeven geduld te oefenen? Er blijft nog zoveel te leren over. Eerst moeten wij elkaar baden met de liefdesdoeken. Ga de kom maar vullen die op de vensterbank staat. De doeken liggen ernaast. Daarna zullen we het over je verzoek hebben, mijn schoonheid.'

Ze kwam van de matras overeind en haastte zich naar de vensterbank. Toen ze hem de kom had gebracht, vroeg ze: 'Wat moet ik doen, geliefde heer?' Ze knielde verwachtingsvol naast hem neer.

Ze is een aanbiddelijke leerlinge, dacht hij. Hij wilde haar in zijn armen nemen en dat aandachtig naar hem toe gewende gezichtje bedelven onder kussen. Hij sprak daarentegen: 'Het water in de kom moet altijd verwarmd zijn. In de toekomst moet jouw geur er aan toegevoegd worden. De doeken die bij het water horen, moeten van het allerzachtste linnen zijn. Pak er nu maar een, Zaynab en verfris mijn mannelijkheid. Daarna zal ik hetzelfde bij jou doen.

Onthoud dat ik de intiemste delen van je lichaam heb geproefd. Dat wil ik misschien wel weer doen. Na verloop van tijd zal ik je leren mijn mannelijkheid in je mond te nemen, om een ander soort genot te geven dan wanneer hij in je schede is.' Ze keek hem geschrokken aan bij deze informatie. Maar ze zei niets en begon een van de doeken uit te wringen om zijn lid te wassen. Haar aanraking was behoedzaam en ze deed het heel grondig. Ze verbaasde zich erover dat iets dat zo klein kon zijn, zoveel extase kon geven. Toen merkte ze op dat zijn lid verminkt was. 'Och,' riep ze zachtjes, 'wanneer bent u zo vreselijk gewond geraakt, mijn heer?'

'Gewónd?' Hij was even verbaasd, maar realiseerde zich opeens wat ze bedoelde. 'Ik ben niet misvormd, Zaynab. Ik ben besneden. Alle Saracenen, joden en oosterse mannen zijn besneden. Ik was zeven toen het gebeurde. Mijn broers zijn ook besneden. Ik kreeg een speciale vruchtendrank te drinken met een verdovend middel erin, om de pijn te verzachten. Toen werd de voorhuid van mijn lid strak naar voren getrokken en weggesneden. Mijn vader is een man die aan liefdadigheid doet. Telkens wanneer een van zijn zoons besneden werd, werden arme jongens uit onze stad die ook zeven jaar waren, uitgenodigd om bij ons besneden te worden en deel te nemen aan de festiviteiten, op kosten van mijn vader. Het schaadt een man niet en het tast ook zijn vermogen om te genieten niet aan, zoals je zojuist hebt kunnen merken. Het is een maatregel uit oogpunt van hygiëne. In een heet klimaat is het soms moeilijk, zo niet onmogelijk, om genoeg drinkwater te vinden, laat staan water om te baden. De mannen van al-Andalus zijn een schoon volk. Wij houden van onze baden. Het verwijderen van de voorhuid maakt het eenvoudiger voor ons om onze mannelijkheid schoon en vrij van ziekte te houden.'

'Ik dacht dat u gewond was geraakt,' antwoordde ze, 'nu kom ik mezelf dwaas voor.'

'Hoe kon jij dat weten?' zei hij. 'Wees niet bang om vragen te stellen, Zaynab, mijn dierbare. Je leert niets als je dat niet doet. Het lichaam van een vrouw behaagt een man in vele opzichten, maar een wijs man houdt van meer dingen dan alleen van haar lichaam. Over een paar dagen varen wij naar mijn vaderland. Als we daar eenmaal zijn, zal ik je laten onderwijzen; niet alleen in de liefdeskunst, maar je zult ook leren dansen, zingen en minstens één instrument bespelen. Je zult in de poëzie worden onderwezen, in de geschiedenis van mijn volk en elk ander intellectueel vak, waarvoor je aanleg blijkt te hebben. Je moet Arabisch en Romaans leren, onze twee belangrijkste talen. Je zult allerlei dingen bestuderen, waar je nu nog geen voorstelling van hebt, maar wanneer ik je eindelijk gereed acht om naar de harem van de kalief te vertrekken, zul je noch beschaamd noch bevreesd zijn over wie je bent. Jij zult uitstijgen boven alle vrouwen die Abd al-Rahman kent, zoals de zon helderder schijnt dan de maan. Daarnaast zal ik je ook discretie leren, opdat je vrouwe Zahra, de moeder van de erfgenaam van de kalief, niet mishaagt. Goede manieren zijn een kenmerk van een liefdesslavin.'

Hij pakte de andere doek uit de kom. 'Nu zal ik jou baden, mijn kostbaar kleinood. Ga achterover tussen de kussens liggen en spreid je benen voor me, Zaynab.'

Ze onderdrukte een lichte huivering toen hij begon. Deze verfijnde manier van vrijen was heel intiem. Zijn aanraking heel zacht en sensueel op haar zeer gevoelige huid. Langzaam en met grote zorgvuldigheid wiste hij alle bewijs van hun ontmoeting met Eros weg. Tegelijkertijd was hij zeer bekwaam bezig haar opnieuw op te winden. Zij kon voelen hoe een enkele vinger, verpakt in de zachte doek, haar subtiel plaagde. Heel even deed ze haar ogen dicht en durfde ze zich over te geven aan het zalige gevoel dat hij in haar opriep. Waarom konden andere mannen niet zo zijn als Karim al Malina? Of waren alle mannen van al-Andalus zoals hij? Misschien waren alleen de mannen uit het noorden zo ruw en wreed.

Hij legde de doek terug in de kom en sprak: 'Neem nu één vinger, Zaynab, en raak dat heel gevoelige kleine juweel van je aan.' Hij keek toe terwijl ze hem gehoorzaamde, eerst wat verlegen, maar toen ze ontdekte waartoe ze zelf in staat was, iets gedurfder. Toen hij zag dat haar huid vochtig begon te parelen, pakte hij haar bij de pols. Hij trok haar hand naar zijn mond en begon stevig op de vinger te zuigen. 'Je smaakt pittig als wilde honing,' zei hij, terwijl hij haar losliet.

Telkens wanneer hij die trage glimlach produceerde, raakte ze ademloos en begon haar hart te bonzen, waardoor ze dacht te zullen bezwijmen.

Hij kwam over haar heen en ging licht op haar borst zitten. 'Doe je handen achter je hoofd,' commandeerde hij.

'Waarom?' zei ze, alle pogingen om gehoorzaam te zijn eensklaps vergetend. Ze wilde hem wel vertrouwen, maar haar onwetendheid maakte dat ze weer bang werd.

'Dit is de houding die een vrouw aanneemt bij deze oefening in sensualiteit, mijn lieve. Je hoeft niet bang te zijn,' verklaarde hij geduldig. Voorovergebogen legde hij kussens onder haar hoofd en schouders. Toen pakte hij zijn mannelijkheid die nu wat groter geworden was, zag ze, en zei: 'Doe je mond open, Zaynab en neem hem in je. Je gebruikt je tong om een beetje te plagen, maar je mag nóóit je tanden gebruiken, want dat doet je meester pijn. Zodra je gewend bent aan dit gevoel, ga je erop zuigen. Ik zeg wel wanneer je moet ophouden.'

Ze schudde haar hoofd. 'Dat kan ik niet,' fluisterde ze, geschokt en tegelijk gefascineerd door zijn bevel.

'Jawel, je kunt het,' zei hij kalm.

'Néé!' zei ze heftig. 'Néé!'

Hij ging niet met haar in debat. In plaats daarvan kneep hij haar neusgaten dicht. Zonder lucht hapte ze naar adem en Karim duwde zijn mannelijkheid stevig tussen haar lippen, waarbij hij haar neus losliet. 'Nu ga je heel zachtjes met je tong over me heen, bloempje. Nee, niet je handen achter je hoofd vandaan halen, anders laat ik je slaan door Donal Righ. Onthoud dat je te allen tijde je meester moet gehoorzamen.'

Ze leek wel een eeuw bevroren stil te liggen met haar mond vol, niet goed raad wetend wat te doen. Toen bracht ze nieuwsgierig haar tong, die ze helemaal tot achter in haar mond had teruggetrokken, naar voren om contact te maken. Hij sloeg haar door half geopende ogen gade, nauwelijks ademhalend. Dit was een moeilijke test. Aarzelend begon ze te likken. Toen weer. Haar ogen kruisten de zijne.

Hij knikte aanmoedigend. 'Zo moet het, mijn schat. Wees niet bang, je tong doet me geen pijn. Laat hem rond de punt cirkelen.'

De smaak was niet onaangenaam, een beetje ziltig. Haar vrees nam af. Langzaam likte ze, haar tong om het gladde vlees draaiend, en ze voelde hoe hij in de warme holte van haar mond begon te zwellen.

'Zuig op me,' beval hij met een gespannen, scherpe stem.

Gehoorzamend merkte ze dat deze handeling opwindend was. Hij kreunde zachtjes en toen Zaynab naar hem opkeek was ze verbaasd. Zijn ogen waren gesloten en zijn gezicht stond gespannen met een mengeling van opkomend verlangen en opperst genot. Tot haar verrassing begreep ze opeens dat zij het was die de situatie beheerste, niet Karim. Hard zuigend, begon haar eigen opwinding toe te nemen met dit zopas verworven besef van macht.

'Stop!' klonk zijn stem ruw, toen hij haar, opnieuw in haar neus knijpend, dwong haar mond open te doen, zodat hij zijn gezwollen lid kon terugtrekken.

Ze sperde haar ogen wijd open toen ze de omvang zag. 'Heb ik u mishaagd?' fluisterde ze, bijna weer bang.

'Nee,' zei hij, terwijl hij van haar afgleed en kusjes op haar lichaam drukte. Gerustgesteld mompelde ze wat en haar lichaam kromde zich toen hij zijn mond vastzoog op een tepel en eraan sabbelde, hapte en kuste. Hij liet één hand over haar zijdezachte lijf glijden tussen haar benen, waar hij zocht naar haar genotspareltje en plaagde haar een beetje. 'Ik wil je,' zei hij. Hij duwde zijn vingers bij haar naar binnen. 'Je bent jong en ongeoefend, mijn heerlijkheid, maar een geboren liefdesslavin.'

Zijn aanraking joeg opnieuw haar verlangen op om door hem genomen te worden. Hij tergde haar met zijn vingers, waardoor hij haar liefdessappen opriep. Zijn mond zocht de hare in een schroeiende kus waaraan geen einde leek te komen. Hun tongen deden een liefdesdans. Zijn hand speelde een spelletje met haar, waardoor ze dacht dat ze het zou gaan uitschreeuwen. Haar lichaam stond strak van verlangen. Zowel haar buik als haar borsten werden zwaar, alsof ze wilden openbarsten teneinde hun sappen rijkelijk te laten vloeien.

'Alsjeblíéft,' jammerde ze.

'Wat, alsjeblieft?'

'Alsjeblíéft!' smeekte ze opnieuw.

'Een liefdesslavin smeekt nóóit, hoewel het voor haar meester vleiend is te weten dat ze naar hem verlangt,' was zijn raad. Toen liet hij zijn lichaam over haar heen komen en dreef zichzelf diep in haar, waarbij hij een kreet van genot slaakte.

Haar eigen kreten moedigden hem alleen maar aan. Hij voelde zich enorm worden binnen in haar. Zijn heetkloppende ritme maakte haar bijna ademloos. 'O, mijn heer, je brengt me hiermee om!' zei ze bijna snikkend.

'Heel goed, mijn lieve kleinood,' prees hij haar, zijn billen samentrekkend en ontspannend, terwijl hij zich ritmisch in en uit haar bewoog.

Ze klemde haar dijen en haar tengere armen vast om hem heen. 'Niet ophouden!' riep ze, 'dit is té zalig! O, ik ga dood!' Ze huiverde licht.

'Nog niet, Zaynab,' zei hij, 'je gaat te snel. Je moet jezelf opgeven, want ik ben nog niet bevredigd. Je moet er aan denken dat je meester eerst bevredigd moet zijn. Pas daarna mag jij jouw genot nemen.'

'Ik denk dat ik dat niet kan,' zei ze zwakjes.

'Jazeker wel,' hield hij vol en begon harder te pompen.

'Nee, nee!' zei ze half tegenspartelend, maar toen kromde ze haar lichaam, haar borsten tegen hem aandrukkend. 'Ooo, ooo,' snikte ze. Het gebeurde opnieuw en tot haar grote verbijstering was het zelfs sterker dan daarnet. Hoe kon het dat ze zo gemakkelijk bevredigd was? Ze krabde met haar nagels over zijn rug, toen haar eigen lust haar opzweepte en haar met zijn heftigheid bijna overweldigde.

'Klein kreng!' grauwde hij wild in haar oor en begon hard op haar borst te zuigen. Hij voelde dat hij bijna over de rand ging, en ze zou hem nu niet loslaten, hem opzwepend met die enorme lust die ze in hem had opgewekt. Steeds dieper en dieper drong hij in haar tot hij niet verder kon, terwijl zijn honger naar dit meisje explodeerde als een flits en een vurige paddestoel, die steeds verder uitwolkte.

Lange minuten volgden, waarin ze beiden nat en kleverig van li-

chaamsvochten en met wild bonkende harten inééngestrengeld lagen. Toen ze enigszins bekomen waren, zei Karim ten slotte: 'Roep Oma. Zeg dat ze een kom vers water vult, en ons liefdesdoeken en wijn brengt. Wij moeten allebei weer op krachten komen.'
'Wilt u dat mijn bediende ons zo ziet?' zei Zaynab geschokt.
'Zij moet leren jou in alle omstandigheden te dienen,' antwoordde hij. 'Hebben jullie elkaar dan niet naakt gezien tijdens het baden?'
'Maar u bent naakt!' hield Zaynab vol.
'Ja,' antwoordde hij rustig.
Het meisje schudde haar hoofd vol verbazing. 'De wereld waarin u mij brengt is zo anders dan de wereld waarin ik geboren ben, heer,' zei ze. Toen riep ze Oma en droeg haar op wat haar gezegd was, terwijl het andere meisje blozend toehoorde, niet zonder moeite pogend haar ogen van Karim al Malina's aantrekkelijke lichaam af te houden.
'Ik had gehoord dat alle mannen uit uw land donkere ogen hadden,' zei Zaynab, terwijl ze op Oma's terugkeer wachtten. 'Hoe komt het dan dat u blauwe ogen hebt?'
'Mijn moeder is een Scandinavische,' vertelde hij. 'Ze was gevangengenomen tijdens een plundering en als geschenk aan mijn vader gegeven. Hij maakte haar tot zijn tweede vrouw. Mijn broers hebben donkere ogen en mijn zuster ook.'
'Tweede vrouw? Hoeveel vrouwen heeft uw vader?' Zaynab wist niet meer of ze nu wel of niet geschokt moest zijn. Waren die Arabieren net als de Saksen in Engeland? Die stonden erom bekend dat ze meerdere vrouwen hielden.
'Mijn vader heeft slechts twee vrouwen. Hij is een erg gevoelig man en trouwt alleen uit liefde. Hij heeft wel een harem met concubines, om te voorkomen dat hij zich verveelt. Daar wonen misschien zo'n tien vrouwen. Dat beschouwt men als een kleine harem. De kalief heeft honderd of meer vrouwen voor zijn persoonlijk gerief,' vertelde Karim, 'en er wonen enige duizenden dames in de harem van de kalief.'
'Enige duízenden?' vroeg Zaynab volslagen verbijsterd. 'Hoe denkt u dat ik straks de aandacht van die machtige heerser op me moet vestigen, te midden van al die anderen. Hij ziet me niet eens. Ik zal zonder enige vriend volkomen eenzaam sterven!'
'De vrouwen in de harem van Abd al-Rahman zijn niet allemaal concubines,' stelde hij haar gerust. 'Velen van hen zijn slavinnen, zoals jouw eigen Oma. Sommige vrouwen zijn familieleden, tantes, nichten, dochters. Slechts die honderd vrouwen, of een paar meer, zijn er voor het gerief van de kalief. Trouwens, jij bent een liefdesslavin en dat is een zeldzaam iemand. Jij zult in een fraaie setting aan je meester worden gepresenteerd, tezamen met de andere ge-

111

schenken die Donal Righ hem zendt. Abd al-Rahman hoeft jou maar één keer te zien om je voor altijd te begeren, dat beloof ik je.'
'Is de kalief een jonge man?' wilde ze weten.
'Nee, maar hij is ook niet oud, Zaynab. Hij is een man van ervaring waar het zinnelijke dingen betreft. Hij is nog krachtig als een echte minnaar en heeft in de laatste twee jaar drie kinderen verwekt. Hij is ook een wijs en groot heerser, zowel geliefd als gerespecteerd door zijn volk. Ha, daar is Oma.' Hij wendde zich tot het meisje. 'Heb je het water geparfumeerd zoals je meesteres je heeft opgedragen?'
'Jawel, mijn heer,' antwoordde ze. Toen plaatste ze de zilveren schaal bij het bed en haastte zich de kamer uit.
Zaynab hoefde niet voor de tweede keer aanwijzingen te krijgen. Ze pakte een van de liefdesdoeken en baadde zijn mannelijkheid. Toen ging ze achterover liggen en stond hem toe hetzelfde bij haar te doen.
Toen hij klaar was, vroeg hij: 'Heb je honger, mijn lief?'
Ze knikte van ja. 'U ook?'
'Zeker! Jou opleiden is hard werken,' plaagde hij.
'Nou, dat kun je van het leren ook zeggen,' was haar weerwoord.
'Ik zal Oma roepen en haar eten laten brengen.'
'Als je moe bent kun je misschien beter eerst gaan rusten,' stelde hij voor.
'O nee, mijn heer,' zei ze, 'ik wil liever weer op krachten komen en dan verdergaan met alles te leren wat u me kunt leren.'
Hij grinnikte. 'Zeg Oma dat er voor mij een schaal met oesters moet komen. Die zijn uitstekend als versterkend middel.'
'Dan wil ik ze ook hebben,' antwoordde ze lachend. 'Je bent een harde leermeester, mijn heer, maar ik houd je wel bij, dat beloof ik je.'
'Dat denk ik ook, ja,' zei hij, en dacht erbij dat de komende maanden niet gemakkelijk voor hem zouden worden. De gevoelens die dit meisje opriep, waren volkomen anders dan hij ooit bij andere vrouwen had gevoeld. Begon hij verliefd te worden? Want als dat zo was, dan was dat niet best. Ze zou nooit de zijne kunnen worden. Hij herinnerde zichzelf eraan, dat als hij haar lichaam in bezit nam het alleen bedoeld was om haar op te leiden zoals men een dier traint, dat uiteindelijk door een andere man bereden zal worden. Haar beminnen of aan te moedigen hem te beminnen, zou oneervol zijn. Een dergelijk gedrag zou schande over hen allen brengen.
De School van de Passiemeesters in Samarkand bestond niet meer. Hij was een van de laatste leerlingen geweest, want zijn meesters waren oud van jaren geworden en inmiddels allemaal gestorven. Er was niemand gebleven om hun plaats in te nemen. De mensheid in het algemeen gaf niet langer om de verfijnde vormen van

verleiding en uitingen van genegenheid. Zij wisten niets van de superieure genietingen van de liefdeskunst. De meesters hadden hun kennis doorgegeven aan de laatste leerlingen en waren toen van het aardoppervlak heengegaan alsof ze nooit hadden bestaan.

Niemand wist hoe de School van de Passiemeesters was ontstaan. Op de school zelf waren vage verhalen verteld over priesters en priesteressen van een liefdesgodin uit de Oudheid, maar hoe dan ook, de school was niet meer. Hij was een van de laatste, nog levende passiemeesters. Hij wist niet beter, of er leefden er nog een stuk of zes, over de hele wereld verspreid. Zijn vakgenoten waren allemaal naar het Verre Oosten gegaan. Dat was ook de reden waarom liefdesslavinnen zo hoog in aanzien stonden bij de kenners in al-Andalus en waarom er zo weinig van waren.

De ramp met het meisje Leila en zijn gevoelens voor Zaynab overtuigden hem ervan dat hij niet langer capabel was om zijn vak uit te oefenen. Hij zou zich vestigen als koopman in zeldzame goederen. Zodra Zaynab grondig geschoold was en hij haar als geschenk van Donal Righ aan de kalief kon presenteren, zou hij een vrouw nemen, zoals zijn familie graag wilde. De bruid zou natuurlijk een maagd zijn. Hij kon zich dan amuseren door haar te onderwijzen en al die andere vrouwen, die zijn harem bevolkten. Maar hij zou nooit en te nimmer meer een liefdesslavin opleiden.

Zaynab was een intelligente vrouw en snel van begrip. Een jaartje, meer niet. In die tijd kon hij haar geleerd hebben wat ze moest weten om de kalief te behagen en te overleven in de harem. Als hij haar eenmaal bij Abd al-Rahman had afgeleverd, zou het allemaal voorbij zijn. Daarna zou hij nooit meer aan Zaynab denken.

DEEL II

Afrika

943 - 944 n. Chr.

Hoofdstuk zes

De *I'timad* lag diep in het donkere water van de rivier de Liffey. De golfjes gleden langs haar slanke romp als een minnaar die zijn geliefde streelt. Ze was mooi, deze boot, ongeveer zeventig meter lang en tien meter breed. De laadcapaciteit bedroeg honderdtwintig ton. Vandaag was het ruim geheel gevuld met de geschenken die Donal Righ naar de kalief wilde sturen, tezamen met Zaynab. Zij zouden in een spektakel van schier dramatische proporties worden aangeboden.

Drie van de belangrijkste geschenken zou Karim al Malina in Afrika voor de Keltische koopman aanschaffen, wat hem het transport vanuit Ierland bespaarde. Het was overigens ook onmogelijk om die geschenken in Ierland te kopen. Donal Righ had betaald voor de huur van het gehele schip, inclusief een ruime vergoeding voor de bemanning van Karim al Malina, die anders zouden hebben gedeeld in de winst.

Achter in het schip lag onderdeks de kombuis, die toegankelijk was via een ladder. Het was een kleine ruimte met een betegelde zoldering. Ingebed in baksteen stond een betegelde ovenkachel, die van voren open was. Er lag een grill in van kleine ijzeren staven. In de kombuis stond ook een kast voor tafelgerei. Kookgerei, kaas in netten, strengen uien en knoflook, een zak appelen en een zak met meel hingen aan smal latwerk. Boven de oven hing een kleine plank met een pot met zout en een pot met saffraan. In een afgesloten hoek stond een ren met een stuk of wat zachtjes kakelende kippen en drie eenden.

Er waren twee achterdekken. Op het eerste was de hut van de kapitein gebouwd. Dat was een eenvoudige ruimte met een dubbel bed, een enkel bed en een tafel met verscheidene stoelen. Er was slechts één ingang en een raam, dat 's nachts, of in ruw weer, met een luik gesloten kon worden.

Achter de hut was een kleiner dek, half beschut onder een afdak, met stoelen, neergezet om de twee vrouwen privacy te gunnen wanneer zij een luchtje wilden scheppen. Dat was een kleine toevluchtsplaats uit de enge behuizing van de hut als het weer het toeliet.

Het stuurdek lag direct voor het dak van de kombuis. Onder het voordek en in het grote ruim waren plaatsen waar de bemanning hun hangmatten konden ophangen te midden van de lading. In het grote ruim stond een grote tafel met twee banken, waar de zeelieden konden eten. Aladdin ben Omar deelde meestal de hut van de kapitein, maar op deze reis zouden beide mannen bij hun bemanning slapen, zodoende de beschutte hut aan de twee vrouwen overlatend, die 's nachts bewaakt zou worden om hen te beschermen.

Karim vond dat zijn schip geen plaats was om de kunsten van een passiemeester te beoefenen. Zolang Zaynab en Oma van de mannen gescheiden bleven en de bemanning wist dat de regels van het fatsoen in acht werden genomen, zouden er geen problemen ontstaan. Men had het nooit zo begrepen op vrouwen als passagiers.

Het was tijd voor het laatste uitgebreide bad. De oude Erda liet haar tranen de vrije loop toen ze afscheid van de meisjes nam. 'Wat hebben jullie een prachtige toekomst voor je,' snikte ze, 'ach, ach, was ik nog maar jong en plukrijp, wat heerlijk zou dat zijn!'

'Ik ben een oude man,' zei Donal Righ, toen hij haar woorden hoorde, 'en ik kan me niet herinneren dat ik jou ooit jong en plukrijp heb gezien, mijn trouwe Erda.'

Ze keek boos naar haar meester en omhelsde de meisjes nog een laatste keer. 'God behoede jullie beiden, mijn kuikentjes, en dat jullie een gelukkig lot beschoren mag zijn.' Toen slofte Erda de kamer uit, mopperend over haar lot in een dergelijke huishouding.

'Ik zou haar met jullie meesturen, alleen maar om van dat ouwe mens af te zijn, ware het niet dat het ondraaglijk voor haar zou zijn van mij gescheiden te worden,' sprak Donal Righ korzelig.

'Zij is een te oude ziel om zo'n verandering mee te kunnen maken,' zei Zaynab. 'Als dat niet zo was, zou ik haar dolgraag bij me hebben gehad. Niemand heeft me ooit zo lief behandeld, Donal Righ, afgezien van uzelf, dan.'

'Poeh,' zei hij blozend, 'vlei jezelf niet, meid. Het is je zeldzame schoonheid die mijn oog trok. Als je niet de schoonste onder Gods schepselen was geweest, had ik je zo snel als de wind aan een of andere hoofdman uit het noorden verkocht. En onthoud één ding goed, Zaynab, vertrouw geen mens behalve jezelf en je instincten. En breng me geen oneer bij de kalief. Je wordt getraind als liefdesslavin en naar Abd al-Rahman gezonden, om me nog meer in zijn gunst te brengen, hier, aan het einde van de wereld. Denk daar goed aan!'

'Dat zal ik doen, Donal Righ,' beloofde ze hem. Toen gaf ze hem een snelle kus op de wang, voordat ze zich omdraaide en met Oma de kamer uit ijlde.

Donal Righ raakte de plek aan waar ze hem eventjes gekust had, maar daarna was hij weer één en al zakenman en wendde zich tot Karim al Malina. 'Je hebt het goud om de paarden en kamelen te kopen en genoeg om haar te kleden als een prinses. Ze kan niet op een armoedige manier naar de kalief gaan, maar moet versierd zijn als een bruid uit een rijke familie. Wat ik voor jou apart heb gezet zal nooit genoeg zijn om te vergoeden wat je voor me doet, maar ik sta vanaf nu bij je in het krijt, Karim al Malina. Je weet dat ik, zo nodig, al mijn bronnen zal aanspreken om je die schuld terug te betalen. Moge de zee je goed gezind zijn en de wind je snel naar huis dragen.'

De twee mannen schudden elkaar de hand en gingen ieder huns weegs.

De *I'timad* zeilde op het ochtendtij van Dublin weg en gleed de rivier de Liffey af naar open zee, waar ze ontvangen werd door een matige zeegang en een goede wind die het latijnzeil deed opbollen. Even nog bleven de nevelige Ierse heuvels in zicht. Weinig schepen zwierven ver de zee op gedurende een langere periode, uit vrees voor stormen en zeeslangen. Alleen de noormannen waren daar onverschrokken genoeg voor. Geen Saraceen werd graag ver op zee aangetroffen, want eigenlijk waren zij in hart en nieren mannen van de woestijn.

De *I'timad* zeilde vanuit Dublin naar het zuiden en rondde de landtong die door de Britten Land's End genoemd wordt. Toen maakte ze de oversteek, tussen het eiland Ouessant en de kust van Bretagne door. De dagen van de late nazomer bleven opmerkelijk rustig. Toen er geen aanwijzingen waren dat het weer zou omslaan, zette Karim al Malina een koers uit dwars door de Golf van Biscaje, een flinke slok water, die nu niet bepaald bekendstond om zijn vriendelijke weer. Ze koersten vanaf Pont de Penmarch aan de zuidkust van Bretagne helemaal rechtdoor naar Kaap Finisterre.

Ze meden zorgvuldig de drukke vaarroutes langs de Spaanse kust, die tot het christelijke koninkrijk van León behoorde. Toen passeerden ze het kustgedeelte dat het grensgebied vormde tussen León en het zuiden, dat door de islam werd beheerst. Eindelijk voeren ze door wateren die behoorden tot al-Andalus. Nog altijd was het weer verbazend goed, dus kon Karim al Malina zijn schip wederom rechtstreeks door open water, dat bekendstond als de Golf van Cadiz, naar de stadstaat Alcazaba Malina laten koersen, aan de Atlantische kust van Afrika, tachtig kilometer ten zuiden van Tanger, aan de Straat van Gibraltar. Zaynab had hem, voor ze vertrokken, naar zijn naam gevraagd. Zijn volledige naam, had hij uitgelegd, was Karim ibn Habib al-Malina, ibn Habib betekende zoon van Habib.

Deze reis was vol lessen van een andere aard geweest. Elke dag had hij twee uur met beide jonge vrouwen doorgebracht, om hen Arabisch te leren. Tot ieders verbazing was Oma degene met de talenknobbel. Zaynab worstelde met problemen die de vreemde taal voor haar had, maar met Oma's hulp leerde ze het uiteindelijk. Ze vond Romaans, de andere taal die ze moest leren, een stuk gemakkelijker.

Op een ochtend, bij het aanbreken van de nieuwe dag, bereikten ze eindelijk Alcazaba Malina. De wind was bijna geheel gaan liggen en de zee rond het schip was donker en kalm. De rijzende zon zette de witmarmeren stad in een gouden glans, gleed over de gebouwen en verdreef de nachtschaduwen met puur licht. Alcazaba Malina was volledig omgeven door muren, inclusief de natuurlijke haven met diep water, in de vorm van een halve maan. Aan weerskanten van de baai stonden vuurtorens. De vuurtorenwachters hadden niet alleen tot taak de ingang van de haven te verlichten, maar ook het net van ijzeren maliën, dat als een eerste verdedigingslinie over de gehele ingang van de baai gespannen was, omhoog te hijsen of te laten zakken.

Zaynab en Oma stonden met open mond aan de reling van het schip te kijken. Zij waren nu al verscheidene weken op zee en niets wat Karim al Malina of Aladdin ben Omar hun hadden verteld, had hen kunnen voorbereiden op wat zij nu zagen.

'Als Dublin een stad was, wat is dit dan?' zei Zaynab vol ontzag. Ze sprak nu Arabisch. Dat deden beide meisjes, omdat ze hadden gemerkt dat dit de enige manier was om die moeilijke taal onder de knie te krijgen. Slechts één uur per dag spraken zij in hun eigen Keltische taal, om die niet te vergeten. Zaynab voelde intuïtief aan, dat dit een manier was om in de harem met elkaar te kunnen communiceren zonder dat iemand hen verstond. Dat zou van onschatbare waarde kunnen blijken te zijn.

'Ik denk dat het een betoverde plek is,' antwoordde Oma haar meesteres met opengesperde ogen. 'Ik had nooit gedacht dat er zo'n plaats kon bestaan.'

'Ik had het me zelfs niet kunnen voorstellen,' vond Zaynab ook. 'Daar op Ben MacDui zouden ze me niet geloven.'

Karim al Malina kwam bij hen staan. 'De stad is meer dan honderdvijftig jaar geleden gesticht door een Arabische krijgsheer, Karim ibn Malik, die trouw was aan de Omajjadische kalief in Damascus. Vijfenzestig jaar daarna werden de Omajjaden uit Syrië verdreven en de familie van de kalief in een algehele slachtpartij uitgeroeid, behalve één prins, die wist te ontvluchten. Dat was Abd al-Rahman, de eerste kalief van die naam. De heersers van deze stad zijn altijd trouw aan de Omajjaden geweest, maar later zal ik je hun geschiedenis weleens vertellen, Zaynab.'

'Gaan we in die prachtige stad wonen?' vroeg ze, haar gezicht naar hem toegewend.

Vanavond, dacht hij. Vanavond zal ik haar weer bezitten. Het heeft te lang geduurd. 'Nee. Mijn vader heeft een huis in de stad, mijn huis ligt buiten de stad. Ik vind dat prettiger dan in de stad wonen.'

'Mogen Oma en ik die stad bezoeken, want hij is vast heel erg mooi,' vroeg ze verder.

'Zodra je bent uitgerust van de reis neem ik jullie beiden mee om de stad te bezichtigen. Ik kan me heel goed voorstellen hoe opwindend Alcazaba Malina je moet toeschijnen, maar het blijft toch een kleine plaats vergeleken met Cordoba, waar jij uiteindelijk zult gaan wonen, mijn bloempje.'

Ze stond verbaasd. 'Is Cordoba nóg groter?' Zoiets kon ze maar moeilijk voor haar geestesoog brengen.

'Alcazaba Malina staat tot Cordoba als een olijf tot een meloen,' zei hij met een glimlach.

'Wat is een olijf en wat is een meloen?' wilde ze weten.

Hij begon te schateren toen hij zich realiseerde, dat wat voor hem normaal was, volkomen onbekend was voor dit meisje uit haar barbaarse noordelijke land. 'Ik zal ze jullie laten zien zodra we op onze plaats van bestemming zijn,' beloofde hij. 'Maar nu moet ik zorgen dat de *I'timad* goed afgemeerd wordt. Jullie blijven aan boord, in de hut, terwijl ik eerst mijn vader ga begroeten en een draagstoel regel, die jullie naar mijn villa brengt.'

'Ja, mijn heer,' zei ze op gedweeë toon. Wat was hij toch knap. Ze had zijn hartstocht gemist. Zou hij vanavond bij haar komen, of zou hij willen dat ze uitrustte van hun lange reis? Zo moe ben ik nu ook weer niet, dacht ze opstandig. Ik wil met hem vrijen! Toen schoot er opeens een vervelende gedachte door haar hoofd. 'Ben jij getrouwd, Karim al Malina?'

Hij schrok. 'Nee,' antwoordde hij, maar toen zag hij een blik in haar ogen die hem een onbehaaglijk gevoel gaf. 'Ik laat mijn vader een huwelijk voor mij arrangeren, dat plaats zal vinden nadat ik jou bij de kalief in Cordoba heb afgeleverd. Het wordt hoog tijd dat ik me vestig.'

Ze glimlachte haar regelmatige witte tanden bloot. 'Maar nú heb je geen vrouw? Of een harem?'

'Nee,' zei hij zenuwachtig.

'Móói zo,' zei ze bijna spinnend, terwijl haar ogen glinsterden.

'Een liefdesslavin,' sprak hij nogal stroef, 'kan zich niet veroorloven zich emotioneel in te laten met welke man dan ook, Zaynab. Onthoud goed dat je niet mijn eigendom bent, maar van de kalief van Cordoba. Mijn belangstelling voor jou zal nooit verder reiken dan die van een meester jegens zijn leerlinge.'

121

Ze wendde zich snel af, maar toch had hij de tranen in haar ogen zien glinsteren. 'Hij heeft geen hart,' mompelde Zaynab zachtjes tegen Oma, toen hij bij hen vandaan liep.

'Hij is een man van eer, vrouwe,' antwoordde het jongere meisje. Veel anders kon ze niet zeggen om haar meesteres te troosten. Zij had gezien hoe de blik van Zaynab dromerig werd als ze de stem van Karim al Malina hoorde. Ze had gezien hoe haar ogen hem heimelijk volgden, zodra hij verscheen. Haar arme meesteres was verliefd geworden op Karim al Malina en dat mocht ze niet. Er is geen toekomst weggelegd voor Zaynab en de kapitein, dacht Oma bedroefd, want om diezelfde reden was er immers voor haar en Aladdin ben Omar ook geen toekomst. Ze zuchtte diep.

De *I'timad* was vastgemaakt aan de kade en de loopplank werd uitgelegd. De kapitein ging van boord en verdween snel in de vroege ochtenddrukte van de haven, Aladdin ben Omar bracht de twee vrouwen terug naar de intieme sfeer van de hut, uit het zicht van nieuwsgierige blikken.

'Wat is een meloen?' vroeg Zaynab, om haar gedachten af te leiden en niet aan Karim al Malina denken.

'Dat is een grote ronde vrucht,' antwoordde Aladdin.

'En een olijf dan?'

'Een kleine vrucht, zwart, of paarsachtig, soms groen en erg zout, omdat ze gepekeld zijn,' legde hij uit.

'Karim zegt dat deze stad staat tot Cordoba als een olijf tot een meloen. Maar ik weet niet wat een olijf of een meloen is.'

De eerste stuurman glimlachte, zodat zijn witte tanden glanzend afstaken tegen zijn gebronsde gelaatskleur. 'Ja, die vergelijking klopt. Cordoba is een grote stad vergeleken met Alcazaba Malina, maar ikzelf geef de voorkeur aan de kleine stad. Het is trouwens erg onwaarschijnlijk, vrouwe, dat u in Cordoba zelf zult gaan wonen. Er staat inderdaad een paleis van de kalief in de stad, vlak naast de grote moskee, waar de kalief een groot deel van het jaar doorbrengt. In de zomer ging hij meestal naar al-Roesafa, zijn zomerpaleis ten noordoosten van de stad, maar nu heeft hij Madinat al-Zahra gebouwd, ten noordwesten van Cordoba.'

'De stad van Zahra? Dat is zijn vrouw, nietwaar?' vroeg Zaynab.

'Zijn favoriete vrouw, de moeder van zijn erfgenaam.'

'En van mij wordt verwacht dat ik de genegenheid win van een man die voor zijn echtgenote een stad heeft laten bouwen? Ze moet wel een machtige vrouw zijn. Dat is een onmogelijke opgave!' vond het meisje.

Aladdin ben Omar lachte zijn hartelijke, bulderende lach. 'Wij moren zijn niet zoals jullie noorderlingen,' zei hij. 'Wij genieten van alles wat Allah geschapen heeft. Wij beperken ons niet tot gewoon één vrouw. De kalief heeft respect en bewondering voor vrouwe

Zahra; hij bouwt dan misschien een stad voor haar, maar dat wil niet zeggen dat hij geen andere vrouwen kan bewonderen, respecteren en liefhebben. Jij bent de mooiste vrouw die ik ooit gezien heb, vrouwe Zaynab. En als je verstandig bent en dat geloof ik zeker, dan zal de kalief dolverliefd op je worden.'

'Ben ík mooi?' vroeg Oma naar de bekende weg.

Hij grinnikte. 'Jij, mijn duifje, hoeft niet mooi te zijn,' antwoordde hij, 'maar,' verbeterde hij zichzelf toen hij haar beteuterde blik zag, 'voor mij ben je mooi genoeg. En als jij blonder was geweest zou de kalief jou ook voor zichzelf willen hebben. Wat betekent dat het hart van de arme Aladdin zou breken!' Hij kneep haar in de wang en snoof luid toen ze hem een tik op zijn hand gaf. Wat een meid! dacht hij. Wat een geweldige vrouw zou zij voor hem kunnen zijn.

'Ik moet eens gaan om bevelen uit te delen,' zei hij. 'Doe de luiken maar open als jullie willen, maar ga niet op het dek staan.'

Toen hij weg was deden de meisjes de luiken open en keken uit over de haven. Het was een zonnige dag en de lucht was heter dan ze ooit hadden meegemaakt. Er kwam een zacht briesje over zee. Het zoute zeewater met wiergeuren prikkelde hun neuzen. Zij konden de stad niet zien, omdat het achterschip op het water uitkeek en niet op het land. Toch konden ze de geuren van de stad ruiken.

'Ik vraag me af hoelang we in deze benauwde hut moeten blijven,' zei Oma. 'Ik heb de reis alleen kunnen volhouden, doordat we niet helemaal opgesloten hebben gezeten in deze kippenren. Ik mis de heuvels en de velden buiten het klooster af en toe, waar ik als kind heb gespeeld. Mist u Alba, vrouwe?'

Zaynab schudde haar hoofd. 'Nee,' zei ze, 'de enige die ik mis, is mijn zuster Gruoch, maar die was ik al kwijt op de dag dat ze trouwde. Op Ben MacDui is niets wat mij bindt. Ik houd wel van de warmte van dit land. Zou de zon hier altijd schijnen, Oma? Sinds we uit Ierland zijn vertrokken heb ik geen regen meer gezien. Zou het hier wel eens regenen?'

'Vast wel,' antwoordde haar bediende, 'want ik heb bomen en bloemen gezien toen we vanochtend de haven binnenvoeren. Die hebben regen nodig om te kunnen groeien.'

'Ja, dat is zo.' Zaynabs gezicht stond ernstig. Ze vroeg zich af wanneer Karim terug zou komen naar het schip, wanneer ze er vanaf mochten, en of ze Alcazaba Malina vandaag zouden mogen zien of op een ander tijdstip. Waar was hij naartoe? O ja, om zijn vader te begroeten, had hij gezegd. Zij veronderstelde dat zijn vader ook koopman was. Karim was zeker naar hem toe om verslag uit te brengen over de afgelopen reis. Ze vroeg zich af hoe de familie van Karim zou zijn. Hij had altijd zo liefdevol over hen gesproken. Hoe anders, dacht ze, dan mijn eigen familie.

Karim al Malina was op weg door de kronkelende straatjes van zijn stad. Ten slotte stopte hij voor een nauwe poort in een lange witte muur. Zoekend in zijn wijde witte gewaden vond hij een kleine koperen sleutel en draaide die om in het slot van de poort, waarna hij een mooie ruime tuin betrad. De poort zwaaide met een hoorbare klik achter hem dicht, waardoor een tuinman tussen de rozenstruiken opkeek.

'Heer Karim! Welkom thuis!' sprak de tuinman met een brede lach.

'Dank je, Joessoef,' antwoordde de kapitein, die zich naar het huis aan de andere kant van de tuin haastte. Daar zagen andere bedienden hem, die hem eveneens glimlachend welkom heetten. Hij groette hen allen hoffelijk terug, waarbij hij hen persoonlijk bij hun namen aansprak. Ten slotte ging hij het huis binnen, waar hij rechtstreeks naar de verblijven van zijn vader liep.

De oude man was al op. Hij kwam op zijn zoon toe om hem te omhelzen. 'De *I'timad* ligt diep in het water, mijn jongen. Je hebt blijkbaar een geweldige lading mee naar huis genomen. Welkom!' Hij was een lange man met doordringende ogen en sneeuwwit haar.

'Ik heb een goede winst mee naar huis genomen, vader, maar niet bepaald een zware lading,' vertelde Karim, die een grote zak uit zijn gewaad te voorschijn haalde en die op de tafel voor hen neerzette. 'De lading die ik vervoer is niet te koop. Donal Righ heeft mijn schip gehuurd om geschenken naar de kalief van Cordoba te brengen.'

'Waarom ben je dan niet eerst naar Cordoba gevaren?' vroeg zijn vader.

'Omdat een van die geschenken het allermooiste meisje is dat je ooit in je leven hebt aanschouwd. Ik leid haar op tot liefdesslavin voor de kalief. Wanneer ik haar heb afgeleverd, tezamen met de andere geschenken waarmee Donal Righ mijn schip heeft volgeladen, kom ik voorgoed thuis in Alcazaba Malina, zoals u altijd hebt gewild. U zoekt voor mij een knappe vrouw en ik zal proberen nog meer kleinkinderen aan uw nageslacht toe te voegen.'

Een brede glimlach gleed over Habib ibn Maliks knappe oude gelaat. Hij omhelsde zijn zoon opnieuw. 'Geloofd zij de Genadige Allah, want Hij heeft mijn vurigste gebed verhoord,' riep de vader uit. Hij veegde de tranen weg die in zijn ogen waren gesprongen. 'Ik begin een oude dwaas te worden,' zei hij, 'maar ik houd van je, Karim, en ik vind het heerlijk mijn familie om me heen te hebben. Je moeder zal er ook heel gelukkig om zijn.'

'Waarom zal ik heel gelukkig zijn?' vroeg een lange slanke vrouw die het vertrek betrad. 'Karim!' riep ze en ijlde met uitgestrekte armen naar hem toe. 'Wanneer ben je aangekomen, mijn zoon?' Ze omhelsde hem stevig. 'Ik vreesde al dat je daar in Ierland bij die verdorven oude Donal Righ zou overwinteren.'

'Die verdorven kerel heeft een prachtig snoer parels voor je mee-gegeven, moeder, en ook voor vrouwe Muzna,' zei Karim lachend. 'Ik ben er net, dus berisp me niet dat ik nog niet bij je ben geweest.' Vrouwe Alimah draaide zich om en sprak tot een slaaf: 'Waarom sta je daar nog, dwaas! Haast je, ga voedsel voor ons halen!' Toen ging ze op een kleine stoel zitten. 'Vertel ons van je reis, Karim. Ha-bib, lieverd, ga nu ook zitten.' Haar blauwe ogen vielen op een an-dere slaaf. 'Wacht even, Karim.' Toen zei ze tegen de slaaf: 'Ga vrou-we Muzna en de heren Ja'far en Ayyub en mijn dochter Iniga ook halen.' Ze wendde zich weer tot haar zoon. 'Muzna stelt me aldoor vragen die ik toch niet kan beantwoorden en je broers ook. Dus kun je het ons beter vertellen als we er allemaal zijn.'

De twee mannen moesten om haar lachen. Ze was ooit een ge-vangene geweest die Karims vader jaren geleden op de slaven-markt in Cordoba had gezien. Ze was een Scandinavische en Karim had zijn blanke huid en blauwe ogen van haar geërfd. Habib ibn Malik was hopeloos verliefd geworden op deze slavin. Met toe-stemming van zijn eerste vrouw Muzna, had hij Alimah, zoals ze werd genoemd, tot zijn tweede vrouw gemaakt. Eerst had ze Ja'far, Karims oudere broer gekregen, daarna Karim en ten slotte een dochter, Iniga. De oudste zoon van Habib ibn Malik was Ayyub, het enige kind van vrouwe Muzna. Door een goedgunstig lot waren de twee vrouwen goede vriendinnen geworden.

Vrouwe Muzna was een Arabische van goede afkomst. Noch het huishouden, noch de kinderen interesseerden haar. Zij was een zachtaardige, vriendelijke vrouw, die de voorkeur gaf aan het schrij-ven van mooie gedichten boven wereldse zaken. Ze vond het heer-lijk Alimah in huis te hebben, die al snel de huishouding begon te bestieren, de slaven onder haar toezicht nam en de zware taak van het kinderen baren van haar overnam, terwijl Muzna haar prachti-ge verzen schreef in haar status als eerste vrouw van Habib ibn Ma-lik. Dit was een uiterst aangename gang van zaken, vond zij.

De hele familie was al verzameld voordat het voedsel arriveerde. Muzna kwam binnen, met ogen die schitterden. Haar zwarte haar was rijkelijk van zilver doortrokken, maar toen Karim haar hoffe-lijk op haar gladde zachte wang kuste, bedacht hij dat ze maar niet ouder leek te worden, ook al was ze de vijftig gepasseerd. Zijn zus-ter Iniga met haar zonblonde haar, zoals het haar van zijn moeder ooit was geweest, wierp zich met een kreet in zijn armen.

'Wat heb je voor me meegebracht?' wilde ze onmiddellijk weten.

'Waarom zou ik voor jou iets meegebracht hebben?' plaagde hij haar.

'Karim! Je moet me met meer respect gaan behandelen, ik ga na-melijk trouwen,' vertelde Iniga hem. 'Nou, wat heb je voor me mee-gebracht?'

'Een gouden ring, met robijnen en parels bezet, inhalig kind,' zei hij, 'en welke man is zo dwaas om een bruidsschat voor jou te betalen? Het is toch niet die Ahmed, hè?' Bij Allah! Iniga kon toch niet al oud genoeg zijn om te trouwen?

'Ze is al zestien, bijna te oud voor een goede partij,' zei zijn moeder zachtjes, in antwoord op zijn onuitgesproken vraag.

'Ik vergeet steeds dat ze al volwassen is, want ik was al half volwassen toen u haar kreeg, moeder,' zei hij, even zacht.

Alimah klopte hem op de hand. Toen de bedienden met het voedsel de vertrekken van zijn vader betraden, stuurde zij hen door naar het terras dat over de zee uitkeek. Daar stond een tafel waar ze het voedsel op konden zetten. Vers brood, een blad met verse gepelde vijgen, schalen met pasgemaakte yoghurt, druiven en sinaasappelen, een schaal met dampende rijst en kleine stukjes gegrild lamsvlees. De schenker kwam met zijn komfoor, houtskool en ketels, voor het bereiden van muntthee en thee van rozenblaadjes. Er werden rustbanken aangesleept waar de familie languit op ging liggen om te eten en te luisteren naar de verhalen van Karim.

'Ik dacht dat je had gezworen nooit meer een meisje in de erotiek op te zullen leiden,' zei Ja'far ibn Habib tegen zijn jongere broer. Toen grinnikte hij veelbetekenend en knipoogde naar hun oudste broer Ayyub.

'Ik heb die opdracht bepaald niet gretig aangenomen,' antwoordde Karim eerlijk, 'maar Donal Righ zinspeelde op zijn vriendschap met vader. Hoe kon ik het weigeren onder dergelijke omstandigheden?'

'Dit is geen passend gesprek in de aanwezigheid van Iniga,' zei vrouwe Alimah streng tegen haar zoons.

'Ach, moeder! Ik weet toch dat Karim een passiemeester is,' zei Iniga lachend, 'dat weet iedereen. Ik heb een hele status bij mijn vriendinnen opgebouwd met zo'n broer. Alle meisjes willen weten wat hij doet als hij zo'n meisje opleidt. Helaas ben ik niet in staat hun veel opheldering te verschaffen.'

'Je zou totaal niet in staat behoren te zijn wat voor opheldering dan ook te verschaffen,' zei haar moeder scherp. Ze wendde zich tot haar man voor hulp. 'Habib, zeg ook eens wat!'

'Ze gaat binnenkort trouwen, Alimah. Ik weet zeker dat noch Karim, noch Ja'far zich onbeschaamd zullen uitdrukken in hun gesprekken,' was zijn antwoord.

Alimah zuchtte dramatisch en liet haar ogen vol misnoegen rollen. 'Habib, je bent altijd zó toegeeflijk voor Iniga geweest,' klaagde ze.

'Zij is zijn oogappel, zijn enige meisje,' bracht vrouwe Muzna zacht in het midden, terwijl haar ogen twinkelden. Want in feite was het zo dat iedereen Iniga had verwend; ze werd aanbeden.

Nu de discussie niet langer geheel taboe was, vroeg Ayyub: 'Is het meisje mooi?'

'Zij is het mooiste meisje dat ik ooit heb gezien,' vertelde Karim. 'Ze heeft ogen met de kleur van aquamarijn, haar als distelpluis en bleekgoud van kleur. Een huid als een blaadje van een gardenia.'

'En is ze ook een goede leerlinge?' zei Ja'far ondeugend.

'Ze is uitstekend,' antwoordde Karim. 'Zij is de beste liefdesslavin die ik ooit getraind heb. Ik heb nog niet zo'n meisje als zij meegemaakt.'

'En zodra hij haar heeft afgeleverd in Cordoba,' zei hun vader, 'komt hij voorgoed thuis en trouwt met een meisje dat ik heb uitgekozen.'

'Hèèè,' zuchtten de beide vrouwen als uit één mond, zeer verheugd over de woorden van hun heer, want Ja'far en Ayyub waren beiden allang getrouwd.

'Ik heb een nicht...' begon vrouwe Muzna.

'Toch niet de dochter van je broer Abdoel, hè?' zei haar man. 'Die is helemaal niet geschikt, lieve. Ze heeft al een man overleefd en ze heeft ook nog een scherpe tong. Ze is bovendien drie jaar getrouwd geweest en heeft geen enkel teken van zwangerschap vertoond.'

'Dat kan ook aan haar man gelegen hebben,' antwoordde vrouwe Muzna met opvallend veel geestdrift. 'Hij had nog twee andere vrouwen en die kregen ook geen kinderen. Dat kon mijn nicht niet helpen.'

'Alles goed en wel,' was het antwoord van Habib ibn Malik aan zijn eerste vrouw, 'maar ze is te oud voor Karim en bovendien loenst ze.'

'Ik denk dat wij wel een goede jonge maagd voor mijn zoon zullen vinden,' bracht vrouwe Alimah kalm te berde. 'Een onschuldig meisje is voor hem gemakkelijker te vormen tot het soort vrouw dat hij verlangt.'

'En wij weten allemaal hoe goed Karim er in is vrouwen te vormen,' lachte Ja'far, die naar beide broers zat te knipogen. Toen sprak hij vrijpostig: 'Krijgen wij die allerschoonste der liefdesslavinnen ook nog te zien, broertje?'

'Mag ik haar ook ontmoeten?' vroeg Iniga.

'Iniga!' zei haar moeder geschokt haar adem inhoudend. Zelfs vrouwe Muzna verbleekte.

'Waarom zou ik haar niet mogen ontmoeten, moeder? U bent ooit zelf een slavin geweest, net als zij. Is ze aardig, Karim? Hoe heet ze?' wilde zijn zus weten.

'Haar naam is Zaynab en ze is inderdaad een erg aardige jonge vrouw, één jaar jonger dan jij, maar tenzij moeder het goedvindt, mag je haar niet ontmoeten. Wat deze kwestie aangaat buig ik voor haar wensen.'

Alimah was geschokt door de opmerking van haar dochter over haar eigen slavernij. Natuurlijk had Iniga in zekere zin gelijk, maar Alimah was nu al bijna dertig jaar geen slavin meer. Ze was het vergeten. Toen Ja'far geboren werd, had Habib haar tot een vrije vrouw gemaakt. Die enkele jaren die ze als slavin had doorgebracht waren heel gemakkelijk voorbijgegleden door de liefde van haar man. Maar toch, een liefdesslavin... Iniga was nog zo onschuldig.

'Moeder, alsjeblieft!' Iniga zette haar meest betoverende glimlach op.

Maar Alimah liet zich niet zo snel als de andere leden van de familie omkopen door de charmes van haar dochter. 'Ik wil Zaynab eerst zelf spreken,' sprak ze gedecideerd. 'Wanneer ik haar karakter heb beoordeeld, zal ik beslissen of zij het soort jonge vrouw is, met wie ik jou wens te laten omgaan, Iniga.'

'Dat is een billijke oplossing van dit probleem,' vond Habib ibn Malik, 'je hebt zoals altijd gelijk.'

Karim kwam van zijn ligbank overeind. Hij waste zijn handen in een kom met geparfumeerd water en droogde ze af aan een linnen doek die hem door een slaaf werd aangereikt. 'Ik moet terug naar de *I'timad*,' zei hij, 'Zaynab en haar dienstmaagd Oma moeten per draagstoel naar mijn villa worden gebracht.'

'En de lading van Donal Righ, wat doe je daarmee?' vroeg zijn vader.

'Die sla ik op in mijn pakhuis. Ik moet nog een paar Arabieren voor hem kopen en renkamelen voor de reis naar Cordoba. Aladdin houdt toezicht op het uitladen van het schip.'

'De *I'timad* ligt diep, mijn zoon. Wat is het voor lading, dat het zo zwaar is? Is er nog wel ruimte voor de rest van de lading?' vroeg zijn vader.

'Donal Righ zendt onder andere twaalf kolommen van groene Ierse agaat,' legde Karim uit. 'Dat is de ballast van de terugreis geweest. Het zal niet gemakkelijk zijn die in een optocht te presenteren.'

'Is het nodig dat Donal Righ de kalief renkamelen ten geschenke geeft, Karim? Iedereen geeft Abd al-Rahman renkamelen. Hij heeft inmiddels een hele kudde. De Grote Zaal van het paleis van de kalief in Madinat al-Zahra is enorm. Ik heb hem vorig jaar gezien, het is geweldig! Waarom zoeken we geen vierentwintig olifanten uit? Dan hangen we de twaalf kolommen tussen die vierentwintig sterke beesten. Het zal zowel voor jou als voor Donal Righ een heel spektakel opleveren als je de geschenken op die manier in de nieuwe zaal presenteert.'

'Jij bent altijd de schranderste van ons geweest, Ayyub,' zei Karim vol bewondering tegen zijn oudste broer. 'Ja, het worden olifanten! Ik zal nog een schip moeten laten bouwen om het allemaal te vervoeren, maar ik heb toch een tweede schip nodig als ik eenmaal een respectabel gehuwd man ben.'

'Heb je wel de tijd om een nieuw schip te laten bouwen?' vroeg zijn moeder.

'Jawel. Zaynab heeft nog een heel jaar onderricht nodig voor ze gereed is om naar Cordoba te vertrekken. Ze is getalenteerd, maar als Donal Righ en ik eer met haar willen inleggen, dan moet ze volmaakt zijn.'

'Is ze een Scandinavische?' vroeg zijn moeder zachtjes.

'Nee,' zei hij, even rustig. 'Ze komt uit Alba. Ze is door een Deen naar Ierland gebracht, die meisjes uit het klooster haalde waar zij heengezonden was. Ze zal je haar geschiedenis wel vertellen, moeder, als u haar ernaar vraagt. Ze schaamt zich er niet voor.'

'Is ze trots?' vroeg Alimah.

'Ze was de dochter van een edelman,' antwoordde hij.

Zijn moeder knikte. Het kind van een edelman, eentje die niet kapot was gegaan aan haar dramatisch gewijzigde omstandigheden. Haar eigen vader was een rijke boer geweest. Ze begreep de kracht van Zaynab wel, want zij bezat die zelf. Ze was inmiddels nieuwsgierig geworden om het meisje te ontmoeten. 'Ik zal je gast enige dagen de tijd geven om zich te herstellen van de reis,' zei Alimah, 'daarna kom ik haar bezoeken.'

'En daarna kom ík om haar te bezoeken,' sprak Iniga opgewekt.

'Indien ík je dat toesta,' antwoordde haar moeder spits. De anderen moesten lachen. Ze wisten allemaal dat, tenzij Zaynab volslagen ongeschikt was, Iniga haar zin zou krijgen.

Karim leende een draagstoel en dragers van zijn vader. Hij gaf hen de opdracht naar zijn schip te gaan, liep zelf de tuin weer door waar hij zichzelf uitliet en kwam op de straat, waar het nu gonsde van bedrijvigheid. Marskramers met hun waren gingen door de straten, hun spullen aanprijzend. Eerbare vrouwen en hun bedienden, gepast gesluierd, begaven zich bevallig naar de grote markt om te kijken naar de uitstalling van goederen, zowel luxe-artikelen als dagelijkse dingen, die onder de bontgekleurde zonneschermen van de kraampjes lagen. Bij een fruitstal bleef Karim staan en kocht een grote ronde meloen. Daarna haastte hij zich naar de haven.

Aladdin ben Omar was al bezig met de coördinatie van het lossen van de *I'timad*. De balen en bundels werden door een gestage stroom zwarte slaven direct van het schip naar het pakhuis gedragen. Met een lier werd de eerste kolom van agaat uit het voorste laadruim getakeld. Karim keek toe hoe hij behoedzaam neergelaten werd op een open kar, die het korte stukje van het schip naar het pakhuis werd getrokken door drie paar stevige muildieren. Binnen kwamen er weer lier en takel aan te pas om hem van de kar te halen en op de grond te leggen in een stapel hooi, die voor elke kolom was klaargelegd, om te voorkomen dat er krassen op kwamen. Karim ging aan boord en sprak met zijn eerste stuurman. 'Laat de draagbare kostbaarheden, het goud en het zilver naar mijn villa transporteren en zet rond de klok bewakers neer, daar en ook bij het pakhuis, zowel binnen als buiten. Roep me wanneer de draagstoel er is.'

'Hoe gaat het met je vader?' vroeg zijn vriend.

'Heel goed! Met de hele familie trouwens. Iniga vertelde zojuist dat ze zich voorbereidt op een huwelijk, maar de details heb ik nog niet van haar gehoord. Daar is nog tijd genoeg voor, maar bij Allah! Is ze al zó groot?'

Aladdin grijnsde. 'Ja, het is als de dag van gisteren dat ze als kleine meid met gouden vlechtjes kwam smeken of ze met ons mee op reis mocht. Ik weet nog dat ik haar op mijn schouders heb gedragen. Wie is de gelukkige? Je vader is rijk en kan iedere man voor haar krijgen.'

'Hij staat haar toe uit liefde te trouwen,' antwoordde Karim. 'Iniga is zijn oogappel, zijn enige dochter en wij zijn allemaal dol op haar. Geen van ons zou het draaglijk vinden als zij ongelukkig werd. Ze mag van geluk spreken.' Hij sloeg zijn eerste stuurman op de rug. 'Je hebt het lossen goed geregeld, mijn vriend.'

Toen hij de hut binnenkwam hield hij de vrucht voor Zaynab en Oma op. 'Dit,' zei hij, 'is een meloen. Ik heb hem op de terugweg van mijn vaders huis op de markt voor jullie gekocht.' Hij zette hem met een klap op tafel en pakte zijn mes uit zijn sjerp. Toen begon hij hem in plakken te snijden. Nadat hij hun ieder een stuk had gegeven, keek hij toe hoe ze zouden reageren.

Zaynab beet in de meloen en kauwde erop. Toen nam ze nog een hap en nog één. 'Mmm,' zei ze goedkeurend, 'heerlijk!'

Oma knikte instemmend en likte het sap van haar handen.

'Hebben julie nog andere vruchten dan deze meloen?' vroeg Zaynab, toen ze de schil op tafel had gelegd en nog een stuk pakte.

'Sinaasappelen, bananen, granaatappelen, abrikozen, vijgen, druiven,' vertelde hij. 'Ik zal ervoor zorgen dat je ze allemaal proeft.'

'Ik dacht dat druiven waren om wijn van te maken,' antwoordde ze.

'Maar ook om te eten, heerlijke barbaarse vrouw.' Hij trok haar naar zich toe en gaf haar een snelle kus op haar mond. Ze slaakte een zucht en hij lachte. 'Je bent een hete meid, voor iemand uit zo'n kil klimaat,' plaagde hij, terwijl hij aan haar oorlelletje knabbelde.

Oma wendde zich blozend af, maar Zaynab zei: 'Uit een dergelijke opmerking zou je moeten concluderen dat u, die uit een warm klimaat komt, tegenovergesteld zou moeten zijn, wat niet zo is, dunkt mij.'

'Nee,' mompelde hij, terwijl hij zich in zijn volle lengte tegen haar aandrukte, zodat ze zijn stijgende opwinding kon voelen, 'ik ben minstens zo heet als jij, Zaynab, mijn bloem.' Hij legde zijn handen om haar billen, en trok haar nog steviger tegen zich aan. 'Nú!' fluisterde hij in haar oor, 'stuur Oma weg, want ik wil het nú met je doen!' Hij begroef zijn gezicht in haar zachte hals.

Tot zijn grote verbazing maakte ze zich los uit zijn omhelzing en deed een stap achteruit. 'Wat ongepast van u, mijn heer,' sprak ze koeltjes, 'dit is noch de tijd, noch de plaats voor de liefdessport. Is de draagstoel er nog niet, die ons naar uw villa zal brengen? O, wat verlang ik naar een bad,' besloot ze met een geveinsde zucht.

Even bleef hij volslagen verbijsterd naar haar staan staren en rukte haar toen naar zich toe, waarbij hij met zijn hand in haar kaftan drong. 'Zie je wel, je hart gaat tekeer,' zei hij en begon hard te lachen. 'Groots, Zaynab! Een fantastische opvoering! Ik ben trots op je. Moge Allah de kalief bijstaan met een vrouw die een dergelijk theater kan opvoeren. Je blik is kalm, fijntjes, niemand zou kunnen bevroeden dat jij op dit moment even vervuld bent van begeerte als ik.' Er werd kort op de deur geklopt. 'Binnen!' riep Karim, hoewel hij zijn lid nog voelde bonzen van verlangen.

De deur vloog open en Aladdin kondigde aan: 'De draagstoel is gearriveerd, Karim. Je vader heeft ook een paard meegestuurd voor jou, om er naast te rijden.'

'Oma,' zei Karim, 'in die kleine kist aan het voeteinde van het bed vind je straatkleding voor jou en je meesteres.'

Het meisje haalde er twee zwarte, volledig omhullende gewaden uit. Ze hielp Zaynab in het ene en trok toen zelf het andere aan. Toen keek ze haar meesteres aan en begon te giechelen. 'Wat een fijn stel kraaien zijn we, vrouwe. Wat zeg ik, alleen onze ogen zijn nog te zien.'

'En zo hoort het ook voor respectabele dames,' zei Karim. 'Alleen een vrouw van twijfelachtig allooi en losse zeden loopt over straat met ontbloot gelaat, lichaam en haar. In deze gewaden is iedere vrouw gelijk aan de andere, rijk of arm. Geen man zal een vrouw benaderen die zo gekleed gaat, of zelfs proberen haar aandacht te trekken. Dat zou, in feite, een misdaad zijn waar de doodstraf op staat. Die gewaden bieden volledige veiligheid.'

'Moeten ze zwart zijn? Ze zijn zo lelijk,' zei Zaynab.

'Zwart is bescheiden,' antwoordde hij. 'Kom nu. Het wordt steeds heter naarmate de dag vordert en de dragers staan in de volle zon te wachten. Zelfs de laagste slaaf dient met hoffelijkheid behandeld te worden als hij gehoorzaam is en hard werkt.'

De twee meisjes volgden Karim al Malina de hut uit.

'Houd jullie ogen neergeslagen,' zei hij zachtjes, 'een vrouw van goede naam vermijdt ieder oogcontact met een man die niet haar

131

meester is, Zaynab. Mannelijke slaven en eunuchs worden natuurlijk niet als mannen beschouwd.'

Ze stond absoluut versteld van zijn woorden. En wat was in hemelsnaam een eunuch? Komend uit een wereld die haar inmiddels tamelijk simpel toescheen, trad ze een volkomen andere, zeer gecompliceerde wereld binnen, wat haar het gevoel gaf dat ze in vele opzichten nog een klein kind was. Zoveel dingen die ze niet wist en die ze moest leren. Maar leren zou ze het! Haar leven als ongewenste tweeling had haar niet toegerust met de noodzakelijke vereisten voor een leven hier. Ze was alleen maar getolereerd, omdat niemand haar had kunnen onderscheiden van Gruoch, én omdat er altijd de vreselijke mogelijkheid bestond dat Gruoch jong zou sterven, zodat zij dan de plaats van haar zuster moest innemen.

En opeens had het leven haar verbijsterende keuzes voorgelegd. Ze was dan wel slavin, maar ze was jong, mooi en blond. En in al-Andalus was dat de meest waardevolle slavin. Aladdin ben Omar had hun vanochtend verteld dat er oneerlijke slavenhandelaren bestonden, die eenvoudige meisjes van het platteland ontvoerden, hun haren bleekten en hen op die manier probeerden te verkopen als noordelijke slavinnen. Maar het bedrog kwam meestal uit en dan was de slavenhandelaar verdwenen. Wee het arme schepsel dat, tenzij ze de tijd had gehad om de genegenheid van haar meester te verwerven, vervolgens weer op de slavenmarkt terechtkwam en sterk in prijs was gedaald.

Voor Zaynab gold dat probleem niet. Zij had haar lot al aanvaard. Nu moest ze alleen nog haar best doen om de meest fascinerende, allerverleidelijkste, allerbegeerlijkste liefdesslavin te worden, die ooit in de erotische kunsten was ingewijd. Die kalief moest wel een zeer machtig man zijn, had ze voor zichzelf beredeneerd. Zelfs die prachtige stad Alcazaba Malina had hem trouw gezworen en bracht hem eer, begreep ze. Als ze de genegenheid van zo'n man voor zich kon winnen, verzekerde ze zichzelf van een prachtig leven. Kon zij dat? Ze wilde wel, maar hoe kon ze een andere man liefkrijgen, als ze al van Karim al Malina hield? Zo, daar had je het, het was eruit! Ze had voor zichzelf toegegeven wat ze tegenover niemand anders ooit zou toegeven, dat ze verliefd op hem was. Maar hij zou het nooit weten. Hij zou er alleen maar boos om worden. Hij zou haar wegzenden, misschien naar een andere passiemeester. Dat was een huiveringwekkende gedachte.

Een jaar. Hij had gezegd dat hij haar een jaar bij zich zou houden voordat hij haar naar Cordoba zou brengen, naar de man die haar meester zou worden. Wie kon weten wat er binnen een jaar gebeurde? Misschien stierf de kalief wel. Dan zou Karim al Malina niet aan zijn eer gebonden zijn en kon hij haar misschien houden. Hij had gezegd dat hij een vrouw wilde nemen en zich vestigen. Had hij haar niet tijdens de reis verteld dat zijn eigen moeder ooit een gevangene was geweest? En Oma. Oma zou de kans krijgen om met haar zwartbebaarde Aladdin ben Omar te trouwen, die ze al die tijd netjes op een afstand had gehouden. Als die Abd al-Rahman er niet was geweest, zou het leven er heel anders uitgezien hebben.

Zaynab en Oma hadden nog nooit een draagstoel gezien. Dat was een bijzonder voertuig, met meer dan voldoende ruimte voor de twee meisjes. Hij was gemaakt van geurig kamferhout, verguld en beschilderd met een fijn bloemetjesmotief. Vanbinnen was hij bekleed met zacht, honingkleurig leer en opgevuld met vrolijk gekleurde zijden kussens. De draagstoel was behangen met doorzichtige zijden gordijnen in de kleur van abrikozen. Er stonden twaalf gitzwarte mannelijke slaven van gelijke lengte geduldig te wachten. Zij droegen eenvoudige witte lendendoeken en massief zilveren banden, bezet met turkoois om de hals. Hun schedels waren kaalgeschoren.

De meisjes werden in hun vervoermiddel geholpen. De slaven tilden de stoel op, alsof de meisjes daarbinnen licht als een veertje waren. Zij verlieten in looppas het havengebied, maar niet door de stad. In plaats daarvan sloegen zij ijlings met hun last een weg langs de haven in, in de richting van het open land. Deze weg die zij namen, was aangelegd met gladde stenen en er stonden hoge, sierlijke bomen langs. 'Palmbomen,' vertelde Karim, toen hij op het paard dat zijn vader hem had geleend, naast hen kwam rijden.

Het land om hen heen bestond uit een grote groene kustvlakte die zich verscheidene kilometers ver uitstrekte. Hij werd ingesloten door twee bergruggen, de Rif Geb en het Atlasgebergte. Zelfs vanuit de verte kon je de sneeuw op de hoge purperen bergtoppen zien liggen. Er mondde een rivier uit in de haven, die, zo legde Karim uit, werd gebruikt voor de bevloeiing van de vlakte, waar op keurige velden gerst en tarwe werden verbouwd.

Ze volgden deze weg verscheidene kilometers de stad uit, waarna ze afsloegen, een zandweg op. Toen ze een bocht omkwamen, zagen ze de villa van Karim al Malina liggen, een mooi witmarmeren gebouw, te midden van een geweldige tuin. Daarachter lag de zee in het zonlicht te glinsteren. De dragers gingen de geopende poorten door, naar een binnenplaats, waar zij de draagstoel neerzetten.

Karim steeg af, trok de gordijnen van de draagstoel opzij en hielp de twee meisjes uitstappen. 'En, vinden jullie het mooi?' vroeg hij. Zij keken om zich heen en Zaynab zei: 'Het is prachtig!' Haar ogen schitterden bij de aanblik van een fontein in het midden van de binnenplaats: een lichtroze kom die rustte op de ruggen van zes zilveren gazellen, die in een kring stonden. Hij was gevuld met roomkleurige waterlelies. 'Wat prachtig, mijn heer,' zei ze zachtjes, 'is het hier overal zo?'

'Oordeel zelf, mijn bloempje,' antwoordde hij en ging hen voor het huis in.

Er naderde een lange zwarte man toen ze binnenkwamen. 'Welkom thuis, mijn heer Karim,' zei hij.

'Het is fijn om weer thuis te zijn, Moestafa,' zei zijn meester. 'Dit zijn vrouwe Zaynab en haar dienstmaagd Oma. Over een jaar zal de vrouwe aan Abd al-Rahman worden gepresenteerd, als geschenk van Donal Righ van Ierland, de koopman met wie ik handeldrijf.'

Moestafa begreep het direct. Hij was verbaasd dat zijn meester weer een leerlinge had aangenomen na de tragedie met Leila. Toch bleef zijn gladde gezicht onverstoorbaar. 'Ik zal ervoor zorgen dat de vrouwe het hier naar haar zin heeft, mijn heer.'

'Ga met Moestafa mee, mijn lieve. Hij brengt je naar de vrouwenverblijven. Ik zal later naar je toekomen, zodra ik gebaad heb.'

Zij volgden Moestafa uit de hal, naar een zeer lichte gang die naar een andere vleugel leidde. Ze gingen door een dubbele ebbenhouten deur, die toegang gaf tot de vrouwenverblijven. Moestafa legde uit dat ze kleiner waren dan de verblijven die men gewoonlijk aantreft in een huis van een welgestelde man. Dit kwam doordat Karim al Malina deze villa gebruikte voor slechts één doel. Hij kon zich in dergelijke omstandigheden slechts met één vrouw tegelijk bezighouden. De twee meisjes keken elkaar aan en deden hun best om het niet uit te schateren.

'U staan een masseuse, baadsters en naaisters ten dienste, vrouwe. Er zullen avonden zijn waarop u de maaltijd samen met de meester gebruikt. Indien hij u wenst te zien zult u naar hem toe gebracht worden. Zo niet, dan eet u hier in uw vertrekken samen met uw dienstmaagd. Begrijpt u dat?'

'Natuurlijk begrijpt mijn meesteres dat,' zei Oma scherp, terwijl Zaynab zich zwijgend van Moestafa afwendde om haar nieuwe omgeving te onderzoeken.

'Zijn er eigen baden bij deze vertrekken?' verlangde Oma te weten.

'Natuurlijk,' was het hooghartige antwoord.

'Stuur dan onmiddellijk de baadsters en de masseuse hierheen, Moestafa. Mijn meesteres en ik hebben al in weken geen bad gezien. Ik weet zeker dat we naar zweet stinken. De meester heeft verordend dat het badwater wordt geparfumeerd met gardenia, want dat past bij haar.'

'Zoals u beveelt,' zei Moestafa, die in Oma een bediende van de hoogste klasse herkende. Hij was diep onder de indruk dat deze liefdesslavin haar eigen dienstmaagd had. Zij was klaarblijkelijk een meisje van adellijk bloed en niet een of andere onbetekenende boerendochter. Hij maakte een lichte hoofdknik in de richting van Oma, waarmee hij te kennen gaf dat hij haar positie erkende, en vertrok.

Toen de deur achter hem dichtgegaan was, moest Oma zachtjes giechelen. Zaynab zei: 'Dat heb je heel goed gedaan, meisje.' 'Dat komt alleen door u, vrouwe. Ik geloof dat ik in de gaten heb hoe ik met de andere bedienden moet omgaan. U hebt status en op grond daarvan ik ook. Ik moet wel goedgemanierd en beleefd zijn, maar ik moet de anderen niet de baas over me laten spelen, want dan verliest u ook aanzien.'

'Maar blijf wel eerbiedig tegen slaven van personen die hoger in rang zijn dan ik, hoor,' adviseerde haar meesteres haar. 'Wij mogen niemand een excuus verschaffen om ons schade te berokkenen. En misschien zullen er dan ook zijn die ons helpen. Kom, Oma, laten wij ons nieuwe thuis gaan onderzoeken.'

De kamer waarin ze stonden was vierkant. De wanden waren van rozerood marmer, evenals de vloer. Op de vloer lagen kleden, die, naar ze later hoorden, tapijten heetten. Ze waren blauw en rood en voelden zacht aan onder de voeten. In het midden van de kamer was een kleine vierkante vijver van roze en blauw marmer, waarin verscheidene gouden en zilveren visjes zwommen. In het midden van de vijver spoot water naar boven, dat in heldere druppeltjes terugviel. Er stonden stoelen en verscheidene meubelen, waarvan Moestafa uitlegde dat het rustbanken waren. Ook stonden er tafels en staande lampen, waarin 's avonds geparfumeerde olie brandde. De kamer kwam uit op een kleine ommuurde tuin.

Er was een gang die vanuit deze kamer naar verscheidene andere kamers leidde: één grote slaapkamer, twee kleinere slaapkamers en het bad. De grote slaapkamer kwam ook uit op de tuin. Er stond een prachtig bed op een verhoging, met een veren matras die overtrokken was met turkooisblauwe katoen van de beste kwaliteit. Het dekbed was van turkooiskleurige zijde en goudlaken, en bezaaid met koraal- en goudkleurige zijden kussens. Op de vloer lagen verscheidene kleine tapijten verspreid. Bij de deur naar de tuin stond een rustbed waar men een dutje kon doen. De deur kon met een luik gesloten worden als het weer onaangenaam was. De tafels waren gemaakt van gladgepolijst kamferhout, de bewerkte poten licht verguld. De muren waren van effen marmer, kortom een eenvoudig, maar zeer elegant vertrek.

Terwijl zij alles stonden te bewonderen, begonnen slaven kisten naar binnen te dragen. De twee meisjes gingen naar de baden, maar eerst had Oma ervoor gezorgd dat haar kist in de kleinere slaapkamer was gezet aan de andere kant van de gang, tegenover de slaapkamer van haar meesteres. Toen ze in het bad aankwamen, troffen ze de badslavinnen daar al aan. Dankbaar lieten ze hen hun werk doen, hun kleren afnemen, hun lichamen met schoon warm water afspoelen, inzepen, wrijven en opnieuw afspoelen. Toen rustten ze een paar minuten uit in een bad met geparfumeerd water, waarna de opperbadslavin toestemming vroeg om hun haren te mogen wassen.

'Doe Oma maar eerst,' zei Zaynab, 'ik geniet zo van het water en het is zolang geleden.'

De opperbadslavin knikte begrijpend en gebaarde naar Oma om te komen. Toen het bruine haar van het meisje gewassen was, riep ze Zaynab, die met tegenzin, maar toch bevallig uit het zwembad klom en door de ruimte liep. De andere slavinnen volgden haar bewonderend met hun blikken.

'U bent de allermooiste liefdesslavin die onze meester ooit heeft getraind,' zei de opperbadslavin openhartig, toen ze Zaynabs haar begon te wassen. 'Ach! Kijk toch eens naar die lokken,' zei ze enthousiast, terwijl ze een citroenspoeling gebruikte om de kleur van het haar van Zaynab nog op te lichten. 'Ik heb nooit zo'n bijzondere kleur gezien. Het is goud, maar toch ook zilverachtig. Het is als verguldsel! Uw haar heeft de kleur van verguldsel. Wat bent u een gelukkig iemand, vrouwe Zaynab. Weet u al wie uw meester zal zijn?'

'De kalief,' was het zachte antwoord.

'De kalief!' Er klonken ontzag en bewondering door in de stem van de opperbadslavin. De andere badslavinnen zetten grote ogen op toen ze die woorden hoorden. 'Maar natuurlijk, ja! De kalief!' zei ze. 'Alleen voor hem bent u geschikt, voor niemand anders, vrouwe. Allah heeft u wel buitengewoon gezegend dat u naar Cordoba mag gaan om de liefdesslavin van de kalief te worden.' Ze ging door met het wrijven en borstelen van het haar van Zaynab, tot het bijna droog was. Daarna wreef ze het met zijde, tot het glansde. Ze maakte het haar van Zaynab boven op haar hoofd vast met pennen van schildpad en sprak: 'U bent klaar voor de masseuse, vrouwe.'

Er werd een katoenen mat uitgespreid op een lage tafel en Zaynab ging er voorover op liggen. De masseuse, een lang Slavisch type, begon met lange streken gardenia-olie over Zaynab uit te smeren en haar met haar soepele vingers te kneden. Dat werkte verzachtend en ontspannend.

'U hebt een mooie huid, vrouwe,' merkte de masseuse op, terwijl ze met haar duimen in haar vlees drukte, 'stevig, maar toch zacht. Tegen de tijd dat u naar de kalief gaat, zal ik haar nog mooier voor u hebben gemaakt. Ik zal u ook leren hoe u ervoor kunt zorgen dat de masseuse in de harem van de kalief goed voor u zorgt. Begunstigde vrouwen in de koninklijke harem kopen de slavinnen altijd om, om hen te helpen een rivale weg te werken of om zelf een betere behandeling te krijgen. Dat mag met u niet gebeuren.' Ze trommelde snel met de zijkanten van haar handen op Zaynabs vlees, haar hele lichaam langs. 'Met dit getrommel breng ik het bloed naar het huidoppervlak, waardoor de huid goed doorbloed wordt, vrouwe,' legde ze uit. 'Draait u zich maar om.'

De masseuse werkte de nek en schouders van Zaynab grondig af, waarbij haar intelligente vingers op bijna magische wijze de zere plekken wisten te vinden. Haar armen, benen, iedere vinger en teen, werden bekwaam behandeld, totdat het meisje zó ontspannen was dat ze haast in slaap viel. Ze schrok op toen ze de stem van de opperbadslavin hoorde en haar ogen schoten open.

'U bent gereed voor een lekker dutje, vrouwe. Uw bedienden zullen u naar uw kamer begeleiden. U bent zeer aangenaam om te dienen, vrouwe.' Ze boog beleefd vanaf het middel.

Zaynab bedankte hen allemaal, hen complimenterend met hun uitstekende dienstverlening. Toen zei ze: 'Ik zal een schone kaftan nodig hebben.'

'Dat hoeft niet,' zei de opperbadslavin. 'U gaat slechts naar bed om te dutten, vrouwe. Er is verder niemand in deze vertrekken dan wij. Uw Oma heeft nu haar tijd nodig om uw kleding uit te zoeken, daar ze zolang in kisten op zee hebben gelegen.'

'Maar als Moestafa hier nu binnenkomt?' vroeg Zaynab nerveus.

De badslavinnen giechelden achter hun handen, maar de opperbadslavin legde hen met een strenge blik het zwijgen op. 'Vrouwe, Moestafa is een eunuch. Wij kunnen vlak voor zijn neus naakt heen en weer rennen, zonder dat het hem iets doet.'

Zaynab haalde diep adem. Stel vragen, had Karim haar aangeraden. 'Ik weet niet wat een eunuch is,' zei ze tegen de opperbadslavin. 'In mijn land bestaat zo iemand niet; althans niet voor zover ik weet. Licht mij in, als je wilt.'

De opperbadslavin was niet verbaasd, zoals de anderen. Dit meisje kwam uit een ver noordelijk land. 'Een eunuch is een mannelijk persoon die gecastreerd is. Zijn testikels zijn verwijderd. Hij kan zich niet voortplanten zoals normale mannen en hij voelt geen enkel verlangen naar een vrouw. Die operatie wordt uitgevoerd wanneer ze nog jongens, of zeer jonge mannen zijn. Sommige artsen verwijderen zelfs het mannelijk lid, waardoor de arme man voor de rest van zijn leven door een rietje moet plassen. Maar de meesten verwijderen slechts de testikels,' legde ze uit. 'Uw naaktheid heeft absoluut geen effect op Moestafa. Uw schoonheid is voor hem slechts die van een prachtige vaas, of een fraai uitgesneden stuk jade,' besloot ze.

'Dank je zeer,' antwoordde Zaynab, 'ik heb nog zoveel te leren.' Daarna keerde ze in het gezelschap van Oma terug naar haar kamer en legde zich naakt op bed, om te slapen in de middaghitte.

'Die zal het ver brengen,' voorspelde de opperbadslavin de anderen.

'Omdat ze zo mooi is?' vroeg de jongste van de slavinnen.

'Voor een deel,' antwoordde ze, 'maar vooral omdat ze verstandig is en vriendelijk. Bovendien heeft ze de beleefdheid degenen die lager in rang staan te bedanken. Ze is niet opgeblazen of hautain, zoals zoveel vrouwen van hoge rang. Hiermee, èn met haar schoonheid, staat ze apart van de anderen en zal ze het oog van de kalief op zich vestigen. Onze heer Abd al-Rahman is, naar men zegt, een man met een goed oordeel. Hij zal Zaynab wel moeten liefhebben. O, jazeker! En wat een prachtige toekomst zal deze liefdesslavin dan hebben. Zij wordt de grootste van allen die onze meester ooit heeft opgeleid.'

Het onderwerp van dit gesprek viel in een diepe, ontspannen slaap. Na een tijdje begon ze te dromen dat er handen waren die haar langzaam streelden tot ze helemaal tintelde. Warme lippen, die kussen op haar hele lichaam drukten, waardoor een golf van hitte door haar aderen stroomde. Zaynab zuchtte diep en draaide zich van haar zij op haar rug. Ze ontwaakte half en haar benen vielen los van elkaar. Warm, nat en o zo warm. Ze werd overweldigd door genot. Haar halfbewuste lichaam beefde en opeens was ze klaarwakker!

Zijn donkere hoofd lag begraven tussen haar benen en kietelde haar genotsknopje. Ze kreunde zachtjes en heel even hief hij zijn hoofd op, om met van verlangen vervulde ogen naar haar te staren. Toen ging hij weer verder met zijn zoete taak. Zaynab strekte haar handen uit en begroef haar vingers in zijn donkere haar om hem aan te moedigen. In de tijd van een flits had hij zich opgericht en gleed hij tussen haar benen, zijn opgewonden mannelijkheid gravend in haar vlees, steeds dieper zoekend...

Het was fantastisch. Ze ging dood. 'O god, o god!' kreunde ze, 'ja, heer jááá!' O, wat had ze dit samengaan van hun lichamen gemist, in die tijd op zee. Toch had die onthouding haar deze ongelooflijke openbaring van de hemel gebracht. 'Alsjeblieft,' smeekte ze en ze sloot haar benen om hem heen, waardoor hij nog dieper in haar hete grot gleed.

'Allah! Allah!' kreunde hij, toen hij zichzelf verloor in haar zoetheid. Hoe had hij het zolang zonder haar uitgehouden? Hoe moest hij overleven als ze weg was? Nadat hij haar in handen van een andere man had gegeven? Nog dieper en dieper begroef hij zich in haar en zij werden één. Er bestond niets anders dan dit razende verlangen, deze allesomvattende passie.

Samen stegen ze op tot in het paradijs, in één uitbarsting van extase die hen ademloos maakte, vol verlangen naar nog meer. Nog altijd in elkaar trok hij hen beiden in zithouding, zijn armen om haar heen slaand, haar gezicht bedelvend onder zijn kussen. Beiden beefden door de kracht van hun verlangen.

'Je bent fantastisch,' sprak hij ten slotte, 'je bent gemaakt om bemind te worden en terug te beminnen, Zaynab mijn bloem.'

Hij was nog in haar, nog zachtjes nakloppend met zijn eerste climax. 'Ik mag niet van je houden, nietwaar?' zei ze zacht. Zijn borst-haar kriebelde zachtjes tegen haar eigen gevoelige borsten.

'Nee,' zei hij droevig, 'dat kan niet, dat mag niet.'

'Kun jij van mij houden?' Haar ogen zochten zijn gezicht af.

'Welke gezonde, normale man, met twee goede ogen en een goed verstand zou niet van jou kunnen houden?' vroeg hij haar, terwijl hij er goed op lette haar niet aan te kijken en zijn gelaat onaange-daan te houden, terwijl zijn ogen leeg en gevoelloos bleven. Kon hij van haar houden? Hij zou nooit, Allah zij hem genadig, in staat zijn om van een ander te houden! Hij wiegde haar zachtjes heen en weer. Alle verlangen was plotseling geweken en terwijl hij zich uit haar losmaakte, legde hij haar achterover. 'Ik heb je in je slaap ge-stoord,' zei hij, met een flauwe glimlach.

'Dat vond ik helemaal niet erg, heer,' antwoorde ze. Ze trok hem naar zich toe en kuste heel teder zijn mond. Ze kon zich niet herin-neren dat ze ooit in haar leven had gebeden, maar nu bad ze. Ze bad om het verscheiden van kalief Abd al-Rahman, zodat ze niet naar hem toe hoefde. Zodat ze altijd bij Karim kon blijven. O, als dat waar mocht worden! Ze was nog liever de minste slavin in zijn huis, dan de favoriete vrouw van die grote vorst.

Hij had zijn hoofd op haar borst gelegd. Ze streelde zijn donkere haren. Hij hield van haar. Ze voelde het, ook al kon en zou hij het nooit in woorden uitdrukken, dat begreep ze. Hij was een man van eer en zij een vrouw van eer. Zij zou hem niet belasten met de we-tenschap dat ze van hem hield; indien er geen andere mogelijkheid was, zou ze gracieus naar de kalief vertrekken. Ze zou Karim reden geven om trots te zijn. Zij zou meer glorie toevoegen aan de naam van Karim al Malina, de grote passiemeester, al zou het haar hart breken...

Hoofdstuk zeven

Zaynab had absoluut geen idee gehad van wat Karim bedoelde met zijn belofte dat hij van haar de meest bekwame liefdesslavin aller tijden zou maken. Nu wist ze het. Zij had aangenomen dat het er simpelweg om ging dat ze mooi en volkomen bekwaam in bed moest zijn, maar zo was het niet. Het bleek dat mannen van interessante vrouwen hielden. Karim verzekerde haar dat er in de steden die Mekka en Medina heetten scholen waren voor vrouwen, waar zij werden onderwezen in intellectuele en kunstzinnige vakken. Haar dagen waren gevuld met lessen. Het enige dat ze tot nog toe had geleerd was de huishouding, maar zelfs daarin was ze niet bepaald aangemoedigd, ze was immers voorbestemd om naar een klooster te gaan en niet op een kasteel te wonen.

Een kleine oude vrouw kwam haar dagelijks onderwijzen in de fijne kunst van het schoonschrijven. Aanvankelijk meende ze dat ze er nooit in zou slagen haar bamboepen goed vast te houden, maar toch lukte het. Op een dag merkte ze dat haar hanenpoten overgegaan waren in een fraai schrift, waar ze verrukt over was. Hoewel Zaynab al spoedig uitblonk in het ronde schuine schrift, oefende ze ook het Koefische schrift. Tegelijkertijd leerde ze lezen. Toen ze dat onder de knie had, begon haar onderwijzeres haar te leren gedichten te schrijven.

Karim onderwees haar in de geschiedenis van al-Andalus en van de rest van de toenmalige bekende wereld en in geografie. Een oudere eunuch kwam om Zaynab muziek te leren, waar ze veel talent voor bleek te bezitten. Ze had een mooie stem en ze leerde zichzelf te begeleiden op drie instrumenten, de rebec, die met een strijkstok bespeeld moest worden, een peervormige luit en ten slotte de kanoen, een tokkelinstrument.

Een volgende eunuch gaf haar les in logica en filosofie. Een derde bracht haar de grondslagen van de wiskunde, astronomie en astrologie bij. Een vrouw van ondefinieerbare leeftijd kwam haar inwijden in parfums en hun toepassingen, cosmetica en de kunst van het kleden. Uiteindelijk arriveerde er een strenge jonge imam, met het heilig vuur van religieuze toewijding in zijn ogen, om haar te onderwijzen in de islam.

'Je hoeft je niet te bekeren,' zei Karim, 'maar het zal gemakkelijker voor je zijn als je het wel doet, of, zoals sommigen, net doet alsof.'

'Ik heb geen geloof,' verklaarde Zaynab rustig.

'Ben je dan geen christen?' Opnieuw verbaasde ze hem.

Ze dacht even na en zei toen: 'Ik weet dat ik gedoopt ben, maar de priester op Ben MacDui stierf toen ik nog erg klein was. Soms kwam er een priester om onderdak vragen en die nam ons dan gelijk de biecht af. MacFhearguis had een eigen priester, die het huwelijkscontract van mijn zuster opstelde en het huwelijk voltrok, maar op Ben MacDui leefden we van het ene jaar in het andere zonder sacramenten. Ik denk niet dat het ons heeft geschaad. Geloven jullie in één God?'

'Ja,' antwoordde hij.

Ze haalde haar schouders op. 'Ik vind het best om de islam te leren kennen. Ik denk niet dat het me zal schaden, mijn heer.'

'Dus je bekeert je?'

'Ik zal luisteren,' zei ze, 'en vervolgens goed afwegen wat de imam me vertelt; wat in mijn hart leeft, behoort mij alleen toe. Het kleine beetje religie dat ik heb, is alles wat over is van vroeger. Ik weet niet of ik dat nu of in de toekomst wil laten varen, heer Karim.'

Hij knikte begrijpend. Net op het moment dat hij meende haar volkomen te kennen, zette ze hem opnieuw voor verrassingen. Welke hoogten had ze kunnen bereiken als de kalief tien jaar jonger was geweest. Nu was het beste waarop ze kon hopen dat ze hem een kind zou baren om de verbintenis met Abd al-Rahman en zijn familie een solide basis te geven. De kalief was al vader van zeven zonen en elf dochters, wat betrekkelijk bescheiden genoemd mocht worden, vergeleken met zijn voorvaderen, van wie de meesten er tussen de vijfentwintig en de zestig hadden.

De herfstregens begonnen te vallen en dat zou gedurende de wintermaanden zo blijven, legde Karim uit. De rest van het jaar was het droog, waardoor ze bevloeiing uit de rivier nodig hadden. Het werd tamelijk koel in vergelijking met de zomermaanden, maar het was bij lange na niet zo koud als het in Schotland was geweest.

Twee maanden nadat Zaynab was aangekomen, kreeg ze bezoek. Vrouwe Alimah had haar zoon beloofd dat ze op bezoek zou komen, maar ze had het moment zorgvuldig gekozen. Karim was vertrokken voor een korte reis naar de bergen om de paarden te kopen die hij uit naam van Donal Righ naar Cordoba zou brengen. Hij wilde een flink aantal maanden de tijd hebben om te kunnen beoordelen of de dieren die hij had gekocht gezond van lijf en leden waren.

Het zou geen beste indruk maken als hij ze naar het hof van de kalief bracht, om daar te constateren dat hen iets mankeerde.

Karims moeder arriveerde in dezelfde draagstoel die Zaynab en Oma naar de villa had gebracht. Moestafa haastte zich om de moeder van zijn meester te begroeten.

'Wees welkom, genadige vrouwe! U had even moeten laten weten dat u kwam. Mijn heer Karim is weg om paarden uit te zoeken.'

Alimah kwam uit de draagstoel. Haar blonde haar was door de jaren heen wat donkerder geworden. Ze droeg het in een kroontje van vlechten op haar hoofd, bedekt met een sluier van donkerblauw met zilverdraad erin verwerkt. Haar warme gewaad was van gevoerde, doorgestikte zijde in een bijpassende kleur. De hals was bescheiden en rond, de mouwen wijd en lang, afgezet met zacht wit bont. Onder haar gewaad droeg zij een wijde pantalon van rode zijde, waarvan de enkels waren afgezet met manchetten van zilverdraad en gouden kralen. Om haar hals droeg zij een gouden ketting met een enkele medaillon, bezet met diamanten. Ook in haar oren droeg zij diamanten hangers en aan haar handen droeg zij verscheidene prachtige gouden ringen, bezet met kostbare stenen. Aan haar voeten droeg zij geitenleren muiltjes in goud en zilver.

'Ik weet waar mijn zoon is, Moestafa. Ik ben gekomen om kennis te maken met de liefdesslavin. Zeg mij eens, wat voor soort meisje is het?' Alimahs ogen stonden heel nieuwsgierig. 'Zeg eens eerlijk!'

'Zij is anders dan alle anderen, vrouwe, maar ik mag haar graag,' antwoordde Moestafa, goed nadenkend over zijn woordkeuze.

'Anders? Hoezo anders, Moestafa?' Alimahs nieuwsgierigheid was des te meer geprikkeld. Moestafa was in tegenstelling tot de meeste eunuchs juist altijd zo uitgesproken in zijn oordeel. Het was niets voor hem om zo om de zaken heen te draaien. 'Vooruit, vertel op!' commandeerde ze.

'Ze is gehoorzaam, vrouwe, maar toch geloof ik dat ze dingen alleen doet als ze dat zelf verkiest.' Hij schudde zijn hoofd. 'Ik kan het niet beter onder woorden brengen dan zo, vrouwe.'

'Denk je dat ze mijn zoon tot eer zal strekken, en Donal Righ ook, die haar naar de kalief zendt?' ondervroeg Alimah hem met een scherpe blik verder.

'O zeker, vrouwe! Vrouwe Zaynab is zeer goedgemanierd en intelligent. Zij is waarschijnlijk de beste liefdesslavin die mijn heer Karim ooit heeft opgeleid,' sprak Moestafa geestdriftig. 'En dan haar schoonheid! Ze is als de zon zelf!'

'Goed dan,' sprak vrouwe Alimah. 'Breng me bij deze zeldzaamheid, mijn beste Moestafa. En zeg eens, hoe amuseert ze zichzelf gedurende Karims afwezigheid?'

'Ze studeert, vrouwe.'

'En maakt ze vorderingen in haar studies?'

'Ja, vrouwe. Al haar leraren zijn tevreden over haar, zelfs imam Haroen,' antwoordde Moestafa, terwijl hij Alimah naar de vrouwenvertrekken voorging.

Ze troffen Zaynab bij de vijver in de zitkamer aan, met de kanoen op schoot, waarop ze zat te tokkelen terwijl ze lieflijk zat te zingen. Alimah gaf met een gebaar te kennen dat de eunuch kon vertrekken en bleef staan luisteren. Het meisje had een mooie zuivere stem die de kalief zeker zou behagen. Ze speelde aardig op haar instrument en haar stem was niet gewoon goed genoeg, hij was mooi. Dit was nu eens een voorbeeld van een groot fortuin. Van concubines van de kalief werd verwacht dat ze meer dan alleen maar mooi en vaardig waren in de kunst van de erotiek. Zij moesten ook in andere opzichten goed zijn. Dit meisje had grote talenten die haar goed van pas kwamen aan het hof.

'Wat voor lied zong je daar?' vroeg Alimah, toen Zaynab klaar was met haar eenzame zang.

Het meisje liet van schrik bijna haar instrument vallen. 'Het is een lied uit mijn vaderland,' antwoordde Zaynab, die beleefd opstond en boog voor de knappe vrouw. Ze legde haar instrument terzijde. 'Het gaat over de schoonheid van de heuvels, de meren en de hemel, vrouwe. Ik vind het prettig een paar liederen in mijn eigen moedertaal te oefenen, want die zijn uniek aan het hof van de kalief en hopelijk vindt hij ze mooi. Het helpt me ook om mijn eigen taal te onthouden, die ik niet graag wil kwijtraken.'

'Ik ben vrouwe Alimah, de moeder van Karim al Malina,' stelde ze zichzelf voor. Bij Allah, wat was deze Zaynab mooi. Het goudkleurige haar, de lichte huid en de aquamarijnblauwe ogen. Ze zou op de open markt een fortuin opbrengen. Ja, ze was nog blonder dan een Gallische.

'Wilt u wat muntthee met mij gebruiken, vrouwe?' vroeg Zaynab beleefd, terwijl ze haar geëerde gaste een stoel aanbood. Wat was de moeder van Karim een mooie vrouw.

'Graag, mijn kind,' zei Alimah, 'en een paar van die heerlijk zoete baklava, als je die hebt.'

De ogen van Zaynab twinkelden. 'Ik geloof dat we die hebben, vrouwe. Oma, kom hier!' Toen het jonge meisje gekomen was bracht ze haar wensen over.

Oma boog beleefd. 'Ja, vrouwe, ik ga direct.' Ze haastte zich weg.

'Heb je een eigen dienstmaagd?' zei Alimah, ondanks zichzelf diep onder de indruk. Karim had tenslotte gezegd dat ze de dochter van een edelman was.

'Oma is met me meegekomen uit mijn vaderland. Wij komen uit Alba, waar de Picten wonen, en de Kelten, die Schotten worden genoemd,' antwoordde Zaynab.

'Mijn zoon zegt dat je een interessante geschiedenis hebt. Zou je me die willen vertellen, Zaynab?'

Heel even trok er een schaduw over haar gelaat, maar toen ze begon te spreken was Alimah gefascineerd door het verhaal dat ze vertelde. 'Ik geef de voorkeur aan dit leven, ver boven dat van vroeger,' besloot Zaynab.

'Ik ben ook ooit een gevangene geweest,' vertelde Alimah aan de jongere vrouw. 'Mijn vader was een rijke boer. Op een dag voeren de Denen ons fjord binnen en vermoordden mijn ouders en twee oudere broers. Mijn drie zusjes, twee kleine broertjes en mij namen ze mee. Ik heb zo tegen hen gevochten! Ik werd net als jij naar Dublin gebracht, waar een moorse slavenhandelaar mij en een van mijn zusjes kocht. Op de grote markt van Cordoba werden we doorverkocht. Ik weet niet wat er met Karen is gebeurd, want ik werd het eerst gekocht. Het is in al-Andalus de gewoonte van de slavenhandelaren om één meisje tegelijk te koop aan te bieden. De anderen worden achter een gordijn weggehouden. Ik ben erg fortuinlijk geweest, want mijn lieve Habib, de vader van Karim, kocht mij en nam mij tot zijn tweede vrouw. Ik heb hem drie kinderen gebaard. Ik wens jou ook een dergelijk goed fortuin, mijn kind, als je naar Cordoba gaat. Moge de kalief zijn oog op je laten vallen. Houd het dan vast, mijn kind, en geef hem een mooie zoon!'

'U bent erg vriendelijk, vrouwe. Dank u voor uw goede wensen,' zei Zaynab. 'Ha, hier zijn de verversingen!'

'Wat vind je van Afrika?' vroeg Alimah, die een hap nam van haar heerlijk zoete honinggebakje met amandelen. De zoetigheid liep in haar keel, waardoor ze heel verfijnd even kuchte.

'Ik heb er nog niet zoveel van gezien, vrouwe, want ik wordt volledig in beslag genomen door mijn lessen. Ik moet volkomen gereed zijn als ik succes wil hebben in Cordoba. En succes hebben dat wil ik, om eer te brengen aan zowel Donal Righ, die me zendt, als aan mijn heer Karim, die mij opleidt.' Ze nam een slokje van haar muntthee.

Hier klopte iets niet. Opeens sijpelde deze gedachte het hoofd van Alimah binnen, voordat ze hem kon betrappen. Wat raar, dacht ze, alles klopte wel. Het meisje was mooi en ze scheen in alle opzichten volmaakt te zijn. Ze zou de kroon op Karims werk zijn. Maar... onafhánkelijk, dat was het! Zaynab was onafhankelijk. Moestafa was aan dergelijke vrouwen niet gewend, daarom had hij haar niet kunnen doorgronden. Ik was ooit ook zo, dacht Alimah. De liefde van mijn man heeft daar verandering in gebracht. Als Zaynab bemind werd, zou ze dat air van gereserveerdheid kwijtraken, dat wist de oudere vrouw.

'Zou je het leuk vinden als iemand van jouw leeftijd je zou komen bezoeken?' vroeg Alimah. 'Iniga, de zuster van Karim, popelt om je te ontmoeten. Ze is een jaar ouder dan jij, maar ik denk dat jullie elkaar wel zullen mogen. Zij gaat in het voorjaar trouwen met

een oude vriend van de familie. Heb je al leren schaken? Dat is een zeer intelligent bordspel. Laat Iniga het je maar leren en daag daarna mijn zoon uit. Hij is een goede schaakspeler en hij zal het bijzonder op prijs stellen als jij goed kunt schaken.'
'Dank u vrouwe, voor uw goede advies,' zei Zaynab.
Alimah stond op. Ze had gezien wat ze wilde zien en ontdekt wat ze wilde ontdekken. Ze nam afscheid van de liefdesslavin en verliet de villa van haar zoon.
'Ik kan wel zien waar Karim zijn knappe gelaatstrekken vandaan heeft,' merkte Oma op, toen de sympathieke vrouw weg was. 'Het verbaast me dat zij drie kinderen heeft gebaard, en iemand die al zo oud is als heer Karim. Zij lijkt er niet door aangetast te zijn.'
'Ik denk dat dit leven gemakkelijker is dan het leven in Alba. Hier worden de vrouwen van de rijken in de watten gelegd. Zij hoeven niet hard te werken zoals onze vrouwen, of ze nu rijk of arm zijn, maar ze worden de hele dag in beslag genomen door de vraag hoe ze hun heren het beste kunnen behagen. Nu ik dit zie, heb ik medelijden met mijn zuster Gruoch. Die is voortijdig oud.'

Karim keerde terug uit de bergen waar hij tien fijne Arabieren had gekocht – negen merries en één hengst – om naar Cordoba te brengen. De paarden zouden gedurende de winter in zijn velden en stallen doorbrengen om goed doorvoed en tot in de perfectie verzorgd te worden. De fokkers hadden de neiging hun paarden te mager te houden. De olifanten waren al door een vertegenwoordiger van zijn broer Ayyub aangeschaft. Zij bleven tot het voorjaar bij hun laatste eigenaar, daarna zouden ze naar het noorden, naar Alcazaba Malina worden gebracht en klaargemaakt voor het transport.
Terwijl Karim in de bergen was, had Aladdin ben Omar toezicht gehouden op de bouw van het nieuwe schip. Het zou een duplicaat van de I'timad worden en de naam zou Iniga luiden, naar Karims zuster. Het meisje was verrukt van die eer.
'Hij is altijd de beste broer van de wereld geweest,' vertelde ze Zaynab enthousiast. 'Helemaal niet als Ja'far of Ayyub. Die waren niet geïnteresseerd in een jonger zusje, maar Karim wel.' Binnen twee dagen na het bezoek van Alimah was Iniga al gekomen. De drie jonge vrouwen, Oma incluis, sloten meteen vriendschap.
Iniga leerde de twee anderen schaken. 'Mijn broers,' vertelde ze, 'denken dat ze beter spelen dan wie dan ook. Zij spelen voortdurend, maar ik kan ze verslaan. Moeder zegt dat ik dat niet moet doen, omdat de mannelijke trots gemakkelijk gekrenkt kan worden door dergelijke kleine dingen. Daarom laat ik ze winnen, dan zijn ze gelukkig.'
Zaynab moest lachen. En hoewel zij jonger was dan Iniga, was ze rijper geworden door haar ervaringen. 'Je moeder heeft gelijk, Ini-

ga,' zei ze. 'Vrouwen zijn inderdaad sterker. Ik geloof dat Allah ons daarom heeft voorbestemd het leven door te geven. Kun jij je een man voorstellen die een kind baart?' Ze moest lachen.

'Heb jij weleens een kind geboren zien worden?' vroeg Iniga met grote ogen.

Ik moet wel een beetje oppassen, bedacht Zaynab. Iniga was een maagd en de dochter van een rijke familie. Zij wist waarschijnlijk nauwelijks wat tussen een man en een vrouw plaatsvond. 'Mijn tweelingzus en ik waren de oudste kinderen van onze moeder,' vertelde ze. 'Na ons kreeg moeder nog heel veel kinderen. Tegen de tijd dat wij vijf waren, wisten Gruoch en ik precies hoe het bij de geboorte van baby's toeging. De huizen van de rijken in Schotland zijn niet te vergelijken met de huizen van de rijken hier. Wij woonden in een stenen toren met een enkel vertrek op elke verdieping. Er was weinig privacy voor ieder van ons. Het was er altijd koud en heel vaak regenachtig of vochtig. Ik was eraan gewend, maar ik zou nu nooit meer terug kunnen. Ik houd van de zon en de warmte van dit land. Is Cordoba net zo?'

Iniga knikte, voor dat moment tevredengesteld. 'Ja, en het paleis van de kalief is, naar ik gehoord heb, een wereldwonder. Ze zeggen dat er tapijten worden uitgelegd als hij tussen Madinat al-Zahra en Cordoba reist. En de weg is 's avonds verlicht door lampen op palen! Moet je je voorstellen, een verlichte weg! Ik wilde dat ik het eens kon zien, maar ik zal waarschijnlijk al mijn dagen in Alcazaba Malina moeten slijten. Als ik eenmaal getrouwd ben is het mijn plicht kinderen te krijgen voor mijn man, maar ja,' zei ze schouderophalend, 'wat heeft een vrouw anders te doen? Ik denk dat ik je een beetje benijd, Zaynab, dat je naar het hof van de kalief gaat.' Iniga zuchtte. 'Je bent werkelijk een buitengewoon mooi meisje. Ik denk dat de kalief verrukt van je zal zijn en dat de andere vrouwen in de harem heel jaloers zullen worden. Je moet heel erg oppassen voor die vrouwen, hoor. Vertrouw niemand behalve Oma en zorg ervoor dat de eunuch die je krijgt alleen aan jou trouw is. De loyaliteit van een eunuch is altijd te koop. Je moet je ervan vergewissen dat degenen die machtiger zijn dan jij, jouw bedienden niet gaan overheersen. Je bent erg verstandig en jij zult best in staat zijn te peilen wie je wel en wie je niet kunt vertrouwen.'

'Met wie ga je trouwen?' vroeg Zaynab.

'Zijn naam is Ahmed ibn Omar. Hij is een neef van vrouwe Muzna, de oudste zoon van haar zuster. Ik ken hem al mijn hele leven. Men is er altijd van uitgegaan dat wij zouden trouwen. Hij heeft ravenzwart haar en prachtige bruine ogen.'

'Houd je van hem?' vroeg Zaynab.

Iniga dacht lang na. Toen zei ze: 'Ik denk het wel. Ik heb er nooit over nagedacht dat ik met iemand anders zou zijn. Ahmed is aardig

en grappig. Ze zeggen dat hij nooit boos wordt. Ik ben tevreden met de regeling die mijn ouders hebben getroffen.'
In zekere zin benijdde Zaynab Iniga ook. Liefde was een pijnlijk gevoel, merkte ze. Het was waarschijnlijk beter, peinsde ze, om tevréden te zijn, zoals Iniga. Tevredenheid deed geen pijn. Haar moeder was nooit van haar leven tevreden geweest, dat stond vast. Ondanks alle heftigheid van haar haat jegens MacFhearguis, had ze hem ook op een vreemde wijze liefgehad en hij haar. Dat was voor beiden een bittere ervaring geweest. Liefde was bepaald geen emotie waar je naar moest verlangen, vond Zaynab, maar hoe kon je ermee ophouden van iemand te houden?

Blij met de vooruitgang die zijn leerlinge maakte in al haar studievakken, wijdde Karim al Malina haar verder in in de erotische kunst. Op een avond kwam hij bij haar met een een fijn gevlochten gouden mandje. 'Dit is voor jou,' zei hij, terwijl hij het haar overhandigde.
Ze tilde het perzikkleurige zijden dekseltje eraf en keek verbluft naar de inhoud.
'Het zijn liefdesspeeltjes,' zei hij, in antwoord op haar onuitgesproken vraag. 'Ze kunnen gebruikt worden door je meester of door jou.'
Langzaam pakte Zaynab ieder speeltje eruit en zette het op het ebbenhouten tafeltje naast het bed. Een kristallen flesje met een zilveren dop, dat gevuld was met een heldere vloeistof, een albasten flesje met een rozekleurige crème-achtige vloeistof die naar gardenia's rook, twee gouden armbanden, gevoerd met lamswol, die met een gouden kettinkje aan elkaar vastzaten. Twee onderdelen zaten in een paarsfluwelen zakje. Ze maakte het kleinste open en er rolden twee zilverkleurige ballen in haar hand.
'Waarom voelen ze zo vreemd aan?' vroeg ze.
'In één ervan zit een druppeltje kwik, in de andere een klein zilveren tongetje,' legde hij uit.
'Waar is dat voor?'
'Genot,' antwoordde hij. 'Ik zal het je straks tonen, maar maak eerst het andere zakje open, Zaynab.'
Ze gehoorzaamde en haalde er een voorwerp uit waarvan ze moest blozen. 'Wat is dit, mijn heer? Het ziet eruit als een mannelijk lid, maar...'
Hij lachte. 'Het heet een dildo. Deze is een exacte kopie van het mannelijk lid van Abd al-Rahman. Hij is uit ivoor gesneden en perfect in detail. Je ziet dat het handvat van goud is en met juwelen bezet, zoals bij je heer past. Indien je naar de meester verlangt, maar hij is er niet om je te plezieren, dan kun je de dildo gebruiken. Misschien vindt hij het prettig als je hem voor zijn ogen gebruikt.

Nu zal ik hem gebruiken om je in te wijden in een andere vorm van het liefdesspel. Je hebt een tweede maagdelijkheid, maar die zal ik niet zelf nemen. Ik zal de dildo nemen om je voor te bereiden op het moment dat je meester je daar ontmaagdt. Het is zijn recht om de eerste te zijn die je neemt via die opening, maar je moet ervoor gereedgemaakt worden. Daarvoor zullen we de dildo gebruiken.'

Ze knikte, zonder te weten waar hij op doelde, maar ze wist dat hij haar opheldering zou geven als het moment daar was. Ze ontkurkte het flesje met de zilveren dop en snoof eraan. Er zat een rozengeur aan. 'Wat is dit?'

'Het is een speciale vloeistof. Oma krijgt het recept ervan. Het wordt gebruikt om hartstochten op te wekken die misschien wat traag op gang komen. De kalief is geen jonge kerel meer, Zaynab. Er zit een bekertje in de mand. Pak hem en neem zelf een beetje. Jij zult het niet nodig hebben, maar ik wil dat je begrijpt hoe het je minnaar beïnvloedt.' Toen ze gedaan had wat hij haar opdroeg, zei hij: 'Pak nu het laatste voorwerp uit de mand.'

Zaynab haalde er een zwarte fles van onyx uit. Er zat een dikke, geurloze crème in. Ze zette hem opzij en vroeg: 'Waar is die lichtroze vloeistof voor, heer? Die ruikt naar mijn gardenia's.'

'De vloeistof maakt de huid zeer gevoelig voor aanraking,' zei hij. 'Zal ik er iets van op jou wrijven? De kalief zal het prettig vinden jou op die manier op te winden, wat hem ook de tijd geeft zelf opgewonden te raken. Het is subtiel, maar zeer effectief. Er zitten speciale kruiden in waar Oma in onderwezen zal worden, zodat zij ervoor kan zorgen dat je er altijd genoeg van hebt.' Hij begon de lichte crème over haar huid te smeren, waar ze tevreden door begon te spinnen.

'En die andere crème, in de fles?' vroeg ze.

'Dat is slechts een glijmiddel voor de dildo.'

Ze bleef een ogenblik stil en vroeg toen: 'En wat zijn dat voor sierlijke kettinkjes, mijn heer?'

'Om mee te spelen,' zei hij. 'Misschien houdt de kalief ervan die spelletjes te spelen die mannen en vrouwen vaak doen om zich te amuseren. Binnenkort zal ik je die spelletjes ook leren. Misschien wil de kalief net doen alsof hij je gevangen heeft genomen in de strijd. Als je je handen vrij had, zou je je misschien verweren, maar hij boeit je, en dus ben je gedwongen hem genot te verschaffen. Het kan ook zijn dat hij het leuk vindt jouw gevangene te zijn. Oudere mannen vinden dergelijke spelletjes erg leuk. Zo blijft hun bedsport boeiend, Zaynab.' Hij draaide haar om en goot wat van de vloeibare crème in zijn hand. Daarmee begon hij haar buik en haar borsten in te smeren. 'Vind je dat prettig?' vroeg hij.

'Mmm, het kietelt, mijn heer,' zei ze.

'Overal?' mompelde hij, terwijl hij haar benen en haar dijen masseerde.

'Jaaa, overal!' zei ze, terwijl ze een beetje begon te kronkelen onder zijn handen. In werkelijkheid begon de aanraking van zijn handen bijna ondraaglijk te worden. 'Ga op je buik liggen,' zei hij en toen ze dat had gedaan: 'Trek je benen onder je. Goed zo. Buig je rug ver voorover, Zaynab. Houd je schouders zo plat als het maar kan. Leg je hoofd op je gekruiste armen. Uitstekend! Dat is de houding die je moet aannemen als de kalief besluit je lichaam binnen te gaan via de Tempel van Sodom. Blijf zo liggen terwijl ik de dildo prepareer.' Hij doopte het ding in het glijmiddel en terwijl hij achter haar knielde, bereidde hij haar voor op het binnendringen. 'Wees niet bang. Het is een ander gevoel. Als je denkt dat het moet, krom je rug dan nog verder om je aan te passen aan de dildo.' Beslist spreidde hij haar billen met zijn duim en wijsvinger en onthulde de kleine rozet daartussen. Hij duwde de dildo er tegenaan en oefende een lichte druk uit tot het stevig gesloten vlees mee begon te geven en de kop van de ivoren penis een stukje haar gespannen lichaam binnenging.

Zaynab hapte naar lucht. Het deed geen pijn. Maar het was wel een akelig, heel onaangenaam gevoel. Ze vond het niet prettig en dat zei ze ook. 'Waarom doe je dit met mij, heer? Het is onnatuurlijk!'

'Voor sommigen wel, mijn lieve, maar niet voor iedereen,' legde hij uit. 'Als liefdesslavin moet je erop voorbereid zijn je meester op verschillende manieren te ontvangen. Je hebt al in twee van je drie openingen een mannelijkheid ontvangen. Je moet niet voor verrassingen komen te staan als je al eenmaal in de harem van de kalief bent. Jij moet in alle opzichten volmaakt zijn.' Hij duwde de dildo een stukje verder en ze poogde ervan weg te draaien. Karim zette een stevige hand in haar nek. 'Onvoorwaardelijke gehoorzaamheid, denk eraan.'

'Ik háát het, ik háát het!' schreeuwde ze.

Zijn greep op haar nek was hard, toen hij de dildo in zijn volle lengte naar binnen duwde, hem tot de helft terugtrok en opnieuw naar binnen duwde. Zo ging het door, in een hevig tempo.

Ze kon niet tegensparren, met die harde greep op haar nek. Ze vond het verschrikkelijk dat hij dit deed, wat er gebeurde, en tot haar totale afschuw voelde ze ook nog een scheut van genot door haar ongemakkelijke lichaam gaan. Ze duwde haar billen van voor naar achter, in een tegenbeweging van de dildo. 'Ik haat je hierom!' spuugde ze, maar haar lichaam schokte al van haar climax, zelfs nog nadat hij de dildo uit haar lichaam trok. Hij liet haar in een hoopje ineenzakken.

'Dit is geen activiteit die ík prettig vind,' sprak hij emotieloos, 'maar je moet eraan denken dat ik je oefen voor het bed van de kalief en niet voor het mijne. Ik heb vernomen dat Abd al-Rahman dit soort spelletjes af en toe prettig vindt. En je moet in staat zijn aan zijn wensen gehoor te geven indien hij je op die manier wil nemen. Vanaf nu neem je tweemaal in de week de dildo op die manier in je lichaam, om je voor te bereiden.'

Zaynab gaf geen antwoord. Hij dwong haar op haar rug te gaan liggen en zag toen dat haar wangen nat waren van de tranen, hoewel ze geen geluid had gemaakt. Teder kuste hij elke traan af en nam haar toen in zijn armen. Toen kwam ze los. 'Ik haat dit!' snikte ze en toen kwam haar kwaadheid naar boven. Ze schreeuwde: 'En jou haat ik ook!' Ze begon als een razende met haar vuisten op hem in te timmeren. 'Je hebt me pijn gedaan!'

'Het zal iedere keer minder pijn doen,' zei hij, terwijl hij haar polsen pakte en ze vasthield. 'Na verloop van tijd gaat je lichaam eraan wennen en dan doet het geen pijn meer.' Hij duwde haar op de matras, bedekte haar met zijn grote lichaam, zocht haar mond met de zijne, waardoor ze ademloos werd en nog veel woedender.

'Het kan me niet schelen of het wel of geen pijn doet! Ik vind het walgelijk!' gilde ze, terwijl ze haar hoofd naar achteren trok en haar tanden liet zien.

Op dat moment verloor hij zijn zelfbeheersing. Hij drukte zijn mond wild op de hare en kuste haar heftig. Verdomme, verdomme! Zij was de meest opwindende vrouw die hij ooit had gekend en hij hield van haar. En toch mocht hij dat niet, kon hij dat niet, moest hij het zelfs niet wagen!

Ze voelde de gezwollenheid van zijn lid tegen haar dijbeen. Toen voelde ze hoe zijn kus dieper werd, zachter ook, en haar woede ebde weg. O, waarom hield ze zoveel van Karim? Hij was een kille wrede man, die er alleen maar belang in stelde haar als een dier te dresseren, om tegemoet te komen aan de zinnelijke lusten van een of andere potentaat. Met een diepe zucht beantwoordde ze zijn kus. Het kon haar niet schelen! Als dit alles was wat ze aan geluk mocht verwachten, dan zou ze het nemen, die hele korte tijd dat ze met hem samen was. Het was meer dan Sorcha ooit had gehad en meer dan Gruoch ooit zou hebben.

Zaynab sloeg haar armen om haar geliefde heen en trok hem zo dicht tegen zich aan als ze kon. Haar lippen verwelkomden de zijne en gingen vaneen om zijn tong in haar mond te laten komen en met die van haar te laten spelen. Ze streelde hem, liet haar vingers door zijn haren gaan, over zijn gespierde rug en moedigde hem aan in zijn groeiende hartstocht. Ze spande haar keel in een stille kreet toen hij hete kussen op haar drukte en haar parfum opsnoof. Achterover leunend ging hij wijdbeens op haar zitten en speelde met haar borsten tot ze strak stonden van verlangen, haar tepels in harde punten naar voren staken, smekend om gezogen te worden. Hij verstond die zwijgende boodschap en gehoorzaamde eraan, zijn mond eerst om de ene en toen de andere. Hij zoog hard, waardoor er een scheut van begeerte door het kleine juweel tussen haar benen ging. Ze kreunde tevreden, toen hij tussen haar romige dijbenen gleed en zijn withete zwaard in haar gretige lichaam duwde. 'Nog altijd even ongeduldig,' plaagde hij tussen zijn opeengeklemde tanden door.

'Je hebt nog maar heel weinig van mijn honger gezien,' zei ze stoutmoedig, terwijl ze met haar nagels heel licht over zijn rug ging, waarvan hij huiverde. 'Je zit stevig, mijn heer en laten we nu eens kijken of je je koers goed kunt uitrennen, zoals die prachtige Arabische hengst die je mee terug hebt genomen uit de bergen!'

Hij greep haar vast tussen zijn knieën en eerst traag, maar met toenemende kracht begon hij haar te berijden. Hij kende geen genade, dreef haar door het ene hoogtepunt naar het andere en het daaropvolgende. Nu harkte ze werkelijk hard met haar nagels over zijn rug en haar kleine jammerkreetjes joegen hem op, tot ze allebei uitgeput in elkaar zakten van deze hartstochtelijke inspanning. Hij liet zich van haar af rollen en nam haar wiegend in zijn armen. 'Als je de mijne was, Zaynab, zou ik je nooit ongelukkig maken,' zei hij zachtjes. Verder durfde hij niet gaan in het bekennen van zijn liefde voor haar.

'Als ik de jouwe was, mijn heer Karim, zou ik nooit ongelukkig kunnen zijn,' was haar antwoord. En verder durfde ze niet gaan in het bekennen van haar liefde voor hem.

Maar hij en zij wisten het en het deed bijna ondraaglijk pijn. 'Ik ben een man van eer, mijn dierbaar kleinood. In het voorjaar zal ik je afleveren bij de kalief in Cordoba,' zei hij tegen haar.

'En ik ben een vrouw van eer, mijn heer Karim. Ik zal gaan zonder een woord te zeggen en je naam eer aandoen, evenals die van Donal Righ,' zei Zaynab.

Meer viel er niet te zeggen. Er was hen nog maar zo weinig tijd beschoren. Stilletjes zwoeren beiden plechtig dat ze die tijd niet zouden verspillen.

Hoofdstuk acht

'Ik denk dat ik een bruid voor je gevonden heb, mijn zoon,' zei Habib ibn Malik tegen Karim. 'Haar naam is Hatiba.'
'Als u denkt dat ze geschikt is, vader, zo zij het,' antwoordde Karim. Wat maakte het uit? dacht hij bij zichzelf. Ik kan haar toch nooit zo liefhebben als Zaynab.

'Het is een mooi meisje,' voegde Alimah eraan toe, maar ze kon zien dat haar zoon ergens anders was met zijn gedachten. 'Weet je zeker, Karim, dat je al wilt trouwen? Misschien wil je nog een reis maken met de *I'timad*?'

'Die reis maak ik al wanneer ik naar Cordoba ga, met Zaynab en haar gevolg,' antwoordde hij. 'Daarna vaar ik naar Ierland om Donal Righ te vertellen of de kalief behagen heeft gevonden in zijn geschenken. Het wordt tijd dat ik trouw. Regel de bruiloft maar voor volgend jaar herfst.'

'Ik zal je over Hatiba vertellen,' zei zijn vader, die minder fijngevoelig was dan Alimah. 'Ze is een dochter van Hoessein ibn Hoessein.'

'Een berbervrouw?' Allah sta me bij, dacht hij. Berbermeisjes stonden bekend om hun dociele gedrag. Ze zou hem gehoorzamen en tot tranen toe vervelen; maar misschien was dat ook maar beter. Er was niemand die Zaynab kon evenaren, Zaynab, zijn hartstocht, zijn goudharige geliefde.

'Ik heb een goede keus voor je gemaakt, Karim,' vervolgde zijn vader. 'Hoessein ibn Hoessein is een enorm rijke fokker van prachtige Arabieren. De paarden die jij gekocht hebt, zijn ongetwijfeld van een van zijn fokkerijen gekomen. Hij geeft Hatiba een fokkerij, honderd merries en twee jonge hengsten in de kracht van hun jaren als onderdeel van de bruidsschat mee. Wat zeg je daarvan, mijn zoon? Is het niet indrukwekkend?' Habib ibn Malik was bijzonder ingenomen met deze partij, die zou bijdragen tot de rijkdom en het prestige van de familie.

'Buitengewoon indrukwekkend. Is ze zó lelijk dat haar vader zich gedwongen voelt op die manier uit te pakken?' vroeg Karim zich hardop af.

'Ik heb Hatiba gezien en ze is erg mooi,' antwoordde zijn moeder. 'Ze heeft een licht goudkleurige huid, die werkelijk glanst van gezondheid. Haar haren glanzen zijdeachtig en ze zijn zwart als ebbenhout. Ze heeft grijze ogen en een lief, knap gezichtje. Haar gedrag is bescheiden en ze spreekt zacht. Haar vader is zo royaal, omdat ze zijn laatste kind is, de dochter van zijn favoriete vrouw. Ik heb de vrouwe zelf gesproken. Zij zegt dat Hoessein ibn Hoessein dol is op zijn dochter en dat hij daarom zo lang heeft gewacht met het vinden van een goede partij voor haar, maar ze is weldra te oud, dus is hij ten slotte gezwicht.'

'Hoe oud is ze?' vroeg Karim.

'Vijftien, mijn zoon,' antwoordde zijn vader.

'Dezelfde leeftijd als Zaynab,' zei hij zachtjes, maar Alimah had hem verstaan.

Later die dag, toen haar man weg was, ging Alimah bij haar zoon zitten en hoorde hem uit. 'Je bent toch niet verliefd op dat meisje, Karim, of wel?' Haar lieflijke gelaat straalde oprechte bezorgdheid uit.

'Ik houd van haar en zij van mij,' sprak hij plompverloren.

Alimah greep naar haar hart. 'Heeft ze je dat gezegd?' vroeg ze. Dit was allemaal de schuld van haar man. Toen Karim er in zijn jeugd blijk van had gegeven een uitermate zinnelijke jongeman te zijn, was Habib ingegaan op het kwalijke voorstel van Ja'far en Ayyub, en had hij haar jongste zoon naar de School van de Passiemeesters in Samarkand gezonden. De broers hadden het als een grapje bedoeld, maar Habib had hen serieus genomen. En Karim had kennelijk ijverig gestudeerd, want hij had een tijdlang veel succes gehad met zijn beroep.

Maar Karim was een zeer gevoelig mens, hoewel Alimah wist dat mannen zelden aan hun gevoelens toegaven. Hij had zich zeer schuldig gevoeld toen de liefdesslavin Leila om hem zelfmoord pleegde, maar het was slechts een kwestie van tijd geweest. Wat was zij opgelucht geweest toen hij had aangekondigd met dit beroep te zullen stoppen. Haar bezorgdheid was teruggekeerd toen hij Zaynab op grond van vriendschap onder zijn hoede had genomen. En nu dit!

'Zaynab noch ik hebben openlijk toegegeven – woordelijk gezegd, zo je wilt, moeder – dat wij van elkaar houden. Maar verandert dat iets aan de zaak? De pijn is nu al bijna niet meer te verdragen.'

'Stuur haar nu met Aladdin naar Cordoba,' smeekte Alimah.

Hij schudde zijn hoofd. 'Ze gaat in het voorjaar en niet eerder. Ze is nog niet gereed, moeder, Bovendien wordt Aladdin kapitein van mijn nieuwe schip, de *Iniga*. Ik heb twee schepen nodig om alle geschenken van Donal Righ aan Abd al-Rahman te vervoeren.'

'Ik vindt het vreselijk, voor jullie allebei,' zei Alimah zacht. 'Helaas is het hart niet altijd verstandig en niet met rede te beheersen. Je zult wellicht nooit zoveel van een andere vrouw houden als van Zaynab, Karim, maar mettertijd slijt de pijn en kun je opnieuw liefhebben. En zij ook. Niet zoals ze van jou houdt, maar je wilt toch niet dat ze ongelukkig wordt, hoop ik.'

'Nee,' zei hij verdrietig, 'ik wil niet dat ze ongelukkig wordt.'

Zijn moeder legde een troostende hand op de zijne. 'Hatiba zal je bevallen, ik weet het zeker. Wees goed voor haar, want zij heeft hier geen schuld aan.'

'Wanneer ben ik ooit niet goed voor een vrouw geweest?' zei hij op bittere toon tegen zijn moeder. 'Ik heb als geen andere man geleerd vrouwen op hun waarde te schatten. Hatiba bat Hoessein wordt mijn eerste vrouw en zal als zodanig gerespecteerd en geëerd worden.'

'Zal ik dan tegen je vader zeggen dat hij kan beginnen met het regelen van het huwelijk en het tekenen van de contracten?'

'Hoe hoog is de bruidsprijs?' vroeg Karim. Het was de gewoonte dat er voor een bruid een bruidsprijs werd betaald, evenals de bruid een bruidsschat meekreeg voor haar man. De islam beschermde op die manier zijn vrouwen. Indien Karim in de toekomst van Hatiba zou scheiden, zouden zowel de bruidsschat als de bruidsprijs aan haar meegegeven worden. Haar kinderen zouden onder de voogdij van de vader komen.

'De bruidsprijs bedraagt drieduizend gouden dinariën. Dat bedrag eert zowel de vader als de dochter,' zei Alimah.

Karim knikte. 'Het is wel veel, maar het is eerlijk,' zei hij. 'Zeg maar tegen vader dat ik zelf voor de bruidsprijs zorg. Ik kan het ruimschoots betalen. Wanneer komt de kadi om het contract op te stellen?'

'Het huwelijkscontract wordt gesloten op Iniga's huwelijksdag. Hoessein ibn Hoessein is ook uitgenodigd. Hij staat er echter op dat je Hatiba niet eerder ziet dan op de huwelijksdag,' verklaarde ze. 'Ik weet ook wel dat het ouderwets is, maar het is zijn wens als vader.'

'En zij is klaarblijkelijk een gehoorzame dochter,' antwoordde hij droogjes. 'Misschien is dat een goed teken voor mijn huwelijksleven. Kun je je Iniga's reactie voorstellen, als haar werd gezegd dat ze met een volkomen vreemde moest gaan trouwen en dat ze hem niet eerder zou zien dan na de huwelijksvoltrekking, op een moment dat ze niet meer terugkon?'

Alimah barstte in lachen uit. 'Gelukkig hebben we dat soort problemen met Iniga niet, want zij kent Ahmed al haar hele leven. Dat is een goed stel.'

'Zaynab en Iniga zijn vriendinnen geworden,' zei hij.

'Dat weet ik,' zei Alimah en fronste haar voorhoofd. 'Ik zou het

154

willen afkeuren, maar dat kan ik niet. Zaynab is charmant en welgemanierd. Zij en Iniga zijn oprecht dol op elkaar. En wie weet wat Zaynabs bestemming is? Als ze de favoriete vrouw van de kalief wordt, heeft Iniga een machtige vriendin aan het hof.'

'Jij mag haar ook,' merkte Karim zachtjes op.

'Ja,' gaf zijn moeder toe, 'inderdaad. Ik vind haar een zeer verstandig meisje.'

'Iniga heeft haar uitgenodigd voor de bruiloft. Ik zal haar en Oma hier naartoe brengen. Geen van beiden heeft in feite een gezinsleven gekend. Ze vinden het heerlijk door onze familie gekoesterd te worden. Ik zend haar terug naar de villa wanneer de optocht van Ahmed komt om Iniga te halen en naar zijn vaders huis te brengen.'

'Ik geef mijn toestemming,' zei Alimah. 'Iniga wil geen grote bruiloft en dus wordt het een eenvoudig feest in onze tuinen.'

'In de maand na de bruiloft vertrek ik naar Cordoba,' zei Karim. 'Vandaar zeil ik door naar Ierland, maar ik blijf er niet. Ik ga alleen om Donal Righ in te lichten dat ik zijn opdracht heb uitgevoerd. Daarna sla ik water en voorraden in, zoek een lading om mee terug te nemen en kom naar huis.'

'Voor je eigen huwelijk,' zei Alimah.

'Ja,' zei hij. Hij zou met een meisje gaan trouwen dat Hatiba heette, dat hij nooit eerder had gezien en dat hem nooit voldoening zou schenken, hoe goed ze ook haar best deed. Maar hij zou het haar nooit laten voelen. Hij zou goed en vriendelijk voor Hatiba, zijn berbervrouw, zijn en zij zou nooit te weten komen, dat hij met iedere vezel van zijn wezen van een andere vrouw hield; dat hij van geen ander zou houden dan van Zaynab met de gouden lokken.

Karim nam Zaynab en Oma mee naar de stad die ze, na hun aankomst slechts kort hadden gezien. De twee jonge vrouwen, gepast gehuld in hun zwarte overkleding, waardoor je niets anders zag dan hun ogen, stapten uit de draagstoel en slenterden samen met Karim over de markt. Het scheen Zaynab en Oma toe, dat je hier alles kon kopen wat je je maar kon voorstellen en ook alles wat je je niet kon voorstellen. De kraampjes, met hun overkappingen van zeildoek, lagen helemaal volgestouwd met goederen. Kleurige stoffen – zijde, katoen, linnen en brokaat – hingen er te koop en woeien als vanen in de wind. Er was prachtig bewerkt leer, aardewerk en koper; fijnbesneden kistjes van ivoor, speksteen, en been stonden uitgestald, tezamen met even prachtige, zwartgelakte kistjes met fijn schilderwerk in heldere kleuren.

Ergens anders werden kleurige vogels verkocht, die gevangen zaten in kooien van wilgenteen. Sommige van die diertjes zaten lieflijk te zingen, terwijl andere ondersteboven aan hun stokjes hangend rauwe kreten slaakten en de voorbijgangers met felle zwarte kraaloogjes aankeken. De poelier en de slager stonden naast elkaar en iedereen kon hun waren goed zien: rundvlees en lamsvlees lagen naast elkaar, bewaakt door jongens, die met palmbladeren vliegen wegjoegen. De kippen kakelden, de eenden kwaakten en de duiven koerden in hun hokken, wachtend op een koper. Juweliers verkochten allerlei sieraden, van goedkope koperen oorringen tot dure hangers die schitterden in het zonlicht.

Toen ze de bocht omgingen, stuitten ze op een slavenhandelaar. Ze bleven gefascineerd staan kijken. Sterke, jonge zwarte mannen moesten naakt rondlopen en werden snel aan nieuwe meesters verkocht. Er werd een mooi donkerharig meisje achter een gordijn vandaan geleid. Zij probeerde haar naaktheid met haar handen te bedekken, maar de slavenhandelaar sprak haar scherp toe. Aarzelend haalde ze haar handen weg en onthulde alles aan de menigte van gretige kopers. Er werd geestdriftig geboden. Het meisje, dat werd aangeprezen als maagd met certificaat van een arts, werd snel verkocht voor driehonderddertig dinariën.

'Zou dat met Oma en mij ook zijn gebeurd als Donal Righ ons niet had gekocht?' vroeg Zaynab aan Karim.

Hij knikte. 'Ja, mijn lieve, een slavenmarkt is geen aangename plaats.'

Opnieuw realiseerde Zaynab zich, en nu nog veel sterker, hoe gelukkig Oma en zij waren geweest dat ze aan Donal Righ waren verkocht. O, het was hun vaak genoeg verteld, maar nu ze dat arme, bange meisje zag, drong het pas goed tot haar door. Als mannen mij niet zo mooi hadden gevonden, bedacht ze peinzend, dan zou ik ook doodsbang op zo'n openbare marktplaats terechtgekomen zijn en Oma ook. Ze huiverde bij die vreselijke gedachte, maar haar gezelschap merkte het niet.

Karim stak zijn hand onder Zaynabs elleboog en leidde haar naar een ander gedeelte van de markt, waar de kraampjes met vruchten, bloemen en groenten stonden. Eén koopman ventte anjers, jasmijn, mirte en rozen. Een ander had mandenvol komkommers, erwten, bonen, asperges, aubergines en uien. Er stond ook iemand met kruiden: munt, majoraan, lavendel, potten met gele saffraan. De fruithandelaar prees zijn sinaasappelen, granaatappelen, bananen, druiven en amandelen aan.

Karim bracht hun kopjes water met uitgeperst citroensap, om de dorst te lessen. Het was buitengewoon warm voor deze tijd van het jaar. 'Drink het maar door je sluiers heen,' waarschuwde hij. 'Je mag nooit je gezicht in het openbaar vertonen als je je niet wilt verlagen.'

Ze liepen verder en Zaynabs oog viel op een kraampje waar een zilversmid aan het werk was. 'Kunnen we hier even stoppen, heer?'

'Jazeker,' zei hij, 'jullie mogen beiden een geschenk uitzoeken als er iets bij is wat jullie mooi vinden.'

De ogen van het dienstmeisje vielen op een fijne zilveren ketting, bezet met Perzische lapis lazuli en Karim was zo vrijgevig om hem voor haar te kopen. Zaynab werd echter verliefd op een zilveren beker. Die had geen voetje, maar was tamelijk rond van vorm en lag prettig in de hand. De beker was versierd met een opgelegd ornament: een lelie, waar een kleine kolibrie voor zweefde. De bloem was bedekt met een laagje verguldsel, het vogeltje geëmailleerd in helder groen en violet. Het had een kleine robijn als oog.
'Dit wil ik graag hebben, heer,' zei ze zacht en hij kocht het voor haar.
'Telkens wanneer je uit deze beker drinkt, zul je aan me denken,' zei hij, terwijl hij hen naar de draagstoel begeleidde.
'Ik zou je niet kunnen vergeten,' zei ze zachtjes.
'Het zilver komt uit de mijnen in de bergen vlakbij Alcazaba Malina,' vertelde hij in een poging om van onderwerp te veranderen. 'Vooral die mijnen zijn een grote bron van welvaart voor de stad.'
Ze kon hem niet aankijken. Ze wendde haar hoofd af en deed alsof ze sliep. Over een paar weken zou Iniga trouwen en de maand daarna zou Karim haar naar Cordoba brengen. Daarna zou ze hem nooit meer zien. Deze wetenschap stak als een dolk in haar hart. Maar hadden vrouwen eigenlijk een ander lot? Haar zuster was om opportune redenen uitgehuwelijkt en Zaynab vroeg zich af of het kind dat Gruoch had gebaard de gewenste zoon zou zijn. Zo ja, dan was de wraak van Sorcha MacDuff voltooid. Een echte MacDuff zou over Ben MacDui heersen en daarnaast ook nog het land van MacFhearguis beërven. Ik zal het nooit weten, dacht Zaynab.

Iniga's trouwdag kwam. Zaynab had het advies van Karim gevraagd wat betreft hun kleding. 'Ik wil je zuster eren, maar ik wil niet mooier zijn dan zij op de mooiste dag van haar leven,' zei ze.
'Al droeg je een jutezak, dan nog zou je iedere vrouw ter wereld naar de kroon steken,' sprak hij vleiend. 'Het enige wat ik je wil vragen is geen roze te dragen, dat draagt mijn zuster namelijk al.'
'Wat heb ik daar nu aan?' mopperde ze.
'Iets eenvoudigs en toch elegant,' zei Oma, die een kaftan van aquamarijnkleurige zijde uit de kist haalde. De ronde hals was geborduurd met bloemen van goud en zilverdraad, evenals de randen van de mouwen. 'Er zit een bijpassende broek bij, vrouwe. We nemen de gouden pantoffels. De effen, niet die met de juwelen erop.'
Karim luisterde en knikte instemmend. 'En alleen oorknopjes als versiering,' zei hij, 'die gouden halve maantjes. Misschien een enkele armband, meer niet.'
Oma kleedde haar meesteres en deed daarna haar haren. Ze verwerkte de lange goudkleurige rijkdom in een enkele vlecht en vlocht er bijpassende zijden linten door, die bezet waren met parel-

tjes. Toen ze daarmee klaar was, zette ze de vlecht vast op het hoofd met een doorzichtige sluier van blauwgroene zijde, waar goud en zilverdraad doorheen liep. Er zat een bijpassende gelaatssluier bij. Het gewaad van het dienstmeisje was gelijk aan dat van haar meesteres, maar zonder borduursel en de kleur was zachtgroen. Om haar slanke hals droeg Oma trots de zilveren ketting die ze van Karim had gekregen. Helaas werd hun schittering bedekt door de zwarte overkleding, die ze buiten moesten dragen.

De draagstoel arriveerde om de vrouwen naar de stad te brengen. Zoals gewoonlijk reed Karim te paard naast hen mee. Toen ze de straat bereikten waar Habib ibn Maliks huis stond, stopte de draagstoel voor de tuinpoort. Karim steeg af en opende de poort met zijn huissleutel.

'Ik moet via een andere ingang,' zei hij. 'Jullie treffen de andere vrouwen bij hun feest in de tuin aan.'

'Waar zijn de mannen?' vroeg Zaynab.

'Die feesten apart,' legde hij uit, 'dat is bij ons de zede. Ga nu maar en geniet van het feest. Mijn moeder zegt jullie wel wanneer het tijd is om te vertrekken. Jullie gaan door dezelfde poort, waar ik op jullie zal wachten. Veel plezier!'

Zij liepen de poort door en kwamen in een prachtige tuin. Er stonden overal hoge sierlijke bomen, er waren vijvers met waterlelies en fonteinen die fijne druppeltjes de zoele middaglucht insproeiden. Ze liepen op het geluid van de muziek af, langs een grindpad, tot ze het bruidsgezelschap aantroffen. De twee jonge vrouwen liepen regelrecht op vrouw Alimah af om haar eer te bewijzen.

Karims moeder zag er vandaag bijzonder mooi en gelukkig uit. 'Hebben jullie de bruid gezien?' vroeg ze hun, wijzend.

Daar zat, in het midden van de tuin, Iniga op een gouden troon, gekleed in zachtroze zijde, geheel bedekt met kristalletjes en diamanten. Haar haren hingen los en waren met goudpoeder bestrooid, maar daaroverheen lag een fijne roze sluier. Er kwamen slavinnen om de reiskleding van Zaynab en Oma af te nemen. Instinctief streken beide meisjes de kreukels uit hun gewaden.

Alimah zag hen goedkeurend aan. 'Wat zijn jullie mooi, allebei,' sprak ze vriendelijk. 'Ga nu mijn dochter maar begroeten.'

Zij haastten zich naar het midden van de tuin, waar Iniga in haar eentje zat, omringd door haar bruidsschat en huwelijksgeschenken. Ze grijnsde ondeugend naar hen. 'Wat vinden jullie ervan?' lachte ze. 'Lijk ik niet een of ander opgeschilderd afgodsbeeld?'

'Je ziet er prachtig uit,' vond Zaynab. 'Moet je hier de hele dag zitten, Iniga, of mag je ook rondwandelen?'

'Ik moet hier in eenzame luister blijven zitten,' giechelde Iniga, 'tot vanmiddag laat, wanneer Ahmed en zijn mannelijke verwanten

158

me komen ophalen om naar het huis van zijn vader te gaan. Daar gaan we wonen. Het feest wordt daar voortgezet, de mannen en vrouwen nog altijd gescheiden, tot mijn man en ik mogen ontsnappen naar de afzondering van onze slaapkamer. Vanaf dat moment wordt mijn glorie toegedekt, tot de dag waarop ik aankondig dat ik in verwachting ben. Daarna zal mijn luister steeds verder toenemen, tot ik mijn kind ter wereld breng, hopelijk een zoon.'

'En als je nou een dochter baart?' vroeg Zaynab.

'Men hoopt dat de eerste een zoon zal zijn, maar een dochter wordt ook verwelkomd. Voordat de profeet kwam en het volk de verlichting bracht, doodden velen hun vrouwelijke baby's. Maar de koran zegt: "Doodt uw kinderen niet omdat u armoede vreest. Gij zult voldoende hebben om hen te voeden, hen doden is een grote zonde." ' Iniga glimlachte. 'Bovendien zijn vrouwen levengevers, dan néém je toch geen levens?'

Het was een prettige middag. Er speelde een vrouwelijk orkest en vaak dansten de vrouwen met elkaar voor de ogen van de bruid. Jonge slavinnen brachten bladen met dranken, kleine gebakjes, geconfijte dadels en andere zoete lekkernijen rond. Ten slotte gebaarde Alimah naar Zaynab en Oma dat het voor hen tijd was om te vertrekken. Zij keerden terug naar de plek waar Iniga op haar troon zat, wensten haar veel geluk en namen afscheid.

'Kom me gauw weer bezoeken,' zei Zaynab, 'voordat we naar Cordoba vertrekken.'

'Wanneer gaan jullie?' vroeg Iniga.

'Na de ramadan, heeft Karim gezegd,' antwoordde Zaynab.

'Ik kom,' beloofde Iniga haar vriendin. 'Hij gaat niet weg tot na Id al-fitr, het driedaagse feest na de ramadan. De heilige maand begint over twee dagen en gedurende die tijd zal ik niet kunnen komen, maar met Id al-fitr kom ik, Zaynab, dat beloof ik je.'

De meisjes omhelsden elkaar. Daarna haastte Zaynab zich samen met Oma door de tuin naar de kleine poort in de muur. Karim wachtte hen daar op met de draagstoel. Nadat hij hen erin had geholpen, zei hij: 'Ik moet bij het feest blijven en kom pas laat in de avond terug, mijn juweel. Wacht op me.' Toen sloot hij de gordijnen en voelden zij dat de draagstoel werd opgetild en weggedragen.

'Gek,' merkte Oma onderweg op, 'hoe die mannen en vrouwen afzonderlijk feestvieren op zo'n huwelijk. Ik had gehoopt Aladdin ben Omar er aan te treffen, maar als hij er is geweest hoor ik dat pas als hij het me zelf vertelt. Hij is de afgelopen maanden zo druk in de weer geweest, dat ik hem nauwelijks heb gezien. Ik denk dat ik niet belangrijk genoeg voor hem ben, al deed hij heel erg zijn best om me tijdens de reis uit Ierland te verleiden.'

'En is hij erin geslaagd?' hoorde Zaynab haar dienstmaagd ondeugend uit.

'Nee,' zuchtte Oma, 'en niet doordat hij niet genoeg zijn best heeft gedaan. Maar ik heb geen toekomst, vrouwe. En ik merk dat ik ondanks al mijn babbeltjes geen meisje ben dat genoegen neemt met een kusje en een aai. De kalief zal u zien en verliefd op u worden, vrouwe. Misschien krijgt u een kind en dat kind zal vrij zijn bij geboorte, een koningskind. Elk kind dat ik baar zal een slaaf zijn, zoals ik. Dat zou ik misschien niet erg vinden als ik niet als vrije vrouw geboren was, maar dat was ik wel, en dus maakt het me wel uit.'

'Indien ik bij de kalief in de smaak val,' zei Zaynab, 'ligt het in mijn macht je de vrijheid te geven, Oma. Dan zou ik je naar Alba terug kunnen laten gaan. Zou je dat willen?'

'Vrouwe, ik geef er de voorkeur aan bij u te blijven,' zei Oma. 'Wat heb ik in Alba? Ik heb geen familie en het enige thuis dat ik heb gekend was het klooster. Daar kan ik niet naar terug,' zei ze met een lachje. 'Stel je het gezicht van moeder Eubh voor, als ik voor haar poorten sta!'

'Ik kan je naar mijn zuster sturen, op Ben MacDui,' zei Zaynab.

'Wát!' riep Oma uit. 'Wil je van me af, vrouwe? Je weet niet eens zeker of je zuster Gruoch haar eerste kind heeft overleefd. En hoe zou ik daar moeten uitleggen wat er allemaal met ons gebeurd is? Dacht je dat je zuster of de Fergusons mij zouden geloven? Ze zouden de honden op me afsturen! Stuur me niet weg, vrouwe!' De tranen sprongen Oma in de ogen.

'Ik wil je niet wegsturen,' zei Zaynab, haar dienstmeisje troostend op de hand kloppend, 'maar daarnet leek je zo verdrietig.'

'O, dat komt alleen maar door die Aladdin ben Omar,' zei Oma.

'Misschien moet je toegeven aan zijn verleidingspogingen,' stelde Zaynab voor. 'Dat je mijn bediende bent betekent niet dat je jezelf alle liefde moet ontzeggen.'

'Ik wil geen kind,' antwoordde Oma.

'Je hoeft geen kind te krijgen,' zei Zaynab. 'Vraag je je nooit af hoe het komt dat ik niet in verwachting ben geraakt gedurende al deze maanden? Karim heeft je in Dublin toch een flesje met elixer gegeven, met de instructie dat ik dat iedere ochtend met water moest innemen? Je hebt het recept voor dat elixer gekregen en het zelf voor me gemaakt!'

'Jawel,' zei Oma, bij wie een lichtje opging. 'Ik heb nooit geweten waar het voor was, maar ik snapte wel dat de meester u geen kwaad wilde berokkenen.'

'Met dat elixer wordt voorkomen dat ik in verwachting raak,' legde Zaynab haar uit. 'Er is nog een andere methode, maar ik ben er niet zo zeker van of het afdoende helpt. Iniga vertelde dat de vrouwen van de harem kleine sponsjes in hun schede duwen, helemaal tot aan de baarmoeder. Ze zeggen dat het het zaad van hun minnaar tegenhoudt. Neem maar wat van mijn elixer, Oma en laat Aladdin ben Omar je minnaar zijn als je dat wilt. Je zult er, denk ik, gelukkiger mee zijn dan wanneer je het niet deed.'

'Dank u, vrouwe,' zei Oma dankbaar, 'ik geef toe dat ik naar die zwartharige onverlaat verlang, maar geen enkel kind dat ik baar mag een slaaf zijn!' Toen dacht ze even na. 'Hoelang moet ik dat elixer innemen voordat ik me overgeef aan de charmes van Aladdin?'

'Neem vanavond een dosis in,' stelde Zaynab voor. 'Je bent onmiddellijk veilig, als je het maar dagelijks inneemt. Ik neem het niet meer in als we in Cordoba aankomen, omdat het mijn status in de harem zal vergroten en ik voor de kalief van grotere waarde zal zijn als ik hem een kind baar.'

'Ik vind het jammer dat we hier weggaan,' zei Oma. 'Het is een mooi land en heer Karim is een goede meester. Wanneer vertrekken we, vrouwe? Weet u dat?'

'Over twee dagen begint de ramadan,' zei Zaynab, ' en dan eten en drinken we niet van zonsopgang tot zonsondergang. Aan het eind van de maand is er een feest van drie dagen. Direct daarna vertrekken we naar Cordoba.'

De volgende ochtend braken er een paar uren van intensieve studie voor Zaynab aan. Wetend dat de tijd kort was, zetten de leraren haar extra aan, om zich ervan te verzekeren dat ze naar hun opvattingen de perfectie had bereikt. Haar succes in Cordoba zou een gunstig licht op hen allen werpen.

Laat in de middag kwam Oma naar haar toe met een lange witte mantel met een kap. 'Heer Karim zegt dat u dit moet aantrekken en mij moet volgen, vrouwe.' Toen fluisterde ze zachtjes, zodat de imam haar niet kon verstaan: 'En Aladdin is met heer Karim meegekomen. Mag ik bij hem blijven?'

'Natuurlijk,' zei Zaynab gul. 'Als ik nog geen avondje voor mezelf kan zorgen, ben ik te week geworden door deze manier van leven. Ik verwacht je niet voor morgenochtend terug, Oma,' besloot ze met een knipoog. 'Ik hoop dat je me hierin gehoorzaamt.'

Oma giechelde dolgelukkig en ging haar meesteres voor naar de binnenplaats, waar Karim haar opwachtte, gezeten op de prachtige witte hengst die hij naar Cordoba zou brengen. Hij vroeg haar naderbij te komen.

'Mijn heer?' vroeg ze, toen ze naast het paard stond.

Hij stak zijn armen uit en tilde haar voor zich in het zadel. Toen spoorde hij het paard aan. 'Zit je goed?' vroeg hij, 'we hebben een rit van verscheidene kilometers voor de boeg.'

'Waar gaan we heen, heer?' Ze zat zeer comfortabel op het paard, tussen zijn armen. Hij was geheel in het wit gekleed, een klei-

161

ne witte tulband met een sluier boven op zijn hoofd. Ze nestelde zich tegen zijn borst en snoof zijn mannelijke geur op. Ze slaakte een zucht van genoegen.

Hij glimlachte toen hij bedacht hoe vrij ze was in haar eigen gevoel. Ze bezat niets achterbaks. Wat een verfrissende verandering zou dat zijn voor de kalief, dacht hij, en zijn glimlach verdween. Over enkele weken zou ze de kalief toebehoren, maar tot dan zou ze de zijne zijn. 'Wij gaan naar een huisje in de bergen, aan een meer, dat ik bezit.'

Zaynab zei niets meer. Met haar mooie gezichtje tegen zijn schouder keek ze nieuwsgierig naar het landschap dat voorbijgleed. Ze had praktisch niets van Malina gezien, afgezien van de weg tussen de stad en de villa van Karim. De bergen aan de rand van de vlakte waren met sneeuw bedekt. De grote stukken land zagen groen van het jonge, opschietende graan. Ze passeerden wijnstokken, die dik in het loof zaten. De amandelbomen stonden in bloei en de zilverkleurige blaadjes van de olijfbomen ritselden in de wind.

'Is dit allemaal van jou?' vroeg Zaynab.

'Ja,' antwoordde hij met een glimlach.

'Dan moet je wel erg rijk zijn,' bedacht ze en lachte hardop. 'In Alba zouden ze denken dat ze in het paradijs waren, als ze een dergelijk stuk land hadden. Ons gebied is vreselijk rotsachtig. De bodem is niet erg geschikt om iets te verbouwen, maar hier schijnt de overvloed als vanzelf voor je uit de aarde op te komen.'

'Malina is een bijzondere plek,' gaf hij toe. 'Het land is vruchtbaar en het klimaat gematigd.'

'In Alba,' vertelde ze, 'is het altijd koud en meestal grijs weer. Soms, in midzomer, hadden we een paar warme weken, dan gingen de mannen op korhoenders jagen, maar daar bleef het bij. En het regent heel vaak in Alba. Ik houd van de zon in dit land!'

Ze reden een tijdje en ze merkte op dat het landschap overging in zachtglooiende heuvels, die dik begroeid waren met anemonen. Eindelijk sloeg hij af, een zijweg in, die maar daalde en door een klein bos voerde. Voor haar lag een klein blauw meer, waarvan ze zich nooit had kunnen voorstellen het hier aan te treffen. Aan de oever van het meer stond een marmeren huis, te midden van een tuin, die volop in bloei stond met gele, witte en blauwe bloemen. Bij het huis aangekomen hield Karim het paard in en stapte af. Toen hielp hij zijn metgezellin van het paard.

'Ik noem deze plaats "Toevlucht". Hier ga ik heen wanneer ik alleen wil zijn. Jaren geleden, toen ik nog een jongen was en in deze heuvels op jacht ging, vond ik dit meer. Mijn vader gaf mij dit land toen ik terugkeerde uit Samarkand. Ik heb mijn eerste villa gebouwd bij de zee, maar "Toevlucht" hier, waar niemand het zou vinden.' Hij pakte haar bij de hand en ze liepen samen over een zuilengalerij het gebouw binnen.

Ze bevond zich in een grote kamer met aan de andere kant nog een zuilengang, waar potten met rozenboompjes stonden. In één hoek van de kamer stond een kleine fontein van zwart marmer en een gouden kraan, waar koel water uitkwam. Midden in de kamer stond een bed op een verhoging, met een veren matras met zwartzijden overtrek, vol kussens met bijpassende overtrekken van gestreept goudlaken. Naast de verhoging stond een lage ronde tafel met daarop een blad met gegrild lamsvlees, een schotel met pilaf en een schaal met granaatappelen en bananen. Er stond ook een kristallen karaf met wijn. Op de grond van de kamer lagen dikke wollen tapijten in volle rode en blauwe tinten. Verder was er niets.

Hij schonk voor hen beiden een kleine zilveren beker in en overhandigde haar er één.

'De imam zegt dat wijn verboden is,' zei Zaynab.

'Allah heeft de aarde geschapen, de druiven en daarmee ook de wijn. Er kan niets verkeerds steken in wat Allah heeft gemaakt. Alleen je overgeven aan dronkenschap is verkeerd, mijn lieve. Aan het hof van de kalief zul je ook wijn aantreffen. Drink maar op.' Hij bracht de beker aan zijn mond en dronk hem helemaal leeg. Toen schonk hij de beker nog eens vol en dronk die ook snel leeg. Daarna zette hij hem met een harde klap op tafel.

Zaynab keek hem verbaasd aan. Dergelijk gedrag paste helemaal niet bij Karim al Malina. Toen zei ze: 'Waarom zijn wij hier, heer?' Zij had haar wijn nog niet aangeraakt.

'Zeg dat je van me houdt, Zaynab,' sprak hij plotseling. 'Ik wil die woorden van je eigen zoete lippen horen.' Zijn ogen boorden zich smekend in haar.

'Mijn heer, u bent niet wijs!' riep ze uit. Haar hart bonkte veel te fel. Ze poogde zich van hem af te keren, opdat hij de waarheid niet in haar ogen zou lezen.

Maar dat liet hij niet toe. Hij trok haar naar zich toe en dwong haar naar hem op te kijken, maar zij liet haar wimpers zakken om zich te beschermen tegen zijn blik. 'Het lot heeft bepaald dat wij verliefd moesten worden en daarna voor altijd gescheiden zouden zijn,' zei hij. 'Ik houd van je en jij houdt van mij, Zaynab. Waarom wil je het niet toegeven?'

'Heb je me niet zelf geleerd dat een liefdesslavin niet emotioneel betrokken raakt bij haar meester, mijn heer? De wijn is je naar het hoofd gestegen, vrees ik. Kom, laten we iets gaan eten,' smeekte ze. Waarom deed hij haar dit aan? Was het een of andere test? Ze moest kalm blijven.

Als antwoord trok Karim haar ruw tegen zich aan en sprak op scherpe toon: 'Ik houd van je, Zaynab. Ik heb het recht niet, ik zou niet zo dwaas mogen zijn, maar sinds wanneer is een hart redelijk of voorzichtig, liefste?' Hij streelde haar glanzende haren. 'Eindelijk heeft Allah me gestraft voor de hoogmoed te menen dat een mens een ander menselijk schepsel kan dresseren in de liefde.'

'Je hebt me niet getraind om lief te hebben, mijn heer, je hebt me geleerd genot te schenken,' antwoordde ze rustig.

'Zeg dat je van me houdt,' smeekte hij, zijn stem aangedaan van emotie.

'Een dergelijke liefde heeft geen toekomst,' antwoordde ze koud. 'Heb je me niet vanaf het begin duidelijk gemaakt dat ik het eigendom ben van de kalief van Cordoba? Ik kan niet zijn liefdesslavin zijn en tegelijk van jou houden, Karim.'

'En toch is het zo,' drong hij aan, terwijl hij haar wangen streelde. 'Doe ons dit niet aan,' smeekte ze. Zijn aanraking maakte dat ze wankelde in standvastigheid. 'Hoe zou ik het moeten verdragen over een maand van je weg te gaan als ik van je houd? Hoe kan ik verderleven zonder jou als ik van je houd. Hoe kan ik aan een andere man toebehoren als ik van jou houd, Karim, mijn heer?' Hij was niet dronken van de wijn, en ze wist het.

'Slechts je lichaam zal aan die man toebehoren, maar je hart zal altijd aan mij toebehoren,' antwoordde hij. 'Ik maak geen grapje en ik test je ook niet, mijn lieve Zaynab. Ik spreek woorden die uit mijn hart komen en heb evengoed niet het recht ze uit te spreken. Ik had het niet mogen zeggen, maar mijn liefde voor jou maakt me machteloos wat betreft de dingen die ik doe. Ik houd van je en zal je eeuwig liefhebben.'

Woedend trok ze zich los. 'En wat hebben wij aan die liefde die jij voor mij koestert, Karim al Malina? Ik ben de jouwe niet en kan nooit de jouwe worden! Hoe kún je mijn hart op deze manier breken. Je bent wreed, ontzettend wreed! Ik zal het je nooit vergeven!'

'Dus dan houd je wel van mij!' riep hij in triomf.

Ze keek hem duister aan. De tranen liepen over haar prachtige gelaat. 'Ja, verdomme, ik hou van je! En ben je nu blij? Is je ijdelheid gestreeld, héér? Ik had gezworen dat ik die woorden nooit tegen jou zou uitspreken, maar nu heb je ze me afgedwongen. Hoe kan ik nu nog naar de kalief gaan, in de wetenschap dat ik van jou houd en jij van mij? Wat heb je gedaan, Karim? Zo zullen we oneer brengen over allen die ons vertrouwen.'

Hij trok haar weer in zijn omhelzing. 'Nee, dat zullen we niet,' zei hij. 'Wij zullen doen wat we moeten doen. Jij gaat naar de kalief en ik trouw met dat berbermeisje, Hatiba. Maar voordat dat gebeurt brengen wij één maand samen door hier op "Toevlucht", jij en ik alleen. Wat ons lot daarna ook moge zijn, wij hebben dan een liefde gekend, waar wij ons hele leven aan kunnen denken om ons getroost te voelen, mijn mooie Zaynab met je gouden lokken. Hoe had ik je kunnen laten gaan zonder de waarheid te weten? Zonder ooit de liefde gekend te hebben?'

'Het zou misschien gemakkelijker zijn geweest als je dat had gedaan,' zei ze zacht. 'Ik weet niet of ik wel zo edel en dapper ben als jij, Karim. Ik ben maar een eenvoudig meisje uit een primitief land. Wij Kelten van Schotland kennen slechts hartstocht en wraak. Ik dacht dat er niet veel meer bestond, maar jij hebt mij schoonheid en licht laten zien, Karim al Malina, en een familie waar iedereen van elkaar houdt. Indien God mij één wens zou willen toestaan, dan was het voor de rest van mijn leven van jou te zijn. Om je zonen en dochters te baren. Om net als jouw moeder te worden, die tevreden is met haar lot. Maar nu heb je me gezegd dat je van me houdt en mij gedwongen hetzelfde te zeggen. Nu zal ik nooit meer tevreden kunnen zijn, mijn heer. Als het mijn lot is te moeten lijden aan de wetenschap van jouw liefde, dan zal het jouw lot zijn te leven met de wetenschap dat ik nooit meer gelukkig zal kunnen worden als ik eenmaal van je gescheiden ben. Ik had tevreden kunnen zijn, Karim, maar nu nooit meer.'

'Kun je niet gelukkig zijn in de wetenschap dat mijn hart met je meegaat?' zei hij.

Ze schudde haar hoofd. 'Ik zal nooit gelukkig zijn als ik niet bij je ben.'

'O, Zaynab, wat heb ik gedaan!' weende hij.

'Maar hoe boos ik ook ben, Karim, het kan me ook niet meer schelen,' zei ze. 'Ik houd van je en we hebben nog maar heel weinig tijd over. Laten we die tijd niet doorbrengen met elkaar te beschuldigen. Mijn hart is gebroken, maar ik aanbid je nog steeds!' Ze sloeg haar armen om zijn hals en kuste hem vurig. 'Ik zal van je blijven houden tot in alle eeuwigheid!'

Hij tilde haar op, legde haar op het bed en begon haar zachtjes te ontkleden. Toen hij zijn eigen kleren had uitgedaan ging hij naast haar liggen. Hun handen raakten elkaar en hun vingers strengelden zich ineen. Zo bleven ze een tijdje zwijgend liggen, tot hij zich op een elleboog oprichtte en zijn hoofd boog om haar te kussen. Haar ogen als juwelen keken ernstig, maar sloten zich toen ze zich overgaf aan de zoetheid van dat ogenblik. Zijn handen liefkoosden haar zoals ze nooit hadden gedaan, met een ongelooflijke, haast ondraaglijke tederheid, die haar deden smachten naar meer.

Hij kuste elke traan van haar gezicht, wiegde dat gezicht in zijn hand, zijn lippen op de hare, op haar wangen en haar beschaduwde oogleden.

Toen stak ze haar hand uit en begon zijn knappe gezicht te strelen, waarbij haar vingers probeerden iedere bocht en lijn, elk klein stukje van hem te onthouden. Wat had zij misdaan dat ze tegelijk zoveel geluk en zoveel pijn moest voelen? Liefde was niets dan een afschuwelijk verdriet. Ze zou blij zijn als hij haar eindelijk naar Cordoba bracht en van deze pijn af kon zijn. Het zou beslist na verloop van tijd minder worden en dan kon ze zich concentreren op al datgene wat haar geleerd was. Zij zou de meest befaamde liefdesslavin worden die er ooit geweest was. Want dat was alles wat ze had.

'Mijn bloempje, ik heb je lief,' mompelde hij in haar oor, zijn adem warm en kietelig. Hij sabbelde aan haar oorlelletje.

Toen ze zich naar hem omdraaide, smolt ze en het scheen haar toe alsof het hart in haar knapte. Dit was niet rechtvaardig! 'En ik heb jou lief, Karim al Malina,' zei ze, 'bemin me, mijn liefste, o ja, bemin me!'

Hij beantwoordde haar kreet en vervulde haar met zijn hartstocht, tot zij beiden ineenstortten, verstrengeld, terwijl de maan opkwam en het meer buiten hun liefdesprieel verzilverde en waar een nachtvogel een droevig mooi lied aanhief.

DEEL III

Al-Andalus

945 n. Chr.

Hoofdstuk negen

Abd al-Rahman, de kalief van Cordoba, lag alleen in zijn grote bed. Buiten brak een zonnige dag aan. De vogels zongen al. In het voorjaar klinken hun liederen altijd op hun mooist. Misschien omdat ze aan het hofmaken waren, dacht hij glimlachend. Alles werd anders door de liefde. Het was lang geleden dat hij verliefd was geweest, verscheidene jaren, eigenlijk. Hij was gereed voor een nieuw avontuur, ook al was hij zijn vijftigste gepasseerd.

Hij wist wel wat ze allemaal dachten. Zijn favoriete vrouw Zahra wakkerde die gedachten aan. Het streelde haar ijdelheid als haar jongere concubines ontmoedigd raakten. Hij was achttien keer vader, zelfs al grootvader. Ondanks zijn seksuele honger, die, dat moest hij toegeven, de laatste jaren een beetje was afgenomen, was hij dermate lang aan het bewind, dat sommige mensen begonnen te denken dat hij een oude man was. Nou, dat was hij beslist niet! Hij had een stevig lichaam, als een man van dertig, en zijn haren waren nog roodblond, zonder een spoortje grijs. Het was voorjaar en hij kon een nieuwe liefde aan!

Hij rekte zich uit en snoof diep de frisse ochtendlucht op. Wat had hij vandaag op de agenda staan? O ja, dit was de dag van de maand waarop hij audiëntie hield en geschenken ontving van dankbare onderdanen, vrienden en zogenaamde vrienden. Wie weet zaten er een paar knappe slavinnen tussen. Wie weet riep een van die aantrekkelijke wezentjes iets meer dan alleen wellust bij hem op. Twijfelachtig, maar het kon natuurlijk altijd. Jazeker, hij was klaar voor een nieuwe liefde!

De deur naar zijn slaapkamer ging open en zijn lijfslaaf trad binnen. De dag was officieel begonnen. Zonder haast sprong de kalief uit zijn bed en begon aan zijn ochtendritueel. Eerst nam hij een bad. Daarna at hij sober: een schotel verse yoghurt, waar hij een kopje muntthee bij gebruikte. Hij waste opnieuw zijn handen en zijn gezicht en liet zijn nagels en zijn haren bijknippen. Daarna werd hij aangekleed. Vandaag droeg hij groen en goud, de kleuren van de profeet – een zijden broek, een ondertuniek van effen brokaat, een brede, met juwelen bezette sjerp en een open jas met juwelen en wijde mouwen, gevoerd met goudlaken. Hij stak een gouden dolk, bezet met smaragden, tussen zijn sjerp. Er werden donkere vilten laarzen aan zijn voeten gestoken. Zijn slaaf plaatste een tulband van goudlaken met van voren een schitterende diamant op zijn hoofd. De kalief was gereed om zijn bezoekers en al hun geschenken te ontvangen.

Zijn favoriete vrouw Zahra kwam hem goedemorgen wensen. Hij hield van haar en hij respecteerde haar, maar ze irriteerde hem de laatste tijd heel erg, vooral omdat ze niet afliet hem te behandelen als een oude man met een grijze baard. Dat had hetzelfde effect op hem als een korrel zand op een oester. 'Ik geniet altijd van die afgezanten uit het buitenland, lieve,' zei hij. 'Wie weet wat voor unieke geschenken er vandaag weer bij zijn. Misschien wel een mooie slavin om mijn hart te verleiden.' Hij glimlachte en zag met een zekere voldoening dat ze gepikeerd was. Hij was niet van plan om een oude mummelaar te worden om Zahra of zijn zoon Hakam een genoegen te doen.

Hakam. Nog een probleem. Een prachtige jongen, maar eerder een geleerde dan een man die op een dag kalief zou worden. Zijn belangstelling voor boeken en andere literaire interesses was veel groter dan zijn belangstelling voor vrouwen. Hij had geen kinderen, en dat kwam doordat hij zo weinig tijd in het gezelschap van zijn harem doorbracht. Abd al-Rahman vond dat de schuld bij Zahra lag. Zij was enorm trots op het grote intellect van haar zoon en had hem altijd aangemoedigd te studeren, zeggende dat hij later altijd nog genoeg tijd zou hebben voor de vrouwen, maar dat had ze misgehad. In Hakams leven was er nooit genoeg tijd voor vrouwen als er ook nieuwe boeken waren die hij kon lezen. Niettemin had prins Hakam de laatste tijd meer interesse getoond voor de regering van Al-Andalus, vooral nadat de kalief hem duidelijk voor ogen had gehouden dat hij wel moest, aangezien er nog zes zeer gretige, zeer ambitieuze jongere broers stonden te wachten. Toch hielden vader en zoon veel van elkaar en hadden ze een hechte band.

De kalief ging onder begeleiding van zijn persoonlijke lijfwacht naar de Grote Hal van het paleis. Dat was een majestueuze ruimte met een hoog, gewelfd plafond, gesteund door rijzige zuilen van roze en blauw marmer. De wanden en het plafond waren belegd met platen geslagen goud. In het midden van het plafond hing een enorme parel die door keizer Leo van Byzantium naar de kalief was gezonden. Er waren acht deuren van ebbenhout, ingelegd met ivoor en goud, die toegang gaven tot de Hal. De deuren waren gezet tussen zuilen van puur kristal.

Midden op de vloer stond een groot kristallen vat, gevuld met kwik, uit de mijnen van de kalief in al-Madan. Op een teken van de kalief zwaaiden slaven het vat heen en weer, waardoor in de ruimte een spervuur ontstond van wegschietende stralen licht en de toeschouwer het gevoel kreeg dat de hal zweefde. Het was een angstaanjagende ervaring voor mensen die er niet op voorbereid waren en een onbegrijpelijk wonder voor degene die het effect al eens eerder had meegemaakt. Om de schoonheid van de Hal te completeren, waren er schitterende brokaatstoffen tussen de zuilen opgehangen en was de marmeren vloer belegd met fraaie tapijten.

De ochtend verstreek aangenaam met diplomaten en afgezanten uit verschillende landen, die naar voren traden om eer te bewijzen of geschenken aan te bieden. Er was niets unieks bij en Abd al-Rahman moest zijn verveling verbergen. Prins Hakam en zijn gunsteling, de arts Hasdai ibn Sjaproet, zaten aan weerszijden van hem.

Hasdai ibn Sjaproet was een jood, en heel wat meer dan alleen een groot medicus. Hij was pas twee jaar geleden onder de aandacht van de kalief gekomen, doordat hij een universele remedie had gevonden tegen vergiftigingen. Vergif was het favoriete wapen van moordenaars en de vondst was dus dankbaar binnengehaald door de rijken en machtigen der aarde. Maar de kalief had al snel ontdekt dat zijn nieuwe vriend ook nog een uitstekend diplomaat en onderhandelaar was. In al-Andalus vormde iemands religie geen beletsel om vooruit te komen en was de benoeming van Hasdai ibn Sjaproet tot regeringsambtenaar ook geen probleem geweest.

Abd al-Rahman zat met gekruiste benen op een grote, met juwelen bezette troon, die comfortabel zat, vanwege de vele grote, roodsatijnen kussens. Boven de troon hing een baldakijn van goudlaken met zilveren strepen. Discreet geeuwde hij achter zijn hand, toen de ambassadeur van Perzië de hal verliet. De kalief zat er al bijna drie uur. Er was geen geschenk bij geweest dat zijn bijzondere aandacht had getrokken, alleen de gebruikelijke aantallen renkamelen, slaven, juwelen en exotische beesten voor zijn dierentuin. Zijn enthousiasme van eerder die ochtend was weggeëbd. Misschien moest hij vanmiddag maar eens met zijn havik op jacht gaan.

Toen kondigde de kamerheer aan: 'Doorluchtige heer kalief, thans zal een processie van geschenken worden binnengebracht door Karim ibn Habib al Malina, afkomstig van koopman Donal Righ uit Ierland. Deze geschenken worden u aangeboden uit diepe dankbaarheid voor uw vriendschap.'

Toen gingen de deuren recht voor de kalief met een plechtige zwaai open en werd een kudde olifanten zichtbaar, die langzaam de ruimte binnenkwam. Abd al-Rahman ging er eens goed voor zitten en zijn blauwe ogen begonnen met belangstelling te schitteren. De olifanten kwamen twee aan twee naar voren, elk dier onder begeleiding van een bewaker, gekleed in blauwe en oranje zijde. Tussen elk paar olifanten hing een prachtig bewerkte zuil van groene agaat. Vierentwintig dieren stapten met hun zware tred door de enorme troonzaal, hun grote poten diep in de zachte tapijten wegzakkend. Op een teken van de voorste bewaker stopten de dieren en trompetterden een saluut, alvorens door te lopen en aan de andere kant van de ruimte weer te verdwijnen.

'Geweldig!' sprak de kalief opgetogen, onder bijval van zijn metgezellen.

'Wat kan deze optocht meer bieden, dat een dergelijk spektakel nog te boven gaat, vraag ik mij af?' merkte Hasdai ibn Sjaproet op. Hij was een lange, slanke man van voor in de dertig, met warme amberkleurige ogen en donker haar. Net als zijn meester was hij gladgeschoren.

'Ja, vader, de komst van de olifanten zal toch zeker niet al het hoogtepunt zijn geweest,' zei prins Hakam. Hij was van ongeveer dezelfde leeftijd als de arts, een ernstige jongeman, met de huidskleur van zijn moeder.

'We zullen zien, we zullen zien,' zei de kalief.

De olifanten werden gevolgd door slaven die twintig balen zijde droegen, alle van een andere kleur, drie albasten kruiken met zeldzaam ambergrijs, twee manden gemaakt van ivoor en goud, de eerste gevuld met losse parels, de tweede met Siberische marterhuiden, tien witte Arabische paarden, getuigd met gouden tomen en zadels van brokaat, vijf staven goud, vijftien staven zilver en twee gevlekte jachtkatten met gouden kragen, aan roodleren riempjes.

Ten slotte verscheen er een draagstoel, begeleid door Karim al Malina en Oma. Deze werd naar de voet van de troon van de kalief gedragen, waar een prachtig tapijt werd uitgerold. De kapitein kwam naar voren en boog diep voor Abd al-Rahman, evenals de bediende naast hem.

'Doorluchtige heer,' begon Karim al Malina, 'een jaar geleden werd ik door Donal Righ van Ierland belast met de volgende opdracht: hij verzocht mij deze tekenen van zijn diepste eerbied en achting aan u te presenteren, als dank voor uw goedheid jegens hem en zijn familie. Hij vertrouwde mij ook de opleiding en training toe van een meisje, dat Zaynab heet. Ik ben de laatste nog levende passiemeester in al-Andalus, die een opleiding heeft gevolgd in Samarkand.' Karim strekte zijn hand uit naar de gesloten gordijnen van de draagstoel. 'Mijn heer kalief, mag ik u voorstellen: de liefdesslavin Zaynab.'

Er kwam een tengere blanke arm uit de draagstoel, waarvan het fijne handje in de zijne werd gelegd.

De kalief en zijn twee metgezellen bogen zich in gespannen afwachting naar voren.

De slavin duwde behoedzaam de gordijnen van de draagstoel terzijde en er stapte een geheel in sluiers gehulde gestalte uit. De draagstoel werd onmiddellijk verwijderd, opdat deze de blik van de kalief niet zou blokkeren. Oma haalde behoedzaam de allesverhullende zijden mantel van haar meesteres weg en stapte opzij. Zaynab bleef roerloos staan, met gebogen hoofd, zoals ze had geleerd. Haar gewaad was zo gekozen dat ze de nieuwsgierigheid opwekte. Ze droeg een rok die gemaakt was van snoeren zaadpareltjes, die bevestigd waren aan een wijde gouden band met juwelen, die net onder de heupbotten rustte, zodat haar navel zichtbaar was. Haar nauwsluitende blouse met korte mouwen was van goudlaken gemaakt. Hij had een ronde hals die dicht zat met een strikje en die een split openliet tot even onder haar borsten. De rand was bezet met parels. Ze was blootsvoets en een doorzichtige sluier van de allerdunste rozekleurige zijde bedekte haar hoofd, een andere onttrok haar gelaat aan de blikken.

Karim al Malina trok de sluier van haar hoofd en Oma maakte snel de haren van haar meesteres los, waardoor het vrij kon vallen. Het waaierde uit en toonde zichzelf in al zijn glans.

Abd al-Rahmans oren tuitten van zijn eigen hartslag. Hij strekte zijn benen uit hun gekruiste positie, kwam van zijn troon en stapte de twee treden van de verhoging af, naar de plaats waar het meisje stond. Niet in staat zich te beheersen nam hij een lok van het bleekgouden haar tussen zijn vingers en voelde de zijdeachtige zachtheid ervan. Hij stak zijn hand uit om één kant van de sluier los te maken, legde één vinger onder haar kin en tilde die op om haar gelaat te kunnen zien. Haar bleke wimpers lagen dik op haar bleke wangen. 'Sla je ogen naar me op, Zaynab,' sprak hij zachtjes.

Gehoorzaam keek ze hem voor de eerste keer aan. Hij was nog geen hoofd groter dan zij, en fors. Hij had diepblauwe ogen die ernstig en bedachtzaam keken. Ze voelde zich bijna opgelucht, maar ze vertrok geen spier van haar mooie gelaat.

De kalief stond daarentegen versteld bij haar aanblik. Zij was waarschijnlijk de allermooiste vrouw die hij ooit had aanschouwd. Haar gelaatstrekken waren volmaakt, amandelvormige ogen, een rechte neus die niet te lang en niet te kort was, een hoog voorhoofd, hoge jukbeenderen. Een volle mond die voor kussen geschapen leek. Een vierkant kinnetje, dat enige koppigheid verried. Leuk! Hij hield niet van onderdanige vrouwen. Hij glimlachte opgetogen, zich afvragend hoe haar glimlach eruit zou zien. Maar op dit moment was ze waarschijnlijk veel te bevreesd, ofschoon ze te welgemanierd was om dat te tonen. Behoedzaam maakte hij de sluier weer vast, zodat die haar gezicht bedekte en ze sloeg haar ogen weer neer. Langzaam begaf de kalief zich weer naar zijn troon.

'Donal Righ heeft zich waarlijk uitgesloofd, Karim al Malina,' zei Abd al-Rahman. 'Blijf vannacht hier in Madinat al-Zahra als mijn gast. Mijn kamerheer zal erop toezien dat u van alles wordt voorzien. Morgenochtend zal ik u onder vier ogen spreken en u zeggen of de liefdesslavin Zaynab mij bevalt. Daarna zult u een persoonlijke boodschap van mij aan mijn vriend Donal Righ overbrengen.'

Karim al Malina boog diep voor de kalief en liep achteruit door de hal weg van de troon, de hal van het paleis uit. Een kort moment ontmoette zijn blik die van Zaynab en binnen in zijn hart leek het te kraken. Hij zou haar nooit weerzien. Allah behoede je, mijn liefste, riep hij haar stilzwijgend toe, maar zij werd reeds uit de Hal weggeleid.

Zaynab sprak niet, toen zij en Oma de hal van het paleis uit werden gebracht. Er viel niets te zeggen. Haar hart was gebroken en ze zou nooit meer beminnen. Ze was dan wel jong, maar zonder illusies. Karim was uit haar leven verdwenen. Haar overleving en die van Oma hing af van de goedgunstigheid van een man met blauwe ogen, Abd al-Rahman. Hij was niet onaantrekkelijk, vond ze, maar ze had zich ook nooit kunnen voorstellen dat hij er zo zou uitzien.

De kalief was geen lange man. Ofschoon zij voor een vrouw als lang werd beschouwd, was hij nauwelijks langer dan zij. Zijn kleding was schitterend geweest, natuurlijk. Wat eronder zat kon ze niet bevroeden, afgezien van het feit dat hij een massieve kerel was. Zijn wenkbrauwen waren rossig. Zou zijn haar ook die kleur hebben? Daar zou ze ten slotte wel achter komen, want toen hij haar had aangekeken had zijn blik openlijk te kennen gegeven dat hij haar begeerde.

Zij werden naar de vrouwenverblijven van het paleis gebracht, wat op zich een heel gebouw was.

'Deze slavin en haar bediende zijn vanochtend aan de kalief ten geschenke gegeven,' sprak haar begeleider tegen de eunuch bij de deur. Toen vertrok de bewaker, hij had zijn werk gedaan.

'Kom binnen, kom binnen,' wenkte de eunuch. 'Ik zal de opperharemdame halen. Zij zal u en uw dienstmaagd slaapruimte toewijzen. Wacht hier,' zei hij, terwijl hij zich weghaastte.

Zaynab en Oma keken om zich heen. De hal met zuilen en verscheidene fonkelende fonteinen was vol vrouwen in alle soorten, maten en kleuren. Een kakofonie van stemmen deed het hun toeschijnen, alsof ze in een grote volière terechtgekomen waren.

'Wat! Alwéér een meisje?' mopperde de opperharemdame, toen ze kwam om Zaynab aan een kritische blik te onderwerpen. 'Er zitten hier al meer dan vierduizend vrouwen. Waar moet ik er nog een tussen proppen als ik vragen mag? Nou ja, je bent wel mooi hoor, maar de kalief is bepaald geen jonge man meer. Ik denk dat je hier oud en dik zult worden, zoals de meeste anderen hier. Laat me even nadenken waar ik jou heenbreng.'

'Ik heb eigen vertrekken nodig,' zei Zaynab kalm.

De opperharemdame, wier naam Walladah was, staarde de jonge vrouw verbaasd aan en begon toen te lachen. 'Jij wilt je eigen vertrekken, zo! Hahaha! Ben jij soms een prinses of zo, die speciale aandacht verdient? Je mag blij zijn als ik een bed voor je kan vinden. Eigen vertrekken! Hahaha!'

'Vrouwe,' sprak Zaynab rustig maar gedecideerd, 'ik ben niet zomaar een Gallisch of een Baskisch meisje, van wie de haren geverfd zijn. Ik ben ook geen bange maagd die hoopt bij haar meester in de smaak te vallen. Ik ben Zaynab, de liefdesslavin, opgeleid door de grote passiemeester Karim ibn Habib al Malina. Ik dien huisvesting te krijgen die in overeenstemming is met mijn status. Mocht u aan mijn woorden twijfelen, dan stel ik voor dat u met de kalief gaat praten om zijn wensen hieromtrent te vernemen. Daar zal ik mij dan aan houden en verder niet klagen.'

Walladah stond voor een dilemma. Het welzijn van de vrouwen in de harem was haar verantwoordelijkheid. Zij was een verre nicht van de kalief, een vrouw die al vroeg weduwe was geworden en naar wie niemand meer had gedongen. Alleen door haar familiebanden had ze een dergelijk machtige positie in de huishouding van Abd al-Rahman kunnen innemen. Deze had haar ook rijkdom en respect gebracht. Ze stond niet te trappelen om alles kwijt te raken wat ze had bereikt.

'Het is uw beslissing, vrouwe,' drong Zaynab kalm aan. 'Weldra komen de slaven hier met mijn eigendommen. Ik bezit verscheidene kisten en kistjes met juwelen, die een veilige plek moeten krijgen. Ik kan het niet gebruiken als gewone concubines en hun bedienden in mijn kleren gaan zitten graaien. Dat is absoluut ondenkbaar. Denk u eens in wie wij dienen, vrouwe. Ik ben hierheen gestuurd met slechts één doel, namelijk mijn heer, de kalief, te behagen. Dat kan ik niet als ik geen plek heb waar ik hem kan ontvangen of als mijn persoonlijke bezittingen weggegapt worden door vingervlugge dames van twijfelachtige komaf.'

Walladah keek nog eens wat beter naar Zaynab. Deze jonge vrouw was ongelooflijk mooi en erg zelfverzekerd, maar toch beleefd. Misschien een beetje hooghartig, dat wel, maar beleefd. 'Goed,' gaf de opperharemdame toe, 'ik kan misschien nog wel een klein appartement voor u vinden, maar indien u niet snel gunst vindt in de ogen van de kalief, dan zult u een slaapmat moeten delen met uw bediende.'

Zaynab lachte alsof zoiets ondenkbaar was. Daarna sprak ze tot de opperharemdame: 'Mijn vertrekken moeten een klein tuintje hebben. Ik wil privacy hebben als ik een frisse neus wil halen.'

Walladah slikte haar woede weg. Wat een brutaliteit had die meid! Maar ze moest toegeven dat dit geen gewone slavin was. Toch maakte haar positie het noodzakelijk dat ze een zekere mate van macht behield. 'Ik heb precies het goede appartement voor u, vrouwe Zaynab,' zei ze. 'Als u en uw bediende mij maar willen volgen.' Ze haastte zich weg met de twee jonge vrouwen achter zich aan. Het appartement waar ze dit meisje zou onderbrengen, lag helemaal aan het einde van de harem. Er was een heel klein strookje tuin bij en de muur werd gedeeld met de dierentuin van de kalief. Het meisje zou hebben wat ze wilde, maar dit was nauwelijks een keus. Later, als ze werkelijk gunst had gevonden in de ogen van de kalief, kon ze altijd nog omzien naar een betere behuizing. Als!

Oma stokte de adem in de keel, toen Walladah de dubbele deuren naar het appartement opende. Hoe durfde deze vrouw haar meesteres zo te beledigen? Ze stond op het punt om Zaynab haar mening te geven wat betreft deze grofheid, toen haar meesteres een waarschuwende hand op haar arm legde en zelf sprak.

'Het is klein, vrouwe Walladah, maar ik denk dat het best aangenaam te maken is. Ik zal uw grote vriendelijkheid in gedachten houden.'

De opperharemdame voelde zich even erg onbehaaglijk bij deze woorden van Zaynab. 'Ik zal onmiddellijk een schoonmaakster sturen, vrouwe.'

'Uitstekend,' zei Zaynab poeslief, 'ik wil de beschikbare eunuchs zo gauw mogelijk zien. Ik moet ook spoedig een bad kunnen nemen. De kalief zal vanavond mijn aanwezigheid verlangen.'

Walladah ijlde weg, verbijsterd dat een meisje dat nog zo jong was een dergelijke persoonlijkheid bezat en haar zo verblufte. Ze zou gaan doen wat noodzakelijk was om het die Zaynab naar de zin te maken en vervolgens naar vrouwe Zahra gaan, de favoriete vrouw van de kalief, om haar verslag uit te brengen. Die dame zou beslist alles willen weten omtrent dit nieuwe schepsel.

'Als ze ons naar Alcazaba Malina had teruggestuurd,' snoof Oma, 'dan zouden we niet veel verder verwijderd zijn van het middelpunt hier. Twee kamers, en geen van beide groot genoeg om een kat aan zijn staart in de rondte te kunnen zwieren, zou ik zeggen.'

Zaynab deed lachend de deur achter hen dicht. 'Het is beter dan een ruimte op de slaapzalen van de harem toegewezen te krijgen, midden tussen de andere vrouwen, die ongetwijfeld alles zouden stelen wat los en vastzit,' zei ze. 'Deze vertrekken zijn dan misschien klein, maar ze geven ons wel status en privacy. Wij gaan ze veranderen in een uiterst verfijnd juwelendoosje, om er een volmaakt juweel in op te bergen,' besloot ze grinnikend.

Oma keek eens rond. 'Nou ja,' zei ze, 'als het stof weggehaald is en we onze spullen neerzetten, dan zal het wel bewoonbaar zijn. Eens kijken wat voor tuin we hebben.'

Ze gingen naar buiten, waar ze een kleine vierkante tuin aantroffen met een ronde marmeren vijver in het midden. Er stond een bronzen lelie in, waar water uit spoot. Er stonden geen planten, hoewel er bloembedden waren omgespit.

'Rozen, lelies en nicotiana,' zei Zaynab, 'en zoetgeurende kruiden. Ik vind dat er waterlelies in de vijver moeten, jij niet, Oma? En we parfumeren het water, zodat het effect nog weelderiger is.'

De schoonmaakster kwam en weldra waren de twee vertrekken vlekkeloos schoon.

Walladah kwam terug, keurde de schoonmaak goed en vroeg toen aan Zaynab: 'Wat voor meubelen hebt u nodig, vrouwe?'

'Dat weet Oma. Zij zal met u meegaan om ze uit te zoeken,' zei Zaynab lief. 'Waar zijn de eunuchs, zodat ik er een kan uitzoeken?'

'Zij staan buiten te wachten, vrouwe. Zal ik hen binnen laten komen?' vroeg Walladah, met een glimlachje om haar mondhoeken. Zij had reeds met vrouwe Zahra overlegd en had samen met haar de eunuchs geselecteerd. Slechts één van hen was werkelijk geschikt en de anderen waren onbetekenend. Deze Zaynab, met haar jeugdige trots, zou zeker degene uitkiezen die zij wilden dat ze uitkoos. Walladah opende de deuren en beval de zes eunuchs binnen te komen. 'Hier zijn de kandidaten die ik voor u heb geselecteerd, vrouwe,' zei ze, 'welke van hen kiest u?'

Zaynab keek naar de zes mannen voor haar. Twee wat oudere, één van middelbare leeftijd, die een beetje achterlijk leek, één heel jonge; de vijfde was enorm zwaar om de gordel en leek half te slapen en de zesde was een eerbiedwaardige man met een donkere huid. Kortom, vijf van de zes waren zo opvallend ongeschikt, dat Zaynab de bedoelingen doorhad: ze moest die donkere eunuch kiezen. Hij was ongetwijfeld een spion van Walladah. Ze dacht eens na over de zes. Er zat een jongen met een lichte huid en donker haar bij, die erg nerveus en ook bijzonder ongelukkig leek te zijn. Ze wees gebiedend naar hem.

'Hèm wil ik,' zei ze op een toon die geen tegenspraak duldde.

'Maar vrouwe,' protesteerde Walladah, 'deze is nog te jong voor een dergelijke verantwoordelijkheid! Kies een ander.'

'Wilt u zeggen dat u mij ongeschikte eunuchs heb gebracht?' zei Zaynab. 'Ik kies deze jonge eunuch, omdat hij zich gemakkelijker zal voegen naar mijn wensen dan een van de andere.' Ze wendde zich tot de jongen. 'Hoe heet je?'

'Naja, vrouwe,' zei de jongen.

'Hij heeft helemaal geen invloed bij de andere eunuchs,' sprak vrouwe Walladah tegen. 'Hij zal absoluut nutteloos voor u zijn, vrouwe Zaynab.'

'Het is niet van belang of hij invloed heeft,' zei Zaynab minzaam. 'Zodra ik gunst heb gevonden in de ogen van onze gebieder, de kalief, zal Naja via mij aan invloed winnen, vrouwe Walladah. En als u nu zo goed wilt zijn om met Oma mijn meubelen te gaan uitkiezen...'

De opperharemdame trok zich verslagen terug met de vijf afge-wezen eunuchs in haar kielzog. Met een grijns en een knipoog naar haar meesteres volgde Oma haar.

Toen ze alleen waren zei Zaynab tegen Naja: 'Je kunt me op mijn woord geloven als ik zeg dat ik de favoriete van de kalief zal wor-den. Ik ben niet zomaar een concubine, maar een liefdesslavin. Ken je het verschil?'

'Jawel, vrouwe,' zei de jongen.

'Walladah wilde dat ik de donkere man uitkoos, die zonder twij-fel haar spion is. Ik koos in plaats daarvan voor jou, omdat ik van jou volledige trouw verwacht, Naja. Indien ik ooit mocht ontdek-ken dat jij mij verraadt, zal ik zorgen dat je een akelige dood sterft en niemand zal je kunnen beschermen tegen mijn toorn. Geloof je mij?'

'Ja, vrouwe,' zei de jongen. Toen vertelde hij: 'Nasr, degene die zij u wilden laten uitkiezen, spioneert voor vrouwe Zahra, niet voor vrouwe Walladah, maar die werkt ook voor haar.'

Zaynab knikte. Dus de vrouw van de kalief was al van haar komst op de hoogte gesteld. Zij zou een formidabele tegenstandster zijn, maar misschien hoefde dat niet. Ze zouden misschien geen vrien-dinnen worden, maar vijandschap hoefde nu ook weer niet. 'Vrou-we Zahra verdoet haar tijd als ze me wil bespioneren,' zei Zaynab tegen Naja. 'Ik heb niet de wens haar uit de gunst van de kalief te verdringen. Dat zou ik zelfs onmogelijk kunnen. Hoe zou ik een vrouw kunnen vervangen naar wie een hele stad is vernoemd? Mijn enige wens is de kalief te behagen. Daar ben ik voor opgeleid, om genot te schenken.' Ofschoon ze hoopte een zekere loyaliteit in Naja op te bouwen, wist ze ook dat hij, net als alle anderen, omge-kocht kon worden door machtiger personages. Wat hij ook door-babbelde, het zou vrouwe Zahra's ongerustheid moeten wegne-men.

Oma keerde terug, gevolgd door verscheidene slaven, die de meubelen droegen die ze voor haar meesteres had uitgekozen. 'Die ouwe Walladah,' zei ze tegen Zaynab, 'wilde me de meest ver-schrikkelijke dingen opdringen. Maar dat heb ik gelukkig gewon-nen, vrouwe.' Op het lawaai achter zich draaide ze zich om en zei: 'Kijk uit met die divan! Zet hem daar neer!' Ze wendde zich weer tot haar meesteres. 'Ik vond dat de kalief wel iets comfortabels mocht hebben om op te zitten, als hij komt, vrouwe.'

Oma had een aantal bijzonder mooie meubels gevonden in de opslagkamer van de harem. De divan was bekleed met pauwblauwe zijde. De houten pootjes waren goudkleurig beschilderd. Ze had enkele kleine ronde en vierkante tafeltjes meegenomen. Eentje was van gepolijst ebbenhout, ingelegd met parelmoer, een tweede had een rond blad van gegraveerd koper op ivoren pootjes en een derde was ingelegd met blauwe en witte tegeltjes. Verscheidene slaven liepen zijden kussens te torsen in smaragdgroen, saffierblauw en robijnrood. Er was een prachtige groen uitgeslagen, bronzen lamp, een aantal hanglampen met ingezette amberkleurige glaasjes en voor op de tafeltjes had ze een aantal gepoetste koperen lampjes. Er was een stoel van bewerkt hout met een leren zitting en verscheidene houtskoolkomforen, om het op koude of vochtige dagen warm te hebben. De slaapkamer behoefde geen meubilair. Een verhoging voor Zaynabs bed lag al op zijn plaats en haar kledingkisten zouden de rest van de ruimte in beslag nemen. Aan de slaapkamer zat een kleine alkoof vast, waar Oma haar bedmat kon spreiden. Naja zou buiten voor de deur van zijn vrouwe slapen.

Toen ze eindelijk alleen waren, begon Oma de kisten van haar vrouwe uit te pakken. 'Wat trekt u aan,' vroeg ze.

'Iets eenvoudigs,' antwoordde Zaynab. 'Maar eerst moet ik gaan baden. Naja, zijn de baden op ieder moment beschikbaar?'

'Ja, vrouwe, maar de dames van de harem baden meestal 's morgens. Dat is hun roddeltijd.'

'Ik baad tweemaal per dag,' lichtte Zaynab hem in. 'In de ochtend en in de namiddag. Ik moet iedere middag een behandeling van de masseuse hebben. Mijn geur is gardenia. Ik gebruik geen andere geur. Zorg dat de badslavinnen dat weten.' Ze maakte de band van haar rok los, die ratelend op de grond viel. Ze stapte uit het van parels vervaardigde kledingstuk, maakte haar blouse los en deed hem uit. 'Oma, geef me een badmantel, alsjeblieft.' Ze overhandigde de blouse aan Naja, terwijl Oma haar meesteres in een witzijden mantel hielp. 'Breng me naar de baden, Naja,' beval Zaynab.

De jonge eunuch gaf de blouse aan Oma door en ging Zaynab voor door de harem. Terwijl zij zich voorthaastten, was Zaynab het voorwerp van nieuwsgierige blikken. Ze zei niets, maar keek recht voor zich uit, met opgeheven hoofd. Walladah was, zoals ze vermoedde, al aan het roddelen geweest. Toen ze hun bestemming bereikt hadden, stelde Naja Zaynab voor aan de opperbadslavin, die Obana heette.

'Nou,' zei Obana plompverloren, 'trek uw mantel maar uit en laat eens zien met wat voor materiaal we hier te doen hebben.' Obana was iemand met een grote gewichtigheid in de hiërarchie van de harem en zij diende alleen de kalief. Zij was niet om te kopen, noch vreesde zij enig persoon onder de vrouwen, Zahra incluis. Als een vrouw er goed verzorgd en stralend uitzag, wierp dat een gunstig licht op Obana zelf, vooral als de kalief behagen in haar schiep, en dat leverde Obana meestal een royale beloning op. Als je haar gunst had gewonnen, hielp dat enorm bij het behalen van succes bij Abd al-Rahman.

Naja hielp Zaynab uit haar ruisende zijden mantel, waarna ze rustig bleef staan voor het kritisch oog van Obana.

'Mag ik uw handen zien, vrouwe.' Obana bekeek de handen van Zaynab zorgvuldig, draaide ze om en liet haar sterke vingers over Zaynabs fijne vingers glijden. 'Uw voeten, één tegelijk.' Zaynab gehoorzaamde geduldig. 'Open uw mond.' Ze keek naar binnen om de sterke witte tanden van het meisje te inspecteren en snoof luid. 'Goede tanden, geen rot, een goede adem.' Snel liet ze haar handen over het lichaam van Zaynab gaan. Er zat niets onwelvoeglijks in die gebaren. Zaynab had net zo goed een fraaie merrie kunnen zijn die werd onderzocht door een mogelijke koper. 'Uw huid is prachtig zacht en toch stevig. U bent niet één van die typische haremschoonheden die uitdijen naarmate ze ouder worden.' Ze bevoelde een lok van Zaynabs haar. 'Het lijkt wel distelpluis, maar dat kent u wel. Gebruikt u citroensap om uw haar op te lichten?'

'Ja, vrouwe Obana. Dat heb ik geleerd,' sprak Zaynab met zachte stem en keek haar aan. Haar blik was open en prettig, zonder al te vertrouwelijk te zijn.

'Uitstekend!' zei Obana goedkeurend. 'Goed vrouwe, ik heb nog geen mooiere vrouw in deze harem gezien. Volgens de geruchten bent u een liefdesslavin, klopt dat?'

'Jawel, vrouwe Obana. Dit is een correct gerucht,' antwoordde Zaynab, die de lach in haar stem niet kon onderdrukken.

Obana moest er ook om lachen. 'Ze kletsen al heel wat af over u. Als je bedenkt dat u nog maar net in Madinat al-Zahra bent aangekomen, dan is het heel wonderlijk wat er allemaal gezegd wordt.'

'Ik ben slechts het nieuwtje van de dag, vrouwe Obana. Morgen hebben de dames weer iets anders om over te praten.'

'Maar ter zake,' zei Obana abrupt, met een knikje, 'wanneer hebt u voor het laatst gebaad, vrouwe?'

'Vanochtend,' antwoordde Zaynab, 'het is mijn gewoonte om tweemaal per dag te baden. Naja kent mijn voorkeuren al en zal uw slavinnen inlichten.'

'Heel goed,' antwoordde Obana, maar ze besloot persoonlijk toe te zien op het baden van de liefdesslavin. Deze zou beslist de gunst van de kalief verwerven. Voor hoelang kon ze niet zeggen, maar op dit moment was het zeker. Ze benijdde de twee favoriete vrouwen van de kalief, Zahra en Taroeb, niet. Die hielden oprecht van hun man en om opzijgezet te worden door een jong en mooi schepseltje als Zaynab, al was het maar voor even, moest wel zeer pijnlijk zijn. Toch toonden deze dames nooit hun misnoegen als hun heer en gebieder naar graziger weiden dwaalde, daar waren ze te welgemanierd voor. Zij hoefden niet te vrezen dat ze de achting van hun gebieder zouden verliezen, want hun posities waren verzekerd door het feit dat zij hun zonen hadden en al heel lang met Abd al-Rahman verbonden waren.

Gebaad en gemasseerd, gemanicuurd en gepedicuurd, werd Zaynab weer in haar zijden mantel geholpen. Zij dankte vrouwe Obana en draaide zich om om te vertrekken, toen Naja plotseling zijn adem inhield. Hij boog diep, en deed een stap opzij, om vrouwe Zahra binnen te laten. Zaynab knielde met gebogen hoofd. Een glimlachje kwam om de lippen van vrouwe Zahra. 'Je hoeft niet voor mij te knielen, vrouwe Zaynab. Kniel maar voor onze heer en gebieder, Abd al-Rahman al Nasir l'il Din Allah, de grote zegevierende kalief van al-Andalus.' Zaynab kwam onmiddellijk overeind. 'Ik eer u slechts, vrouwe Zahra, die het hart van de kalief bezit, moeder van zijn erfgenaam en naar wie deze stad is vernoemd. Ik ben noch gedwee, noch nederig vrouwe, maar uw status vereist dat ik mij op passende wijze jegens u gedraag, opdat ik geen schande breng over hem die mij heeft opgeleid en over degene die mij naar de kalief heeft gezonden, als dankuiting voor zijn grote vriendelijkheid.'

Zahra liet een klinkende lach horen. 'Je bent erg schrander,' zei ze, 'dat is goed. Amuseer mijn man maar. Hij heeft een nieuw speeltje nodig, want hij verveelt zich de laatste tijd nogal snel. Vermaak hem zolang je kunt, Zaynab.' Toen draaide vrouwe Zahra zich om en liep het vertrek uit.

Nou, nou, dacht de opperbadslavin, vrouwe Zahra is bang voor dit meisje. Ze maakt zich behoorlijk zorgen, anders zou ze haar niet meteen de eerste dag al komen uitdagen. Voor anderen is ze nooit bang geweest. Waarom dan wel voor deze? Boeiend, ja. Ik ben zeer benieuwd hoe dit drama zich ontrolt.

Zaynab liep weer de hele lengte en breedte van de harem af, terug naar haar vertrekken. De andere vrouwen sloegen haar nu openlijk gade; sommigen gewoon belangstellend, sommigen met jaloezie, anderen met wrok, want je kon niets op haar schoonheid afdingen en daarmee zou ze de aandacht van de kalief van hen afleiden.

Toen ze veilig in haar eigen kleine vertrek was, liet Zaynab zich op de divan vallen. 'Ik heb vrouwe Zahra ontmoet,' lichtte ze Oma in, 'en die is nu al jaloers, evenals de anderen. Ik kon de haat op me af voelen schieten toen ik uit de baden kwam.'

Oma had muntthee gezet op een van de kleine komforen. Ze drukte haar meesteres een kopje in de handen. 'Drink dat maar op. Je hebt je krachten wel nodig, vrouwe. Het is een zware dag geweest en hij is nog niet om. Naja, wij hebben al vanaf zonsopgang niet meer gegeten. Mijn vrouwe moet iets te eten hebben.'

'Ik zal het voor u gaan halen,' zei hij gedienstig.

'Naja,' sprak Zaynab ernstig.

'Ja, vrouwe?'

'Ik heb je gezegd dat ik je zal doden als je me ooit verraadt, maar indien je me trouw blijft, zal je beloning royaal zijn,' zei ze. 'Ik vermoed dat je niet als slaaf geboren bent, net zomin als ik. Je mag van geluk spreken dat je je operatie hebt overleefd.'

Hij knikte. 'Ik ben een Romein van de Adriatische kust,' vertelde hij. 'Ik ben vijf jaar geleden meegenomen, toen ik twaalf was. Mijn twee broers zijn aan de operatie gestorven. De slaven zeiden dat ik fortuinlijk was, dat ik aan de kaken des doods ben ontsnapt. Mijn naam betekent "Verlossing". Twee jaar geleden ben ik in deze harem terechtgekomen. Ik begrijp waarom u mij boven de anderen verkozen hebt, maar door dat te doen hebt u mij in rang verhoogd. Men hoeft u maar aan te zien om te begrijpen dat de kalief van u zal houden. Uw succes zal eveneens op mij afstralen. Ik zal u in loyaliteit dienen.'

'Iedere dwaze aanstelster kan de aandacht van een man trekken,' zei Zaynab. 'Het is juist de kunst om die te behouden en daar moet je pienter voor zijn, Naja. Begrijp je dat?'

Hij glimlachte voor het eerst in haar aanwezigheid. 'Ik zal u niet teleurstellen, vrouwe,' beloofde hij en haastte zich weg om iets te eten te halen.

'Ik vraag me af of we hem kunnen vertrouwen,' zei Oma, met een nadenkende blik in haar amberkleurige ogen. 'Het is geen Moestafa, nietwaar?'

'Hij zal mij trouw dienen zolang mijn belangen niet in conflict komen met de belangen van vrouwe Zahra,' zei Zaynab, die in haar eigen taal overging. 'Die grote dame is degene met de macht hier in de harem, Oma, niet de kalief. Daar moeten wij steeds aan denken. Vrouwe Zahra is al vele jaren bij de kalief en zij geniet zijn liefde en zijn vertrouwen. Met wat geluk kan ik hem een tijdje aan me binden, hem misschien zelfs een kind baren, maar vrouwe Zahra blijft de koningin hier. Naja zal me goed dienen, maar als hij voor de keus gesteld wordt, zal hij de kant van vrouwe Zahra kiezen. Let op wat je zegt als hij erbij is, Oma.'

'Denkt u dat de kalief vanavond komt, vrouwe?' vroeg Oma zich hardop af. 'Hij is een forse kerel, lijkt me.'

'Hij zal komen,' sprak Zaynab met overtuiging. 'Ik kon aan zijn ogen zien dat hij in me geïnteresseerd was, toen hij mijn sluier losmaakte. Vrouwe Zahra vertelde me in de baden, dat de kalief zich verveelt en dat hij behoefte heeft aan een nieuw speeltje. Dat zei ze natuurlijk om me te kwetsen en om zichzelf gerust te stellen dat zij altijd de eerste plaats in zijn hart zal innemen, en ik slechts een voorbijgaande illusie ben.'

'Dat is gemeen, vrouwe,' zei Oma meevoelend.

'Het is gewoon de waarheid, mijn Omaatje. Het is niet waarschijnlijk dat deze machtige heerser voor altijd verliefd op me zal blijven, maar als ik lang genoeg zijn gunst kan vasthouden om zelf een kind te baren, zijn we hier voor altijd veilig en nooit meer eenzaam. Om dat te bereiken zal ik alles doen wat in mijn vermogen ligt.'

Naja kwam terug met een dienblad. Daar stond een schotel rijst op met stukjes kapoenborst. In een andere schaal zat romige yoghurt met verse, gepelde groene druiven. Er was een stuk warm plat brood en een schaal met vers fruit. Hij zette de schalen voorzichtig op het koperen tafeltje, waaraan Zaynab en Oma waren gaan zitten. Hij pakte een zilveren lepel uit zijn kleding en nam eerst een hapje van de schotel rijst met kip, daarna van de yoghurt en gaf hun toen, tevreden knikkend, beiden een lepel, waarmee zij uit de gezamenlijke schotels konden eten.

'Ik zal alles voorproeven, vrouwe Zaynab,' zei Naja. 'Vergif is het favoriete wapen hier in de harem. Ik heb het brood zelf uit de oven gehaald en zelf de vruchten uitgezocht, maar het keukenpersoneel schept de schalen vol. Wij kunnen niet te goed van vertrouwen zijn en nooit voorzichtig genoeg. Maar mocht er iets aan onze aandacht ontsnappen, dan is er Hasdai ibn Sjaproet, de arts en gunsteling van de kalief, die een universeel antigif heeft herontdekt. Het is niet waarschijnlijk dat u sterft, maar u zou zich wel heel erg beroerd kunnen gaan voelen en problemen met uw ingewanden krijgen.'

Zaynab slikte moeilijk. Hier was Karim tijdens haar opleiding niet lang bij stil blijven staan. *Karim.* Ze had plechtig gezworen zijn naam nooit meer uit te spreken, noch aan hem te denken, maar de zon was nog niet onder of haar gedachten gingen alweer naar hem uit. Wat een heerlijke maand hadden ze op 'Toevlucht' doorgebracht. Ze waren voortdurend samen geweest. Elke dag was er voedsel gekomen, alsof het bij toverslag verscheen. De karaf met wijn was telkens vol geweest. Zij hadden gepraat, veel gevreeën en samen in de heuvels gewandeld. Zij had gewenst dat het altijd zo zou blijven. Maar wetend dat dat niet kon, had ze zich dood gewenst, maar de dood kwam ook niet. Het was natuurlijk haar keuze, maar Zaynab kende zichzelf; zij was niet zo'n dom, zwak dwaasje geweest als de liefdesslavin Leila. Je kon leven en je kon doodgaan. Voor het leven kiezen was moeilijker, maar ook sterker. Ze wilde leven, ook al kon ze niet met Karim leven. Er stroomden een krachtige levenswil en gezond verstand in haar aderen. Geen man, zelfs Karim niet, was het waard om voor te sterven. Ze zou altijd van hem blijven houden, maar haar loyaliteit behoorde nu aan de kalief, die haar gebieder zou worden.

Toch zuchtte Zaynab diep bij de herinnering. Uiteindelijk waren Karim en zij teruggekeerd naar de villa. Dezelfde draagstoel die haar langs de kustweg van Alcazaba Malina naar de villa had gebracht, bracht haar weer terug naar de *I'timad.* Ze waren door de Golf van Cadiz naar de monding van de Guadalquivir gevaren en daarna stroomopwaarts naar Cordoba. Sinds hun vertrek uit 'Toevlucht' had hij haar niet meer aangeraakt. Dat zou hij ook nooit meer doen, dacht Zaynab verdrietig. Toen pakte ze zichzelf stevig aan. Voorbij, over en uit. Een nieuw leven was begonnen en misschien, met wat geluk, kon dat op zekere dag zelfs een prettig leven worden.

Ze stak haar hand uit, pakte een vrucht van de schaal en beet erin. Het zoete sap liep langs haar kin. 'Wat is dit?' vroeg ze aan Naja, 'ik vind het lekker.'

'Dat is een pruim, vrouwe. Hebt u geen pruimen in uw land?'

'Nee, in Alba hebben we geen pruimen. Wij hebben appels en peren, maar geen andere vruchten,' legde ze uit.

Toen ze gegeten hadden en de tafel was afgeruimd, bracht Naja een schaal met geparfumeerd water om hun handen te wassen.

Zaynab stond op. 'Ik moet nu gaan rusten,' zei ze en verdween in haar slaapkamer.

'Hebt u haar kleding voor vanavond al uitgezocht, voor het geval de kalief haar komt bezoeken?' vroeg Naja aan Oma.

Het meisje knikte. 'Zij is zo mooi dat ze weinig versiering behoeft, vind ik. Slechts een zijden kaftan, haar haren geparfumeerd en loshangend. Ik heb een kaftan uitgezocht die bij de kleur van haar ogen past.'

'Perfect,' vond Naja.

Er werd op de deur geklopt en de jonge eunuch haastte zich om open te doen. Buiten stond een andere eunuch. Zwijgend overhandigde hij Naja een zijden pakje, draaide zich om en liep weg. Naja kon zich nauwelijks beheersen toen hij het aan Oma gaf.

'Wat is dat?' vroeg ze.

'Een geschenk van de kalief, Oma! Het betekent dat onze heer vanavond zeker bij haar zal komen. Zij heeft nu al zijn gunst en het is nog nooit voorgekomen dat een vrouw al zo snel de gunst van de kalief had verworven. Zij wordt de grote liefde van zijn nadagen, dat voel ik!' zei de eunuch opgewonden.

Toen ze het hadden opengemaakt, onthulde het pakje een grote en absoluut volmaakte ronde roze parel.

Naja keek Oma veelbetekenend aan.

Hoofdstuk tien

De kalief kwam binnen zonder kloppen. De deur ging gewoon open en Oma en Naja sprongen overeind om een diepe buiging te maken.

'Waar is vrouwe Zaynab?' vroeg de kalief vriendelijk.

'Zij bevindt zich in haar eigen vertrek, mijn heer,' zei Oma zachtjes, met neergeslagen ogen.

De kalief knikte slechts. Hij opende de deur van de slaapkamer en verdween.

Zij had hem al in het voorvertrek gehoord. Nu boog ze zwijgend, geduldig op zijn bevel wachtend. Hij sloot de deur achter zich en bleef lange tijd naar haar staan kijken. Zaynab verroerde zich niet. Ze merkte dat ze nauwelijks ademhaalde en realiseerde zich opeens dat ze een beetje bang was, hoewel ze dat niet liet merken. Ze stond stijf als een standbeeld.

'Ik dacht dat ik me je verbijsterende schoonheid slechts verbeeld had,' zei hij eindelijk, de stilte tussen hen verbrekend, 'maar je bent volkomen echt, Zaynab. Ontkleed je nu voor mij. Die verleidelijke glimpjes die ik vanochtend van je lichaam opving, met dat prikkelende kostuum van je, hebben me verlangend gemaakt alles te aanschouwen.'

Zijn toon was veeleisend, alsof hij er moeite mee had zijn begeerte naar haar te onderdrukken en zijn blik gebiedend. Hij was blijkbaar onmiddellijke gehoorzaamheid gewend. Maar opeens glimlachte hij, alsof hij haar op haar gemak wilde stellen. Hij had brede tanden, regelmatig en wit. Zijn haar, zonder die tulband, was inderdaad rossigblond en de ogen onder zijn zandkleurige wimpers waren blauw.

Vreemd, dacht ze. Voordat ze hier kwam had ze aangenomen dat alle moren donker haar en donkere ogen hadden, maar dat scheen niet zo te zijn. Haar vingers gleden naar boven om de parelknoopjes van haar kaftan open te maken. Eén voor één maakte ze ze los, zonder haar ogen van hem af te houden. Het laatste knoopje gleed uit de lus. De kaftan stond open tot aan de navel. De blik van de kalief was hypnotiserend en ze kon nog haast niet ademhalen.

Voordat ze het gewaad van zich af kon schudden stak hij zijn hand uit, haalde de twee gedeelten van de kaftan van elkaar en liet hem over haar schouders glijden. Met een licht ritselend geluid viel hij op een hoop om haar voeten. Abd al-Rahman deed een stap terug en liet zijn diepblauwe ogen over haar gewelfde lichaamsvormen dwalen. 'Waar,' zei hij zacht, 'in de naam van de zeven djinns heeft Donal Righ zo'n prachtig schepseltje als jou aangetroffen?'

'Ik ben door een noorman bij hem gebracht,' antwoordde Zaynab, verbaasd dat ze haar tong nog kon gebruiken. 'Hij overviel het klooster waar ik geplaatst was.'

'Was jij een christelijke non?' zei hij, terwijl zijn ogen begerig op haar borsten rustten, dat was alles wat hij kon doen, om niet onmiddellijk zijn gezicht daartussen te begraven.

'Nee, mijn heer,' zei ze, 'dat was de bedoeling, maar ik was pas diezelfde dag aangekomen,' legde Zaynab uit.

'Welke wrede, blinde en ongevoelige man heeft zo'n prachtig meisje naar een klooster kunnen sturen?' vroeg de kalief bijna kwaad. 'Jij bent toch niet bestemd om voor de rest van je leven ingekerkerd te zitten als een uitgedroogde maagd. Allah zij geloofd dat mijn oude vriend Donal Righ jou heeft gevonden!'

Zaynab moest haars ondanks lachen om die vurige uitspraken. Hij was bepaald een hartstochtelijk mens. 'Ik heb nog een tweelingzuster, mijn heer,' vertelde ze. 'Wij zijn een identieke tweeling, maar zij werd eerder geboren. Onze vader stierf voor onze geboorte en wij waren zijn enige wettige erfgenames. Er werd besloten dat Gruoch met de zoon en erfgenaam van een naburige landheer zou trouwen en dat ik naar het klooster zou gaan. Dat besluit viel al op de dag van onze geboorte. Geen van ons beiden had enige zeggenschap over haar lot.'

'Konden ze voor jou dan geen echtgenoot vinden?' vroeg de kalief verwonderd. Bij Allah! Wat had ze een prachtig haar! Hij wilde de zachtheid ervan op zijn naakte lichaam voelen.

'Een echtgenoot voor mij zou problemen hebben gegeven. Hij zou de helft van mijn vaders land hebben opgeëist. De naburige landheer eiste alles op voor zichzelf en zijn nakomelingen. Daar had hij van zijn kant gelijk in. Onze families hadden jarenlang oorlog gevoerd. Mijn zusters huwelijk maakte daar een einde aan. Voor mij bleef er geen andere plaats dan het klooster.'

'Jouw plaats is hier, in mijn armen,' zei de kalief gedecideerd. 'Jij behoort mij toe en mij alleen, mijn schoonheid!' Hij strekte zijn armen naar haar uit en trok haar tegen zich aan. Toen nam hij haar kin tussen duim en wijsvinger en kuste haar op de mond, het vlees en zijn stevigheid onderzoekend en haar eigen smaak proevend. Zijn ogen leken wel dronken van smeltend verlangen toen hij zijn tongpuntje over haar lippen liet glijden. 'Mmm, je bent verrukkelijk,' sprak hij, 'jij bent voorbestemd voor niets dan puur genot. Dat is waarvoor Allah jou geschapen heeft, Zaynab. Jouw bestemming is mij genot te schenken en van mij genot te ontvangen. Ik ben een uitstekend minnaar, zoals je spoedig zult bemerken.' Met één hand begon hij zacht haar linkerborst te kneden. 'Ik ben nu al haast verliefd op je, Zaynab,' zei hij, 'je windt me op, zoals ik al jaren niet meer opgewonden ben geweest. Mijn hart roept naar je, Zaynab.' Hij streelde haar gelaat, zoals zijn zachte stem haar opstandige geest streelde. 'Vrees je mij, mijn heerlijkheid? Dat hoeft niet, jouw zoete overgave aan mijn verlangen zal je van mijn gunsten verzekeren.'

'Ik vrees uw macht, mijn heer,' erkende ze, 'maar ik geloof niet dat ik bang voor u ben.'

'Je bent een verstandige vrouw, dat je dat verschil inziet,' antwoordde hij met een glimlach. Hij legde zijn handen stevig om haar middel en tilde haar op het bed. Toen ging hij een stapje achteruit en keek nog eens naar haar. 'Draai je eens om, Zaynab,' zei hij.

Heel langzaam draaide ze zich om en gaf hem ruim de tijd om haar naakte vormen te bewonderen. Zij verbaasde zich erover hoe beheerst hij met haar omging.

Hij liet een hand over haar fraaie achterwerk gaan. 'Je hebt een kontje als een volmaakte perzik,' was zijn compliment. 'Is de maagdelijkheid tussen die twee helften al genomen?' Zijn hand bleef hangen, strelend over haar zijden huid.

'De passiemeester was van mening dat dat uw voorrecht was, mijn heer,' zei ze, 'maar ik ben erop voorbereid u te ontvangen.' Zaynab deed al haar best om niet te rillen. Er zat iets sinisters in dat gestreel van die vingers daar.

'Mooi!' antwoordde hij. 'Draai je weer om, mijn lieve,' en toen ze dat had gedaan, sprak hij: 'Ik weet wel dat je bent getraind om veel meer lust op te wekken dan een gewone concubine, maar vanavond wil ik dat je gewoon een vrouw bent. Vanavond wil ik de liefde met je bedrijven. Jij gehoorzaamt mij in alles en samen zullen wij genot vinden.' Hij tilde haar weer van het bed af.

'U zult geen vrouw vinden die gehoorzamer of gretiger is om u te behagen dan ik, mijn heer,' beloofde Zaynab. Ze voelde zich een dwaas, toen ze dacht aan haar eerdere nervositeit. De kalief was geen monster. Hij was werkelijk heel aardig en het feit dat hij een vreemde voor haar was, maakte geen verschil. Ze was niet alleen zijn persoonlijk bezit. Zij was een liefdesslavin en ze kende haar plicht.

Hij kleedde zich snel uit, trok de kaftan van zich af en liet hem naast haar kleren op de grond vallen. Toen ging hij een stap achteruit, zodat zij hem kon bekijken. 'Kijk naar me,' zei hij, 'een vrouw moet het lichaam van haar meester kennen, zoals hij het hare kent.'

Zij beschouwde hem ernstig. Haar eerdere indruk was juist geweest. Hij was niet zo slank als Karim, eerder fors. Maar hij was toch niet dik en hij was zeer gespierd. Ze wist dat hij de vijftig gepasseerd was, maar toch had ze zo'n lichaam niet verwacht van een oudere man. Het was stevig en aantrekkelijk. Hij had een blanke huid en bezat geen lichaamshaar. Zijn torso was kort, zijn lengte zat in zijn goedgevormde benen. Zijn geslachtsdelen leken welgeschapen en van de goede omvang. Zaynab keek hem weer aan. 'U ziet er zeer aantrekkelijk uit, heer,' complimenteerde ze hem.

'Mannenlichamen,' zei hij geamuseerd, 'bezitten niet de verfijnde gratie van vrouwenlichamen, mijn schoonheid. Maar als je ze bij elkaar brengt, passen ze goed in elkaar.' Hij trok haar weer in zijn armen en begon haar borsten te liefkozen met de gretigheid van een jongen met zijn eerste meisje.

Zaynab sloot een moment haar ogen. Zijn aanraking was heel anders dan die van Karim, maar deze gedachte ontnuchterde haar eerder dan dat het pijn deed. Het feit dat zij en haar passiemeester verliefd op elkaar waren geworden, was zeer onfortuinlijk geweest, maar ze hadden allebei geweten dat een dergelijke liefde niet gelukkig kon eindigen. Ze zou hem niet schaden door zich jegens de kalief oneervol te gedragen. Zij moest zorgen dat Karim geëerd werd om zijn werk, bovendien was hij degene geweest die haar geleerd had zich over te geven aan de passie van een man. Uit naam van alles wat hen lief was, ze moest het doen. Zij was niet zo'n domme maagd met dwaze dromen over de ware liefde.

Ze concentreerde zich op de handen die haar lichaam betastten. Ze waren stevig, een beetje opdringerig misschien, maar wel teder. Zijn mond kwam op de hare en zijn diepe kus was warm en zinnelijk, waardoor er een prikkeling door haar ruggengraat liep. Ze kon niet anders dan de kus beantwoorden. Hij was een vreemde voor haar, maar toch was hij in staat haar op te winden, wat zij eigenlijk niet voor mogelijk had gehouden. Er waren klaarblijkelijk dingen die Karim haar niet had verteld, dingen die ze voor zichzelf moest ontdekken.

Ze legde haar hoofd achterover en zijn lippen volgden de sierlijke lijn van haar keel. Ze voelde hoe de warme vochtigheid van zijn tong volgde op zijn vederlichte kussen. Ze murmelde tevreden toen zijn mond de zwelling van haar borsten vond. Hij kuste en likte aan haar geurige huid, de lucht van gardenia's die zijn zintuigen vulde en zijn verlangen naar haar verhoogde. Hij sloot zijn lippen om een koraalrode tepel en zoog er stevig op, waardoor haar lichaam zich achterover kromde in zijn alomvattende omhelzing. Hij beet heel zacht op de tepel. Zaynab gaf een zachte kreet, want voor haar gevoel begon alles te tollen, opgenomen in het toenemende erotische liefdesspel.

'Open je ogen,' zei hij, terwijl hij overeind was gaan staan. Zijn blik was vol vuur toen hij haar recht aankeek. Hij liet zijn vingers over haar halfgeopende lippen gaan en liet zijn wijsvinger suggestief ver in haar mond glijden. Langzaam zoog ze erop en liet ze haar tong er omheen draaien, haar borsten licht tegen zijn gladde borst gedrukt.

'Je ogen zijn als aquamarijnen,' zei hij zachtjes, 'een man zou erin verdrinken.' Hij trok zijn vinger terug en liet hem door het dal tussen haar borsten glijden. Daarna legde hij zijn handen op haar tengere schouders en duwde haar op haar knieën voor hem.

Zij wist wat er van haar verwacht werd. Ze nam hem in haar warme mondholte en begon te sabbelen. Zijn schokkende ademhaling verzekerde haar ervan dat hij het heerlijk vond. Zijn vingers begroeven zich in haar haren en masseerden haar hoofd met een toenemende dringendheid, terwijl zijn mannelijkheid begon op te zwellen. Ze nam zijn zak in haar hand en kneep er zachtjes liefkozend in. Met één vinger van die hand zocht ze een bepaald plekje eronder en drukte erop. Hij kreunde en begon te huiveren toen een scherpe scheut van begeerte door hem heenjoeg. Haar slimme tongetje omkringelde de robijnrode top van zijn mannelijkheid en bracht zijn verlangen onbedwingbaar.

'Hou óp!' kreunde hij en trok haar op haar voeten. 'Je brengt me om van genot, Zaynab. Wat ben jij een ondeugende kleine heks, mijn heerlijkheid!' Ondanks zijn brandende wellust wist hij zichzelf te beheersen en nam hij niet onmiddellijk bezit van dit nieuwe speeltje. Hij wilde haar de eerste keer niet al te snel nemen. Hij wilde haar testen en als hij stierf, dan stierf hij van geluk.

'Ga zitten,' zei hij. Toen zij op de rand van het bed zat, knielde hij neer. Hij nam haar voet en bestudeerde die aandachtig. Hij was klein en smal, elke teen was fraai gevormd, de nagels stevig en rond.

Hij legde de voet in de palm van zijn hand en bracht hem naar zijn lippen om hem te kussen. Hij liet zijn tong over de hoge wreef glijden en begon toen op ieder teentje afzonderlijk te sabbelen. Daarna drukte hij trage, hete kussen vanaf haar enkel over haar hele been tot de binnenkant van haar dijbeen. Haar andere voet en been kregen dezelfde behandeling. Ze rilde van genot onder die vaardige mond.

'Heb je liefdesballen?' vroeg hij haar. Toen ze knikte zei hij: 'Ga ze pakken, mijn heerlijkheid.'

Zij pakte het gouden mandje dat bij haar bed stond, haalde het fluwelen zakje te voorschijn en overhandigde het de kalief. Hij liet de kleine zilveren bollen in zijn hand rollen en glimlachte tevreden.

'Aangenaam van gewicht,' merkte hij op. 'Open je nu voor mij.' Ze spreidde zich voor zijn gretige blik en langzaam bracht hij de ballen één voor één in, diep in haar liefdesgrot. Voorovergebogen spreidde hij haar onderste lippen van elkaar en staarde verrukt naar het vochtige, koraalkleurige vlees. Als een slangetje gleed zijn tong langs haar kleine juweel. 'Mmm,' murmelde ze, gretig reagerend op het contact. Binnen in haar sloegen de ballen tegen elkaar bij de lichtste beweging. Zaynab hijgde. Dat gaf een ongelooflijk intens gevoel, bijna pijnlijk. Karim had de ballen slechts eenmaal gedemonstreerd. Ze was vergeten wat een zoete kwelling die dingen bij een vrouw teweeg konden brengen. De kalief ging nu serieus met zijn tong aan het werk. Hij likte over de zijdezachte binnenkant van haar onderste lippen en trok zachtjes aan het gevoelige knopje tot ze dacht dood te gaan van puur genot. Ze snikte bijna toen telkens opnieuw de zilveren balletjes tegen elkaar ketsten, waardoor er vlagen van pijnlijk heerlijke gevoelens door haar kronkelende lichaam schoten.

Ten slotte hield ze het niet meer uit. 'Stop, alsjeblieft!' smeekte ze.

Zonder iets te zeggen haalde hij die gemene martelballetjes uit haar lichaam en terwijl hij haar benen gespreid hield, duwde hij nu zijn tong naar binnen, in en uit. Ze gaf kreten van genot. Haar liefdessappen vloeiden rijkelijk toen hij zich overeind werkte en haar diep kuste, waardoor hij de smaak van haarzelf in haar eigen mond overbracht. Zijn lippen waren overal op haar lichaam, de holte van haar keel, haar buik en weer op haar mond. Ze was nat van de hittegolven die hij bij haar teweegbracht.

Zaynab stikte zowat van begeerte. Ze klemde zich aan Abd al-Rahman vast, voelde de hardheid van zijn mannelijke lichaam tegen haar eigen zachte meegevende vrouwenlichaam. Ze hadden in hun liefdesstrijd het hele bed in beslag genomen. Nu ging de kalief tussen de gestrekte dijbenen van zijn minnares zitten. Hij glimlachte toen het meisje onder hem kreunde van hongerigheid en wreef met het topje van zijn lid tegen haar genotspareltje.

'Kijk me aan,' gromde hij zacht, 'ik wil je ziel vangen als ik het met je doe, Zaynab, kijk me aan!'

Ze was half krankzinnig van begeerte, maar als ze toeliet dat hij haar overweldigde, zou ze falen en was ze niet veel meer dan een concubine. Ze opende haar ogen en keek hem met een smeltende blik aan. 'Wat bent u een geweldige minnaar, heer!' mompelde ze hees. 'Laat me niet langer wachten! Breng uw zwaard in mijn schede! Laat me smachten van genot, waarvan ik weet dat alleen u mij dat kunt geven!'

Haar woorden deden een scheut van opwinding door hem heengaan en hij duwde zich diep bij haar naar binnen. Ze was heet en nauw. Kreunend zei hij: 'O, Zaynab, je brengt me werkelijk om van geluk!' Hij begon op haar te bewegen. Wat was ze heerlijk, met die benen om hem heen en haar handjes om zijn gezicht, zich tegen hem aanklemmend alsof het haar dood zou zijn als ze hem losliet.

'Een hengst bent u, heer,' snikte ze half, 'neem me, straf me met genot! Ik ben geheel de uwe!'

Zijn wellust was onuitputtelijk. Dat was hem in jaren niet meer overkomen. Telkens weer duwde hij zich naar binnen in haar gretige lichaam, maar kon niet tot een climax komen, ofschoon zij niet één keer, maar twee keer tot een hoogtepunt kwam. Ten slotte trok hij zich terug, met de woorden: 'Draai je om mijn heerlijkheid, ik moet je andere kant ontmaagden.'

Zij gehoorzaamde direct. Ofschoon zij een grote hekel had aan wat er komen ging, zag hij geen enkele aarzeling bij haar. Ze had het altijd vreselijk gevonden als Karim de ivoren dildo bij haar inbracht en ze haatte het nog steeds. Zij had gehoopt op die manier nooit gebruikt te zullen worden en ze zou in de toekomst naar manieren gaan zoeken om dit zoveel mogelijk te vermijden. Ze trok haar knieën op, boog haar rug voorover en tilde haar achterwerk op.

Hij was onmiddellijk bij haar, trok haar billen van elkaar en duwde met zijn lid tegen de stevige rozet van haar achterste. Hij duwde en duwde. En toen gaf ze mee. De punt van zijn wapen vond enige toegang. Hij hield zijn handen stevig om haar heupen geklemd om haar overeind te houden, terwijl hij hard duwde en, haar pijnkreet negerend, kreunde van genot. Ze was ongelooflijk nauw, veel nauwer dan wie dan ook die hij had gehad. Hij hield aan, licht terugtrekkend en gestaag duwend en opnieuw, tot hij helemaal naar binnen gegleden was. Ze voelde hem kloppen en op dat moment kwam zijn ontlading.

Ofschoon zijn zaad op onvruchtbare grond viel, zuchtte hij diep van opluchting bij zijn hoogtepunt. Zacht kreunend trok hij zich langzaam uit haar terug.

Nadat ze een paar minuten voor zichzelf nodig had gehad om bij te komen, stond Zaynab op van het bed. Ze liep naar de deur en gaf enkele snelle bevelen door aan haar bedienden. Ze keerde terug met een zilveren kan met geparfumeerd water en verscheidene liefdesdoeken. Hij lag languit, volkomen uitgeput, voor haar op bed. Teder waste ze hem en daarna zichzelf schoon van alle tekenen van hun hartstocht. Ze zette de kom water weg en kroop weer in bed naast hem.

Hij sloeg zijn armen stevig om haar heen en streelde haar gouden haren. 'Ik zal proberen je nooit meer op die manier te nemen. Ik kon voelen dat je het niet prettig vond, maar het lukte vanavond niet op een andere manier, mijn allerliefste Zaynab. Ik kan me niet herinneren ooit in mijn leven zo opgewonden te zijn geweest, met welke vrouw dan ook. Je lijkt wel over magische kracht te beschikken. Je geeft me mijn jeugd terug en dat vind ik geweldig.'

191

'Ik ben uw slavin, mijn heer Abd al-Rahman. Uw liefdesslavin. Ik zal nooit uw hartstochtelijkheid afwijzen, op wat voor manier u die ook uit,' sprak zij trots. 'Ik ben geen weke concubine. Ik ben getraind om tot het uiterste te gaan, zowel in het geven als in het ontvangen van genot.' Ze zou nooit erkennen dat ze deze perverse vorm van seks haatte. Daarmee zou ze alleen maar schande over Karim brengen. Een liefdesslavin vreest geen enkele weg die de hartstocht inslaat. Zij was bereid ze allemaal te gaan.

'Breng me wat wijn, mijn lieve,' beval hij.

Zij verliet zijn omhelzing en liep naar het enige kleine tafeltje dat ze in de kamer had willen hebben. Daar stonden verscheidene karaffen. Twee waren met wijn gevuld, de andere met de versterkende drank die Karim haar had gegeven. Ze schonk er een paar druppels van in een zilveren beker en vulde hem verder met zoete rode wijn. Ze bracht hem naar de kalief. 'Hier, mijn heer, drink ervan, opdat het u verfrist.' Hij dronk de beker in één teug leeg en schudde zijn hoofd toen ze hem meer aanbood.

'Ik weet dat ik u in alle opzichten dien te gehoorzamen, maar vindt u het goed als ik u nu op mijn geheel eigen manier probeer tot ontspanning te brengen?' vroeg ze hem met een glimlachje.

Zijn wellust was minder hevig geworden. De wijn maakte hem zachter. Hij knikte instemmend en ging te midden van de kussens achterover liggen.

Zaynab greep in haar gouden mandje en haalde er een albasten kruikje uit. Ze zette het tussen het beddengoed neer, binnen handbereik. Toen ging ze schrijlings over hem heen zitten, opende het kruikje en nam een handjevol van de roze crème die erin zat. Ze wreef ermee in haar handen en smeerde het op een vluchtige, maar zinnelijke wijze uit over het bovenlichaam van de kalief.

'Het heeft jouw geur,' merkte hij geamuseerd op.

'Vindt u dat vervelend?' vroeg ze, terwijl ze plagend cirkeltjes op zijn borst trok. 'U bent zeer bedreven, mijn heer. Ik wens u slechts te laten ontspannen.' Haar slanke vingers gleden verleidelijk over zijn huid.

'Maar ík denk dat jij probeert mij opnieuw op te winden, kleine hoeri,' plaagde hij haar, met een twinkeling in zijn ogen. Hij pakte het kruikje en nam er op zijn beurt wat crème uit die hij over haar mooie boezem begon uit te wrijven. 'Je hebt verrukkelijke borsten, Zaynab. het is onmogelijk ze te zien en ze niet te willen aanraken.' Hij liefkoosde haar met zijn vingers, trok aan haar tepels en kneep erin.

'Waarom draagt u geen baard?' vroeg ze onschuldig. 'Veel Arabieren hebben een baard, maar u niet, mijn heer, waarom is dat?' Ze kon onder zich voelen dat hij weer opgewonden raakte. Dat versterkende middel was blijkbaar zeer krachtig.

'Ik heb blond haar,' legde hij uit. 'Toen mijn voorouders twee eeuwen geleden naar al-Andalus kwamen, waren het donkere Arabieren uit Bagdad en Damascus. Maar wij hebben nu eenmaal een voorliefde voor lichte vrouwen. Door de eeuwen heen is mijn familie vermengd geraakt met lichtblonde slavenmeisjes met blauwe ogen. Zowel mijn moeder als mijn grootmoeder waren Gallische vrouwen uit het noordwesten. Ik heb mijn gelaatskleuren van hen. Als ik een baard laat groeien wordt hij roodblond en zie ik eruit als een buitenlander. Het is beter om gladgeschoren te zijn, aangezien mijn gelaatstrekken wel Arabisch zijn.'

Ze stak haar hand uit en streelde zijn gelaat bemoedigend. 'Ik vind dat u een mooi gelaat hebt, mijn heer,' zei ze lief, maar oprecht. Hij had werkelijk een elegant gezicht, met hoge jukbeenderen, een sterke neus en een smalle, maar zinnelijke mond.

'Jij bent een kleine heks, Zaynab,' zei hij, speels in haar tepels knijpend. Toen pakte hij haar in een snelle beweging vast en rolde haar onder zich. 'En je bent ook een heel ondeugende plaaggeest, mijn lieve schat. Jij moet leren wie hier de baas is. Ik vrees dat ik je moet kastijden.' Hij liet zijn mond hard op de hare komen. Hij kuste haar langzaam en totaal en liet zijn lippen van haar mond over haar hele gezicht dwalen en naar haar hals. Zijn mond schroeide haar huid terwijl hij haar keel volgde. Zachtjes knabbelde hij aan haar oor en fluisterde erin: 'Ik geloof niet dat ik ooit genoeg van je zal krijgen, Zaynab.' Toen kwam hij in haar, heel langzaam en heel teder. 'Jij bent bestemd om bemind te worden en dat is wat ik van plan ben te doen. Jij zult mij een geluk geven zoals geen andere vrouw ooit heeft gedaan, en ik zal jou geluk schenken als geen jeugdige kerel ooit zal kunnen.'

Een dergelijke kracht had zij niet achter hem gezocht. Tot haar verrassing bemerkte ze dat hij een geweldig minnaar was. Misschien zou het uiteindelijk helemaal niet zo erg zijn om aan hem toe te behoren. Hij was niet onvriendelijk. Hij had beloofd dat hij haar niet meer zou gebruiken op een manier die zij onaangenaam vond. Ze spande de spieren van haar schede om zijn lid en hij kreunde van genot. 'Vindt u dat prettig, mijn heer?' vroeg ze, zijn antwoord al kennende.

Hij antwoordde door zijn ritme te versnellen en ze hijgde. 'Vind jij dat prettig?'

Samen tartten ze elkaar, daagden ze elkaar uit met het ene erotische spelletje na het andere, tot ze beiden uitgeput ineenzegen, voorlopig uitgeteld. Abd al-Rahman hield Zaynab zachtjes lachend in zijn armen. Heerlijk was ze! Deze morgen nog had hij de lente verwelkomd en naar een nieuw avontuur, een nieuwe geliefde verlangd. En daar was ze al, in de persoon van Zaynab.

'Waarom moet u zo lachen, heer?' vroeg ze.

'Omdat ik gelukkig ben, mijn liefste,' antwoordde hij. 'Voor het eerst sinds lange tijd ben ik weer gelukkig. Laat niemand je zeggen dat je geen gunst in mijn ogen hebt gevonden, Zaynab, want dan liegen ze. Morgen zal ik je naar een groter appartement laten verhuizen, dat bij je status past.'

'Nee, heer, laat me hier blijven,' smeekte ze. 'Deze kleine kamers vind ik prettig. Als u mij alleen de diensten van een tuinman wilt schenken, dan kan ik weldra ook mijn tuintje in bloei hebben staan.'

'Vind je deze vertrekken prettig?' vroeg hij verbaasd.

'Vrouwe Walladah heeft mij deze toegewezen, omdat ik een eigen appartement eiste, heer, maar ze koos een appartement in de uiterste hoek van de harem, helemaal achteraan, om mij te straffen voor datgene wat zij als arrogantie van mijn kant beschouwde. Maar ik vind het hier aangenaam. Het is afgezonderd en weinigen kunnen me hier bespioneren,' zei ze. 'Als u mij naar een suite laat verhuizen te midden van de rest van de harem, heb ik geen enkele privacy en u ook niet. Elke keer dat wij het uitschreeuwen van genot zullen ze het horen en dat zal een bron van roddels worden. Indien u een enkele keer niet zo vaak schreeuwt als de avond ervoor, zullen ze zeggen dat ik uit de gratie ben. Nee, mijn heer, ik geef de voorkeur aan deze vertrekken boven alle andere, die u mij zou willen aanbieden.'

Hij verbaasde zich over haar redenatie. Zij was nog maar een paar uur in zijn bezit, maar had haar situatie al helemaal ingeschat. 'Je bent bijzonder schrander,' zei hij. 'Goed, houd deze kamers maar. Ik zal je een eigen tuinman geven.'

Ze boog zich naar hem toe en drukte een langdurige kus op zijn mond. 'Ik heb geen tijd voor harempolitiek, mijn heer. Het is mijn taak om u te behagen. Als ik dat op de juiste manier wil doen, kan ik niet afgeleid worden door de dwaze jaloezie van domme vrouwen.'

Abd al-Rahman schaterde het uit en zijn gelach werd gehoord tot buiten de wanden van Zaynabs kamers. De vrouwen die nog wakker waren en zaten te kletsen, keken elkaar betekenisvol aan en knikten wetend. Als ze hadden beseft waarom de kalief zo hard had gelachen, zouden zij dodelijk gegriefd zijn geweest.

De volgende ochtend was de hele harem ervan op de hoogte dat de kalief de volle nacht bij de nieuwe vrouw had doorgebracht. De vroege vogeltjes zagen hem uit haar vertrekken komen en kwetterden het opgewonden verder, aan iedereen die het maar horen wilde. De kalief zag er stralend uit. Zo had men hem de laatste jaren zelden meer gezien. Hij leek gelukkig te zijn! Zijn tred was verend en hij had voortdurend geglimlacht. Hij had zelfs lopen fluiten!

Toen Zaynab en Oma later die ochtend in de baden arriveerden, vergezeld van een trotse Naja, verstomden de stemmen midden in hun gekwebbel. Aller ogen waren op haar gericht. Zij liep trots tussen hen door en glimlachte, toen Obana op haar toe kwam snellen om de nieuwe favoriete uitgebreid te begroeten. Iedereen was al op de hoogte dat de eerste geschenken van de kalief aan zijn geliefde hadden bestaan uit de vachten en juwelen die Donal Righ had gestuurd. Dat was een verbijsterend groot geschenk voor een eerste nacht. De vrouwen waren buitengewoon onder de indruk.

'Goedemorgen, vrouwe Zahra,' begroette Zaynab de oudere dame stoutmoedig.

'En jij ook een goedemorgen, vrouwe Zaynab,' antwoordde de vrouw van de kalief. 'Ik begrijp dat je de gunst van onze gebieder hebt verworven.'

'Ik ben buitengewoon fortuinlijk,' antwoordde Zaynab bescheiden. 'Allah lacht mij toe. Ik ben zeer dankbaar, vrouwe, maar ook begerig.'

'Begérig?' Zahra trok een wenkbrauw op. 'Hoezo, begerig?'

'Ik zal niet tevreden zijn tot ik ook uw goedgunstigheid heb verworven, vrouwe,' zei Zaynab zeer doordacht, de andere vrouw openhartig aankijkend.

'Misschien, mettertijd,' antwoordde Zahra, half in de lach schietend. Wat een kleine dondersteen was dit! Ze was mooi en verleidelijk genoeg om de snel verveelde Abd al-Rahman voor zich te winnen en de hele nacht bij zich te houden. Maar misschien was ze ook wel gevaarlijk! Dat kon Zahra nog niet uitmaken en voordat ze dat kon, zou Zaynab niet haar officiële goedkeuring krijgen. 'Indién je bij onze heer en gebieder in de smaak blijft vallen, vrouwe Zaynab, indién jij geen zaadjes van onrust in de harem strooit, pas dan, en alleen dan, zul je ook mijn goedgunstigheid verdiend hebben. De tijd zal het leren, lieve.' Plotseling realiseerde Zahra zich dat dit meisje haar dochter zou kunnen zijn. Wat een onbehaaglijk idee.

Was Abd al-Rahman nu maar niet zo volslagen verrukt van haar, bedacht Zahra. Misschien had ze hem er dan toe kunnen overreden het meisje aan Hakam te geven. Dan was ze een goede partij geweest voor hun zoon. Ze zag ernaar uit dat ze sterke zonen kon baren. Het werd werkelijk tijd dat Hakam aandacht aan vrouwen ging besteden. Maar het kwaad was al geschied. Abd al-Rahman had met de liefdesslavin geslapen en was daar blijkbaar gelukkig mee geweest. Het was niet waarschijnlijk dat hij ooit afstand van haar zou doen. Wat zonde.

'Ze zegt dat ze u haar gunsten nog niet wil schenken,' zei Obana onder vier ogen opgetogen tegen Zaynab, 'maar ze heeft wel uitgebreid met u gepraat, voor het oog van alle anderen. Velen zullen dat opvatten als een teken dat u haar gunst al hebt verworven. U bent heel bijzonder, vrouwe Zaynab. U hebt in één dag bereikt waar de meesten jaren over doen. Het grootste deel van de vrouwen hier heeft de hoogten, die u nu al hebt bereikt, zelfs nooit van veraf gezien. Ik vrees dat u er vandaag ook veel vijandinnen bij hebt gekregen.'

Zaynab antwoordde lachend: 'Niet met opzet, vrouwe Obana, dat verzeker ik u. Ik ben slechts de liefdesslavin van de kalief, die maar één dingt zoekt, namelijk hem te behagen en verder niets. Ik wens niet betrokken te raken bij vrouwelijke onzin. Dat leidt me alleen maar af van mijn taak.'

'Daar hebt u natuurlijk gelijk in,' vond Obana ook, 'maar blijf wel waakzaam, mijn kind. Er zijn hier vrouwen die al jarenlang proberen de aandacht van de kalief te trekken en daar nooit in zijn geslaagd.'

'En er waarschijnlijk nooit in zóuden slagen, ook al was ik hier niet,' zei Zaynab nuchter.

'Dat is ook waar,' knikte Obana, 'maar u moet toch om uw veiligheid blijven denken.'

'Dat zal ik doen,' beloofde Zaynab, de oudere vrouw op de hand kloppend. Zij begreep dat Obana het vriendelijk bedoelde, maar ook dat die vriendelijkheid voortkwam uit haar eigen succes bij de kalief. Ik hoef geen enkele illusie te koesteren, dacht ze een moment droevig. Zal ik voor de rest van mijn leven op mijn hoede moeten blijven en voortdurend na moet denken over andermans motieven? Ze zuchtte. Als men in haar hart kon kijken, zou ze het liefst een eenvoudige vrouw met een man en een huis vol kinderen willen zijn. Dat zou haar echter nooit vergund zijn.

'Laten we zorgen dat u goed gebaad wordt,' zei Obana, die haar uit haar gedachten deed opschrikken. 'Ik zal er in het vervolg zelf op toezien.'

Toen hij Zaynab had verlaten, was Abd al-Rahman rechtstreeks naar zijn eigen privé-bad gegaan om in de stoom te gaan zitten en zich te verfrissen. Hij had de afgelopen nacht niet bepaald veel rust gehad. Hij had in geen twintig jaar meer zo'n nacht gehad! Hij had er buitengewoon van genoten. Zaynab was niet alleen de meest seksueel geavanceerde vrouw met wie hij ooit de liefde had bedreven, zij was ook intelligent. Haar beter leren kennen zou een absoluut fascinerende ervaring zijn. Hij verliet het bad om zich te gaan kleden.

'Vergeet u niet dat u had beloofd vanochtend met Karim al Malina te spreken,' hielp zijn persoonlijke lijfslaaf, Ali, hem herinneren.

'Laat hem ontbieden,' zei de kalief, 'ik hoef hem alleen een persoonlijk bericht mee te geven voor Donal Righ.'

'Heeft vrouwe Zaynab u behaagd?' waagde Ali voorzichtig.

Abd al-Rahman lachte hartelijk. 'Ali, nooit van mijn leven heb ik zo van een vrouw genoten als nu van mijn nieuwe liefdesslavin. Als Donal Righ meende bij mij in de schuld te staan, dan heeft hij me dat duizend keer vergoed.'

Karim al Malina werd gehaald, die onmiddellijk verscheen. Hij had niet goed geslapen. Zelfs het alleraardigste meisje dat ze hem voor zijn plezier hadden gegeven, was niet in staat geweest hem af te leiden, ofschoon ze hem had verlaten met de opmerking dat ze nog nooit zo'n minnaar was tegengekomen. Hij had Zaynab verloren en het enige dat hij wilde was zo spoedig mogelijk uit Madinat al-Zahra vertrekken.

De kalief keek op van zijn sobere ontbijt, toen zijn gast het vertrek betrad. Karim boog diep, met de woorden: 'Goedemorgen, mijn heer.'

Abd al-Rahman keek met een vriendelijke glimlach naar de ernstige jongeman. 'Het is wel een heel bijzonder goede morgen, Karim al Malina. Ik heb een nacht gehad waarvan ik op mijn leeftijd niet meer had durven dromen. Wat hebt u een geweldig werk afgeleverd met Zaynab. Zij is volmaakt! Zeg maar tegen Donal Righ dat ik nu bij hem in het krijt sta.'

'Ik zal het hem zeggen, mijn heer,' zei Karim toonloos, maar dat merkte de kalief niet.

Abd al-Rahman vroeg: 'Heeft ze naast haar opleiding in de kunst van de erotiek nog andere dingen geleerd? Zij komt mij zeer intelligent voor.'

'Jawel,' zei Karim, 'haar leraren waren uiterst tevreden over haar. U zult onder andere merken dat ze een mooie stem stem heeft en kan zingen als een vogel. Mijn moeder vond dat zij de mooiste stem had die ze sinds lang had gehoord. Zaynab speelt ook drie instrumenten. U zult geen gebrek bij haar kunnen ontdekken, daar verzeker ik u van, mijn heer.'

'U legt eer in met uw eigen opleiding, Karim al Malina. Gaat u binnenkort nog andere meisjes opleiden?' vroeg de kalief nieuwsgierig.

'Nee, mijn heer, ik zal nooit meer een meisje opleiden. Die periode in mijn leven is voorbij. Ik zeil nu naar Ierland om Donal Righ van uw genoegen op de hoogte te stellen, daarna keer ik terug naar Alcazaba Malina om te trouwen, wat mijn familie graag wil. Ik ben de laatste van mijn vaders kinderen die nog ongehuwd is. Mijn jongere zuster is een paar maanden geleden getrouwd.

'Het is belangrijk voor een man om te trouwen en kinderen te krijgen,' stemde de kalief in. 'Een man kan niet genoeg familie om zich heen hebben. Zeg eens, hoe oud is Zaynab?'

'Ze is vijftien, mijn heer,' antwoordde Karim, en een veel te jonge bloem voor zo'n ouwe bok als jij, dacht hij erachter aan. Hij slikte moeizaam. Hij moest zijn jaloezie niet laten merken. Zaynab was de zijne niet, in feite nooit geweest. 'Ik geloof dat haar geboortedag aan het begin van de winter valt.'

'Ik zal goed voor haar zorgen, Karim al Malina,' zei de kalief. Toen stond hij op van zijn ontbijt en hield zijn hand op voor de kapitein.

Karim knielde, pakte de hand en kuste de grote diamanten ring van de kalief. 'Moge Allah u behoeden en u leiden, mijn heer,' zei hij, stond op en vertrok uit de aanwezigheid van de potentaat. Hij moest erg zijn best doen zijn pas in te houden, want hij had wel willen rennen, zodat hij het stof van dit paleis van zijn kleren kon schudden. Op de binnenplaats steeg hij op zijn paard, dat al voor hem klaar was gezet en begaf zich spoorslags op weg naar Cordoba. Ze zouden uitzeilen op het middagtij. 'Vaarwel, mijn hart, vaarwel, mijn liefste,' fluisterde hij haar zachtjes toe, 'moge Allah je behoeden.'

Hoofdstuk elf

Met volgeladen ruimen zeilden de *I'timad* en de *Iniga* weg uit Cordoba. Zij deden verscheidene havens aan langs de Bretonse en Normandische kust, waar ze een deel van hun lading verkochten en staken toen de zee over dat het vasteland van Europa van Engeland scheidde. De bewoners van dat eiland aan de rand van de toenmalige bekende wereld verwelkomden hun luxegoederen. Vervolgens zetten ze koers om Land's End heen, in de richting van Ierland, waar ze op een regenachtige zomerochtend de Liffey opvoeren.

Donal Righ stond al op de kade om hen te begroeten. Hij kwam zelf aan boord van de *I'timad*. 'Duizendmaal welkom, Karim al Malina!' zei hij joviaal. 'Houd me niet in spanning, smeek ik je, jonge vriend. Dat verdraagt mijn oude hart niet meer. En, hoe was het met de kalief? Was hij vergenoegd met zijn geschenken?'

'Donal Righ, u hebt helemaal geen hart,' zei Karim, 'anders had u die tere jonge bloem niet naar de ijzige omhelzing van de kalief gestuurd. Om antwoord te geven op uw vraag, Abd al-Rahman was buitengewoon vergenoegd met uw geschenken, maar natuurlijk het meest verrukt over Zaynab. Binnen één nacht, verzekerde hij mij volmondig, heeft ze zijn hart gewonnen. Ik moest u zeggen dat hij nu bij u in de schuld staat. Doet dat u genoegen? Dat mag ook wel, Donal Righ. Ik heb Zaynab opgeleid tot een perfect lustinstrument. Ze zou Abd al-Rahman waarschijnlijk ombrengen wanneer ze haar hartstocht de vrije teugel liet.'

'Als dat zo is, Karim al Malina, dan ben ik jou nog veel meer verschuldigd dan ik had verwacht,' zei Donal Righ opgetogen.

Ofschoon hij het niet wilde erkennen, begreep hij de verbitterdheid van de jonge man wel. Karim al Malina was duidelijk verliefd geworden op Zaynab. Maar dat was ook bijna onvermijdelijk. Als ik een jongere vent was geweest, dacht Donal Righ weemoedig, zou ik zelf verliefd op haar geworden zijn. Misschien was ik zelfs wel een beetje verliefd op haar. Ze was zo'n lieflijk meisje. 'Wat ga je nu doen, mijn vriend?' vroeg hij de jongere man.

'Aladdin en ik nemen de lading die u ons kunt geven aan boord en keren terug naar Alcazaba Malina. Ik ga binnenkort trouwen. Ik zal nog slechts af en toe gaan varen.' Karim legde verder uit dat hij olifanten voor Donal Righ had gekocht in plaats van de renkamelen die de koopman had gewild. Hij vertelde hoe die enorme beesten door de troonzaal van het paleis van de kalief waren gestampt, met tussen hen in de grote kolommen van agaat. 'Het was bijzonder indrukwekkend, Donal Righ. Het was een idee van mijn oudste broer Ayyub, om die grote dikhuiden te gebruiken.'

'Geweldig! Geweldig!' sprak de Ier enthousiast. 'Je hebt me trots gemaakt, Karim. Ik zal nooit in staat zijn je op passende wijze te belonen.' Toen zei hij: 'Ga je tróuwen? Wie is de bruid?'

'Haar naam is Hatiba. Dat is alles wat ik van haar weet. U kent onze zeden, Donal Righ. Ik krijg het meisje niet te zien tot na de plechtigheid, wanneer ze mijn huis en mijn slaapkamer betreedt. Mijn moeder zegt dat ze best mooi is. Ik hoop maar dat mijn moeder gelijk heeft. Mijn vader is uitzinnig dat ik erin toegestemd heb te trouwen en hem van nog meer kleinkinderen zal voorzien. Het meisje is geschikt. Het kan me niet schelen. Ik doe mijn plicht jegens mijn familie. Hatiba zal respectvol bejegend worden als de moeder van mijn zoons.' Hij haalde zijn schouders op, zijn gelaat was een onverschillig masker.

Ze bleven maar kort in Ierland. Karim weigerde om naar het huis van Donal Righ te gaan. Hij wilde niet aan Zaynab herinnerd worden. Zij zou voor altijd in zijn hart zijn. En wat dat betrof, voelde Aladdin ben Omar hetzelfde leed. Hij had dolgraag met Oma willen trouwen. Zaynab had haar toestemming gegeven, want technisch gesproken kon Zaynab over Oma beschikken zoals ze wilde. Oma zelf had geweigerd.

'Het komt niet doordat ik niet van je houd,' had ze tegen Aladdin gezegd, 'maar ik kan mijn meesteres niet eenzaam en zonder vrienden naar een vreemd land laten gaan. Zij is degene die mij heeft gered van een leven vol ontbering en een vroege dood. Ik ben haar mijn trouw verschuldigd.'

Zaynab had haar jonge dienstmaagd ervan verzekerd dat het volkomen terecht zou zijn als ze ervoor koos te trouwen, maar Oma had voet bij stuk gehouden. Zij wilde niet van Zaynab scheiden. Aladdin ben Omar was gedwongen geweest haar beslissing te accepteren. In de islam kwam geen huwelijk tot stand zonder de toestemming van zowel bruid als bruidegom. Oma's vastberaden weigering had aan de hele kwestie een einde gemaakt.

De *I'timad* en de *Iniga* vertrokken uit Ierland, terug naar Alcazaba Malina en troffen het grootste deel van de reis slecht weer. Treurig dacht Karim na over de reis van het vorig jaar en hoe anders die was geweest, met zijn volmaakt gladde zee en wolkenloze hemel. Toen ze eindelijk de haven binnenliepen, zorgde hij voor het lossen van zijn lading, alvorens naar het huis van zijn vader te gaan. Daar verwelkomden zijn beide ouders hem hartelijk, blij dat hij behouden thuisgekomen was.

'Je bruiloft is vastgesteld op de nieuwe maan van de tweede maand van Rabia,' zei zijn vader. 'Omdat Hoessein ibn Hoessein in de bergen woont, zal het huwelijksfeest hier in ons huis plaatsvinden. Je neemt je bruid van hier mee naar je eigen huis.'

'En het gaat er erg traditioneel aan toe, is het niet, vader? Ik krijg mijn bruid niet te zien tot ze onze echtelijke slaapkamer binnenkomt om zichzelf aan me te vertonen. Arm kind, aan een vreemdeling uitgehuwelijkt, die ver bij haar eigen huis en haard vandaan woont. Moet dat nou? Kunnen het meisje en ik elkaar niet ten minste één keer voor het huwelijk zien, waar onze moeders bij zijn?' zei Karim.

'Hoessein ibn Hoessein en zijn familie komen niet eerder naar de stad dan op de dag voor het huwelijk,' zei Habib tegen zijn zoon. 'Je mag dan wel schimpen op onze tradities, Karim, maar die volgen wij omdat zij ons leven orde en regelmaat verlenen. Je moet je houding eens gaan bijstellen, jongen, want je bent binnenkort een getrouwd man. Hoe kun je je kinderen leiding geven zonder traditie? Je zult je zorgeloze en onbeteugelde roekeloosheid aan banden moeten leggen, want je neemt nieuwe verantwoordelijkheden als man en vader op je,' besloot Habib streng.

Toen hij even later alleen was met zijn moeder, zei Karim: 'Nu weet ik weer waarom ik al die jaren ben weggebleven. Ik ben niet zoals vader, vrees ik. Het is duidelijk dat ik het warme, avontuurlijke bloed van jouw Noorse voorvaderen in mijn aderen heb, moeder.' Hij kuste haar liefdevol op de wang.

'Mijn vader was ook een boer,' hielp ze hem streng herinneren.

'Maar zijn broer, uw eigen oom Olaf, is de zee op gegaan. Ik weet nog dat u ons dat een keer hebt verteld toen Ja'far en ik nog klein waren,' zei Karim. 'U zei dat hij een hekel had aan het boerenbedrijf en dat er niet genoeg land was voor uw vader en hemzelf, en dat hij daarom is gaan varen.'

'Het is al zo lang geleden sinds jullie klein waren, Karim,' sprak Alimah ontwijkend, 'mijn geheugen is niet meer zo goed als het was.'

'Uw geheugen is beter dan ooit, moeder. Misschien bega ik een vergissing door te trouwen. Misschien ben ik wel niet geschikt voor een huwelijk.'

'Misschien,' zei zijn moeder, 'ben je Zaynab nog niet vergeten. De beste manier om van een oude liefde af te komen, is een nieuwe liefde, mijn zoon. Het was dom van je verliefd te worden op het eigendom van de kalief, en zelfs al zou je je familie te schande maken door je woord jegens Hatiba bat Hoessein te breken, dan kreeg je Zaynab er niet mee terug.' Ze pakte zijn handen in de hare en keek hem in zijn diepblauwe ogen, die zo op de hare leken. 'Karim, je moet de realiteit van het heden onder ogen zien. Aanvaard je lot.' 'Ik haat het!' sprak hij opgewonden.

Alimah had die opstandige toon lang niet meer gehoord in de stem van haar jongste zoon. Het klonk diep ongelukkig, gefrustreerd en woedend. Ze slaakte een bezorgde zucht. Hij leek inderdaad op oom Olaf, die ze zich nog heel goed herinnerde, ook al bezwoer ze het tegendeel. Hij had van één bepaald meisje gehouden en dat meisje had voor een andere huwelijkskandidaat gekozen. Daarna had hij niet meer gelukkig kunnen worden. Sommige mannen konden blijkbaar maar van één vrouw houden. Oom Olaf was die dag, waarop haar ouders werden omgebracht en zij en haar broertjes en zusjes weggevoerd, op zee geweest. Zij vroeg zich af of hij ooit het geluk had gevonden en of haar zoon Karim het zou vinden.

'Wij kunnen niet altijd krijgen wat wij willen,' zei ze zonder omwegen. 'Jij hebt zelf in dit huwelijk toegestemd, Karim, en je vader heeft zijn woord gegeven. Hatiba is Zaynab niet, maar ze wordt wel je vrouw. Jij hebt deze keuze maanden geleden gemaakt. Noch je vader, noch ik hebben je ertoe gedwongen. Jij hebt er zelf voor gekozen. Je had allang getrouwd moeten zijn. Misschien houd je, wanneer je getrouwd bent en kinderen hebt, eindelijk eens op met je als een verwend kind te gedragen. En ga nu weg. Je hebt me ontzettend kwaad gemaakt. Ik moet even tot mezelf komen, voordat ik naar je vader ga, anders denkt Habib straks nog dat jij niet de man bent die hij denkt dat je bent.'

Hij kwam overeind, kuste haar beide handen en trok zich terug. Hij glimlachte wrang. Ze had hem er ongenadig van langs gegeven. Hij kon zich niet herinneren wanneer ze voor het laatst zo kwaad op hem was geweest. Zij was toen hij groter werd altijd zijn vurigste medestandster geweest, maar ze had hem ook nooit haar harde kritiek bespaard. Hij geloofde dat hij haar, van al haar kinderen, het meest dierbaar was, ofschoon ze dat zelf nooit zou toegeven. En ze had zoals altijd gelijk. Hij zwolg in zelfmedelijden, zonder na te denken over het meisje dat zijn vrouw zou worden. Zij trad in het huwelijk met het soort hoopvolheid dat alleen een jong meisje heeft; opgewonden ook, en misschien ook een beetje bang. Het was aan hem als man om haar gerust te stellen, haar te verwelkomen... én van haar te houden. Zou hij dat kunnen? Had zijn moeder gelijk? Was hij inderdaad kinderachtig en verwend?

Hij ging bij zijn zuster Iniga op bezoek. Ze was al zwaar van haar eerste kind. Er was een gloed om haar heen, een stralendheid, die hij nog nooit bij haar had gezien. Wat was er met het lieve kleine meisje gebeurd dat hij altijd voor ogen had als hij aan Iniga dacht? Hij herkende deze serene jonge vrouw bijna niet.

'Je hebt verdriet, Karim,' zei ze, en het klonk precies als hun moeder. 'Je hart treurt om Zaynab, nietwaar?' Ze raakte zijn wang aan en geschokt merkte hij dat hij op het punt stond om in huilen uit te barsten.

Hij knikte in antwoord op haar vraag en zei toen: 'Ik heb een verplichting jegens Hatiba bat Hoessein en daar moet ik me aan houden, als ik de eer van de familie niet wil besmeuren, maar als ik nu niet van haar kan houden, zusje?'

'Misschien kun je dat niet,' zei Iniga oprecht, 'maar de broer die ik ken en liefheb, zal een goede echtgenoot zijn. Als je niet van Hatiba kunt houden, zul je in ieder geval goed voor haar zijn, dat weet ik. Ze zal zich nooit verwaarloosd of misbruikt voelen door jou. Jij zult respect voor haar tonen. Jij denkt toch niet dat Ayyub en Ja'far van al hun vrouwen houden, hè? Een huwelijk wordt gesloten om je eigen familie uit te breiden en om banden met andere families aan te knopen. Karim, jij bent zo teergevoelig!'

'Houdt Ahmed van jou?' wilde hij weten.

'Ja, ik geloof het wel, en dat is een geluk, maar het zal hem er niet van weerhouden verliefd te worden op een andere vrouw, of er een andere vrouw bij te nemen,' zei Iniga nuchter.

'Vader houdt van moeder,' sprak hij haar tegen.

'Maar op vrouwe Muzna is hij alleen maar erg gesteld. Dat huwelijk was geregeld door onze grootvader, Malik ibn Ayyub,' zei Iniga, waardoor ze hem schaakmat zette.

'Met andere woorden,' zei hij, 'het huwelijk is een kansspel, zusje? Soms win je en soms niet?'

Iniga giechelde. 'Precies, dat is het, Karim,' zei ze, 'maar een huwelijk is net een zeereis. Je weet nooit wat er gaat gebeuren. Als Hatiba mooi is en meegaand, dan is je reis prettig en heb je een behouden vaart.'

'En als ze lijkt op een van haar vaders paarden en de gang heeft van een kameel, dan heb je storm op zee,' grinnikte hij. 'Ik weet niet of ik erg gerustgesteld ben door dit gesprek met jou, Iniga.'

'Moeder zegt dat Hatiba heel mooi is. Ze heeft haar gezien toen zij en vader naar het huis van Hoessein ibn Hoessein in de bergen zijn geweest, om de onderhandelingen af te sluiten,' zei Iniga. 'Ze heeft donker haar en lichte ogen.'

'Dat heeft moeder ook gezegd, maar moeders zijn niet bepaald de meest geschikte personen om te oordelen over je bruid, zusje van me.'

'Zal ik je verslag doen na het bruidsbad?' sprak Iniga ondeugend. 'Niet dat je daar veel aan hebt als ze inderdaad een paardenhoofd heeft en de gang van een kameel. Vast zit je toch.'

'Je bent een hele troost, Iniga,' zei hij en ze moesten allebei lachen. Toen zei Karim: 'Zeg je het me wel?'

'Natuurlijk,' beloofde ze gnuivend.

Maakte het eigenlijk uit of Hatiba een knap meisje was? vroeg hij zich af. Ach, misschien zou het zijn leven iets gemakkelijker maken, maar het zou niet noodzakelijkerwijs betekenen dat hij van haar zou houden. Arm kind. Zij was volkomen onschuldig aan dit alles. Het was haar schuld niet dat hij van Zaynab hield. Misschien was het enige dat hij nodig had een onervaren maagd, die hem geweldig vond omdat ze niet beter wist. Misschien was dat zo erg nog niet. Als Hatiba nooit bemind was zou ze waarschijnlijk niet lijden onder het feit dat hij niet van haar hield.

Die gedachten gaven hem een onbehaaglijk gevoel, want dit was een oneerlijke instelling en Karim al Malina was geen oneerlijk mens. Maar hoe moest hij de herinnering aan goudkleurige lokken, ogen als aquamarijn en een lichaam, dat een sterke kerel deed smelten als was, uit zijn hart en zijn geest bannen? Hij wist het niet. Maar Hatiba mocht niet lijden onder deze karakterzwakheid.

Het bruidsbad vond de dag voor de bruiloft plaats. De vrouwen van beide families en de weinige vriendinnen van de bruid die meegekomen waren naar de stad, verzamelden zich voor een middag in de geparfumeerde baden, om te roddelen. Het was bedoeld om de zenuwachtige bruid op haar gemak te stellen, haar ervan te verzekeren dat ze zich te midden van geliefden bevond en dat het altijd zo zou blijven. Na afloop begaf Iniga zich van de baden rechtstreeks naar de vertrekken van haar broer in het huis van hun vader.

'En, heb je haar gezien?' Karim had de hele middag ongeduldig zitten wachten tot het ritueel voltooid was.

Iniga knikte plechtig.

'Nou?' Hij was bijna gretig.

'Ze is heel mooi, zoals moeder al zei,' begon Iniga traag, 'maar...' Ze aarzelde even, om de juiste woorden te vinden.

'Maar wát?' Bij Allah! Wat was er aan de hand? vroeg Karim zich af.

'Ik vond haar gemelijk,' zei Iniga ten slotte botweg. 'Ze lijkt me helemaal niet blij met dit huwelijk, Karim. Ze is niet zenuwachtig, dat weet ik zeker. Ze heeft de hele middag nauwelijks gelachen, maar toen ze het een keertje deed, zag ik dat haar tanden goed waren. Dat is tenminste iets.'

Ze was gemelijk en haar tanden waren goed. Nou, dat was niet bepaald geruststellend. 'Ze heeft toegestemd in het huwelijk,' antwoordde hij, 'anders kon het niet gesloten worden. Misschien is ze gewoon bang, Iniga. Ten slotte is ze morgen om deze tijd getrouwd met een volslagen vreemde.'

'Ja,' antwoordde Iniga, 'daar heb ik niet aan gedacht. Ik ben uiteindelijk getrouwd met iemand die ik kende en ook niet echt bij mijn familie weggegaan. Waarschijnlijk heb je gelijk, Karim. Ze is bang, maar jij kunt haar wel geruststellen, als je eenmaal haar man bent. Dan ziet ze vanzelf dat ze niets te vrezen heeft.' Maar Iniga geloofde haar eigen woorden geen moment. Hatiba had stuurs gedaan, als iemand die tot iets gedwongen wordt wat ze niet wil. Ze hoopte dat Karim Hatiba kon helpen over de dingen die haar bezwaarden heen te komen. Op die manier konden ze misschien samen toch een zeker geluk vinden.

Op de trouwdag was het prachtig weer. Daar hadden ze geluk mee, want het regenseizoen kon nu ieder ogenblik beginnen. De mannelijke familieleden en vrienden gingen het eerst naar de baden en vervolgens naar de moskee, waar de imam het contract verifieerde, dat weken geleden door de kadi was opgesteld. Hij vroeg of de bruidsprijs was betaald en, tevreden omdat alle partijen het eens waren, droeg hij de plechtigheid op, waarbij Karim ibn Habib en Hatiba bat Hoessein in de echt werden verbonden, hoewel de bruid zelf daarbij niet aanwezig was. Daarna keerden de mannen terug naar de tuinen van Habib ibn Malik, waar Hatiba in haar rood met gouden bruidskleding te midden van haar geschenken zat te wachten op haar bruidegom.

Karim liep op haar toe, tilde de sluier op die over het haar en het gelaat van het meisje lag en keek in een paar koude grijze ogen. Geen welkomstglimlach. Haar leeftijd was naar verluidde vijftien jaar, maar Karim had het gevoel dat hij naar een ouder meisje keek; het kon echter zijn dat de ernst van de gelegenheid haar een rijper aanzien gaf. 'Ik groet u, Hatiba, mijn echtgenote,' sprak hij hoffelijk.

'Ik groet u, Karim ibn Habib,' antwoordde ze. Haar stem was zacht en had een mooie klank, maar er klonk geen enkel gevoel in door.

De mannen en vrouwen gingen uit elkaar en het feest begon. Wijn, gebak, vruchten en andere zoete lekkernijen gingen rond. Het traditionele vrouwenorkestje speelde. De vrouwen dansten samen. De mannen werden in hun gedeelte van de tuin onderhouden door lenige, acrobatische dansers.

'Ze is mooi,' zei zijn broer Ja'far, terwijl ze naar het dansen stonden te kijken. 'Berbermeisjes zijn prettig onderdanig. Als je eenmaal een zoon bij haar hebt, neem je een aardig exotisch typetje met wat meer pit en begin je een harem. Gezien jouw deskundigheid op dat gebied moeten je vrouwen wel de gelukkigste van Malina worden.' Hij porde zijn broer grinnikend tussen zijn ribben.

'Haar ogen zijn zo koud als zilver,' antwoordde Karim. 'Ik begroette haar als mijn vrouw, maar zij mij niet als haar man. Ze is niet bereid, wat haar vader ook tegen de imam heeft gezegd. Mijn schoonvader was duidelijk begerig naar de bruidsprijs die ik voor haar heb betaald, maar hij krijgt het niet, want ik zal beslist met Hatiba getrouwd blijven.'

'Niet zo somber,' sprak zijn broer opmonterend. 'Ze is gewoon bang, net als alle andere maagden. Morgenochtend, als de zon opkomt, heb jij haar verwarmd en op haar gemak gesteld, Karim. Ik hoef jou toch niet in te wijden in de manier waarop je een mooie maagd moet verleiden, broertje.' Hij lachte. Toen hief hij zijn beker en dronk zijn wijn uit, zijn blik gevestigd op de danser met zijn brede borst.

In de namiddag werd de bruid in de draagstoel gezet en in optocht naar het huis van haar man buiten de stad gebracht. Karim ging de gasten voor op de witte hengst, die hij van zijn schoonvader als huwelijksgeschenk had gekregen. Zij reden over een weg die bestrooid was met rozenblaadjes. Muzikanten begeleidden de feestgangers. De bruidegom strooide gouden dinariën naar degenen die hen onderweg gelukwensten. Toen zij in de villa van Karim aankwamen, serveerden de slaven van de huishouding onder leiding van Moestafa verfrissingen aan de gasten. Niet lang daarna vertrokken zij en lieten de pasgehuwden achter om elkaar te leren kennen.

Karim gaf zijn bruid een uur de tijd, voordat hij haar vertrekken betrad. Door de ramen kon hij de zon in de zee zien ondergaan. 'Jullie kunnen gaan,' zei Karim tot de slavinnen die de bruid omringden.

'Hier blijven allemaal,' gelastte Hatiba streng. De slavinnen keken verward en onbehaaglijk.

Karim knipte scherp met zijn vingers en sprak: 'Ik ben de heer en meester in dit huis, Hatiba.' De slavinnen ijlden het vertrek van hun meesteres uit.

'Hoe durf je mijn bedienden te commanderen!' schreeuwde ze tegen hem.

'Ik herhaal, Hatiba, dat ik heer en meester in dit huis ben. Ik kan me niet indenken dat je vader het goedvond dat je je op een dergelijk onbeheerste wijze liet gaan toen je nog onder zijn gezag stond. Ik neem aan dat je bevreesd bent, maar dat hoeft niet.' Hij deed een stap in haar richting en zag tot zijn grote verbazing, dat ze als bij toverslag een dolk te voorschijn had getrokken.

'Kom niet dichterbij, anders dood ik je,' zei ze zacht.

Met een snelle beweging greep Karim zijn vrouw bij de pols en ontfutselde haar het wapen. Hij keek ernaar en lachte spottend. 'Je zou hier nog geen sinaasappel mee kunnen schillen, Hatiba,' zei hij.

'De punt is vergiftigd,' zei ze zacht.

Hij keek eens goed naar het lemmet en aan de punt zag hij inderdaad een donkere vlek. Karim zuchtte diep. 'Als je dit huwelijk niet wilde, waarom heb je er dan, bij Allah, in toegestemd? Of was het onder dwang van je vader, Hatiba?'

'Hij kon de bruidsprijs niet weerstaan, dat is één ding, heer,' vertelde ze hem eerlijk. 'Zoveel heeft hij voor een van mijn zusters nooit gekregen.'

'Is er dan nog een reden?' drong hij aan.

'U vraagt naar de bekende weg,' zei ze. 'U bent de zoon van de prins van Malina, heer. Wat een strategische zet van mijn vader, om zijn jongste dochter te laten trouwen met een zoon van de heerser van Malina. Mijn vader is allang niet meer tevreden met zijn rijkdom. Hij zoekt macht.'

'Je kunt mijn vader nauwelijks machtig noemen,' zei Karim. 'Hij is door overerving prins van dit land, omdat een voorouder van ons deze stad heeft gesticht. Hij regeert met behulp van een adviesraad, niet slechts naar eigen inzicht. Wij houden geen hof, het hof is in Cordoba. Wij leven hier als gewone burgers. Mijn vader wordt gerespecteerd, omdat hij met zijn raad wijs en mild regeert. Wij hebben trouw gezworen aan Allah en aan de kalief. Zo is het in onze familie altijd geweest.

Ik ben bovendien slechts de jongste zoon van mijn vader, Hatiba. Ik zal nooit prins van Malina worden. Dat wil ik ook niet. Hoe haalt je dwaze vader het in zijn hoofd te denken dat hij er iets bij wint door jou een ongewenst huwelijk op te dringen?'

'Het ging hem om het prestige te kunnen zeggen dat zijn dochter Hatiba de eerste vrouw is van de zoon van de prins van Malina, want hij verwerft status en een uitzonderingspositie te midden van de bergvolken, als hij kan zeggen dat hij en de prins van Malina gemeenschappelijke kleinkinderen hebben. Dat geeft hem meer macht en dat is wat hij wil.'

'Houd je van iemand anders?' vroeg hij abrupt.

Hatiba werd rood, haar lichtgebronsde gelaatskleur werd rozig bij deze vraag, maar ze gaf een oprecht antwoord. 'Ja. Hij zou zelfs mijn man worden, de contracten waren al getekend, de bruidsprijs en de bruidsschat waren al overeengekomen, maar nog niet betaald. Toen kwam het bod van jouw vader en mijn vader verscheurde de contracten. De oude kadi die ze had opgesteld stierf plotseling. Er was geen enkel bewijs dat er een overeenkomst was gesloten. Omdat noch de bruidsprijs, noch de bruidsschat waren uitgewisseld, was mijn geliefde gedwongen toe te kijken, toen ik bij contract aan jou werd gegeven. O, waarom moest je juist mij willen hebben, terwijl je er zoveel had kunnen krijgen!' Haar grijze ogen vulden zich met tranen en ze veegde ze woedend af.

'Ik wilde jou helemaal niet,' zei hij rustig. Hij vond dat haar oprechtheid met zijn eigen oprechtheid terugbetaald moest worden.

207

'Ik wist niet eens van je bestaan af tot de overeenkomst was gesloten. Het grootste deel van mijn leven heb ik op zee doorgebracht als kapitein en koopman. Ik wist wat het voor mijn vader betekende als ik me eindelijk vestigde.

Dit afgelopen voorjaar heb ik bij de kalief in Cordoba een slavin afgeleverd die ik liefhad, en zij hield ook van mij. Ik weet dat je is verteld dat ik een passiemeester ben. Het meisje werd aan mij toevertrouwd door een oude vriend van mijn vader. Ik heb haar opgeleid in de kunst van de erotiek, maar ik verbrak de eerste regel van mijn erecode, door van haar te gaan houden en haar liefde terug te ontvangen. Geen van ons beiden had daar het recht toe. Op het laatst hebben wij om redenen van eer gedaan wat van ons verwacht werd. Zaynab vertrok naar het bed van de kalief en was al snel zijn favoriete. Ik ben naar huis gekomen om met jou te trouwen.

Het is bijzonder ongelukkig dat wij allebei van een ander houden, maar dat lot kunnen wij niet veranderen, Hatiba. Als ik je vandaag nog naar je vader terug zou zenden, dan zou er niets door veranderen. Ik krijg Zaynab er niet mee terug, en jouw vaders eer zou hem verbieden je aan je minnaar te geven. Je weet dat ik gelijk heb. Geen van ons beiden weet, of wij ooit van elkaar zullen houden, maar ik zal je de eer en het respect geven dat je als mijn vrouw toekomt. Meer kan ik niet beloven. Zul jij mij dan eren en respecteren, Hatiba?'

Zij was verbijsterd door zijn woorden. Plotseling vielen alle kilte en afstandelijkheid van haar af en werd haar gelaat dat van een doodsbang jong meisje. 'U moet mij terugsturen,' zei ze, bijna fluisterend, 'ik ben geen maagd meer.' Toen begon ze te huilen, kinderlijke snikken van angst en verdriet.

'Was het de afgewezen bruidegom?' vroeg hij haar vriendelijk.

Zij knikte, haar grijze ogen vol vertwijfeling en angst op hem gevestigd.

'Wanneer heb je voor het laatst bij hem gelegen?' vroeg Karim.

'Drie dagen geleden,' zei ze zacht.

'Je maagdelijkheid is voor mij niet van belang, Hatiba,' zei hij, 'maar als je van deze man in verwachting bent, heb ik geen andere keus dan je oneervol terug te zenden naar je vader.'

'Als ik in verwachting ben, kan ik zeggen dat het van jou is,' zei ze opstandig, 'en je kunt het tegendeel niet bewijzen, mijn heer!'

'Ik zal twee maanden lang niet met je slapen, Hatiba,' zei hij. 'En ik roep nu je bedienden terug om je vannacht gezelschap te houden. Wat jammer dat je zo dwaas bent geweest. Ik zou je teder hebben ingewijd.'

Hij liet haar zachtjes schreiend achter en keerde naar zijn eigen appartementen terug. 'Zeg tegen Moestafa dat hij onmiddellijk moet komen,' zei hij tegen een slaaf.

Moestafa verscheen en Karim zei: 'Ik moet terug naar Alcazaba Malina om mijn vader te spreken. Zorg ervoor dat mijn vrouw en haar bedienden in haar vertrekken blijven. Geen van hen mag die kamers verlaten, Moestafa.'

'Jawel, heer,' zei Moestafa met een emotieloos gezicht. 'Zal ik uw hengst laten zadelen?'

Karim knikte en enige minuten later vertrok hij spoorslags naar de stad. Toen hij bij zijn vaders huis aankwam, was het daar tot zijn opluchting rustig.

'Karim!' Zijn vader keek verbijsterd op toen hij binnenkwam.

'Wat is er aan de hand?' zei zijn moeder, met een bezorgde trek op haar mooie gelaat. 'Waarom ben je hier in plaats van bij Hatiba?'

Karim vertelde zijn beide ouders wat zich had afgespeeld. Habib al Malik ontstak in woede. 'Je gaat onmiddellijk van haar scheiden!' sprak hij toornig. 'Ik ga een fatsoenlijk meisje voor je zoeken, mijn zoon!'

'Nee,' zei Karim, 'het is de schuld van de vader van het meisje. Ik zal haar alleen verstoten als ze zo dom is geweest zwanger te raken. Ik kan geen kind van een andere man als erfgenaam accepteren. Vanavond wil ik uw arts lenen om haar te onderzoeken, zodat ik me ervan kan vergewissen dat ze de waarheid spreekt. Dan zal ik haar vader laten inlichten. Indien het meisje naar haar familie teruggestuurd wordt, mag er geen twijfel bestaan over de reden waarom. Bovendien moet de bruidsprijs onmiddellijk aan mij terugbetaald worden. Die ouwe berber zal niet profiteren op mijn kosten en mijn eer schenden.'

Habib al Malik liet zijn arts halen, aan wie de situatie werd uitgelegd. Deze vertrok naar de villa van Karim, om de bruid te onderzoeken. Hij keerde bijna twee uur later terug met de mededeling: 'Dit meisje is geen maagd, mijn heer Habib. Ze heeft niet gelogen.'

'U mag hier met niemand over spreken,' zei Habib al Malik. 'Misschien heb ik later uw getuigenis nodig bij de kadi, maar nu moet u zwijgen, dokter Suleiman. Dank u.'

De dokter boog en vertrok.

Toen riep Habib ibn Malik een van zijn slaven. 'Ga naar de vertrekken van Hoessein ibn Hoessein en zijn vrouw. Zeg dat ik hen beiden direct moet spreken. Wacht daar en breng hen hier bij mij.'

Kort daarop verschenen Hoessein ibn Hoessein en zijn vrouw Qabiha, verbaasd en niet een klein beetje bang.

Habib ibn Malik kwam zonder omwegen terzake. 'Uw dochter is geen maagd meer,' sprak hij koel. 'Dat erkende zij ook voor mijn zoon en dokter Suleiman heeft haar schande bevestigd. Ik heb ook vernomen dat u al overeengekomen was dat Hatiba met een ander zou trouwen, voordat ik voor Karim naar haar dong.'

'Er bestaat geen bewijs voor een dergelijk contract!' sputterde Hoessein.

'Ja, ik heb begrepen dat de kadi op tijd is gestorven,' antwoordde Habib droog. 'Niettemin is het meisje onzuiver bevonden.'

Hoessein wendde zich kwaad tot zijn vrouw, Qabiha. 'Zij is jouw dochter! Waarom heb je niet beter op haar gelet?'

'Zij is al vanaf haar tiende verliefd op Ali Hassan,' antwoordde Qabiha opgewonden. 'Ze zouden drie jaar geleden al getrouwd zijn geweest, als jij haar had laten gaan en haar geliefde niet had afgehouden, met die eis van een veel te hoge bruidsprijs! Ze zijn jong en warmbloedig, en ze gingen ervan uit dat ze op een dag zouden gaan trouwen. Ik kon haar toch niet de hele dag opgesloten binnen laten zitten? Geef mij niet de schuld, ze is ook jouw dochter en ze lijkt meer op jou dan op mij,' besloot Qabiha.

'Hij zal haar verstoten! Dan moet ik die drieduizend dinariën terugbetalen en ik heb ze al uitgegeven,' siste Hoessein tegen zijn vrouw, alsof er verder niemand in de kamer was.

'Als Hatiba niet in verwachting is, Hoessein ibn Hoessein,' sprak Karim kalm, 'dan houd ik haar. Maar als het zaad van haar geliefde vruchtbaar is geworden, moet zij naar u teruggezonden worden. Ik stel het meisje niet verantwoordelijk voor deze ramp, ik stel u verantwoordelijk. Begrijpt u mij?' Karims gezicht stond fel.

'Mijn heer,' bepleitte Qabiha de zaak van haar dochter, 'Hatiba is werkelijk een goed kind, maar ze heeft een sterke eigen wil en is altijd haar eigen gang gegaan. Toen haar vader haar niet met Ali Hassan wilde laten trouwen, is ze zó veranderd, dat ik haar niet herkende.' De moeder en de dochter leken sterk op elkaar, zag Karim, maar de grijze ogen van de moeder waren zacht en die van Hatiba koud en hard, behalve wanneer ze bang werd.

'U blijft de komende twee maanden bij uw dochter,' zei Karim tegen zijn schoonmoeder. 'Ik verwacht van u, dat u gedurende die tijd streng toezicht op haar houdt en haar dagelijks herinnert aan de plichten die zij als echtgenote jegens mij heeft. Indien ik er aan het eind van die periode absoluut van overtuigd ben dat ze niet bevrucht is door het zaad van haar geliefde, keer ik naar huis terug om met haar te gaan samenleven. Daarna mag u terug naar uw man.'

Hoessein ibn Hoessein opende zijn mond om te protesteren, maar een kwade blik van zijn vrouw legde hem het zwijgen op. Hij klapte zijn kaken hoorbaar op elkaar. 'U bent buitengewoon clement, mijn heer,' zei hij, allesbehalve enthousiast.

Karim wierp een cynische blik op de man. 'Als ik u was, zou ik die periode van respijt gebruiken om de drieduizend dinariën van haar bruidsprijs op te hoesten, die u zo kwistig hebt uitgegeven. Dat goud is van Hatiba, niet van u, Hoessein ibn Hoessein. Het is voor haar veiligheid en bescherming, mocht zij op een gegeven moment zonder man komen te zitten. Ik wil dat het geld binnen twee maanden is terugbetaald, aan mij of aan mijn vrouw.'

Zijn schoonvader keek schuldig. 'Ja, heer,' was het enige dat hij nog kon uitbrengen; zijn simpele hersens pijnigden zich al af, hoe hij in de naam van de profeet dat geld bij elkaar moest sprokkelen. Maar misschien overkwam zijn nieuwe schoonzoon wel een vervelend ongeluk. Dan kwam de jonge weduwe weer thuis, mèt bruidsprijs en de bruidsschat, en beschikbaar voor een nieuwe partij.

Karim zag hoe de vader van Hatiba zijn zwarte ogen tot spleetjes trok en zijn volgende stap overwoog. Het was ongetwijfeld een achterbakse zet. Hij hoopte maar dat zijn bruid niet naar haar vader terughoefde. Niet dat hij veel gevoel voor het meisje koesterde, maar nu hij zijn schoonvader wat beter had leren kennen, begon hij medelijden met haar te krijgen. Hij wendde zich tot zijn eigen vader en sprak: 'Wilt u zorgen dat vrouwe Qabiha vannacht nog naar mijn huis wordt gebracht?'

Habib ibn Malik knikte. 'Onmiddellijk.'

Qabiha nam haar intrek in de villa van haar schoonzoon. Haar dochter reageerde kwaad en stuurs op haar komst. Qabiha gaf haar een oorvijg en sprak gestreng: 'Hier heb je niet langer je vader om je slechte gedrag goed te praten, meisje. Hij mag dan het tegendeel beweren en zeggen dat hij onschuldig is, maar hij wist wat je deed als je wegreed naar de heuvels! Toch heeft hij je in deze situatie gebracht, omwille van drieduizend gouden dinariën en de kans om zich te verbinden met de prinselijke familie van deze stad. Bid Allah, mijn dochter, dat je niet zwanger bent van Ali Hassan. Wat als dat zo is, vermoordt je vader je en daartegen kan ik je niet in bescherming nemen. Wat kan hij anders doen om zijn eer te behouden, met een dochter die een dergelijke schande over haar familie brengt? Wees blij dat je zo'n man treft, Hatiba, als hij inderdaad je man blijft. Als je niet zwanger bent, houdt hij je, zegt hij. Ik kan me geen man voorstellen die zo mild is.'

'Mild?' hoonde Hatiba. 'Hij houdt van een ander die hij niet kan krijgen, moeder. Dat ik geen maagd meer ben interesseert hem niet. Als hij mij houdt, dan doet hij het voor zichzelf, niet voor mij. Hij zal nooit van mij houden.'

De dagen verstreken snel. Karim ging 's morgens meestal met zijn broers en een groep vrienden in de heuvels en vlakten rond de stad op jacht. In de middagen bezocht hij Hatiba, altijd in aanwezigheid van haar moeder. Hij ontdekte dat ze een weerzinwekkend onnozel schepsel was. Ze kon niet lezen of schrijven. Ze had geen oor voor muziek. Toen hij leraren thuisbracht om haar een beetje onderwijs te laten genieten, begon ze zich al snel te vervelen en te huilen.

'Zij heeft absoluut geen aandacht, mijn heer,' sprak de leraar, voor wie hij het meeste respect had, en deze sprak voor allen. 'Haar is niets bij te brengen, en wat nog erger is, ze wil zich niets laten bijbrengen.'

Nadien kreunde Karim bij zichzelf, zich afvragend wat zij in hemelsnaam gemeen zouden hebben als ze man en vrouw bleven. Hij ontdekte echter dat ze een enthousiast speelster was. Ze speelde schaak met een grote dosis kinderlijke geestdrift, ging wilde weddenschappen aan, klapte opgetogen in haar handen als ze won en pruilde als ze verloor. Dat was tenminste iets. Hij dacht aan de raad van zijn broer Ja'far om haar zwanger te maken en dan een exotisch schepseltje te zoeken voor een harem. Hij zuchtte treurig. Het was niets voor hem om een harem met exotische schepseltjes op te zetten, en hij was ook niet blij met de vrouw die Hatiba heette, die inmiddels al meer problemen had opgeleverd dan ze waard was. Hij verlangde ontzettend naar Zaynab, maar die was voor altijd buiten zijn bereik.

Eindelijk was de periode van wachten voorbij. Hatiba had sinds de huwelijksdag twee keer gemenstrueerd en dokter Suleiman was haar tijdens iedere cyclus komen onderzoeken, om zich ervan te vergewissen dat er geen bedrog in het spel was. Nu verklaarde de arts dat zijn vrouw niet zwanger was.

'U kunt haar zonder vrees nemen, mijn heer. Alles wat zij het volgend jaar zal voortbrengen, zal zonder twijfel een kind van u zijn. Ze is gezond, vrij van ziekte. Ze zou zeer vruchtbaar kunnen zijn.'

Karim stuurde zijn schoonmoeder terug naar de bergen. Hij zond de slavinnen van zijn vrouw de volgende paar dagen weg. Hij betrad de vertrekken van Hatiba, die al op hem wachtte. Er was geen terug meer mogelijk. Geen enkel excuus om haar aan de kant te zetten. De tijd was gekomen om aan een nieuw leven te beginnen.

Hoofdstuk twaalf

'Drink dit op, vrouwe Zaynab,' zei de arts Hasdai ibn Sjaproet, die haar met één arm ondersteunde en met zijn andere hand de beker aan haar lippen bracht.
'Wat is dit?' vroeg ze hem zwakjes. Wat deed haar hoofd zeer.
'Nog wat van het tegengif dat ik u al gegeven heb. Het heet theriaca. Ik verzeker u dat u weer helemaal zult herstellen,' stelde de dokter haar gerust. 'Gelukkig maar dat u zo snel hebt gereageerd op het gif dat u is toegediend. Daardoor hebben we vlug een diagnose kunnen stellen en u kunnen redden.'
'Vergíf?' Ze keek geschokt. 'Ben ik vergíftigd? Daar weet ik niets meer van. Wie zou mij willen vergiftigen?' vroeg Zaynab, volkomen in de war.
'Wij weten nog niet wie de schuldige is,' antwoordde de kalief haar, 'maar als ik erachter kom, zal ze dezelfde dood sterven die ze voor jou had bedacht, mijn liefste.' Zijn gezicht stond grimmig van kwaadheid en frustratie. Er woonden meer dan vierduizend vrouwen in zijn harem: zijn echtgenotes, zijn concubines, vrouwen die hoopten zijn gunst te winnen, zijn vrouwelijke verwanten en hun bedienden. Het was onmogelijk om ze allemaal in de gaten te houden. Deze moordenares was bijzonder slim te werk gegaan. Het was erg onwaarschijnlijk dat ze er ooit achter zouden komen wie het geweest was.
'Maar hoe ben ik dan vergiftigd?' vroeg Zaynab aan Hasdai ibn Sjaproet. 'Is alles goed met die arme Naja? Hij proeft alles voor wat ik eet of drink.'
'Afgezien van het feit dat uw eunuch onderstebovenen en vreselijk bezorgd is, en overloopt van zelfverwijt, mankeert hem niets,' verzekerde de dokter haar. 'U droeg een sjaal die in het gif gedrenkt was. Zo is het in uw huid gekomen. Het had langzaam moeten inwerken, gedurende een langere periode, maar in plaats daarvan reageerde u onmiddellijk zeer heftig. U bent blijkbaar zeer gevoelig voor lichaamsvreemde stoffen, vrouwe, en dat is maar goed ook.' Hij wendde zich tot zijn assistente: 'Rebekka, laat de sjaal eens aan vrouwe Zaynab zien.'

De oudere vrouw opende een metalen kistje en toonde de inhoud ervan.

'Wie heeft u deze sjaal gegeven, vrouwe?' vroeg Hasdai ibn Sjaproet. 'Als u het zich kunt herinneren, dan hebben we de schuldige misschien. Raak hem niet aan, verzoek ik u. Hij is zeer dodelijk en zal vernietigd moeten worden. Kijkt u alleen maar.'

Zaynab keek naar de sjaal, die bijzonder mooi was, van lichte, zachtroze wol, met franje van een diepere tint roze. Zij had absoluut geen idee waar hij vandaan gekomen was en ze keek Oma vragend aan, die volkomen verbijsterd haar hoofd schudde.

'Hij zat niet bij de kleren die u uit Malina hebt meegenomen,' zei Oma. 'Weet u nog dat wij vanochtend in de hutkoffer naar een sjaal zochten, omdat het vandaag nogal kil bleek te zijn? Hij lag daar gewoon, boven op alle andere kleren. Ik heb er niet bij nagedacht waar hij vandaan kwam. Ik dacht dat onze heer de kalief hem misschien aan u gegeven had.'

'Vrouwe, ik moet u vragen,' zei de dokter, 'kunt u uw slavin vertrouwen?'

Zaynab reageerde verontwaardigd. 'Hoe durft u?' zei ze ijzig. 'Ik vertrouw mijn leven aan Oma toe, heer. Zij is uit vrije wil bij mij. Ik heb aangeboden haar de vrijheid te geven en haar terug te zenden naar Alba, maar dat weigerde ze. Zij weigerde zelfs te trouwen met Aladdin ben Omar, omdat ze niet bij me weg wilde.' Zaynab stak haar hand uit naar haar vriendin en Oma pakte hem, met tranen in haar ogen. 'Oma is trouw. Zij wenst mij geen kwaad toe.'

'Vrouwe, mijn excuses hiervoor, maar ik moest het vragen,' zei de dokter.

'Is ze in staat om te reizen?' bracht de kalief plotseling te berde.

'Waar wilt u haar naartoe brengen, mijn heer?' vroeg Hasdai.

'Naar Al-Roesafa. Daar is ze veilig en kan ze volledig herstellen,' antwoordde de kalief. 'Wij reizen in etappes, eerst naar de Alcazar in Cordoba en de volgende dag naar Al-Roesafa.'

'Ja,' zei de dokter nadenkend, 'dat zou een goed idee zijn, heer. In Al-Roesafa kunt u haar situatie veel beter overzien. Is het paleis nog altijd bewoonbaar? U bent er niet meer geweest sinds u het hof naar Madinat al-Zahra hebt verhuisd.'

'Ik breng haar naar een van de kleine, goed bewoonbare zomerhuizen in de tuin. Het zal niet de eerste keer zijn dat ik er een mooie vrouw mee naartoe genomen heb,' zei Abd al-Rahman met een schittering in zijn ogen. 'Het is er heel rustig,' verbeterde hij zichzelf, iets minder vurig.

'Al haar kleren moeten worden verbrand en haar juwelen moeten in azijn uitgekookt worden,' zei de dokter. 'Wij kunnen er niet zeker van zijn dat het vergif niet ook in haar andere eigendommen is doorgesijpeld.'

De kalief zag Zaynabs gezicht betrekken en sprak snel: 'Ik zal een gloednieuwe garderobe voor je laten maken, mijn liefste. Trouwens, ik vind je op je mooist zoals de natuur zelf je heeft afgeleverd. Er bestaat geen vrouw wier schoonheid de jouwe overtreft, mijn dierbare Zaynab. Ik dank Allah dat je me niet afgenomen bent.'

'O, heer, u bent zo goed voor mij,' antwoordde ze lief, maar ze was er niet minder boos en bang door. Iniga had haar voor dergelijke dingen als vergif gewaarschuwd, maar ze had haar vriendin niet serieus genomen.

Hasdai ibn Sjaproet dacht bij zichzelf dat de kalief verliefd aan het worden was, althans, zo leek het. In die paar jaar dat hij Abd al-Rahman kende, had hij hem nog niet op deze manier met een vrouw zien omgaan. Wat als blinde passie was begonnen verzachtte zich, nu hij de liefdesslavin beter leerde kennen dan alleen haar fysieke bereidwilligheid. Wat Zaynab zelf betrof, de dokter geloofde niet dat zij verliefd was op de kalief. Zij respecteerde hem, vreesde hem wellicht een beetje en voelde mogelijk enige genegenheid voor hem, maar liefde? Nee. Of ze eigenlijk wel tot liefde in staat was, kon hij niet zeggen, omdat hij haar niet goed genoeg kende. Zou een vrouw die voor een dergelijk onnatuurlijk leven werd opgeleid, wel weten hoe ze moest beminnen? Dat was een interessante vraag.

Zij was beslist de mooiste vrouw die de dokter ooit had gezien. Hij begreep de fascinatie van de kalief voor haar jeugd en haar schoonheid volkomen. Zaynab was Abd al-Rahmans late liefde, zoals Abisag de laatste geliefde van koning David was geweest. Hij zou waarschijnlijk een laatste kind bij haar hebben. Al was de kalief over de vijftig, hij was nog zeer potent, wat bleek uit het feit dat hij nog twee jonge zoontjes had.

'Hoe gaat het met haar?' vroeg vrouwe Zahra aan Hasdai ibn Sjaproet. Zij had hem verzocht naar haar vertrekken te komen voordat hij uit de harem vertrok. 'Wat was er aan de hand met haar? Is ze in verwachting?'

'Iemand heeft geprobeerd haar te vergiftigen,' zei de dokter kalm. 'De kalief is ontzettend kwaad. Gelukkig heb ik haar kunnen redden.' Waar is de eerste echtgenote zo ongerust over? dacht hij. Meestal bemoeide Zahra zich niet met degenen die zij als haar minderen beschouwde.

'Dan blijft ze leven,' zei Zahra rustig. 'Hij is te oud voor zo'n speelpop, daar zult u het toch wel mee eens zijn, maar luistert hij naar mij? Nee hoor! Hij had haar beter aan Hakam kunnen geven, vindt u ook niet?'

'Ik geloof dat mijn gebieder, de kalief, blij is met vrouwe Zaynab. Ik vind hem fit genoeg om van zijn hartstocht voor een mooi meisje te genieten,' antwoordde Hasdai ibn Sjaproet. Hij had vrouwe Zahra nog niet eerder zo rancuneus meegemaakt. Waarom was ze jaloers? Haar eigen positie was veilig, evenals die van haar oudste zoon.

'Mánnen!' zei Zahra vol walging tegen Taroeb, de tweede vrouw van de kalief, nadat de dokter vertrokken was. 'Altijd hetzelfde! Onze heer brengt zijn gezondheid in gevaar met dat meisje. Hij denkt helemaal niet aan het belang van al-Andalus.'

Taroeb antwoordde verstandig: 'Als hij gelukkig is, is hij van grotere waarde voor al-Andalus. Wat is er toch met Zaynab, dat je zo jaloers op haar bent? Geen van de anderen hebben je ooit zo opgewonden gemaakt, Zahra. Het meisje is van meet af aan zeer welgemanierd geweest en heeft zich beleefd en eerbiedig tegenover je gedragen. Ze stookt geen onrust onder de andere vrouwen, integendeel, ze is meer op zichzelf dan wie dan ook. Ik heb geen klachten over haar vernomen en ook vertoont ze geen gedrag waar jij aanstoot aan hoeft te nemen. Waarom heb je zo'n hekel aan haar?' vroeg Taroeb, een Gallische, wier rode haarkleur was verbleekt.

'Ik heb geen hekel aan haar,' protesteerde Zahra, 'ik maak me alleen zorgen om de gezondheid van onze geliefde heer.' De eerste vrouw was een Catalaanse, uit een land dat bekendstond om zijn hoge intelligentiepeil. Dat was de eerste aantrekkingskracht geweest die Abd al-Rahman voor Zahra gevoeld had.

'Het gaat nu even niet om zijn gezondheid,' zei Taroeb, niet zonder ironie, 'maar om die van de arme Zaynab, die vergiftigd is.'

'Hij houdt van haar,' bracht Zahra bijna fluisterend uit.

'Aha, dat is het dus,' antwoordde de ander. 'Ach Zahra, wat maakt het toch uit of hij van haar houdt? Hij houdt van mij, en daar ben jij helemaal niet jaloers om. Hij houdt van alle charmante en niet zo charmante concubines bij wie hij kinderen heeft, vooral van Bacea en Kumar. Op hen ben je ook helemaal niet jaloers. Al houdt hij van Zaynab, dan nog houdt hij meer van jou. Hij houdt van jou het allermeest. Heeft hij niet een stad naar je genoemd? *Madinat al-Zahra*. Is het niet geweldig dat een man van Abd al-Rahmans leeftijd nog steeds een nieuwe liefde aankan? Loof Allah erom!' lachte ze.

'Wij kwamen tegelijkertijd bij Abd al-Rahman, jij en ik, weet je nog? Hoelang is dat geleden? We waren jonge meisjes. Jouw zoon kwam slechts twee maanden voor de mijne ter wereld en ik vervloek Allah niet dat het zo gegaan is. Ik schep vreugde in mijn kinderen en kleinkinderen. Ik aanvaard dat de jaren verstrijken, Zahra, en dat schijn jij niet te kunnen. Het wordt met het jaar erger voor je. Maar je bent geen jong meisje meer, dat zul je ook nooit meer worden.

Ik geloof dat jouw afgunst niet zozeer ligt in het feit dat Abd al-Rahman van Zaynab houdt, als wel dat zij jong en buitengewoon mooi is. Daar kun je net zomin iets aan veranderen als aan het feit dat je over de veertig bent.'

'Je bent wreed!' riep Zahra, terwijl de tranen haar in de ogen sprongen.

'Ik ben eerlijk tegen je, zoals ik altijd ben geweest, lieve vriendin,' antwoordde Taroeb. 'Ik zeg je Zahra, dat onze echtgenoot altijd het meest van jou zal blijven houden, wie hij daarnaast ook nog mag liefhebben. Accepteer dat nou en laat je kwaadheid en je afgunst varen, want dat wordt moordend op het laatst en misschien verlies je dan ook nog de toegewijde liefde die Abd al-Rahman voor je koestert. Je wilt al die gelukkige jaren toch niet vergooien?'

Zahra gaf geen antwoord, maar wendde zich af. Had Taroeb gelijk? vroeg ze zich af. Of zei haar mede-echtgenote dit soort dingen alleen maar om haar gevoelens te verzachten? Abd al-Rahman scheen niet zo erg meer op haar te steunen als hij ooit gedaan had. Zij herinnerde zich het moment waarop zijn oudste concubine was gestorven. Vrouwe Aisha was de eerste vrouw geweest die hij had gekend. Zij was ouder dan hij.

Aisha was een geschenk geweest van de oude emir Abdallah, de grootvader van de kalief, die hem had grootgebracht. Abd al-Rahman was oprecht dol op haar geweest. Zij had hem ingewijd in de erotiek, maar was daarnaast ook zijn vertrouwelinge geweest. Nog lang nadat zij hadden opgehouden amoureus met elkaar om te gaan, bezocht hij haar regelmatig en hield hij haar in hoge ere. Toen Aisha stierf, had ze verklaard dat haar grote vermogen gebruikt moest worden om islamitische mannen en vrouwen, die als slaven naar christelijke landen waren weggevoerd, vrij te kopen. Daar werden er zo weinigen van gevonden, dat Abd al-Rahman niet goed raad wist met al het geld van Aisha. Wat hij ook deed, het moest iets zijn dat Aisha goedgekeurd zou hebben. En het was Zahra geweest die hem had voorgesteld een nieuwe stad te bouwen.

Dat was meer een vesting dan een stad. De plaats was gekozen op een helling van de Sierra Morena, die uitzag over de Guadalquivir, ten noordwesten van Cordoba. Men was bijna tien jaar geleden met de bouw begonnen en de stad was nog altijd niet voltooid. Ze bestond uit drie niveaus; het eerste was voltooid en daar stond het koninklijk paleis. Er waren tienduizend arbeiders ingezet bij de bouw van de stad, naast vijftienhonderd lastdieren – muildieren, ezels, en kamelen. Dagelijks waren er zesduizend stenen uitgehouwen om de gebouwen en muren op te trekken. De daktegels waren bedekt met bladgoud en -zilver. De stad strekte zich meer dan een kilometer van west naar oost uit en bijna een kilometer van noord naar zuid.

Elk van de drie niveaus was hoog genoeg gepland om het niveau eronder voldoende uitzicht te geven. Onder het gedeelte met de koninklijke residentie lag een niveau dat geheel uit tuinen bestond, boomgaarden, een dierentuin voor de exotische dieren van de kalief en volières, vol prachtige vogels. Op het onderste niveau van de stad stonden de regeringsgebouwen, de woningen van de belangrijke personen die tot het hof behoorden, openbare baden, werkplaatsen voor ambachtslieden, de wapensmeden, de munt, de kazernes van de uitgebreide koninklijke lijfwacht en een moskee.

Ofschoon Zahra de kalief tijdens zijn bezoeken aan het bouwterrein bij het begin van de werkzaamheden vergezelde, bezorgde hij haar de verrassing van haar leven op de dag dat hij de bewoners van het koninklijk paleis uit Cordoba liet verhuizen. Toen zij de toegangspoort naderden, had hij haar gezegd dat ze naar boven moest kijken, waar ze een marmeren borstbeeld van haarzelf boven de stadspoort ontwaarde. Sprakeloos was ze geweest, toen hij verklaarde dat de naam van de nieuwe stad Madinat al-Zahra zou zijn, stad van Zahra.

'Maar behoort het dan niet Madinat al-Aisha te heten, ter nagedachtenis aan je oude vriendin, wier grote rijkdom het mogelijk heeft gemaakt deze stad te bouwen?' vroeg ze, met opgewonden kloppend hart. Zij wist dat hij dat van de hand zou wijzen, want hij beminde haar boven alle vrouwen. Maar uit eerbied voor Aisha vond ze dat ze dat tenminste moest zeggen. Bij Allah! Was er ooit een vrouw zo geëerd?

Maar nu had Abd al-Rahman een nieuwe interesse in zijn leven. Zaynab, de liefdesslavin, nam hem geheel in beslag, leek het. Zahra zuchtte. Nu begon ze zich alweer zo jaloers aan te stellen. Had Taroeb gelijk? Taroeb loog niet, ook niet tegen zichzelf. Ze was vriendelijk, nuchter en haast overdreven eerlijk.

Maar telkens als Zahra naar Zaynab keek, voelde ze een onbeheersbare woede in zich opkomen, wat ze niet scheen te kunnen helpen. Met welk recht kwam dit kind de kalief van haar afnemen? En wat zou er gebeuren als Zaynab een kind had? Niet dat ze werkelijk verwachtte dat een kind van een van de andere vrouwen van haar man de plaats van haar eigen zoon Hakam zou innemen. Abd al-Rahman had altijd expliciet duidelijk gemaakt dat Hakam hem als kalief zou opvolgen. Maar als hij nu van gedachten veranderde? Als hij nu eens meer van Zaynab zou gaan houden? Ze lachte huiverend. Waar maakte ze zich zo druk over? Haar hoge positie of die van haar zoon waren niet in gevaar. En toch kon ze dat niet zeker weten. Een oude man die verliefd is op een jong meisje kan rare bokkensprongen maken.

Haar slechte humeur werd er niet beter op, toen haar ter ore kwam dat Zaynab en haar bedienden naar Al-Roesafa vertrokken. 'Van wie heeft ze hier zoveel gevaar te duchten dat hij haar wegbrengt?' zei ze wrokkig en verhit tegen Taroeb. 'Het is belachelijk! Gewoonweg belachelijk!'

218

Taroeb probeerde haar vriendin te sussen, haar warmbruine ogen liepen over van medeleven. 'Wind je niet zo op, Zahra. De kalief hangt de bezorgde minnaar uit. Hij wil alleen maar een tijdje met haar alleen zijn. Dat is toch logisch. Herinner je je niet hoe vaak wij er met hem tussenuit glipten naar het zomerpaleis? Wanneer ze weer beter is brengt hij haar terug. Met Al-Roesafa ten noordoosten van Cordoba en Madinat al-Zahra ten noordwesten, brengt hij trouwens meer tijd te paard door dan in de armen van Zaynab,' grinnikte Taroeb. 'Ze is nog jong en waarschijnlijk vreselijk geschrokken van wat er gebeurd is. Wat de kalief haar ook verteld mag hebben, Zaynab is niet achterlijk. Zij weet heel goed dat de kansen om erachter te komen wie haar vergiftigd heeft uiterst gering zijn. Door haar naar Al-Roesafa te brengen stelt hij haar alleen maar gerust en kalmeert hij haar angstige gevoelens.'

Maar Zaynab was niet angstig, ze was woedend. Iemand had geprobeerd haar te vermoorden! Naar haar weten bezat ze geen vijanden. Daarom moest het wel een of andere domme meid zijn geweest, die zeker dacht de aandacht van de kalief op zichzelf te vestigen door zijn liefdesslavin te vermoorden. Het was niet waarschijnlijk dat ze er ooit achter zou komen wie het gedaan had, maar ze zou in het vervolg op haar hoede zijn. Furieus werd ze, toen ze zag hoe haar kleren omzichtig werden verwijderd om verbrand te worden, zoals Hasdai ibn Sjaproet had verordend.

'Het is krankzinnig dat al mijn kleren verbrand moeten worden,' ziedde ze. 'Het kan toch niet allemaal vergiftigd zijn! En mijn sieraden worden verpest, als ze in een azijnoplossing worden gekookt. Die vervloekte dokter!'

'Hij heeft je het leven gered, vrouwe,' zei Oma scherp. 'Dat is toch wel een paar kleren en snuisterijen waard. Bovendien heeft de kalief beloofd dat u een garderobe als van een jonge koningin zult krijgen. Die twintig balen zijde die Donal Righ hem gegeven heeft zijn allemaal voor u bestemd.'

'Hoe weet je dat?' wilde Zaynab weten.

'Dat heeft Naja me verteld,' zei Oma, 'en u weet dat hij alles hoort wat er in dit paleis gezegd wordt. Hij weet zelfs dat vrouwe Zahra jaloers op u is. Hij is bevriend met een van de slavinnen in haar vertrekken.'

'Denk je dat zij degene is die me vergiftigd heeft?' vroeg Zaynab.

'Alles is mogelijk,' zei Oma, maar ze schudde haar hoofd. 'Ik denk van niet. De kans is erg klein dat de schuldige gevonden wordt, maar als het zo is, dan wordt het haar dood. Het lijkt me sterk dat vrouwe Zahra haar positie in gevaar brengt alleen maar omdat ze voelt dat ze ouder wordt en daarom jaloers is. Nee, ik denk dat het een onbelangrijk iemand is geweest.'

Ze vertrokken met de kalief naar Al-Roesafa, over het met tapijten belegde traject tussen Madinat al-Zahra en Cordoba. Zaynab was stomverbaasd toen ze de grootte van de hoofdstad zag en smeekte of ze hem mocht bezichtigen.

'Je mag met Naja en een gepaste lijfwacht gaan,' zei Abd al-Rahman. 'Als ik in de straten verschijn, krijgen we een hele menigte op ons af. Ik verzeker me van hun respect door een passende afstand te bewaren tussen mijn volk en mij.'

'Vertel mij eens iets over de geschiedenis van de stad,' vroeg ze, waar hij om moest lachen.

'Elke andere vrouw zou onmiddellijk de kortste weg naar de markt willen weten, om iets voor zichzelf te kopen. Maar jij wenst daarentegen iets te horen over de geschiedenis van Cordoba. Goed, mijn malle lieveling, ik zal het je vertellen.

De stad is gesticht door een volk dat de Carthagers heette en werd later ingenomen door de Romeinen, in de tijd van hun grote rijk. Daarna kwamen de Visigoten, en wij veroverden de stad meer dan tweehonderd jaar geleden op hen. Er wonen meer dan een miljoen mensen. Er staan zeshonderd moskeeën, tachtig hogescholen en er is een openbare bibliotheek met meer dan zeshonderdduizend boeken. Hasdai wil hier graag een medische hogeschool stichten en die zal hij krijgen ook, want ik ben het met hem eens. Nu moeten al onze artsen helemaal naar Bagdad reizen voor hun opleiding.'

'Er bestaat niet eens een getal als zeshonderdduizend, laat staan een miljoen,' zei ze ongelovig. Hij moest opnieuw lachen.

Zaynab ging naar de stad met Oma en Naja, verscholen in een draagstoel, omgeven door een lijfwacht en helemaal tot aan haar ogen gesluierd. Ze wist niet waar ze het eerst moest kijken. Het was zo opwindend, interessant en druk! Toen ze aan boord van Karims schip in Cordoba waren aangekomen, was ze overgestapt op een ander vaartuig dat haar over de rivier naar Madinat al-Zahra had gebracht. Daardoor had ze geen kans gehad de grote stad werkelijk goed te zien.

Waar ze ook gingen bloeide de handel. Deze stad was befaamd om zijn lederwaren, zilversmeden en het borduurwerk op zijde, dat door vrouwen werd vervaardigd. Er kwamen bezoekers uit alle delen van de toenmalig bekende wereld. Al die verschillende gezichten en kleding fascineerden Zaynab. De kalief trok een derde van de staatsbegroting uit voor de bouw en het onderhoud van stadsgrachten, irrigatiewerken en openbare gebouwen. Naja vertelde trots: 'Cordoba is de mooiste stad ter wereld en ook de welvarendste.'

'En wat vind je van de stad?' vroeg de kalief aan Zaynab, toen ze die middag naar het Alcazar terugkeerden.

'Prachtig,' zei ze, 'maar veel te groot voor mij, heer. Daarbij vergeleken lijkt Madinat al-Zahra een dorp. Zoveel verschillende mensen bij elkaar heb ik nog nooit gezien!'

De volgende dag reisden ze verder naar Al-Roesafa. Dat was ooit het zomerpaleis van de heersers van al-Andalus geweest, maar na de bouw van Madinat al-Zahra buiten gebruik geraakt. Het was een bijzonder lieflijke plek, te midden van prachtige tuinen aan de rivier. Het was door de eerste Abd al-Rahman gebouwd als een kopie van het oorspronkelijke Al-Roesafa, dat ooit door kalief Hisjam aan de oever van de Eufraat, buiten Bagdad, was gebouwd. Deze tuinen werden door de rivier bevloeid, evenals de oorspronkelijke tuinen. Zaynab vond het betoverend.

Zij nam haar intrek in een klein huis van marmer, midden in de tuin, bij een klein meer dat men door een deel van de rivier om te leiden, kunstmatig had aangelegd. In het midden van het meer stond een alleraardigst prieel en de kalief beloofde Zaynab dat hij het met haar zou bezoeken. Zij vond haar nieuwe behuizing prachtig. Er was een ruim en helder woonvertrek, waar ze de tijd rustig konden doorbrengen met schaken en gezamenlijk zingen, terwijl zij op de rebec speelde. Er was een slaapkamer voor haar, met een aangrenzend bad, twee kleinere kamers voor Oma en Naja en een ruimte waar Naja hun maaltijden kon bereiden. Zaynab klapte opgetogen in haar handen bij de aanblik.

'Ik hoef dit met helemaal niemand te delen!' grinnikte ze luid.

'Heb je zo'n hekel aan de harem?' vroeg de kalief, met zijn hand over haar haren strijkend. 'Houd je dan niet van het gezelschap van andere vrouwen?'

'Mijn heer, u zou het begrijpen als u wist hoe ik ben opgegroeid,' verklaarde Zaynab. 'Mijn moeder, mijn zuster en ik, waren samen met nog twee vrouwelijke bedienden de enige vrouwen op Ben Macdui. Mijn moeder hield alleen van mijn zuster en ik heb meer tijd alleen doorgebracht dan met hen samen. Oma is de eerste echte vriendin die ik ooit heb gehad. Ik weet niet of ik zo gesteld ben op andere vrouwen. Ze kletsen te veel en ze kunnen erg wreed zijn. Ik stel meer belang in de wereld om me heen dan me uren bezig te houden met mijn toilet. De vrouwen in de harem zijn voornamelijk een stel ijdeltuiten.

Voordat ik naar al-Andalus kwam was mijn wereldje zo klein, mijn heer. En hier is zoveel te zien en te leren! Ik ben opgeleid tot liefdesslavin, om niets anders te doen en te weten dan het geven en ontvangen van genot, maar dat is een onnatuurlijke manier van leven voor mij, nu mijn ogen zijn geopend voor de wonderlijke dingen in uw wereld. Ik hoop dat deze woorden u niet kwetsen, mijn geliefde heer, want dat zou ik erg naar vinden.' Ze nestelde zich in zijn armen, 'u bent zo goed voor mij.'

Dit is een wonder, dacht hij bij zichzelf, toen hij naast haar in bed lag. In het begin was ze de meest erotische vrouw die hij kende en nog altijd weigerde ze hem niets wat hij op het lichamelijke vlak van haar verlangde, maar dit meisjesvrouwtje van hem had nog zoveel meer in huis. Er ging geen dag voorbij waarop hij zich niet verbaasde of opnieuw verrukt was over haar. Hoe vreselijk jammer was het, dat ze zo laat in zijn leven kwam. Als ze samen hadden kunnen zijn in zijn jonge jaren, dan hadden ze een ras van giganten kunnen voortbrengen!

'Jij zult mij nooit kwetsen, Zaynab,' sprak hij vanuit het diepst van zijn hart. Toen vervolgde hij: 'Ik heb weleens gehoord dat liefdesslavinnen een spelletje leren. Het heet de Gebonden Roos. Heeft Karim al Malina je daarin onderwezen, mijn lief?' Zijn diepblauwe ogen keken haar recht aan.

Zaynab knikte langzaam. Dat spel was er een van ondraaglijk heerlijke kwelling. Zij wist niet zeker of de kalief zo'n spelletje wel aankon, ondanks zijn sterke conditie. 'Ik zal het alleen met u spelen, mijn heer en gebieder, indien u mij toestaat het spel te leiden. Het kan nogal gevaarlijk zijn, dat begrijpt u. Heeft u het al eens gespeeld?'

'Alleen toen ik nog jong was,' zei hij, 'en ik stem in met je voorwaarden.'

'Dan zal ik de spullen gaan halen die ervoor nodig zijn,' en ze stond op. 'Straks ben ik volkomen aan uw genade overgeleverd, mijn heer.'

Hij keek tussen zijn wimpers door naar haar, toen ze terugkeerde met een mandje, waarin de zilveren liefdesballen zaten, vier zijden koorden en smalle band van witte zijde, een grote pluim van veren en een lange veer van een zilverreiger met een scherpe punt. Ze zette het mandje naast het bed en ging er met gespreide armen en benen op liggen. Lachend zei ze: 'Ik ben in uw handen, mijn heer. Als ik eenmaal machteloos ben, kunt u met mij doen wat u wilt en ik zal me er niet tegen kunnen verzetten.'

Zijn ogen gingen een beetje wijder open. Zij had hem nooit iets geweigerd en toch had hij nooit het gevoel gekregen, dat hij haar geheel en al, met lichaam en ziel bezat. Die verholen onafhankelijkheid irriteerde hem zoals een zandkorreltje een oester irriteert. Zij was zijn slavin en hij wilde van haar een beetje erkenning, dat hij macht over haar leven en dood bezat. Tot zijn verwondering was hij werkelijk verliefd op haar geworden en als zij niet van hem hield, zou ze tenminste toegeven dat hij haar heer en meester was. Knielend trok hij de gedraaide zijden koorden uit het mandje en bond haar stevig maar zacht aan de vier hoeken van het bed vast met lussen, die hij over de bedstijlen liet glijden die de verhoging versierden. De vier andere lussen liet hij om haar polsen en enkels glijden.

'Worstelen,' beval hij haar, 'want ik wil zeker weten dat je goed vastgebonden bent en toch gemakkelijk ligt, mijn lief.'

'Wie heeft u dit spel geleerd,' vroeg Zaynab, de banden testend; ze kon geen kant op. 'Ze zitten goed vast, heer,' verzekerde ze hem, met een lachje.

'Jaren geleden, toen ik nog maar een jonge prins was,' vertelde hij. 'De vader van een vriend bezat een liefdesslavin. Op een dag gingen mijn vriend en ik uit jagen. Toen wij terugkeerden, bleef ik logeren. Zijn vader leende mij het meisje, als gebaar van gastvrijheid.' Hij keek naar de borsten van Zaynab die naar boven wezen toen ze haar lichaam inspande bij het trekken aan de koorden, wat hem zeer opwond.

Ze sloeg de wisselende emoties op zijn gezicht gade. Mannen waren net kleine jongens, dacht ze. Maar Karim had haar ook verteld dat sommige mannen van dergelijke zinnelijke spelletjes hielden. Ze mocht blij zijn dat de kalief niet iemand was met een sadistische inslag, zoals sommigen.

'Ik ga je knevelen, maar niet lang,' zei hij, 'straks heb ik een beter doel voor je mond.' Zacht bond hij de zijden band om haar mond. 'Kun je nog behoorlijk ademhalen?' vroeg hij aandachtig op haar neerkijkend.

Zaynab knikte. De truc was dat je kalm moest blijven, om jezelf volkomen toe te vertrouwen aan je partner.

De kalief pakte het zakje met de zilveren ballen, liet ze in zijn hand rollen en duwde toen heel langzaam de volmaakt ronde bollen in haar liefdesgrot. Hij ging een tijdje lang op zijn hielen zitten, om naar zijn mooie gevangene te kijken. Het wond hem op dat zij nu geheel en al aan zijn genade was overgeleverd. Spoedig zou haar fraaie lichaam kronkelen onder deze heerlijke kwelling.

Zaynab vroeg zich opgewonden af wat hij zou gaan doen. Ze bleef heel stil liggen, want bij de minste beweging zouden de liefdesballen meebewegen, wat een heftige reactie gaf. Het was eigenlijk heel wreed dat hij die dingen had ingebracht, gezien hetgeen er ging gebeuren.

De kalief begon met één hand licht en traag over haar zachte huid te strelen. Hij streek met zijn vingers langs haar tepels en glimlachte toen deze hard werden als rozenknopjes die het koud hadden. Zijn vingers trokken een spoor over haar buik waardoor ze kippenvel kreeg; daarna over haar venusheuvel en toen door de plooi van haar lies. Vandaar rond haar heup en haar bil, alvorens verder te gaan over haar been.

Ze kreunde achter de zijden band toen de bollen binnen in haar tegen elkaar tikten, waardoor een hevige vlaag van genot door haar heenjoeg.

Met een blik van triomf zocht hij de hare; zijn ogen schenen te zeggen: zie je wel, je bent helemaal van mij en ik kan met je doen wat ik wil. Toen pakte hij één voet in zijn handen en streelde die. 'Wat een lieflijke voetjes,' zei hij. Hij kuste de voet en begon over het vlees aan haar enkel te likken, naar boven, over haar geronde knie en haar welgevormde dijbeen. Toen plaagde hij haar navel met zijn tong en ging steeds verder naar boven met zijn hoofd, naar het dal tussen haar borsten, terwijl hij haar afwisselend likte en er dan op blies.

Haar lichaam spande zich in de koorden, terwijl hij haar helemaal afwerkte en de kleine bollen onhoorbaar tegen elkaar ketsten, waardoor ze in vuur en vlam kwam te staan. Ze kreunde opnieuw, tussen korte hijgjes in.

De kalief pakte de pluim en begon daarmee over haar heen te strijken. 'Vind je dit prettig, mijn lieve?' mompelde hij.

De veren pluim gleed met een zachte, plagerige beweging rond haar borsten, over haar borst en schouders, over elke arm, alvorens langs haar buik en elk been afzonderlijk te strelen. Hij trok de pluim over haar venusheuvel heen en weer en legde hem plotseling weg, waarna hij met de onderkant van zijn handpalm op het ronde heuveltje drukte. Hij lachte ondeugend toen Zaynabs ogen wijdopen gingen; ze slaakte een gesmoorde kreet van verrassing toen er door de druk van zijn hand een nieuwe flits van genot door haar heen schoot.

Voorovergebogen begon Abd al-Rahman op haar tepels te zuigen, elk op zijn beurt, hard trekkend tot ze onder hem begon te kronkelen en miauwende geluiden begon te maken achter de knevel, omdat haar opwinding toenam. Hij beet erop en likte dan de pijn weg, vergenoegd bij de geluiden die ze maakte, die steeds heftiger werden. Hij groef in haar liefdestempel en haalde de bollen weer te voorschijn, maar voordat ze zich had kunnen herstellen, had hij zich tussen haar benen genesteld. Hij pakte de gepunte veer van de zilverreiger en opende haar onderste lippen, zodat hij haar genotsknopje kon zien. Hij experimenteerde met precies de juiste aanraking en frequentie van beweging, wat hij kon afmeten aan haar toenemende gespartel en de raspende geluiden van haar ademhaling.

Hij keek gefascineerd toe, hoe de dieproze huid aan de binnenkant van haar liefdestempel vochtig begon te worden met parelachtige dauwdruppeltjes en haar parel van genot begon te ontluiken met groeiende opwinding. Hij liet de veer onophoudelijk heen en weer gaan, tot Zaynab haar lichaam kromde, heftig begon te sidderen en volkomen slap terugzakte na haar climax.

Onmiddellijk legde de kalief de veer terzijde en maakte de band van haar mond los. Met tedere kussen begon hij een nieuw erotisch spel. Zijn tong gleed tussen haar lippen, waar ze hongerig op begon te zuigen, terwijl hij haar heel even de tijd gaf om bij te komen. Zijn eigen lid moest nu nodig gekalmeerd worden, want hij had met zijn activiteiten niet alleen Zaynab opgewonden, maar ook zichzelf. Hij ging met zijn gespierde lichaam licht op haar borst zitten en bracht het naar haar mond om gestreeld te worden, terwijl hij met één hand naar achter reikte om met haar te spelen.

'Maak mijn handen los,' zei ze.

'Nee,' zei hij.

'Eén hand,' smeekte ze.

'Je gebruikt alleen je mond en je tong, mijn schoonheid,' zei hij streng. 'Onthoud dat ik heer en meester ben.'

Zij begon hem te likken met langzame halen van haar tong en de robijnrode top te omkringelen, terwijl hij haar met zijn vingers opnieuw tot een hoogtepunt bracht. Hij was bezig haar wild te maken met zijn plagerijen. Zaynab was zeer onder de indruk van zijn ondeugende vaardigheden; hij was blijkbaar even vaardig als zij op dit gebied. Wazig dacht ze nog dat hij wel heel getalenteerd was met zijn handen.

Hij trok zich van haar terug en keek bezitterig naar zijn gevangene. Toen duwde hij zijn vingers in haar mond om erop te zuigen. 'Je liefdessappen vloeien uitermate rijkelijk, schoonheid van me,' mompelde hij zacht. 'Ik heb je toch gezegd dat dat zou gebeuren? Ik vind het heerlijk om uit jouw bron te drinken, Zaynab. Er is geen vrouw als jij, en jij bent van mij!' Toen ging hij voorzichtig andersom zitten, met zijn hoofd tussen haar dijen, zodat zij volledig toegang had tot zijn geslacht.

Hij likte haar, plagerig en martelend, tot het bijna ondraaglijk werd. Zij op haar beurt zoog op zijn opgewonden lid, langzaam met haar tong over zijn gevoelige plekken trekkend. Samen lieten ze zich opzwepen in de vurige hartstocht van hun vrijpartij. Ze ging zeer bekwaam om met zijn wilde lusten en gaf tegelijk toe aan haar eigen genot. Toen de kalief het ten slotte niet meer uithield, draaide hij zich opnieuw om en drong diep in haar, hard pompend, zwelgend in het groeiend volume van haar genotskreten.

Hij was groter en harder in haar dan ooit. Zaynab kon hem heftig voelen kloppen in zijn onverzadigbare honger naar haar. Een moment lang knipperden haar ogen dicht toen ze de ongelooflijke opwinding over zich heen liet rollen, haar omhullend in het gedachtenloze, blinde moment van verlangen. Een liefdesslavin mocht nooit haar beheersing verliezen, maar een ogenblik lang zweefde ze als een vogel in een regenboog van wild wervelende sensaties.

Abd al-Rahman naderde zijn hoogtepunt en hij kon zich niet langer inhouden. Alle beheersing verliezend schreeuwde hij het uit, toen hij een stroom van liefdesvloeistof in haar pompte. Hij zakte boven op Zaynab in elkaar met een zware zucht van opluchting en opperste bevrediging.

'Mijn heer, maak me los!' wist Zaynab uit te brengen, en tot haar opluchting deed hij dat, voordat hij toegaf aan zijn uitputting aan haar borst.

'Geweldig!' zei hij. 'Dat was absoluut geweldig. Jij bent wis en waarachtig de allerverfijndste liefdesslavin die ooit is opgeleid, mijn heerlijkheid. Jij gaat al mijn andere bezittingen ver te boven. Allah zegene de dag waarop Donal Righ je vond en je aan Karim al Malina gaf voor je opleiding. Zijn reputatie is terecht. Wat jammer dat hij geen vrouwen meer wil opleiden.'

'Ik ben blij dat ik u heb behaagd, mijn heer,' zei Zaynab zacht. Karim! Waarom bracht alleen al het noemen van zijn naam alle herinneringen aan die heerlijke dagen in Malina naar boven? Dat was voorbij, dat wist ze. Hij was nu met een andere vrouw getrouwd. Het lot had hen in verschillende richtingen gedreven. Ze kon niet meer terug. Zij hield niet van Abd al-Rahman, maar de kalief was een vriendelijk mens en hij moedigde haar verlangen om te leren aan. Ze wilde niet meer aan Karim al Malina denken!

De daaropvolgende weken had Zaynab een gelukkige tijd op Al-Roesafa. De kalief vertrok 's morgens, maar keerde meestal 's avonds terug. Abd al-Rahman was een heerser die in de ware zin des woords regeerde. Hij stond de bureaucraten die in zijn regering zaten niet toe voor hem te regeren. Zij deden hun werk en hij het zijne. Zijn grootvader had Slavische krijgers uit Noord-Europa laten komen, om een persoonlijke lijfwacht te formeren voor de heersers van al-Andalus en hun families. Deze mannen beschermden hen tegen de verschillende facties aan het hof. De Sakalibah, zoals ze genoemd werden, waren trouw aan de kalief en aan hem alleen.

Abd al-Rahman had een sociaal integratieprogramma in zijn regering geïntroduceerd, dat moslims die een andere vorm van geloof aanhingen, de gelegenheid gaf deel te nemen aan de regering. Er was een volk, waarvan de voorvaderen andere godsdiensten hadden aangehangen, maar die zich de laatste twee eeuwen tot de islam hadden bekeerd, nadat de eerste Abd al-Rahman al-Andalus had veroverd. De niet-moslims waren in al-Andalus in de minderheid, maar zij bevonden zich wel in de hoofdstroom van de maatschappij. Elke godsdienst werd beschermd door zijn eigen religieuze wetten. Iedere burger kon bezittingen hebben en elke godsdienst had volledige zeggenschap over de eigen huwelijken, echtscheidingen, dieetwetten, families en civiele kwesties. Zij hadden gilden gevormd en namen deel aan andere vormen van handel.

Niet-moslims moesten natuurlijk belasting betalen. Zij mochten geen wapenen dragen of hun eigen geloof aan anderen verbreiden. Zij konden niet in de rechtszaal getuigen tegen een moslim, wanner die moslim in een proces verwikkeld was met een andere niet-moslim. Dit waren geen bijzonder belastende beperkingen voor de christenen en de joden. Alle godsdiensten leefden vredig naast elkaar. Aan het hof van de kalief leefden al die partijen door elkaar. Er waren moe'tazilieten, gearabiseerde christenen, joden, berbers en Arabieren. Elke groep joeg zijn eigen doelen na en Abd al-Rahman laveerde daar tussendoor, met als enig doel de welvaart van al-Andalus. Het was een ingewikkeld spel, maar zijn voorganger, zijn grootvader emir Abdallah, had hem goed onderwezen. De kalief was een bedreven speler in het machtsspel. Hij werd door christenen, joden en moslims in gelijke mate gerespecteerd en ook kwamen er afgezanten van regeringen met verschillende godsdiensten naar hem toe, voor wijze adviezen.

Aangezien de kalief hard werkte, was zijn vrije tijd erg belangrijk voor hem. Hij had altijd genoten van het gezelschap van mooie en intelligente vrouwen, maar Zaynab bracht een rust in zijn leven die hij nooit had gekend. Zij was er voor hem en voor hem alleen. Zij liet zich niet meetrekken in de harempolitiek. Daarom stoorde het hem uitermate dat iemand had geprobeerd haar kwaad te doen. Zij maakte hem gelukkig en hij wilde dat zij even gelukkig en volkomen vrij van vrees kon leven.

Hij gaf bevel om in de harem werkzaamheden te laten uitvoeren, terwijl zij in Al-Roesafa herstelde. Er werden nieuwe appartementen gebouwd, weliswaar binnen de harem, maar toch afgezonderd van de rest. Het zou de Hof met de Groene Kolommen gaan heten. De binnenplaats zelf was vierkant. Aan allevier de zijden was een zuilengang, gesteund door drie van de zuilen van groene agaat, die de kalief uit Ierland waren gebracht. Er was geen dak boven de binnenplaats. In het midden kwam een fontein van groen marmer, gevat in verguld brons, met twaalf verschillende figuren er omheen: aan de ene kant van de fontein een leeuw, een antilope en een krokodil, tegenover een draak, een adelaar en een gier. Aan de andere kant stonden een duif, een valk en een havik tegenover een eend, een kip en een haan. De dieren waren gemaakt van zuiver goud en bezet met juwelen. Uit hun bekken spoot water. De vloer van de binnenplaats werd belegd met grote vierkante stukken wit en groen marmer.

Aan één kant van de binnenplaats was een smalle deur die toegang gaf tot de rest van de harem. Daar tegenover lag slechts een enkele toegang tot de nieuwe appartementen: dubbele ebbenhouten deuren, met gouden hengsels en knoppen. Op beide deuren zat aan de zijkant een gouden klopper, in de vorm van een leeuwenkop en daarbuiten stonden vierentwintig uur lang Sakalibah op wacht. Er stonden groene en witte potten met gardenia's rond de binnenplaats, om hun geur te verspreiden.

In de nieuwe appartementen zelf, bevonden zich verscheidene ruime vertrekken, onder andere een grote zitkamer, waar Zaynab de kalief kon ontvangen, een comfortabele slaapkamer, een keuken en verscheidene kamers voor haar bedienden en voor opslag. Het appartement was rijkelijk bekleed met zwaar fluweel, zijde en satijn. De meubelen en andere benodigdheden waren bijzonder verfijnd.

Naja werd naar de slavenmarkt in Cordoba gestuurd om een kok te kopen. Deze vrouw, een negerin die Aïda heette, werd voor de kalief geleid en ontving zijn persoonlijke instructies. Haar eerste loyaliteit was aan de kalief en vervolgens aan Zaynab. Mocht iemand proberen haar om te kopen, dan zou ze dat onmiddellijk aan Naja dienen te rapporteren, die er de kalief van in kennis zou stellen. Zij zou alleen bevelen opvolgen van haar meesteres, de kalief, Naja of Oma. Geen ander had enige zeggenschap over haar. Indien iemand beweerde dat dat wel zo was, dan moest Aïda dat melden aan Naja.

De bewoonsters van de harem van de kalief sloegen de bouw van de Hof met de Groene Kolommen met uiteenlopende graden van belangstelling gade. Voor sommigen was het niet meer dan een interessante afleiding. Velen interesseerde het helemaal niet. Zahra was daarentegen volslagen verbijsterd over hetgeen zich vlak onder haar ogen, in die stad die naar haar genoemd was, voltrok. Op haar verbijstering was woedende verontwaardiging gevolgd. Dat meisje was maar een concubine, geen echtgenote. Het was waar dat vrouwen die in de gunst van de kalief stonden eigen appartementen hadden, maar niet zoals deze vertrekken, die nu voor Zaynab werden ingericht. Abd al-Rahman behandelde dat meisje als een koninklijke bruid. Was hij helemaal gek geworden? Of had zij hem zover weten te krijgen dat hij Zahra en de anderen achteruit zette? En zo ja, wat zou ze dan nog meer van die dwaze verliefde kalief gaan eisen?

Opnieuw probeerde Taroeb haar vriendin te kalmeren en Hakam, Zahra's oudste zoon, stond verbaasd over de woede van zijn moeder.

'Het is toch prachtig dat hij op zijn late leeftijd nog een liefde heeft gevonden,' zei Hakam vriendelijk. 'Wat heb je toch, moeder?'

'Hij geeft haar te veel en hij verheft haar te zeer,' sputterde Zahra ziedend. 'Hij gedraagt zich als een oude gek. Ik begin inmiddels aan zijn gezonde verstand te twijfelen. Of heeft die meid hem soms behèkst?'

'Hij moet zelf weten wat hij haar wil geven. Als hij haar met eer overlaadt, dan heeft hij daar het volste recht toe, moeder,' antwoordde Hakam, die opeens erg veel op zijn vader leek. 'Er mankeert niets aan vaders verstand. En u weet net zo goed als ik, dat er geen hekserij in het spel is.' Hakam pakte zijn moeders hand. 'U maakt uzelf ziek met die vreselijke jaloezie jegens vrouwe Zaynab. U moet ermee ophouden, anders wekt het nog het misnoegen van mijn vader de kalief op.'

Zij trok haar hand fel terug uit zijn zachte greep. 'Matig jezelf niet aan mij te kunnen zeggen wat ik moet doen, Hakam! Wat je vader betreft, denk je dat het mij interesseert wat hij denkt, die oude sater? Laat hij die liefdesslavin tot koningin van al-Andalus maken. Ik zal haar haten tot het einde toe!'

'Ik kan haar woede niet begrijpen,' zei prins Hakam onder vier ogen tegen Taroeb. 'Heeft vrouwe Zaynab haar op een of andere manier gegriefd?'

'Zeker,' antwoordde Taroeb de prins, 'maar buiten haar schuld. Ze is jong en erg mooi, mijn heer. Het was onvermijdelijk dat er op een dag zo'n mooi jong meisje zou komen, dat je moeder zou grieven. Ik ben tevreden met het verstrijken der jaren. Als ik dik ben geworden door mijn leeftijd, het baren van kinderen en doordat ik dol ben op snoeperijen, dan moet ik dat aanvaarden als mijn lot. Mijn kismet is vriendelijk geweest, je vader voelt genegenheid voor mij. Wij hebben een zoon en twee dochters. Ik heb vele kleinkinderen op wie ik dol ben.

Maar jouw moeder, Hakam, is altijd de erkende favoriete van je vader geweest en heeft altijd zijn hoogste respect gehad. Zij ziet zichzelf nog steeds als een mooie jonge en begeerlijke vrouw. Als zij in de spiegel keek, zag ze niet dat ze ouder werd. Maar toen verscheen vrouwe Zaynab bij ons, in al haar stralende jeugdigheid. Nu moet Zahra de waarheid over zichzelf onder ogen zien en daar is ze kwaad om. Zij moet nu onder ogen zien dat je vader, hoewel hij van haar houdt, al vijf jaar lang het bed niet meer met haar deelt.

Je moet begrijpen, Hakam, dat de kalief zelf ook niet graag ziet dat hij ouder wordt. Een bekoorlijke jonge liefdesslavin helpt hem dat moeilijke probleem te vermijden. Wij vrouwen hebben die keus echter niet. Wij moeten ons lot aanvaarden of anders raken wij verbitterd met het verstrijken der jaren.'

'Heeft mijn moeder vrouwe Zaynab vergiftigd?' vroeg Hakam aan Taroeb.

De zachte bruine ogen van Taroeb werden zorgelijk. 'In alle oprechtheid, mijn heer, ik weet het antwoord niet op die vraag,' zei ze. 'Een jaar geleden zou ik het zeer onwaarschijnlijk hebben gevonden en ook buitengewoon dwaas, maar nu weet ik het niet. Je moeder is de afgelopen maanden zichzelf niet meer. Als dat zo is, denk ik dat Abd al-Rahman haar niet zo gemakkelijk zal vergeven.'

'Vrouwe Taroeb,' zei prins Hakam, 'u bent mijn moeders beste vriendin. Behoed haar zo goed als u kunt. Indien u vermoedt dat zij zichzelf of iemand anders kwaad wil doen, laat mij dan onmiddellijk roepen. Ik moet haar beschermen.'

Dit was alles wat zij konden doen. Over enkele weken zou de kalief Zaynab terugbrengen van Al-Roesafa. Het was al laat in de herfst en de dagen werden niet alleen korter, maar ook kouder. Al-Roesafa was een zomerpaleis en absoluut niet geschikt om er de winter door te brengen. De bouwers werkten dag en nacht door om de vertrekken van de nieuwe favoriete te voltooien en eindelijk waren ze daarmee klaar.

'Morgen,' begon Abd al-Rahman tegen Zaynab, 'ga je terug naar Madinat al-Zahra. Ik heb een mooie verrassing voor je, liefste, als je terugkomt. Ik weet zeker dat het je zeer zal bevallen.'

'U verwent mij,' antwoorde ze met een glimlach, 'maar ik moet bekennen dat ik daarvan geniet, mijn geliefde heer. Wij kunnen echter niet van hier weggaan, voordat wij het kleine prieel midden in het meer hebben bezocht. U hebt mij beloofd dat we daar samen heen zouden gaan.'

'Wij gaan daar nu heen,' zei hij.

'Het is avond, heer,' zei ze, 'en de maan is al op.'

'Precies het goede moment om dit bijzondere prieel te gaan bezoeken,' antwoordde hij, terwijl hij haar bij de hand pakte om haar de kamer uit te leiden naar het meer, waar een kleine boot lag te wachten. Hij hielp haar instappen, duwde het bootje af en stapte er zelf in. Hij begon het naar het midden van het meer te bomen, wat een tochtje van maar een paar minuten was. Hij maakte het touw vast aan de reling van het prieel, stapte uit, pakte haar hand en trok haar achter zich aan, de boot uit.

Binnen in het koepeltje keek Zaynab om zich heen. Het was opgetrokken van hout, dat goudkleurig geverfd was. Het plafond was een glazen koepel en terwijl ze naar boven keek, haalde de kalief een kleine hendel over, die in het houtwerk zat. Opeens begon er water op te stijgen, dat over de glazen koepel stroomde, zodat het in een doorzichtig scherm over de halve bol viel; toch bleef het in het huisje droog. 'Oóó,' zei ze vol verwondering.

'Vind je het mooi, mijn liefste?' vroeg hij.

'Het is prachtig!' riep ze uit. Toen zag ze dat het huisje was gemeubileerd met een dubbele divan en een kleine tafel ernaast, waar wijn, vruchten en een zacht flikkerende olielamp op stonden. 'U was van plan geweest om mij hier vanavond mee naartoe te nemen!' zei ze, opgetogen in haar handen klappend.

Op dat moment rees de maan boven de boomtoppen uit, die het water om hen heen en boven hen verzilverde. De kalief trok zijn kaftan uit en Zaynab de hare. Hij nam haar in zijn armen en kuste haar teder. Hij streelde haar gelaat en ze glimlachte hem stralend toe. 'Jij bent de mooiste vrouw ter wereld,' zei hij. 'Ik zal je alles geven wat in mijn macht ligt, Zaynab, mijn liefste. Je hoeft het me maar te vragen en het zal je gegeven worden.'

'Ik verlang slechts één ding, mijn heer,' antwoordde ze zacht en ze hief haar hand op om zijn krachtige gelaat te strelen.

Terwijl hij haar hand in de zijne nam, draaide hij die om en kuste de binnenkant ervan. 'Zeg het me, liefste, het zal van jou zijn!' Hij keek haar vurig aan. In de tijd die ze samen, in de afzondering van Al-Roesafa hadden doorgebracht, was hij van haar geobsedeerd geraakt. Wat als wellust begonnen was, veranderde in liefde.

'Geef mij een kind van u,' sprak ze eenvoudig.

'Wil jij mij een kind schenken?' Zijn jongste zoons waren al vijf en zeven. Hij was verbaasd, maar óók verrukt door haar antwoord.

'Bent u geschrokken?' zei ze met een glimlach. 'Mishaagt deze wens u, mijn geliefde heer?'

'Houd je van mij, Zaynab?' vroeg hij, nieuwsgierig.

Zij dacht lang na en zei toen: 'In alle oprechtheid, mijn heer, dat weet ik niet. Ik heb ooit gedacht dat ik een man liefhad, maar mijn gevoelens voor u zijn anders dan die welke ik voor hem had. Ik geloof echter niet dat ik een kind van u zou wensen, indien ik geen gevoelens van genegenheid voor u koesterde.' Zij glimlachte bijna verlegen naar hem en legde haar gouden hoofdje tegen zijn schouder. 'Ik moet wel om u geven, anders zou ik een harteloos mens zijn.'

Hij nam Zaynab in een tedere omhelzing en zijn lippen kusten haar zachte haar. 'Ik hield van je, vanaf het moment dat je in de Grote Hal van het paleis uit de draagstoel stapte.'

Zachtjes lachend zei ze: 'Op dat moment voelde u begeerte.'

Hij lachte terug. 'Dat is zo,' gaf hij toe, 'maar ik hield ook al van je. Niet zoals nu, Zaynab, maar ik hield wel van je.'

Ze kon in zijn ogen lezen dat hij de waarheid sprak. Hij hield inderdaad van haar, of geloofde dat in ieder geval. En van zichzelf wist ze, dat ze oprecht om hem gaf. Ze zuchtte toen hij haar begon te strelen. Dit was het enige dat nog uitmaakte.

Hij draaide haar om en begon haar borsten te liefkozen. 'Ze zijn als jonge granaatappelen, rijp en barstensvol zoetheid,' fluisterde hij in haar oor. Hij wreef met zijn duimen over haar gevoelige tepels. 'En deze zijn als de kleine kersen die in de vroege zomer uit de Provence naar al-Andalus komen.'

Ze sloeg haar armen om zijn nek en gaf hem vrije toegang tot haar lichaam. Hij legde zijn arm om haar middel en trok haar zo dicht tegen zich aan als hij kon. Ze leunde achterover met haar hoofd tegen zijn schouder, terwijl zijn lippen heet langs haar nek naar haar oor gleden. Hij knabbelde zacht op het oorlelletje en liet toen zijn tong langs de binnenkant glijden. Met één hand kneedde hij haar borst. Ze wreef zich uitdagend tegen hem aan en voelde hoe zijn mannelijkheid tegen haar aandrukte. Hij nam haar heupen in een knellende greep, maar zij haalde ze weg en leidde hem naar de dubbele bank, waar ze hem achterover drukte.

Naast de bank knielend begon ze hem met haar handen te liefkozen. Hij slaakte een diepe zucht, aangedaan door haar tederheid. Zaynab vlijde zich op de bank naast hem en begon over hem heen gehurkt kusjes over zijn hele lichaam te geven. Haar lange gouden haren gleden over zijn lichaam, wat hem een dusdanig sensueel gevoel gaf, dat hij huiverde. Het onttrok haar als een gordijn aan zijn blik, terwijl zij zijn mannelijkheid stevig vastpakte. Langzaam en met rustige halen likte ze hem een tijdlang en nam toen de top in haar mond, waarmee ze stevige druk uitoefende. Met opzet ging ze net zolang door met zuigen, tot ze de eerste zoetige druppeltjes vocht proefde.

Terwijl zij hem liefkoosde, bevoelde hij haar venusheuvel waar hij met zijn vingers naar binnen gleed en op zoek ging naar haar genotsknopje. Hij kietelde haar en toen ze zachtjes kreunde, nog altijd met haar tong zijn lid omcirkelend, bracht hij twee vingers naar binnen in haar verlangende lichaam en bewoog die heen en weer tot haar eigen sappen royaal over zijn vingers begonnen te stromen.

Zaynab ging op haar minnaar zitten en omving hem in één enkele sierlijke beweging. Hij stak zijn handen uit om haar borsten opnieuw te betasten. Ze sloot haar ogen en enigszins achteroverleunend voelde ze zijn hardheid kloppend in haar. Een tijdje reed zij op hem, maar toen rolde hij zich om, ten einde toch de dominerende positie in te nemen. Hij hield haar benen wijd en omhoog en drong haar opnieuw binnen.

Wat heerlijk, dacht ze lui, terwijl hij hongerig met haar bezig was, haar aandrijvend met zijn eigen lust. Ze tintelde vanaf haar voetzolen tot aan het kruintje van haar hoofd, rillend toen ze het eerste plateau bereikte, toen het tweede en ten slotte het derde. Met een schreeuw dreef ze haar nagels in zijn schouders en haalde ze over zijn rug. Ze hijgde naar adem, voelde hoe hij zich uitbreidde en voelde toen zijn zaad in haar wachtende, begerige lichaam spuiten. Toen bezwijmde ze haast, doordat haar extase over haar heen rolde als een golf die over het strand uitloopt.

Daarna bleven ze verzadigd en gelukkig op hun rug naast elkaar liggen. Boven hen stroomde het water over de glazen koepel; een nachtvogel zong een lied van verlangen naar zijn wijfje en het maanlicht scheen als zilver neer op hun verhitte lichamen.

Hoofdstuk dertien

'Ze is in verwachting,' zei Zahra grimmig tegen Taroeb, met een gezicht dat verkrampt stond van angst. Ze had al in dagen niet meer behoorlijk geslapen. 'Nu moet je ophouden!' zei Taroeb scherp. 'Onze heer Abd al-Rahman heeft al achttien kinderen verwekt. Dit is gewoon nog eentje erbij.'

'En als het een zoon is?' zei Zahra, met een wanhopige klank in haar stem. 'Als ze hem nu zover weet te krijgen dat hij haar zoon op de plaats van Hakam zet?'

Taroeb kon haar oren niet geloven. Zahra was altijd zo'n verstandige, intelligente en nuchtere vrouw geweest. Nu leek ze wel een waanzinnige. 'Zahra! Zahra! Neem je in acht, beheers je toch,' smeekte Taroeb haar vriendin. 'Onze heer zal Hakam nooit passeren als erfgenaam. Hij heeft Hakam boven al zijn andere kinderen lief. De kalief is niet jong meer. Hij gaat een volwassen man als Hakam toch niet opzijschuiven ten faveure van een ongeboren kind. Dat is veel te gevaarlijk. Hij zou er het kalifaat mee vernietigen! En het kan ook nog best zijn dat Zaynab een dochter krijgt.'

'Daar had ik niet bij stilgestaan,' zei Zahra toonloos.

'Ze is erg gelukkig,' zei Taroeb tegen haar vriendin.

'Ben jij haar gaan opzoeken?' zei Zahra verbaasd. Waarom was Taroeb háár gaan opzoeken? Begon Zaynab nieuwe, invloedrijke vriendschappen te smeden? Ze verdacht Taroeb ervan dat ze altijd heimelijk ambitieus was geweest voor haar eigen kinderen, en nu voor haar kleinkinderen. Taroeb was nooit echt haar vriendin geweest. Ik heb geen vrienden, dacht Zahra.

'Ze zou je verwelkomen als je ging,' zei Taroeb, zich niet bewust van de naargeestige verdenkingen van haar vriendin. 'Je hebt nooit de moeite genomen om haar goed te leren kennen, Zahra. Jij hebt in jouw gedachten een akelige intrigante van haar gemaakt, maar dat is ze absoluut niet. Ze is gewoon een simpel meisje dat niets anders wil dan een man die van haar houdt en van die man een kind krijgen. Ik mag haar.'

'Jij mág haar?' Zahra keek nu ongelovig en daarna werd ze kwaad. 'Jij mág haar?' beet ze haar vriendin toe. 'Het is niet die Zaynab die zo simpel is, Taroeb, maar jij! Ze heeft jouw toch al verwarde geest volkomen behekst! Jij bent een sukkel! Een dikke, stomme sukkel!'

Taroebs ogen vulden zich met tranen. 'Je hebt geen enkele reden om zo gemeen tegen mij te zijn, Zahra. Ik ben altijd je vriendin geweest. Ik ben je trouw geweest en heb al die jaren naast je gestaan; ik heb je beledigingen geslikt, je hoogmoed verdragen en die ook nog tegenover anderen geëxcuseerd als je hen beledigd had. Jij hebt geen reden om een hekel aan Zaynab te hebben. Je kent haar niet eens en je redeloze verdenkingen jegens haar zijn volkomen ongegrond! Ja, ik mag haar, ik mág haar inderdaad!

Als je werkelijk zoveel van Abd al-Rahman hield als je altijd beweert, dan zou je nu blij zijn dat hij gelukkig is met zijn nieuwe geliefde. Maar alles waar jij om geeft is je hoge positie, het feit dat er een stad naar je is genoemd en dat je zoon op een dag zijn vader zal opvolgen. Jij houdt niet werkelijk van onze heer! Ik vermoed dat je dat zelfs nooit gedaan hebt. Jij bent alleen maar bang dat je die positie waar je zo op pocht, aan Zaynab moet afstaan. Ik hoop zelfs dat het gebeurt!'

En met die woorden verhief Taroeb haar zware lijf uit de kussens waarin ze had gezeten. Haar oranje zijden rokken zwaaiden verontwaardigd achter haar aan toen ze stampend de vertrekken van vrouwe Zahra verliet.

Deze uitbarsting van boosheid was zó ongewoon voor die dikke, altijd meegaande Taroeb, dat Zahra's gevoel voor proporties enigszins hersteld werd. Ze liet haar onredelijke haat jegens Zaynab volkomen uit de hand lopen. Op deze manier vestigde ze de aandacht op zichzelf en zou ze de risee van de harem worden. Ze wist dat veel vrouwen afgunstig op haar waren, wegens de uitingen van genegenheid van de kalief jegens haar. Zij zouden het heerlijk vinden haar te zien vallen. Het was belachelijk dat ze zo jaloers op Zaynab was, alleen maar omdat ze jong en mooi was. Zij werd met de dag ouder. Zij had eigenlijk nergens meer macht over...

En Zahra besefte dat macht de enige sleutel was tot werkelijk geluk. Zonder macht werd je een slachtoffer. Als Zaynab werkelijk oprecht tevreden was door Abd al-Rahman gelukkig te maken en ze het heerlijk vond zijn kinderen te baren, dan was Zaynab in feite een slachtoffer. Zij zou ten slachtoffer vallen aan haar eigen succes en gebrek aan persoonlijke ambitie, want de kalief zou zeker zijn belangstelling voor haar verliezen, naarmate haar buik dikker werd door haar baby. En zou Zaynab zijn belangstelling opnieuw weten te trekken, als dat kreng geboren was? Of zou het met haar net zo gaan als met de meeste vrouwen die Abd al-Rahman had liefgehad, namelijk vergeten?

Ja, laat die Taroeb maar dagelijks naar de Hof met de Groene Kolommen gaan, om eer te bewijzen aan die binnenkort in het vergeetboek geraakte Zaynab, de concubine. Zij waren één pot nat, stom en zwak. Hun kinderen zouden niets bereiken. Zaynab dacht zeker, dat nu Taroeb vriendschap met haar sloot, ze straks ook bij haar in de gunst zou komen. Zij herinnerde zich dat het meisje, toen ze pas in Madinat al-Zahra was, tijdens het baden zo stoutmoedig was geweest om met een glimlach te proberen haar gunst af te dwingen. Nooit zal ik haar die gunst bewijzen, dacht Zahra somber. Ik zal haar juist volkomen negeren. Zij betekent niets voor mij en spoedig zal ze ook niets meer voor de kalief betekenen.

Maar de kalief was juist zeer opgetogen dat zijn favoriete zijn kind droeg. Hij wist dat het verwekt was in die laatste hartstochtelijke nacht in het prieel van Al-Roesafa. Het kind zou de volgende zomer geboren worden. Toen Zaynab onmiskenbaar tekenen van zwangerschap begon te vertonen, had hij Hasdai ibn Sjaproet laten komen, om zich ervan te vergewissen dat Zaynab gezond was en dat het kind op tijd zou komen. Het zou een schandaal zijn geworden als de dokter openlijk naar de harem was gekomen. Hij kwam in het geheim en vergezeld van zijn assistente Rebekka en de kalief zelf.

'U bent dus zwanger,' zei hij tegen Zaynab en het was geen vraag, die hij stelde.

'Ik denk het, mijnheer.'

'Noem de tekenen eens op waardoor u dat denkt.'

'Mijn maandstonde is uitgebleven,' begon ze. 'Ik ben voortdurend misselijk. Sterke geuren, vooral kookgeuren, bezorgen mij hoofdpijn. Mijn borsten doen voortdurend zeer en de tepels zijn ontzettend gevoelig, zo erg zelfs dat mijn heer en gebieder ze niet langer kan aanraken zonder me pijn te doen.'

Hasdai knikte en Rebekka overhandigde Zaynab een kristallen kommetje. 'U moet erin plassen,' vertelde ze de aanstaande moeder. 'Heer Hasdai moet uw urine onderzoeken.'

Zaynab ging achter een scherm, waar Oma de kom voor haar ophield. Even later kwam Oma te voorschijn met het kommetje, dat ze aan de dokter gaf. Zaynab kwam terug en ging in een gemakkelijke stoel zitten.

Hasdai ibn Sjaproet hield de diepe kristallen kom omhoog en keek er aandachtig naar. 'De urine is bijna volkomen helder, mijn heer,' zei hij, 'maar u ziet zeker wel die vage, bijna onzichtbare neveligheid.' Hij boog zijn hoofd er overheen en snoof. 'Gezond,' was zijn commentaar. Toen doopte hij zijn vinger in de urine en proefde ervan. 'Gezond,' zei hij opnieuw, 'een beetje zoetig, maar gezond.' Hij wendde zich tot de kalief met de woorden: 'Ik vraag u permissie om haar kort te onderzoeken, mijn heer.'

De kalief knikte. 'Jij mag haar aanraken, Hasdai, ik weet wel dat jij geen wellusteling bent.'

De arts sprak daarop tot Zaynab: 'Strek uw handen naar mij uit, vrouwe.' Hij bekeek ze omstandig. 'Ze zijn niet gezwollen, dat is een goed teken,' zei hij. 'De nagels zijn gezond, niet blauwachtig, de halve maantjes zijn wit, zoals het behoort.' Toen zei hij: 'Ik moet u vragen hier even te gaan liggen, vrouwe. 'Hij begon haar buik zacht te bevoelen. Tevreden bedankte hij haar en zei toen tegen de kalief: 'Ze is beslist zwanger, mijn heer, en gezond, wat mij betreft. Zij is breed in de heupen en zal geen problemen hebben met het baren.'

'Ik ben helemaal niet breed in de heupen!' sprak Zaynab verontwaardigd, terwijl ze overeind kwam. 'Ik ben een slank meisje, dat kan ook mijn heer bevestigen.'

'Ik heb mijn woorden verkeerd gekozen, vrouwe,' zei Hasdai. 'De ruimte tussen uw heupbotten is niet smal, en dat is een goed teken.'

'Is dat zo,' zei Zaynab geïrriteerd.

'Jij bent zo slank als een nimf,' sprak de kalief vergoelijkend, met een geamuseerde glimlach.

'U drijft de spot met mij!' riep Zaynab en barstte in tranen uit.

'Irrationeel gedrag, ook een teken van zwangerschap,' zei Hasdai ibn Sjaproet droogjes, 'dan kunnen de emoties hoog oplopen.'

'Laat mijn geleerde vriend de dokter en zijn assistente uit, Naja,' zei de kalief plechtig, die heel erg zijn best deed om ernstig te blijven. Hij nam zijn geliefde in zijn armen. 'Kom, liefste, niet huilen. Ik aanbid je. Wij zullen het mooiste kind krijgen dat we ons kunnen voorstellen. Ik bid tot Allah dat Hij ons zegent met een dochter, die even mooi is als haar prachtige moeder. Zij zal Moraima heten.'

'Denkt u dat?' snufte ze tegen zijn schouder. Zijn armen waren troostend en ze nestelde zich tegen hem aan.

'Jazeker, mijn liefste,' zei hij zacht, terwijl hij haar op de mond kuste.

De deur ging dicht achter de anderen.

Hij tilde haar op en legde haar op haar bed. Hij knielde bij haar neer en maakte de knoopjes van haar kaftan open om haar borsten te liefkozen. 'Je bent zo mooi, Zaynab,' zei hij teder, terwijl hij haar enigszins ronde buikje kuste. 'Ik houd van je en ik houd van ons kind.'

De winter kwam, gevolgd door een zonnig voorjaar en vroege zomer. Zaynabs buik dijde uit met het kind. Tot ieders grote verbazing verloor de kalief níet zijn belangstelling voor zijn mooie concubine. Integendeel, zijn verlangen naar haar scheen zelfs met de dag te groeien.

'Ik denk dat hij haar tot zijn derde vrouw maakt,' zei Taroeb tegen Zahra. Zij spraken nauwelijks meer met elkaar, maar met een valsheid, die ongewoon voor haar was, wilde Taroeb Zahra kwetsen. Zij was de hardvochtige woorden van de andere vrouw niet vergeten. 'Hij heeft meer interesse voor dit kind dan voor alle andere die hij al heeft.' 'Ze sterft misschien in het kraambed,' zei Zahra koud. 'Ze heeft smalle botjes en ze is ongetwijfeld zwak. Of,' lachte ze wreed, 'misschien sterft het kind kort na de geboorte.'

'Laat de kalief die dreigementen aan het adres van zijn geliefde en zijn kind maar niet horen,' antwoordde Taroeb, met een glimlach naar Zahra. 'Het is niet erg verstandig om zoiets te zeggen, in aanwezigheid van iemand die Abd al-Rahman zou geloven, Zahra. Je onredelijke jaloezie maakt je erg onvoorzichtig.'

'Hij zal haar nooit tot vrouw nemen,' zei Zahra, hoewel ze daar helemaal niet zeker van was.

Taroeb lachte honend en liet Zahra aan haar eigen zwartgallige gedachten over.

In het midden van de maand Moeharram, wat in christelijk Europa overeenkwam met het einde van juli, begonnen de weeën. De baarstoel, verguld en met juwelen bezet, werd naar de Hof met de Groene Kolommen gebracht. Ofschoon ze niet binnen werden toegelaten, verzamelden vele vrouwen zich op de binnenplaats, om het nieuws af te wachten. Taroeb kwam in gezelschap van de twee concubines van de kalief, Kumar en Bacea, die ook moeder waren van kinderen van Abd al-Rahman, om Zaynab bij te staan. Naja liet hen met een eerbiedige buiging binnen. Kumar was een Perzische, bekend om haar sterke nakomelingen. Bacea was een roodharige Gallische, de moeder van de jongste zoon van de kalief, Moerad. Beide concubines waren halverwege de twintig.

'Heb je al zware weeën?' vroeg Taroeb moederlijk bezorgd.

'Ze ziet er sterk uit,' zei Kumar opgewekt. 'Zij zal haar kind gemakkelijk ter wereld brengen, dat zie ik zo.'

'Je moet niet bang zijn, hoor,' zei Bacea tegen het jongere meisje. 'Baren is een heel natuurlijke functie van het vrouwelijk lichaam. Wij blijven bij je om je te helpen. Ik heb een zoon en een dochter en Kumar heeft een zoon en twee dochters. Wil je hierna nog meer kinderen?'

'Wat een vraag aan een vrouw die ligt te bevallen!' lachte Kumar. 'Bacea is een mooi meisje, maar Gallische vrouwen staan niet bekend om hun intelligentie.

'Perzische vrouwen wel dan?' snibde Bacea terug. Jij wist het niet eens toen je voor de eerste keer in verwachting was.' Zij lachte ook en zei toen: 'Maar ik geef toe dat dit niet het juiste moment is om het te vragen.'

'Hou toch eens je mond,' vermaande Taroeb, 'jullie schetteren als

237

een stelletje eksters. Wij willen Zaynab helpen haar baby goed ter wereld te brengen.

Het voorwerp van hun bezorgdheid hijgde toen een sterke wee door haar heen ging. 'Allah!' riep ze uit.

'Dat is goed,' zei Taroeb vroom, 'roep God maar aan, dan verlost Hij jou en je kind.'

De twee concubines slikten hun lach in, terwijl ze Zaynab aankeken. Het was lang geleden dat Taroeb haar laatste had gebaard. Ze was blijkbaar vergeten dat de kreten van een vrouw in barensnood eerder vervloekingen waren dan een gebed.

'Dit is de prijs die wij betalen voor al dat plezier,' zei Bacea, met een knipoog. Zaynab moest ondanks zichzelf grinniken.

'Dat weet ik voor de volgende keer,' giechelde ze, maar kreunde toen de volgende wee kwam.

De volgende uren spraken ze haar afwisselend zacht en lief toe of moedigden ze haar aan. Kumar, die wat leniger was dan Taroeb, knielde en legde een doek onder de baarstoel waarop Zaynab zat. Buiten haar slaapkamer wachtte de kalief in gezelschap van Hasdai ibn Sjaproet, die hij had laten komen voor het geval er iets misging. Maar de dokter was niet nodig. Binnen werd een geschreeuw hoorbaar en kort daarna verscheen Taroeb, één en al glimlach, met een bundeltje in haar armen.

'Mijn heer en echtgenoot,' zei ze, 'hier is je dochter, prinses Moraima. Zaynab maakt het goed en hoopt dat u verheugd bent.'

Kumar en Bacea kwamen er ook bij staan en lachten en kraaiden tegen het kind.

De kalief nam zijn dochter in aanwezigheid van zijn vrouw, zijn twee concubines en Hasdai ibn Sjaproet in zijn armen. Zacht wiegend keek hij naar de baby. Tot zijn verrukking staarde het kind met ernstige blauwe oogjes naar hem op. Het dons op haar hoofd was van hetzelfde bleke goud als van haar moeder. 'Ik erken dat dit kind van mijn eigen vlees en bloed is, mijn dochter,' sprak Abd al-Rahman ten overstaan van zijn getuigen. Toen liep hij met de baby in zijn armen de kamer van Zaynab binnen. Hij knielde bij haar bed. 'Je hebt het goed volbracht, mijn liefste,' zei hij tegen het uitgeputte meisje. 'Ik heb onze dochter formeel erkend voor getuigen. Niemand zal aan het vaderschap twijfelen en geen ander dan een fijne prins zal haar, zodra ze oud genoeg is, tot vrouw krijgen,' zei hij tegen Zaynab. 'Ga nu maar slapen.'

Hij stond op en overhandigde de baby aan Oma, daarna verliet hij het appartement van zijn geliefde.

Zaynab lag wakker, hoewel ze uitgeput was. Ze had een dochter en het kind was een prinses. Ze vroeg zich af of Gruoch een zoon of een dochter had gekregen en of ze daarna nog meer kinderen had gekregen. Wat zou haar tweelingzus verbaasd zijn, als ze wist dat de zuster die ze als Regan had gekend niet in een klooster zat weg te kwijnen, maar de geliefde concubine was van een groot heerser, en moeder van een prinses? En Karim... Waarom dacht ze in hemelsnaam aan hém? Ze had hem de afgelopen maanden met succes uit haar geest gebannen, maar daar was hij opeens weer. Zou hij vernemen dat ze de kalief een dochter had gebaard? Was hij inmiddels zelf vader, bij de vrouw met wie hij zou trouwen en voor wie hij naar Malina was teruggekeerd? Natuurlijk. Hoe zou haar leven eruitgezien hebben als zij die bruid was geweest in plaats van Abd al-Rahmans liefdesslavin? Het had geen zin dergelijke dingen te denken. Ze zou gaan slapen, en als ze wakker werd zou alles hetzelfde zijn. Zij zou de aanbeden favoriete van de kalief zijn, de moeder van zijn dochter, en Karim al Malina slechts een herinnering. Er gleed een enkele traan over haar wang. Zij zou nooit van Abd al-Rahman houden, maar ze zou de kalief eren en respecteren. Hij zou nooit haar ware gevoelens kennen. Ze draaide zich met haar gelaat naar de muur en concentreerde zich op de slaap.

'Ze heeft hem alleen maar een miezerig dochtertje gebaard,' hoonde Zahra, toen ze Taroeb later in de baden tegenkwam.

'Zij wilden graag een dochter,' zei Taroeb liefjes, 'zij hadden haar al maanden geleden een naam gegeven. Ze hebben het zelfs nooit over een zoon gehad. Wees maar blij, Zahra. Nu hoef je je geen zorgen te maken dat Zaynabs kind Hakam zal verdringen.' Lachend ging ze haar eigen weg.

Ondanks Zahra's antipathie jegens Zaynab, betekende de gunst van de kalief meer voor de vrouwen dan de toorn van de eerste echtgenote. Zij voelden dat de ster van Zahra vallende was. Ze gingen allemaal naar de Hof met de Groene Kolommen, om de nieuwe prinses geschenken aan te bieden. Iedereen bewonderde en prees haar. Zelfs prins Hakam kwam zijn nieuwe zusje begroeten. Hij bracht een zilveren bal mee die met belletjes gevuld was, om de baby te plezieren.

'Ik heb geen eigen kinderen,' legde hij aan Zaynab uit, 'maar ik herinner mij dat ik toen ik klein was zo'n speeltje had. Ik vond het erg leuk.' Hij glimlachte haar hartelijk toe en toen ze teruglachte en hem bedankte, begreep hij waarom zijn vader van haar hield. Hij had met zijn arme moeder te doen. Zahra was de liefde van Abd al-Rahmans jeugd geweest, maar de prins twijfelde er niet aan, dat Zaynab de grote liefde van zijn vaders nadagen was. Ze was een verrukkelijke vrouw. 'Mijn zuster Moraima zal altijd mijn liefde hebben en door mij beschermd worden, vrouwe,' zei hij.

Taroeb wreef zout in de wonden van Zahra door haar vroegere vriendin te vertellen dat de prins op bezoek was geweest. 'Ik geloof dat Hakam even gecharmeerd is van Zaynab als de kalief,' zei ze met een valse glimlach, 'net als de hele harem, zoals je weet.'

Zahra zei niets, maar ze stond versteld van het venijn van Taroeb. Zij had altijd gedacht dat de tweede vrouw een simpele, dikke domoor was, maar dat was ze klaarblijkelijk niet. Zij was een gevaarlijk kreng. Als de kalief Zaynab inderdaad tot zijn derde vrouw maakte, zoals het gerucht door de hele harem ging, dan zouden die twee een geducht machtsblok worden. Taroebs zoon, Abdallah, was de tweede zoon van de kalief. Als die twee vrouwen nu eens een combine gingen vormen om Hakam opzij te schuiven? Zij kon niet bewijzen dat er een dergelijk complot gesmeed werd, maar dat hoefde ook niet. Het was wat Zahra zelf zou hebben gedaan als haar positie en die van Taroeb omgekeerd waren geweest.

De favoriete vrouw werd plotseling ziek, evenals haar kind en haar bediende. Normaal gesproken zou de baby naar een voedster zijn gestuurd om gezoogd te worden, zodat de liefdesslavin haar taak als dienares van haar gebieder kon voortzetten, maar zoiets was voor Zaynab onbespreekbaar. De vrouwen van Alba, zelfs de hooggeboren vrouwen, besteedden hun baby's niet uit. Zij had de kalief gesmeekt om Moraima een paar maanden bij zich te mogen houden, tot er een voedster naar de Hof met de Groene Kolommen zou komen. Het had Abd al-Rahman behaagd haar verzoek in te willigen. Hij vond het prettig naast haar te zitten, terwijl zij hun kind voedde. Het gaf hem het gevoel een gewone man te zijn, al was het maar kort. Maar nu waren Zaynab, Moraima en Oma ziek.

Hasdai ibn Sjaproet werd geroepen, want men dacht onmiddellijk aan vergiftiging. De enige twee leden van de huishouding van de favoriete, die niet ziek waren geworden, waren Naja en Aïda, de kokkin, waardoor zij beiden natuurlijk onmiddellijk verdacht waren. De arts verwierf echter een zekere mate van sympathie bij Zaynab, door onmiddellijk de arme eunuch, die doodsangsten uitstond bij deze plotselinge gebeurtenissen, en Aïda, wier trouw buiten kijf stond, als onschuldig te beschouwen.

'Het ligt veel te zeer voor de hand,' zei de dokter, 'het is iets dat vrouwe Zaynab en Oma samen is overkomen. Het prinsesje wordt vergiftigd via de moedermelk. Zij moet weggehaald worden als we haar willen redden.'

Huilend gaf Zaynab haar dochter over aan de assistente van de arts, Rebekka. 'Vrees niet, edele vrouwe,' zei ze. Zij was zelf ook moeder en de toewijding van Zaynab aan haar kind had haar sympathie opgewekt. 'Ik heb een uitstekende voedster bij ons in de joodse wijk. Zij is een grote, gezonde vrouw met meer melk dan haar eigen kind op kan. Zij zal voor onze kleine prinses zorgen als was zij haar eigen kind en u kunt haar bezoeken wanneer u maar wilt.'

'Waarom kan die vrouw niet hier komen?' snikte Zaynab.

Hasdai ibn Sjaproet legde haar geduldig uit dat hetgeen haar en Oma ziek maakte, ook de voedster ziek kon maken. 'Tot ik de oorzaak heb gevonden, moeten wij uw kind beschermen.'

'Jaja!' stemde Zaynab in en ze sprak de kalief aan. 'O, geliefde heer, laat ons kind niets overkomen! Ze is alles wat ik heb; het wordt mijn dood als ik haar verlies!'

'Hasdai zal de oorzaak opsporen,' beloofde de kalief zijn geliefde, terwijl hij haar in zijn armen nam, waardoor Zaynab nog harder moest huilen.

Het was vergif, dat leed geen twijfel. Binnen een paar dagen was de baby alweer gezond, maar haar moeder en Oma werden nog erger ziek. Hoe kon dat gif aan de favoriete vrouw en Oma worden toegediend en niet aan Naja en Aïda? vroeg de dokter zich af. Hun kleding was weggehaald en vervangen, maar er veranderde niets. Hasdai onderzocht al het eten dat door Aïda werd klaargemaakt, maar het voedsel was vers en ze aten allemaal uit dezelfde pot. Wat was het, wát? Wat deden Zaynab en Oma samen, dat de anderen niet deden? En toen wist Hasdai het.

Het kwam als een flits bij hem op: zij gingen samen báden. Zij baadden tweemaal per dag in het privé-bad van Zaynab. De arts liet onmiddellijk een monster van het water nemen. Hij verbood Zaynab en Oma in het bad te gaan tot hij het zeker wist. Na een test werd zijn vermoeden bewaarheid. Het water dat Zaynabs privébad voedde was vergiftigd! Het vergif drong hun huid binnen en doodde de twee vrouwen sluipend. Hij bad dat zijn ontdekking op tijd was geweest en begon hun theriaca toe te dienen.

De kalief werd ervan in kennis gesteld, die onmiddellijk besefte wie er achter deze aanslag op het leven van Zaynab zat en waarschijnlijk ook achter de eerste. Er was maar één persoon in zijn harem, die zoveel macht bezat om een dergelijke vorm van kwaad aan te richten. Hij zette een val en liet hem dichtklappen.

'Ik heb de slavin gevonden die de dagelijkse dosis vergif in de waterleiding deed die Zaynabs bad voedt,' vertelde hij aan Hasdai ibn Sjaproet. 'Ik heb twee van mijn meest loyale lijfwachten verdekt opgesteld, tot ze kwam. Er was weinig overredingskracht voor nodig om haar te laten vertellen dat vrouwe Zahra erachter zat. De slavin is door wurging om het leven gebracht.'

'Wat gaat u eraan doen, heer?' vroeg Hasdai.

De kalief zuchtte diep, als iemand met grote pijn. 'Ik kan Zaynab niet tegen Zahra beschermen, Hasdai. Om dat te doen moet ik Zahra in het openbaar verstoten. Zij is de moeder van mijn erfgenaam en als ik haar verstoot, drijf ik een wig tussen Hakam en zijn moeder, of tussen Hakam en mij. Dat kan ik niet doen. Ik heb jaren geleden besloten dat Hakam mij zou opvolgen als kalief. Omdat ik niet in mijn keuze heb geweifeld, heb ik me verzekerd van de loya-

241

liteit van zijn broers, ooms en mannelijke neven. Er bestaat geen twijfel of verwarring over dat Hakam mijn opvolger is.

Zou ik nu Hakams moeder verstoten, dan zullen sommige personen de conclusie trekken dat dit slechts de eerste stap is naar onterving van mijn oudste zoon. Niets van wat ik zeg zal hen ervan overtuigen dat het niet zo is. Er zullen zich groepen rond mijn andere zoons formeren. Vier van hen zijn, zoals je zelf weet, oud genoeg om overreed te kunnen worden een staatsgreep te plegen. Macht is de grootste verleider in het universum, Hasdai. Goud, overwinningen in de strijd en mooie vrouwen verliezen hun aantrekkingskracht bij de confrontatie met de demon van de oppermacht. Mijn vader is vermoord door een broer die het besluit van mijn grootvader betreffende de opvolging niet kon aanvaarden. Ik kan me mijn vader zelfs niet herinneren, maar mijn grootvader verkoos mij boven zijn andere zonen, en hij leefde lang genoeg om mij groot te brengen tot de leeftijd waarop ik de teugels van al-Andalus stevig in handen kon nemen.

Ik regeer nu dertig jaar over dit land en in die tijd hebben we voornamelijk vrede gekend. Vrede bevordert de welvaart en al-Andalus is momenteel het machtigste en welvarendste land ter wereld. Zo zal het blijven, mijn vriend, omdat ik niet toesta dat er een tweespalt ontstaat die ik niet kan beheersen. Treurig genoeg kan ik de oorlog binnen mijn harem niet voorkomen, zonder dat het probleem zich tot ver buiten mijn eigen tuinen verspreidt. Zahra heeft nu tweemaal gepoogd mijn geliefde Zaynab te vermoorden. Om iedere volgende poging af te wenden, moet ik óf Zahra, óf Zaynab wegsturen, ten einde haar en ons kind te beschermen. Ik heb geen andere keus in deze kwestie.'

'Wilt u haar dan de vrijheid geven, mijn heer?' vroeg de arts. Het beviel hem niet zoals Abd al-Rahman er op dat moment uitzag. De kalief was bleek geworden en zijn huid glom van het zweet. Hij was blijkbaar buitengewoon van streek geraakt door deze toestand.

'Ik kan haar de vrijheid niet geven, Hasdai,' zei de kalief. 'Ook al is het vrouwen onder de islam toegestaan hun eigen bezittingen te hebben, een vrouw zonder bescherming van een man of een familie verkeert in gevaar en ze is machteloos. Nee, Hasdai, ik zal Zaynab niet de vrijheid geven. Ik geef haar aan jou. Jij hebt geen vrouw die daar bezwaar tegen kan maken en ik zal zeer royaal zijn. Zij krijgt een eigen huis aan de rivier buiten Cordoba, haar bedienden gaan met haar mee en ze krijgt een ruime toelage om haar en ons kind te onderhouden; maar vanaf nu is ze jouw eigendom, Hasdai ibn Sjaproet.'

De arts stond paf. Hij kon niet geloven wat de kalief allemaal zei. 'Maar u zult haar natuurlijk wel bezoeken,' probeerde hij nog.

Abd al-Rahman schudde zijn hoofd. 'Zodra ze Madinat al-Zahra heeft verlaten, zal ik haar niet meer zien. Zij zal niet langer mijn eigendom zijn.'

Hasdai's hoofd tolde, toen de implicaties van de woorden van de kalief tot hem doordrongen. 'Maar de kleine prinses dan?' Er kwam een verkrampte trek op het gezicht van de kalief. 'Ik wil mijn dochter natuurlijk van tijd tot tijd zien,' zei hij. Toen wankelde hij.

'Ga zitten, heer,' zei de dokter, die de pols van de kalief pakte en constateerde dat die snel en onregelmatig was. Hij stak zijn hand in zijn mantel en haalde een kleine vergulde pil te voorschijn. 'Leg die onder uw tong, heer. Dat kalmeert de pijn op de borst.'

Abd al-Rahman vroeg Hasdai ibn Sjaproet maar niet hoe die wist dat hij pijn op de borst had. Hij nam de pil en legde hem onder zijn tong. Toen de pijn eindelijk wegtrok, zei hij: 'Hoe moet ik het haar vertellen, Hasdai? Hoe moet ik aan het meisje dat ik liefheb zeggen dat ik haar nooit meer zal zien?' Zijn diepblauwe ogen waren vochtig geworden.

'Laten wij haar vandaag nog wegbrengen uit de Hof met de Groene Kolommen, heer,' sprak de dokter kalm. 'Wij vertellen het haar nog niet, behalve dat het voor haar veiligheid is. Over een paar dagen, wanneer zij en Oma hersteld zijn, gaat u naar haar toe om het haar te zeggen, maar vandaag nog niet. U moet even de tijd nemen om op krachten te komen.'

De kalief knikte langzaam. 'Niemand mag weten waar ze is, Hasdai. Het zal voor Zahra voldoende zijn dat ze vertrekt. Ik zal zelf met haar spreken. Zult u goed zijn voor Zaynab?'

'Mijn heer, ik zal haar zeer respectvol bejegenen,' was het antwoord.

'Je mag haar respecteren, Hasdai, maar je moet haar ook liefde geven,' zei Abd al-Rahman. 'Zij heeft liefde nodig en ze zal je een groot genot schenken, mijn vriend.'

Tot de kaliefs grote verbazing bloosde Hasdai ibn Sjaproet. 'Mijn heer,' sprak hij, 'ik heb weinig ervaring waar het zaken van het hart betreft. Ik heb mijn hele leven doorgebracht met studeren, opdat ik van waarde kan zijn voor mijn land. De delegatie uit Byzantium kan nu ieder moment aankomen. Zij brengen voor mij de *Materia Medica* mee om vertaald te worden, zodat de medische hogeschool in Cordoba opgericht kan worden. Ik moet mijn tijd doorbrengen met hun Griekse vertalers en er zal niet veel tijd overschieten voor andere zaken. Dat is ook de reden waarom ik, tot grote wanhoop van mijn vader, nooit een vrouw heb genomen.'

Deze woorden van de dokter monterden de kalief op, want hij besefte dat zodra Zaynab over de klap heen was, zij opnieuw bemind wilde worden. Hasdai ibn Sjaproet zou weinig kans maken tegenover de verleidingskunsten van Zaynab.

'Je zult het heel goed doen met Zaynab, dat weet ik zeker,' zei Abd al-Rahman, en dacht erbij, zij ook met jou. 'Ik zal orders geven dat zij vandaag nog met al haar bezittingen kan vertrekken. Daarna zal ik naar vrouwe Zahra gaan. Vergezel Zaynab, mijn vriend.'

De dokter maakte een diepe buiging. De kleur van zijn patiënt was beter geworden. 'Laat vrouwe Zahra u niet opnieuw van streek brengen, mijn heer.'

De kalief knikte en ging weg van de Hof met de Groene Kolommen. Hij zou het met de grond gelijk laten maken als ze weg was. Er zou geen vrouw meer wonen. Het zou, net als Zaynab, alleen een mooie herinnering zijn. Hij ging naar de opperharemdame en de oppereunuch en deelde zijn bevelen aangaande Zaynab uit.

'Ik waarschuw jullie beiden,' zei hij bars, 'dat indien jullie hierover met wie dan ook spreken, het mij ter ore zal komen. Dan zullen jullie tongen uitgerukt worden en zul je voor vrouwe Zahra van weinig nut meer zijn, Walladah. En jij, Nasr, onthoud dat je eerste gehoorzaamheid mij behoort, en niet vrouwe Zahra. Ik ben de heerser van al-Andalus, zeker in deze harem, niet zij.'

Hij liet hen verbijsterd achter na deze harde woorden. Hij ging op weg naar de vertrekken van zijn eerste vrouw. Toen hij binnentrad, stuurde hij haar bedienden weg, die zich allemaal doodschrokken dat ze hem deze vertrekken zagen binnengaan, waar hij al in geen jaren meer was geweest.

Zahra keek op met een minzaam en poeslief gezicht. 'Hoe kan ik u dienen, mijn heer?' vroeg ze.

'Ik weet wat je gedaan hebt,' sprak hij bars, 'ik heb je slavin betrapt. Er was weinig overredingskracht nodig om me de waarheid te vertellen voor ze stierf. Jij bent een slechte vrouw, Zahra!'

'Als ik iets verkeerds heb gedaan,' zei Zahra zoetsappig, 'dan is het aan u, heer, mij te corrigeren en te straffen.' Ze schonk hem een glimlach.

'Je had Moraima wel kunnen doden,' zei hij.

'U hebt meer dochters,' antwoordde ze kil, alle gemaaktheid verdwenen. Haar ogen stonden ijzig. Zo had hij haar nooit gekend. Hij realiseerde zich dat hij haar voor het eerst pas werkelijk zag. 'Dacht u dat ik zou toelaten dat u mijn zoon passeert? En dat een van die mormels van háár in zijn plaats zou komen? Over mijn lijk, heer! Ik sterf liever!' krijste ze.

'Ik wou dat je dood was,' zei hij meedogenloos. 'Ik weet dat Hakam part noch deel heeft aan jou verraad, Zahra. Terwille van hem en terwille van ons land zal ik je niet verstoten. Ik weet dat er niets is waarmee ik je kan overtuigen dat Zaynab en haar dochter geen bedreiging voor je vormen. Maar om de vrede in al-Andalus te bewaren, heb ik de vrouw die ik liefheb en ons kind uit Madinat al-Zahra weggestuurd. Ik zal haar nooit meer zien, want ik weet ook dat ik haar niet tegen jou kan beschermen, als ik dat wel zou doen. Voor Hakam en al-Andalus heb ik mijzelf het geluk van mijn oude dag moeten ontzeggen. Dit is het allergrootste offer, Zahra, dat ik ooit heb moeten brengen en ik zal je nooit vergeven dat je me ertoe hebt gedwongen.'

'Oóó, geliefde heer, hebt u dit voor mij gedaan?' Plotseling was de verkrampte trek op haar gezicht weg.

'Voor jóú? Heb je me niet gehoord, Zahra? Ik heb niets voor jou gedaan, en ik zal ook nooit meer iets voor je doen. Ik achtte je zeer hoog. Ik heb een stad naar je genoemd, maar jij, in je zelfzucht en hoogmoed, hebt ieder gevoel dat ik voor je koesterde, vernietigd. Indien jij werkelijk van mij had gehouden, dan had je mijn geluk gewenst. Maar alles waar jij je druk om maakte was je eigen positie. Ik wil je nooit meer zien. Om me daarvan te verzekeren, word je voor de rest van je leven tot deze vertrekken en je eigen tuin veroordeeld. Jij gaat 's nachts naar de baden, wanneer alle anderen slapen, opdat je niet ook mijn andere vrouwen met je vergif aansteekt. Je zult eerbiedig worden behandeld en je mag gasten ontvangen, maar je heerschappij is voorbij, mijn echtgenote.'

'U kunt mij niet...' begon ze.

'Wát kan ik niet?' bulderde hij. 'Vrouwe, ik ben uw heer en gebieder! Blijf maar als een spin in je vergulde web zitten en venijn spuiten, maar mij zul je gehoorzamen!' Met die woorden draaide hij zich op zijn hakken om en verliet haar.

'Het kan me niet schelen,' fluisterde ze bij zichzelf. 'Het kan me niet schelen! Ik heb de positie van mijn zoon gered uit de klauwen van Zaynab en zij is weg van hier. Ik zal iedere straf die mij wordt opgelegd verdragen. Hij trekt wel bij. Over een paar dagen is zijn boosheid bekoeld en komt hij bij me terug met een alleraardigst presentje. Hij is te oud geworden voor jonge meiden. Hij heeft mij nodig.'

Vervolgens begaf de kalief zich naar zijn oudste zoon en vertelde hem van het verraad van Zahra. 'Ik heb Zaynab en Moraima in veiligheid gebracht. Ik zal hen niet meer zien,' zei hij tegen zijn erfgenaam. 'Wij moeten de eenheid in al-Andalus koste wat het kost handhaven, Hakam, ook al betekent dat mijn persoonlijk ongeluk. Wees niet kwaad op je moeder, mijn zoon. Taroeb heeft me verteld, dat Zahra werkelijk gelooft dat Zaynab en elk kind dat ze ook mocht krijgen, een gevaar voor jou betekent. Zij is bijna waanzinnig en denkt oprecht dat ze jou beschermt.'

'En u wilt dat ik vrouwen neem en een eigen harem begin?' zei Hakam. 'Ik denk dat ik de voorkeur aan mijn boeken geef, vader.'

'Zoon, het is beter als je, wanneer je leven ten einde loopt, wordt opgevolgd door je eigen zoon. Maar als je geen geliefde kiest en een kind verwekt, kies dan vrijwel tegelijk met je troonopvolging een erfgenaam. Laat er geen onzekerheid bestaan over wie al-Andalus moet regeren als je heengegaan bent. Toen mijn vader, prins Mohammed, door zijn eigen broer was vermoord, heeft mijn grootvader, emir Abdallah, geen moment geaarzeld. Hij had nog andere zonen, maar hij had Mohammed gekozen als zijn opvolger. Daarom koos hij voor mij, al was ik toen nog geen drie jaar oud. Hij heeft mij opgeleid, liefgehad, en me geleerd te regeren. Jij moet met jouw erfgenaam hetzelfde doen, wat hij met mij heeft gedaan en ik met jou. Het volk moet weten dat het in veilige, krachtige handen is. De regeringsbureaucratie heeft een strakke teugel nodig. Sta niemand toe in jouw naam te regeren, Hakam. Dat heb ik nooit gedaan.'

'Ik schaam me diep voor wat mijn moeder heeft gedaan,' zei Hakam zacht. 'Ik weet dat ze van mij houdt en ik had niet gedacht dat ze tot zoiets kwaads in staat was.' Hij pakte zijn vaders handen en kuste die in een gebaar van onderwerping en genegenheid.

'Moederliefde is de sterkste band die er bestaat, Hakam,' zei Abd al-Rahman, daarna omhelsde hij hem. 'Allah zij geloofd dat jij opgegroeid bent tot een goed mens!'

Hoofdstuk veertien

'Wilt u mij voor altijd wegzenden?' Zaynabs ogen vulden zich met tranen. 'O nee, zend me niet weg van u, mijn heer!'

Abd al-Rahman keek haar diep in de ogen en voelde de beklemming op zijn borst terugkomen. 'Mijn liefste schat,' zei hij, 'ik heb het je allemaal uitgelegd. Ik heb geen andere keuze. Ik zou je niet kunnen beschermen zolang je in Madinat al-Zahra blijft.'

'Laat me dan in Al-Roesafa wonen,' smeekte Zaynab.

'Zahra haat je, mijn liefste,' sprak hij treurig. 'Zij zal doorgaan met het plegen van moordaanslagen op jou en je dochter, als je mijn concubine blijft.' Hij zuchtte diep en vertelde haar maar liever niet dat hij van plan was geweest haar tot zijn derde vrouw te maken; de vrouw die hem gedurende zijn nadagen zou troosten en vreugde zou schenken. Hij zou het Zahra nooit vergeven.

'Waarom stuurt u Zahra niet weg in plaats van mij?' wilde Zaynab plotseling vertoornd weten. 'Zij is de afgunstige, niet ik! Hoe kan ik nu geloven dat u van mij houdt als u mij verstoot!'

'Ik kan de moeder van mijn erfgenaam niet in het openbaar verstoten,' sprak hij geduldig. 'Veel mensen zouden dat niet begrijpen. Zij zouden denken dat ik Hakam ook zal passeren, ten gunste van een andere zoon. Dat heb ik je al uitgelegd, Zaynab. Jij bent niet als al die andere vrouwen van me; jij bent iemand die zoiets kan begrijpen. Je vindt het misschien niet prettig wat ik zeg, maar je begrijpt wel waarom ik dit moet doen. En zeg nooit weer dat ik niet van je houd, want dat is wel zo. Zozeer zelfs, dat ik me jouw gezelschap voor de rest van mijn leven moet ontzeggen, om je leven te redden en dat van onze kleine Moraima.'

'O, Abd al, ik kan dit niet verdragen,' fluisterde ze. 'Waar moet ik heen? Zal Moraima haar vader ooit kennen?'

'Hoe kun je denken dat ik je zomaar op straat zet?' riep hij uit. 'Ik heb je dit mooie huis aan de weg naar Al-Roesafa gegeven. Er zijn een wijngaard, een boomgaard, je hebt uitzicht over de rivier. Het is van jou, Zaynab. Maar ik kan je niet de vrijheid geven, want jij weet heel goed dat een vrouw in deze maatschappij in gevaar is, als ze geen familie heeft. Ik heb je aan Hasdai ibn Sjaproet gegeven. Hij wordt je nieuwe meester. Hij zal jou en Moraima beschermen.'

Even was ze volkomen verbluft. Hasdai ibn Sjaproet? Die ernstige dokter met zijn lange gezicht? Opeens begon ze te giechelen en toen de kalief haar aankeek, zei ze: 'Hij is best een aardige man, heer, maar weet deze dokter wel hoe hij moet omgaan met een liefdesslavin? Of is het de bedoeling dat ik de rest van mijn leven celibatair blijf?' Zij hield haar hoofd vragend schuin. 'Bent u misschien van plan om mij in het geheim te bezoeken? Dat zou ik zeer verwelkomen, heer!'

Opnieuw voelde hij die doffe pijn in zijn borst en hij had moeite met ademhalen. 'Jij behoort aan Hasdai ibn Sjaproet toe, in de volle betekenis van het woord, Zaynab. Wanneer dit gesprek afgelopen is, zal ik je niet meer zien, mijn schone geliefde.'

'En Moraima dan?' vroeg ze. 'Verstoot u onze dochter ook, heer?'

'Oma zal haar eens per maand bij mij brengen,' zei de kalief. 'Ik ben niet van plan mijn jongste kind kwijt te raken. Zahra zal niet jaloers op Moraima zijn als jij er niet bij bent. Trouwens, ik heb Zahra gezegd dat ik dat gezicht van haar nooit meer wens te zien. Zij is veroordeeld tot haar eigen vertrekken, niet dat ik daarmee kan voorkomen dat ze voortdurend zal proberen te intrigeren, vrees ik. En zodra ik van de aarde ben vertrokken, Zaynab, hoef jij ook niet om onze dochter te vrezen. Hakam zal op haar passen. Op hem kun je vertrouwen, ook al is hij de zoon van Zahra. Welnu, mijn lief, ik moet je verlaten.' Hij wendde zich af.

'Eén kus, heer!' riep Zaynab uit.

Hij draaide zich om met een van smart vertrokken gelaat.

'Van alle heerlijke dingen die u mij gegeven hebt, heer, heb ik om slechts twee dingen gevraagd. Ons kind en een afscheidskus. Wilt u me dat laatste ontzeggen?'

Met een wanhoopskreet trok hij haar in zijn armen en drukte haar heftig tegen zich aan. Hij kuste haar en voor de laatste keer onderging hij de zachte zoetheid van haar lippen, haar smaak en haar geur. Hij kon geen gardenia's meer ruiken, zonder aan haar te moeten denken. Zij voelde hoe zijn hart bonkte en ook haar eigen hart klopte luid. Toen was het voorbij. Zonder nog een woord te zeggen verliet hij haar.

Ondanks alle geruststellingen bleef Zaynab toch bang. De kalief was veeleisend geweest, maar als zijn liefdesslavin had ze een zekere mate van veiligheid gekend. Als Zahra nu eens niet tevreden was met het feit dat ze uit Madinat al-Zahra vertrokken was, en vanuit haar opgesloten situatie in staat bleek haar hand uit te strekken om Moraima te treffen? Zaynab had weliswaar niet van de kalief gehouden, maar wel gevoelens van genegenheid voor hem gekoesterd, bovendien was hij de vader van haar kind. Ze wist dat ze hem gelukkig had gemaakt. Hij had gezegd dat hij haar nooit meer zou bezoeken, vanwege de pijn die het hem zou doen. Maar als hij nu ook zo over Moraima begon te denken? Zonder haar machtige vader om haar te beschermen en een prinselijke echtgenoot voor haar te vinden, zou dit kind helemaal niets hebben. Zaynab weende bitter.

Oma kwam binnenrennen en probeerde haar meesteres te troosten, maar slaagde er niet in. Verzwakt door het vergif en volkomen radeloos door wat er gebeurde, zakte Zaynab op de grond in elkaar.

Toen Zaynab ten slotte bijkwam, lag ze in een slaapkamer. 'Waar zijn we?' vroeg ze aan Oma, die naast haar zat.

'In ons nieuwe huis, vrouwe,' antwoordde het meisje. 'Weet u het niet meer? U viel flauw toen de...' Ze aarzelde even, maar niet wetend hoe ze het anders moest zeggen, vervolgde ze: '...toen de kalief wegging. U bent bijna een hele dag bewusteloos gebleven, vrouwe. De dokter zegt dat u niet in gevaar verkeert en mettertijd weer zult herstellen. O, vrouwe, wat is er met ons gebeurd? Waarom zijn we uit Madinat al-Zahra verbannen?'

'Help me even overeind te komen,' zei Zaynab, 'en haal dan iets fris voor me om te drinken, mijn lieve Oma. Ik zal je alles vertellen zoals het mij ook is verteld, maar ik heb zo'n droge keel.'

Oma hielp haar meesteres overeind en zette kussens in haar rug om het haar gemakkelijk te maken. Toen ging ze een beker vruchtensap halen, gemengd met wat sneeuw uit de dichtbijzijnde bergen. Toen Zaynab haar dorst had gelest, legde ze op zachte toon uit waarom zij nu in dit nieuwe huis woonden.

'Die vrouwe Zahra!' zei Oma kwaad, 'ging ze maar dood! Misschien neemt de kalief u wel weer terug als ze doodgaat, vrouwe.'

Zaynab schudde haar hoofd. 'Het is voorbij, Oma. De kalief heeft mij niet vrijgemaakt. Hij heeft me aan Hasdai ibn Sjaproet gegeven. Nu ben ik het eigendom van de dokter. We zijn tenminste niet weggegeven aan iemand heel ver weg, of op de markt in het openbaar verkocht. Herinner je je de markt in Alcazaba Malina nog, waar we zagen hoe de slaven werden verkocht? We hebben geluk gehad.'

Zonder waarschuwing verscheen Hasdai ibn Sjaproet in de kamer. 'Je bent wakker,' zei hij, 'dat is goed. Hoe voel je je, Zaynab?'

Een ogenblik stond ze op het punt hem een reprimande te geven voor de ongepaste manier waarop hij haar aansprak. Toen schoot haar te binnen dat ze nu zíjn eigendom was, en niet van de kalief. 'Ik heb dorst,' zei ze, met een hoofdknik naar de beker sap met sneeuw.

'Maar blijft het erin? Ben je niet meer misselijk van het vergif?' Hij bekeek haar aandachtig, pakte haar hand en voelde haar pols. Met zijn hoofd opzij neuriede hij wat en knikte toen.

'Het sap smaakt lekker,' zei ze. 'De misselijkheid schijnt over te zijn, heer. Word ik weer beter?' Ze bevoelde haar hoofd en trok een grimas. Haar haren waren geklit en in de war. Ze zag er vast verschrikkelijk uit!

Hasdai zei lachend: 'Je voelt je weer een stuk beter, dus.'

'Wat is er zo amusant, heer?' snauwde Zaynab.

'Ik wil je niet kwetsen,' zei hij, 'maar je bent je opeens weer bewust van hoe je eruitziet. Daar maakt alleen een vrouw die aan de beterende hand is zich druk om.'

'Dan hebt u zeker een grote ervaring met vrouwen!' snibde ze.

Hij bloosde. 'Ik ben arts, Zaynab. Wij leren niet alleen het lichaam van een patiënt te observeren, maar ook de gemoedsgesteldheid. Op dit moment ben je namelijk kwaad vanwege je situatie.'

'En is dat niet terecht, heer? Ik ben door de kalief weggezonden, aan een andere man gegeven, allemaal vanwege de verwarde fantasieën van een geestelijk gestoorde vrouw die mij en mijn kind wil vermoorden, omdat ze denkt dat die een enorm gevaar voor haar zoon betekenen! U denkt toch niet dat ik dat gedwee onderga? Denkt u soms dat de gevoelens van een vrouw net zijn als de voorjaarsregens, de ene keer hoost het en het volgende moment is het droog? Jazeker, heer, ik ben buitengewoon kwaad!'

'Dan zal ik je met rust laten,' zei hij, opstaand van de zijkant van haar bed.

'Wácht!' commandeerde ze hem op een toon die geen tegenspraak duldde: 'Woont u hier ook? Mijn heer de kalief zei dat dit mijn eigen huis zou zijn.'

'Ik heb een eigen huis,' antwoordde Hasdai.

'Waarom ben ik daar dan niet? Ik ben immers nu úw liefdesslavin, nietwaar, en u bent toch zeker wel op de hoogte van wat dat allemaal inhoudt.'

'Ik ben een jood, Zaynab,' zei hij, met een lachje dat eigenlijk voor hemzelf bestemd was. 'Je weet niet wat dat betekent, hè? Ik behoor tot de stam Benjamin, een Israëliet. Ik ben geen islamiet en geen christen.'

'Wat maakt mij dat uit?' zei ze, maar wel nieuwsgierig. 'U bent een man. En mannen zijn immers in de grond gelijk, Hasdai ibn Sjaproet. Twee armen, twee benen, een mannelijk lid. Is een joodse man anders dan een islamitische of een christelijke man?'

'De geschiedenis heeft ons tot een voorwerp van hoon gemaakt,' legde hij uit.

Nu begon Zaynab te lachen. 'Maar de joden noemen zich wel het uitverkoren volk van God, heeft de imam me verteld. Als God u heeft uitverkoren, hoe kunnen uw medemensen dan tegen u zijn? Dat begrijp ik niet, heer. En u hebt nog geen antwoord op mijn vraag gegeven. Heeft u misschien een echtgenote? Ik weet zeker dat de kalief mij niet aan u zou hebben gegeven als hij dat niet gepast had geacht.'

'Ik heb geen vrouw,' antwoordde hij, 'maar joden leven naar een bepaald stelsel van wetten. Ik kan je niet in mijn huis laten wonen, omdat je als onrein wordt beschouwd. Je bent namelijk geen joodse en bovendien een concubine.'

'Dus u bezoekt mij hier?' Wat krankzinnig is dit allemaal, dacht ze bij zichzelf.

'Indien jij mijn gezelschap wenst, Zaynab, zal ik je natuurlijk komen bezoeken,' antwoordde hij. 'Je weet dat je, als je naar de stad gaat, goed gesluierd moet gaan, vergezeld door Naja en Oma, in een draagstoel?'

'Mag ik naar de stad gaan?' vroeg ze verbaasd.

'Je mag doen wat je maar wilt, Zaynab,' zei hij.

'Ik ben nu uw liefdesslavin, Hasdai ibn Sjaproet. Ik weet dat ú weet wat dat betekent. Ik heb aan de kalief gevraagd hoe ik u moet dienen. Hij heeft mij gezegd dat ik geheel en al aan u toebehoor, op alle manieren. Vindt u mij niet aantrekkelijk, of bent u soms verliefd op een andere vrouw?' Ze keek hem aan.

Hasdai had nog nooit meegemaakt dat een vrouw hem recht in de ogen keek. Hij schrok ervan. 'Ik vind je bijzonder aantrekkelijk,' zei hij.

'Dan komt u bij mij zodra ik hersteld ben, dan zal ik u genot verschaffen zoals u nog nooit hebt meegemaakt, mijn heer.' Ze zond hem een verleidelijke glimlach. 'Geen vrouw zal u zo weten te behagen als ik.'

Hij knikte ernstig en verliet de kamer.

'Hij is verlegen,' zei Oma, een beetje grinnikend, 'misschien hebt u hem een beetje aan het schrikken gemaakt.'

'En terecht,' antwoordde Zaynab, 'want hij moet in de voetstappen van Karim al Malina en die van Abd al-Rahman treden.' Toen lachte ze. 'Hij is lang en knap van uiterlijk; eigenlijk heb ik hem nooit goed bekeken. Heb je zijn handen gezien? Groot, en mooi gevormde nagels.'

'Ik vind dat hij een mooie mond heeft,' zei Oma, 'groot en sensueel. Aladdin had zo'n mond.' Ze zuchtte.

'Ik heb je nog helemaal niet gevraagd hoe het met jou gaat, Oma,' bedacht Zaynab opeens. 'Je bent weer beter, hè?'

'O ja, vrouwe. De dokter heeft me ook van dat theriaca gegeven en ik was binnen een dag weer de oude. Hij is een aardige man, vrouwe. Wij mogen van geluk spreken, maar dat hebt u al gezegd.'

In de volgende dagen kwam Zaynab weer op krachten en kon ze uit bed komen zonder duizelig te worden. Haar eerste uitstapje gold de nieuwe baden, waar Oma haar enige bediende was. Haar kokkin, Aïda, en Naja waren ook met haar meegegaan naar het nieuwe huis. Er waren nog een paar andere vrouwen van middelbare leeftijd die het huis schoonhielden.

Zaynab miste haar dochter en ze vroeg dagelijks aan Hasdai ibn Sjaproet: 'Wanneer komt Moraima bij me terug?'

'Ik moet een voedster voor haar zoeken,' zei hij.

'Waarom kan ik haar niet zelf de borst geven? De melk in mijn borsten is nog niet opgedroogd en als mijn kind weer wordt aangelegd, komt het terug. Dat zegt Aïda, de kokkin. Ik wil geen voedster,' zei Zaynab.

'Je hebt geen keus,' zei hij. 'Ik weet wel dat je je met de dag sterker voelt, Zaynab, en je herstelt ook goed, maar helaas weet ik niet hoe lang dat vergif in je lichaam blijft. Het kan een jaar zijn of langer. Ik kan je onder dergelijke omstandigheden niet toestaan je dochter te voeden. Voorlopig is Moraima veilig bij de nicht van Rebekka in de joodse wijk.'

'Maar ik ben haar moeder!' zei Zaynab kwaad. 'Straks kent ze me niet meer als u haar niet gauw terugbrengt. Ik ben niet een of andere luie Arabische concubine die haar kind uitbesteedt aan een verzorgster. Ik wil mijn dochter bij me hebben!'

'Ik zal een goede voedster voor haar zoeken,' beloofde hij. Tot zijn verbijstering greep ze het eerste het beste snuisterijtje van aardewerk en wierp het naar zijn hoofd.

'Geef me mijn baby terug!' gilde ze.

'Je begint onredelijk te worden,' zei hij kalm. Hij bukte zich toen er een volgend projectiel naar hem toevloog. Deze was raak, dacht hij een beetje wrang. 'Heb je de kalief ook getrakteerd op dit soort temperament?' vroeg hij. 'Volgens mij is dit niet het gepaste gedrag voor een liefdesslavin, Zaynab. Je wordt niet verondersteld je meester te doden, behalve dan met passie, heb ik begrepen.' Zijn goudbruine ogen twinkelden bij deze poging om haar razernij te keren.

'En hoe kunt u dat weten, heer?' wilde ze honend van hem weten. 'U hebt nog geen enkele poging ondernomen om mijn hartstocht op te wekken.' Toen rende ze de deur uit, opdat hij haar boze tranen niet zou zien.

'Ik heb haar nog nooit zo tekeer zien gaan, heer,' zei Oma.

'Moederliefde is erg sterk,' antwoordde Hasdai. 'Ik zal vandaag nog moeite doen om een geschikte slavin te zoeken die het prinsesje kan voeden en verzorgen. Je meesteres is een goede moeder.'

'Mijn heer,' sprak Oma vrijmoedig, 'staat u mij toe openhartig met u te praten?'

Hij knikte, zich afvragend wat voor belangrijks het meisje op het hart had.

'U moet ook tegemoetkomen aan de andere verlangens van mijn

meesteres, heer. Zij is te jong om een leven zonder liefde te leiden – zij is erin opgeleid. De kalief heeft haar aan u gegeven, omdat hij meende dat u haar zou beschermen en gelukkig maken.'

Hasdai ibn Sjaproet stond versteld van haar woorden, hoewel zijn gelaat een vriendelijk masker bleef. Hij had gemeend dat alleen joodse vrouwen zo openhartig waren. Daar had hij zich blijkbaar in vergist. 'Uw meesteres is nog steeds niet sterk genoeg voor activiteiten van hartstochtelijke aard. Mettertijd is ze dat natuurlijk wel, dat besef ik,' zei hij. Toen vertrok hij, met een lichte buiging voor Oma.

Oma dacht er verder niet over na, want zij had haar zegje gezegd. Zodra Zaynab weer helemaal in orde was, zou de dokter beslist haar minnaar worden. Intussen moesten zij wennen aan hun nieuwe huis. Het lag een kilometer of drie buiten Cordoba, van de grote weg af, achter witgepleisterde muren, waarna je een smal pad af moest. Er was een poortwachtershuisje met een poortwachter erin.

Het huis zelf was in traditionele stijl gebouwd, rond een betegelde binnenplaats. In het midden van de binnenplaats stond een fontein met meerdere plateaus, waaruit water stroomde in een vijver met waterlelies en goudvissen. Er stonden grote gedrongen potten in de zuilengalerij, gevuld met gardenia's, die als het warm was hun zware geur over de hele binnenplaats verspreidden. Achter het huis lag een boomgaard die zich uitstrekte naar de lage rots die over de rivier uitkeek, met aan weerszijden wijnstokken.

Het huis was ruim. De begane grond bestond uit zitkamers, bediendenverblijven, een bibliotheek en keukens. Op de eerste verdieping lagen een aantal slaapkamers en een groot bad, dat volledig betegeld was en gouden kranen had. Door het hele huis stonden mooie en tamelijk vertrouwde meubels, en waren de gepoetste houten vloeren en de wanden bekleed met tapijten. Het bleek dat al Zaynabs meubelen vanuit de Hof met de Groene Kolommen hier naartoe getransporteerd waren. De kalief had ervoor gezorgd dat zijn geliefde Zaynab het hier op haar gemak zou hebben. Wat ze nog niet wist, was dat Abd al-Rahman vijftigduizend gouden dinariën op haar naam had laten zetten bij de derde neef van Hasdai ibn Sjaproet, die eveneens goudsmid was.

Hasdai zelf kwam iedere dag kijken hoe het met Zaynabs gezondheid ging, maar verder scheen hij zich niet voor haar te interesseren. Voorlopig kon het Zaynab ook niet schelen. Zij had voornamelijk haar aandacht gevestigd op het moment dat haar dochtertje terugkwam. Na een scheiding van bijna een maand verscheen op een middag eindelijk de dokter, samen met Moraima en een meisje met een eenvoudig gezichtje, dat hij voorstelde als Abra.

'Haar man is bij een ongeluk om het leven gekomen en haar kind is dood geboren. Ze heeft veel verdriet gehad, maar Rebekka heeft me ervan overtuigd dat ze gezond, gehoorzaam en geestelijk in orde is.'

'Waardoor is haar kind gestorven?' vroeg Zaynab, die eigenlijk alleen geïnteresseerd was in haar eigen kind.

'Gewurgd door de eigen navelstreng,' sprak hij nogal bot, 'verder was het een gezonde jongen. Abra heeft de prinses nu al een week de borst gegeven. Zoals je ziet is ze gezond en groeit ze goed.'

Zaynab nam haar dochter over van de voedster. Ze wiegde de baby in haar armen, glimlachte naar haar en mompelde in haar moedertaal: 'Een mooi kindje, dat ben je, mijn lieve kleine schat. Je pappie heeft ons weggestuurd, maar nu zijn we weer samen. Wij redden het wel, Oma en je mammie en jij, mijn kleine Moraima.' De tranen sprongen onmiddellijk in haar ogen toen de kleine haar handje uitstak en de vinger greep waarmee ze het roze wangetje had gestreeld. 'Ach! Ze kent me nog,' huilde de dolgelukkige moeder.

'Wat voor taal sprak je tegen haar?' vroeg hij. 'Ik heb veel talen geleerd, maar ik heb geen woord kunnen verstaan, Zaynab,' zei Hasdai ibn Sjaproet.

'Het is de Keltische taal uit mijn vaderland,' legde ze uit. 'Oma en ik gebruiken die nog, als we niet willen dat iemand hoort waarover we praten. Dat is ons in de harem van Madinat al-Zahra goed van pas gekomen. Ik wil dat Moraima die taal ook leert, van begin af aan. Zodra ze oud genoeg is zal ik een slavinnetje van haar eigen leeftijd voor haar zoeken, dat uit Schotland komt. Dan heeft ze een vertrouwelinge.'

'Je bent een verstandige vrouw, Zaynab,' merkte hij op.

'Dat vond de kalief ook,' antwoordde ze. Toen overhandigde ze de baby aan de verzorgster. 'Wees welkom in dit huis, Abra. Ik dank je voor de voeding die je de prinses wilt geven. Oma zal je de verblijven van mijn dochter wijzen.'

Abra knikte instemmend. Zij was een groot meisje met donkere vlechten, zwarte ogen en een boezem als kussens. Zij zou voor haar diensten betaald worden omdat ze een vrije vrouw was. Ze volgde Oma uit de vertrekken van haar nieuwe bazin en hield Moraima zeer vakkundig in haar armen.

'De terugkeer van Moraima doet je opbloeien,' merkte Hasdai ibn Sjaproet op. 'Ik ben erg blij je weer zo te zien, Zaynab. Ik weet dat je nu weer gelukkig zult zijn.'

'Wanneer bent u van plan om met me naar bed te gaan?' vroeg ze hem onverwachts.

Hij slikte moeilijk en begon te blozen. 'Je bent nog niet voldoende hersteld,' zei hij.

'Ik heb me nog nooit zo goed gevoeld, heer,' mompelde ze. 'Ik ben uitgerust en een tevreden mens op één ding na. Schokt dat u?

Houden de vrouwen in uw familie hun verlangen naar hun mannen verborgen?'

Ze fascineerde hem zeker; al dat bleekgouden haar los om haar schouders, de rechtstreekse blik in die aquamarijnkleurige ogen, de romige kleur van haar lichte huid. Hij kon de gestaag kloppende ader in haar hals zien en hij voelde de hitte van haar lichaam door haar witte, met zaadpareltjes geborduurde kaftan heen, toen ze zich naar hem toeboog. De geur van gardenia's was bijna bedwelmend. Hij was echter absoluut niet in staat haar vraag te beantwoorden.

'Voelt u geen begeerte naar mij, heer?' vroeg Zaynab. Toen keek ze opeens nadenkend: 'Of bent u misschien een man die de voorkeur geeft aan knapen? In de harem heb ik gehoord dat dergelijke mannen bestaan.'

'O, n-nee,' kon hij nog net uitbrengen, 'ik ben geen minnaar van knapen.' Hij stond snel op. 'Ik moet nu gaan,' zei hij en was weg, voor ze haar verhoor in die richting kon voortzetten.

Zaynab begreep er helemaal niets van, wat de volgende dagen alleen maar erger werd. Abra, die over haar aanvankelijke verlegenheid heen was, bleek een rijke bron van informatie te zijn over Hasdai ibn Sjaproet, de joden en de joodse geschiedenis. Als het stevige meisje met haar kraaloogjes de baby die aan haar toe was vertrouwd voedde, kletste ze er opgewekt bij.

'In de joodse wijk noemen wij hem de *Nasi*, vrouwe,' zei ze.

'Wat betekent dat?' vroeg Zaynab.

'Prins, vrouwe. Hasdai ben Isaäk ibn Sjaproet, prins der joden. Hij is van zéér hoge afkomst, ook al voordat de Nasi succes had bij de kalief. Hij is de wanhoop van iedere moeder met een huwbare dochter, om van zijn ouders maar te zwijgen. Hij wil niet trouwen.'

'En waarom dan niet?' zei Zaynab. 'Is het voor een jood soms verboden een concubine te hebben, Abra?'

'In oude tijden namen de mannen van ons volk meer dan één vrouw en hielden ze er bijvrouwen op na. Nu wordt dat afgekeurd, maar dat wil niet zeggen dat het niet voorkomt, vrouwe. Bovendien is de Nasi geen getrouwde man. Wenst u zijn concubine te worden?'

'De kalief heeft me voor dat doel aan hem gegeven,' antwoordde Zaynab, met enige geamuseerdheid. Abra kon een pittige roddel vertellen als ze haar eigen wijk ging bezoeken. Ze vroeg zich af of het de reputatie van Hasdai goed zou doen of niet.

'We hadden net zo goed terug kunnen gaan naar het klooster van moeder Eubh,' mopperde Oma, toen er, na nog een maand, geen bezoek was geweest van Hasdai ibn Sjaproet. 'Daar zit je dan, vrouwe, je bent de meest volmaakte, best opgeleide liefdesslavin, maar je leeft als een non. Ik dacht dat de kalief wilde dat u gelukkig zou worden. Wat is die dokter voor een man? Is hij wel een man?'

'Hasdai is er niet alleen om mij te plezieren, Oma,' zei Zaynab rustig. 'Hij heeft veel belangrijke taken aan het hof. Hij komt wel als hij er de tijd voor heeft.'

'De kalief regeert al-Andalus zelf, maar hij had altijd tijd om zich aan zijn vrouwen te wijden, vrouwe,' zei Oma. 'Deze man heeft nog niet één keer een momentje genomen om van uw deskundigheid te genieten. Dat is schandalig!'

Zaynab was het niet oneens met haar dienstmaagd, maar ze zweeg er liever over. Hoe dan ook, Hasdai ibn Sjaproet was haar meester, en ook al overlaadde hij haar niet met attenties, dan nog hadden zij het hier goed en waren ze veilig voor het moorddadige brein van Zahra. Abd al-Rahman had zorgvuldig nagedacht voordat hij haar aan deze man schonk. Zaynab wist dat de kalief oprecht van haar had gehouden. Hij zou willen dat zij gelukkig was, ook al konden ze niet samen zijn. En zij stelde zich ermee tevreden af te wachten.

Eindelijk kwam de dokter weer eens langs. Zaynab verwelkomde hem op een koele, correcte manier. Zij nodigde hem uit voor een partij schaak en nadat de verversingen waren gebracht, deelde ze hem mee dat ze Abra naar de joodse wijk had gestuurd om borden en schalen te gaan halen die alleen voor zijn bezoeken zouden worden gereserveerd. Het eten dat hij voorgezet kreeg, was niet alleen heerlijk, maar bestond uit al zijn lievelingskostjes. Hij begon er maar niet over dat zijn eten ook bereid moest worden in afzonderlijke potten, die gescheiden gehouden moesten worden van de rest van het eetgerei. Als hij in het paleis at, werd hij niet met dergelijke egards behandeld. Bovendien beschouwde hij zelf een deel van de joodse spijswetten als dwaas en onnodig.

'Waarom komt u mij bezoeken?' vroeg ze eindelijk.

'De Byzantijnse delegatie uit Constantinopel is gearriveerd,' zei hij. 'Ik heb het erg druk gehad met de voorbereiding voor het vertalen van een belangrijk boek dat ze de kalief komen brengen.'

'Wat is dat voor een boek?' vroeg ze aandachtig.

'Het heet de *Materia Medica*. Het is in het Grieks, en hoewel ik Romaans, Arabisch, Hebreeuws en Latijn spreek, kan ik helaas geen Grieks lezen, noch schrijven. Keizer Leon heeft een vertaler meegestuurd, die het van het Grieks in het Latijn vertaalt, en ik vertaal het van het Latijn in het Arabisch.' Hij scheen behoorlijk opgewonden te zijn en merkte niet eens dat zij haar handje op zijn arm legde.

'Waarom?' vroeg zij, terwijl ze hem recht in zijn knappe gezicht keek.

'Waarom, vraag je? Zaynab, dit is hét boek op het gebied van geneeskunde!' zei hij geestdriftig. 'Er staat een exemplaar in Bagdad, maar de regering daar staat ons niet toe het te kopiëren. Dat houdt in dat iedere jongeman uit ons land die arts wil worden, helemaal naar Bagdad moet om te kunnen studeren. Het is belachelijk dat wij er zo ver voor moeten reizen; velen schrikken er dan ook voor terug. Zodra ik de *Materia Medica* heb vertaald, kunnen wij onze eigen medische hogeschool stichten, hier in Cordoba! Dat wil de kalief al jaren.'

'Wat geweldig,' zei ze. 'Maar dat houdt hard werken in, heer, dat zie ik wel. U moet leren uw vrije tijd beter te besteden. Onze heer de kalief zei altijd, dat hij beter werkte en zijn geest scherper was, door de momenten die hij op zijn gemak bij mij doorbracht.' Toen ze naar hem keek, zag ze dat hij werkelijk erg knap was en zijn mond zeer sensueel. Die scheen goed te passen bij het lange gezicht met de hoge jukbeenderen. Ze stak haar hand op en streek plagend met één vinger langs zijn mond.

Zijn mooie donkere ogen gingen wijdopen van verbazing.

'Ik zal u leren hoe u van uw rust kunt genieten, heer,' zei ze, terwijl ze hem een smeltende blik toewierp. Ze schoof iets dichter naar hem toe, met een glimlachje op haar lippen. Toen streelde ze zacht zijn gezicht met haar hand. 'Waarom bent u gladgeschoren?' vroeg ze, terwijl haar vingers zijn kaaklijn natrokken. 'De meeste mannen hier hebben een baard, heb ik opgemerkt.'

'Ik, eh, volg het voorbeeld van de kalief,' sprak hij zenuwachtig.

'Volgt u het voorbeeld van de kalief in alle opzichten, Hasdai ibn Sjaproet?' plaagde ze, terwijl ze nog dichterbij kwam over de kussens die rond het schaakbord lagen. In haar ogen speelde een ondeugend lichtje.

Hij krabbelde haastig overeind. 'Vrouwe, ik moet gaan. Ik ben erg blij dat ik u weer zo gezond aantref.' Hij werd beschouwd als de meest vooraanstaande man aan het hof van Abd al-Rahman, maar toch gaf dit nietige vrouwtje, met haar verleidelijke lichaam en manieren, hem het gevoel dat hij nog maar een kleine jongen was. Zijn hart bonsde en haar geur bleef maar in zijn neusgaten hangen.

Zaynab sprong op met de woorden: 'Als u mij vóór de volgende ochtend verlaat, Hasdai ibn Sjaproet,' sprak ze verbeten, 'dan zal ik de kalief inlichten! Ik leef nog liever met Zahra in één harem, dan zonder liefde! Abra heeft mij verteld dat er voor u geen beletselen zijn om mij als concubine te hebben, en u hebt zelf bezworen dat u geen minnaar van mannen bent. Waarom gebruikt u mij niet zoals het behoort? Mishaag ik u dermate?'

'Mishagen? Jij zou de goden nog niet kunnen mishagen,' sprak hij moeizaam. 'Jij bent het mooiste en verleidelijkste schepsel dat ik ooit heb aanschouwd, Zaynab, maar onze heer, de kalief, heeft zich vergist in zijn oordeel toen hij jou aan mij schonk. Ik ben niet de juiste meester voor je.' Hij zag er erg ongelukkig uit.

'Waarom niet?' wilde ze weten.

'Vraag het me niet, smeek ik je,' soebatte hij. O God! Waarom gebeurde dit? Ze bracht hem in de verleiding als nooit een vrouw tevoren had gedaan, maar...

En op dat moment daagde het haar. Ze begreep opeens dat er maar één reden kon zijn dat hij nog niet met haar had geslapen en waarom hij allerlei excuses had aangevoerd om aan haar te kunnen ontsnappen, zodra de situatie iets te benauwd werd. 'U hebt nooit een vrouw gehad! Is dát het? Hebt u nog nooit een vrouw gehad?'

Een dieprode kleur kroop vanuit zijn hals over zijn hele gezicht. 'Je bent werkelijk veel te slim,' zei hij zacht. 'Inderdaad, Zaynab, ik heb nooit de geneugten van een vrouwenlichaam gekend. Niet dat ik het niet wilde, maar ik had er gewoon geen tijd voor. Als oudste zoon van mijn vader en tien jaar ook de enige zoon, was het mijn taak om uit te blinken. Ik werd op mijn veertiende al naar Bagdad gestuurd om arts te worden. Toen ik terugkeerde, begon ik mijn beroep in de joodse wijk uit te oefenen, maar ik wilde ook een universele remedie vinden tegen de meest voorkomende vergiften.

Oorspronkelijk heette het mithridatum, naar een koning van Pontus, die het voor het eerst ontdekte. Tweehonderd jaar later werd het verbeterd door een arts aan het hof van een Romeinse keizer, doordat hij er andere stoffen aan toevoegde, waaronder het gehakte vlees van gifslangen. Zo kwam de formule aan zijn nieuwe naam, theriaca, wat "wild beest" betekent. Helaas ging die formule verloren, tot ik, met behulp van mijn talenkennis, een paar oude boekrollen ontcijferde en het herontdekte. De kalief was zó gelukkig, dat hij me tot grootvizier van al-Andalus benoemde, tot gouverneur van de joodse wijk en tot ombudsman voor alle joden in al-Andalus.'

'En al die tijd heeft u geen tijd kunnen maken voor een aardig meisje?' sprak ze ongelovig.

Hij lachte. 'Ik begon de meisjes te ontdekken, net toen ik naar Bagdad werd gestuurd. Daar woonde ik in het huis van een bejaard familielid, wiens grootste vrees het was dat de geleerde van het huis van Sjaproet iets zou overkomen terwijl hij onder zijn hoede stond. Ik werd op weg naar de universiteit en weer terug begeleid door een lijfwacht. Mijn studie is zwaar en neemt alles in beslag. Er was geen tijd om je te ontspannen. Bovendien kende die oude neef alleen maar oude mannen.

Toen ik thuiskwam, wilde mijn familie een partij voor mij zoeken, maar ik hield de boot af, tot ik zeker wist dat ik een vrouw zou kunnen onderhouden zonder hulp van mijn vader. Daarna begon ik aan mijn onderzoek en mijn vertaalwerk, waardoor ik weinig tijd had om aan vrouwen of welke vrouw dan ook te denken. Toen de kalief mij overlaadde met eer,' verzuchtte hij, 'leek het alsof ik steeds minder tijd voor mijzelf had. Ik kreeg het gevoel dat ik de verantwoordelijkheid voor alle joden van al-Andalus op mijn schouders droeg, Zaynab. Ik ben hun iets verplicht.'

'Vindt u vrouwen aardig?' wilde ze weten.

'Ja,' zei hij.

'Dan kunt u niet voor de rest van uw leven maagd blijven, heer. Ik denk dat het ongezond is als een man niet regelmatig zijn liefdessappen kwijtraakt. Zo vergiftigt u zichzelf nog, en daar helpt geen theriaca tegen. Het is één ding dat u ervoor kiest geen verantwoordelijkheid voor een vrouw en kinderen te willen dragen, maar uzelf de zoete omhelzing van een vrouw ontzeggen is iets verschrikkelijks.'

'Morgen heb ik een ontmoeting met de vertaler van Byzantium,' sprak hij zwakjes tegen, 'ik heb mijn slaap nodig, Zaynab.'

Als antwoord trok ze haar kaftan uit, met de woorden: 'U slaapt beter als ik u bevredigd heb, heer. Als u dat weigert, onthul ik uw geheim aan de kalief. Hij zal zeer teleurgesteld zijn als hij bedenkt dat hij zijn dierbaarste bezit heeft weggeschonken aan een man die haar niet weet te appreciëren.' Zaynab stak haar hand op en maakte de spelden uit haar haren los, zodat ze los om haar heenvielen.

'Raak ze aan,' beval ze.

Hasdai stak zijn hand uit en voelde aan haar zachte lokken. 'Ik weet niet zeker, hoe...' Hij stopte, beschaamd.

'Ik wel,' zei ze zachtjes, 'vertrouw op mij, heer, dan zult u het weldra vreemd vinden dat u dit geluk ooit gevreesd hebt. Ik denk dat u een heel goed minnaar kunt zijn, Hasdai. Sla uw armen om mij heen, dan leer ik u kussen.' Ze liet haar tengere armen om zijn hals glijden en trok zijn hoofd naar beneden. Hij was tamelijk lang en zij moest op haar tenen gaan staan. Zaynab liet haar mond met heel vluchtige aanrakingen over de zijne gaan.

Hij sloot zijn ogen en zuchtte diep. Wat had ze een zoete mond. Ze smaakte naar zomervruchten. Haar volle borsten drukten tegen zijn brede borst. 'Zaynab,' mompelde hij, geheel verstrikt in haar magie.

'Heerlijk,' murmelde ze.

Zijn ogen schoten weer open toen de klank van haar stem de magie verbrak.

Ze glimlachte warm naar hem. 'U hebt een verrukkelijke mond, Hasdai, maar het borduursel op uw kleding doet pijn aan mijn gevoelige huid. Ze ontdeed hem van zijn tuniek met wijde mouwen. Met vaardige vingers knoopte ze zijn hemd open en duwde het van zijn schouders. Toen maakte ze de riem los die zijn wijde broek vasthield. Ze trok hem uit en liet hem op de vloer vallen naast zijn andere kleren. Heel langzaam trok ze zijn onderbroek over zijn smalle heupen naar beneden en liet hem verder op het tapijt glijden. Toen gleed ze met haar handen over zijn gladde brede borst. 'Zo,' zei ze, 'is dat niet veel beter?'

Zonder een woord te zeggen schopte hij zijn muilen uit en stapte uit zijn broek. Zijn ogen ontmoetten de hare. 'Sinds mijn kindertijd heb ik nooit meer bloot voor iemand gestaan,' bekende hij.

Ze deed een stapje achteruit en liet haar ogen over zijn gestalte gaan. 'U hebt niet alleen een knap gezicht, heer, u bent ook fraai van gestalte, en uw mannelijkheid,' zei ze, terwijl ze er met haar rappe vingers overheen gleed, 'lijkt veelbelovend. Wij kunnen elkaar zeer veel lust verschaffen.'

Hij kon zijn ogen niet van haar afhouden. Ze leek wel een levende, heidense godin, jong en opwindend. Hij wilde haar aanraken en tot zijn verrassing scheen ze dat te merken.

'Kom maar,' zei ze en ze draaide zich om, zodat haar rug naar hem toegekeerd was. Ze trok zijn armen om haar heen en legde zijn handen over haar prachtige borsten. Heel even verstijfde hij, maar ze zei: 'Streel ze maar, heer. Ze zijn ervoor gemaakt om door een minnaar geliefkoosd te worden. Maar doe het zachtjes, want ze kunnen erg gevoelig zijn. Met uw wijsvinger en uw duim kunt u de tepel opwinden. Ja, zo is het goed! U bent een uitstekende student, Hasdai.' Ze draaide met haar billen tegen zijn kruis. 'Mmm,' zoemde ze.

Haar lichaam was opwindend, soepel en zacht als zijde. Hij was zich nooit in zijn leven zo bewust van zichzelf geweest. Haar geurige haren kietelden zijn neus. De harde knopjes van haar tepels drukten in zijn handpalmen. Zijn hele lichaam tintelde en dat gevoel scheen zich te concentreren in zijn kruis.

Toen haalde ze zijn handen van haar borsten weg en leidde ze langs haar lichaam naar beneden. Hij tastte met zijn handen de vormen van haar middel en heupen af. Ze pakte één hand en drukte die tegen haar venusheuvel. Zonder ertoe aangezet te zijn duwde hij een vinger tussen haar onderste lippen. Ze was vochtig toen hij haar wreef.

'U heb een goed instinct,' zei ze goedkeurend. 'Haal nu die hand weg. Straks zal ik mijn verborgen juweel laten zien en hoe u het kunt laten glanzen.' Ze draaide zich weer om en keek hem aan. Op haar tenen staand trok ze zijn hoofd weer naar zich toe. Ze liet het puntje van haar tong traag over zijn volle mond glijden, eerst over de bovenlip, toen over de onderlip. 'Doe uw mond open en geef me uw tong,' beval ze en leerde hem de dans van de tongen. 'Is dat niet fijn, heer?' vroeg ze naderhand, terwijl ze op zijn onderlip knabbelde.

Hij voelde en hoorde het bloed door zijn lichaam bonzen. De tintelingen werden sterker en zijn gezichtsvermogen werd vaag. Hij wist zelfs niet meer of hij nog behoorlijk ademhaalde. 'Als dokter weet ik wat zich tussen een man en een vrouw afspeelt,' zei hij, 'maar op dit moment zou ik je tegen de grond willen trekken, om me zo diep mogelijk in je te begraven, Zaynab. Je bent een verleidster!'

260

'Het is beter als u wat geduld oefent, Hasdai, mijn heer,' zei ze veelbelovend. Ze nam hem bij de hand en bracht hem naar het bed. 'Minstens drie keer vannacht zal ik u uw liefdessappen onttrekken. U hebt er veel te veel van, vanwege dat celibataire leven. Ga nu achterover liggen, dan zal ik mij met uw lichaam bezighouden.' Hij ging midden op het bed liggen en ze hurkte voor hem neer. Ze begon bij zijn voorhoofd en werkte zijn hele lichaam naar beneden toe met vederlichte kusjes af. Toen ze zijn tepels likte, leek de wereld te tollen. Hij keek gefascineerd toe, terwijl haar gouden hoofd steeds verder naar beneden ging. Opeens pakte ze zijn mannelijkheid vast. Ze drukte warme kussen op zijn harde speer en toen ze met haar tong over de robijnrode top draaide, kon hij een kreet niet onderdrukken. Haar mond sloot zich om hem heen en hij kreunde, toen ze één, twee keer hard trok en ten slotte een derde keer, voordat ze hem losliet. 'Ik kom bijna,' zei hij kreunend.

'Nog niet,' waarschuwde ze, terwijl ze over hem heen ging zitten. 'Concentreer u op mijn borsten en niet op die hitsige jongen tussen uw benen, Hasdai, zo ja,' zei ze, toen hij zijn handen uitstak om haar ivoorkleurige borsten nogmaals te liefkozen. Ze bracht zichzelf in de juiste houding en liet haar lenige lichaam heel voorzichtig over hem heenzakken, waarbij ze zijn liefdeszuil traag, heel traag, volledig in zich opnam. De blik op zijn gelaat was er één van ongeloof en verbijstering. Het huilen stond hem na.

Hij kon de wanden van haar schede om zich heen voelen klemmen, en hem zachtjes maar stevig masseren. Hij hield haar borsten in een knellende greep, worstelend, om de weinige beheersing die hij nog had vast te houden. Ze kwam iets omhoog en voor hij kon protesteren, liet ze zich weer zakken. Dat herhaalde ze steeds weer, terwijl ze hem stevig vasthield tussen haar zinnelijke dijen. Hij wenste dat dit eeuwig zou duren, maar hij kon voelen hoe hij begon op te zwellen en te kloppen, tot, na de lange tijd van gevangenschap een uitbarsting van zaad haar geheime tuin overstroomde met levenssap. Boven hem kromde ze zich, met haar hoofd naar achteren, en liet zich op hem vallen. Hij sloot zijn armen stevig om haar heen.

Zwijgend bleven ze een poosje liggen. Hij vroeg zich al af of ze soms in slaap was gevallen, maar toen verroerde ze zich. Ze stond op en begon water op een houtskoolkomfoor te verwarmen. Ze goot het uit in een zilveren kom en deed een beetje van haar parfum in het water. Ze bracht de kom naar het bed en zette hem op het tafeltje, waar een keurige stapel zachte katoenen doeken lagen. Ze pakte er één, doopte hem in het water en wrong hem weer uit. Ze begon zijn inmiddels geslonken lid te baden. Zo ontspannen had hij zich van zijn leven nog niet gevoeld, dit was volkomen nieuw voor hem.

Toen Zaynab vond dat hij voldoende was verzorgd, reinigde ze zichzelf. Toen deed ze het water en de gebruikte liefdesdoeken weg. Ze veegde de kom zorgvuldig droog en zette een aarden kruik op het komfoor, waar ze opnieuw water in goot. Toen keerde ze naar het bed terug, pakte haar gouden mandje en nam de beker en de versterkende drank eruit. Ze schonk een beetje voor hem in en moedigde hem aan het op te drinken.

'Normaal gesproken zou u dit niet nodig hebben,' legde ze uit, 'maar omdat het uw eerste keer is geweest, denk ik dat het u misschien wat kan versterken.'

'Je was geweldig,' zei hij bewonderend, nadat hij de inhoud van de beker in één grote teug achterover had gegooid. 'Ik heb me in mijn wildste dromen niet kunnen voorstellen dat een vrouw zo kon zijn... kon voelen... Je was heerlijk, Zaynab!'

'Dat zegt iedere man tegen zijn eerste vrouw, heb ik gehoord, en iedere vrouw zegt het ook tegen haar eerste man,' lachte ze, 'maar het is u dus bevallen?'

'Twijfel je daar dan aan? Ik zal je voor eeuwig dankbaar blijven, mijn beeldschone vriendin,' sprak hij uit de grond van zijn hart.

'Misschien gaat u er nu iets voor voelen om uw familie hun zin te geven en een vrouw te trouwen,' plaagde ze.

'Geen tijd,' protesteerde hij, 'die gaat op aan de dienst voor mijn heer de kalief en mijn verrukkelijke liefdesslavin, Zaynab.' Hij stak zijn handen naar haar uit en trok haar bij zich op het bed. 'Leer me nog meer dingen, Zaynab. Ik begrijp dat dit maar het begin is van het spel der liefde.'

'Ik leef om u te dienen, heer,' antwoordde ze gemaakt nederig.

'Is het toegestaan je liefdesslavin te slaan?' vroeg hij ernstig, maar er scheen een ondeugend lichtje in zijn ogen.

'Indien de pijn genot brengt,' antwoordde ze en vooroverleunend beet ze in zijn oorlelletje. Daarna likte ze eraan en blies erop.

Hij beantwoordde haar, door haar onder zich te rollen en zacht in haar tepel te bijten. Toen likte en kuste hij haar tere vlees en vroeg: 'Op die manier, Zaynab?'

'Mijn heer is een vlugge leerling, ik zei het al,' prees ze hem. Toen boog ze zich opnieuw over hem heen, om zijn verslapte lid en de beurs des levens in zijn geheel in haar mond te nemen. Langzaam en zachtjes bewerkte ze hem met haar tong en haar lippen om hem opnieuw op te winden, tot het bonsde van begeerte. Hij had niet gedacht dat die lust zo snel alweer op te brengen was. Hij pakte haar bij de haren en bracht haar weer op ooghoogte.

'Genoeg,' zei hij. 'Geef me eens antwoord, Zaynab, kan ik dat ook voor jou doen? Ik bedoel, kan een man een vrouw ook proeven?'

'Jazeker,' zei ze en op haar rug liggend spreidde ze haar benen voor hem. 'Gebruik uw duimen om mijn onderste lippen van elkaar te doen, dan ziet u mijn liefdesknopje. Als u er zachtjes met het puntje van uw tong overheen likt, kunt u mij opwinden. U kunt ook uw tong in mijn schede brengen, net als uw roede.'

Hij volgde zorgvuldig haar instructies op en met een bijna klinische belangstelling bekeek hij haar intieme schoonheid. Aarzelend raakte hij met het puntje van zijn tong dat tere orgaantje aan, dat voor zijn blik leek te trillen. Het bleek al snel dat hij een zeker talent bezat voor dit werk, want ze begon te kreunen en zich te spannen van genot. Zijn tong schoot heen en weer. Hij ging er bijna geheel in op, tot ze plotseling een kreetje slaakte en haar lichaam begon te huiveren. Hij had haar op het randje van een climax gebracht en zijn eigen lid was hard als staal van zijn eigen begeerte.

Hij ging weer op gelijke hoogte naast haar liggen en ze nam hem gretig in haar armen. 'Kom in mij,' fluisterde ze, 'en doe dan met mij, zoals ik zoëven met u deed. Ga in en uit mij, mijn geliefde. Ja zo!' riep ze, toen hij aan haar verlangen voldeed. Ze was verbaasd dat deze onervaren man haar een perfect groeiende opwinding bezorgde. Dat kon haast niet, en toch deed hij het.

En het deugde ook niet, dacht ze treurig. Het deugde niet dat ze genot moest ervaren met deze man, die niet van haar hield en van wie zij ook niet hield.

Er lag een groot verdriet in deze manier van vrijen, een hol gevoel. Ze had het bij de kalief ook gevoeld. En zo zou het blijven, omdat het Karim niet was.

Hoofdstuk vijftien

Hasdai ibn Sjaproet scheen te willen inhalen, wat hij gedurende al die jaren van onvrijwillig celibaat had gemist. In betrekkelijk korte tijd was hij onder Zaynabs leiding uitgegroeid tot een onvermoeibaar en bekwaam minnaar. Hij wilde alles weten wat zij wist en alles uitproberen, maar bij anale seks trok hij de grens. Dat was een vorm van seks die hem niet aantrok, hoewel hij wist dat veel mannen ervan genoten, niet alleen met hun vrouwen, maar ter afwisseling ook af en toe met jongens.

Hij vond het prettig als ze op haar knieën voor hem ging zitten en hem, met haar gouden hoofd tegen zijn buik gedrukt, met haar mond bewerkte. Daarna ging ze op handen en knieën zitten, zodat hij haar via de achterkant kon penetreren. Hij genoot ervan als ze met haar gezicht naar hem toezat, met zijn lid diep in haar en haar dan te kussen, of met haar rug naar hem toe, dan kon hij met haar borsten spelen. Er waren zoveel opwindende variaties en als Zaynab er niet geweest was, zou hij die van zijn leven niet te weten zijn gekomen. Zijn langdurige maagdelijkheid was zijn grootste geheim geweest, waar niemand van had geweten.

'U wordt nog een fantastische echtgenoot,' zei ze op een dag achter het schaakbord, terwijl ze over een zet nadacht.

'Ik wil geen vrouw,' zei hij, peinzend naar zijn eigen stukken kijkend.

'Waarom niet?'

'Omdat,' zei hij, terwijl hij een pion verplaatste, 'ik geen tijd heb voor een vrouw en het gezin dat uit een huwelijk voortvloeit. Jij, lieve Zaynab, bent een heerlijke vorm van afleiding voor me. Jij hebt mijn ogen geopend voor fysiek genot en je dient me geweldig. En als ik laat, of misschien helemaal niet thuiskom, begin jij daar niet de eerstvolgende keer dat je me ziet over te klagen. Jij zeurt er niet over, dat mijn eerste verantwoordelijkheid bij de kalief, al-Andalus en de joodse gemeenschap ligt, en dat ik dingen laat schieten, zoals nieuwjaar, Chanoeka, of het Paschafeest. Jij belast me niet met zonen, voor wie ik persoonlijk tijd moet uittrekken om ze op te voeden of met dochters, voor wie ik een goed huwelijk moet arrangeren, als ik niet wil dat ik mezelf in de ogen van mijn volk te schande maak. Dat zijn de redenen waarom ik niet trouw. Het jodendom bestaat voornamelijk uit mannen die een vrouw nemen en kinderen verwekken. Ik ben een uitzondering op die regel en kan van grote waarde zijn voor zowel joden, als de rest van mijn land. Ik heb twee jongere broers die het geslacht van mijn vader kunnen voortzetten. Helaas begrijpen mijn ouders er niets van, maar ze hebben zich uiteindelijk neergelegd bij mijn besluit op dat gebied, omdat ze trots zijn op het succes dat ik heb.'

'Ik heb de kalief een kind gebaard,' sprak Zaynab zacht, 'en kan net zo makkelijk u een kind baren, Hasdai.'

'Ik weet,' antwoordde hij, 'dat je over de middelen beschikt om een kind te voorkomen en hoop dat je die gebruikt, mijn dierbare. Als je een kind van mij krijgt, zou het, naar de joodse wet, niet mij toebehoren. In mijn wereld behoort het kind de moeder toe. Een dergelijk kind kan mijn naam niet dragen en ook mijn eigendommen niet erven. Toen de kalief jou aan mij schonk, heeft hij natuurlijk aangenomen dat wij minnaars zouden worden, maar ik geloof niet dat hij er aan gedacht heeft dat je nog een kind zou krijgen. Zolang zijn kind jouw enige kind is, zal hij noch jou, noch Moraima vergeten. Zodra je moeder wordt van kinderen bij een andere man, raak je al gauw zijn belangstelling kwijt. Misschien vergeet hij dan zelfs de dochter die jullie samen hebben. Zolang Moraima je enige kind is, heb je grip op Abd al-Rahman.'

'Mat!' zei ze, terwijl ze een zet deed met haar koning, die hij niet had zien aankomen. Ze lachte ondeugend naar hem. 'Je hoeft niet bang te zijn dat ik een kind krijg, Hasdai. Ik wil geen ander kind. Ik verlangde naar Moraima, omdat ik om Abd al-Rahman gaf en wist dat ik me daarmee van zijn genegenheid kon vergewissen, althans, dat was me gezegd. Maar die intriges van vrouwe Zahra heb ik natuurlijk niet kunnen voorzien.'

'Houd je van me?' vroeg hij, nieuwsgierig naar haar gevoelens voor hem. Zij verborg altijd zorgvuldig haar eigen innerlijke roerselen, zodat hij niet anders kon dan ernaar gissen.

'Houdt u van mij?' was haar wedervraag.

'Alweer mat, Zaynab,' zei hij lachend.

'Je bent mijn vriend, Hasdai, en daar ben ik blij om,' zei ze, 'en je bent mijn minnaar, daar ben ik ook blij om, maar op dit moment houd ik niet van je.'

'Ik ben nog nooit verliefd geweest,' zei hij, 'hoe voelt dat?'

'Dat weet een mens niet voordat het hem overkomt,' zei Zaynab. 'Ik kan het niet goed uitleggen en ik betwijfel of iemand dat kan.'

Het leven begon een patroon aan te nemen waar ze beiden tevreden mee schenen te zijn. Zij was er voor hem en hij scheen nu al zijn vrije tijd met haar door te brengen. Zozeer zelfs, dat zijn vader begon te klagen dat zijn familie hem nooit meer zag. Hij vertelde Isaäk ibn Sjaproet niet, dat hij een liefdesslavin van de kalief had gekregen; dat zou zijn vader nooit begrijpen. Hij zou zeggen dat Hasdai zo'n concubine helemaal niet nodig had, als hij maar gewoon een vrouw nam. In plaats daarvan maakte Hasdai zijn excuses en bezocht zijn ouders met gulle geschenken. Daarna keerde hij naar Zaynab terug.

Er verstreken maanden, waarin Hasdai ibn Sjaproet zich verdiepte in de vertaling van de *Materia Medica*. Soms kwam hij zó doodmoe thuis, dat hij zich onmiddellijk op bed wierp en tien uur lang sliep. Ik mag dan zijn vrouw niet zijn, dacht Zaynab wrang, toen ze op een avond de kleren op liep te rapen die hij midden in de kamer had laten vallen, maar ik vraag me af of mijn leven er anders uit zou zien als ik dat wel was.

Haar leven. Ze had het goed en ze werd in de watten gelegd, maar als ze haar dochter niet had gehad, zou ze zich dood hebben verveeld. Het was fantastisch Moraima te zien opgroeien. Ze had de huidskleur van haar moeder maar ze leek op haar vader, tot en met dat gebiedende haviksneusje van haar. En ook al had niemand het haar verteld – Moraima zou het toch nog niet begrepen hebben – ze gedroeg zich als een kleine prinses.

Hoewel Zaynab niet erg dol was op de stad, sinds ze van het hof van de kalief was vertrokken, ging ze af en toe wel naar Cordoba op de dagen dat Moraima haar vader in het oude keizerlijke paleis naast de Grote Moskee bezocht. Abra bracht haar naar Abd al-Rahman, terwijl Oma en Zaynab, vergezeld door Naja, de markt bezochten, of een atelier van zijdeborduursters, of een zilversmid. Soms liepen ze ook door de smalle, kronkelige straatjes om de stad te bezichtigen. Ze wisten nooit wat ze om de volgende hoek zouden aantreffen.

Op een dag kwamen ze aan bij een pleintje, omgeven door witte, blinde muren. Midden op het plein stond een fontein, met op de stenen rand potten met felgekleurde bloemen. Tussen de huizen en de straat zelf lagen open tuinen, met Damascener roos, sinaasappelbomen en glanzend groene mirte. Zelfs op zo'n snikhete dag was het op dit verborgen pleintje koel en heel vredig.

Een andere keer bezochten zij de Grote Moskee. Zij lieten hun schoeisel buiten staan en wandelden rond onder de hoog oprijzende booggewelven met hun rood en gele deuvels. De geur van aloë en amber vervulden de lucht en verleenden deze rustige, heilige plaats een gewijde sfeer. Zaynab realiseerde zich dat ze nog nooit in een echte kerk was geweest.

Moraima liep al. Haar eerste verjaardag was gekomen en voorbijgegaan. Zij wist precies wie wie was in haar kleine wereldje. De kalief, die haar volgens Abra adoreerde, was *Baba*. Zaynab was *Má* en Oma was *O*, haar kindermeisje heette *Ahh*. Abd al-Rahman had zijn dochter een pluizige witte poes gegeven en die twee waren onafscheidelijk. Zaynab had het poesje Sneeuw genoemd.

Op een mooie dag in het voorjaar kwam Hasdai 's middags naar de villa, wat vreemd was, want het vertaalwerk nam hem zó in beslag, dat hij meestal pas laat in de avond thuis was. 'Ik moet voor de kalief op reis, lieve,' zei hij, 'en het kan zijn dat ik een aantal maanden wegblijf.'

'Waar gaat u heen, heer?' vroeg ze, terwijl ze haar bedienden opdroeg verversingen te brengen.

'Naar Alcazaba Malina,' antwoordde hij. 'Daar heeft een tragedie van gruwelijke afmetingen plaatsgevonden. De prins en zijn hele familie, op één na, zijn vermoord in een of andere stammenoorlog. De nieuwe prins van Malina lijdt verschrikkelijk onder het verlies van zijn verwanten. Ik word erheen gestuurd om te zien of hij van zijn diepe zwaarmoedigheid genezen kan worden, zodat hij de heerschappij over de Omajjaden ter hand kan nemen. Dat heeft zijn familie de afgelopen eeuwen gedaan, maar het is mogelijk dat hij vervangen moet worden door een gouverneur die de kalief persoonlijk kiest. Dit is een verschrikkelijke toestand. De stad bevindt zich in een chaos na deze slachting. De raad moet met harde hand de orde handhaven. Ik vertrek al over een paar dagen.' Hij nam dankbaar de gekoelde wijn aan die hem werd ingeschonken. Het was een warme dag en hij had het hele stuk van Madinat al-Zahra te paard afgelegd.

'Laat me met je meegaan,' stelde Zaynab voor. 'Ik verveel me hier dood en als jij ook nog weggaat, Hasdai, wordt het ondraaglijk.'

'Ik weet het niet,' zei hij, nadenkend over haar voorstel. Het vooruitzicht zo lang van haar charmes verstoken te zijn, trok hem ook niet aan. Ze werkte verslavend op hem, als snoepjes op een zoetekauw. 'Ik weet niet of de kalief dat goedvindt, Zaynab.'

'Ik ben niet het eigendom van de kalief,' zei ze vriendelijk, 'ik ben van jou, heer. Waarom zou je mij niet meenemen? Het is toch geen geheime missie? Ik ben in Malina getraind. Het is een prachtige stad en de geliefde van Oma woont er ook. Hij wilde met haar trouwen, maar zij stond erop met mij mee te gaan naar al-Andalus. Ik weet dat zij van hem houdt en misschien wil hij haar nog steeds. Nu zij weet dat ik veilig, gelukkig en goed verzorgd ben, verandert ze wellicht van gedachten als ze Aladdin weerziet. Zij is zó loyaal jegens mij, Hasdai, dat ik dolgraag zou willen dat zij ook een beetje gelukkig is.'

'Maar Moraima dan?' vroeg hij. 'Ik vind haar nog te jong voor zo'n reis. Ik wil de dochter van de kalief niet aan gevaren blootstellen.'

'Daar hebt u gelijk in, heer. Moraima blijft hier bij Abra, om haar vader regelmatig te bezoeken. Ik wil haar leventje niet verstoren. Zij zal volkomen veilig zijn. Wij vertellen de kalief dat ik met u meega en vragen hem een aantal lijfwachten te sturen om zijn dochter te beschermen terwijl wij weg zijn,' zei Zaynab verstandig. Toen boog ze zich naar hem toe, liet haar armen om zijn hals glijden en zei: 'U wilt mij toch ook niet achterlaten, nietwaar?'

Hij legde een arm om haar middel en gleed met de andere hand in haar kaftan om een van haar borsten te voelen. Haar mond was verleidelijk en hij zwichtte, met trage kussen en sensueel dansende tongen. 'Nee,' mompelde hij met zijn mond op de hare en zijn hand op haar borst, 'ik wil jou niet achterlaten, mijn mooie Zaynab.'

Als Hasdai ibn Sjaproet in hekserij had geloofd, zou hij hebben gedacht dat ze een tovenares was. Maar hij geloofde daar niet in, ook al was de liefdesslavin in staat zijn zintuigen zodanig te bedwelmen, dat niets er nog toe deed dan een kus en haar liefkozing. Niettemin was hij allereerst een loyaal dienaar van de kalief, boven zijn toewijding aan Zaynab. De volgende dag had hij een gesprek met Abd al-Rahman in diens privé-vertrek in Madinat al-Zahra.

'Hebt u er bezwaar tegen als ik Zaynab meeneem naar Malina?' vroeg hij zijn gebieder, 'zij wil mij graag vergezellen, heer.'

'Waarom?' vroeg de kalief, eerder nieuwsgierig dan afkeurend.

'Ze zegt dat ze zich verveelt, mijn heer,' antwoordde Hasdai naar waarheid.

Abd al-Rahman grinnikte. 'De vloek van een intelligente vrouw, mijn vriend. Zij heeft niet genoeg aan de liefde. Mijn Aisha heeft me gewaarschuwd dat ik, als ik rust in mijn huis wilde, vrouwen moest kiezen die alleen in zichzelf geïnteresseerd zijn. Andere waren nooit tevreden met hun lot. Die beseffen namelijk dat het leven meer te bieden heeft, en ik vrees dat dat ook met Zaynab het geval is. Natuurlijk moet je haar meenemen, Hasdai. Zij is de jouwe en jij kunt met haar doen wat je wilt. Het enige dat mij aangaat is, hoe er voor mijn dochter wordt gezorgd.'

'Zaynab vindt haar nog te jong om te reizen. Zij wil de prinses aan de zorgen van haar kindermeisje Abra toevertrouwen, maar verzoekt u wel om een lijfwacht, die het huis van het kind kan bewaken als wij er niet zijn om haar te beschermen,' zei Hasdai.

'Afgesproken!' antwoordde de kalief. 'Ze is een goede moeder, mijn vriend. Waarom verwek je zelf geen kind bij haar? Misschien wordt ze minder rusteloos als ze meer kinderen heeft om voor te zorgen.'

'Mijn heer, de wetten van mijn volk staan mij niet toe kinderen te erkennen die Zaynab mij baart. Zij zouden geen wettige status hebben. U weet zelf hoe belangrijk het in deze maatschappij is om een familie te hebben. Wij zijn overeengekomen dat er geen kinderen zullen komen,' deelde Hasdai ibn Sjaproet hem mee.

Abd al-Rahman knikte. Daar had hij niet aan gedacht toen hij Zaynab aan Hasdai schonk. Zijn eerste zorg was haar veiligheid en die van hun kind geweest. Hij had hen dicht bij zich willen houden, opdat hij zijn kind kon zien opgroeien. Was Zaynab nog altijd zo mooi? Hij zou het Hasdai dolgraag willen vragen, maar deed het niet; dat zou onbeleefd zijn. Hij wist het antwoord toch wel. Hij vroeg zich af of ze van Hasdai hield, en of haar genegenheid voor hem was bekoeld toen hij haar had weggeschonken. Ook dat waren vragen die hij niet kon stellen. Ze zouden hem voor de rest van zijn leven achtervolgen. In stilte vervloekte hij Zahra met haar gemene jaloezie, die hem dit verdriet had aangedaan.

Hij kwam met een schok weer in de werkelijkheid terug.

'De verslagen die ik van de prins van Malina heb ontvangen zijn erg verward, Hasdai,' zei hij. 'Hij was weg toen zijn familie werd uitgemoord. Toen men hem ging zoeken en van de tragedie op de hoogte stelde, is hij in een shocktoestand geraakt, die verscheidene dagen aanhield. Men heeft hem uiteindelijk wakker kunnen maken, maar hij bleek niet tot enige beslissing in staat te zijn. De arme kerel kan alleen maar treuren.

De familiearts denkt dat het slechts een tijdelijke toestand is. Hij zegt dat het de manier is waarop de prins het verlies van zijn familie moet verwerken. Ik wil weten wat u van de situatie vindt, Hasdai. Kan de prins genezen worden? Of moet ik hem vervangen door een gouverneur. En zo ja, moet dat een gouverneur uit al-Andalus zijn, of iemand uit de regeringsraad van Malina zelf? Ik moet de ware situatie kennen en wel heel snel. U bent de man in mijn regering die ik dat het best kan toevertrouwen, Hasdai. Ik ben uitzonderlijk gezegend met iemand als u.'

'Wat moet er met de moordenaar gebeuren, heer? Wilt u hem laten opsporen en gevangen nemen en wilt u dat ik toezie op het uitvoeren van zijn straf?' vroeg Hasdai.

'Jazeker!' sprak Abd al-Rahman beslist. 'Ik kan niet toelaten dat er gewelddadige bandieten als deze los rondlopen in mijn koninkrijk, al is het in de verste uithoek. Als je daar niet tegen optreedt, is het eind zoek. Spoor die man op en straf hem, mijn vriend. Hij mag niet ongecontroleerd rondschuimen. Laat zijn straf een buitengewoon onplezierige zijn. Openbare foltering, en rek die zo lang u kunt. Eerst de ondergeschikten, en bewaar de leider voor het laatst. Wees zo wreed als u wenst, dat zal de bewoners van Malina genoegdoening schenken. Bovendien verschaft het de prins van Malina meer status, als ik u persoonlijk stuur om toezicht te houden op het voltrekken van de gerechtigheid van de kalief. U vaart met één van mijn eigen schepen en u krijgt een leger van honderd Sakalibah mee, om u te helpen mijn wetten ten uitvoer te brengen, Hasdai.'

De dokter knikte en boog. 'Het zal zonder mankeren worden uitgevoerd, mijn heer kalief,' beloofde hij. 'Wanneer wilt u dat wij vertrekken?'

'Kunt u over drie dagen gereedstaan, Hasdai?'

'Dat kunnen wij,' was het plichtsgetrouwe antwoord.

'Ik zend morgen tien Sakalibah naar de villa. Zij zullen daar blijven tot u terugkeert,' zei de kalief. 'Zij krijgen hun bevelen van mij en van niemand anders. Moraima zal volkomen veilig zijn.'

Tegen de tijd dat Hasdai en Zaynab klaarstonden om te vertrekken, was de lijfwacht van de kalief geheel geïntegreerd in de huishouding. Aïda vond het heerlijk een groep mannen te hebben om voor te koken en de kleine Moraima had de kapitein van de lijfwacht al helemaal ingepalmd. Abra was één en al toewijding. Zaynab was heel blij dat haar dochter gedurende haar afwezigheid in veilige handen was. Ze deed geen moeite om het kind tot in details uit te leggen dat ze maandenlang weg zou blijven. Dat kon Moraima toch niet overzien. Zij vertelde haar alleen dat mammie weg zou gaan, en ook weer terug zou komen. Ze was zeer gepikeerd, dat Moraima in het geheel niet aangedaan was door dit nieuws.

'Komt má terug?' wilde ze weten.

'Jazeker,' stelde Zaynab haar met tranen in de ogen gerust.

'Baba zien?' vroeg het kleintje zich af.

'Natuurlijk zul je je vader zien,' antwoordde Zaynab.

'Fijn!' zei Moraima, die vervolgens haar aandacht verlegde naar Sneeuw.

'Ik geloof dat het haar helemaal niets kan schelen dat ik wegga,' zei Zaynab huilend in de armen van Hasdai. 'Ze is precies mijn moeder, even harteloos!'

'Ze is nog geen twee jaar,' zei hij, 'en het dringt niet tot haar door wat je haar hebt verteld, liefste. Dat is ook maar beter. Je wilt toch niet dat ze hartverscheurend huilt als je weggaat?'

'Nee, dat is zo,' gaf Zaynab toe, 'dat wil ik niet. Ik wil gewoon dat ze veilig en opgewekt is.'

'En dat is ze zeker in haar eigen huis,' antwoordde hij.

Ze zeilden weg uit Cordoba op een groter schip dan Zaynab ooit tevoren had gezien. Zij en Hasdai hadden een grote, luchtige hut bovendeks, terwijl onderdeks de honderd Sakalibah huisden. Dat was weliswaar niet zo luxueus, maar wel comfortabel. Zelfs Oma had een eigen kleine hut naast die van haar meesteres.

Ze schoten flink op over de Guadalquivir. Het liep al tegen de zomer en alles stond in bloei; de boomgaarden waren roze, wit en geel met bloesems, de graanvelden begonnen al groen te worden. Op de tweede dag passeerden ze velden vol papavers en margrieten, die stonden te wuiven in de namiddagbries.

Vroeg in de ochtend voeren ze Sevilla voorbij. Hasdai vertelde haar dat het een typisch moorse stad was, met kleine bochtige straatjes en lage witte gebouwen met balkons, binnenplaatsen, tuinen en overal fonteinen. Hij beloofde dat ze bij hun terugkeer uit Afrika zouden stoppen, om de stad te bezoeken.

'Waarom wilde u meegaan naar Alcazaba Malina?' vroeg Oma op een dag aan Zaynab, toen ze beschut tegen de zon op het dek zaten. 'Hoopt u meester Karim terug te zien?'
'Nee,' antwoordde Zaynab, 'Karim is getrouwd. Het heeft geen zin om hem te bezoeken. Maar misschien kunnen wij jouw Aladdin vinden, Oma. Zou jij niet graag willen trouwen en zelf kinderen krijgen? Mijn leven is, ondanks alle comfort, tamelijk saai. Ik zal geen kinderen meer krijgen. Hasdai wil ze niet, en ik moet mij weliswaar in dit lot schikken, maar dat hoef jij niet te doen, Oma. Jij bent mijn slavin en ik kan je de vrijheid geven, lieve vriendin van me. Ik wil graag dat jij gelukkig wordt. Wat had ik die afgelopen jaren zonder jou gemoeten? Je hebt me moed ingesproken en me getroost. Laat mij jou nu de vrijheid schenken, Oma, en het huwelijk met Aladdin ben Omar voor je regelen. Ik zal je een zeer royale bruidsschat meegeven. Het wordt tijd dat jij je eigen leven gaat leiden.'

'Ik weet het niet,' antwoordde Oma. 'Aladdin en ik zijn nu al verscheidene jaren van elkaar gescheiden, vrouwe. Misschien is hij al getrouwd, en ik wil beslist geen tweede vrouw zijn. Trouwens, ik weet niet of ik nog wel van die zwartharige ondeugd houd. En wie zorgt er voor u, dat zou ik wel eens willen weten. U hebt uw huishouding nooit gevuld met een hele schare bedienden, zoals andere vrouwen. Wij zijn altijd met ons vieren geweest, u en ik, Naja en Aïda. De oude vrouwen die het huis schoonmaken zijn bijna onzichtbaar. En zijn we dan niet gelukkig geweest?'

'Ik wil je nergens toe dwingen,' zei Zaynab, 'maar laten we Aladdin ben Omar wel gaan opzoeken, om te zien hoe je gevoelens nu ten opzichte van hem zijn. Dat is niet zo moeilijk, want Alcazaba Malina is niet groot. En als je niet met hem wilt trouwen, zal ik je de vrijheid geven zodra we weer terug zijn in al-Andalus. Je kunt bij me blijven en ik zal je betalen voor je diensten, zoals ik ook Abra betaal. Bovendien, wat zou er van jou worden als mij iets overkomt, Oma? Ik wil dat je veilig bent. Jij bent mijn vriendin en je trouw heeft veel voor mij betekend.'

Toen ze 's nachts naast Hasdai lag en de lichte deining van de zee haar bijna in slaap wiegde, vroeg Zaynab zich af of ze het meende wat ze tegen Oma had gezegd. Als ze Karim nu wel terugzag? Zou de liefde voor hem dan weer opbloeien? Of was die gestorven toen hij haar aan de kalief had gepresenteerd? Natuurlijk was niets gegaan zoals ze hadden verwacht. Hij was nu getrouwd en waarschijnlijk vader van een paar zoons. Zij was de moeder van de jongste dochter van de kalief, ook al was ze niet langer diens eigendom. Ze zuchtte droevig. Ze was niet gelukkig, ondanks het feit dat ze alles had wat een vrouw maar kon begeren: Rijkdom, een kind, een man die haar beschermde. Wat wilde ze nog meer? Maar ze was en ze bleef droefgeestig.

Ze had er niet goed aan gedaan Hasdai te willen vergezellen. Zij had haar stemming verkeerd ingeschat als verveling en pas nu ze onderweg waren, besefte ze dat het geen verveling was, maar dat ze ongelukkig was met haar leven. In Alcazaba Malina zou ze niets anders vinden dan herinneringen, die te pijnlijk waren om er zelfs maar aan te denken. Fysieke hartstocht zonder liefde, dat had ze al snel ontdekt, was een bijzonder treurige bezigheid. Maar dat vertelde ze niet aan Hasdai. Geen van hen beiden hield van de ander, al waren ze goede vrienden en vond hij het heerlijk om met haar te vrijen. Het zou hem zeer verdrieten, als hij wist hoe ze hem misleidde.

Eindelijk kwamen op een middag de twee vuurtorens van de haven van Alcazaba Malina in zicht. De hemel boven het schip was wolkeloos. De meeuwen doken krijsend op en neer op de wind. Hun kreten klonken zowel rauw als weemoedig. Hasdai had haar verteld dat de stad in chaos verkeerde, vanwege de dood van de regeerder en zijn familie, maar toen Zaynab ernaar keek, vond ze dat de stad er als altijd bijlag. Toen hun schip afgemeerd in de haven lag, kwam de kapitein Hasdai ibn Sjaproet vertellen dat er een draagstoel voor hem klaarstond om hem naar het huis van de prins te brengen.

'Er staat ook een paard klaar, voor het geval uwe excellentie het verkiest te gaan rijden,' zei de kapitein van het schip beleefd.

'Is het hier veilig genoeg om de vrouwen door de straten te vervoeren?' vroeg de Nasi aan de kapitein.

'Ik heb de dienaar van de prins gesproken, die met het escorte is meegekomen,' zei de kapitein. 'De stad zelf is rustig, heer. Er zijn geen onlusten of opstootjes geweest. De mensen bevinden zich echter in een geschokte toestand, vanwege de moordpartij op hun heerser en zijn familie.'

Hasdai knikte. 'Dan ga ik te paard. De vrouwe en haar bediende zullen per draagstoel gaan.'

Zaynab en Oma werden, gehuld in de traditionele straatkleding van Arabische vrouwen van aanzien, door de Nasi naar de draagstoel gebracht. Nadat ze waren ingestapt, marcheerden de Sakalibah in volle wapenrusting van het schip. Zij zagen er voor de mensen aan de wal buitengewoon geducht uit. Onmiddellijk verspreidde zich het gerucht door de stad, dat de afgezant van de kalief, de doorluchtige Hasdai ibn Sjaproet zelf, was gekomen. Hij kwam de nog levende prins helpen en alles zou weer in orde komen. Hij had een klein leger meegebracht. De bandieten die hun geliefde heerser en zijn familie hadden omgebracht, zouden opgespoord en ter dood gebracht worden.

Hasdai ibn Sjaproet reed voorop, samen met de secretaris van de vizier van de prins, naar het huis van de heerser van Malina. De burgers van Alcazaba Malina stroomden hun huizen uit om hen toe te juichen.

Toen zij bij de koninklijke poorten kwamen en de binnenplaats opdraaiden, boog Zaynab zich naar Oma toe en zei: 'Ik dacht dat een prins in een paleis woonde. Dit huis is niet groter dan het huis dat de kalief mij heeft gegeven.'

Maar onmiddellijk kwamen er slaven in witte gewaden naar buiten, om de dokter en zijn gezelschap te begroeten en naar binnen te geleiden.

Er trad een lange man met een zwarte baard naar voren, die een buiging maakte voor Hasdai ibn Sjaproet. 'Wees welkom, doorluchtige heer,' sprak hij. 'Mijn naam is Aladdin ben Omar, de vizier van de prins. Wij zijn dankbaar voor uw komst.'

Oma stokte de adem in de keel en kneep hard in de hand van Zaynab.

'Wij hebben ons niet gerealiseerd dat u met uw vrouw zou reizen, mijn heer,' vervolgde de vizier, 'maar zij kan haar intrek nemen in de harem van het huis. Deze staat op het moment leeg.'

'De vrouwe is mijn concubine,' antwoordde de Nasi. 'Ik ben niet getrouwd, tot spijt van mijn vader,' zei hij met een glimlachje.

'Dan delen onze vaders hun verdriet,' was het antwoord. 'Moestafa, breng de dames naar hun vertrekken,' zei Aladdin ben Omar tegen de wachtende eunuch. Hij wendde zich opnieuw tot Hasdai ibn Sjaproet. 'Prins Karim is wakker op dit moment, u kunt hem dus meteen spreken, heer.'

Nu was het de beurt van Zaynab om haar adem in te houden, maar ze herstelde zich en riep: 'Aladdin ben Omar, gaat het over Karim ibn Habib?' Zij stond zelf verbaasd over haar uitroep en ze kende het antwoord al voordat het kwam. Bij Allah! Waarom was ze meegegaan? Zij wist niet of ze het wel zou kunnen verdragen Karim te zien en in hetzelfde huis met hem te wonen. Zij deed haar uiterste best om haar waardigheid als liefdesslavin van de Nasi te bewaren, maar haar hart bonkte en ze was volkomen verbleekt.

'Vrouwe, wie zijt ge?' sprak de vizier, alle plichtplegingen terzijde schuivend.

Oma rukte haar eigen sluier van haar gezicht en antwoordde scherp: 'Wie denk je dat ze is, grote sukkel! Het is mijn vrouwe Zaynab!'

273

Aladdin ben Omar staarde naar haar en vervolgens naar de nog altijd in sluiers gehulde gestalte naast haar. 'Bent u het werkelijk, vrouwe?' vroeg hij ten slotte.

Zaynab knikte. Haar ingewanden leken wel van gelei te worden. Ze mocht niet bezwijmen. Als ze bezwijmde zou Hasdai onmiddellijk weten dat er iets helemaal mis was. Ze mócht niet flauwvallen! 'Hoe wist de kalief dat hij ú moest sturen, vrouwe?' sprak Aladdin opgewonden. 'U zou weleens de enige persoon kunnen zijn die hem terug kan halen! Allah, de genadige zij geloofd voor zijn hulp!'

'Ik begrijp hier helemaal niets van,' zei Hasdai ibn Sjaproet scherp. 'Wat weet jij hiervan, Zaynab?'

'Dit is een zaak die wij niet publiekelijk in de deuropening moeten bespreken, heer,' antwoordde ze. 'Heer vizier, waar kunnen wij ongestoord met elkaar praten?' Haar stem klonk koel en onpersoonlijk. Als door een wonder, iets dat ze zelf niet begreep, bleek ze in staat te zijn haar evenwicht te herstellen.

Aladdin bracht hen haastig naar een licht vertrek, dat uitkeek op een bekende tuin. Zaynabs hoofd tolde. Karim was de prins van Malina? Hoe kon dat? Zij wilde de antwoorden op haar vragen minstens zo snel horen als Hasdai ibn Sjaproet.

'Hoe ken jij de prins, Zaynab, áls je hem al kent?' vroeg Hasdai haar, met grote verwarring in zijn ogen.

'Ik wist niet dat ik een prins kende, heer,' begon ze. 'Karim al Malina, die ik kende als Karim ibn Habib ibn Malik al Malina, is de passiemeester die mij tot liefdesslavin heeft opgeleid. Hoe komt het dat hij de prins van deze stad is geworden?'

'Misschien,' wierp Aladdin in het midden, 'kan ik helpen de zaak op te helderen, als u mij toestaat, natuurlijk, mijn heer.' Toen Hasdai knikte, vervolgde de vizier: 'Karim al Malina was de jongste van de drie zoons van de voormalige prins, Habib ibn Malik. Karim al Malina was zeekapitein en koopman, naast zijn beroep als passiemeester. Hij was degene aan wie koopman Donal Righ vrouwe Zaynab toevertrouwde om opgeleid te worden. Zij had geen idee dat hij de zoon van de heersende prins was.'

'Hoe kon ik dat weten?' zei Zaynab. 'Kijk om u heen, mijn heer Hasdai. Ziet dit eruit als een paleis? Het is niet groter dan mijn eigen huis. Ik heb de gestorven prins en de broers van mijn heer Karim nooit ontmoet. Ik kende zijn moeder, vrouwe Alimah, en zijn zuster Iniga was mijn vriendin. Maar men heeft mij nimmer verteld dat zij van koninklijken bloede waren. Ik ben hier één keer geweest, via een tuinpoort, om deel te nemen aan het huwelijksfeest van Iniga. Noch zij, noch mijn heer Karim heeft mij ooit verteld dat hun vader de prins van dit land was, heer Hasdai, nóóit!'

Hasdai zweeg peinzend, verbijsterd over wat ze allemaal zei.

'Maar hoe komt het dat u hier bent?' vroeg de vizier, die het niet kon laten dit te vragen, want zijn nieuwsgierigheid was te groot. 'Bent u niet het eigendom van de kalief, mijn vrouwe Zaynab?' 'Ik ben de liefdesslavin van heer Hasdai,' antwoordde ze zachtjes. 'De kalief heeft mij aan hem geschonken, mijn heer Aladdin.' Hij wilde vragen waarom, want hij had gedacht dat ze de kalief zou behagen. Zijn donkere ogen dwaalden af naar Oma, die stil naast haar meesteres zat. De blik van het meisje ontmoette de zijne en ze bloosde, maar ook zond ze hem een glimlachje. Oma, zo wist hij, zou hem de nodige antwoorden verschaffen. Maar nu was Karim het belangrijkste. 'Mag ik de dames naar de harem laten brengen, mijn heer?' vroeg hij aan de Nasi.

Hasdai ibn Sjaproet knikte. 'Jazeker, en ik wil prins Karim onmiddellijk spreken, mijn heer vizier.'

'Moestafa, breng de dames naar hun vertrekken,' zei de vizier tegen de eunuch. Zaynab en Oma kwamen overeind.

Zaynab had Aladdin ben Omar nader willen ondervragen. Wat was er precies met Karim aan de hand? Was hij gewond? Waar was zijn vrouw? Had hij kinderen? Was de hele familie van Habib ibn Malik uitgemoord? Iniga ook? Lieve hemel, alsjeblieft niet Iniga! Maar in plaats daarvan volgde ze plichtmatig de vertrouwde gestalte van Moestafa. Misschien kon hij haar antwoord geven in de beslotenheid van de harem. Moestafa had altijd alles geweten.

De deuren van de desolate vrouwenverblijven waren amper dicht, of Oma zei: 'Moestafa, vertel op! Is mijn heer Aladdin al getrouwd? Heeft hij een vrouw?'

'Heb je niet geluisterd, meisje, toen hij Hasdai ibn Sjaproet vertelde dat hij geen vrouw heeft? En ik voeg eraan toe dat hij ook geen concubine heeft,' zei Moestafa met een grinnik. 'Als u hem genomen had toen hij u vroeg, dan zou u nu al minstens drie keer moeder zijn geworden.'

'Daar is nog tijd genoeg voor,' antwoordde Oma snibbig.

'Wat is er gebeurd, Moestafa?' vroeg Zaynab zachtjes.

'Het kwam door vrouwe Hatiba, de vrouw van mijn heer Karim,' begon Moestafa aan zijn relaas over wat er gebeurd was op de huwelijksdag en de twee maanden die erop volgden. 'Zij lag vanaf het begin dwars, en daarna scheen vrouwe Hatiba geen kind te kunnen krijgen. Zowel zij als mijn meester was daar bedroefd over. Prins Habib begon te zeggen dat zijn jongste zoon zijn vrouw moest verstoten en met een meisje moest trouwen dat hem kinderen kon baren, maar daar wilde mijn meester Karim niet van horen. Ten slotte waren de tekenen gunstig en bleek vrouwe Hatiba zwanger te zijn. Er werd een boodschap gezonden naar haar familie in de bergen, maar er kwam geen antwoord.

Prins Habib vroeg mijn meester naar Ceuta te gaan, ten zuiden van Gibraltar. Ironisch genoeg wilde hij hem vijftig noorderlingen op de slavenmarkt laten uitzoeken, zoals de kalief zijn eigen Saka-libah heeft; dat zijn de beste markten van de wereld, vrouwe. Deze mannen zouden worden opgeleid tot persoonlijke lijfwacht. Prins Habib had het altijd zeer verstandig van de kalief gevonden dat hij de veiligheid van zijn familie in handen legde van mannen die alleen hem trouw waren; mannen, die niet beïnvloed werden door de politiek van al-Andalus. Hij wilde dat verstandige voorbeeld volgen. Bovendien was vrouwe Hatiba misselijk en snel geïrriteerd tijdens de eerste dagen van haar zwangerschap. Prins Habib dacht dat een korte scheiding hen beiden goed zou doen. En dus ging mijn meester op weg.'

'Hield hij van haar?' vroeg Zaynab zacht.

Moestafa schudde van nee. 'Zij hadden zich in hun lot geschikt,' antwoordde hij droogjes, en vervolgde: 'Ali Hassan, degene die de geliefde was geweest van vrouwe Hatiba voordat ze met mijn meester trouwde, sloop met zijn mannen Alcazaba Malina binnen. Zij kwamen niet moedig te paard de stad binnen, maar zoals de jakhals, heimelijk sluipend en achterbaks. Zij vielen midden in de nacht aan. Zij hadden de ene kant van de straat stilletjes gebarricadeerd en lieten de andere kant open voor de vlucht. Zij kwamen te voet. Zij braken de poorten open, overvielen onverhoeds de weinige bewakers die de prins had, en lieten een spoor van doden achter.

Zij hadden het tijdstip goed gekozen. De hele familie, behalve mijn heer Karim, was hier verzameld. Er was feest geweest ter ere van de verjaardag van mijn heer Ayyub. Hij, zijn twee vrouwen en hun kinderen werden vermoord, evenals mijn heer Ja'far, zijn vrouwen en kinderen; de oude prins, vrouwe Muzna en de man van vrouwe Iniga, Ahmed, werden vermoord, en vrouwe Alimah het laatst. Maar eerst had zij mij met haar kleinzoon, de kleine Malik ibn Ahmed, in een kast geduwd. Ik heb de jongen onder mijn gewaad verborgen gehouden, met mijn hand over zijn mond, en zo ben ik getuige geweest van de hele slachtpartij. Toen kwam Ali Hassan naar de plaats toelopen, waar vrouwe Iniga en vrouwe Hatiba zich in hun doodsangst aan elkaar vastklampten.

' "Teef!" zei hij tegen vrouwe Hatiba. "Je had gezworen dat je geen kind zou krijgen van een andere man dan van mij."

Zijn ogen leken wel waanzinnig,' vervolgde Moestafa. 'Hij probeerde haar van vrouwe Iniga weg te trekken, maar ze lieten elkaar niet los. Hij stak zijn hand uit en bevoelde het goudkleurige haar van vrouwe Iniga. Er kwam een valse glimlach op zijn gezicht. Dat kon ik allemaal zien vanuit mijn schuilplaats.

"Je hebt me bedrogen, Hatiba," zei hij.

"Je hield niet voldoende van mij, om voor me te vechten toen mijn vader mij aan heer Karim tot vrouw gaf," was haar moedige antwoord. "Het is mijn plicht om mijn man kinderen te baren, Ali Hassan."

Maar vrouwe Zaynab, het leek wel of die woorden hem tot ongebreidelde razernij brachten. Hij sleurde haar bij vrouwe Iniga vandaan, draaide haar haren om zijn hand en sneed met één beweging haar keel open. Het bloed spoot eruit, over vrouwe Iniga's gewaad en het zijne. Het arme kind was volkomen verlamd van angst, na het zien hoe haar man, haar moeder en haar hele familie afgeslacht werden. Ze was zo hulpeloos, ze kon niet eens gillen, toen die duivel haar de kleren van het lijf rukte en haar meesleepte, samen met de paar jonge slavinnen die niet gedood waren. Ik heb daar in mijn kast gestaan, met het zoontje van vrouwe Iniga tegen mij aangedrukt en het leek wel een eeuwigheid. Ik kon hen door het huis horen gaan, alles plunderend wat los en vast zat, maar toen werd het stil. Toch ben ik nog even blijven staan. Na verloop van tijd ben ik uit de kast gekropen. Het kind was, Allah zij geloofd, in slaap gevallen, zodat hij de verschrikkelijke slachting niet heeft gezien toen wij ons een weg baanden uit de harem. Eindelijk waren Ali Hassan en zijn mannen vertrokken. Ze waren gevlucht op paarden uit de stallen van de prins. Ze namen alleen de allerbeste dieren, kan ik er nog aan toevoegen. Ik rende met de kleine Malik in mijn armen naar het huis van het hoofd van de stadsraad en vertelde mijn verhaal. Zijn vrouwen namen het kind van mij over en ik keerde met de voltallige raad naar het huis terug.

Bij de aanblik van de slachting werden hun jammerklachten door de hele stad gehoord. Er werd een boodschapper over land naar Ceuta gestuurd, om heer Karim terug te halen. Wij hadden zijn familie al begraven tegen de tijd dat hij terugkeerde, en het bloed weggewassen. Wij hebben echter niet de bloedvlekken kunnen wegwissen van de stenen op de binnenplaats, waar de eerste arme drommels zijn vermoord.

Toen de prins de hele toedracht had gehoord, raakte hij in een toestand van shock en wij hebben hem nog niet uit zijn verdoofde toestand kunnen terughalen. Hij eet niet, hij slaapt nauwelijks, hij zit alleen maar voor zich uit te staren,' besloot Moestafa.

'Daarom heeft de raad bericht naar de kalief gestuurd,' sprak Zaynab zachtjes. Ze kon de omvang van de tragedie die Karim had getroffen nauwelijks bevatten. 'Is Iniga al gevonden, Moestafa?' vroeg ze. 'Ze hebben toch zeker iemand achter Ali Hassan aangestuurd om hem te straffen?'

'Deze aanslag op de familie van prins Karim is niet de eerste geweest die Ali Hassan op zijn geweten heeft. Hij had Hoessein ibn Hoessein en zijn familie daarvoor al uitgeroeid. Hij is bijzonder machtig geworden en buitengewoon gevreesd onder de bergvolken. Hier in Malina hadden wij geen leger, dat was tot voor kort niet nodig. Er heerste vrede in al-Andalus.'

Zaynab kon zien hoe de arme Moestafa nog leed onder de gruwelen die hij had moeten aanzien. Ali Hassans slachtoffers waren niet alleen maar doden. 'Heeft niemand Iniga gered, of losgekocht?' vroeg ze opnieuw. Als Iniga nog leefde toen Ali Hassan haar ontvoerde, was ze misschien nog steeds in leven. Zij moest gevonden en gered worden.

'Ze zullen haar niet gaan zoeken, vrouwe,' zei de eunuch treurig. 'Toen Ali Hassan haar ontvoerde, heeft hij haar beslist verkracht. Zij is een onteerde vrouw, en kan nu maar beter blijven waar ze is, áls ze nog leeft.'

'Wát zeg je daar?' Zaynab werd kwaad. 'Iniga heeft een kind dat de ramp heeft overleefd. De kleine Malik heeft geen vader meer. Moet hij zijn moeder ook verliezen? Dat zou Karim nooit toestaan!'

'Malik ibn Ahmed is naar de familie van zijn vader gegaan, waar hij hoort. Daar zal hij op de juiste wijze worden grootgebracht. Hij is nog zo jong dat hij zich zijn ouders niet meer zal herinneren. Hoe kan hij iets missen als hij niet eens weet dat hij het had?'

'Denkt u niet dat het spookt op deze plek, vrouwe?' zei Oma in hun eigen taal. 'Ik weet niet of ik me wel op mijn gemak voel op een plaats waar zoveel dood en geweld heeft plaatsgevonden.' Huiverend zei ze: 'Ik kan de vrouwen bijna horen gillen.'

'Dat vind ik ook,' zei Zaynab tegen haar bediende. Ze wendde zich tot de eunuch en zei: 'Moestafa, hier blijven we niet. Zowel Oma als ik kunnen de verschrikkingen aanvoelen die in deze vertrekken hebben plaatsgevonden. Ik weet wel dat jullie ons niet verwachtten, maar er is toch zeker nog wel een andere plaats waar wij kunnen logeren.'

Hij knikte begrijpend en antwoordde: 'Ik breng u naar de vertrekken van uw meester. Ik weet zeker dat hij het niet erg zal vinden zijn kamers met u te delen, vrouwe Zaynab.'

Hasdai ibn Sjaproet was al naar zijn patiënt, Karim ibn Habib, de prins van Malina, gebracht. De jonge man zat in een gemakkelijke stoel op een zuilengalerij, die uitkeek over de grote tuin die bij het huis hoorde. Hij was lethargisch en zag bleek. Er lagen zwarte kringen onder zijn ogen en hij scheen gewicht te hebben verloren sinds Hasdai hem de laatste keer in Cordoba had gezien.

'Mijn heer,' zei de vizier, 'ik breng u de afgezant van de kalief.'

Karim keek ongeïnteresseerd naar de lange man die een beleefde buiging voor hem maakte. Toen keek hij de andere kant op.

Er had herkenning in die blauwe ogen gelegen, zag Hasdai. De prins was niet gek geworden. Hij probeerde alleen maar zijn pijn zo goed mogelijk het hoofd te bieden. Er was nog hoop. 'Mijn heer, ik ben de Nasi, Hasdai ibn Sjaproet. Ik ben naast grootvizier van de kalief, ook arts. Ik kom u helpen bij uw herstel, opdat u in staat bent

Malina te regeren, zoals onze gebieder Abd al-Rahman dat verlangt. Ik heb vernomen dat uw familie deze stad heeft gesticht en meer dan tweehonderd jaar de Omajjadische gemeenschap heeft geregeerd.'

'Ze zijn allemaal dood,' zei Karim zacht, 'allemaal, behalve het kind van mijn zust, maar hij is niet van mijn familie. Malik hoort bij de familie van zijn vader.'

'Ik heb gehoord dat uw zuster ontvoerd is,' ging Hasdai voort.

'Mijn vrouw is vermoord,' antwoordde Karim, 'ze was zwanger.'

'Maar uw zuster leeft misschien nog.'

'Als dat zo is, kon ze beter dood zijn,' antwoordde hij.

'Waarom?' peilde de Nasi, 'ze heeft toch een zoon, haar kind heeft haar nodig, heer.'

'Zij is geschonden, voor altijd onteerd,' zei Karim versteend. 'Begrijpt u niet wat er met mijn dierbare zusje is gebeurd? Ze hebben Iniga verkracht. Misschien alleen Ali Hassan, maar anderen waarschijnlijk ook. De familie van mijn zwager heeft mijn neefje. Zij zouden hem niet bij Iniga laten, ook al vonden we haar en brachten we haar terug. Zij is voor mij verloren, zoals de rest voor mij verloren is gegaan.'

'Als dat zo is, heer, dan is dit een groot verdriet, dat u altijd zal bijblijven,' zei Hasdai eerlijk. 'Er kan niets aan veranderd worden, maar het volk van Malina heeft u nodig en daarvoor moet u sterk zijn. U heeft geen tijd meer om langer te rouwen. U moet een leider zijn! U moet de bandiet Ali Hassan opsporen en hem vernietigen, zodat zijn macht niet nog meer chaos kan veroorzaken in het land van de kalief.'

'Ik was de jongste zoon,' weende Karim en de pijn in zijn stem ging door merg en been. 'Ik was niet voorbestemd om te regeren. Dat was aan Ayyub, of als hij eerder was gestorven dan vader, aan Ja'far. Ik weet niets van regeren af, Hasdai ibn Sjaproet. Ga weg, en laat mij in vrede treuren, smeek ik u!'

'Ik heb honderd Sakalibah meegebracht. Uw vizier heeft mij gezegd, dat u in Ceuta vijftig gezonde, sterke noorderlingen hebt gekocht, die later naar Alcazaba Malina zijn gebracht. Over een maand kunnen mijn mannen de uwe voldoende getraind hebben om achter Ali Hassan aan te gaan. De kalief heeft bevolen dat hij dient te worden gevonden en bestraft. Blijft u hier als een oude vrouw zitten huilen, terwijl u zich zou moeten wreken op de man die al dit ongeluk over u en uw volk heeft gebracht? Wilt u toestaan dat die Ali Hassan te midden van de bergvolken loopt te snoeven en hen ophitst tot nog meer geweldpleging en uiteindelijk opstaat tegen de kalief zelf? Dit is niet bepaald de loyaliteit die ik van u had verwacht, Karim ibn Habib,' besloot de Nasi, terwijl de hoon in zijn stem duidelijk hoorbaar was.

'En áls ik mezelf en het volk van Malina heb gewroken,' beet Karim al Malina hem toe, met vastere stem dan Aladdin in weken had gehoord, 'wat heb ik daar dan mee gewonnen? Niets, helemaal niets!'

'U moet een nieuwe vrouw kiezen en een nieuwe generatie voor Malina verwekken, heer,' zei de Nasi. 'Uw voorvader was helemaal alleen toen hij hier kwam en een stad ging bouwen.'

'Ik trouw niet zonder liefde,' zei Karim. 'Ik heb niet van mijn arme Hatiba kunnen houden, omdat ik van iemand anders hield die ik niet kon krijgen. Ik dacht dat mijn toewijding en respect voldoende waren. Misschien wel, als ze niet op die gruwelijke manier was omgekomen, maar nu voel ik me beladen met schuld als ik eraan terugdenk.'

'Liefde is niet altijd een aan te raden deugd, mijn heer,' zei de Nasi. 'Ali Hassan hield van Hatiba en om die reden zijn zij en uw hele familie vermoord. Denk daaraan wanneer u een andere vrouw kiest.'

'Een huwelijk zonder liefde is een hemel die verlaten is, Hasdai ibn Sjaproet, hij strekt zich uit tot in alle eeuwige eenzaamheid,' antwoordde de prins.

De Nasi hoorde deze wijze woorden van Karim met een schuingehouden hoofd aan. Met een glimlach sprak hij: 'U hebt het bijzonder treffend gezegd, heer.' Deze prins, die dagenlang gebukt was gegaan onder de grote last van zijn verdriet, begon weer tot leven te komen. Daar waren alleen een kort gesprek, een uitdaging en een por in zijn trots voor nodig geweest. Hasdai vermoedde dat niemand dat zelfs maar overwogen had, want ze waren allemaal te zeer bezig geweest met hem te staven in zijn ellende. Men had voor die arme prins Karim een kuil gegraven, waar hij nooit meer uit gekrabbeld was.

'Ik heb iemand meegebracht die u wel zult kennen,' vertelde de Nasi aan Karim. 'Haar naam is Zaynab en ik heb gehoord dat u degene bent geweest die haar heeft opgeleid. Als dat zo is, dan ben ik u mijn onsterflijke dankbaarheid verschuldigd. Zij is volmaakt.'

'Zaynab? Is zij hier?' De opwinding in Karims stem was nauwelijks mis te verstaan. 'Hoe hebt u haar gekregen? Zij was aan de kalief geschonken.'

'Ik zal het haar over een paar dagen zelf aan u laten vertellen, wanneer u fysiek weer wat bent aangesterkt,' zei Hasdai. 'Ik kan zien dat u niet hebt gegeten. Ik ga u een dieet voorschrijven dat u weer op krachten zal brengen. Uw vizier gaat samenwerken met de kapitein van mijn Sakalibah, om een trainingsplan uit te stippelen voor uw noorderlingen. De dagen van Ali Hassan zijn geteld, mijn heer de prins, nietwaar?'

Karim keek de Nasi aan. 'Ja,' was het enige dat hij zei, maar er lag een barse gedecideerdheid in zijn stem, die noch Aladdin ben Omar, noch Hasdai ibn Sjaproet ontging.

Naderhand bedankte de vizier de Nasi. 'U hebt hem weten te bereiken, heer, waar rest van ons daar niet in slaagde. Het komt in orde, ik kan het zien!'

'Het kwam doordat ik de naam Zaynab noemde, dat trof hem het meest, mijn vriend,' sprak Hasdai zacht. 'Geen van de andere dingen die ik gezegd heb, had zoveel invloed op hem als het noemen van haar naam. Waarom, vraag ik u?'

Aladdin ben Omar schudde zijn hoofd. 'Het is niet aan mij om over hen te praten, mijn heer Nasi. U moet het of aan Zaynab, of aan de prins vragen, niet aan mij.'

'Goed dan,' zei Hasdai, 'ik zal het aan Zaynab vragen.'

Hoofdstuk zestien

'Hoe gaat het met de prins,' vroeg ze, nadat ze die nacht de liefde hadden bedreven, 'overleeft hij het?'

'Jawel,' was Hasdai's antwoord. In haar stem bespeurde hij niets dat wees op diepere gevoelens jegens Karim ibn Habib. Hij vroeg zich af of het hem iets kon schelen en kwam tot de slotsom dat het zo was. Niet dàt hij van haar hield. Hij wist niet eens of hij tot een dergelijk gevoel in staat was. Maar ze was wel zijn vriendin geworden en hij genoot van hun gedeelde hartstocht. Hij besefte op een of andere manier, dat het met een andere vrouw nooit zo zou kunnen zijn. Zaynab had meer te bieden dan een gewone concubine en hij wilde haar niet kwijt.

'De eunuch Moestafa heeft me de toedracht verteld,' zei ze. 'Het is afgrijslijk. Wij moeten erachter zien te komen of de zuster van de prins, Iniga, nog in leven is. Zo ja, dan moet ze gered worden, mijn heer Hasdai.' Ze legde haar hoofd op zijn schouder. 'Iniga is zo'n lieve vrouw.'

'De prins zegt dat ze net zo goed dood had kunnen zijn, omdat ze onteerd en te schande is gemaakt,' zei Hasdai. 'Ze hebben hier in Afrika een strenge morele code en hoewel ik het er niet altijd mee eens ben, kan ik het wel begrijpen. Als dat arme kind verkracht is – en dat is heel goed mogelijk – wil geen enkele zichzelf respecterende man haar nog tot vrouw hebben. Ali Hassan had haar net zo goed kunnen doden. Als hij dat niet heeft gedaan, dan zegt dat iets over de afschuwelijke wreedheid van zijn karakter.'

'Dus mijn vriendin wordt zomaar aan haar lot overgelaten?' vroeg Zaynab, uitermate verontwaardigd. Ze ging overeind zitten en sloeg haar benen over elkaar. Ze keek de Nasi ernstig aan. 'Beloof me dat je haar zult bevrijden, Hasdai. Dan neem ik haar mee naar mijn huis, waar ze haar leven tenminste in vrede kan slijten. Laat haar, áls ze nog leeft, niet over aan dat beest Ali Hassan, alsjeblieft!'

'De prins heeft in Ceuta vijftig krijgers gekocht. Zij zullen worden opgeleid door onze eigen Sakalibah. Over een maand trekken

we de bergen in om Ali Hassan op te sporen. Prins Karim moet aan het hoofd staan van zijn soldaten. Maar nu is hij daar nog niet krachtig genoeg voor.'
'En intussen moet Iniga nog langer lijden? Stuur tenminste een spion op pad om je ervan te vergewissen of ze dood is of nog leeft, heer. Ik weet dat je spionnen moet uitzenden om het gebied te verkennen waar Ali Hassan de baas speelt, en erachter te komen in hoeverre de bergvolken hem steunen.'
'Hoe weet jij dat allemaal?' vroeg hij haar, verbaasd, maar ook geamuseerd. Zij stelde hem altijd voor verrassingen wanneer hij die het minst verwachtte.
'Ik ben opgegroeid in een land waar altijd clanvetes werden uitgevochten, heer. Een dergelijke handelwijze is normaal voor mijn volk. Als je de kracht van je vijand niet kent, ben je voor je het weet je kasteel kwijt, of je land, of je vee,' sprak Zaynab op nuchtere toon, 'dat is voor mij niets vreemds dus.'
'Ons belangrijkste doel is Ali Hassans invloed te breken, hem weg te vagen zelfs,' antwoordde hij. 'Als vrouwe Iniga levend aangetroffen wordt, zullen wij beslissen wat we met haar doen.' Hij stak zijn hand naar haar uit, maar Zaynab weerde hem af, haar mooie gelaat stond woedend.
'Iniga is het slachtoffer geworden van een zeer slecht iemand, mijn heer. Dat op zich is al verschrikkelijk. Moet zij van haar eigen mensen nog meer te lijden hebben, om de dingen die haar zijn aangedaan? Waarom is zij plotseling onteerd? Het is niet háár schande, maar van degenen die haar kwaaddoen. Ik ben een concubine, heer, is dat niet even schandelijk?'
'Zaynab,' begon hij geduldig, 'probeer het te begrijpen, je bent intelligent genoeg, dat weet ik. Iniga was de dochter van de prins van Malina. Ze was echtgenote en moeder. Op het moment dat ze door Ali Hassan werd ontvoerd, verloor ze haar mantel van eerbaarheid, omdat ze vleselijke gemeenschap had met een andere man, of zelfs met meerdere mannen. Jij bent een concubine. Voor jou is het op zijn plaats om te verleiden en vleselijke gemeenschap met mannen te hebben. Jouw eerbaarheid is van een heel ander soort, mijn lieve.'
'En als ík door Ali Hassan was ontvoerd en verkracht, zou ik dan niet even oneerbaar zijn geworden, als u nu van die arme Iniga beweert?' wilde ze weten.
'Natuurlijk niet,' antwoordde hij, 'want jij bent een concubine.'
'Dát,' zei Zaynab vernietigend, 'is een volslagen dubbele en absurde moraal.'
'Ik heb nooit beseft dat je zo kon zijn,' zei hij tegen haar; hij stond inderdaad versteld van de diepte van haar gevoel in deze kwestie.
'Ik heb in mijn leven slechts twee hechte vriendschappen met vrouwen gekend, Hasdai, één daarvan was met Iniga. Ik ben niet als

slavin geboren; mijn slavernij is gevangenschap van een draaglijk soort, want ik wordt in de watten gelegd en aanbeden. Maar voor mijn arme vriendin ligt dat heel anders. Zij werd gedwongen toe te kijken hoe haar hele familie werd uitgemoord, ze is ontvoerd en vast en zeker verkracht. Tot dat moment was Iniga een beschermd persoontje, bemind door allen om haar heen. Zij heeft een kind. Dit verdient ze niet en ik zal er alles aan doen om ervoor te zorgen dat ze gered wordt! Ik ga niet werkeloos toe zitten kijken, hoe jullie mannen een punt maken van haar verloren déúgd! Krankzinnig is dat! Wat maken jullie je druk over Iniga's deugd? Haar leven is in gevaar!'

'Ik beloof je, liefste,' zei hij, terwijl hij haar handen in de zijne nam en haar meelevend aankeek, 'dat degenen die Ali Hassans gebied verspieden, ook zullen proberen iets over Iniga te weten te komen. Dat is tot nu toe alles wat ik kan doen, Zaynab. Kom, geef me een kus. Ik honger alweer naar je lippen.'

Ze strekte haar armen uit en trok zijn hoofd naar zich toe, maar haar geest was heel ergens anders. Ze voelde weerzin jegens zichzelf, toen ze hem begon te kussen en hem zuchten van genot ontlokte, want ze realiseerde zich hoe plichtmatig en mechanisch haar handelingen waren. Ze wou dat het anders was. Ze zou zich schuldig hebben gevoeld, ware het niet dat ze wist dat hij toch niet van haar hield. In plaats daarvan dacht ze aan Karim, die in hetzelfde huis was als zij, terwijl ze in de armen van een andere man lag. Wist hij dat ze hier was? En zou hij aan haar denken?

Dat deed hij. Alleen in zijn bed vroeg hij zich af hoe het was gekomen dat ze nu eigendom van Hasdai ibn Sjaproet was. De Nasi was een knappe, jonge man en hij zag er viriel uit. Beviel hij Zaynab? Karim liet een zucht gaan. Was ze wel gelukkig? Waarom in de naam van Allah was ze hier teruggekomen terwijl hij haar niet kon krijgen? Was de pijn nog niet groot genoeg? Aladdin had hem beloofd dat Oma morgenochtend vroeg al hun vragen zou beantwoorden.

Karim kon niet slapen en hij wilde ook niet slapen. In scherpe bewoordingen had de afgezant van de kalief hem gedwongen onder ogen te zien dat hij nu verantwoordelijk was voor Malina en zijn volk. Hij kon en wilde zijn vader en degenen die hem waren voorgegaan niet te schande maken. Zij hadden deze stad gesticht en haar tot de huidige welvaart gebracht. Hij kon niet toelaten dat alles teniet gedaan werd door de afschuwelijke dingen die hadden plaatsgevonden.

Toen de dag aanbrak was hij nog altijd wakker. Er kwam een bediende met een blad met eten. Karim keek ernaar en trok zijn neus op. Deze bediende, een oude vrouw, die hem al vanaf zijn jeugd kende, sprak scherp: 'De dokter heeft gezegd dat ik u dit moest brengen en dat u het moet opeten, mijn heer. U hebt zelfs de kracht van een kind niet meer, maar u moet nu gaan eten om weer sterk te worden, zodat u die Ali Hassan achterna kunt gaan en hem afmaken!' Ze zette het dienblad met een klap op de tafel neer. 'Alles opeten, mijn heer!' Toen schuifelde ze de kamer uit.

Karim staarde naar de schotel hete gierstpap en begon die met een zucht naar binnen te lepelen. Toen hij daarmee klaar was, pelde hij een hardgekookt ei en at het op. Daarna nam hij de schijf meloen die op zijn bord lag. Er stond ook een kleine beker wijn en er lag een schijf brood met een stuk geitenkaas bij, maar dat kon hij niet meer op. Toch had deze maaltijd hem goed gedaan, vond hij, toen de slaven het blad weer kwamen ophalen.

Aladdin kwam, samen met Oma. Het meisje legde Karim uit waarom Zaynab nu het eigendom was van Hasdai ibn Sjaproet.

'Houdt ze van hem?' vroeg hij aan Oma.

'Natuurlijk niet, hij ook niet van haar,' zei Oma. 'Zij gaf om de kalief, dat weet ik, maar zij en de Nasi zijn alleen maar goede vrienden.'

'En ze heeft dus een kind?' De ogen van Karim stonden weemoedig.

'Een dochter, Moraima,' zei Oma. 'De kalief houdt van het kleintje en is erg goed voor haar. Mijn meesteres wilde haar niet meenemen, omdat ze vreesde dat de reis te gevaarlijk voor haar zou zijn.'

Naderhand, toen Oma weer bij haar meesteres was, zei ze: 'Hij vroeg of u van de Nasi houdt, vrouwe. Ik denk dat hij nog steeds om u geeft. Toen ik het over uw dochtertje had, werd hij heel droevig.'

Zaynab hief haar hand op. 'Vertel me niets meer. Ik wil het niet weten, Oma. Ik heb geen keuze gehad in de manier waarop ik mijn leven leid, dat weet je. Ik heb me in mijn lot geschikt. Vertel me geen dingen die me ongelukkig en ontevreden maken, smeek ik je.'

Zij zag hem niet, maar hij sloeg haar gade, wanneer ze in zijn tuinen wandelde, in gezelschap van de Nasi of Oma. Karim zei bij zichzelf dat ze mooier was dan ooit. Hij voelde, zonder enige twijfel, dat hij nog steeds van haar hield en dat hij Zaynab met het gouden haar altijd zou beminnen. Eén keer zag hij Hasdai ibn Sjaproet stilhouden en een kus op haar lippen drukken. Er kwam een vlaag van woede in hem op, maar toen hij haar naar de Nasi zag kijken, met alleen een vriendelijke glimlach op haar gezicht, zag hij ook dat er geen enkel teken van hartstocht in lag. De woede ebde weg en hij begreep dat Oma niet tegen hem had gelogen om zijn gevoelens te sparen. Zaynab hield niet van haar meester. Maar hield ze nog wel van hém?

Hij werd met de dag beter en na een week begon hij deel te nemen aan de opleiding die de kapitein van de Sakalibah gaf aan zijn eigen mannen. Er ging nog een week voorbij, en Karim voelde dat hij fysiek een stuk sterker was geworden. Hij nam in gewicht toe en hij sliep weer de hele nacht door. De mannen begonnen aan een tocht buiten de stadsmuren, in een eerste vertoon van macht. Hij wist zeker dat de spionnen van Ali Hassan het zouden zien. Ze begonnen een kat-en-muisspelletje met de smerige bandiet.

Er was bijna een maand voorbijgegaan, toen Hasdai Zaynab meedeelde dat ze de heuvels in zouden trekken om te kijken of ze Ali Hassan uit zijn schuilplaats konden lokken. 'Hij is voortdurend in beweging en onze spionnen kunnen hem niet altijd vinden. De prins denkt dat we hem naar ons toe moeten lokken.'

'Weet u al iets over Iniga?' vroeg Zaynab.

'Ik vrees van niet,' zei de Nasi. 'Ze is inmiddels waarschijnlijk dood en dat is beter zo, lieve.'

Zaynab klemde haar tanden op elkaar om zichzelf het zwijgen op te leggen, maar ze had een vinnig antwoord op haar tong. Iniga kon nog niet dood zijn. Wanneer ze haar vonden, zou zij ervoor zorgen dat alles weer in orde kwam. Karim had dan misschien niet zijn familie terug, maar in ieder geval toch zijn zuster. Hij zou daar blij om zijn, wat anderen er ook over zeiden.

De mannen trokken de heuvels in en lieten Zaynab en Oma achter in het paleis. Iedere dag kwam er een boodschapper met bericht van Hasdai ibn Sjaproet aan Zaynab, waarin hij haar informeerde over hun vorderingen, wat tot nog toe niets had opgeleverd. Er was absoluut geen teken van Ali Hassan, zijn kamp of zijn mannen. Toch wilden ze wachten tot de bandiet uit zijn schuilplaats kwam; zij namen aan dat hij dat toch een keer zou doen. En dan zouden ze hem opwachten.

Op een late zomernamiddag, toen Zaynab en Oma samen in een uithoek van de tuinen aan het wandelen waren, rezen er opeens zes mannen uit de struiken op, om hen te verrassen. Oma schoot met een verbazingwekkende tegenwoordigheid van geest langs hen heen en rende zo hard ze kon naar de zuilengalerij, keihard schreeuwend naar Moestafa en de bewakers van het paleis. Maar Zaynab kon niet zo snel wegkomen. Ze werd omsingeld en gekneveld en haastig door het kleine tuinpoortje geduwd, waar Karim altijd doorheen ging. Een van haar overvallers sleurde haar op een paard en ze galoppeerden weg door de stadspoorten, voordat Oma's kreten enige hulp hadden kunnen bieden.

Zaynab was niet achterlijk. Nu snapte ze dat de manoeuvres van Karim en Hasdai in de heuvels wel degelijk door Ali Hassan waren opgemerkt, al wisten zij dat zelf niet. En dit was zijn reactie. Ze deed geen poging om tegen te stribbelen. Het was al oncomfortabel genoeg. Als zij van dit dravende paard viel, zou ze zich ernstig verwonden. Ze keek naar het gezicht van de ruiter, maar dat was gesluierd. 'Wie bent u?' vroeg ze hem in het Arabisch, in de hoop dat haar woorden niet verwaaiden in de wind.

'Ali Hassan,' was het korte antwoord en daar bleef het bij. Zaynab kon haast niet anders dan de stoutmoedigheid van deze man bewonderen. Het was gewaagd om de tuin van de prins van Malina binnen te dringen en de liefdesslavin van de afgezant van de kalief te schaken. Maar nu kon ze er tenminste achter komen of Iniga nog leefde. En de Sakalibah van de kalief moesten nu toch gauw het kamp van Ali Hassan kunnen vinden. Ze kon de mensen die op de velden aan het werk waren zien opkijken en staren, toen ze in vliegende vaart voorbijkwamen. Iemand zou de autoriteiten ervan in kennis stellen. Ze bedacht dat ze eigenlijk bang zou moeten zijn, maar dat viel mee.

Na een aantal zeer ongemakkelijke uren, waarin Zaynab ingespannen probeerde de omgeving en het zeer wisselende landschap in haar geest te prenten, kwamen ze bij een kampement, dat diep in de heuvels verborgen lag, voordat de hoge bergen begonnen. De zwarte tenten waren zorgvuldig te midden van de rotsen geplaatst, zodat ze moeilijk te onderscheiden waren. Ali Hassan trok de teugels aan onder het afdak van de grootste tent. Hij liet zijn gevangene buitengewoon lomp van de romp van zijn hengst ploffen.

Tot haar opluchting kwam ze waardig op haar voeten terecht, hoewel de klap die haar verstijfde benen opliepen, haar bijna door de knieën deed gaan. Zaynab dwong zich rechtop te blijven staan. Kalm streek ze haar verwaaide haren glad en schudde ze het stof uit de plooien van haar lilakleurige kaftan.

'Ga die tent in,' grauwde Ali Hassan. Hij sprong van zijn paard en sleurde haar half naar binnen.

Ze schudde hem van zich af. 'Je kneust me, Ali Hassan,' snauwde ze terug. 'Als je een goede losprijs voor me wilt krijgen, kun je me maar beter niet mishandelen. Dat zal de Nasi je namelijk niet in dank afnemen.'

'Een losprijs vragen voor jou?' Hij bulderde van het lachen, terwijl hij de sluier van zijn gezicht trok. Hij keek haar honend aan. 'Ik wil helemaal geen losprijs. Jij bent Zaynab, de liefdesslavin, is het niet?'

Ze knikte langzaam. 'Dat klopt.' Haar ogen dwaalden naar het litteken dat vanaf zijn rechterooghoek langs de rechterkant van zijn mond helemaal naar zijn kin liep. Het was een oude, maar erg lelijk genezen wond. Desondanks en in weerwil van zijn wrede, dunne mond, was hij geen onaantrekkelijke man, met krachtige gelaatstrekken.

Hij zag haar belangstelling en glimlachte. 'Je bent beroemd om je schoonheid, vrouwe. Ik beschouw het als een prettig vooruitzicht dat die getalenteerde schede van je, die de haan van de prins van Malina, Hasdai ibn Sjaproet en zelfs die van de kalief van al-Andalus heeft verwelkomd, weldra ook mijn zwaard in zich zal opnemen.'

Er borrelde een ijzig gevoel van angst in haar naar boven, maar Zaynab wist heel goed dat ze door enig vertoon van vrees voor deze man, rampen over zichzelf zou afroepen. 'U kunt mij natuurlijk dwingen,' zei ze kalm, 'maar als u dat doet, Ali Hassan, zult u nooit proeven van de dingen waarin ik zo getalenteerd ben. Ik ben niet zomaar een concubine die van schrik voor elke man zwicht. Dacht u dat ik mijn benen wijd zou doen op ieder bevel van u?' Ze lachte hem uit – tot zijn grote verbazing – en vervolgde: 'U hebt mij gestolen van de op één na machtigste man in al-Andalus. Zou u niet denken dat hij u komt opjagen om u te vernietigen? Ik ben door de kalief, van wie ik een kind heb, aan de Nasi geschonken.'

'Ze zijn niet achter dat meisje Iniga aangekomen,' antwoordde Ali Hassan.

Zaynab keek hem spottend aan. Hij was nou niet bepaald intelligent, vond ze. 'Toen u Iniga ontvoerde, onteerde u haar daardoor meteen al. Het zou niet veel uitgemaakt hebben of u haar hebt verkracht of niet, hoewel ik dat inderdaad vermoed. Zij was de dochter van een prins, en echtgenote en moeder. U hebt haar deugd geschonden op het moment dat u haar meenam. Ik ben een liefdesslavin, Ali Hassan. U kunt mijn eerbaarheid niet op dezelfde wijze compromitteren, waarop u dat met Iniga hebt gedaan. Hoe zit het, leeft ze nog, of hebben uw teerhartige methoden haar het leven gekost?'

'Ze leeft nog,' zei hij kortaf, nogal verbluft door haar gebrek aan angst. Hij had nog nooit een vrouw meegemaakt die niet voor hem sidderde, behalve Hatiba, maar die hield van hem, althans dat had hij geloofd.

'Ik wil haar zien voordat we de voorwaarden bespreken waarop u ons teruggeeft aan Alcazaba Malina,' zei Zaynab stoutmoedig. 'Ik zal u zelfs een enkele nacht van genot schenken in ruil voor uw medewerking, Ali Hassan.'

Ali Hassan begon hartelijk te lachen; hij vond haar bijzonder amusant. 'Bij Allah, vrouw,' sprak hij, 'je bent moedig als een leeuw! Als je me werkelijk bevalt, dan neem ik je tot vrouw. Wat een zonen zou ik bij een vurig wijf als jij bent kunnen verwekken!'

'Je denkt toch niet in ernst dat ik mijn dagen wil eindigen in een tent in de bergen, zeker?' schermde ze. 'Ik bezit een eigen paleis in Cordoba!'

'Maak je geen zorgen, schoonheid,' zei hij, 'ik ben van plan Alacazaba Malina in te nemen, wanneer ik die Karim ibn Habib heb afgemaakt. Die heeft me afgenomen wat van mij was. Nu heb ik afge-maakt of gevangengenomen wat hij als het zijne beschouwde. En jij hoeft niet in dat piepkleine huis te wonen dat zij een paleis noemen. Ik zal een echt paleis voor je bouwen, van fijn wit marmer met hoog oprijzende torens en hangende tuinen, die kunnen wedijveren met Madinat al-Zahra.'

'Wat kunt ú opscheppen,' zei ze sarcastisch, 'maar weet wel dat ik Madinat al-Zahra heb gezien én er heb gewoond, Ali Hassan. Ze zijn er al jaren aan het bouwen en het is nog niet af. Hebt u mis-schien zo'n geest in een fles die u helpt dat paleis te bouwen?'

'Als jij mij het genot kunt geven waarvan ze zeggen dat een lief-desslavin dat kan, Zaynab, dan zal ik jou alles geven wat je maar wenst. En dat zweer ik bij de baard van de profeet!' verklaarde Ali Hassan vol vuur.

'Breng me bij Iniga,' antwoordde ze droogjes.

'Zoals je wilt,' zei hij, met een onaangenaam lachje. Hij ging haar voor naar de andere kant van het kamp, waar een kleine tent stond.

Binnen zag ze dat de tent in tweeën gedeeld was met een smerig vod van een doorzichtig gordijn. Toen haar ogen aan de sombere duisternis van de tent gewend waren, zag ze een gestalte aan de an-dere kant van het gordijn. Het was een vrouw en ze was naakt.

Ali Hassan sloeg een stevige arm om Zaynabs middel om haar tegen te houden en de andere hand over haar mond. 'Zwijg en kijk,' zei hij met gedempte stem en trok haar in de schaduw, vanwaar ze kon zien, maar niet gezien kon worden.

Er kwam een man de tent binnen, die doorliep naar de plaats waar de vrouw stond te wachten. Ze kwam onmiddellijk in actie, goot water in een kom, trok het lid van de man te voorschijn, waste het grondig en op haar knieën voor hem liggend, nam ze hem in haar mond. Toen de man een volledige erectie had, zei de vrouw met een hoog eentonig stemmetje: 'Hoe wilt u me hebben, heer?'

'Op je rug, meid,' gromde de man en hij liet zich tussen de ge-hoorzaam gespreide benen van de vrouw vallen.

Zaynab hield haar adem in. Ze herkende haar vriendin nauwe-lijks, maar de stem was die van Iniga, ondanks het vreemde hoge toontje. Ali Hassan haalde zijn hand van haar mond weg en greep haar bij een van haar borsten.

'Ze is een heel gedweeë kamphoer geworden,' zei hij.

De man was klaar, stond op en duwde zijn inmiddels slap gewor-den lid in zijn broek. Hij gooide een munt op een schotel naast de waskom op de tafel en verliet de tent. Toen hij wegging, passeerde hem een andere man die doorliep naar de plaats waar Iniga zichzelf stond te wassen. Zaynab keek met een mengeling van walging en medelijden toe, terwijl Iniga het vuile water weggooide en het ritu-eel herhaalde, door de schaal opnieuw te vullen en de man te wassen. Nadat ze hem tot een erectie had gebracht, vroeg ze opnieuw: 'Hoe wilt u me hebben, heer?'

'Ik heb gehoord dat je een lekkere kont hebt,' zei de man grof. Iniga lag onmiddellijk op handen en knieën. De man kwam snel achter haar staan, trok de billen van de vrouw uit elkaar en stootte zich naar binnen. Ze jammerde, maar hij trok zich weinig aan van de pijn die ze ondervond. Hij misbruikte haar op een ruwe manier, totdat hij volledig bevredigd was.

Zaynab kon wel huilen om haar vriendin, maar opnieuw weerhield ze zich van enige emotie. Zij moest sterk blijven, als ze Iniga wilde bevrijden uit dit weerzinwekkende leven van wrede vernedering, waaraan Ali Hassan haar onderwierp.

'Ik heb genoeg gezien, zwijn dat je bent,' mompelde ze zachtjes tegen haar ontvoerder. 'En als je nou niet ophoudt met in mijn borst te knijpen, houd ik een maand lang blauwe plekken. Mijn huid is erg licht en ik teken snel.' Ze trok zich van hem los en liep de tent uit, het terrein over, terug naar de grote tent die blijkbaar van hem was.

Hij liep achter haar aan met ogen die bijna door haar kleding heenbrandden. Onder zijn eigen kleren had hij een erectie zo hard als staal en hij begeerde deze vrouw vurig. Hij zou haar kille minachting laten overgaan in kreten van genot, voordat de avond halverwege was.

'Trek je kaftan uit,' beval hij, 'het wordt tijd dat je erachter komt wat een echte man is, schoonheid.'

Zaynab richtte zich in haar volle lengte op en keek Ali Hassan met uiterste verachting aan. 'Ik ben een liefdesslavin, hond,' zei ze kil. 'Als het enige wat je wilt paren is, alsof ik de eerste de beste straathond ben, ga je gang, maar dan zul je nooit iets te weten komen van de buitengewone zaligheid die ik heb geleerd bij mannen teweeg te brengen.'

Hij stond versteld van haar woorden. Haar gemis aan vrees begon hem onzeker te maken. Het was griezelig geconfronteerd te worden met een vrouw met een dergelijk sterk karakter. 'Je bent nu van mij,' bulderde hij.

'U vervalt in herhalingen, Ali Hassan,' antwoordde Zaynab, nu met een verveelde klank in haar stem. 'Ik probeer u te leren hoe u op de juiste manier met een liefdesslavin moet omgaan. Wilt u wel of niet door vriend en vijand benijd worden? Wilt u wel of niet het paradijs in mijn armen leren kennen? Als u niet precies doet wat ik zeg, zal geen van deze dingen ooit kunnen gebeuren.'

'Wat moet ik dan doen?' vroeg hij nieuwsgierig.

'Allereerst,' zei ze, in het besef dat dit hem intrigeerde, 'mag u drie dagen lang niet volledig gebruikmaken van mijn lichaam, omdat,' vervolgde ze, toen ze zag dat hij wilde protesteren, 'ik mij behoorlijk moet kunnen voorbereiden op mijn nieuwe meester. Het is mijn gewoonte tweemaal per dag te baden.'

'Hier in de buurt is een beekje,' zei hij.

'Een béékje?' schaterde Zaynab. 'Dat water is koud, Ali Hassan. Néé, néé, néé! Koud water maakt de huid ruw. Het water waarin ik baad, moet tot de juiste temperatuur verwarmd worden én het moet fijn geuren.' Ze pakte zijn hand en bracht die naar haar wang. 'Voel maar,' zei ze uitnodigend, 'is het niet als de zachtste zijde? En de rest van mijn lichaam, die gedeelten die niet worden aangetast door de wind, zijn nóg zachter.' Ze glimlachte verleidelijk naar hem, waarbij ze haar kleine witte tanden toonde.

'Wat nog meer?' gromde hij. Hij kon zijn ogen niet van haar afhouden. Ze was de mooiste vrouw die hij ooit had gezien. Zij was van goud en ivoor en aquamarijnen gemaakt. Hij had nog nooit een vrouw zo sterk begeerd als nu. Geduld behoorde beslist niet tot zijn deugden, maar hij zou die drie dagen op haar wachten, want hij wilde alles hebben wat zij te bieden had. Liefdesslavinnen waren vermaard om hun erotische bekwaamheden en hij was nu in het bezit van zo iemand gekomen. Hij kon zich nauwelijks bedwingen.

'Mijn dienstmeisje, die akelige meid, is weggerend toen uw mannen mij uit de tuin van de prins schaakten. Ik moet iemand hebben die mij kan dienen,' zei Zaynab.

'Ik zal je een vrouw sturen,' antwoordde hij snel, gretig om aan haar eisen te voldoen.

'Néé, néé, néé!' zei Zaynab opnieuw op hoge toon. 'Hoe kunnen die boerenvrouwen van u weten hoe ze een dame van mijn stand moeten dienen? Nee, geef mij Iniga maar als bediende. Zij weet precies wat ze doen moet en ze zal mijn opdrachten begrijpen. U kunt altijd wel een andere hoer voor uw mannen zoeken.' Toen giechelde ze: 'Is het niet amusant, Ali Hassan, dat de zuster van de prins van Malina de slavin is van de liefdesslavin die hij ooit heeft opgeleid?'

Hij schaterde rauw en luid. 'Je bent een slim wijf,' zei hij. 'Heel goed, schoonheid, ik geef je Iniga als bediende.'

Ze schonk hem een goedgunstige glimlach en sprak toen: 'Waar zijn mijn verblijven, Ali Hassan? Ik moet in het bad, iets eten en dan gaan slapen.'

'Jij blijft hier bij mij,' zei hij langzaam.

'Néé, néé, néé!' zei Zaynab, maar nu iets vriendelijker. 'Een liefdesslavin, Ali Hassan, móét haar eigen verblijf hebben. Mijn behuizing hoeft niet groot te zijn, maar wel afgezonderd! Want als ik dan naar u toe wordt gebracht om u genot te schenken, of wanneer u mij bezoekt, dan zal het hele kamp het weten en uw mannen zullen uit elkaar barsten van nijd, terwijl ik u zal laten exploderen met lust.' Ze staarde hem verleidelijk in zijn donkere ogen en moest haar best doen haar plezier te onderdrukken. Hij stond letterlijk te kwijlen van verlangen om haar te bezitten. Zij was aan dit spelletje begonnen in een poging zijn ongewenste avances af te weren, maar ze was er niet zeker van geweest hoe hij zou reageren. Ze stond versteld van het feit dat zo'n gemene bandiet zo volstrekt onnozel was. Tot nu toe had ze zich niet gerealiseerd hoe machtig de reputatie van een liefdesslavin in feite was.

'Ik geef je een eigen tent,' zei hij. 'Hij komt naast de mijne te staan. Ik zal je eten laten brengen en in de tijd dat je eet wordt hij opgezet. Drie dagen? Meer niet?'

'Drie dagen, Ali Hassan, dan zul je het paradijs betreden, dat beloof ik je,' zei Zaynab op suikerzoete toon.

Er werd voedsel gebracht, een schaal met tarwepap en stukken lamsvlees. Dat was een walgelijk mengsel, maar ze at het allemaal op, inclusief de snee brood, die ze erbij hadden gelegd om de pap mee op te scheppen. Ze spoelde de smaak weg met een scherpsmakende wijn. Toen ging ze zitten wachten tot Ali Hassan eindelijk terugkwam, die haar zonder een woord te zeggen overeind trok en naar de tent bracht die nu naast de zijne stond.

Deze kleine tent was opgezet op een houten platform met een mooi wollen tapijt in rood en blauw. Er stond al een houtskoolkomfoor te branden om de ruimte te verwarmen. Er waren twee bedmatten met dekens, een laag koperen tafeltje met een lamp erop, en er hing een tweede lamp met robijnrood glas aan de tentpaal. Midden in de tent stond ook een ronde houten kuip, gevuld met dampend water.

Hij grijnsde haar zelfvoldaan toe: 'En?'

'Heel goed, Ali Hassan,' zei ze, zijn pogingen lovend, 'waar hebt u die badkuip vandaan?'

'Ik heb mijn mannen een vat doormidden laten zagen, Zaynab,' zei hij.

'Hier kan ik het voorlopig mee doen,' antwoordde ze, 'maar waar is de zeep, en de parfum? Het moet gardenia zijn. Ik gebruik altijd gardenia.'

'Ik weet niet of de vrouwen hier in het kamp wel zeep of parfum hebben,' moest hij toegeven.

'Ik moet ze allebei hebben en ze moeten van dezelfde geur zijn, maar vanavond ben ik bereid om met een van de twee genoegen te nemen, Ali Hassan.'

Hij stampte de tent uit en terwijl hij weg was, controleerde ze de temperatuur van het water. Toen hij terugkeerde, overhandigde hij haar een stukje zeep. Ze rook er fijntjes aan.

'Het is aloë,' zei hij, 'een van de vrouwen had het verstopt.'

'Dank u,' zei Zaynab, 'waar blijft Iniga?'

'Later,' zei hij, 'ik wil je zien baden.'

'Bent u in staat om uw lusten te bedwingen bij de aanblik van mijn naaktheid, Ali Hassan? Onthoud, ik moet mij gepast kunnen voorbereiden, anders zult u nooit de volledige extase voelen die ik u kan geven. Weet u zeker dat u mij wilt gadeslaan tijdens mijn bad?'

'Wat is dat precies wat je moet doen?' wilde hij weten, plotseling argwanend. Hield ze hem misschien voor de gek?

'Meestal wordt een liefdesslavin minstens één keer per dag door haar meester gebruikt,' begon Zaynab. 'Mijn schede is nu gewend aan de mannelijkheid van de Nasi Hasdai. Het duurt drie dagen van volledige abstinentie voordat ze weer terugslinkt naar de maagdelijke staat. En natuurlijk doe ik ook een aantal andere dingen, maar die zijn geheim. Wanneer ik u eindelijk in mij opneem, Ali Hassan, zult u merken dat ik zo nauw ben als een maagd, maar zonder die lastige hindernis van een maagdenvlies. En wanneer mijn spieren uw lid masseren, zult u een volmaakte lust ervaren. Indien u mij nu zou binnengaan, zou ik u die lust niet kunnen geven, want mijn schede is nog niet volledig op de goede omvang voor uw mannelijkheid.'

'Oóó, op die manier,' zei hij, alsof hij inderdaad haar verklaring had begrepen. 'Natuurlijk.'

'En er is nog veel meer,' zei ze met een samenzweerderig glimlachje, 'maar die dingen blijven het geheim van de liefdesslavin, Ali Hassan.'

Hij knikte instemmend, maar zei toen: 'Ik ben niet de een of andere achterlijke knaap, Zaynab, ik kan naar je kijken zonder je te verkrachten.'

'Héél goed,' antwoordde ze, want ze wilde hem niet wantrouwig maken door zich al te veel te verzetten. Ze was verbaasd dat hij al zoveel dingen had geslikt. Nu zou ze hem waarschijnlijk toch enkele vrijheden moeten veroorloven voordat ze kon ontsnappen, of Karim, Hasdai en hun Sakalibah het kamp hadden gevonden. Ze zouden nu inmiddels wel gewaarschuwd zijn en het spoor dat Ali Hassan en zijn mannen hadden achtergelaten was nog vers. Ze trok haar kaftan langzaam en met een bevallige beweging uit en legde hem zorgvuldig terzijde.

'Bevalt mijn lichaam u, Ali Hassan?' vroeg ze, terwijl ze zich voor hem ronddraaide. 'Ik heb al één kind gehad.'

Zijn vurige blikken deden zich tegoed aan haar borsten, billen en welgevormde benen en de driehoek tussen haar dijen. Hij likte nerveus aan zijn lippen toen ze haar goudkleurige haren opstak en in de badkuip stapte. 'Die drie dagen zullen een eeuwigheid lijken,' zei hij. Toen ging hij met over elkaar geslagen benen zitten kijken toen ze zich in het water liet zakken en zich begon te wassen.

Toen ze klaar was, stond Zaynab op en stapte de kuip uit. De waterdruppeltjes stroomden van haar weelderige gestalte en hij kon zijn ogen niet van haar afhouden. 'Uw zelfbeheersing is prijzenswaardig, Ali Hassan,' zei ze, 'ik wil u daarvoor belonen, indien u in staat bent uw zelfdiscipline nog iets langer te beproeven. Kunt u dat?'

'Wat wil je dat ik doe?' zei hij met kloppend hart.

'Wilt u het water van mijn tepels likken, Ali Hassan? U mag mij met niets anders aanraken dan met uw mond. Het hoeft niet, maar als het u zou behagen dan mag het.' Zaynab sprak alsof ze hem een buitengewone eer verleende.

Hij deed zijn armen achter zijn rug en boog zich voorover, met zijn tong tussen zijn lippen. Er hing een druppel water aan haar rechtertepel en hij likte hem met een snelle beweging op. Toen liet hij zijn tong een paar keer om de tepel draaien tot hij overging naar de andere. Toen hij klaar was, hief hij zijn hoofd op en keek haar triomfantelijk aan.

'Héél goed, Ali Hassan,' zei ze kirrend.

Als antwoord greep hij in zijn broek en trok zijn lid te voorschijn. Dat was het grootste dat ze ooit gezien had, lang en tamelijk dik. Hij hield hem in zijn hand en liet haar hem zien. 'Hij popelt om zich in je te begraven, Zaynab, maar ik zal die drie dagen blijven wachten.'

Zij liet haar ogen over de gehele lengte gaan, stak haar hand uit en streelde hem met een zeer verfijnde aanraking. 'Ga vanavond een vrouw zoeken en laat de sappen stromen, Ali Hassan, want een man moet zich op dat gebied niets ontzeggen. Des te sterker zult u bij mij zijn. Als u zichzelf die drie dagen onthoudt, bent u verzwakt. Stop die grote jongen nu maar weg en stuur Iniga, Ali Hassan. Ik wil haar instrueren voor ik ga slapen.'

Ali Hassan verliet Zaynab en liep het kamp door naar de tent van Iniga. Ze was alleen. 'Op je handen en knieën,' blafte hij haar toe en toen ze gehoorzaamd had, knielde hij achter haar en drong haar schede binnen. Ze kreunde, maar haar pijn was niet zijn probleem. Hij pompte krachtig door, sloot zijn ogen en verbeeldde zich dat ze Zaynab was. Hij begroef zijn vingers in het vlees van haar heupen, terwijl hij doorstootte tot hij uiteindelijk klaarkwam, bevredigd zuchtte, opstond en haar overeind trok.

'Voorlopig hebben we je diensten als kamphoer niet meer nodig, Iniga,' deelde hij haar mee. 'Vandaag heb ik de liefdesslavin Zaynab geroofd. Ze is het bezit van Hasdai ibn Sjaproet. Ze is nu van mij en eist een bediende. Geen van de vrouwen hier in het kamp weet hoe dat moet, maar jij zou dat wel moeten weten. Haar tent is die kleine die naast mijn tent staat. Trek je kaftan aan en ga onmiddellijk naar haar toe.'

Zonder een woord te zeggen greep Iniga de smerige kaftan die op de grond lag, trok hem over haar tengere gestalte en ijlde de tent uit. Wekenlang had ze nauwelijks iets tegen iemand gezegd. Haar keel deed nog altijd pijn van het schreeuwen toen eerst Ali Hassan en daarna verscheidene van zijn mannen haar hadden verkracht op de dag dat ze iedereen hadden vermoord.

Daarna had Ali Hassan besloten dat ze van hem was, maar ze had hem getergd door geen enkel gevoel te tonen, telkens wanneer hij haar nam. Hij had teruggeslagen door haar tot kamphoer te degraderen. Nu moest ze Zaynab gaan dienen, zei hij. Ze herinnerde zich Zaynab, dat mooie meisje dat naar de kalief was gezonden. Hoe was zij in deze hel terechtgekomen? Iniga ging de kleine tent naast die van Ali Hassan binnen.

'Iniga!' Zaynab verwelkomde haar vriendin hartelijk, maar ze was van afschuw vervuld bij de aanblik van het pijnlijk magere lichaam en haar prachtige blonde haar, dat nu vies was en vol klitten zat.

'Zaynab,' zei Iniga. Ze is het echt, dacht ze, hoe kan dat nu?

Zaynab zag de verwarring in de ogen van Iniga. 'Het badwater is nog warm, Iniga, ga erin zitten en was jezelf,' zei ze zachtjes tegen haar vriendin. Toen liep ze naar de opening van de tent en gaf het kapotte kledingstuk aan een van de bewakers die buiten stond, met de opdracht: 'Breng dit naar Ali Hassan. Zeg hem dat ik een schone kaftan wens voor mijn bediende. Dit smerige gescheurde ding kan ze niet meer dragen. Het is vergeven van ongedierte.'

Toen ging ze weer naar binnen en liep naar de badkuip waar Iniga nu stilletjes zat. Zij legde Iniga uit hoe ze naar Alcazaba Malina was teruggekomen en door Ali Hassan gevangen was genomen. Ondertussen waste ze Iniga, die niet in staat leek zichzelf te helpen. De rug van het meisje vertoonde gezwollen striemen. 'Wat is dit?' vroeg ze zacht aan Iniga, terwijl ze met haar vinger over de littekens streek.

'Ze hebben me geslagen,' antwoordde Iniga dof. 'Er is hier een man die het prettig vindt me met de zweep te geven, waarna hij me gebruikt.'

'Jij wordt niet meer met de zweep geslagen,' zei Zaynab kalm. 'Het is geheim, maar Karim komt ons spoedig bevrijden, Iniga. Ali Hassan denkt dat ik zijn liefdesslavin word, maar hij krijgt mij nooit.' Ze waste Iniga's haar grondig en spoelde het uit.

'Ze zeiden dat ze mijn zoon zouden doden als ik me niet aan hen gaf,' zei Iniga tegen haar reddende engel. 'Iedere dag mag ik Malik zien als ik me goed gedraag en hen terwille ben geweest. De vrouw die voor hem zorgt houdt hem aan de andere kant van het kamp omhoog en dan zwaait hij naar me.'

'Maar Malik is hier niet!' riep Zaynab. 'Hij is bij je schoonfamilie in Alcazaba Malina, Iniga.'

'Nee hoor,' hield het meisje vol, 'ik zie hem iedere dag, Zaynab.'

'Jouw moeder heeft Malik in de armen van de eunuch Moestafa geduwd, toen Ali Hassan en zijn mannen de harem binnenkwamen. Moestafa heeft zich met je zoon in een kast schuilgehouden. Toen de bandieten weg waren, heeft hij Malik naar de ouders van Ahmed gebracht om hem in veiligheid te brengen. Hij is hier niet!' legde Zaynab uit.

'Maar ik zie hem toch!' herhaalde Iniga opgewonden.

'Over de hele afstand van het kamp? Nooit dichterbij?' vroeg Zaynab.

Iniga knikte.

'Ze hebben je gechanteerd, Iniga, om je hun wil op te leggen,' zei Zaynab. 'Malik is veilig, mijn lieve vriendin. Je hoeft hen niet meer te dienen zoals ze je gedwongen hebben.'

'Dan kan ik sterven,' zei Iniga met een duidelijk hoorbare opluchting in haar stem.

'Je hoeft niet te sterven,' zei Zaynab. 'Karim komt gauw om ons te redden. Jij gaat naar huis, naar je kleine jongen, Iniga.'

Iniga schudde haar hoofd. 'Nee,' zei ze, 'ik ben onteerd, Zaynab. Mijn man is gedood en ik ben door vreemdelingen als hoer gebruikt. Mijn leven is voorbij. Ik ben niet geschikt om mijn zoon op te voeden. Geen fatsoenlijke man wil mij meer als vrouw hebben. Mijn zoon heeft een familie nodig voor zijn bescherming en om invloed te hebben. Ik ben een uitgestotene. Voor mij blijft er niets dan de gezegende dood.'

'Wil jij mij overlaten aan de genade van Ali Hassan?' vroeg Zaynab. 'Jij moet mij helpen om hem op een afstand te houden tot je broer komt. Laat me niet in de steek, Iniga. Ik heb je de waarheid verteld. Kun je mij niet een beetje loyaliteit schenken, vanwege onze vroegere vriendschap?' Bij Allah, ze had Iniga niet gered om haar zelfmoord te laten plegen! Wanneer Karim en Hasdai kwamen, zouden zij het arme meisje wel tot rede kunnen brengen.

'Goed dan,' zei Iniga, 'ik blijf bij je, Zaynab. Als jij niet zo goed voor me was geweest, zou ik nog steeds de kamphoer zijn, zonder de waarheid te weten. Nu ik weet dat mijn kind veilig is, kan het me niet meer schelen wat me door Ali Hassan is aangedaan.' Ze kwam uit de badkuip overeind en droogde zich af met de kleine vochtige handdoek die Zaynab zelf had gebruikt. Haar haren hingen nat om haar fragile schouders.

De bewaker kwam zomaar de tent binnen met een schone kaftan in zijn hand, terwijl hij zijn ogen bewonderend over het lichaam van Iniga liet gaan. 'Hier, wijf,' zei hij.

'Als jij nog één keer zonder mijn toestemming deze tent binnenkomt,' zei Zaynab hard, 'zal ik Ali Hassan je wellustige ogen met hete kolen uit je kop laten branden. Heb je me begrepen?'

De bewaker kromp in elkaar, knikte en nam de vlucht.

'Hoe durf je hen zo aan te spreken?' zei Iniga vol bewondering. 'Met creaturen als deze moet je nooit vrees tonen, Iniga,' legde Zaynab geduldig uit. 'Zodra ze zien dat je bang bent, verscheuren ze je. Met Ali Hassan speel ik het spelletje van de alwetende, superieure courtisane. Ik berisp hem om zijn grofheid en onwetendheid. Maar als ik met hem spreek waar zijn mannen bij zijn, dan ben ik de meest gedweeë en bescheiden vrouwspersoon die Allah ooit heeft geschapen. Ali Hassan wil namelijk alle genietingen proeven, die ik hem als liefdesslavin kan bieden, snap je. Maar ik kan hem niet in verlegenheid brengen waar zijn gelijken of onderhorigen bij zijn. Mannen zitten eigenlijk heel simpel in elkaar, Iniga. Wat voor soort vrouw was je schoonzuster Hatiba wel, dat ze zich aan hem gaf? Afgezien van zijn litteken is hij best aantrekkelijk, maar hij schijnt weinig verstand te hebben.'

'Ik ken alleen het beestachtige in mannen,' antwoordde Iniga verdrietig, die niet naar de opmerkingen van Zaynab had geluisterd. 'Ahmed was zo goed en lief. Alle mannen die ik hiervóór heb gekend waren zo. Maar nu weet ik dat zulke mannen een zeldzaamheid zijn, dat de meerderheid van de mannen wreed is, beesten, die om niets anders geven dan alleen zichzelf. Wanneer... áls mijn broer komt om je te zoeken, Zaynab, verlaat hem dan niet meer. Hij houdt van jou, hij heeft altijd van jou gehouden. Hij hield niet van dat kreng Hatiba, vervloekt zij ze! Als zij er niet was geweest, dan had mijn familie nog geleefd en was ik niet tot een hoer verworden!' Toen begon Iniga te huilen, zoals ze in al die dagen van haar gevangenschap nog niet gehuild had.

Zaynab troostte haar zo goed ze kon, maar ze besefte wel dat ze niets kon zeggen waardoor de pijn en het verdriet van Iniga minder zouden worden. Alles wat ze nu kon doen, was Iniga beschermen tegen Ali Hassan en zijn mannen. Karim en Hasdai zouden er over een dag of twee zijn.

'Kom,' zei ze zachtjes tegen Iniga, 'laten we gaan slapen.'

De volgende ochtend werd voedsel gebracht en de kuip werd opnieuw met warm water gevuld. Ali Hassan kwam om Zaynab begerig gade te slaan tijdens het baden. Toen ze uit de houten kuip stapte, stond Iniga klaar met een handdoek, maar Ali Hassan kwam naar voren en greep de doek uit de handen van het meisje, dat inéénkromp.

'Ik doe het,' zei hij met zijn diepe stem.

'Kunt u uw lusten bedwingen, Ali Hassan?' vroeg ze, evenals ze de dag ervoor had gevraagd. Haar blik was schalks, maar ze had al snel gezien dat zijn zwarte baard netjes geknipt was en met amandelolie was ingewreven.

Zijn ogen schitterden onder de woeste donkere wenkbrauwen. 'Ik ben geen hebberige knaap, Zaynab,' zei hij, 'je krijgt de volle tijd om je op mij voor te bereiden, maar ondertussen wil ik genieten van het vooruitzicht dat ik je mooie lichaam zal krijgen.' Hij droogde haar rug en haar schouders af. Toen ging hij met de handdoek naar haar billen en droogde ze één voor één af, terwijl hij het stevige vlees bevoelde. Toen duwde hij één vinger tussen de twee halve maantjes. 'Heb je hier weleens een man gehad?' vroeg hij.

'Ja natuurlijk,' antwoordde ze met een ongeduldige klank in haar stem.

De vinger verdween weer en hij droogde haar benen af. Toen trok hij haar met haar rug tegen zich aan en droogde haar borsten, ze ondertussen enthousiast strelend en ging verder met haar bovenlichaam, maar toen zijn handen naar beneden begonnen af te dwalen, griste ze hem de handdoek af en stapte opzij.

'Ik vat nog kou in deze ijzige tent voordat jij klaar bent, Ali Hassan,' snauwde ze. 'Iniga, pak mijn kaftan.'

Lachend merkte hij op: 'Je hebt niet gelogen. Daar waar de wind niet kan komen, is je huid zo zacht als ik nog nooit heb gevoeld. Alleen al jou aanraken windt me op. Kíjk!' Hij trok zijn lid alweer uit zijn broek.

Iniga wendde zich jammerend af, maar Zaynab lachte suggestief. 'Dat geile baasje daar heeft geen idee wat hem te wachten staat, Ali Hassan. U moet hem leren een beetje meer geduld te hebben. Iedere keer als u naar me kijkt springt hij overeind, klaar voor de strijd.' Ze stak haar hand uit en kneep even in die paal van vlees.

Hij brulde van de lach. 'Ben jij een vrouw die van een weddenschap houdt, schoonheid? Ik wed om honderd gouden dinariën dat ik je zal laten gillen van genot, bij de eerste keer dat ik met je neuk.'

'Is dat zo?' spotte ze. 'Ik wed om vijfhonderd gouden dinariën, dat ik u zal laten huilen en smeken om meer, de allereerste keer dat ik met u de liefde bedrijf, Ali Hassan.'

'Ik neem je weddenschap aan, schoonheid,' zei hij met een brutale grijns. Toen ging hij.

Iniga vroeg met wijdopen schrikogen: 'Wat gebeurt er als mijn broer niet komt, Zaynab? Wat dan?'

'Vrees niet om mij, mijn lieve Iniga. Als Karim en Hasdai over drie dagen niet hier zijn, komen ze de dag erna. Tegen die tijd ben ik vijfhonderd gouden dinariën rijker,' zei Zaynab grimmig.

Hoofdstuk zeventien

Ali Hassan liep op de ochtend van de derde dag met een grijns de tent van Zaynab binnen en zei: 'Vanavond ben je eindelijk van mij!' 'Tot mijn spijt kan dat niet,' zei Zaynab poeslief en spijtig, 'mijn maandstonde is vannacht gekomen en ik ben onrein.' Zijn ogen werden duister van woede: 'Je liegt het!' grauwde hij. 'Iniga, lieg ik?' vroeg Zaynab aan haar vriendin. 'Nee, mijn heer, ze liegt niet,' rilde Iniga. Wat Zaynab ook had gezegd, ze kon niet anders dan bang zijn voor Ali Hassan. 'Lieg jij soms ook?' zei hij dreigend tegen haar, met zijn gezicht vlak voor het hare. Iniga verbleekte. 'Nee heer, nee, het is echt waar!' snikte ze bevend, 'ze spreekt de waarheid.' 'Iniga, ga wat te eten voor me halen,' commandeerde Zaynab. Iniga was blij dat ze de tent kon ontvluchten. 'Zij is veel te bang voor u om te liegen, Ali Hassan,' zei Zaynab, 'ziet u dat niet? Bij iedere blik die u op haar werpt bezwijmt ze haast, kleine angsthaas.' Zaynab lachte. 'Ik vind het werkelijk heel spijtig dat ik u moet teleurstellen, maar wat kun je nu doen aan de vrouwelijke natuur, nietwaar?' Ze kwam vlak voor hem staan, sloeg haar armen om zijn nek en begon op zijn onderlip te knabbelen. 'Dacht u dat alleen mannen van vrijen houden, Ali Hassan? Ik brand van verlangen om die enorme tentpaal van u diep in me te voelen.' Ze keek hem met een veroverende glimlach aan, terwijl haar volle borsten tegen hem aandrukten. 'Zeven dagen, langer niet,' beloofde ze hem, terwijl ze hem losliet en wegliep. 'Dat is zelfs nog beter voor uw gedwongen abstinentie.'

Hij kreunde alsof hij pijn leed en in feite was dat ook zo. Hij trok haar terug in zijn armen, dicht tegen zich aan. 'Ik word zo hitsig van je, Zaynab,' gaf hij toe. Hij trok haar hand naar zijn lid.

'Oóóó,' zei ze met een triller, precies wetend wat voor reactie er van haar werd verlangd, 'wat is-ie gróót, Ali Hassan. Groter nog, dat zweer ik u, dan de eerste keer toen ik hem zag.' Zaynab sloot haar hand er omheen en kneep er heel zachtjes in.

'Zeven dagen?' kreunde hij, 'eerder niet?' Het was niet te geloven wat die vrouw alleen al door haar aanraking teweegbracht. Alleen al bij de gedachte aan haar kreeg hij een erectie en haar hand op zijn lid maakte dat hij bijna zijn zaad loosde.

Ze zuchtte een zeer oprecht klinkende zucht, toen ze hem losliet. 'Eerder niet, vrees ik, Ali Hassan,' zei ze. 'Ik kan niet zeggen hoezeer het me spijt, maar wat kan ik eraan doen?'

Hij liet haar los. 'Ik ga op rooftocht,' zei hij. 'Ik heb geen zin om je te zien tot de tijd gunstig is. Als ik blijf word ik gek van verlangen naar je, mooie Zaynab.' Toen draaide hij zich abrupt om en verliet de tent. Enige minuten later hoorde ze het gedreun van paardenhoeven, toen Ali Hassan en zijn mannen het kamp verlieten.

Zaynab glimlachte, zeer met zichzelf ingenomen. Haar cyclus had inderdaad buitengewoon meegewerkt. En na een week zouden Karim en Hasdai hen toch wel gevonden hebben. Ze was verbaasd dat ze er nog niet waren. Wat Iniga ook mocht denken, Zaynab wist dat geen van beide mannen de liefdesslavin in de steek zou laten.

Iniga kwam de tent weer binnen met eten voor hen beiden. 'Ze zijn weg,' zei ze, 'er zijn alleen nog oude mannen, vrouwen en kinderen in het kamp.' Ze overhandigde Zaynab een kom. 'Waarom zijn ze weggegaan?'

'Ali Hassan dacht dat hij zich niet zou kunnen beheersen in die volgende zeven dagen, als hij niet bij me uit de buurt bleef,' zei Zaynab lachend.

'Jij bent zo moedig,' zei Iniga. 'Was ik maar zo geweest toen ze mij uit Alcazaba Malina ontvoerden. Maar ik was zo bang.'

'Dat heb je gedaan, omdat je dacht dat je je zoontje beschermde,' antwoordde Zaynab. 'Dat is moediger dan ik, Iniga, want je hebt je opgeofferd voor je kind. Ik speel alleen maar een spelletje met Ali Hassan tot je broer en de Nasi komen. De Sakalibah van de kalief zijn uitstekende soldaten. Ik kan niet begrijpen waarom ze dit kamp nog niet hebben kunnen vinden. Ze hebben toch verkenners. En de nachtvuren moeten hen toch opvallen.'

'Er zijn geen open vuren,' zei Iniga langzaam, zich afvragend waarom ze daar niet eerder op gekomen was.

'Wát zeg je?' Zaynab was verbijsterd, maar toen bedacht ze dat ze de tijd praktisch volledig in deze kleine tent had doorgebracht. Ze had slechts een korte glimp van het kamp opgevangen toen ze kwam.

'Ali Hassan beseft dat vuren zijn vijanden op hem attent maken. Hij staat geen open vuren toe. In alle tenten staan komforen voor verwarming, zoals deze. Het koken gebeurt in maar één tent. Daar koken ze voedsel voor het hele kamp. Dat doen ze ook boven komforen. Er is maar één vuurkuil, die alleen 's nachts wordt gebruikt, zodat de rook niet wordt opgemerkt. De tenten zijn zwart en de rotsen in deze spleet ook. Onze tenten zijn in de dekking van de rotsen opgesteld. Wij worden gemakkelijk over het hoofd gezien, Zaynab.' 'Dan moeten we een vuur maken,' antwoordde haar vriendin nuchter.

'Maar Zaynab, dan vermoorden ze ons!' zei Iniga doodsbang.

'Als we slim zijn, zullen ze nooit weten hoe het vuur is begonnen,' zei Zaynab nadenkend. Ze begon een plan op te zetten. 'Het heeft geen zin om het te doen voor Ali Hassan terugkomt. We willen de Nasi helpen die schurk gevangen te nemen, zodat hij gestraft kan worden voor zijn aanslag op je familie. Het zal moeten gebeuren in de nacht dat hij de liefdesslavin voor de eerste keer bezit.

Terwijl ik die kerel bezighoud, kruip jij met hete kooltjes achter een aantal tenten om die in brand te steken. Het duurt even voor de tenten beginnen te branden, dus heb jij tijd genoeg om hier terug te komen. Wie zal jou verdenken? Zij denken dat je bang bent en dat ze je helemaal in hun macht hebben. Als je het heel behoedzaam doet zul je niet gezien worden in het donker, Iniga.

Zodra er alarm wordt geslagen en Ali Hassan naar buiten rent, waar hij een totale chaos aantreft, steek ik zijn tent ook in brand door het komfoor in zijn slaapgedeelte omver te lopen. Daarna ren ik achter hem aan, gillend en schreeuwend dat onze tent ook in brand staat. Hij zal denken dat het een vorm van aanval is. De vlammen moeten de aandacht van de Nasi en de Sakalibah trekken, want als Allah met ons is, zal het haast onmogelijk zijn de branden op tijd uit te maken, om te voorkomen dat onze verblijfplaats wordt ontdekt,' besloot Zaynab triomfantelijk.

'Ik weet niet of ik je kan helpen, Zaynab,' zei Iniga eerlijk.

'Je móét me helpen!' zei Zayanab. 'Ik kan op niemand anders rekenen, Iniga. Zodra de zon ondergaat over dit kamp, gaat iedereen naar zijn eigen tent. Er heerst hier geen kameraadschap onder de mensen, omdat iedere vorm van pleziermaken geluiden voortbrengt die ver dragen in de nacht en aanvallers aantrekt. Je bent volkomen veilig. Ik verzeker je dat Ali Hassan juist die nacht volmaakte stilte zal eisen, zodat het moment waarop hij mij overweldigt – de kreten die hij denkt aan mij te zullen ontlokken – door zijn hele volk gehoord zal worden. Hoogstwaarschijnlijk snoeft hij nu tegen zijn mannen over zijn kundigheid en hoe ik zal juichen van verrukking om zijn wellustige attenties.'

'Ik ben zo bang,' schreide Iniga, die zichzelf vasthield om haar gebibber te stoppen.

'Terwijl Ali Hassan weg is, kruipen wij 's nachts samen door het kamp,' stelde Zaynab voor, die de vrees van haar vriendin absoluut niet kon accepteren. 'Op die manier raken we vertrouwd met wat jij moet doen en waar je heen moet gaan. Je zult zien dat je nergens bang voor hoeft te zijn, Iniga. Mijn werk is veel gevaarlijker en lastiger. Ik moet dat varken van een bandiet lang genoeg vermaken om jou de tijd te geven die je nodig hebt. Ik zal hem moeten overtuigen van zijn grote begeerlijkheid en dat mijn lust even groot is als de zijne. Daar heb jij zeker geen trek in.'

'O nee,' gaf Iniga toe, 'o nee, zeker niet. Zaynab, ik houd mijn hart vast voor je! Hij is zo'n wreed monster wanneer hij met een vrouw paart! Hij is enorm! Veel groter dan Ahmed. Hij heeft me verschrikkelijk pijn gedaan. Ahmed heeft nooit die dingen bij me gedaan die Ali Hassan deed. Hij drong zelfs in mijn achterste, schaterend, omdat ik het uitschreeuwde. Ik ben er niet dapper genoeg voor, maar ik wilde dat ik hem kon doden. Ik haat hem zo!' Haar mooie gezichtje was helemaal rood geworden.

'Dat is goed, Iniga,' troostte Zaynab haar vriendin, door haar armen om het doodsbange meisje te slaan. 'Ik heb geleerd om een man in me te nemen op meer manieren dan jij je zelfs maar kunt voorstellen. Ali Hassan kan mij geen pijn doen, omdat ik precies weet hoe ik kan voorkomen dat hij me verwondt. Het is zelfs niet waarschijnlijk dat hij over me heen komt, als jij doet wat je moet doen.'

'Ik zal het proberen,' beloofde Iniga Zaynab ernstig. 'Ik wil dat mijn broer je vindt. Ik wil dat Karim Ali Hassan ombrengt!'

'Het zal je lukken,' zei Zaynab ernstig, 'daar hangt ons beider leven van af, Iniga.'

Het was de hele week rustig in het kamp. Iedere avond glipten de twee jonge vrouwen in het pikdonker naar buiten en gleden als spookgestalten rond het kamp, tot Iniga er volledig bekend mee was.

'Waarom vluchten we niet gewoon?' vroeg Iniga aan Zaynab, op een avond toen ze op het punt stonden hun nachtelijke uitstapje te maken.

'Weet jij de weg uit deze bergen?' vroeg Zaynab. 'Ik heb geprobeerd het landschap in mijn geheugen te prenten toen wij hier vanuit de stad aankwamen, maar eenmaal in deze heuvels merkte ik dat het me allemaal eender toescheen. Er is geen weg of spoor. Wij hebben veel bochten gemaakt. Zelfs als we probeerden te ontsnappen, zouden we even gemakkelijk Ali Hassan in de armen kunnen lopen als de Nasi en je broer. En als we inderdaad zo fortuinlijk zouden zijn de bandieten te ontlopen en de Sakalibah de weg hierheen te wijzen, zou Ali Hassan allang gevlogen zijn.

Ik wil dat hij gestraft wordt, Iniga, voor wat hij je familie heeft aangedaan. De kalief wil ook dat hij gestraft wordt, opdat anderen hem en zijn slechte gedrag niet gaan imiteren. Het is veel beter dat we hier blijven als lokaas. Zolang Ali Hassan denkt dat hij mijn lichaam mag bezitten, komt hij naar dit kamp terug,' besloot Zaynab volkomen zelfverzekerd.

Voor Iniga gingen die zeven dagen veel te snel voorbij. Met een koelbloedige manier van doen die haar ontzag inboezemde, zag ze Zaynab voorbereidingen treffen voor de terugkeer van Ali Hassan. Ze ging stoutmoedig naar de vrouwen van het kamp en onderhandelde met hen, om de grote tent van hun leider schoon te maken, die wel een varkensstal leek. Ze liet hen zelfs al zijn kleren wassen in de nabijgelegen beek. Ze haalde hen over een nieuwe matras voor hem te maken en te vullen met vers hooi en geurige kruiden.

'Ik heb geen zin om door de luizen gebeten te worden,' zei ze tegen Iniga.

Ze ontdekte dat een van de oude mannen een vatenmaker was. Zij gaf hem een van haar kleine gouden ringen en overreedde hem tot het maken van een grote houten badkuip, die ze in de tent van Ali Hassan liet plaatsen. Ze hield een vrouw een andere gouden ring met granaatjes voor, als ze haar zeep en bijpassende geurige oliën kon bezorgen. En tot Iniga's grote verbazing kreeg Zaynab een keur aan verschillende geuren om uit te kiezen. De meeste vrouwen in het kamp hadden deze zaken veilig opgeborgen. Ze koos een zware rozengeur, in het vermoeden dat die haar ontvoerder zou bevallen. Ali Hassan had, zoals ze al snel had opgemerkt, bepaald geen subtiele smaak.

Er liepen verscheidene jonge knapen in het kamp rond. 'Ik wil dat jullie, wanneer jullie meester terugkomt, water aan de kook hebben in de grootste ketel die je kunt vinden,' beval ze. 'Zodra hij het kamp binnenkomt, gaan jullie de grote badkuip met emmers heet water vullen. Ik zal ervoor zorgen dat jullie goed beloond worden,' beloofde ze.

'Ali Hassan staat niet bekend om zijn vrijgevigheid,' zei een van de jongens gedurfd.

'Dat wordt hij wel als hij een nachtje met mij heeft doorgebracht,' zei ze schalks en de jongens schaterden het uit, elkaar stompend en betekenisvolle blikken uitwisselend.

Ze ging weer naar haar eigen tent waar Iniga zat te wachten. 'Onthoud goed dat dit onze enige mogelijkheid is om de Nasi te helpen ons te vinden. Waar is de houder voor je kooltjes? Heb je de tang bij je?'

Iniga liet zwijgend de kleine koperen schotel zien die ze hadden omgebouwd tot een houder voor gloeiende kolen. Ze hadden een hengsel geweven van gras, versterkt met stukjes draad die ze van de oorringen van Iniga hadden genomen. Ze zou de vuurtang van het komfoor in de tent gebruiken om de kooltjes in de schotel over te hevelen en er weer uit te nemen om het vuur aan te steken. De nacht daarvoor hadden ze bergjes gemaakt van gedroogd gras en ze gedeeltelijk onder de achterflappen van de tenten geplaatst die aangestoken moesten worden.

'Denk eraan dat je achterin het kamp begint,' waarschuwde Zaynab haar vriendin nogmaals. 'Op die manier ben je dichtbij genoeg om in onze tent te duiken wanneer de eerste branden beginnen.'

'Ik vind het zo eng,' zei Iniga zacht, 'ik bid dat ik dit voor je kan doen, Zaynab. Ik wil zo graag even dapper zijn als jij.'

Zaynab greep Iniga bij de schouders en staarde haar diep en hard in de ogen. 'Als je me niet helpt, Iniga, zal ik me moeten opofferen aan Ali Hassan. Ik kan hem niet nog langer op een afstand houden. Je moet weten dat ik niet bang ben om het met dat monster te moeten doen, maar liever niet als ik het kan vermijden. Bovendien, hoe wil jij je broer en de Nasi hierheen gidsen om wraak te nemen, als wij nu niet het kamp in brand steken?

Waar ben je nog altijd zo bang voor, Iniga? Wat heb je nog te verliezen? Ali Hassan heeft je alles al afgenomen wat je dierbaar was. Je familie, je man, je zoontje. Je zegt me zelf dat je niets anders meer wilt dan een snelle dood. Ik begrijp je niet, maar ik wil er niet met je over twisten. Ik zou echter toch denken dat je, voordat je dit leven verlaat, wraak wilt nemen op de man die jou kapot heeft gemaakt – ik in jouw situatie wél, in ieder geval!'

Iniga's lichtblauwe ogen vulden zich met tranen. 'Je bent hard,' fluisterde ze en begon toen zachtjes te huilen.

Zaynab schudde haar hoofd en verslapte haar greep op Iniga's schouders. 'Ik ben niet hard,' zei ze zacht, 'maar ik ben sterk. Dat heb ik altijd moeten zijn. Jouw moeder was ook sterk. Luister eens, Iniga, jij bent niet minder ferm dan vrouwe Alimah. Ik betwijfel of je moeder daar ooit over heeft gesproken, maar ik ben ervan overtuigd dat de vikingen die haar en haar zusters ontvoerden van de boerderij van hun ouders, hen hebben misbruikt voordat ze op de slavenmarkt werden verkocht. En om een dergelijk meedogenloze behandeling te overleven, was je moeder wel gedwongen om sterk te zijn. En dat kun jij ook, Iniga. Je zult wel moeten, anders zijn ze allemaal voor niets gestorven.'

Iniga huiverde. Zij was eerder een verfijnde Arabische prinses dan de dochter van een stoer vikingmeisje. Als dit eindelijk voorbij was, zou ze sterven. Ze wilde sterven, want er was niets meer waar ze voor kon leven, maar Zaynab had gelijk. Zij moest nu sterk zijn, al was het maar heel even, als ze succes wilden hebben in het bestraffen van Ali Hassan. Hij mocht niet ontsnappen of de kans krijgen door te gaan met het verstoren van de vrede onder de kalief. 'Ik zal doen wat ik moet doen,' zei ze zacht, 'ik zal niet falen, Zaynab, ik zwéér het je.'

Ze had het nog niet gezegd, of ze hoorden het geroffel van paardenhoeven, toen Ali Hassan en zijn mannen met een luide kreet het kamp binnendenderden.

'De zon gaat al onder,' zei Zaynab tegen Iniga. 'De maan komt al op. Zodra hij achter de heuvels zakt, ga jij naar buiten en steekt de tenten in brand. Ga dan terug en wacht af. Ik kom bij je terug en we zullen ons hier verbergen tot de Nasi komt.'

'En Ali Hassan dan?' zei Iniga.

'Zijn hitsigheid zal door de ramp wel bekoelen,' antwoordde Zaynab. 'Hij zal het veel te druk hebben met het blussen van de vuren om zich met ons bezig te houden.' Zij gaf Iniga een aanmoedigend klopje en haastte zich toen de tent uit om zich naar de grote tent ernaast te begeven. Ali Hassan liep nog steeds buiten rond te paraderen en zijn mannen opdrachten te verstrekken. De jongens met wie ze eerder die dag had gesproken, renden in en uit met emmers heet water, die ze in de badkuip leeggooiden. Hij was al bijna vol. 'Dit is genoeg,' zei ze en gebaarde dat ze weg konden gaan. Toen begon ze de zware rozengeur in het water te doen. De geparfumeerde dampen vulden de tent. Het gestamp van laarzen buiten, kondigden aan dat de bandiet zijn tent betrad en ze draaide zich naar hem om.

'Welkom thuis, Ali Hassan,' zei Zaynab met een glimlach. Ze haastte zich om zijn lange mantel van hem af te nemen en terzijde te leggen.

'Het lijkt hier wel een rozentuin,' zei hij, terwijl hij de lucht opsnoof, niet zeker wetend of hij het wel goedvond.

'Ik ga u baden,' sprak ze beslist. 'Iedere man die een hele week geplunderd heeft, stinkt naar zichzelf en naar paarden, Ali Hassan. Ik vrij niet met u als u niet zoet geurt als een bloem.'

Hij bulderde van de lach. Opeens was hij in een zeer goede stemming. Hij was een hele week lang zeer kort aangebonden en onbarmhartig geweest tegen iedereen in zijn omgeving. Hij had Zaynab niet uit zijn gedachten kunnen bannen, ondanks het feit dat hij ten minste drie vrouwen had verkracht om af te koelen, maar dat had niet gewerkt. Hij wilde hen niet, hij wilde zijn liefdesslavin. Dus was hij teruggekeerd, vastbesloten haar te bezitten, haar te dwingen als dat moest, maar hij duldde geen uitstel meer. En hier was ze; ze wáchtte op hem! Hij was volkomen verrukt.

'Dus ik moet in bad, hè?' grinnikte hij. 'Ik kan me niet herinneren wanneer ik voor de laatste keer een echt bad heb gehad. Waar heb je die mooie badkuip vandaan?'

'Ik heb met een van de oudere mannen, die een vatenmaker is, onderhandeld. En ook met de vrouwen, om hun oliën en zeep te voorschijn te halen,' vertelde Zaynab hem met een grijns. Toen maakte ze de koorden van zijn hemd los en trok het hem uit. 'Jakkie, wat een lucht!' zei ze, terwijl ze het op de grond liet vallen.

'Jij bent een vindingrijke vrouw,' gromde hij.

'Jazeker,' antwoordde ze kalm, terwijl ze hem bij de hand nam en hem naar een stoel bracht, 'Ga zitten, Ali Hassan, dan trekken we je laarzen uit.' Ze ging met haar rug naar hem toestaan, pakte een been, klemde dat tussen haar eigen benen en greep de laars beet. Ze beval: 'Met uw andere voet tegen mijn achterste duwen.' Alweer grinnikend deed hij wat ze zei, en zo trok ze de ene laars uit. Ze herhaalde deze handeling om de tweede laars uit te trekken. Ze draaide zich weer om en zei: 'Sta op en trek die broek uit, Ali Hassan. Gatsie, wat is-ie vuil! Die kleren zouden verbrand moeten worden!' Ze maakte zijn gesp los en rukte de broek met een snelle beweging naar beneden. 'Vooruit, in het bad met u, Ali Hassan!' commandeerde Zaynab.

'Ik ben geheel in jouw handen,' zei hij, zijn broek wegschoppend. Hij klom in het bad en ging gemakkelijk op het badkrukje zitten. Zijn donkere ogen gingen wijd openstaan toen ze zelf de lavendelkleurige kaftan van zich af liet glijden, die ze gedurende haar gevangenschap al de hele tijd gedragen had. 'Wat doe je nu?' vroeg hij met haast verstikte stem.

'U denkt toch niet dat ik u kan baden als ik zelf buiten de badkuip blijf staan, Ali Hassan?' zei ze ongeduldig. 'Ik moet samen met u in het bad. Helaas is dit het enige kledingstuk dat ik momenteel bezit. Bovendien is het niet mijn gewoonte om gekleed te baden, zoals u weet.' Zaynab klom bij hem in het bad. 'Onthoud nu, Ali Hassan, dat ik degene ben die onze vrijpartij leid, althans vannacht. Later, wanneer u eenmaal weet wat het betekent een liefdesslavin te bezitten, mag u de dans leiden, maar vanavond niet. Indien u zich gedraagt als een ongetemd dier, kan ik u werkelijk niet al die verrukkingen bieden waarin ik ben opgeleid. Begrijpt u dit en kunt u daaraan voldoen? Ik ben heel trots op mijn bekwaamheden en zou u graag het beste van mijn kunnen willen geven.'

De opwinding stond in zijn donkere ogen te lezen. Het idee dat een vrouw hem domineerde was ongehoord, maar hij knikte. 'Wat je maar wilt, Zaynab. Ik ben als was in jouw soepele handjes. Doe maar wat je wilt, maar geef me die legendarische vervoering, waar alleen een liefdesslavin toe in staat is. Wat heb ik die afgelopen zeven dagen naar je verlangd!'

'Vannacht,' beloofde ze hem met een verleidelijk zoemend stemmetje, 'zal een nacht worden, zoals u nog nooit hebt beleefd, Ali Hassan.'

Er kwam een waas over zijn ogen na die woorden.

'Doe uw mond open,' zei ze bevelend en begon, nadat hij dat gedaan had, zijn tanden te poetsen met een ruwe doek. Daarna gaf ze hem een kleine zilveren beker. 'Neem het allemaal in uw mond, Ali Hassan, spoel goed en spuug het dan weer terug in de beker. Geen enkele minnaar wil zijn geliefde trakteren op een slechte adem,' zei ze, terwijl hij deed wat ze hem opdroeg. 'Ik heb uw tanden schoongemaakt met een mengsel van puimsteen en munt. U spoelt met een mengsel van munt, gemalen kruidnagel en wijn.'

306

Hij deed wat ze zei en gaf haar de beker terug. Zaynab zette hem terug op de rand van de badkuip. Zijn hart bonkte in zijn borstkas toen ze hem een warme kus op de mond gaf. 'Zóó, dat is beter,' zei ze goedkeurend met haar lippen smakkend. 'Een minnaar moet altijd goed smaken. Nu gaan we het stof uit uw haren halen, Ali Hassan.' Snel maar deskundig waste ze zijn korte donkere haar. Het krulde, maar voelde stug aan, heel anders dan bij de andere mannen die ze kende. Toen ze klaar was, droogde ze zijn haar tot het alleen nog een beetje vochtig was. Toen nam ze een nieuwe doek en waste zijn gezicht. Ze was verbaasd over alle vuil dat ze wegspoelde. 'Hebt u zich de hele tijd dat u weg was niet gewassen?' vroeg ze, terwijl ze zijn nek en zijn oren goed uitwaste.

Het warme water begon zijn gespannen spieren te kalmeren. Hij genoot van alle aandacht die ze hem schonk. 'Er is weinig tijd om je te wassen of zelfs maar te slapen als je te paard zit,' antwoordde hij. 'Behandel je iedere man zo, telkens wanneer hij bij je komt, Zaynab?'

'Mijn voormalige minnaars waren allemaal goed verzorgde mannen met standing en cultuur,' zei ze bot, 'die kwamen niet naar mijn bed met een smerige adem en vuile gezichten.'

'Van nu af aan gaan we iedere dag samen baden,' beloofde hij. 'En als ik Alcazaba Malina eenmaal veroverd heb, zul je in een paleis leven, dat heb ik je al beloofd. Ik zal je bad vullen met heerlijke oliën, allemaal geuren waar we samen van genieten.'

Zaynab zei niets, maar glimlachte welwillend. Haar aandacht ging geheel uit naar zijn bad. Bovendien wilde ze dat proces rekken zolang ze kon. De maan zou nu inmiddels wel achter de heuvels verdwijnen, dacht ze. Opzettelijk traag nam ze de doek en deed er royaal zeep op om zijn borst, zo breed als een vat en bedekt met zwart aan elkaar geklit haar, te wassen. De zeep schuimde flink tussen die draderige begroeiing en zijn tepels gloeiden dieproze. Zorgvuldig spoelde ze het schuim weg. Ze waste een arm en een hand, waarna ze de nagels verzorgde en knipte. Toen de andere arm, hand en nagels. Ze draaide hem om en begon zachtjes zijn harige rug te schrobben en het vieze schuim met haar doek van hem af te spoelen. Daarna plensde ze handenvol water tegen zijn rug.

'Nu moet u op de badkruk gaan staan, Ali Hassan, want ik ga díe lichaamsdelen wassen, die onder water verstopt waren.'

Gehoorzaam lachend kwam hij uit het water overeind. Zij zou de verrassing van haar leven krijgen als hij op het krukje stond. Zijn lid was inmiddels al aardig opgewonden en stond overeind als een paal.

Zaynab negeerde dat obsceen lange stuk vlees toen het uit het water opdook. Ze zeepte zijn ene been in en schrobde ijverig, terwijl ze zacht op een plekje vlak achter de knie drukte. Ze zag met ingehouden voldoening hoe zijn mannelijkheid ineenschrompelde. Dit was iets wat Karim haar lang geleden had geleerd; iets waarvan ze nooit had gedacht dat ze het nodig zou hebben, tot nu toe. Ze werkte hem rustig helemaal af, zijn andere been, zijn billen, zijn buik en zijn kruis.

Ze pakte stoutmoedig zijn ballen vast. 'Dat is een stevig paar ballen, Ali Hassan,' zei ze. 'Voor de nacht om is, hebben we die behoorlijk uitgemolken.' Ze had al gemerkt dat hij ervan genoot als ze hem vrijpostig toesprak. Ze zeepte zijn roede plagerig met zeep in, hield hem vluchtig vast en streek op en neer. Ze kon voelen hoe hij opnieuw begon te groeien. Snel spoelde ze hem af en reikte handig om zijn benen heen om op het geheime plekje te drukken, zodat zijn erectie weer afnam.

'Nu bent u helemaal schoon en moet u mij wassen voordat wij uit het bad gaan, Ali Hassan. Hier hebt u een schone doek.'

Hij deed zorgvuldig na wat zij hem voordeed en kon zijn ogen niet losmaken van die prachtige borsten, die hij aan het wassen was. Hij kon het niet laten haar in de nek te bijten en op haar oorlelletjes te knabbelen. En hij kon het niet nalaten, met zijn hand suggestief tegen haar achterste te wrijven en met zijn vingers aan de nauwe opening tussen haar billen te voelen.

Ze berispte hem met een mengeling van grap en spot. 'Bent u een kleine jongen, dat u geen geduld hebt, Ali Hassan?' Ze leidde hem de badkuip uit en overhandigde hem een handdoek. 'Droog me snel af, zodat ik me op de juiste wijze met u kan bezighouden,' zei ze. 'Ik duld geen malligheden, Ali Hassan, want dan word ik boos op u. Ik moet me kunnen concentreren om al die heerlijke dingen te kunnen doen die alleen een liefdesslavin haar minnaar kan bieden.'

Na deze vermaningen droogde hij haar zonder verdere provocaties af.

Waar in de naam van de zeven geesten bleef Iniga, dacht Zaynab, die een handdoek pakte om hem af te drogen. Er leken eeuwen verstreken te zijn sinds ze de tent van Ali Hassan was binnengegaan. Ze had lang over zijn bad gedaan, in een poging tijd te rekken. Als Iniga nu niet gauw de tenten in brand stak, zou ze geen keus hebben dan met deze man naar bed te moeten. Maar goed, in ieder geval was hij nu schoon en droog en ze kon niet langer dralen.

'Kom,' zei ze en nam zijn hand. Ze bracht hem naar het slaapgedeelte van de tent. 'Ik heb de vrouwen een nieuwe matras voor u laten maken, Ali Hassan. Hij is gevuld met vers gras en geurige kruiden. Ga erop liggen, dan zal ik mij met u bezighouden.'

Hij ging op zijn rug liggen en tot zijn grote verrassing ging ze wijdbeens over hem heen staan, neerkijkend op zijn naar voren stekende roede. Ze hief haar armen op om haar prachtige haren los te maken, die als een schitterende mantel om haar heengolfden. Ze liet het wijd uitwaaieren. Toen glimlachte ze en spreidde verleidelijk haar onderste lippen voor hem. 'Ziet u dat kleine knopje, Ali Hassan?' En toen hij met open mond en ogen als schoteltjes knikte, vervolgde ze: 'Vanavond ga ik u leren hoe u het kunt laten opgloeien van genot en als ík geniet, zult u des te meer genieten!' Zijn hart hamerde wild in zijn borst, door haar vrijpostige, verleidelijke woorden en de aanblik van dat vochtige, koraalrode vlees. Nu hurkte ze wijdbeens over hem heen. Hij kon nauwelijks ademen van opwinding. Dit was de mooiste vrouw die hij ooit had gezien en ze was helemaal van hem. Hij snakte naar adem en zijn keel brandde, toen haar puntige tongetje hem begon te likken. Gefascineerd volgde hij haar met zijn ogen toen ze zorgvuldig ieder stukje van hem begon te likken, vanaf zijn zwaar ademende keel tot aan zijn tenen. Toen ze hem beval om te rollen, deed hij dat onmiddellijk. Haar warme natte tongbad wond hem tot het uiterste op.

Hij slaakte een lichte kreet toen ze eerst aan zijn billen likte en er toen in beet. Hatiba was nooit zo'n minnares geweest. O ja, ze had alles gedaan wat hij van haar verlangde, maar zoals dit was het nooit geweest. Hij kon haar gezicht zelfs niet meer voor zich halen. Hatiba had haar doel beter gediend dan ze beseft had. Als hij die ontrouwe teef en al die anderen niet had afgemaakt, zou de kalief die slome Hasdai ibn Sjaproet niet hebben gestuurd om orde op zaken te stellen en was Zaynab hier nooit geweest. Aldus de gedachtengang van Ali Hassan.

Ze zat nu op zijn achterste en hij voelde het gewicht van haar perzikzachte billen suggestief op hem drukken. Ze krabde met haar nagels langzaam over zijn rug, wat een opwindend en tegelijk ook irriterend gevoel gaf. Toen ging ze languit op hem liggen. Hij kon de zachtheid van haar buik en haar borsten voelen. Ze duwde zijn benen wijd met haar eigen benen.

'Weet u wat ik aan het doen ben?' fluisterde ze in zijn oor, terwijl ze de binnenkant ervan likte en er zachtjes op blies, waarna ze in zijn oorlelletje beet. 'Mijn rechterhand zoekt tussen mijn onderste lippen, Ali Hassan, en ja, hij heeft gevonden waar hij naar zocht. Mmm. Terwijl ik met mijn lichaam over u heenlig, speel ik met mezelf. Dat kunt u niet zien, nee, u kunt alleen de bewegingen voelen en zich voorstellen wat er gebeurt. O jáá! Oóó! Oóó!' Haar bewegingen werden steeds wilder boven op hem en toen kreunde ze zacht: 'O jaa, dat is het!'

'Kréng!' snauwde hij, 'ik wil je neuken, nu!'

'Als u dát probeert,' beet ze terug, 'dan komt u niets te weten van het genot dat ik u kan geven. Gedraag u niet als een klein kind, Ali Hassan. Kunt u geen geduld opbrengen? Ik heb zeven dagen lang kunnen nadenken over een heel programma van verrukkingen, dat u vanavond zult meemaken. Dit is maar het begin.' Hij voelde hoe haar gewicht van hem afging. 'Draai u nog eens om.'

Toen hij dat gedaan had, ging ze opnieuw wijdbeens over hem heen zitten, maar nu kon hij haar gezicht en haar prachtige lichaam zien. Ze hing voorover om iets te pakken, zodat haar borsten verleidelijk dicht boven zijn gezicht hingen. Zijn tong flitste naar buiten en hij begon heftig aan haar tepels te likken. Ze giechelde. 'U bent een heel ondeugende jongen,' zei ze schalks. 'Strek uw armen boven uw hoofd, Ali Hassan. Ik ga u heel licht vastbinden. Ik weet dat u niet bang voor mij bent,' zei ze, toen ze de enigszins geschrokken blik in zijn ogen waarnam, hoewel hij gehoor gaf aan haar verzoek en zijn armen strekte. Ze bond zijn polsen aan elkaar en draaide zich toen om, zodat hij tegen haar billen aankeek. Ze liet hem zijn knieën openen, waarna ze zijn enkels aan elkaar bond. 'Als u merkt dat u het eng begint te vinden, zegt u het maar, dan maak ik u meteen los,' zei ze, terwijl ze zich weer terugdraaide.

Deze woorden troffen hem in zijn mannelijkheid. Hij voelde zich beslist niet op zijn gemak in deze hulpeloze positie, maar hij ging liever dood dan het toe te geven, al helemaal niet aan een vrouw. In plaats daarvan grijnsde hij naar haar met de woorden: 'Ik zie ernaar uit die bijzondere extase mee te maken die alleen jij me kan geven, Zaynab,' zei hij. Maar hij voelde een beklemming op de borst van zenuwachtigheid, en het ademhalen ging zwaar. Hij schoof wat heen en weer en merkte tot zijn opluchting dat zijn banden niet erg stevig vastzaten. Als hij hard zijn best deed, kon hij zichzelf bevrijden.

Waar bleef Iniga nou, bij Allah! dacht Zaynab, terwijl ze boven op Ali Hassans borst ging zitten en vooroverboog om haar borsten over zijn gezicht te laten hangen. 'Adem mijn speciale vrouwelijke geur in,' beval ze hem met een hese stem. Toen ging ze nog iets hoger op zijn borst zitten en drukte haar venusheuvel rechtstreeks over zijn mond, daarbij achter zich reikend om zijn lans vast te grijpen.

Hij verstijfde helemaal van opwinding. Het gevoel van die vlezige venusheuvel zo intiem op hem en de aanraking van haar hand om zijn mannelijkheid waren genoeg. Ze deed niets meer dan hem stevig vasthouden en toch schoot het bloed donderend naar zijn hersens, waardoor zijn hoofd begon te bonken. Toen ze mompelde 'kus me', kon hij zich nauwelijks bedwingen. Hij drukte zijn lippen op het vochtige vlees en ze beloonde hem met een zacht gemurmel, wat hij zeker als genot uitlegde. Moedig geworden duwde hij zijn tong uit zijn mond in een wanhopige poging om haar te likken. Als antwoord draaide ze zich zodanig, dat hij volledige toegang had tot haar onderlichaam, terwijl zij zijn mannelijkheid begon te stimuleren.

Ze wekte gevoelens in hem op zoals hij nooit eerder had gevoeld. Telkens wanneer hij dacht dat hij het volgende moment zou exploderen, hield ze in en streek ze heel vluchtig over hem heen. Hij werkte koortsachtig met zijn tong om haar tot hetzelfde niveau van opwinding te brengen, maar hoewel ze duidelijk van deze handelingen genoot – dat bleek uit de geluiden die ze maakte – verloor ze geen moment de beheersing over de situatie. Hij werd vervuld van bewondering voor haar, al steeg zijn eigen felle begeerte tot het kookpunt. Zij hield zowel zijn mond als zijn mannelijkheid dusdanig bezig, dat het bijna ondraaglijk werd, en dat wist ze. Toen ze haar lippen om zijn kloppende lid sloot, kreunde hij. Ze reikte achteruit en legde haar hand over zijn mond. Heftig likte hij eraan, wanhopig trachtend haar opnieuw te proeven.

Zij had haar ritme gevonden en stond hem niet toe het af te zwakken. Verscheidene malen drong ze zijn honger terug en hitste ze hem met haar mond en tong weer op als zijn begeerte terugzakte. Dan greep ze hem weer met haar hand en deed een paar snelle halen, afgewisseld met langzame, plagende rukjes. Ze voelde de man onder haar pijn lijden onder deze zoete frustratie. Ze besefte dat ze hem uit zijn ellende moest verlossen, voordat hij het moe werd en zijn belangstelling verloor. Daar zou hij alleen maar kwaad om worden. Zaynab wist uiteindelijk, dat er een eind kwam aan de rekbaarheid van Ali Hassans trots. Ze haalde haar hand van zijn mond en draaide zich om. De man was lijkbleek geworden, het gezicht geheel bedekt met zweetdruppeltjes.

Met een zoete glimlach op haar gezicht liet Zaynab zich langzaam over zijn enorme lans zakken. Dit was de allergrootste, die ze in zich genomen had. Hij vulde haar volledig. Toen hij geheel omvat was, kneep ze haar schedespieren samen en verstevigde ze haar greep op hem. Ali Hassans zwarte ogen puilden letterlijk uit zijn hoofd. Hij deed zijn mond open en huilde het uit van de wilde extase die ze hem bezorgde. En het was absoluut zeker dat iedereen in het kamp hem hoorde.

Maar opeens rolden zijn ogen weg in zijn hoofd, er kwam een gereutel uit zijn opengesperde mond en hij zakte in elkaar. Zaynab keek verbijsterd toe, maar op hetzelfde ogenblik hoorde ze kreten in het kamp opklinken: 'Bránd!'

Zaynab sprong van haar slachtoffer op, rukte de boeien van zijn polsen en enkels en ging toen weer wijdbeens op hem zitten. Een van Ali Hassans mannen kwam binnenrennen. Bij deze aanblik van zijn meester, bloosde hij.

'Wegwezen!' commandeerde Zaynab, 'heer Ali Hassan zegt dat jullie de zaak maar moeten klaren, want hij heeft wel iets anders aan zijn hoofd.' Toen leunde ze over hem heen, de man onder haar kussend, kronkelend met haar lichaam en kreunend, in afwachtig tot de ondergeschikte vertrokken was. Toen ze zeker wist dat hij weg was, kwam ze overeind en staarde neer op Ali Hassan. Hij leek niet meer te ademen. Ze legde haar oor op zijn hart en hoorde niets meer. Hij was dood, absoluut. Voorzichtig trok ze zijn armen naar beneden, zodat hij er een beetje natuurlijker bijlag. Toen dekte ze hem toe. Hopelijk troffen ze hem, door al die chaos daarbuiten, niet eerder dood aan dan de volgende ochtend. Tegen die tijd zou de Nasi er wel zijn met zijn Sakalibah. Zij durfde nu zijn tent niet in brand te steken, want dan zouden de bandieten hun meester komen redden. Zaynab trok haar kaftan aan, doofde de lichten en glipte de tent uit.

Buiten gekomen ontdekte ze dat het halve kamp in lichterlaaie stond. De mensen van Ali Hassan renden opgewonden heen en weer naar het beekje, in een vertwijfelde poging om de vlammen te doven. Niemand schonk enige aandacht aan haar toen ze haar eigen tent binnenglipte.

'Ik heb het gedáán!' De blauwe ogen van Iniga straalden van triomf.

'En goed ook,' antwoordde Zaynab die haar omhelsde. 'Ali Hassan is dood, Iniga. Ik denk dat we beter onze mantels kunnen aantrekken en maken dat we wegkomen nu het nog kan. De mannen van de kalief kunnen hier elk moment zijn, maar als we tot de morgen moeten wachten, is het beter dat we ergens anders een schuilplaats zoeken. Misschien vinden de mannen van Ali Hassan hem voordat de Nasi komt, en dan wijzen ze mij als de schuldige aan.'

'Heb je hem gedood? Hoe dan?' Iniga's ogen stonden stomverbaasd.

'Hij heeft zichzelf gedood, met zijn overspannen verwachtingen om mij te bezitten, denk ik,' zei Zaynab. 'Ik heb een onschuldig spelletje met hem gespeeld, om hem bezig te houden tot jij je taak had volbracht, maar het duurde wel erg lang, Iniga. Eindelijk had ik geen andere keus meer dan hem in mijn schede te nemen. Hij was tegen die tijd zó opgewonden geraakt, dat zijn smerige zwarte hart het begaf. Een veel te mooie en gemakkelijke dood voor zo'n walgelijke kerel.' Ze pakte haar mantel. 'Kom Iniga, we moeten vluchten.' Maar toen Iniga haar hand uitstrekte om haar mantel te pakken, vernamen ze een heel ander soort geluid buiten de tent.

Ze hoorden paardenhoeven, geschreeuw van mannen, gegil van vrouwen, rennende voeten en het gekletter van wapens. De twee jonge vrouwen keken elkaar aan en Iniga zei doodsbang: 'Als er nu eens andere bandieten op de brand zijn afgekomen, en niet mijn broer?'

Een moment voelde Zaynab de angst om haar hart slaan, maar toen kreeg haar gezonde verstand de overhand. 'Ik betwijfel of er nog een andere bandiet in deze heuvels is, Iniga. De mannen van de kalief zijn hier nu al twee weken naar ons aan het zoeken, weet je nog?' Ze pakte haar vriendin bij de hand. 'Laten we naar buiten

gaan om te kijken; wij moeten onze bevrijders toch verwelkomen!'
Karim zag haar, toen ze uit de kleine tent stapte. En hij zag zijn
zuster naast haar staan. Zaynab was veilig! Hij riep twee van zijn
mannen om de vrouwen te beschermen tegen verder kwaad.

In zeer korte tijd hadden de Sakalibah afgerekend met de minie-
me weerstand die de mannen van Ali Hassan boden. De vrouwen
en kinderen van het kamp werden bij elkaar gedreven. Zij zouden
op de slavenmarkt in Alcazaba Malina verkocht worden. De overgebleven mannen zouden publiekelijk gemarteld en geëxecuteerd
worden, om de bevolking van Alcazaba Malina genoegdoening te
schenken, zodat de moordaanslag op Habib ibn Malik en zijn familie op waardige wijze gewroken zou zijn.

De prins en de Nasi gingen de tent van Ali Hassan binnen. Zaynab en Iniga werden naar hen toe gebracht.

'Waar is Ali Hassan?' vroeg Hasdai ibn Sjaproet.

'Hij is dood,' antwoordde Zaynab.

'Hoe?' zei de Nasi, 'en wanneer?'

'Nog niet zo lang geleden, heer. Hij stierf aan de kwellingen van
zijn lust, moet ik tot mijn spijt zeggen. Hij is erin gebleven. Een veel
te gemakkelijke dood.'

Karim liep de tent door naar het slaapgedeelte en trok het doorzichtige gordijn opzij. Daar lag de man die zijn vrouw en familie had
uitgemoord. Dit was de man die Hatiba had gezegd te beminnen.
Hij zag het bad met alle attributen. Hij trok de deken terug, zag de
zijden koorden, de hoek van het ene been, de parelachtige vloeistof
die uit zijn verschrompelde lid druppelde. Hij wist hoe de man gestorven was, en hoewel hij blij was dat hij dood was, was hij het met
Zaynab eens: dit was een te gemakkelijke, veel te mooie dood geweest.

'Het was niet mijn bedoeling om hem zo te doden,' zei Zaynab
zacht, toen hij terugkeerde naar de anderen. 'Ik wilde hem alleen
maar bezighouden terwijl Iniga het kamp in brand stak. Toen wij
ons realiseerden dat Ali Hassan geen open vuren toestond, wisten
wij ook waarom jullie ons nog niet hadden gevonden.'

'Heeft mijn zuster het kamp in brand gestoken?' Karims ogen
schoten verrast naar Iniga. Daar stond ze, zwijgend, met bescheiden
neergeslagen ogen.

'Iniga is bijzonder moedig geweest,' vertelde Zaynab.

Hasdai ibn Sjaproet zei niets, maar luisterde en sloeg Zaynab en
Karim gade. Zij spraken met elkaar als oude vrienden en zij beschermde zijn zuster. Wat was er werkelijk tussen hen gaande? Wat
was er tussen hen geweest? Dat was het enige dat ze niet met hem
had willen bespreken. 'Je hebt er nooit aan getwijfeld dat ik je zou
terugvinden,' zei hij eindelijk tegen haar.

'Ik ben een liefdesslavin, heer. Ik wist toch dat u mij niet aan die

313

Ali Hassan zou overlaten. Hoe had u mijn verlies moeten verklaren tegenover de kalief, die mij aan u gegeven heeft?' Toen lachte ze en raakte zijn arm aan. 'Kunnen we nu alstublieft teruggaan naar de stad, mijn heer? Ik smacht naar voedsel dat niet in een houten bak wordt opgediend en ik moet me eindelijk omkleden. En dat geldt zeker voor Iniga.'

Bij het noemen van haar naam keek Iniga eindelijk op. Zij liet haar blik eerst op Zaynab rusten en toen, met al haar liefde, op haar broer. Toen haalde ze bliksemsnel een dolk onder haar kleding vandaan en dreef het wapen in haar tengere lichaam. De anderen stonden als verlamd te kijken, verbaasd, toen haar benen bezweken en ze op de grond viel. Karim knielde bij haar en wiegde haar in zijn armen, terwijl de tranen over zijn mooie gelaat biggelden.

'Iniga, hoe kun je me verlaten?' smeekte hij. 'Mijn lieve zuster, als jij gaat heb ik niemand meer.'

'Ik ben geschonden, Karim, Zaynab zal het je vertellen,' zei Iniga zwakjes.

Hasdai knielde haastig bij haar en onderzocht de verwonding, biddend dat het oppervlakkig mocht zijn, maar Iniga had zichzelf de doodssteek gegeven. Hij keek de prins vol medeleven aan, maar schudde langzaam zijn hoofd. Toen stond de Nasi op en sloeg zijn armen om Zaynab heen, die stond te bibberen van de schok en stilletjes huilde.

'Treur n-niet om m-mij,' zei Iniga. Daarna slaakte ze een diepe zucht en bevroor haar blik.

'Ze is dood,' sprak Karim toonloos, 'mijn kleine zusje is dood.' Hij stond op met het lichaam van Iniga nog in zijn armen. 'Zij wordt bij haar familie begraven,' sprak hij met een vastberaden klank in zijn stem.

In het kamp vonden zij een witte lijkwade, die iemand blijkbaar voor zichzelf had bewaard. Ze naaiden het lichaam van de jonge vrouw erin. De dageraad begon de hemel inmiddels te kleuren. Karim, Hasdai en hun mannen staken de rest van het kamp in brand en vertrokken, hun gevangenen voor zich uitdrijvend, vanuit de heuvels naar de stad.

De dag was al gevorderd voor zij Alcazaba Malina bereikten, en toen het gerucht ging dat ze in aantocht waren, hield de bedrijvigheid in de stad op. De burgers kwamen hun huizen en winkels uit, om het bewijs te aanschouwen dat hun prins de overwinning op Ali Hassan had behaald, wiens hoofd op een lans prijkte die voor hen uit de stad werd binnengedragen.

Hoofdstuk achttien

Het was wonderbaarlijk, dacht Zaynab toen ze naar de stad terugkeerden, dat zij en Karim, na elkaar verscheidene jaren niet gezien
te hebben, met elkaar spraken alsof ze nooit van elkaar gescheiden
waren geweest. Zij hield van hem; hield hij ook nog van haar? Hij
had niet van Hatiba gehouden, zei Moestafa, maar waar zou het toe
dienen als hij nog van haar hield? Zij was immers het eigendom van
de Nasi. Ze wist dat er voor Karim een nieuwe vrouw gezocht zou
worden. De kalief wilde dat Karim zou hertrouwen en erfgenamen
verwekken, om trouw aan de Omajjaden, Malina voor hem te regeren. Het is om te vertwijfelen, dacht ze, zachtjes huilend in haar gesloten draagstoel.

Tijdens de begrafenis van Iniga, tussen haar moeder en haar man
in, kwamen de tranen terug. De schoonfamilie van Iniga kwam, in
het wit gekleed, met hun kleinzoon, om zijn moeder te bewenen.
Zaynab prees de moed van haar vriendin en sprong voor haar in de
bres toen de schoonvader van Iniga zei: 'Het verbaast mij dat zij
nog leefde toen u in het kamp van Ali Hassan aankwam, vrouwe
Zaynab.' In zijn stem, die weliswaar vriendelijk was, had toch een
zekere mate van veroordeling geklonken.

'Zij leefde nog,' antwoordde Zaynab zacht, 'omdat zij in de waan
verkeerde dat Ali Hassan de kleine Malik in zijn bezit had. Elke dag
hielden zij een kleine jongen aan de andere kant van het kamp omhoog, die naar haar wuifde. Zij maakten haar wijs dat het haar zoon
was. Uit vrees om haar kind deed ze wat men van haar wilde. Slechts
een liefhebbende moeder zou zichzelf op die manier hebben opgeofferd.'

'Ach ja,' zei de schoonmoeder met tranen in haar ogen, 'ze was
zo'n goede moeder. Wij zullen ervoor zorgen dat Malik haar ook als
zodanig in herinnering zal houden.'

Verder vroeg niemand iets, tot die avond, toen Karim naar de
verblijven van de Nasi kwam. 'Ik wil graag met Zaynab spreken,' zei
hij, en Hasdai knikte instemmend.

'Wilt u dat ik wegga?' vroeg hij beleefd aan Karim.

315

'Nee, blijft u.' Hij ging tegenover Zaynab zitten en vroeg: 'Vertel me nu precies wat er met Iniga is gebeurd. Ik weet dat jij het weet.'
'Maakt het iets uit, mijn heer Karim?' zei ze met een diepe zucht. 'Iniga is dood. Ali Hassan is ook dood. Daar kan niemand iets aan veranderen, noch aan de dingen die eraan vooraf zijn gegaan. Waarom wilt u uzelf kwellen?'

Haar mooie gelaat stond zeer bezorgd, merkte Hasdai.

'Vertel me wat er is gebeurd, Zaynab!' zei Karim bars, 'ik moet het weten!'

'Waarom?' zei ze nog, maar ze zag dat hij geen tegenwerpingen accepteerde. Zaynab begon met vlakke stem aan haar relaas. Toen ze ermee klaar was, stroomden de tranen haar over het gelaat. 'Ik had gedacht dat zij, indien ik haar in leven kon houden tot jij kwam, Karim, wel verder zou willen leven, maar toen ze zag dat ik ongedeerd zou ontkomen...' Zaynab kon geen woord meer uitbrengen, zo groot was haar verdriet. Ze verborg haar gezicht voor de twee mannen en weende bitter achter haar handen. Zij zou nooit kunnen begrijpen waarom Iniga de dood boven het leven had verkozen. Zaynab beschouwde het leven als kostbaar, en wanneer je pijn had of het leven stelde je teleur, dan krabbelde je weer overeind en ging verder, hopend op betere tijden.

Oma, die zwijgend had zitten luisteren, schoof naar haar meesteres toe en sloeg haar armen om haar heen. 'Ach, vrouwe, heb toch niet zo'n verdriet,' mompelde ze, 'ze houden er hier een erecode op na, en daar kon u haar niet van redden, vrouwe. Dit was haar lot, vrees ik.'

'Bent u nu tevreden, mijn heer?' vroeg Hasdai kwaad aan de prins. 'Ik geloof niet dat vrouwe Zaynab er nog iets aan toe te voegen heeft.' Hij nam het zichzelf zeer kwalijk dat hij had toegelaten dat Karim al Malina haar zo van streek maakte. Zaynab had een warm en goed hart en ze had veel van haar vriendin gehouden.

Karim stond verslagen op en ging weg. Hij had gedacht te weten wat Zaynab zou gaan vertellen, maar de afschuwelijke wreedheden die aan zijn zuster waren begaan, waren meer dan hij kon verdragen.

Ten slotte zakte Zaynabs verdriet wat en zei ze tegen de Nasi: 'Ik heb geprobeerd haar te redden, Hasdai. Zij had niet hoeven sterven, maar ze bleef maar zeggen dat ze te schande was gemaakt, omdat ze verkracht was en dat ze om die reden niet in de fatsoenlijke maatschappij kon terugkeren. Waarom moet dat zo zijn, heer? Zíj was toch niet schuldig? Dat waren die mannen, die haar zo wreed hebben behandeld. Ik ken er een paar van gezicht. Zij bevinden zich tussen de gevangenen. En ik wil hen zien stérven!' Haar stem beefde opeens. 'Ik moet!'

'Vrouwe, Aladdin zegt dat hun dood vreselijk zal zijn,' fluisterde

Oma. 'De prins brandde al van wraakzucht voordat u uw verhaal had gedaan; nu zal hij geen genade kennen. Het is veel te gruwelijk voor onze ogen.'

Maar de Nasi sprak haar tegen. 'Als jij erbij wilt zijn wanneer die mannen worden gemarteld en geëxecuteerd, lieve, dan is dat goed; maar Oma heeft gelijk, het zal een wreed en gruwelijk schouwspel zijn.'

'Ik wil hct zien,' sprak ze woest. Ze wendde zich tot Oma en zei: 'Maar jij hoeft niet mee te gaan.'

'Zo zal het zijn,' zei de Nasi.

Zaynab ging met hem en Karim mee om de twee mannen aan te wijzen die ze had gadegeslagen toen ze Iniga hadden misbruikt en de man die Iniga had aangewezen als degene die het prettig vond haar met de zweep te slaan, voordat hij haar misbruikte. Deze drie werden van de anderen afgezonderd en naar het grote plein van de stad gebracht voor openbare marteling en terechtstelling. Ieder van hen werd hard met de zweep geslagen, maar zodanig dat ze er niet aan stierven of bewusteloos van raakten. De mannen met de zwepen waren zeer kundig in hun vak. Ze bezorgden hun slachtoffers op geraffineerde wijze veel pijn en wreven vervolgens zout in de wonden, om die nog te verergeren. Daarna werden ze alledrie op de pijnbank gelegd waar hun vinger- en teennagels werden uitgerukt onder een gehuil van pijn. Er hing een zware lucht van bloed, urine, braaksel en uitwerpselen, toen ze gereed waren voor het volgende stadium van de marteling.

Zaynab zat roerloos op de verhoging, die op het plein was opgesteld voor Hasdai, Karim en haarzelf. Zij was bleek, maar haar ogen stonden hard en meedogenloos. Geen van de mensen die haar ogen zagen, zou vermoeden dat zij onder haar sluier op haar lippen zat te bijten om het niet uit te schreeuwen. Ze bleef strak zitten toekijken, toen een chirurgijn zorgvuldig de teelballen uit het scrotum van de mannen sneed, nadat hij eerst het gebied had verdoofd, want de pijn zou hen bewusteloos hebben gemaakt. De drie mannen werden bij vol bewustzijn ontmand. Deze psychologische kwelling was nog veel erger dan de fysieke pijn. Er ging een drievoudige gil op, toen de penissen werden afgesneden en voor een troep hongerig grauwende honden werden gegooid, die voor deze gelegenheid naar de stad waren gehaald. De afgrijselijke wonden werden dichtgebrand met hete pek, wat nog meer pijnkreten aan de mannen ontlokte. Zaynab moest een neiging tot braken wegslikken.

De prins stond op. 'Kom,' zei hij tot de Nasi en Zaynab.

Zij volgden hem een trap op, die hen bovenop de ongeveer tien meter hoge muren van Alcazaba Malina bracht. Drie meter onder de top stonden grote kromme, zwarte haken in de gladde witte muren omhoog, om te voorkomen dat aanvallers zich aan de binnenkant van de muren naar beneden lieten zakken. De halfdode mannen werden de trappen opgesleept, achter de prins en zijn gevolg aan. Op een teken van Karim werd elk van de drie kerels op zijn beurt van de muur gegooid en in zijn val door de haken gespiesd. Hun kreten waren afgrijslijk, toen hun naakte lichamen doorboord werden. Zij lagen daar te kronkelen en te krijsen, Allah aanroepend en vertwijfeld hopend dat Hij een spoedig einde aan deze alomvattende foltering zou maken.

'Afhankelijk van hun individuele levenskracht,' sprak Karim rustig, 'leven ze nog een aantal uur, tot een paar dagen. De laatste die doodgaat kan zien hoe de aasvogels de ogen beginnen uit te pikken van hen die al dood zijn.'

'Ik hoop dat het die dikke is,' zei Zaynab. 'Dat was degene die Iniga heeft geslagen; hij was de ergste van allemaal. Ik bid dat hij nog lang mag lijden.'

De aanblik van de drie stervende mannen scheen op een of andere wijze de pijn in haar hart te verlichten. Zaynab besefte dat ze het zich altijd zou blijven herinneren, maar ze vond ook dat er ten minste recht was gedaan. Iniga was gewroken. Haar eer werd gered door de doodsstrijd van de mannen die haar zo afzichtelijk hadden mishandeld.

Gedurende de daaropvolgende weken werkte Hasdai ibn Sjaproet met Karim samen om het bestuur weer op orde te brengen, dat ontregeld was door de dood van Habib ibn Malik. Zaynab bracht haar tijd door met herstellen en met de voorbereidingen voor Oma's huwelijk met de vizier, Aladdin ben Omar. Gedurende Zaynabs gevangenschap had Karims voormalige stuurman bij Oma op een huwelijk aangedrongen. Toen Zaynab terugkeerde, kwam Aladdin zijn zaak bij haar bepleiten.

'U moet haar ervan overtuigen met mij te trouwen,' zei hij. 'Ik houd zoveel van haar. Ik heb nooit een andere vrouw genomen, in de hoop dat ze van gedachten zou veranderen en bij mij terug zou keren, lieve vrouwe Zaynab. Ik ben geen jonge man meer. Ik ben al over de dertig en als ik nog zoons wil krijgen, moet ik nu toch trouwen.'

'Ik heb haar gezegd dat ik haar de vrijheid wil geven en ik heb haar geadviseerd met u te trouwen, mijn heer,' zei Zaynab. 'Ik weet dat zij indertijd bij mij is gebleven, omdat ik naar een vreemde wereld vertrok. Maar nu heb ik de Nasi en de dochter van de kalief. Ik zou niet willen dat zij het geluk opoffert, dat zij als uw echtgenote kan krijgen. Ik zal met haar praten, maar ik kan u niets beloven, mijn heer. Oma is even onafhankelijk in haar manier van denken als ik. Weet u zeker dat u zo'n vrouw wilt? Zij zal niet veranderen.'

Zaynabs ogen schitterden ondeugend.

'Ik wil alleen haar!' zwoer hij ernstig.

Later die dag vroeg Zaynab aan Oma: 'Houd je van hem?'

'Ja,' zei Oma, 'maar ook van u, vrouwe.'

'Als je van hem houdt,' antwoordde Zaynab, 'dan moet je met hem trouwen.' Ze nam de hand van haar vriendin in de hare. 'O, Oma, wees toch niet zo'n koppige meid! Ik hou ook van jou. Jij bent de beste vriendin die ik ooit heb gehad, maar wat jij met Aladdin ben Omar kunt hebben, is veel beter. Jij krijgt je vrijheid en de status van echtgenote van de vizier. Je zult kinderen krijgen en ik weet dat je dat wilt. En bovenal heb je de liefde van een zeer goede man. Gooi dat niet weg, alleen omdat je bij mij wilt blijven, Oma.' Met tranen in haar ogen zei Zaynab: 'Lieve Oma, als ik kon krijgen wat jij hebt, dan zou ik de gelukkigste vrouw ter wereld zijn.'

'U hebt de Nasi en Moraima,' zei Oma peinzend.

'De Nasi en ik zijn vrienden en daar ben ik natuurlijk dankbaar voor. Ik moet het leven leiden dat het lot me heeft opgelegd, maar jij hoeft dat niet samen met mij te doen, Oma.

Ik wil graag dat jij je eigen leven kunt leiden als de vrouw van Aladdin ben Omar en als moeder van zijn kinderen. Ik zou mijn ziel willen verkopen voor hetgeen jij aangeboden krijgt, maar ik zal nooit de liefde meer smaken. De enige man die ik ooit heb liefgehad kan mij niet liefhebben. Het lot heeft jou een gouden kans beschoren, Oma. Als je nu weigert, zul je het de rest van je leven betreuren en ik zal je de grootste stommeling vinden die ooit het levenslicht heeft gezien.'

Oma barstte in tranen uit. 'O, vrouwe, ik voel me zo verscheurd! Natuurlijk wil ik de vrouw worden van die baardige boef, maar ik kan de gedachte niet verdragen u alleen te laten. U hebt helemaal niemand behalve mij om voor u te zorgen.'

'Ik zal de Nasi opdracht geven alle slavenmarkten van al-Andalus af te zoeken naar een meisje uit Alba,' zei Zaynab. 'Zij zal niet hetzelfde zijn als mijn dierbare Oma, maar ze zal een eigen plaatsje krijgen in mijn leven. Trouw met de vizier, Oma. Jij wordt er per slot van rekening ook niet jonger op. Je bent al zestien en ik had Moraima al toen ik zo oud was,' plaagde Zaynab haar vriendin. 'Als je nog veel langer wacht, wordt de vizier gedwongen een jongere vrouw te zoeken.'

'Alsof iedereen die zwarte schurk zou willen hebben,' zei Oma, maar glimlachte toen weifelend. 'Vindt u het werkelijk goed? Vindt u het echt niet erg als ik met hem trouw en u verlaat?'

Zaynab omhelsde haar. 'Je verlaat me niet, Oma,' stelde ze het meisje gerust. 'Vooruit nu, hol naar hem toe en vertel hem van je besluit, want dan maak je hem tot de gelukkigste man ter wereld. Ik geef je een royale bruidsschat mee en de Nasi zal erop toezien dat je bruidsprijs ook groot uit zal vallen.'

'Weet je zeker dat je bereid bent Oma te laten gaan?' vroeg Hasdai ibn Sjaproet die nacht, toen Zaynab en hij in bed lagen.

'Zij houdt van hem,' was haar zachte antwoord. 'Geen mens zou de liefde behoren te negeren, mijn heer, ofschoon er personen zijn die het dwaas vinden dat ik er zulke gevoelens op nahoud. Wilt u de bruidsprijs voor haar bedingen? Ik zou het als een grote gunst beschouwen. Ik heb ook een imam nodig om haar invrijheidstelling en het huwelijkscontract wettelijk te regelen.'

'Ik zal de prins vragen de imam te laten komen en ik zal onderhandelen over de bruidsprijs.' Hij pakte een lok van Zaynabs gouden haren. 'Zeg me eens, wat heb jij met die Ali Hassan uitgehaald dat hij erin bleef? Wat was er zo dodelijk aan?'

'Ali Hassan heeft zichzelf omgebracht,' zei Zaynab gevoelloos. 'Hij heeft zijn eigen hart aan het koken gebracht met zijn wellust. Ik heb hem voortdurend op een afstand weten te houden tot de nacht dat jullie kwamen. Ten slotte heb ik hem naar het bed gebracht en gezegd dat hij moest gaan liggen. Toen heb ik zijn armen en benen vastgebonden met zijden koorden en ben een spelletje met hem begonnen dat een verrukking is voor geliefden, maar voor Ali Hassan het doodvonnis betekende, hoewel ik dat van tevoren niet kon weten.'

Hij stak zijn armen naar haar uit en trok haar hoofd naar zich toe om haar te kussen en fluisterde met zijn mond op de hare: 'Doe met mij wat je met Ali Hassan hebt gedaan, aanbiddelijke moordenares van me.'

'Bent u niet bang net zo te eindigen, mijn heer?' plaagde ze, maar ze was wel een beetje geschokt door dit verzoek.

Hij keek haar met zijn bruine ogen recht aan. 'Ik ben niet bang,' zei hij zacht.

Met iedere andere man zou Zaynab een uitvlucht hebben gezocht om dit te omzeilen, maar Hasdai was oprecht nieuwsgierig. Ze stond op, pakte haar gouden mandje en zette het naast het bed. Ze pakte de twee zijden koorden en bond hem. Ze ging licht als een veer op zijn dijen zitten en begon haar eigen borsten te liefkozen. Hij keek gefascineerd toe, toen ze een vinger in haar mond stak, erop sabbelde en haar tepels ermee begon te omcirkelen.

Daarna begon ze aan zijn marteling, en toen ze hem flink opgewonden had zodat hij zich tegen de koorden begon te verzetten, ging Zaynab achteruit zitten en begon met haar lustjuweeltje te spelen tot ze hijgde en slap werd van genot. Hij worstelde in zijn banden van wild verlangen om haar te nemen. Op dat punt aangekomen liet Zaynab zich over zijn harde roede zakken en begon hem traag te bevredigen. Toen de grootste opwinding bij hem was weggeëbd, maakte ze hem los. Hij rolde haar op haar rug en nam haar, tot ze beiden een climax kregen.

Even later, toen hij haar in zijn armen hield, zei hij: 'Wat heb je nog meer voor spelletjes voor me achtergehouden, liefste? Volgende keer bind ik jou vast en ga ik jou kwellen. Heb je er iets op tegen?'

'Het is mijn taak, heer, om u te laten genieten,' antwoordde ze.

'Dan doen we dat,' zei hij, waarna hij prompt in slaap viel, volkomen bevredigd van de vrijpartij.

Zaynab lag een tijdje wakker en stond toen op. Ze trok een eenvoudige witte kaftan aan en glipte door de transparante gordijnen om in de tuin te gaan wandelen. Het was volle maan en het landschap leek wel in zilver gehuld. Ze liep langzaam en snoof de geur van rozen, nicotiana en haar eigen favoriete geur, gardenia's, op. De lucht was zoel en een licht briesje streek door haar lange haren.

Zij had er behoefte aan even tot zichzelf te komen en zich voor te bereiden op de terugreis naar al-Andalus. Lange jaren strekten zich voor haar uit, gevuld met passie, dat wel, maar zonder liefde. Ik wil geen liefdesslavin meer zijn, dacht ze stilletjes. Er kwamen nog meer gevaarlijke gedachten boven, die ze niet kon uiten. Ik wil Karims vrouw zijn en moeder van zijn kinderen worden. Ik zou alles wat ik heb willen opgeven voor dat paradijs! Ik zou in een tent van zwart geitenhaar willen wonen, voor de rest van mijn leven uit een houten nap eten, als Allah deze wens maar zou vervullen. Ik heb een hekel aan het leven dat ik moet leiden! Ze ijsbeerde nerveus door de tuin.

Ik moet die opstandige gedachten wel beheersen, bedacht Zaynab, die zichzelf eraan herinnerde dat ze spoedig haar lieve dochtertje weer zou zien. Moraima was nu haar leven. Ze zou hier nooit meer terugkeren, en hém nooit meer zien. Het was afschuwelijk geweest, zo dichtbij Karim; geen van beiden erkende de ander, behalve uiterst formeel. Het was nog veel erger om in de armen van de Nasi te liggen, terwijl ze zich met Karim onder één dak bevond. Hoe had ze het in haar hoofd gehaald naar Alcazaba Malina terug te keren? Voor Oma. Ze was voor Oma gegaan, of niet soms? Opeens stond ze stil, verstijfd, zijn aanwezigheid aanvoelend nog voor hij haar naam had uitgesproken.

'Zaynab!' Daar stond hij, zijn silhouet in het maanlicht, in een even witte kaftan als de hare, met zijn haar strak achterover, zodat ze zijn mooie gelaat duidelijk kon zien.

'Vergeef me, heer, ik behoor hier niet te zijn,' zei ze snel en maakte aanstalten om weg te lopen. Hij legde licht zijn hand op haar schouder.

'Ga nog niet weg,' zei hij zacht, 'wij hebben nog helemaal geen kans gehad om samen te praten. Ben je gelukkig?'

Ze draaide zich niet om, maar zei: 'Ik ben een rijke vrouw, al ben ik een slavin. De Nasi is een goede meester, de kalief is een machtige vriend en ik heb een kind om van te houden, mijn heer.'

'Maar ben je gelukkig?' vroeg hij opnieuw.

Toen draaide ze zich bliksemsnel om, kwaad: 'Néé! Ik ben niet gelukkig, Karim al Malina. Ik zal zonder jou nooit gelukkig kunnen zijn. Nu weet je het. En, maakt dat jou gelukkig?'

'Ik ben niet meer gelukkig geweest sinds de dag dat ik je verliet,' was het antwoord.

'O, heer!' riep ze furieus, 'wat heeft dit voor zin? Ik kan u niet krijgen en u mij niet. Ga een andere vrouw zoeken en krijg kinderen bij haar. Dat is goed voor Malina; het is wat uw vader zou willen. Weldra vertrek ik met mijn meester naar al-Andalus. Ik zal zorgen dat wij elkaar nooit meer zien.'

'Je mééster,' zei hij sarcastisch. 'Je schijnt hem erg gelukkig te maken, Zaynab. Zijn genotskreten galmden vannacht door mijn hele tuin. Het doet me deugd dat ik je zo goed heb opgeleid.'

Haar kleine hand schoot uit en kwam met een felle tik op zijn wang terecht. En even snel trok hij haar naar zich toe en liet hij zijn mond op de hare komen in een diepe, schroeiende kus. Zijn hart sprong op van geluk bij het vertrouwde gevoel van haar lichaam tegen het zijne, bij die lippen die zachter werden onder de zijne en zijn kus hartstochtelijk beantwoordden. Maar toen draaide ze haar hoofd af. De tranen rolden over haar wangen en haar ogen leken wel overspoelde juwelen, terwijl ze hem gekweld aankeek.

'Zaynab,' fluisterde hij, en zijn smart klonk duidelijk door in zijn stem.

Ze maakte zich helemaal los uit zijn omhelzing. 'Je bent nog veel wreder dan Ali Hassan,' zei ze zacht. 'Hoe kun je dit doen, Karim? Hoe kun je mijn hart zo gruwelijk breken? Ik zal je nooit vergeven, nooit!' Toen ijlde ze weg, de tuin door, achter de doorzichtige gordijnen, naar de kamer die ze deelde met Hasdai ibn Sjaproet. Bevend trok ze haar kaftan uit en glipte weer in bed. De man naast haar bleef stil liggen, voorwendend dat hij sliep, maar hij had het tafereel in de tuin gadegeslagen en maakte zich zorgen. Nu lag de liefdesslavin naast hem, vechtend tegen haar opkomende snikken. Hij moest de waarheid weten, maar hij zou het haar pas vragen wanneer ze in al-Andalus terug waren.

Oma's huwelijk met Aladdin ben Omar verliep rustig. De vizier had geen verdere familie dan alleen zijn oude vader. Het bruidsbad op de dag ervoor werd door de twee vriendinnen samen gehouden. Oma zat ook niet op een gouden troon te midden van een rijkdom aan huwelijkscadeaus, zoals Iniga indertijd. Misschien was het juist wel beter dat ze niet aan die dag herinnerd werden. De vizier, zijn vader, Karim en de Nasi gingen naar de moskee, waar de imam, na door de kadi te zijn geïnformeerd over de geldigheid van de huwelijkscontracten en de instemming van beide partijen, hen tot man en vrouw verklaarde. De vier mannen keerden naar het paleis terug. Na een kleine traditionele maaltijd nam Aladdin ben Omar zijn bruid mee naar het mooie nieuwe huis, dat de prins hem ten geschenke had gegeven. Zijn bejaarde vader, Omar ben Tarik, zou bij hen inwonen, opdat hij in zijn laatste jaren kon genieten van zijn kleinkinderen. Hij was direct op Oma gesteld geraakt.

'Ze is heel mooi en ze heeft een lief karakter,' zei hij tegen zijn zoon. 'Bovendien is ze breed in de heupen. Die zal geen problemen hebben met kinderen krijgen!'

'Wanneer keren wij naar Cordoba terug?' vroeg Zaynab diezelfde avond aan Hasdai, nadat ze van de bruiloft thuisgekomen waren.

'Wil je zo graag weg?' vroeg hij peinzend.

'Wij zijn nu al langer dan vier maanden weg, heer. De prins is weer volkomen hersteld en volkomen in staat zijn regering in naam van de kalief ter hand te nemen, althans dat hebt u gezegd. Oma is getrouwd en ik mis mijn dochter. En de Golf van Cadiz is niet bepaald gemakkelijk te bevaren in de herfst,' besloot ze.

'Dat heeft de prins me ook gezegd,' zei hij tegen haar. 'Wij reizen over land naar Tanger en steken dan het korte stuk naar Gibraltar over. Dan reizen we verder naar Cadiz en gaan aan boord van ons schip in de monding van de Guadalquivir. Als je wilt kunnen we in Sevilla stoppen om de stad te bezichtigen, lieve. Dat heb ik je op de heenreis beloofd.'

'Ik wil alleen maar naar huis,' zei Zaynab zacht.

'Maar je kunt niet zonder bediende reizen,' zei hij.

'Ik wil een slavin uit mijn eigen land, Hasdai. Hier in Alcazaba Malina vinden we er geen. Ik ben trouwens uitstekend in staat om voor mezelf te zorgen, ook na al die jaren in al-Andalus. Er hoeft niemand met me mee te reizen in de draagstoel. Ik krijg mijn maaltijden en wanneer het mogelijk is om te baden, kan ik dat heel goed zelf als het moet.'

'Dan kunnen we morgen vertrekken,' zei hij. 'De Sakalibah kunnen ieder moment klaarstaan en ik ook.'

'Maar ik niet,' zei ze. 'Mijn bezittingen moeten ingepakt worden. Ik zal Oma morgen laten komen zodat ze me kan helpen. Overmorgen kunnen we vertrekken, heer.'

'Geef de bruid een paar dagen rust, mijn lieve,' zei Hasdai met een glimlach. 'Ik weet wel dat Oma direct komt als je haar laat ontbieden, maar bedenk wel dat ze niet langer je bediende is. Waarom plannen we ons vertrek niet voor vandaag over een week? Want ik wil met onze gastheer door Alcazaba Malina rijden, om het volk gerust te stellen dat alles nu weer bij het oude is. Vind je het vervelend om alleen te zijn? Wij gaan morgenochtend weg en blijven een paar dagen weg.'

'Ik kan mijzelf gezelschap houden,' zei Zaynab. 'Ik ga naar de zilvermarkt om iets moois uit te zoeken voor Moraima.'

Maar toen Oma een paar dagen later kwam om haar te helpen inpakken, was Zaynab blij met haar gezelschap. Samen pakten de twee vrouwen de spullen van de liefdesslavin in voor haar terugkeer naar al-Andalus. Oma had veel nieuws te vertellen.

'Ik heb twee lieve dienstmeisjes in de harem,' zei ze tegen Zaynab. 'Eén komt van een eiland dat Kreta heet en de andere is een Romeinse. Ze zijn een geschenk van mijn grootvader. Wat is dat een lieve oude man, Zaynab. Toen Aladdin en ik hem over de baby vertelden, was hij gewoon verrukt. O, wat is het heerlijk om zelf een gezin te hebben!'

'Een baby?' lachte Zaynab, 'en dat vertel je me nu pas?'

Oma grinnikte wat. 'Ach, u weet wel, die ene keer dat we elkaar zagen, nou, toen hebben Aladdin en ik onze handen niet thuis kunnen houden, hoor. En de rest ook niet. Ik wist het al voordat u werd ontvoerd, vrouwe.'

'En toch had je met me naar Cordoba willen terugkeren,' zei Zayanab zachtjes. 'Ach, Oma toch! Geen vrouw heeft ooit zo'n geweldige vriendin gehad als ik. Ik zal je missen, maar ik ben blij dat je zo gelukkig bent.' Toen ze Oma's tranen zag, veegde ze die weg en zei: 'Vertel me alles over je nieuwe huis. Hoeveel bedienden heb je verder nog? Denk eraan dat je streng maar wel eerlijk met hen omgaat. Is het een groot huis?'

'Er is een eunuch die de huishouding leidt,' zei Oma, 'maar geen eunuch in de harem. Ik heb tegen Aladdin gezegd dat het geldverkwisting was om er één te kopen, alleen voor mij. Er is een kok, schoonmakers, en we hebben tien van de nieuwe Sakalibah als lijfwacht. De prins heeft ze ons gegeven. Hij zei dat wij niet moeten denken dat het precies zo zal worden als het altijd geweest is en dat we op onze hoede moeten blijven. Er zijn prachtige tuinen met fonteinen om het huis. Het is er heerlijk en ik ben er zo gelukkig!' Haar stralende gezicht onderstreepte haar woorden. Toen begon ze te lachen: 'Ik moet er steeds aan denken hoe zuur dat akelige mens van een moeder Eubh zou kijken als ze wist hoe wij terecht zijn gekomen, vrouwe. Ik weet zeker dat zij er vanuit ging dat we als zwoegers voor een Keltisch clanhoofd in de Ierse heuvels zouden belanden. Jammer toch dat ze niets weet van ons geluk.'

'Dat beslist veel groter is dan het hare, vermoed ik,' antwoordde Zaynab. 'Wij zijn de fortuinlijken.'

Hasdai en de prins keerden de volgende dag laat terug en aten samen voordat ze zich terugtrokken.

'Ik heb gehoord dat uw karavaan gepakt is om morgenochtend bij zonsopgang te vertrekken, mijn heer Nasi,' zei de prins. 'U volgt de kustweg vanuit Alcazaba Malina tot aan Tanger. Die reis zal slechts drie dagen duren. In Tanger ligt een schip dat u overzet naar

Gibraltar. Daar bent u weer op de bodem van al-Andalus zelf. Ik bewaar mijn afscheid niet tot morgenochtend, maar wil u liever nu al meedelen hoe dankbaar ik u ben. Als u niet naar Malina was gekomen denk ik niet dat ik het had overleefd, zo diep zat mijn droefheid. Ik weet dat de kalief u gezonden heeft in antwoord op een smeekbede van mijn raad, Hasdai, maar toen u hier was heeft u mijn verdriet zeer goed aangevoeld. U hebt het begrepen, maar stond mij niet toe te blijven zwelgen in zelfmedelijden. U hebt mij herinnerd aan mijn verantwoordelijkheden jegens mijn volk, zoals mijn vader dat zou hebben gewild. Daarvoor, voor uw vriendschap en voor nog veel meer, ben ik u bijzonder dankbaar.'

'Uw volgende verantwoordelijkheid is nu een jonge vrouw te gaan zoeken en een volgende generatie afstammelingen voor ibn Malik te verwekken,' zei Hasdai met een glimlach.

Karim schudde zijn hoofd. 'Ik zal niet weer trouwen,' zei hij zachtjes, 'de zoon van mijn zuster zal mij opvolgen.'

'Maar u wilt toch zeker wel een vrouw en een harem vol schoonheden?' drong de Nasi aan.

'Ik ben ooit verliefd geworden op een vrouw die ik niet kon krijgen,' begon Karim. 'Toen ben ik getrouwd met het meisje dat mijn vader voor mij had uitgekozen, omdat ik voor één keer een plichtsgetrouwe zoon voor hem wilde zijn. Hatiba was aan Ali Hassan beloofd. Zij hield van hem, evenals ik van een ander hield. En ook al had die tragedie met mijn familie niet plaatsgevonden, ik heb gemerkt dat een huwelijk zonder liefde maar een leeg iets is, Hasdai. Nee, ik zal niet hertrouwen.'

'En als u weer verliefd wordt?' vroeg de Nasi.

Karims ogen bleven Hasdai recht aankijken. 'Ik zal niet meer liefhebben,' sprak hij vastbesloten. 'Hoe kan ik nu een ander liefhebben, nadat mijn geliefde...' Toen lachte hij weemoedig. 'Bovendien, Hasdai, begrijpt u niet dat ik zo langzamerhand mijn bekomst wel heb van vrouwen?'

De Nasi moest lachen. 'Jazeker, mijn heer. Maar toch is een zacht lichaam in je omhelzing een waar paradijs. Ik geloof niet dat ik celibatair zou willen zijn.'

'Zaynab bevalt u dus, dat is zonneklaar,' zei Karim abrupt en vroeg zich toen af waarom hij dit in hemelsnaam gezegd had. Wilde hij nu werkelijk uit de mond van de Nasi horen hoe goed zij in bed was? Dat wist hij al! Waarom bleef hij zichzelf kwellen?

'Inderdaad,' zei Hasdai kortaf en vervolgde: 'Ik zou niet zo fortuinlijk zijn geweest, ware het niet dat mijn heer en gebieder de kalief geen manier had om zich van vrouwe Zahra te ontdoen, zonder verwarring te stichten wat betreft zijn troonopvolging. De kalief adoreerde Zaynab en zij hem.'

'Dat is jammer,' antwoordde Karim koeltjes. Hij vervolgde: 'Ik denk dat ik me terugtrek, Hasdai. Ik zie u morgen weer, voordat u vertrekt.'

Hiermee kon de Nasi vertrekken. Hij keerde terug naar zijn eigen verblijven, waar Zaynab al lag te slapen. Hij wilde haar vragen naar de kwestie met Karim, maar hij maakte haar niet wakker. Toen de prins had gezegd dat hij van een vrouw hield die hij niet kon krijgen, had Hasdai zich afgevraagd of die vrouw misschien Zaynab was. Er was overduidelijk iets tussen hen, ofschoon Zaynab hem geen enkele aanleiding had gegeven om aan haar loyaliteit te twijfelen. Hij had zich voorgenomen het haar te vragen, maar niet voordat zij terug waren in Cordoba. Daar zou hij zich aan houden. Zij mocht dan wel zijn eigendom zijn, maar Hasdai betwijfelde of hij het recht had haar naar haar allerdiepste gevoelens te vragen.

Zij vertrokken de volgende ochtend vroeg, voordat de zon al te heet werd. Karim kwam hen uitgeleide doen. Hasdai sloeg hem gade toen hij Zaynab benaderde, maar de prins wenste haar slechts een behouden reis en Zaynab bedankte hem op onpersoonlijke wijze. Oma kwam met de vizier en de twee vrouwen omhelsden elkaar ten afscheid.

'Toen we uit het klooster werden gehaald had ik niet gedacht dat het zo zou eindigen,' zei Oma in hun moedertaal. 'God, Allah, of hoe je de godheid ook noemen wilt, zij met u en behoede u, vrouwe. Ik wou dat we niet uit elkaar hoefden te gaan. Ik zou willen dat u hier kon blijven. Kunt u dat niet aan de Nasi vragen? Ik weet zeker dat hij u de vrijheid zou geven als u het hem vroeg.'

Zaynab gaf Oma een kus. 'Nee, dat zou hij niet doen. Hij kan het geschenk dat hij van de kalief heeft gekregen niet zomaar wegdoen. Bovendien geniet hij van me.' Ze klopte Oma glimlachend op de hand. 'En dan heb ik Moraima nog. Ik kan mijn kleine meisje toch niet in de steek laten, Oma. Dat begrijp je zodra jij je eigen kindje ter wereld hebt gebracht. Stuur me bericht als het komt. Ik wil weten of het goed met je gaat.' Toen kuste Zaynab haar vriendin op beide wangen en stapte in de draagstoel.

De karavaan, begeleid door de honderd Sakalibah van de kalief, zette zich in beweging langs een weg die parallel aan de oceaankust liep. Het was een brede, goed onderhouden weg die honderden jaren daarvoor door de Romeinen was aangelegd. Er waren nog meer reizigers onderweg, waarvan sommigen op doorreis waren naar Tanger en anderen slechts van dorp tot dorp gingen. Om de vijftien kilometer waren er pleisterplaatsen voor karavanen: herbergen die door de regering werden onderhouden, met primitieve maar schone slaapaccomodaties en voedsel voor mens en dier.

De eerste dag legden ze één derde van de afstand af. Ofschoon ze stopten bij zo'n pleisterplaats, gebruikten zij hun eigen tenten. Zaynab ergerde zich, omdat ze niet kon baden voor de volgende ochtend, vlak voor hun vertrek. Het openbare bad dat bij de herberg hoorde, was, zoals alle baden in al-Andalus, alleen tot twaalf uur 's middags open voor vrouwen. Na het middaguur was het het domein van de mannen.

Hasdai keerde terug naar hun tent, verfrist van zijn bad. Hij had goed gegeten, was ontspannen door een goede wijn en klaar voor de liefde. 'Ik heb je gemist,' zei hij zachtjes, terwijl hij zijn armen naar haar uitstrekte. 'Wat is het lang geleden dat we samen zijn geweest, mijn lief.'

Zaynab keek hem woest aan. 'Ik ben doodmoe, mijn heer. Mijn hoofd doet zeer van de hitte en het stof. Ik ben vies en overdekt met vuil.' Ze wendde zich af. 'Het enige wat ik wil is slapen. Ik vind het niet prettig u te moeten teleurstellen, maar onder deze omstandigheden ben ik niet op mijn best. De herbergier heeft misschien een hoer te huur. Als ze schoon is, heb ik er geen bezwaar tegen als u haar gebruikt, mijn heer.'

Hij keek haar vol afschuw aan. 'Ik kan mijn begeerte heel goed beheersen, Zaynab. Ik wil geen hoer, ik wil jou, maar ik kan wachten.'

Ze wierp zich op de matras en viel in slaap. Hij irriteerde haar met zijn eeuwige redelijkheid. Ze vroeg zich af of hij ooit kwaad werd. Zij had het nooit zien gebeuren.

Hij schudde haar voor zonsopgang wakker. 'Ga baden,' zei hij met toegeknepen stem. 'Ik heb je al een hele week niet gehad en ben niet van plan om tot Cordoba te wachten.'

Zaynab was verbijsterd, maar stond gehoorzaam op en zocht haar handdoeken, oliën en zepen bij elkaar. 'En als het bad nu nog niet open is?' fluisterde ze. Ze trok haar allesverhullende mantel aan.

'Het is nu open,' zei hij, 'ik heb het gisteravond aan de herbergier gevraagd.

Ze verliet de tent en haastte zich over het terrein naar het badhuis. Het was vreemd zonder Oma. Ze betaalde de badvrouw haar loon en stapte toen in het warme water. Ze overwoog haar haren te wassen, maar dat had ze al gedaan voordat ze Alcazaba Malina verlieten. Dat kon wachten tot Tanger, als ze het stof er maar dagelijks uitborstelde.

Nadat ze in de tent was teruggekeerd glipte ze onder het dekbed, waar Hasdai haar onmiddellijk in zijn armen nam. 'Je bent verrukkelijk,' mompelde hij in haar zachte haren en zijn hand ging liefkozend op zoek naar haar borst. 'Geen spelletjes nu,' zei hij, 'ik wil een heel gewone man zijn, Zaynab. Kan een andere vrouw mij wel zo opwinden als jij, vraag ik me soms af.' Hij kneep heel zachtjes in haar tepel.

'Dat zult u nooit weten als u geen andere vrouw neemt, mijn heer,' antwoordde ze. Ze streelde met haar kleine hand de achterkant van zijn nek en voelde dat hij er kippenvel van kreeg. 'Zou u geen andere vrouw willen?'

'Nee,' gromde hij in haar oor en liet het puntje van zijn tong naar binnen glijden. Hij draaide kringetjes en blies erin, waardoor een rilling over haar rug liep. 'Ik wil alleen jou, Zaynab.' Toen kuste hij haar, terwijl zijn tong haar mond binnendrong om de hare aan te raken. Daarna dwaalde hij met zijn lippen over haar gezicht en keel, op weg naar haar borsten.

'Mmm,' murmelde ze terwijl hij haar kuste en liefkoosde. Ze kreunde toen hij zich vastzoog aan een tepel en vervolgens aan de andere, om haar groeiende opwinding nog meer aan te wakkeren. Hij beet zachtjes, waardoor er een kleine steek van pijn door haar heenschoot. Zaynab begroef haar vingers in zijn donkere haar, en masseerde zijn schedel, terwijl hij langs haar buik ging om haar venusheuvel te liefkozen.

'Er is helaas geen tijd voor subtiliteiten, liefste,' fluisterde hij. 'Zo ja, dan liet ik je genieten, zoals jij mij een paar dagen geleden hebt laten genieten. Als we thuis zijn,' beloofde hij, terwijl hij op haar ging liggen, 'bind ik je aan ons bed vast, geheel gespreid voor mijn genot, en ga ik met je spelen tot je me om genade smeekt. Je liefdessappen zullen stromen zoals ze nog nooit hebben gedaan.' Hij drong haar langzaam binnen. 'Ik zal je laten schreeuwen van geluk, Zaynab.' Toen begon hij energiek te bewegen, haar mond bedekkend toen ze kreunde van genot, omdat hij niet wilde dat het hele kamp het hoorde. Zij beet in zijn hand en hij moest lachen, terwijl zijn eigen sappen zich een weg baanden uit zijn bevredigde roede en haar bevloeiden.

Naderhand, toen ze in zijn armen lag, hoorden ze buiten de geluiden van de ontwakende herberg. 'Eigenlijk zouden we iedere dag zo moeten beginnen,' plaagde hij. Lachend kroop ze nog eens dicht tegen hem aan.

'Ik zie uit naar de terugkeer in Cordoba, mijn heer,' zei ze. 'Ik merk dat u van spelletjes houdt, dus moeten we daar maar eens mee beginnen.'

Op de derde dag bereikten ze Tanger. Dat was geen indrukwekkende stad: lage witte huizen op een kluitje, met nauwe bochtige straatjes. Het scheen dat daar sinds de Oudheid altijd een soort nederzetting had gestaan, zelfs gedurende de bloeitijd van het Romeinse rijk. De stad lag aan een mooie kleine baai in de Straat van Gibraltar. Aan de overkant van het water rees de beroemde rots van Gibraltar op. Het was een buitengewoon imposante aanblik. De Nasi en zijn gevolg werden hoffelijk verwelkomd door de gouverneur van de kalief, die hen in zijn eigen kleine paleis onderdak bood. De volgende ochtend voeren ze over de zee-engte en zetten eindelijk voet op Andalusische bodem. Vervolgens begaf de karavaan zich op weg naar de monding van de Guadalquivir, waar hun schip hen lag op te wachten. Vandaar zeilden zij stroomopwaarts naar Cordoba.

Zaynab koos ervoor rechtstreeks door te varen naar Cordoba en niet in Sevilla te stoppen. Zij wilde nu zo dolgraag haar kind zien. Maar toen ze thuiskwamen, was het er doodstil. Naja, die hen op de binnenplaats hoorde, kwam naar buiten rennen. Zijn bruine ogen stonden vol tranen. 'O, vrouwe!' riep hij uit. 'De prinses is gestorven!'

Hoofdstuk negentien

Zaynab zakte ter plekke in elkaar als een slap hoopje mens. Naja's woorden waren als een dolksteek door haar hart gegaan. Toen ze weer bij bewustzijn kwam, waartegen ze zich met hand en tand verzette, omdat ze het gevoel had niet nog meer pijn te kunnen verdragen, lag ze in haar eigen vertrekken. Ze sloot kreunend haar ogen, maar de stem van Hasdai haalde haar terug.

'Nee, Zaynab, je moet je niet terugtrekken,' zei hij streng. 'Je moet deze vreselijke tragedie aanvaarden met dezelfde kracht als waarmee je de dood van je vriendin Iniga onder ogen zag. Doe je ogen open en kijk me aan, Zaynab!'

'Zeg dat Naja gelogen heeft,' smeekte ze, 'zeg dat ik het verkeerd heb gehoord. Waar is Moraima? Haal mijn dochter!'

'Moraima is dood,' zei hij zacht, 'en Abra helaas ook.'

'Hoe is dat gekomen?' jammerde Zaynab, 'hoe?'

'Er was een epidemie van vlektyfus in Cordoba. Abra had Moraima meegenomen om de kalief te bezoeken, maar omdat het al laat begon te worden, heeft ze de nacht in de joodse wijk doorgebracht, bij een nicht. Daar zijn ze ongetwijfeld besmet geraakt, ofschoon de ziekte daar nog niet was uitgebroken. Een aantal dagen later werden ze ziek. Je bedienden zijn gevlucht. De kalief liet zijn Sakalibah tijdelijk terugkeren naar Madinat al-Zahra om hun gezondheid niet in gevaar te brengen. Alleen Naja en je kokkin, Aïda, zijn bij Abra en de prinses gebleven. Gelukkig zijn ze allebei niet ziek geworden. Moraima en Abra zijn een paar uur na elkaar gestorven, mijn liefste.'

'Waar is ze?' snikte Zaynab. 'Waar is mijn kindje?'

'De kalief heeft bevolen dat ze samen met Abra hier in jouw tuin begraven zou worden,' vertelde Hasdai. 'Daarna is het huis ontsmet en zijn alle bezittingen van Moraima en Abra verbrand. Je bedienden zijn gevonden en bestraft. Ze zijn verkocht. De kalief heeft nieuwe slaven gestuurd om hen te vervangen.'

'Het maakt niet uit,' zei Zaynab droevig en moe. Het maakte allemaal niet meer uit. Ze was met Hasdai weggegaan, op een reis die ze niet had hoeven maken en haar kind was moederziel alleen gestorven. Wat voor moeder was zij, dat ze haar kind verliet om met haar minnaar op reis te gaan? Zaynab weende ontroostbaar. Hasdai kon niets doen om haar te doen ophouden; haar verdriet en haar schuldgevoelens zaten te diep. Ten slotte nam hij uit wanhoop zijn toevlucht tot een slaapmiddel, zodat ze tenminste kon uitrusten en weer op krachten komen. Hij liet Naja bij haar waken en vertrok naar Madinat al-Zahra om de kalief persoonlijk verslag uit te brengen over de stand van zaken in Alcazaba Malina.

'Dat heb je uitstekend gedaan, Hasdai,' zei de kalief, toen hij alles had aangehoord. 'Ik sta versteld van Zaynabs dapperheid tijdens de gevangenschap bij Ali Hassan en het feit dat ze de folteringen en de executie heeft willen bijwonen. Dat is een kant van haar, die ik nooit te zien heb gekregen en me ook niet had kunnen voorstellen.' Hij zweeg even en vroeg toen: 'Hoe gaat het met haar? De dood van Moraima moet als een gruwelijke schok zijn aangekomen.'

'Ze heeft een shock, mijn heer, ze is volkomen ondersteboven. Voordat ik haar verliet heb ik haar een slaapmiddel gegeven, want ze kon niet ophouden met huilen. Naja is bij haar. Zij heeft niemand anders. Het schijnt dat Oma verliefd was op een man, Aladdin ben Omar, die nu de vizier van de prins is. Hij had al met Oma willen trouwen, voordat Zaynab hier voor de eerste keer aan u gepresenteerd werd. Toen zij elkaar opnieuw zagen, was hun liefde nog altijd even sterk. Nu heeft Zaynab Oma weten te overreden om te trouwen. Ze heeft haar vrijgelaten. Dit is een bijzonder ongelukkig tijdstip. Ze heeft Oma nu harder nodig dan ooit.'

'Kunnen wij die vrouw niet laten komen?' zei Abd al-Rahman bezorgd.

'Oma is inmiddels zwanger, mijn heer. Het is niet raadzaam dat een vrouw in die omstandigheden zo'n grote afstand aflegt,' antwoordde de Nasi. 'Ik zal de slavenmarkten laten afzoeken naar een meisje uit Schotland, dat Oma's plaats kan innemen. Dat is het beste dat we voor haar kunnen doen.'

Het kon Zaynab allemaal niet meer schelen. Ze was in een diepe zwaarmoedigheid verzonken, waaruit ze niet meer scheen te kunnen ontsnappen. Er was niets meer wat haar aan haar kind herinnerde. Elke dag deed ze haar uiterste best om zich het lieve gezichtje van Moraima voor de geest te halen, maar ten slotte begon de herinnering weg te zakken. Ze kon niet eten en ze sliep ook niet meer. Het leven had alle zin verloren. Ze had geen kind, noch de hoop op een kind. Wat had ze nog over? Haar minnaar wilde geen nakomelingen. Ofschoon hij dol op haar was, hield hij niet van haar en zij niet van hem. Haar sombere stemming werd met de dag zwartgalliger.

Hasdai verdiepte zich opnieuw in de vertaling van de *Materia Medica* en merkte haar matheid en lusteloosheid niet op. De Griekse hofvertaler van de keizer van Constantinopel had tijdens hun afwezigheid bijna onafgebroken doorgewerkt. Er lag een enorme stapel pagina's, die uit het Grieks in het Latijn waren vertaald. Nu moest Hasdai ibn Sjaproet die in het Arabisch gaan vertalen. Hij kwam nauwelijks thuis, maar Zaynab klaagde niet. Hij zag niet hoe ernstig de toestand was geworden, tot Naja hem er openlijk over aansprak.

'Ze ligt op sterven, mijn heer,' zei de eunuch vertwijfeld. 'Ze kwijnt langzaam weg als een volmaakte roos tegen het eind van de zomer. Laat haar niet sterven, mijn heer. Help haar alstublieft, ik smeek het u!' Zijn donkere ogen stonden vol tranen.

'Wat kan ik doen om haar te helpen, Naja?' vroeg de Nasi.

'Geef haar een kind, heer. Ze zal natuurlijk nooit haar lieve dochtertje vergeten, maar een kind zou haar nieuwe belangstelling geven, zou haar de wens geven om verder te leven. Ze heeft helemaal niemand meer, mijn heer. U bent er nauwelijks. Oma is weg. Hier is helemaal niets voor haar overgebleven, althans, dat gelooft ze. Ze speelt zelfs niet meer op haar rebec en ze zingt niet meer. Hebt u het niet gemerkt?'

Hasdai had het niet gemerkt. Hij was te zeer opgegaan in zijn werk. Hij zou altijd te zeer opgaan in zijn werk. Hij was de loyale, efficiënte dienaar van de kalief, boven al het andere. Dat was wat hij boven alles wilde. Maar toch kon hij Zaynab niet laten doodgaan en opeens meende hij te weten hoe hij haar kon redden. Hij ging naar de kalief en vertelde hem over Zaynabs droefgeestige toestand.

'Wat kunnen we doen?' Abd al-Rahman was diep bezorgd. Nog altijd koesterde de kalief in zijn hart een grote genegenheid voor zijn beeldschone liefdesslavin.

'Ik ben niet de juiste meester voor Zaynab, heer,' zei Hasdai. 'Mijn grootste liefde gaat uit naar het werken in uw dienst. Ik zal geen kinderen bij haar verwekken en dat is nu precies wat Zaynab nodig heeft. Moraima zal altijd in haar hart blijven, maar ze heeft andere kleintjes nodig om van te houden en te koesteren. Ik zou haar graag aan een andere meester willen geven, maar voordat ik dat doe, wil ik u eerst om toestemming vragen. Ik weet wel dat ze wettelijk van mij is, maar wij weten ook beiden hoe ze in mijn bezit is gekomen. Dus voordat ik haar aan een andere man geef, wil ik uw goedkeuring hebben, mijn dierbare meester.'

'Aan wie dan?' vroeg de kalief, wiens hart en zorg naar haar uitgingen.

'Ik zou haar als bruid aan Karim al Malina willen geven, mijn heer,' zei de Nasi tegen de kalief.

'En waarom dan wel?' bulderde Abd al-Rahman.

'Daar heb ik verschillende redenen voor, mijn heer. Ten eerste, de prins heeft gezegd dat hij niet wil hertrouwen of kinderen verwekken. Hij heeft me gezegd dat hij zijn neefje Malik ibn Ahmed als zijn opvolger zal benoemen. Ik vind deze oplossing niet in het beste belang van het kalifaat. De familie van ibn Malik heeft een traditie van trouw aan de Omajjadische dynastie die tweehonderd jaar teruggaat. Malik ibn Ahmeds grootouders, die hem opvoeden, hebben geen historie van bestuurders. Hij zou geen goed heerser zijn. Toen ik Karim vroeg waarom hij niet wilde hertrouwen, zei hij dat hij van een vrouw hield die hij niet kon krijgen. En ook dat hij had geleerd dat een huwelijk zonder liefde leeg was. Ik heb redenen om te geloven dat Zaynab de vrouw is van wie hij houdt en die hij niet kan krijgen. En ik geloof ook dat zij van hem houdt.'

'Ze heeft me ooit verteld dat ze van iemand had gehouden voordat ze bij mij kwam,' zei de kalief nadenkend. 'Zeg eens, Hasdai, waarop baseer jij het dat het de prins van Malina is, van wie Zaynab houdt?'

'Wie zou het anders kunnen zijn, heer? In haar vaderland had ze niemand. Voor ze bij de koopman Donal Righ terechtkwam, was ze tweemaal verkracht door vreemden. Toen gaf Donal Righ haar aan de passiemeester om haar op te leiden voor u. Ik denk dat zij verliefd op elkaar werden, maar dat zij zich geen van beiden oneervol hebben willen gedragen. Wij joden hebben een gezegde: *De mens wikt, maar God beschikt.*

Karim al Malina heeft Zaynab opgeleid, zoals zijn opdracht was. Daarna bracht hij haar bij u, maar ik vermoed dat zijn hart brak toen hij haar liet gaan. Zaynab kende haar verplichtingen jegens Donal Righ, die haar deze schitterende kans had geboden, in plaats van haar aan een of andere primitiveling te verkopen. Geheel naar haar verstandige aard liet ze het verleden achter zich, maar diep in haar hart is ze altijd van Karim al Malina blijven houden.

Welnu, heer, deze twee mensen zijn op tragische wijze door de grillen van het lot geslagen. Zaynab wil niet meer leven en kwijnt weg. Als wij niet iets doen om haar te helpen, zal ze sterven. Wij hebben allebei geprofiteerd van het feit dat ze ons eigendom was. Ik vind dat wij haar iets verschuldigd zijn en dat kunnen we haar vergoeden door haar als bruid naar de prins te zenden.'

'Ik heb ooit van haar gehouden,' zei de kalief, 'en ik had gedacht dat ze tot aan mijn dood bij me zou blijven. Zij heeft me veel geluk geschonken, niet alleen van fysieke aard, maar door haar hele wezen. Houd jij van haar, Hasdai?'

'Niet zoals u deed, heer,' antwoordde de Nasi. 'Voor dat soort liefde heb ik geen tijd. Als dat zo was, zou ik getrouwd zijn en mijn vader gelukkig hebben gemaakt, door een hele stam kinderen aan zijn nageslacht toe te voegen. Maar mijn grootste passie ligt in uw dienst, heer. Zaynab is echter wel een goede vriendin van mij. Zij heeft mij veel lichamelijk genot geschonken. Ik ken geen ander zoals zij. Als zij gaat zal ik haar missen, maar daarna zal ik snel weer verdiept zijn in een of ander opdracht van u, heer, en dus is het niet erg. Zeker niet als ik weet dat ze naar de man gaat die van haar houdt en kinderen bij haar verwekt. Zij is een veel te intelligente vrouw om niets om handen te hebben. Zij heeft een man nodig en kinderen om zich heen.'

'Zend haar dan naar Karim al Malina,' sprak de kalief zacht.

'Nee, heer, ik wil haar de vrijheid geven. U bent degene die haar naar de prins stuurt. Hij zal het niet wagen haar te weigeren, als de bruid hem door Abd al-Rahman zelf gestuurd wordt. Laat mij een brief in uw naam opstellen. U zet erin dat u hem op mijn aanraden een bruid zendt, opdat de afstammingslijn van ibn Malik, de stichter van Malina, niet uitsterft, maar blijft bestaan om voor altijd de Omajjaden te dienen.' Hasdai grinnikte. 'De prins zal buitengewoon verbolgen zijn, tot hij ziet wie u gestuurd hebt.'

'Zet er maar bij,' antwoordde de kalief, 'dat de vrouwe behandeld dient te worden met de uiterste hoffelijkheid en goedheid; dat ze bij mij een luisterend oor heeft en dàt altijd zal hebben.' Toen lachte hij ook. 'Zorg jij voor een royale bruidsschat, Hasdai? Ze is uiteindelijk jouw eigendom, nietwaar?'

De Nasi glimlachte naar zijn gebieder. 'Zij krijgt een bruidsschat als van een prinses,' beloofde hij de kalief. Hij kon het zich veroorloven royaal te zijn. Hij was een rijk man en Abd al-Rahman zou op zijn beurt zeer ruimhartig zijn jegens zijn toegewijde dienaar. Hij zou er niet op achteruitgaan, integendeel.

Zo besloten zette Hasdai ibn Sjaproet zijn plan zo snel mogelijk in werking. Er was geen tijd te verliezen. Er werd een brief opgesteld, die dezelfde avond nog door de kalief werd goedgekeurd en ondertekend. De volgende ochtend was hij al met een koninklijke boodschapper naar Alcazaba Malina onderweg.

Vervolgens liet de Nasi de slavenmarkten van al-Andalus afstropen en na een paar dagen vond men een jong meisje, van wie men aannam dat ze uit Schotland kwam. Ze werd naar het huis van Zaynab gebracht.

Hasdai wekte de liefdesslavin uit haar lethargie met de woorden: 'Ik heb misschien een bediende voor je gevonden, lieve, maar aangezien niemand de taal van het meisje spreekt, weet ik het niet zeker. Kun jij eens met haar proberen te praten? Als ze geschikt is, koop ik haar voor je.'

Zaynab keek het meisje aan. Het was geen schoonheid, met haar sproeten en knalrode haren, maar ze had intelligente, amberkleurige ogen, al stonden ze een beetje bang. Hoe was dat arme kind hier terechtgekomen? Zaynab herinnerde zich hoe het haar in het begin in al-Andalus te moede was geweest en ze voelde mee. 'Kom je uit Alba, meisje?' vroeg ze in haar eigen taal. Het jonge kind sperde haar ogen open van opluchting.

'Geloofd zij de Almachtige God en de Heilige Maagd!' riep ze uit en viel voor Zaynab op de knieën. 'Ja, vrouwe, ik kom uit Alba. Hoe wist u dat? Uw tongval is niet helemaal hetzelfde als de mijne, maar ik versta u wel. Ik hoop maar dat u mij verstaat. U klinkt als iemand uit het noorden.'

'Ik ben geboren als Regan MacDuff,' vertelde Zaynab. 'Deze doorluchtige heer, die mijn meester is, wil jou graag kopen om bij mij in dienst te treden. Ik heet Zaynab en ben een liefdesslavin. Hoe heet jij, meisje?'

'Margaret, vrouwe. Ik heb geen andere naam,' zei ze.

'Van nu af aan luister je naar de naam Rabi,' zei Zaynab. 'En je moet de taal van dit volk leren, maar wij zullen dagelijks onze eigen taal met elkaar spreken. Het is goed om een taal te hebben die niemand anders kan verstaan, als je vertrouwelijk wilt spreken. Bij mij ben je veilig, lieve Rabi. Ik ben een goede meesteres.'

Rabi kuste de zoom van Zaynabs kleed. 'God zegene u, vrouwe!' zei ze.

'Deze donkere man heet Naja,' vertelde Zaynab, 'ga maar met hem mee. Hij brengt je naar de baden, waar je je moet wassen. Wij baden hier tweemaal per dag. Hij zal je helpen. Wees maar niet bang, hij is geen echte man en zal je geen pijn doen.' Toen wendde Zaynab zich tot Naja en gaf hem instructies.

Toen zij weg waren, zei Hasdai: 'Ze bevalt je dus?'

'Zorg goed voor het arme schepsel als ik sterf,' zei Zaynab tegen hem. Toen liet ze zich weer achterover in de kussens vallen.

'Ik laat je niet sterven, Zaynab,' zei hij zachtjes tegen haar. 'Vandaag heb ik je met toestemming van de kalief de vrijheid gegeven, mijn lieve. Je moet snel op krachten komen, want over een paar dagen ga je terug naar Alcazaba Malina, als bruid van prins Karim.'

'Wát zeg je?' zei ze, verbaasd overeind schietend. Haar hart begon te bonken. Ze had het zeker niet goed gehoord.

'Hoelang houd je al van Karim al Malina?' vroeg hij haar op de vrouw af.

De ontkenning bleef in haar keel steken, toen ze de blik in zijn ogen zag. 'Hoe wist u dat?' vroeg ze zachtjes.

Hij glimlachte lief tegen haar. 'Je hebt jezelf nooit verraden, Zaynab. Je bent waarschijnlijk de meest volmaakte liefdesslavin die ooit is opgeleid. Het was de prins zelf die mijn vermoedens wekte.'

'Karim? Hoezo? Hij zou nooit het vertrouwen dat men in hem heeft, beschamen,' verdedigde ze hem, 'hij is boven alles een eervol man, Hasdai.'

'Ook dat weet ik,' stemde de Nasi met haar in. 'De eerste keer dat ik hem sprak, meteen nadat we in Alcazaba Malina waren gearriveerd, liet ik vallen dat jij meegekomen was. Verzwakt door zijn toestand en nog half in een shock, was hij desondanks opeens zeer alert en vroeg naar je met een belangstelling, waarvan ik vond dat het meer was dan gewone sympathie. Toen ik aan Aladdin ben Omar vroeg wat er tussen jullie was geweest, zei hij dat ik het aan jou moest vragen. Dat bevestigde mijn vermoedens. Toen jij gevangen gehouden werd, was Karim daar de ene keer heel erg bezorgd over en vervolgens verzekerde hij me dat jij het wel zou redden, omdat je zo slim en dapper bent. De hele tijd dat we naar het kamp van Ali Hassan zochten, waren zijn geest en zijn hart vol van jou, mijn lieve. Ik kon de bezorgdheid om jou in zijn ogen zien en in zijn stem horen. Het laatste bewijs van zijn liefde voor jou kreeg ik die nacht voordat we Alcazaba Malina verlieten. Ik moet je bekennen dat ik die kleine scène in de tuin tussen jullie heb gadegeslagen.'

'Ik ben niet uit onze slaapkamer weggegaan om hem te ontmoeten,' zei ze snel. 'Ik voelde me onrustig en wilde even buiten wandelen. Ik wist niet dat Karim daar zou zijn.'

'Dat realiseer ik me wel,' zei de Nasi. Hij begon zachtjes te lachen. 'Ik kon niet verstaan wat jullie tegen elkaar zeiden, want ik stond in de schaduw van de gordijnen, maar ik hoorde beslist wel de klap die je hem gaf, zelfs aan de andere kant van de tuin. Maar toen kuste hij je, Zaynab, en je stribbelde niet tegen op een manier waardoor mij duidelijk zou zijn geworden dat hij je lastigviel. Nee, je smolt in zijn omhelzing, alsof je eindelijk thuiskwam na een zware reis. Op dat moment besefte ik dat Karim al Malina niet alleen van jou hield, maar jij, Zaynab, ook van hem. Die scène was zó heftig, dat mijn hart pijn deed om jullie beiden.'

'Ik ben je nooit ontrouw geweest, Hasdai,' zei ze.

'Dat besef ik terdege, mijn lieve,' antwoordde hij, 'jullie zijn allebei inderdaad zo deugdzaam en edel, dat ik me nauwelijks kan voorstellen dat er een dergelijke goedheid bestaat, afgezien dan van het bewijs dat ik voor ogen heb. Misschien ben ik een beetje wereldwijs en cynisch geworden te midden van die superieure beschaving van al-Andalus, met al zijn schittering, Zaynab. Een dergelijk betoon van loyaliteit verbijstert me.' Hij nam haar hand in de zijne en wreef hem, om de bloedcirculatie op gang te brengen, want ze voelde zo koud. Geen wonder, dacht hij, na al die schokken die ze te verwerken had gekregen.

'Ik heb je gezegd, Zaynab, dat ik niet toesta dat je wegkwijnt, en dat meen ik. Als wij naar Cordoba waren teruggekeerd en bij aankomst alles hadden aangetroffen zoals het bij ons vertrek was geweest, zou ik het zo hebben gelaten. Eerlijk gezegd geniet ik van je, niet alleen van je lichaam, maar ook van je gezelschap. Jij bent een perfecte metgezellin voor mij. Het lot heeft helaas echter anders beslist.

Het is onfortuinlijk dat ik je de dingen niet kan geven die jij werkelijk nodig hebt, Zaynab. Ofschoon ik wel weet dat je Moraima nooit zult vergeten, heb je kinderen, een huishouding en een man nodig om voor te zorgen en je leven mee te delen. Zo'n man kan ik niet voor je zijn. Niemand weet beter dan jij, denk ik, waar mijn loyaliteit ligt.' Toen ze om zijn woorden glimlachte, voelde hij hoop voor haar.

'In die vier maanden dat wij weg waren, heeft het werk zich opgestapeld. Ik moet mij daaraan wijden, want hoe eerder het af is, des te eerder kunnen we onze school voor geneeskunde in Cordoba oprichten. Ik heb er de tijd niet voor om jou weg te lokken uit je verdriet en als ik dat wel had, dan nog zou je er niet veel aan hebben. Oma is getrouwd en bij je weg. Je kind is gestorven. De conventies van deze maatschappij dwingen je in huis opgesloten te blijven zitten, zonder iets om handen te hebben, zonder iemand om voor te zorgen, wachtend op een overwerkte ambtenaar die je zo af en toe komt bezoeken. Noch de kalief, noch ik wenst een dergelijk leven voor de vrouw die ons beiden zoveel geluk en genot heeft geschonken.

Aangezien jij de prins van Malina bemint en hij jou ook, is de oplossing heel simpel. Je bent inmiddels een vrije vrouw, Zaynab, want voordat ik vandaag bij je kwam, heb ik een bezoek gebracht aan de opperrabbi van Cordoba. Ik heb de papieren, die mijn secretaris in zijn aanwezigheid heeft opgesteld, ondertekend. Omdat ik een jood ben, en jij mijn eigendom, was in dit geval de autoriteit om je te bevrijden een joodse. De kalief heeft al een brief aan Karim al Malina geschreven, om hem mee te delen dat hij voor hem een bruid heeft uitgekozen, die spoedig zal arriveren. Ik heb een royale bruidsschat voor je, mijn lieve. Probeer nu eerst weer grip op je leven te krijgen, want het is de bedoeling dat je nog lang en gelukkig gaat leven, zoals het in de sprookjes wordt gezegd.'

Ze had zwijgend naar hem zitten luisteren en zijn woorden met volslagen verbijstering aangehoord. Nu hield hij op met praten en haar hoofd tolde ervan. Karim! Ze ging naar Karim terug, als zijn vrouw! Dat was ongelooflijk. Zaynab barstte in tranen uit, tot grote verbazing van Hasdai ibn Sjaproet.

'Wat is er nu weer?' riep hij.

'Ik ben zo gelukkig,' antwoordde ze, snuffend.

'O, op die manier,' antwoordde hij. Hij herinnerde zich dat zijn moeder en zijn zusters ook op zo'n vreemde irrationele manier huilden. 'Dus je bent wel tevreden met de manier waarop de kalief en ik je lot hebben gewijzigd, mijn lieve?'

'Jawel! Jawel!' zei ze en ze liet erop volgen:'Ach Hasdai, hoe kan ik je ooit danken voor die onzelfzuchtige goedheid van je? Ik zal het je nooit kunnen terugbetalen, maar ik zal altijd onthouden hoe geweldig het is dat je dit voor mij hebt gedaan. Ik zal de klap die ik bij mijn terugkeer hier heb gekregen, de dood van mijn kind, het feit dat ze al begraven was en dat er geen spoor meer van haar achtergebleven was alsof ze er nooit was geweest, van mijn leven niet kunnen vergeten. Ik mis Oma erger dan ik had verwacht, ook al ben ik blij dat ze nu haar eigen leven heeft. Ik heb geprobeerd vooruit te zien, niet achterom, maar alles wat ik voor me zag was een zee van jaren die zich voor me uitstrekte, vol eenzaamheid, slechts onderbroken door jouw bezoeken. Dat is gewoon niet voldoende voor mij, Hasdai! Ik ben je dankbaar dat je dat begrepen hebt!'

'Maak geen held van me, Zaynab, want dat ben ik niet. Ik ben een zelfzuchtig mens, ga totaal in mijn werk op, en als je kind die ziekte had overleefd, zou ik je niet hebben laten gaan. Jij zou mijn vormen van hartstocht hebben geleerd waarvan ik niet weet dat ze bestaan. Ik zal jou missen, en dat andere ook,' zei hij met een glimlach.

'Als u mij de kans geeft, zal ik een mooie slavin voor u zoeken en haar opleiden om u die genietingen te schenken,' zei Zaynab.

'Nee,' antwoordde hij, 'hoe bekwaam ze ook zou zijn, ze zou je niet kunnen vervangen, mijn dierbare. Je moet bedenken dat jij niet zomaar een gewone concubine bent. Jij bent een liefdesslavin, een schepsel vervuld van sensualiteit, intellect, uniek onder de vrouwen.'

'U moet niet terugkeren tot de toestand waarin u verkeerde voordat u in mijn bed kwam,' antwoordde Zaynab gedecideerd. 'U moet uw liefdessappen laten stromen, niet oppotten, dat is verkeerd, Hasdai!'

'Dankzij jou, mijn lieve, ben ik inmiddels vaardig genoeg,' zei hij, met een onderdrukt grinnikje, 'dat ik me er niet voor schaam de meest bekwame courtisanes van Cordoba op te zoeken wanneer de nood hoog is.'

'Minstens één keer per week, liever twee keer,' sprak ze ernstig.

'Als ik tijd heb,' antwoordde hij.

'Wat inhoudt dat het er in de praktijk nooit van komt,' wond ze zich op. 'Er moet iemand in uw huis zijn, Hasdai, iemand die altijd beschikbaar is, anders ontspant u zich nooit. Als u geen andere slavin wenst te bezitten, kunt u misschien een regeling met een jonge courtisane treffen, dat ze twee keer per week naar dit huis komt,' stelde Zaynab voor.

'Dit huis is van jou,' zei hij.

'Ik schenk het aan u,' zei ze met een glimlach. 'U vindt het prettiger om buiten de joodse wijk te leven en dit huis staat zeer afgezonderd. Het is bijzonder geschikt voor u. Als u dat verkiest kunt u hier werken en iemand onderhouden in de uiterste beslotenheid van uw huis. Stemt u er maar mee in, dan schrijf ik het huis op uw naam over. Maar u moet wel uw eigen kokkin zoeken, want ik wil

Aïda meenemen. Nee! *Ik* zoek een kokkin voor u. Als ik het aan u overlaat, komt er niets van. Ik moet zorgen dat alles goed geregeld is, voordat ik vertrek, Hasdai.' De woorden rolden halsoverkop uit haar mond. 'Je begint op mijn moeder te lijken,' mopperde hij, maar begon toen te lachen. 'Ik zei al tegen de kalief dat jij bestemd was voor een huwelijk met kinderen. Ik ben blij dat mijn oordeel wat dat aangaat correct blijkt te zijn.'

Zaynab leefde helemaal op. Ze stuurde Naja naar de opperrabbi in de joodse wijk, met een beleefd briefje, waarin ze verzocht om een aanbeveling voor een respectabele alleenstaande vrouw of weduwe, die de huishouding kon doen en kon koken voor een heer uit het geloof. Naja keerde enige tijd later terug in gezelschap van een lange, sober uitziende vrouw, die zich voorstelde als Miriam Ha-Levi. Zij had een kleinzoon van tien jaar bij zich.

'Ik ben de enige die hij heeft, vrouwe,' begon Miriam Ha-Levi. 'Krijgen wij hier kost en inwoning?'

'Uiteraard,' antwoordde Zaynab, 'de jongen is welkom. U moet onmiddellijk beginnen, omdat ik weet dat u uw keuken anders zult willen inrichten dan mijn kokkin Aïda. Als dat niet geregeld is voordat ik vertrek en u de zaken hier niet voldoende op orde hebt, weet mijn heer niet wat hij doen moet.' Er zal verwarring door ontstaan.'

'Ik begrijp het volkomen, vrouwe,' zei Miriam Ha-Levi. 'Mannen zijn nu eenmaal niet erg praktisch of goed georganiseerd als het op de huishouding aankomt. Ik ben er zeker van dat God om die reden de vrouwen heeft geschapen. Is de enige bewoner van dit huis de meester?'

'Jawel,' antwoordde Zaynab, 'maar soms ontvangt hij misschien gasten. Hij komt niet altijd op tijd thuis voor het eten, vrees ik, of hij vergeet het en gaat ergens anders eten. Het zal niet gemakkelijk zijn hem te dienen, Miriam, maar hij is een goede man. Val hem niet te hard, tenzij u het vriendelijk doet. Hij gaat bijna volledig in zijn werk op. Welnu, iedere woensdag en zaterdag zal er 's avonds een jonge courtisane uit de stad komen. Misschien vergeet hij wel dat ze hier is en zal hij te laat thuiskomen. Misschien komt hij helemaal niet opdagen. Ziet u er dan alstublieft op toe dat de jonge vrouw goed te eten krijgt, ongeacht de omstandigheden.'

'Een courtisane?' zei Miriam Ha-Levi geschokt. 'Is dit wel een respectabel huis, vrouwe? De rebbe heeft niets gezegd over een courtisane. Van wie is dit huis. Ik kan mijn kleinzoon niet laten opgroeien in een huis van slechte naam.'

'Dit is mijn huis. Ik ben vrouwe Zaynab, eens de favoriete van onze genadige heer Abd al-Rahman. Onze dochter is in de tuin van dit huis begraven. Nu ga ik naar het koninkrijk Malina in Afrika om met de prins te trouwen. Ik geef mijn huis aan mijn vriend, de Nasi Hasdai ibn Sjaproet. Hij is uw werkgever, Miriam Ha-Levi. Ik denk dat u hem respectabel genoeg zult vinden. Zoals iedere ongetrouwde man heeft hij behoeften waarin voorzien moet worden.

Mijn eunuch Naja heeft de Straat van de Courtisanes bezocht en persoonlijk een mooie jonge vrouw uitgekozen om de Nasi te behagen. Als ik dit niet voor hem deed, zou hij te verlegen zijn om zelf de toevlucht tot een vrouw te nemen,' besloot Zaynab.

'Ik vind dat hij een goede vrouw moet zoeken,' snoof Miriam.

'Geen enkele vrouw zou het met hem uithouden,' lachte Zaynab. 'Hij is met zijn werk en zijn verplichtingen jegens de kalief getrouwd. Dat zal hij u zelf ook allemaal vertellen.'

'Goed,' meende Miriam Ha-Levi, 'zo'n man moet inderdaad verzorgd worden, zoals u zei. De Nasi staat goed aangeschreven wat betreft zijn eerlijkheid. Hij zal een goede meester zijn.' Zij was al bezig het prestige in te calculeren dat ze in de wijk zou krijgen, door de huishoudster en kokkin van Hasdai ibn Sjaproet te worden. 'Hoeveel bedienden zijn er nog meer?' vroeg ze.

'Een keukenhulp voor u, twee vrouwelijke bedienden die het huis schoonhouden, de stalknecht en een tuinman,' antwoordde Zaynab. 'Het is geen groot huis en de enige bewoner heeft niet zoveel nodig. Meer bedienden zou onzinnige verkwisting zijn.'

Miriam Ha-Levi knikte instemmend. 'Het is voldoende om ervoor te zorgen dat het eten niet weggegooid hoeft te worden op de avonden dat de meester niet thuis eet,' zei ze economisch.

'Naja zal u uw vertrekken wijzen, Miriam Ha-Levi. Wanneer de meester het vraagt, zeg hem dan dat u met mij overeengekomen bent hem te dienen voor vier gouden dinariën per maand, plus kost en inwoning voor uzelf en uw kleinzoon,' zei Zaynab met een ondeugend lichtje in haar ogen.

'Vier dinariën, dat is veel te veel, vrouwe,' protesteerde Miriam, met de haar aangeboren eerlijkheid.

'De Nasi kan het zich goed permitteren,' zei Zaynab. 'Bovendien verdient u dat. Uw meester is eerlijk, maar niet gemakkelijk. U moet bovendien ook aan de jongen denken, Miriam Ha-Levi. Hij moet een opleiding krijgen en heeft goud nodig, om op een dag zijn eigen zaak te kunnen openen, zodat hij een vrouw kan aantrekken met een goede bruidsschat. Ik vraag u echter om één ding. Zou u iedere dag verse bloemen op het graf van mijn dochter willen leggen? Zij is daar begraven in de armen van haar verzorgster, Abra, iemand van uw volk. Zij zijn een paar maanden geleden gestorven aan vlektyfus. Dit is het enige waarom het mij spijt dat ik dit huis verlaat.'

Miriam Ha-Levi was aangedaan door Zaynabs verzoek. Zij was

blijkbaar een toegewijde moeder geweest. 'Dat verzoek zal ik inwilligen, vrouwe,' beloofde ze. 'Hoe was de naam van uw dochtertje?'

'De prinses heette Moraima,' zei Zaynab zachtjes en de tranen sprongen haar weer in de ogen. Nog steeds kon ze de naam van haar kind niet uitspreken zonder te huilen. Inmiddels had ze zich wel gerealiseerd dat haar kind gestorven zou zijn of ze er nu wel of niet bij was geweest, maar toch voelde ze zich schuldig over de onverwachte dood van haar kind tijdens haar afwezigheid.

'Ik zal Miriam Ha-Levi de keukens laten zien,' onderbrak Naja haar snel. 'En zij moet ook haar eigen verblijven nog inspecteren, vrouwe.' Hij wenkte de vrouw hem te volgen en haastte zich weg, om zijn meesteres weer tot zichzelf te laten komen.

'Zij heeft veel van haar kind gehouden,' zei Miriam Ha-Levi vol medeleven.

'Wij hielden allemaal heel veel van de kleine prinses Moraima,' antwoordde Naja zachtjes.

Er moest een geheel nieuwe garderobe voor de bruid worden gemaakt. Terwijl Zaynab het op zich had genomen ervoor te zorgen dat er na haar vertrek aan de behoeften van Hasdai zou worden tegemoetgekomen, regelde de Nasi op zijn beurt de bruidsschat, zowel financieel als letterlijk. Er kwamen verscheidene naaisters naar het huis, die balen met kleurrijke, rijke stoffen meebrachten. Er moesten blouses, mantels, pantalons, kaftans, overmantels en sluiers worden vervaardigd. Deze werden geborduurd met zilver en gouddraad en met juwelen bezet. Ze werden gevoerd, of doorgestikt voor koude dagen, of afgezet met bont. Ook kwam de vrouw van een schoenmaker om de maat van Zaynabs voeten te nemen. Die nam ze mee terug naar haar mans werkplaats, opdat deze muilen en laarzen kon maken voor de vrouw die weldra de echtgenote van de prins van Malina zou zijn. Alles werd gedaan in tijd van een halve maand.

Hasdai bracht voor Zaynab een huwelijksgeschenk mee, een prachtige halsketting met saffieren en diamanten. 'Ik heb je nooit een echt geschenk gegeven,' zei hij, 'en dat realiseerde ik me pas toen de kalief mij vroeg wat mijn afscheidscadeau aan jou zou zijn.'

Ze keek met open mond naar dit rijke geschenk en zei: 'Ik weet niet wat ik moet zeggen, mijn heer. Wat een prachtig geschenk!'

'Abd al-Rahman zendt je ook een geschenk,' zei hij en overhandigde haar een zakje van fluweel.

Zij opende het zakje en liet de inhoud ervan in haar hand rollen. Haar hand was vol met de schittering van veelkleurige edelstenen. Zij schudde verwonderd haar hoofd; dit vertegenwoordigde een fortuin. 'Dank hem uit mijn naam, maar zeg hem erbij dat het mooiste geschenk dat hij me ooit heeft gegeven, hetgeen was dat ik ooit van hem heb gevraagd. Zeg hem ook dat ik het zeer betreur niet beter voor dat geschenk gezorgd te hebben.' Een moment lang zwegen zij beiden. Daarna zei Zaynab: 'Ik heb voor jou ook een afscheidscadeau, Hasdai. Kom samen met mij baden.'

Zaynabs nieuwe slavin, Rabi, worstelde met twee dingen tegelijk, de taal en de gewoonten. Ze wist niet wat moeilijker was, haar tong breken op die onmogelijke klanken, of een naakte man en vrouw in bad helpen. Haar wangen waren voortdurend vuurrood, wat niet aan het stomen te wijten was. Maar toch, in die korte tijd dat ze bij Zaynab in dienst was, aanbad ze haar meesteres al en zou ze alles voor haar meesteres doen, ook al hield dat in dat ze zelf ook naakt moest zijn terwijl ze haar werk deed.

Rabi was erg opgewonden over de reis die ze zouden gaan maken. Zaynab had haar van het op handen zijnde huwelijk verteld. 'En wassen ze zich op die plaats waar wij naartoe gaan ook allemaal naakt, vrouwe?' vroeg ze, terwijl ze haar meesteres met warm, geparfumeerd water afspoelde.

Zaynab knikte met een twinkeling in haar ogen. Ze wendde zich tot Hasdai en zei: 'Die arme Rabi is nog niet aan onze manieren gewend. Naja heeft zich doodgelachen toen hij haar voor de eerste keer naar het bad bracht, waar ze haar kleren niet wilde uitdoen om te baden. Hij heeft verschrikkelijk veel moeite moeten doen om haar ervan te overtuigen, zeker omdat ze onze taal nog niet zo goed spreekt. In een poging om haar te laten zien wat ze moest doen, kleedde hij zichzelf uit. Rabi rende gillend de tuin in, terwijl die arme Naja, volkomen verlegen met de situatie, zich opnieuw moest aankleden en mij ging zoeken, om haar te vertellen dat het allemaal in orde was.'

Hasdai moest hartelijk lachen. 'Die verhitte wangetjes van haar maken haar er niet mooier op, zeker niet met al die sproeten. Ik denk dat ik me maar een beetje onder controle moet houden, anders jaag ik haar de stuipen op het lijf.'

Zaynab zond Rabi voor de rest van de avond weg en ze keerden terug naar de slaapkamer. Tot grote verrassing van de Nasi, wachtte daar een mooie jonge vrouw op hen. Zij was naakt, net als zijzelf. Haar huid was melkwit, haar haar zo zwart als ebbenhout en haar ogen hadden een levendige violette kleur. Hasdai ibn Sjaproet keek gefascineerd naar haar en merkte tot zijn verbijstering dat hij nu al opgewonden raakte. Hij keek Zaynab aan.

Deze lachte zachtjes. 'Dit is Nilak. Zij is een Perzische en woont in de Straat van de Courtisanes, in de stad. Zij komt iedere woensdag- en zaterdagavond om jou gezelschap te houden. Probeer niet te vergeten dat zij hier is op die dagen, Hasdai, en ga dan naar huis,' plaagde Zaynab hem. Toen pakte ze hem bij de hand, met de woorden: 'Kom mee, heer. Nilak en ik gaan u vanavond samen een beetje genot bezorgen.' Ze leidde hem naar het bed, waar ze met hun drieën op gingen zitten. 'Kus haar, mijn heer,' droeg Zaynab hem vriendelijk op. Hij was tot zijn eigen verbazing tamelijk nieuwsgierig. Hij trok Nilak in zijn armen en kuste haar op de mond. Haar adem was zoet en de kus die ze hem gaf was heerlijk gepassioneerd. Ze geurde naar seringen. Toen hij haar losliet, vroeg hij: 'Kun je ook spreken, Nilak?'

'Natuurlijk, heer Hasdai,' zei ze lachend. Haar lach was als een klaterende beek, haar stem zoet en fijn van klankkleur. 'Het is mij een eer dat vrouwe Zaynab mij voor u heeft uitgekozen.'

De Nasi keek naar Zaynab en stak zijn andere arm uit om die om haar heen te leggen. Ze hief haar mond op om hem te kussen en opeens werd Hasdai zich ervan bewust dat hij zich nu in een situatie bevond die hij zich nooit had kunnen voorstellen. Van de ene mooie vrouw naar de andere kijkend, zei hij: 'Dit overweldigt mij, mijn lieve vrouwen en ik heb geen flauw idee hoe ik nu verder moet. Ik heb maar twee handen en één mond.'

Beide vrouwen lachten, maar Nilak was degene die zei: 'Laat u door ons vermaken, mijn heer. Spoedig zult u merken dat het mogelijk is ons beiden tegelijkertijd ongelooflijk veel genot te schenken.' Toen liet ze zich uit zijn armen glijden, knielde tussen zijn benen, met haar ebbenzwarte haren over zijn dijen uitgespreid, terwijl ze zijn mannelijkheid in haar mond nam en erop begon te zuigen.

Intussen trok Zaynab zijn hoofd naar zich toe en liet haar tong plagerig over zijn lippen glijden, zijn tong uitdagend om met de hare te spelen. Hij gaf aan dit onuitgesproken verzoek toe, terwijl zijn handen haar borsten zochten om die te liefkozen. Zijn hoofd begon te tollen van al die heerlijke sensaties die over hem heenspoelden. Zaynab draaide haar lichaam om en onmiddellijk vond hij haar venusheuvel en haar onderste lippen waartussen hij op zoek ging naar haar lustpareltje en zijn vingers naar binnen deed om een mannelijk lid na te doen.

'Hij is klaar,' zei Nilak en terwijl ze zich over hem heen liet zakken en hem in haar schede opnam, maakte Zaynab zich van haar minnaar los, trok de kussens onder hem uit zodat hij plat kwam te liggen. Instinctief gingen zijn handen naar de hoge, kegelvormige borsten van Nilak, terwijl Zaynab over hem heen hurkte en zich aan zijn mond en tong aanbood. Hij stak zijn tong uit en liet hem heen en weer gaan over het opzwellende liefdesbobbeltje. Zijn hart klopte wild. Al zijn zintuigen stonden in vuur en vlam. Zijn hoofd duizelde van het genot dat over hem heen rolde. Zijn mannelijkheid explodeerde met een kracht die hij nog niet had gekend. Beide vrouwen lieten zich snikkend ineenzakken nadat ze gedrieën tot een hoogtepunt waren gekomen. Met de ledematen door elkaar gestrengeld lagen zij terneer, als één hoop vervulde hartstocht en liefde.

Toen ze weer op adem gekomen was en haar hart niet meer zo bonsde, vroeg Zaynab aan de Nasi: 'Dus u bent er tevreden mee dat Nilak bij u komt, mijn heer?' Ze glimlachte naar hem.

'Zeker mag ze komen,' zei hij enthousiast, terwijl hij het meisje opnieuw in zijn armen trok en haar op haar volle lippen kuste. 'Jij hebt mij deze avond veel genot geschonken, Nilak, en ik verwelkom je graag, nadat Zaynab vertrokken is.'

'Dank u, mijn heer,' antwoordde Nilak lief. Toen stond ze op en verliet de kamer.

'Komt ze nog terug?' vroeg hij aan Zaynab. 'Ze is erg lief en heel anders dan jij. Ik weet wel dat ik nee gezegd heb, maar ik dank je ook dat je haar voor mij gevonden hebt. Ik weet zeker dat we vele aangename uren samen zullen doorbrengen.'

'Vanavond komt ze niet meer,' mijn heer,' zei Zaynab. 'Ik wilde u alleen maar kennis met haar laten maken terwijl ik erbij was, zodat u het niet moeilijk zou vinden met een nieuwe vrouw. Het ging heel erg goed, mijn heer. Ik heb u goed onderwezen.'

De volgende ochtend, toen Zaynab wakker werd, was Hasdai al weg, maar op het kussen waar hij had gelegen lag een volmaakt witte gardenia. Zaynab glimlachte warm. Het was werkelijk jammer dat Hasdai niet wilde trouwen. Hij was een zeer gevoelig mens. Zij hoopte dat de courtisane Nilak zijn gevoelige eigenschappen op prijs zou kunnen stellen, maar misschien zou Hasdai met Nilak niet zo kwetsbaar zijn als hij met haar was geweest.

Zaynab zag Hasdai niet meer voor haar vertrek, twee dagen later. Ze zou over de Guadalquivir naar de monding varen, dan over land naar Gibraltar reizen, vanwaar ze zou worden overgezet naar Afrika. Daar zou ze door een delegatie uit Malina worden opgewacht en naar haar nieuwe huis worden geëscorteerd. De vele kisten en koffers, die haar bruidsschat bevatten, werden aan boord van een schip, genaamd de *Abd al-Rahman* geladen. Naja, Aïda en Rabi waren haast misselijk van opwinding, toen de Nasi arriveerde met een erewacht, om haar naar het schip te begeleiden. Hij kwam in officieel ornaat, bestaande uit schitterende mantels van goudlakenbrokaat, geborduurd met parels en diamanten. Op zijn hoofd droeg hij een bijpassende tulband.

'Wij willen het tij niet missen, vrouwe,' sprak hij formeel, terwijl hij haar in de draagstoel hielp.

In de haven bracht hij haar aan boord en begeleidde haar naar de ruime hut. 'De kalief heeft deze route voor je uitgekozen vanwege de late herfst. Hij vreesde stormen. Je vaart niet uit van Gibraltar als het weer niet goed is, Zaynab. Wij willen beiden dat je veilig je bestemming bereikt.'

'Is er al bericht van Karim gekomen?' vroeg ze hem bezorgd.

Hij schudde zijn hoofd en zei: 'De prins van Malina heeft geen idee wie de bruid is die de kalief hem stuurt, Zaynab. Dat is een kleine grap van onze kant, waarvan ik hoop dat hij het ons zal vergeven. Karim kennende weet ik dat hij kwaad is en zich wil verzetten tegen het bevel van de kalief dat hij zijn bruid moet accepteren. Stel je de verrassing en verrukking voor, als hij erachter komt dat zijn bruid degene is die hij altijd heeft liefgehad.' De Nasi greep haar bij de schouders en drukte een kus op haar voorhoofd. 'Moge de God die over ons allen waakt je reis en je nieuwe leven zegenen, Zaynab. Mijn dierbare, ik zal je nooit vergeten.' Toen deed Hasdai ibn Sjaproet een stap achteruit, boog diep voor haar, en verliet het schip.

Toen ze hem nakeek, voelde Zaynab tranen achter haar oogleden prikken. Hij was haar minnaar geweest en een goede vriend. Ze zou hem missen. De reis waaraan ze nu ging beginnen, was volkomen gebaseerd op de inzichten die hem door zijn medegevoel waren ingegeven. Zij zou terugkeren naar de man van wie ze altijd had gehouden. 'Hasdai, ik zal je nooit vergeten,' fluisterde Zaynab hem na. Toen hoorde ze kreten op het dek en de trossen, die het schip aan de kade bonden, werden losgegooid. Het schip begon weg te drijven. Plotseling werd ze door een enorme opwinding overspoeld. Ze ging naar huis, naar huis in Malina. Naar Karim!

Hoofdstuk twintig

'Een *bruid*? De kalief zendt me een *bruid*?' Karim ibn Habib, prins van Malina, keek zijn vizier Aladdin ben Omar aan, of hij het goed had gehoord.

'Ja, mijn heer,' zei deze. 'In de brief van de kalief staat, dat hij vindt dat u getrouwd behoort te zijn en dat u onmiddellijk een gezin dient te stichten, aangezien u de laatste mannelijke afstammeling in rechte lijn van ibn Malik bent. De kalief zegt dat de trouw van uw familie aan zijn familie door de eeuwen heen beloond dient te worden. Daarom heeft hij besloten u een bruid van zijn keuze te zenden. Zij arriveert binnen een tijdsbestek van één maand, heer.'

'Ik herinner me duidelijk dat ik Hasdai ibn Sjaproet heb meegedeeld dat ik niet hertrouw,' zei Karim, wiens ergernis steeg, naarmate zijn vermoeden steeg dat Hasdai hier achter zat. 'Ik herinner me ook dat ik heb gezegd dat ik mijn zusters zoon als opvolger zou aanwijzen. Waarom heeft hij dat niet aan de kalief verteld, Aladdin?'

'Dat heeft hij misschien wel gedaan, heer,' antwoordde de vizier. Hij was er echter niet zeker van of hij erbij moest vertellen dat de brief, hoewel door de kalief ondertekend, verzegeld was geweest met het zegel van Hasdai ibn Sjaproet, niet dat van Abd al-Rahman. Maar hij achtte het beter discreet te zijn en zei dus maar niets tegen zijn oude vriend.

'Ik wil geen bruid, Aladdin,' zei de prins. 'Mijn ervaring met Hatiba was diep tragisch. Ik heb als een beest een kind bij haar verwekt, zonder van haar te houden. Ik kan het niet nog eens doen, Aladdin, ik doe het niet!' De blik in zijn blauwe ogen was vastberaden.

'Je kunt de kalief niet beledigen,' was de raad van de vizier. 'Hij is je gebieder, Karim.' Aladdin ben Omar liet voor deze gelegenheid de formaliteiten varen. Hij moest een beroep zien te doen op het gezonde verstand van zijn vriend. Karim was zeer wel in staat koppig te zijn, tot dwaasheid aan toe. 'Wacht in ieder geval tot je het meisje hebt leren kennen. Ik weet heel goed dat geen enkele vrouw

Zaynab voor je kan vervangen, oude vriend van me, maar misschien kan deze bruid een eigen plaatsje in je hart veroveren, als je het haar toestaat.'

'Ik moet die vrouw alleen maar accepteren omdat ze van de kalief komt,' antwoordde Karim, 'maar ik hoef niet met haar naar bed.'

'Ben je gek?' riep de vizier. 'In de brief staat uitdrukkelijk dat je bruid de eer en de persoonlijke achting van Abd al-Rahman geniet! Als je haar niet goed behandelt, zal ze bij de kalief gaan klagen.'

'Ze kan niet tegen hem klagen als ik haar dat belet,' zei Karim meedogenloos. 'Ze mag in de harem en de tuinen wonen, maar ze mag er niet uit. Daar is niets vreemds aan. De bedienden zullen het niet wagen voor haar te intrigeren, uit vrees voor mijn toorn, Aladdin. En ze zal niets tekort komen.'

'Je bent werkelijk gek geworden,' antwoordde zijn vriend.

'Nee, dat ben ik niet! Ik ben de prins van Malina. Ik laat mij niet voorschrijven dat ik een vrouw moet nemen en haar moet dekken als een hengst die bij een merrie wordt gebracht. Dat kan ik niet, Aladdin. Hoe kun je het zelfs maar opperen. Jij mag van geluk spreken dat je je geliefde Oma hebt gekregen. Je kunt er eventueel nog een hele harem met schoonheden aan toevoegen, maar een andere vrouw nemen, dat doe je niet, is het wel, oude makker? Waarom moet ik dan wel? Omdat ik hier de prins ben? Omdat mijn familie al tweehonderd jaar lang trouw de Omajjaden dient? Dat zijn voor mij geen deugdelijke redenen. Ik doe het niet!' Zijn stem was sterk, zijn knappe gelaat stond onverzoenlijk. 'Ik trouw met die vrouw omdat ik het moet, maar dat is dan ook alles.'

Later op de dag, in de beslotenheid van zijn eigen huis, sprak de vizier zijn bezorgdheid tegenover zijn vrouw uit. 'Hij gaat er dwars tegen in, Oma. Moge Allah de arme vrouw genadig zijn, die de kalief naar Karim stuurt.'

'Je zegt dat de brief verzegeld was met het zegel van de dokter en niet van de kalief,' zei Oma nadenkend. Wat voor motieven had de vizier van de kalief? 'Hasdai ibn Sjaproet wist dat Karim geen andere vrouw wilde hebben. Toch heeft hij blijkbaar de kalief aangemoedigd hem er een te sturen. Ik vraag me af waarom. Wie is die vrouw en met wat voor doel komt zij hierheen? Deze kwestie is misschien niet zo eenvoudig als het lijkt, Aladdin.'

Oma's woorden riepen in de geest van de vizier meer vragen dan antwoorden op. Hadden de kalief en zijn trouwe vizier soms een verborgen agenda? En zo ja, welke? Was het mogelijk dat Hasdai ibn Sjaproet Karim niet in staat achtte om te regeren, en was zijn bruid in wezen een spion voor Abd al-Rahman? Maar die gedachte hield hij voor zich. Er was geen reden om bij de prins olie op het vuur te gooien, die was al kwaad genoeg. Een goede vizier verzamelde alle feiten, trok zijn conclusies en presenteerde ze vervolgens aan zijn gebieder.

Er kwam bericht in Alcazaba Malina dat de bruid nu op twee dagreizen van Gibraltar was.

'Ga je haar in Tanger afhalen?' vroeg Aladdin ben Omar aan Karim.

'Nee,' zei Karim met een wrange glimlach, 'ik ga een paar dagen in de heuvels op jacht. Ik verblijf op "Toevlucht".'

'Wil je dan dat ik in jouw naam naar Tanger ga om haar te verwelkomen en naar Alcazaba Malina te escorteren?'

'Ja,' zei Karim. 'Hebben we alle papieren die voor het huwelijk nodig zijn?' Toen zijn vizier bevestigend knikte, zei de prins: 'Dan gaan we er nu mee naar de imam, zodat hij het huwelijk kan voltrekken. Ik neem aan dat die vrouw bereid is, ze komt per slot van rekening. Jij gaat als getuige. Zodra mijn bruid arriveert, is ze mijn wettige echtgenote. Sluit haar op in de harem. Ik zal haar zelf bezoeken als ik terug ben, en haar persoonlijk uitleggen wat de prijs is die ze moet betalen om de vrouw van de prins van Malina te zijn.'

'Karim, ik smeek je vriendelijk te zijn tegen het arme kind,' zei zijn vriend. 'Bedenk dat ze maar een vrouw is, en niet veel te zeggen heeft gehad in deze kwestie. Misschien is ze zo'n arm kind dat pas naar de harem van de kalief is gekomen, of de dochter van een hoge ambtenaar, die bij Abd al-Rahman in de gunst wil komen. Ze moet doen wat haar gezegd wordt en ermee instemmen dat ze jouw vrouw wordt, want ze heeft geen keus. Wees dan ook niet wreed voor haar.'

'Ik zal niet wreed zijn, Aladdin, maar kun je me niet begrijpen? Het is weer hetzelfde liedje. Er wordt me alweer een vrouw opgedrongen die ik niet wil. Hoe kan ik met een vrouw trouwen en haar liefhebben, als mijn hele hart en ziel vervuld zijn van Zaynab? De herinnering aan haar doet me zó ontzettend pijn, dat ik het niet eens goed kan beschrijven. Ik houd van haar en zal altijd van haar blijven houden. Voor mij bestaat er geen andere vrouw. Snap je dat dan niet, mijn goede oude vriend? Jij wilde toch ook niemand anders dan Oma?'

Aladdin ben Omar zuchtte diep. 'Dat is waar, Karim, maar als Oma niet op het juiste moment in mijn leven was teruggekeerd, zou ik een andere vrouw hebben gezocht. Ik zou dan niet zoveel van haar hebben gehouden als van Oma, maar mijn plicht jegens mijn vader en mijn voorouders houdt in dat ik een nieuwe generatie verwek.

Wij zijn nu al zo lang goede vrienden, dat ik het wel aandurf openhartig tegen je te zijn, Karim al Malina. Jij bent de laatste telg uit je geslacht en daarom is het je plicht zonen te verwekken, opdat de lijn van afstammelingen van je grote voorvader ibn Malik, niet uitsterft. Het leven heeft je een gemene hak gezet, dat is waar, door de enige vrouw die je liefhebt van je af te nemen. Maar wat denk je van Zaynab? Lijdt zij ook niet verschrikkelijk? En toch heeft zij haar plicht vervuld zoals het een vrouw betaamt, toen ze naar de kalief ging en vervolgens naar Hasdai ibn Sjaproet.

Heeft Abd al-Rahman zoveel van haar gehouden als jij? Houdt Hasdai ibn Sjaproet zoveel van haar als jij? Maar Zaynab schreeuwt niet moord en brand omdat ze haar lievelingsspeeltje niet kan krijgen. Zij doet wat ze moet doen, omdat ze weet dat ze het moet doen, en daarom, mijn heer en prins van Malina, moet jij dat ook,' zei de vizier, nu heftig. 'Het wordt zo langzamerhand tijd dat je ophoudt met te zwelgen in zelfmedelijden en je gaat gedragen zoals je vader had gewild, zoals een prins van Malina zich behoort te gedragen!'

Karim staarde zijn oude vriend, geschrokken van de gestrengheid van diens woorden, aan. Hij realiseerde zich dat Aladdin ben Omar gelijk had in alles wat hij had gezegd. 'Het is gewoon te snel,' zei hij hulpeloos, 'ik ben nog niet klaar voor een nieuwe vrouw.'

De vizier knikte. 'Ik zal de bruid gaan afhalen, mijn heer, terwijl u naar "Toevlucht" gaat en vrede sluit met uzelf,' zei hij. 'Het tijdstip dat de kalief heeft gekozen mag dan niet zo subtiel zijn, maar dat kan uw bruid niet helpen, nietwaar? Zij komt, vervuld van hoop en met dezelfde vreugdevolle verwachtingen bij u, zoals elke andere bruid. Als ze nog erg jong is, is ze misschien ook een beetje bang. Ze wordt per slot van rekening aan een volkomen vreemde uitgehuwelijkt en ver van huis gestuurd. Als u het goedvindt, zal ik Oma naar haar toesturen in de harem, voordat u terugkeert.'

'Ja,' zei Karim, 'dat zou erg aardig zijn.'

Die avond gingen beide mannen met de kadi naar de opperimam van Malina. Hem werden de huwelijkscontracten voorgelegd en nadat hij ze zorgvuldig had gelezen, voltrok hij het huwelijk. De bruid was al getrouwd voordat ze voet op Afrikaanse bodem had gezet, en ze wist van niets. De volgende dag vertrok Karim, vergezeld door een zestal mannen van zijn lijfwacht, naar de heuvels, om te gaan jagen. De vizier reed naar de stad Tanger om daar de koninklijke bruid en haar gevolg te ontvangen. Deze rit, die met een karavaan drie dagen in beslag nam, duurde voor Aladdin ben Omar en zijn Sakalibah slechts anderhalve dag, omdat ze snel vooruitkwamen zonder gevolg.

De gouverneur van de kalief in Tanger verwelkomde hen. Hij was ingelicht over de op handen zijnde komst van de bruid van de prins, die bij goed weer de volgende ochtend scheep zou gaan over de Straat van Gibraltar.

De volgende dag brak ongewoon zonnig en helder aan voor deze tijd van het jaar, de late herfst. De zee buiten de baai van Tanger was glad. Er stond een wacht op de minaret van de grote moskee, het hoogste punt van de stad, die vlak voor het middaggebed uitriep dat het konvooi in zicht was. De vizier haastte zich samen met de gouverneur naar de haven, om de bruid op te wachten.

'U blijft hier natuurlijk nog een nacht over,' zei de gouverneur tot Aladdin ben Omar. 'De vrouwe zal ongetwijfeld doodmoe zijn van de oversteek, en uit willen rusten. Weet u wie zij is, mijn heer?'

De vizier schudde zijn hoofd. 'Het is vreemd,' deelde hij de gouverneur mee, 'dat er in de brief van de kalief over van alles wordt gerept, behalve over haar naam en afkomst. Dat stond ook niet in de huwelijkscontracten vermeld.'

'Misschien,' antwoordde de gouverneur, 'wisten ze nog niet zeker wie ze zouden kiezen en hebben ze tot het laatste moment gewacht. Een dergelijk belangrijke beslissing wordt niet dan na lang en zorgvuldig wikken en wegen genomen. De kalief is wel zeer goedgunstig, dat hij uw prins een bruid stuurt.' Hij lachte, met zijn grote vooruitstekende tanden. 'Karim al Malina staat zeker hoog in aanzien bij onze doorluchtige heer. Wat een geweldig fortuin valt hem en Malina ten deel; maar ja, Abd al-Rahman is altijd gul voor degenen die in zijn gunst staan.' Er klonk iets van afgunst door in de stem van de gouverneur. Als koninklijk gouverneur achtte hij zichzelf van groter gewicht dan zo'n simpele prins uit de provincie.

'Ik neem dat onmiddellijk van u aan, mijn heer,' zei de vizier vriendelijk. 'Uw inzicht is op dat gebied natuurlijk veel groter dan het mijne. Ik ben maar een eenvoudig man uit Malina. Ik weet dat mijn prins u zeer erkentelijk is voor uw goedheid.' Met een flauwe glimlach maakte hij een diepe buiging voor de gouverneur. Aladdin ben Omar had wel vaker met dergelijke mannen te maken gehad: ambtenaren met een groot ego. Om met dit soort personages om te gaan moest je alleen maar hoffelijk blijven en jezelf een heel klein beetje terugschroeven. Op zo'n manier kon je een gouverneur van Tanger, die zichzelf als de op één na gewichtigste man van al-Andalus beschouwde, kalm houden.

Het schip dat Zaynab en haar gevolg overzette, plus de schepen die haar escorteerden, zeilden de haven van Tanger binnen. Toen het schip de kade naderde, keek Zaynab ongezien, vanuit het raampje van haar hut, naar het gezelschap dat haar opwachtte. Karim was niet gekomen. Hij mokte, omdat de kalief hem een bruid stuurde die hij wilde. Ze glimlachte bij zichzelf. Wat een verrassing stond hem te wachten. Zij zag Aladdin ben Omar, in gezelschap van de gouverneur van Tanger.

'Naja,' zei ze tegen haar eunuch, die naast haar stond, 'die lange man met de zwarte baard is Aladdin ben Omar, de vizier van de prins.'

'De man van Oma,' zei Naja, 'wat een knappe man is dat.'

'Ja,' antwoordde ze en vervolgde met een glimlach: 'Als hij naar mijn naam vraagt, zoek dan een of andere uitvlucht om die niet te noemen. Ik ben benieuwd of hij me herkent.' Ze grinnikte ondeugend. 'Ik ben wel de laatste persoon ter wereld die Aladdin ben Omar verwacht, Naja. Hij zal, naar ik vermoed, een beetje verlegen zijn bij de aankomst van de vrouw die de kalief heeft uitgekozen om Karims bruid te worden.'

'Zo heb ik u nooit gekend, vrouwe,' zei Naja, 'wat bent u veranderd. Hoe komt dat toch?'

Zaynab legde haar hand op die van de eunuch en sprak met zachte stem: 'Dat komt doordat ik weer een vrije vrouw ben, Naja, en omdat ik naar de man ga die ik altijd boven alles heb liefgehad.' Toen riep ze Rabi bij zich. 'Haal voor mij de sandelhouten kist met de zilveren banden.' Toen haar jonge slavin aan haar verzoek had voldaan, maakte Zaynab de kist open en haalde drie rollen perkament te voorschijn, met verschillende kleuren zegels. 'Ga zitten, allemaal,' zei ze tegen haar bedienden. Toen overhandigde ze elk van hen een perkamentrol; die met het groene zegel aan Naja, die met het rode aan Aïda en die met het blauwe aan Rabi. 'Voordat wij uit Cordoba vertrokken, ben ik naar de kadi gegaan om jullie allen de vrijheid te geven,' deelde Zaynab mee. 'Deze perkamentrollen zijn het bewijs van jullie vrijlating. Ik hoop echter dat jullie in mijn dienst willen blijven, maar zo niet, dan zal ik jullie naar de plaatsen sturen waar jullie heen wensen te gaan. Het is belangrijk voor mij, dat degenen die bij mij zijn gebleven in mijn gevangenschap, nu ook delen in mijn vrijheid en in mijn geluk.'

De drie stonden verbijsterd te kijken. 'Vrouwe,' sprak Naja voor hen alledrie, 'er bestaat geen manier waarop wij onze dankbaarheid passend zouden kunnen uitdrukken, maar ikzelf wil graag in uw dienst blijven. Ik zou me geen betere meesteres kunnen wensen.'

'En ik zal altijd voor u blijven koken, vrouwe,' zei Aïda, met tranen in haar stem.

'En ik blijf ook,' zei Rabi langzaam in haar nieuw verworven taal, voordat ze terugviel in haar moedertaal: 'U bent een goede vrouw, en ik zou geen beter leven hebben als ik terugging naar Alba, waar ik een hoer zou moeten worden om mezelf te kunnen onderhouden.'

'Dank jullie allemaal,' zei Zaynab eenvoudig. 'Naja zal jullie instrueren, voordat wij van het schip gaan. Waarschijnlijk overnachten wij hier in Tanger voordat we naar Alcazaba Malina vertrekken. Dat is een heerlijke stad en jullie zullen er gelukkig zijn, dat weet ik. Rabi, ga nu mijn mantel zoeken. De vizier zal spoedig aan boord komen.'

351

Naja gaf de anderen korte instructies, terwijl Rabi Zaynab in haar prachtige mantel van mauve zijde hielp. Deze had een nauwe kap, die tot even boven haar wenkbrauwen viel. De jonge bediende bevestigde een ondoorzichtige sluier over het gelaat van Zaynab, zodat alleen haar ogen zichtbaar waren.

Er werd op de deur geklopt en Naja ging opendoen.

'Ik ben Aladdin ben Omar, de grootvizier van de prins van Malina,' zei de man die voor hem stond. 'Ik ben gezonden om de prinses te verwelkomen.'

Naja boog beleefd en gaf de vizier met een handgebaar te kennen dat hij binnen kon komen. 'Meesteres,' sprak hij tot Zaynab, die bescheiden met gebogen hoofd stond te wachten, 'hier is de afgezant van de prins.'

Zij knikte vriendelijk instemmend.

'Mijn genadige vrouwe,' zei de vizier met een diepe buiging, 'ik ben door mijn meester hier naartoe gezonden om u naar uw nieuwe huis te escorteren. Aangezien wij een reis van drie dagen voor de boeg hebben, zullen wij vannacht in Tanger blijven, opdat u comfortabel kunt uitrusten. Mag ik u nu naar uw draagstoel begeleiden? Hij is groot genoeg om ook uw vrouwelijke bedienden te vervoeren.'

'Mijn vrouwe dankt u,' sprak Naja snel. 'Zij verzoekt u om vriendelijk begrip van uw kant, mijn heer de vizier. Zij is een bescheiden vrouwe en heeft gezworen, dat de klank van haar stem en haar naam niet eerder in Malina zullen worden gehoord, dan nadat haar bruidegom die voor het eerst heeft vernomen. Zij hoopt dat u daar allen begrip voor kunt opbrengen.'

'Hoe bijzonder charmant,' zei de vizier, maar hij vond het wel vreemd. Toch leek die jonge eunuch het bloedserieus te menen. 'Laten we dan maar van boord gaan,' zuchtte Aladdin ben Omar, want er viel blijkbaar niets meer te zeggen.

De gouverneur had de bruid van de prins tot Zaynabs grote opluchting een verblijf aangeboden buiten zijn eigen harem. Zij was er niet zeker van of iemand van de vrouwen van de gouverneur haar zou herkennen van het vorige korte verblijf. 'Zorg ervoor dat ik een privé-bad kan nemen,' zei ze tegen Naja.

'Dat hoeft niet, meesteres,' zei hij, 'dit verblijf heeft een eigen kleine badruimte.' Naja was zwaar geworden in dienst van Zaynab. Hij had een blos gekregen op zijn bleke wangen, en zijn bruine ogen stonden zeer intelligent. Hij had een zeker zelfbewustzijn aangenomen, wat voortkwam uit het feit dat hij de vertrouwde dienaar was van een gewichtige persoon.

'Jouw verklaring aan de vizier was bijzonder vindingrijk,' complimenteerde Zaynab hem. 'Wat diepgevoelig ook, Naja.' Ze giechelde. 'Ik zal niet spreken voordat ik mijn bruidegom begroet,

noch zal iemand mijn naam kennen voordat hij hem heeft vernomen. Bij Allah! Als jij kon dichten, Naja, dan zou het een epos worden!' Toen lachte ze opnieuw. 'Als hij de waarheid hoort, lacht de vizier zich dood, want die houdt wel van een goede grap, mijn trouwe
Naja. En nu, vooruit, naar het bad, want ik smacht naar geparfumeerd water. Mijn haar kleeft helemaal van de zilte lucht.' Ze gooide haar mantel af en gaf hem aan Rabi.

De volgende ochtend vroeg vertrokken zij naar Alcazaba Malina.
Zaynabs bruidsschat en vele bezittingen waren op een rij drome-
darissen en op karren geladen, die getrokken werden door stevige
ezels. De vizier was ondanks zichzelf onder de indruk.
    'De familie van uw meesteres is bijzonder royaal,' merkte hij op
tegen Naja, die toezicht hield op de laatste voorbereidingen.
    'Jazeker, heer,' reageerde Naja met een opgewekte glimlach.
    Zaynab wandelde over de binnenplaats van het paleis van de
gouverneur en stapte in haar draagstoel. Opnieuw ging ze volledig
schuil in haar zijden mantel en sluiers, haar hoofd gebogen zoals het
betaamde. Aladdin ben Omar kon zelfs de kleur van haar ogen,
haar vormen of haar leeftijd niet gissen. Hij vroeg zich vurig af hoe
zijn nieuwe prinses er wel uit mocht zien. Zodra ze in Alcazaba Malina waren, zou Oma haar in de koninklijke harem bezoeken en het
hem thuis vertellen.
    Onderweg gebeurde er weinig. Op de avond dat zij weer op het
grondgebied van Malina stonden, kwam de vizier naar de tent van
Zaynab om te zeggen dat hij zijn meesteres wilde spreken. Naja
bracht hem bij Zaynab. Zij zat op een stoel, gekleed in een eenvoudige kaftan, met een sluier over haar hoofd en nog een andere over
haar gezicht.
    Aladdin ben Omar boog beleefd. 'Mijn meester heeft mij opge-
dragen u te zeggen, dat wanneer u morgen uw intocht in de stad
houdt, u dat doet als de echtgenote van Karim ibn Habib, genadige
vrouwe. De huwelijksplechtigheid is verscheidene dagen geleden al
voltrokken door onze opperimam, de contracten waren in orde. Hij
hoopt dat dit u genoegen zal doen.'
    Zaynab wenkte Naja, die zich naar haar toeboog om haar te ver-
staan. Nadat hij weer rechtop was gaan staan, sprak de eunuch:
'Mijn meesteres is buitengewoon ingenomen met uw woorden,
mijn heer de vizier. Zij wenst te weten of de prins bij de poort van
de stad zal staan om haar te verwelkomen.'
    Aladdin ben Omar keek onbehaaglijk. 'Mijn heer is op herten en
fazanten aan het jagen in de heuvels, vrouwe. Ik ben er eerlijk gezegd niet zeker van of hij er morgen zal zijn. Hij is een enthousiast
sportman en binnenkort beginnen de winterregens. Hij hoopt dat u
het begrijpt. Ik heb opdracht gekregen er op toe te zien, dat u in de

koninklijke harem wordt geïnstalleerd. Mijn echtgenote, vrouwe Oma, zal u graag gezelschap houden tot de prins terugkeert. Ik weet zeker dat zij al uw vragen omtrent uw nieuwe huis zal kunnen beantwoorden.'

'Mijn meesteres is zeer dankbaar voor uw woorden, mijn heer de vizier. Zij zal vrouwe Oma gaarne welkom heten,' deelde Naja hem mee.

'Wat is die prins voor een botte man, vrouwe, dat hij zijn bruid niet wil verwelkomen?' zei de eunuch verontwaardigd, nadat de vizier was vertrokken.

'Een trotse en koppige man, Naja,' zei Zaynab met een kort lachje. 'Je moet weten, dat hij de Nasi heeft verteld dat hij nooit meer wilde trouwen, omdat hij van een vrouw houdt die hij niet kan krijgen. Jij weet dat ik die vrouw ben. Zijn stemming zal wel omslaan als hij de waarheid ontdekt. Intussen jaagt hij in de heuvels achter de stad, kwaad en wrokkig en vastbesloten om zijn nieuwe bruid te tonen dat hij heer en meester is in zijn domein.'

De volgende dag hielden ze hun intocht in de stad en tot Zaynabs verbazing stonden de straten vol burgers van Alcazaba Malina, om de nieuwe prinses toe te juichen.

'O, vrouwe, wat een geweldige ontvangst,' zei Rabi, volkomen onder de indruk.

Zaynab was ontroerd, maar ook opgewonden. Weldra zou ze haar geliefde Oma weerzien! Oma zou de enige zijn die haar ware identiteit kende tot Karim kwam. Haar vriendin kon wel een geheim bewaren. Als ze dacht aan de toewijding van de vizier aan Karim, wist ze dat die arme Aladdin zich niet zou kunnen inhouden en Karim zou gaan zoeken om hem het goede nieuws te brengen als hij de waarheid wist. Zaynab was nieuwsgierig hoelang het zou gaan duren voor haar man uit eigen beweging naar huis kwam. Haar mán! Karim was nu haar man!

De karavaan draaide de binnenplaats van het kleine paleis op. 'Bij Allah!' riep Zaynab zachtjes uit, 'ik heb totaal niet aan Moestafa gedacht! Die herkent me zodra hij me ziet en hij heeft vrij toegang tot de harem. Aïda, zeg tegen Naja dat hij onmiddellijk naar me toekomt als we de harem binnengaan.'

En inderdaad stond Moestafa daar zijn nieuwe meesteres al op te wachten om haar welkom te heten. Hij kwam naar voren om haar te helpen uitstappen. Zaynab kwam uit haar draagstoel, gesluierd en met gebogen hoofd, de ogen neergeslagen.

'Welkom in Malina, prinses,' sprak de oppereunuch.

'Mijn meesteres dankt u zeer,' antwoordde Naja prompt, beleefd uitleggend wat de reden was waarom zijzelf niet sprak. Hij wilde geen slechte indruk op Moestafa maken, die de eindverantwoording had voor de huishouding in het paleis, en vandaar een gewichtig man; hij zou met hem moeten samenwerken.

Moestafa knikte naar de jongere man. Daarna herhaalde hij wat de vizier ook al had gezegd: 'Wat bijzonder charmant.'

Zij werden niet naar de harem gebracht, maar naar een heel ander gedeelte van het paleis. Zij fluisterde Naja iets toe, die het overbracht aan Moestafa.

'Is dit de plek waar de familie van de prins is vermoord, Moestafa? Mijn meesteres is bang voor geesten.'

Toen wendde Moestafa zich tot Zaynab met de woorden: 'Nee, genadige vrouwe, de oude harem is gesloten en dat deel van het gebouw zal binnenkort worden gesloopt. Uw verblijven liggen naast die van de prins, uw echtgenoot. Mijn meester meende dat u zich hier beter op uw gemak zou voelen, tot hij een nieuw vrouwenverblijf kan laten bouwen.'

Dus Karim had wel degelijk consideratie gehad met zijn ongewenste bruid, dacht Zaynab. Ze fluisterde opnieuw iets tegen Naja, die het weer aan Moestafa overbracht.

'Mijn meesteres wil u niet kwetsen, Moestafa, maar zij verzoekt of u niet naar deze vertrekken wilt komen tot zij de prins heeft ontmoet. Wanneer wordt hij terugverwacht? Zij staat te popelen om hem te leren kennen.'

'De prins heeft nog geen bericht gestuurd over zijn komst,' antwoordde Moestafa. Nee, dacht de eunuch geïrriteerd, hij heeft ons allemaal achtergelaten om er het beste van te maken met zijn nieuwe vrouw. Daarna nam hij beleefd afscheid van Zaynab.

'Denkt u niet dat hij nieuwsgierig zal zijn naar de reden waarom hij hier niet gewenst is, vrouwe?' vroeg Naja. 'Hij schijnt mij een zeer schrandere kerel toe.'

'Ik geloof niet dat we al enige argwaan hebben gewekt,' zei Zaynab. 'Moestafa is de meest stoïcijnse bediende die je je kunt voorstellen. Ik vermoed dat hij mijn verzoek toeschrijft aan verlegenheid.'

Zij installeerden zich in de ruime verblijven die hun waren toegewezen. Er was een aardige kleine badruimte, betegeld met groen en wit porselein en een bad van groene onyx. De zitkamer was groot en keek uit op de tuin, evenals Zaynabs kamer. Deze kamer had een plafond in de vorm van een achtkantige koepel, met fraai uitgesneden houten kroonluchters, die mooi beschilderd waren. De vloer bestond uit turkooiskleurige en witte tegeltjes. Er stond een prachtig bed op een verhoging van geurig sandelhout, maar de voltooiing van de inrichting was blijkbaar aan de bruid zelf overgelaten. Rabi en Aïda begonnen onmiddellijk aan het uitpakken van Zaynabs bezittingen en het ophangen van eenvoudige effen zijden draperieën. Hun meesteres ging in gezelschap van Naja de rest van de kamers bezichtigen. Zij troffen nog verscheidene kleine slaapkamers aan, maar die waren helemaal leeg.

'Ga naar Moestafa toe en zeg hem wat we nodig hebben, want ik wil dat jullie allemaal comfortabel kunnen leven,' zei Zaynab terwijl ze in de zitkamer terugkeerden, die mooi gemeubileerd was, met verschillende beklede divans, tafels en stoelen. 'Vraag hem ook wanneer de vrouw van de vizier mij komt bezoeken. Zeg hem dat ik alles te weten wil komen over mijn nieuwe vaderland voordat mijn man naar huis terugkeert.' En ze voegde er grinnikend aan toe: 'Ik kan niet wachten tot ik Oma's gezicht zie!'

Oma arriveerde op een regenachtige middag. Omdat ze wisten dat ze zou komen, ging Rabi opendoen toen er geklopt werd, omdat zij Zaynabs enige bediende was die Oma niet kende.

'Welkom vrouwe,' zei Rabi beleefd. 'Mijn meesteres verwacht u en heeft naar uw komst uitgezien. Zij verzoekt u niet te gaan schreeuwen als u haar ziet, want dat zou Moestafa of de lijfwacht alert maken.'

Wat een raar verzoek, dacht Oma, maar toen sperde ze haar ogen wijdopen, want daar verscheen Zaynab, breed lachend, uit een andere kamer. 'Ben je het werkelijk? Hoe...?'

Zaynab sloeg beide armen om Oma heen en kuste haar. 'Ja, mijn dierbare Oma, ik ben het echt, en in die twee maanden dat ik weg ben geweest, is je buikje dikker geworden. Het staat je heel goed.' Ze glimlachte: 'Die zoon van Aladdin ben Omar groeit flink, dat kan ik zien.' Ze pakte haar vriendin bij de hand en bracht haar naar een gemakkelijke divan. 'Ga zitten, dan kunnen we praten.'

'Waarom heeft mijn man me niet verteld dat jij het was?' wilde Oma in opperste verontwaardiging weten.

'Omdat hij niet weet dat ik het ben,' zei Zaynab ondeugend. 'Hij heeft niets anders te zien gekregen dan een grote, volkomen mysterieuze figuur. Ik heb mijn ogen neergeslagen gehouden, zodat hij me niet herkende of argwaan kreeg. Naja heeft aan iedereen die het maar horen wil verteld, dat ik geen woord zal spreken, noch mijn naam bekend zal maken tot mijn man komt,' besloot ze met veel hilariteit.

'Weet helemaal niemand het? Zelfs die oude Moestafa niet?' vroeg Oma verbaasd.

'Zelfs Moestafa niet,' verzekerde Zaynab haar.

Oma schudde haar hoofd. 'Hoe komt het dat je weer terug bent in Malina, mijn vrouwe Zaynab? Waar is de kleine Moraima?'

'Moraima is gestorven aan vlektyfus in de tijd dat wij hier waren,' sprak Zaynab zachtjes, en de tranen stonden weer in haar ogen. Ze vertelde de rest van het verhaal aan haar vriendin. 'Moge de God van Abraham, Isaäk en Jakob Hasdai ibn Sjaproet zegenen voor zijn goedheid jegens mij en moge Allah voortgaan mijn lieve Abd al-Rahman toe te lachen, omdat zij mij aan Karim hebben teruggegeven. Toen ik ontdekte dat mijn kind dood was, Oma, verloor ik mijn wil om te leven. Ik had helemaal geen hoop meer, maar zij hebben mij gered,' zei Zaynab. 'Zij zijn bewonderenswaardige mannen.'

'Wat zal de prins gelukkig zijn,' sprak Oma uit de grond van haar hart. 'Mijn man heeft me verteld hoe vreselijk ongelukkig hij is sinds de moord op zijn familie, ook al heeft hij zijn plichten voor zijn land gedaan. Hij heeft geen vrouwen, Zaynab. Hij is een kluizenaar geworden en geeft de voorkeur aan alleenzijn. Hij eet, slaapt en jaagt en hij regeert met milde hand, maar hij heeft geen werkelijk plezier. Hij is zo eenzaam. Ik heb hem werkelijk in geen weken zien glimlachen.'

'Maar hij is toch liever de heuvels ingetrokken om te gaan jagen, in plaats van zijn bruid te verwelkomen,' zei Zaynab vinnig.

'Daar zal hij ongetwijfeld spijt van hebben, als hij erachter komt dat jij het bent,' giechelde Oma. 'Hoe ga je hem begroeten?'

'Dat heb ik nog niet besloten,' zei Zaynab, 'maar je moet me helpen, Oma, door het me te laten weten, zodra je man vermoedt dat Karim terugkomt. Als de vizier je vraagt hoe ik er uitzie, zeg hem dan maar dat ik heel mooi ben, maar meer niet. Zeg hem dat ik wil dat er niets over mijn persoon bekend wordt, voordat mijn man mij ziet. Ik heb mezelf behoorlijk geheimzinnig gemaakt. Als Aladdin doet wat ik denk, dan gaat hij het onmiddellijk aan Karim overbrengen. En mijn man zal komen, al is het maar om zijn nieuwsgierigheid te bevredigen.' Ze liet er grinnikend op volgen: 'Mannen kunnen niet tegen een mysterie, Oma.'

Toen Oma die avond thuiskwam, zat haar man haar gretig op te wachten.

'Nou?' vroeg hij, 'hoe is ze?'

'Ze is erg charmant, bijzonder aangenaam in feite,' zei Oma. 'Ik heb nooit een lieflijker vrouw ontmoet dan deze prinses. Wij mogen ons allemaal bijzonder gelukkig prijzen.'

'Maar hoe ziet ze eruit?' vroeg de vizier aan zijn vrouw. 'Is ze blond of donker? Is ze slank of mollig?'

Oma glimlachte. 'Dat kan ik u niet zeggen, mijn heer. De prinses heeft mij verzocht niets over haar los te laten tot ze haar man heeft ontmoet, maar ik kan je het volgende wel zeggen, ze is bepaald niet lelijk.'

Aladdin ben Omar kon het wel uitschreeuwen van frustratie. Karim had een vrouw genomen, Malina had een prinses, maar niemand, zelfs de eerbiedwaardige Moestafa niet, had nog een glimp van haar opgevangen. Dit was onverdraaglijk! Hij moest Karim gaan zoeken. De prins moest naar huis komen.

De volgende ochtend reed de vizier spoorslags de paarse heuvels in. Hij trof Karim laat in de middag op "Toevlucht" aan. De prins zag er uitgeruster en ontspannener uit dan zijn vriend hem in weken had gezien.

'Kom je meedoen?' grinnikte Karim tot zijn vizier. 'De jacht is buitengewoon goed geweest. Ik kan me geen herfst herinneren waarin het beter was.'

'Je bruid is er,' zei Aladdin ben Omar.

'En is ze mooi?' vroeg Karim nonchalant. 'Wat zegt Oma ervan? Ik weet wel dat een keurig meisje haar gezicht niet laat zien tot ze haar man heeft ontmoet, maar ik weet dat Oma er al is geweest en je alles heeft verteld. Is ze donker of blond? Is ze mollig of slank?'

'Ik heb geen flauw idee,' antwoordde de vizier. 'U moet weten, goede heer, dat uw bruid zichzelf aan niemand buiten de harem heeft vertoond. Ja, Oma is er geweest, maar ze deelt niets over de prinses mee, behalve dan dat ze bepaald niet lelijk is. Uw bruid spreekt geen woord, noch staat ze toe dat haar naam in het openbaar wordt uitgesproken, voordat haar man komt en hem voor het eerst verneemt. Zelfs Moestafa mag niet in de harem komen! Uw bruid wordt door haar drie bedienden verzorgd en door niemand anders. Zij loopt door uw tuinen, omwikkeld als een mummie. Zij heeft gezworen niets van zichzelf te onthullen tot u bent gekomen.'

Karim al Malina lachte. Hij vond het ondanks zichzelf erg intrigerend. Was deze kuisheid opzet van de bruid zelf? Of was ze werkelijk, Allah verhoede het, zo'n gemaakt preuts schepseltje? 'Zegt Oma verder helemaal niets over haar? Er moet toch íets zijn,' vroeg hij aan de vizier.

'Oma zegt dat de prinses charmant is, bijzonder aangenaam zelfs, mijn heer,' antwoordde Aladdin ben Omar droogjes, 'en meer niet.'

'Mmm.' Karim dacht na. In ieder geval scheen het niet zo iemand als Hatiba te zijn. Oma was niet iemand die aarzelde als haar iets werd gevraagd en ze zou ook niet liegen om iemand te behagen. Als Oma had gezegd dat zijn bruid charmant en bijzonder aangenaam was, dan was ze dat ook. Hij moest toegeven dat hij nu nog nieuwsgieriger geworden was. Maar dat wilde nog niet zeggen dat hij meer van die vrouw zou houden dan hij van Hatiba had kunnen houden. Hij hield van Zaynab en daar bleef het bij. Maar dit meisje was zijn vrouw en hij was ook geen man die een vrouw opzettelijk ongelukkig wilde maken. Als de kalief wilde dat hij zonen bij haar zou krijgen, dan moest het maar. En al kon hij dan niet zoveel van haar houden als van Zaynab, dan kon hij haar tenminste nog wel aardig vinden. Zijn bruid kon het ook niet helpen dat hij het zo voelde.

'Ik hoop maar dat mijn bruid schrander is en geen gemaakt verlegen schepsel,' zei Karim ten slotte tegen Aladdin ben Omar. 'Morgenochtend gaan we nog jagen en we keren in de middag naar de stad terug.'

Oma was haastig naar het paleis gegaan, zodra haar man zijn hielen had gelicht. 'Aladdin is naar de heuvels om Karim te zoeken,' zei ze tegen Zaynab. 'Ik heb een boodschapper op de weg gezet, buiten de stadspoort. Hij komt direct naar het paleis om je te waarschuwen, zodra hij ziet dat ze in aantocht zijn.'

'Vanavond komen ze niet,' sprak Zaynab met stelligheid. 'Karim wil niet de indruk wekken dat hij me al te graag wil zien. Hij wil het idee houden dat hij alles zelf in de hand heeft. Maar morgen komt hij, want hij zal inmiddels wel nieuwsgierig zijn door alles wat de vizier hem verteld heeft.' Ze grinnikte.

'Ik heb je nog nooit zo gelukkig gezien,' zei Oma, 'althans niet sinds de tijd dat de prins je trainde om liefdesslavin te worden, Zaynab.'

'Ik ben ook niet meer zo gelukkig geweest,' was haar eerlijke antwoord.

De volgende ochtend ging Naja naar Moestafa toe, met de woorden: 'De prinses denkt dat de prins vandaag thuis zal komen. Zij vraagt of hij haar een gunst wil betonen. Mijn meesteres vraagt of de prins niet eerder wil komen, dan wanneer de maan boven de tuinen uitrijst.' Naja boog diep.

'Ik zal zeker het verzoek van de prinses overbrengen, Naja. Zij is klaarblijkelijk een vrouw met zeer fijngevoelige trekken, dat begrijp ik hier wel uit,' was Moestafa's antwoord. Hij voegde er met een voorzichtige glimlach aan toe: 'Dit lijkt me een goed teken voor het huwelijk van mijn prins en uw meesteres.'

Zaynab bracht de dag door in gezelschap van haar drie bedienden, ter voorbereiding op Karims komst. Haar lange gouden haren waren gewassen en geparfumeerd. Ze zocht haar lichaam af op overtollige beharing en verwijderde alles wat ze aantrof. De nagels van haar tenen en haar vingers werden zo kort mogelijk geknipt. Zaynabs slaapkamer werd speciaal voorbereid en er werd een karaf met zoete wijn naast het gouden mandje gezet, op het achthoekige tafeltje bij het bed.

Laat in de middag, toen ze haar enige maaltijd van die dag tot zich nam, hoorde ze dat de boodschapper van Oma Naja had meegedeeld dat de prins en de vizier zojuist door de westelijke stadspoort waren gereden.

Zaynab at haar bord leeg en baadde toen voor de laatste keer. Rabi wreef het lichaam van haar meesteres in met zoete amandelolie. Het begon donker te worden. Het was bijna winter en de dagen werden korter. Er werden slechts twee lampen in Zaynabs zitkamer aangestoken. Moestafa kwam Naja vertellen dat zijn meester het paleis had betreden en het verzoek van zijn vrouw zou inwilligen.

'Maak me wakker vlak voordat de maan boven de tuin uitrijst,' zei Zaynab tegen Rabi. Toen zond ze haar bedienden weg. Daarna ging ze liggen om te slapen tot Rabi haar zachtjes aan haar schouder wakkerschudde en fluisterde: 'Het is tijd, vrouwe.' Ze hoorde Rabi haastig uit haar slaapkamer weglopen en de deur achter zich sluiten. Zaynab stond op, rekte zich langzaam uit en liep naar het raam om naar buiten te kijken. Ze zag de volle maan heel langzaam boven de tuin opkomen. Haar oor ving het geluid op van de deur naar haar appartement. Toen begaf ze zich naar haar vooraf gekozen plaats.

Karim betrad de kamers van zijn bruid. Haar bedienden waren nergens te bekennen en de kamer was gedempt verlicht, op zó'n manier, dat ze de weg naar haar slaapkamerdeur wezen. Hij glimlachte. Dit was mooi gedaan. Zijn nieuwe vrouw was schrander en niet preuts, dat zag hij onmiddellijk, wat zijn interesse nog sterker maakte. Deze vrouw zou hem niet vervelen.

Hij liep de kamer door, legde zijn hand op de deurklink en stapte de andere kamer binnen. Daar was het donker, op het maanlicht na, dat door het verste raam scheen. Opeens werd hij overspoeld door de geur van rozen en hij merkte tot zijn verrassing dat de vloer onder zijn blote voeten was bestrooid met rozenblaadjes, waar hij bijna tot aan zijn enkels doorheen waadde. Doordat hij ze onder zijn gewicht kneusde, lieten zij hun geur los, die opsteeg tot in zijn neusgaten. Hij bedacht met een grijns dat ze hem niet zo'n stamelende, blozende maagd hadden gestuurd. Slimme Hasdai! Hij had een vrouw als echtgenote gekregen, een ervaren vrouw.

En toen voelde hij van achteren twee armen om hem heenglijden. 'Welkom thuis, mijn heer,' sprak een diepe hese stem, die verleidelijk klonk. Slanke vingers strekten zich, om subtiel zijn kaftan los te maken, over zijn hoofd te trekken en vervolgens op de vloer te laten vallen. 'Niet omdraaien, mijn heer,' fluisterde de stem in de schaduwen zachtjes in zijn oor, waardoor een huivering van verwachting door zijn ruggengraat schoot. 'Nu nog niet, alstublieft.'

Hij kon haar warme, zijdeachtige naakte huid tegen de zijne voelen, terwijl zij hem met sensuele lichte bewegingen streelde. Een ronde buik, volle borsten en stevige dijen werden tegen hem aangedrukt. Zijn nekharen gingen overeind staan, toen hij de aanraking van haar lippen er tegenaan voelde en haar handen over zijn strakke buik speelden. Tot zijn grote verrassing vond hij dit heerlijk. Haar vrijpostige, maar sensuele aanraking wond hem sterk op.

'Je bent helemaal niet zoals ik verwacht had,' zei hij, wat tamelijk zwak aangeduid was. Zij lachte hees. 'Ik dacht dat ik een lief maagdje had gekregen, om kinderen bij te krijgen, maar ik vermoed dat jij dat niet bent. Wie ben je en hoe heet je?' vroeg hij en deed een poging zich om te draaien.

'Nog niet, mijn heer,' was het geheimzinnige, gefluisterde antwoord. Zaynab bemerkte geamuseerd dat hij inmiddels al zo hard als staal was geworden onder haar aanraking. Oma had het niet overdreven, hij was abstinent geweest. Ze besefte dat ze hem niet veel langer zo kon kwellen. 'Kom,' zei ze, zijn hand in de hare nemend en hem meetrekkend naar het bed. Ze bleef het gedempte licht achter zich houden zodat haar gelaat in de schaduw was. Ze duwde hem ferm op het bed en ging op haar zij voor hem liggen, terwijl ze hem bleef liefkozen.

Het was opwindend en tegelijk frustrerend dat hij haar gezicht niet kon zien, dacht hij, maar dat weerhield hem er niet van een van haar borsten te strelen, die als een verleidelijke vrucht boven zijn gezicht hing. Ze spon van genot toen hij haar aanraakte. Hij werd verleid door een gelaatloze vrouw. Oma had gezegd dat ze charmant en bijzonder aangenaam was, maar als ze nu eens lelijk was? Hij sloot zijn mond over een tepel. Plotseling kon het hem niet meer schelen. Ze had het lichaam van een vruchtbaarheidsgodin en manieren die hem verleidden als geen andere vrouw in al die jaren had gekund. Als hij dan toch getrouwd moest zijn met een vrouw die niet Zaynab was, dan maar met deze.

Zaynab strekte haar arm uit om zijn slanke bovenlichaam te strelen. Zij was bijna vergeten hoe mooi zijn lichaam was, maar nu herinnerden haar vingers zich iedere bobbel en plooi van hem, terwijl ze hen over hem heen liet spelen. Zijn mannelijkheid stond nog steeds strak opgericht. Ze merkte dat ze zich niet kon weerhouden haar vingers er omheen te sluiten en zachtjes te knijpen. Hij voelde warm en kloppend van leven. En ook kon ze zich niet weerhouden zich over hem heen te buigen en hem in haar mond te nemen. Zijn vertrouwde geur op haar tong proevend zoog ze een tijdje en begon toen langzaam de hele lengte te likken en de robijnrode punt met haar tong te omringelen, tot ze zijn hand in haar haren voelde, die haar hoofd wegtrok.

'Ik heb al een tijdlang geen vrouw meer gehad,' bekende hij haar. 'Niet meer sinds mijn eerste vrouw stierf. Kom nu op me zitten, lieve schaduwminnares. Als ik eenmaal mijn opgekropte begeerte kwijt ben, kunnen we de hele nacht doorgaan met van elkaar te genieten. Je bent zeer vaardig, dat merk ik, maar ik kan je nog veel meer leren.'

'O, is dat zo?' lachte ze, terwijl ze op hem klom. Karim vond dat haar lach hem enigszins bekend voorkwam.

Zij nam zijn gehele lengte in zich op, zijn harde hete lans insluitend met haar spieren, die ze een paar keer stevig aantrok. Toen begon ze op hem te rijden, eerst langzaam en toen met toenemende kracht.

Hij stak zijn handen uit en greep haar beide borsten vast in een knellende greep; ze was geweldig, ze was ongelooflijk! Hij had maar één keer zo'n vrouw meegemaakt, maar één keer! Er bestond maar één vrouw zoals deze! Dat kon toch niet, maar...

Haar haren kwamen los en vielen om haar schouders. Toen stroomde het licht van de volle maan, die haar hoogste punt bereikte, de kamer binnen en zette alles in een zilveren glans. En in zijn vervoering zag Karim bleek, goudkleurig haar. Hij bevocht zijn hartstocht en dwong zich zijn ogen open te houden, geheel gericht op haar gelaat, dat inmiddels volledig zichtbaar was geworden in het maanlicht.

'Zaynab!' Hij schreeuwde het uit, en zijn verlangen kwam tot een uitbarsting binnen in haar, stromend als een vloedgolf, om haar geheime tuin te bevloeien.

Toen keek zij hem aan met haar aquamarijnen ogen, vol tranen van schaamteloos geluk. Ze liet zich verzadigd op hem vallen en bracht uit: 'Ik ben thuisgekomen bij jou, Karim. Ik ben eindelijk thuis!'

Epiloog

Zaynab, de prinses van Malina, zat in haar zomertuin naar de spelende kinderen te kijken. Zes daarvan waren van haar, zeven waren van haar beste vriendin, Oma. Haar oudste zoon, Ja'far, was bijna negen. Habib zou binnenkort acht worden; Abd-al was vijf, Soeleiman was pas twee geworden. Hun twee zusjes, Kumar en Soebh, waren zeven – een identieke tweeling, zoals hun moeder en haar zus waren geweest. Oma's oudste, de enige dochter van Aladdin ben Omar, had haar oog al laten vallen op Ja'far ibn Karim. Haar naam was Al-oela en ze vertelde aan iedereen die het maar horen wilde, dat ze van plan was op een dag te gaan trouwen met de erfgenaam van Malina.

'Ik vind haar veel te vrijpostig,' vond Al-oela's moeder. Oma was het voorbeeld geworden van de goede vrouw van Malina. Haar man had geen andere vrouw genomen, hoewel hij nog twee schoonheden in zijn harem hield als concubine. Zij waren beiden kinderloos en dat zou ook zo blijven, als het aan Oma lag.

'Ik vind haar wel grappig,' antwoordde Zaynab. 'Ik wil niet dat Ja'far gaat trouwen met een gehoorzaam en saai meisje. Al-oela is wat mij betreft een goede schoondochter, als mijn zoon haar ook wil. Maar de keus is aan hem als de tijd daar is. Hij moet ook verliefd worden, net als wij.'

'Vind ik ook,' knikte Oma instemmend.

Zaynab zweeg een tijdje, terugdenkend aan de laatste tien jaren van haar leven. Ze glimlachte, toen ze zich het gezicht van Karim herinnerde in die eerste nacht, toen het maanlicht haar identiteit aan hem had onthuld. Eerst was zijn uitdrukking er een van ongeloof geweest, en toen hij er zeker van was dat hij het zich niet verbeeldde, met een vreugde die niet te evenaren was. Zij hadden in elkaars armen liggen huilen van geluk, plechtig zwerend nooit meer gescheiden te zullen worden. Ze was inderdaad thuisgekomen bij hem. Op de kop af negen maanden later was Ja'far geboren en Malina had feestgevierd, samen met zijn prins en prinses, om de geboorte van hun zoon.

Mettertijd waren de andere kinderen gevolgd en Malina maakte een welvaart mee als nooit tevoren. Op de markt van het kleine land met zijn enige stad zeiden de mensen onder elkaar, dat de welvaart van Malina te danken was aan het geluk van zijn heerser en de vruchtbaarheid van zijn mooie vrouw. Het zilver en de andere producten uit Malina waren veelgevraagd in al-Andalus, waardoor de prijzen stegen.

Ook de bergvolken in de heuvels ging het goed onder de heerschappij van Karim. Hun kudden waren goed doorvoed op de grazige weiden en brachten de hoogste prijzen op de paardenmarkt op, die de prins jaarlijks tijdens de herfst in Alcazaba Malina liet houden. Van elke verkoop hoefde slechts een tiende aan de regering te worden afgedragen. Door deze voorspoed waren de bergvolken zó rijk, dat ze in vrede konden samenleven.

De economische welvaart van Malina werd spreekwoordelijk in al-Andalus onder de regering van Abd al-Rahman. Cordoba was de meest welvarende stad van Europa, en was als politiek en intellectueel centrum Bagdad en Constantinopel voorbijgestreefd. Afgevaardigden uit Frankrijk, de Germaanse landen, Afrika en het Oosten kwamen naar het hof van de kalief om hun opwachting te maken, om te leren en om hun ogen uit te kijken. Abd al-Rahman liet de grote moskee uitbreiden met een wonderschone minaret, bekroond door drie bollen in de vorm van granaatappelen. Twee waren gemaakt van goud, de andere van zilver. Samen wogen zij drie ton. De Arabische vertaling van de *Materia Medica* kwam gereed en de hogeschool voor geneeskunde werd in Cordoba gesticht. Nu hoefden studenten niet langer helemaal naar Bagdad te reizen om arts te worden.

De prins en de vizier betraden de tuinen. Aladdin ben Omar vertoonde al zilveren strepen in zijn zwarte baard. Hij lachte breeduit, toen Al-oela zich in zijn armen wierp. Hij tilde haar op en kuste haar op haar roze wang. 'Die is geschikt voor een prins,' zei hij, bulderend van de lach.

'Je moet haar slechte gedrag niet aanmoedigen,' berispte Oma haar man.

'O, op een dag trouw ik wel met haar,' zei de jonge Ja'far ibn Karim met een ondeugende blik in zijn blauwe ogen, 'maar dan moet ze eerst een paar mooie borsten laten groeien, vrouwe Oma.'

'Ja'far toch!' zei zijn moeder streng, maar toen moest ze lachen.

'Precies zijn vader,' mompelde Karim, die naast zijn vrouw ging zitten en zijn arm om haar middel sloeg. Hij kuste haar oor.

Zaynab wendde zich met een blik vol liefde naar hem toe. Zo mogelijk hield ze nu nog meer van hem dan op de dag van hun hereniging. 'Ik zou willen,' zei ze, 'dat het voor altijd zo zou kunnen blijven, Karim.'

'Ja, mijn juweel,' antwoordde hij. 'Als het paradijs op aarde zou bestaan, dan is het hier.'

En om de vier volwassenen heen holden de kinderen, lachend, spelend, hun gezichtjes vol stralende onschuld en vrolijkheid, hun geest nog onbevangen. Zij dachten aan niets anders dan de vraag of ze van hun ouders na het donker mochten opblijven om vuurvliegjes te vangen in een glazen fles, zodat ze ernaar konden kijken tot ze in slaap vielen.

'Zij zijn de toekomst,' zei Karim tegen zijn vrouw.

'In het voorjaar,' antwoordde ze, 'schenk ik je nog een stukje toekomst, nog een klein stukje onsterflijkheid, mijn lieveling.'

'Ik houd van je, Zaynab,' zei hij. 'Dat is altijd zo geweest en zo zal het eeuwig blijven, jij alleen, mijn juweel.'

Zaynab raakte teder Karims wang aan. 'Wat gedurfd, mijn geliefde heer. Voor altijd en eeuwig? Daar zal ik je aan houden!'